河出文庫

# ロード・ジム

ジョゼフ・コンラッド
柴田元幸 訳

河出書房新社

# ロード・ジム

誰か他人も信じてくれる瞬間、私の確信は無限に深まる。

——ノヴァーリス

長年の友
G・F・W・ホープ夫妻に
感謝と愛情を込めて

# 著者より

この小説が単行本として出版されたとき、著者は作品を制しきれなかったのだという見方が広まった。短篇として書きはじめた作品が手に負えなくなったのだと唱えた書評者が何人かいて、一人二人はその証拠を作中に発見して悦に入っている様子だった。語り方の問題点も指摘された。こんなに長い時間喋(しゃべ)っていられる人間がいるはずがない、こんなに長く聴いていられる人間だっていない、と評者たちは論じた。信憑性(しんぴょうせい)に欠ける、と彼らは述べた。

この件に関して十六年ほど考えてきたいま、本当にそうだろうかという気持ちを私は抱いている。熱帯でも温帯でも、晩の半分眠らずに「夜話をやり合う」例はいくらでもある。たしかにここでの夜話はひとつだけだが、あいだに何度か中断が入ってそれなりの息抜きはあったと考えられるし、聴き手の忍耐に関しては、物語が事実興味深かったという前提は受け容れてもらわねばならない。それはすべてに先立つ必須条件である。そもそも私自身、本当に興味深い話だと思わなかったら、書こうという気にもならなかっただろう。純粋に肉体次元の可能性については、これまで議会で行なわれてきた演説が、往々にして三時間よりむしろ六時間に近くなったことは周知の事実である。しかるに本書の、マーロウの語りの部分は、全部を朗読してもおそらく三時間とかからないのではないか。それに——そうした本質的でない細部は物語から徹底的に排除したけれども——晩には飲み物だってあったと仮定してよいだろう。きっとミネラルウォーターでも入ったグラスがあって、語りつづける助けとなったにちがいない。

けれども、真面目な話、はじめはあくまで短篇小説、それも例の巡礼船の逸話のみを扱った作品を構想していたのである（一八八〇年、メッカへ向かう千人近いイスラム教徒を乗せた船ジェッダ号を乗組員が見捨てた事件は当時広く報道されて人々の記憶に残っていた）。それだけだった。それはそれでまっとうな着想だったと思う。ところが、何ページか書いてみると、どうも気に入らず、しばらく放っておいた。故ウィリアム・ブラックウッド氏から、うちの雑誌にまた何か書いてくれないかと誘われて、やっと引出しから引っぱり出したのである。

そのとき初めて、巡礼船の逸話は、もっと自由で広がりある物語にうってつけの出発点であることが見えた。また、素朴で繊細な人物の「存在の感覚（ルソーが『人間不平等起源論』などで用いた表現で、自分が生きているという感覚の意）」全体を色づけしうる出来事であることも見えてきた。けれども、こうしたもろもろの前準備的な気分や揺れ動きなどは、当時はかならずしもよく見えなかったし、年月が経過したいまでも、特にはっきりしたというわけではない。

放っておかれた数ページは、題材としては重みはあったが、結局一から書き直すことになった。腰を据えて書きはじめてみると、これが長い本になることが私にはわかった。もっとも、「マガ」十三号分に及ぶとは予測していなかったが（「マガ」は前述のウィリアム・ブラックウッドが経営していた人気雑誌「ブラックウッズ・マガジン」の俗称。実際は「ロード・ジム」連載は十三回ではなく、一八九九年十月から一九〇〇年十一月までの十四回）。

時おり、あなたが自作で一番気に入っているのはこの作品ではないかと訊(き)かれることがある。私は公的生活でも私生活でも、さらには作者と作品との微妙な関係に関しても、えこひいきということに大反対である。信条として「お気に入り」を持つ気はない。けれども、私のロード・ジムをひいきにしている人々がいることを嘆かわしく苛立(いらだ)たしく思う、とまで言いはしない。「私には理解しかねます……」とすら言うまい。滅相もない！　ただ、一度だけとまどい、驚かされたことがある。

イタリア帰りの友人が、この本を気に入らないというご婦人と彼(か)の地で話をした。むろん私としては残念だったが、驚いたのは彼女の嫌悪の理由だった。「だって、何もかもすごく病的なんですもの」とご婦人は言ったというのだ。

その宣告を聞いて私は、一時間にわたって不安な思いで考え込んだ。結局、主題自体が女性一般の通常の感性にはやや縁遠いということを差し引いても、件(くだん)の婦人はイタリア人ではなかったにちがいないという結論に私は達した。そもそもヨーロッパ人だったかどうかも疑わしいのではないか。いずれにせよ、ラテン民族の気質を持つ人なら、名誉の喪失を痛切に意識することを「病的」と見るはずがない。そのような意識は間違っているかもしれないし、正しいかもしれないし、作り物めいているとの誹り(そし)を受けるかもしれない。結局のところ、私のジムは普遍的と言えるような人物ではないのかもしれない。けれども、これだけは読者が安心して下さっていいことだが、わがジムは決して冷淡に倒錯した思考の産物ではない。彼はまた、北方の靄(もや)の産物でもない。ある晴れた朝、東洋のある碇泊地(ていはくち)のごくありふれた環境で、通りかかった彼の姿を私は見たのだ。それは人の心に訴える、大事な意味を孕(はら)んだ、雲のかかった(アンダー・ア・クラウド)(「困難を抱えた、名誉を汚された」の意の成句だが、文字どおり「はっきりとは見定めがたい」の意も込めている)、いっさい何も言わぬ姿だった。それでよいのだ。自分に抱きうるありったけの共感を込めて、彼という人間の意味にふさわしい言葉を探すのは私の務めだったのだから。彼は「私たちの一人」だったのだ。

一九一七年六月

J・C

# 第一章

六フィートに一インチか、二インチ足りない、がっちりした体つきの男だった。わずかに肩を丸めて、頭を突き出し相手にまっすぐ向かっていって、下目遣いでじっと見据える姿は、猛進してくる雄牛を思わせた。声は太く、大きく、物腰には頑固に自分を主張する気味があったものの、攻撃的な感じは少しもなかった。それはあくまで必要な主張なのだと思えたし、他人同様、自分にも等しく向けられているように見えた。しみひとつない清潔な姿で、靴から帽子まで装いは完璧に白く、船具商の船長番として生計を立てている東洋のあちこちの港にあって、非常に人気ある人物だった。

船長番は試験のごときものに合格したりする必要はいっさいないが、抽象的次元での能力を有し、それを現実に発揮できないといけない。その仕事は、錨（いかり）を下ろさんとしている船をめざしてほかの船長番と競争で帆船、汽船、ボートを走らせ、船長に元気よく挨拶して名刺を――船具商の商売用名刺を――押しつけ、当地に初めて降り立つ船長を断固、かつさりげなく、巨大な洞窟のごとき、船上で飲食される品を取り揃えた店舗へと案内することである。船の錨鎖の移動に用いる鎖鉤から船尾の彫刻を飾る金箔に至るまで、船を美しい、航海に適した状態にするための品すべてが店では手に入る。船長はこれまで会ったこともない船具商に、兄弟のごとく迎えられる。涼しい客間があって、安楽椅子、酒、葉巻、筆記用具、港湾規則集があって、歓迎の温かさが、三か月の航海で溜まった塩分を船乗りの心から溶かし出す。こうして生まれる繋がりが、船が碇泊中ずっと、船長番の毎日欠かさぬ訪問によって保たれるのだ。船長に対しては友のように忠誠、息子のように気配り怠らず、ヨブに比する辛抱強さ、女性のごとく自分を顧みぬ献身、飲み仲間の陽気さを船長番は備えている。のちに請求書が送られる。それは美しい、人の道に適った職業である。したがって、優れた船長番はめったにいない。抽象的次元の能力を有する船長番が、かつ海での経験も積んでいるとなれば、雇用主にとっては相当の金を出すに値するし、ある程度わがままを許してでもいてほしい存在である。ジムはつねに高給を与えられ、悪魔の忠誠すら買えるほどにわがままを許されていた。にもかかわらず、黒き忘恩をもって、いきなり職を投げ捨て、立ち去ってしまうのである。雇用主たちから見て、彼が口にする理由はとうてい納得の行かぬものであった。

「馬鹿な奴だ！」と彼らは、本人の背が向けられるや否や言った。これが彼の繊細なる感受性に対する雇用主たちの講評であった。

港湾業を営む白人や船の船長たちにとっては、彼はただ「ジム」、それだけだった。もちろん、もうひとつ名前はあるのだが、それが極力口にされぬことを本人は望んでいた。そうした匿名状態はふるいのごとく穴だらけだったが、それが隠そうとしているのは人格ではなく一個の事実であった。匿名性が破られて事実が明るみに出てしまうと、その時点で居合わせた港を突如去って、よその——たいていはもっと東の——港に行く。港からは離れなかったのは、彼が海から追放された海の男だったからであり、有していた抽象的能力は船長番以外の仕事には役立たなかったからである。朝日に向かって整然と退却する彼を、事実は何げなく、だが避けがたく追ってきた。かくして、何年かのうちに彼は、ボンベイ、カルカッタ、ラングーン、ペナン、バタヴィア、と順々に知られることとなり、それら休止点のどこにおいても単に「船長番ジム（ジム・ザ・ウォーター＝クラーク）」であった。のちに、耐えがたきものを痛切に感じてしまう力ゆえに、港と白人の世界を永久に捨て、原始林の中へと入っていったとき、その呪わしい力を隠す場として彼が選んだジャングルの村に住むマレー人たちは、匿名状態の一音節に一語を付け加えた。人々は彼を、トゥアン・ジムと呼んだのだ——ジム閣下（ロード・ジム）。

元々は、牧師館の倅（せがれ）だった。一流の商船を率いる者には、これら敬虔（けいけん）と泰平の牙城の出が少なくない。不可知なるものをめぐって、ジムの父親がしかと有していた知識は、粗末な田舎家に住む人々に徳を吹き込む一方で、過（あやま）たざる御心（みこころ）のおかげで大邸宅に住んでいられる者たちの心の平安を乱したりもせぬ類いのものだった。丘の上に建つ小さな教会は、葉叢の隙間から見る岩のような、苔むした灰色を帯びていた。何世紀も前からそこに立っていたが、周囲の木々もおそらく、教会の最初の礎が据えられた時を覚えていたにちがいない。教会から下ったところにある牧師館の赤い前面は、草地、花壇、樅の木に囲まれて温かな色合いを放ち、背後には果樹園が、左には石を敷いた廐舎中庭があって、温室のガラスが煉瓦の壁に沿って斜めに連なっていた。牧師の地位は、何世代も前から一家に属していた。だがジムは五人いる息子の一人であり、手軽な休暇向け物語をひとしきり読んだのち、海の男という天職が現われるに至り、ただちに「商業船舶高級船員養成船」に送られたのだった。

養成船で三角法を若干学び、上檣（下から三番目の継ぎマスト）に帆をつけるやり方も覚えた。概して誰からも好かれた。航海術では三番、第一カッター（船に付属した小型ボート）の整調ともなった。しっかり者で、体格も見事、マストの上でも実にすばしっこかった。定位置の前檣頭から、危険の只中で輝きを放つべく生まれついた男の侮蔑とともに、川の茶色い流れによって二分された、無数に連なるのどかな屋根の並びを見下ろした。周りの平原の縁で、煤けた空を背に、工場の煙突が垂直に、それぞれ鉛筆のようにほっそりとそびえ、活火山のごとく煙を吐き出していた。大きな船舶が旅立つのが見え、船幅の広い渡船がひっきりなしに行き来し、小さなボートが何隻もはるか足下を漂い、彼方には海の朦朧たる壮麗さと、冒険の世界での胸躍る生活への夢があった。

下甲板の、二百の声が作り出す混沌の中、彼は我を忘れ、心のうちで、手軽な物語が語る海の暮らしを早くも生きるのだった。沈みかけた船から人々を救い、ハリケーンの只中でマストを切り落とし、ロープを体に巻きつけ寄せ波に抗って泳ぐ自分が見えた。あるいは、孤独な漂流者となって、露出した暗礁を裸足に半裸で歩き、飢えをしのごうと貝類を探している。熱帯の浜で蛮人どもと対決し、海では反乱を鎮め、大海に浮かぶ小さなボートの上で絶望しかけた男たちの士気を保つ。いついかなるときも義務への献身の鑑、書物のヒーロー同様怯むことを知らぬ男。

「何かあったぞ。来いよ」

彼はハッと立ち上がった。少年たちが梯子をするするのぼっていた。上の方から、慌ただしく駆け回る音、叫び声が聞こえ、昇降口を抜けると、彼は突如、どうしたらいいかわからなくなったかのように立ち尽くした。

冬の日の黄昏どきだった。正午以降、暴風が新たに吹きはじめ、川の上の往来を停止させ、いまやハリケーンの強さで何度も突発的に吹き荒れて、海上で大砲が斉射されるかのように轟いた。激しい雨が斜めに叩きつけて、跳ね上がっては鎮まり、ジムは何度か、恐ろしい怒濤の情景を垣間見た。岸近くで荒波に翻弄される小さな船、吹きつける霧の中で不動を保っている建物、重々しく縦揺れする碇泊中の幅広の渡船、激しく上下に揺れ飛沫に覆い尽くされた巨大な浮き桟橋。次に襲った突風が、それらすべてを吹き飛ばしてしまいそうに思えた。飛び交う水が宙を満たした。強風には烈しい目的があり、風の金切り声や地と空の野蛮な混沌には烈しい意図があって、それがみな自分に向けられている気がして、彼は畏怖の念に固唾を呑んだ。彼は立ち尽くした。体がぐるぐる振り回されている気がした。

乱暴に揺すぶられた。「カッターに人員配置！」。少年たちが横を駆け抜けていった。港に避難してきた沿岸貿易船が碇泊中の縦帆式帆船に衝突するのを、養成船の教師の一人が目撃したのである。生徒たちは手すりによじ登り、鉤柱の周りに群がった。「衝突だ。すぐ前で。シモンズ先生が見てたんだ」。彼は体を押されてよろめいて後檣にぶつかり、ロープに摑まった。鎖で繋留所に繋がれた古い養成船は船体ごとぶるぶる震え、船首を風上に向けてわずかに垂らし、乏しい索具でもって太い低音をハミングして、海に出ていた若き日々の歌を息も切れぎれに奏でていた。「下ろせ！」。人を乗せたカッターが手すりの下にすうっと下ろされ、彼はそっちの方へ飛んでいった。ザブン、と水が跳ねる音がした。「離せ。吊綱を解け！」。身を乗り出した。かたわらの川が、泡立つ縞を描いて湧き立っていた。迫りくる闇の中、カッターは潮と風に呪縛されてしばし静止したように見え、それからふたたび船の横で上下に激しく揺れた。カッターの中で誰かの叫ぶ声がかすかに彼の耳にも届いた。「オールを揃えろ、若僧ども、それで人を救うつもりか！　オールを揃えろ！」。そして突然、カッターは船首を高く掲げて、いずれも持ち上げられたオールとともにひとつの波を飛び越え、風と潮の呪縛を破った。

肩をぎゅっと摑まれるのをジムは感じた。「もう遅いよ、坊や」。いまにも飛び込もうとしているように見える少年を、船長は手をかけて引き止めた。敗北をひしひしと感じる痛みを目に浮かべてジムは顔を上げた。船長が同情したように微笑（ほほえ）んだ。「この次はもっと上手（うま）くやるようにな。これでわかったろう、すばしっこくなきゃ駄目だって」

甲高い喝采がカッターを迎えた。半分水が入った身で、カッターは躍りながら戻ってくる。疲れきった男が二人、底板で水に揺られていた。風と海の混沌も脅威も、ジムにはいまやひどくチャチなものに思え、その無能な脅威に畏れ入ったことへの後悔が募ってきた。いまではもう、どう捉えたらいいかがわかる。もはや暴風などおよそ取るに足らぬものに思えた。もっと大きな危険に自分は立ち向かえる。誰より見事にそうしてみせる。もう怖れのかけらも残っていなかった。にもかかわらず、彼はその晩一人で塞ぎ込み、下甲板ではカッターの艇首漕手（バウマン）を務めた少年が――女の子みたいな顔立ちの、大きな灰色の目をした奴だ――英雄となって、熱心に質問を浴びせる連中に取り囲まれていた。「あの男の頭が水中で上下に揺れてるのが見えたから、鉤竿（ボート＝フック）を投げ込んだんだ。で、あいつのズボンに引っかかって、こっちまで水の中に落ちそうになって、もう駄目かと思ったけど、シモンズがさ、舵（かじ）を放して僕の脚を掴まえてくれたんだ。あやうくボートごと水浸しになりかけたよ。シモンズっていい奴だよな。口うるさかったりするけど、全然構わないよ。僕の脚掴んでるときもずうっと僕のことボロクソに言いっ放しでさ、だけど要するにそうやって、鉤竿を放すなって言ってくれてたわけだよ。シモンズってすぐ熱くなるんだよな――そうだろ？　違うよ、あの色白の小さいのじゃなくて、もう一人の方だよ、あごひげ生やした大きい奴。で、二人でその男を引っぱり上げたら

『脚が！　脚が！』ってうめいてさ、もう白目剝いちゃって。あんな大男がさ、女の子みたいに卒倒するんだぜ。お前ら、鉤竿で引っかけられて卒倒したりするか？　僕はしないぜ。鉤竿がさ、そいつの脚にぐっさり食い込んだんだ」。わざわざ持ってきた鉤竿を彼がみんなに見せると、興奮が沸き起こった。「違う違う、まさか！　肉に引っかかったんじゃないよ、ズボンにだよ。そりゃまあ血はたっぷり出たけどな」

　下らない見せびらかしだ、とジムは思った。強風自体の恐ろしさもまがいものだったが、それと同じくらいまやかしの英雄を強風は生んだのだ。自分に不意打ちを喰わせ、せっかく危機一髪の脱出を助けてやる気だったのにそれを不当に殺いだ地と空の野蛮な混沌が腹立たしかった。それを別とすれば、カッターに乗り込まなかったことがむしろ嬉しかった。あんな程度の低い達成で、用が足りてしまったのだから。それを成し遂げた奴より、自分の方が知識は深まった。ほかの誰もが怯んだときに――とジムは確信した――風と海の偽の脅威にどう対処すべきか、自分だけがわかるのだ。事態をどう捉えたらいいのか、自分にはわかる。醒めた目で見ると、いかにもチャチなものに思えた。自分の中に、何の感情の痕跡も彼には見出せなかった。衝撃の出来事の最終的な結果として生じたのは、人目にもつかず、青二才どもの騒々しい群れから離れた自分には、冒険を求めてやまぬ気持ちと、縦横無尽の勇気があるのだとジムが改めて確信し、一人高揚に浸るという事態だったのである。

# 第二章

二年間訓練を受けた末に船乗りとなって、己の想像力がすでによく知っている世界に入ってみると、そこには奇妙に冒険が欠けていた。いくつもの航海に加わって、空と水とにはさまれた生活の、魔法のような単調さを肌で知った。船員たちの批判に耐えねばならず、海は過酷な要求を課してくるし、日々の仕事もひどく味気ない厳しさに貫かれていた。その仕事がパンをもたらすわけだが、唯一真の報酬とは、仕事を心から愛せる気持ちにこそあるはずだ。その報酬が、どうにも訪れなかったのである。といって引き返すわけにも行かない。海の暮らしほど誘惑的で、迷いを解いてくれて、人を虜（とりこ）にするものはほかにないのだから。それに、彼の前途は明るかった。紳士的で、堅実で、従順で、仕事の内容も知り尽くしている。やがて彼は、まだひどく若いうちに、立派な船の一等航海士になった。海にあって、ある人間の内なる価値を、その気性の力を、人間としての素材の本質を白日のもとに晒す出来事の試練を――逆境に抗う力の強さと、見せかけの陰に隠れた真実とを他人のみならず自分自身にも暴く出来事の試練を――一度も経ぬままに。

その間、海の本気さと怒りをふたたび垣間見たのは一度だけだった。そういう真実は、案外それほど頻繁には明かされぬものである。冒険や強風の危険にはいくつもの段階があって、明確な目的を持つ邪悪な暴力が表面に現われるのは、時たまのことでしかない。それは人の頭と心にこう思い知らせる、いわく言いがたい何ものかだ――こうした偶然の複雑な連なりや自然の激怒は悪意ある意図をもって、制御しようのない力をもって訪れるのだ、そして何ものにも抑えられぬ残酷さとともに、お前の希望も恐怖も疲労の痛みも休息への渇望もすべてお前からむしり取ろうとするのだ、と。人がこれまで見てきたもの、知ってきたもの、愛してきたもの、楽しんできたもの、憎んできたものを、その何ものかはすべて叩き潰し、打ち壊し、抹殺せんとしている。かけがえのない、必要不可欠なものすべてを――日の光を、記憶を、未来を――大切な世界丸ごとを、当人の命を奪うという単純かつおぞましい行為によって、その眼前から奪い去らんとしている。

ある週のはじめに、ジムは円材が落ちてきて怪我をし――その一週間についてのちにスコットランド人の船長は、「まったく、奇跡としか言いようがない、船が沈まずに済んだなんて！」と言ったものだった――何日も仰向けになって過ごし、呆然として満身創痍、望みも失い、安らぎなき深淵の底に沈んだように苦悩に苛まれていた。もうどうなろうがどうでもいいという気持ちだった。時おり訪れた思考明晰（めいせき）な瞬間に、そういう自分の無関心を彼は過大に評価した。危険というものは、眼前にないと、人間の思考と同じ不完全な見えにくさを帯びる。怖れは次第にぼやけていって、想像力は、人類の敵にしてすべての怖れの父たる想像力は、何ら刺激を受けずにいると、疲弊した感情の靄（もや）に包まれ停止状態に陥ってしまう。揺れる自分のキャビンの混沌しかジムの目には入らなかった。些細（ささい）な挫折の中に閉じ込められて横たわり、甲板に行かなくてよいことをひそかにありがたく思った。だが時として、制御しようのない苦悩が押し寄せ、彼を体ごとがっちり捕まえた。彼は毛布の下で喘（あえ）ぎ、身をよじらせた。やがて、そうした苦悶（くもん）から逃れえぬ身に備わった、知性とは無縁の野蛮さが、どれだけの犠牲を払ってでも逃げ出したいという欲求で彼の胸を満たした。それから好天候が戻ってくると、もうそのことはそれ以上考えなかった。

　だが手足の不自由は残り、とある東の港に船が着くと、病院へ行くことを余儀なくされた。回復は緩慢で、船は彼を置き去りにして発った。

　白人の病棟に、患者はほかに二人しかいなかった。昇降口から落ちて片脚を折った小型砲艦の事務長（パーサー）と、近隣の植民地から来た、何やら神秘的な熱帯の病に侵された自称鉄道敷設業者。後者は医者を阿呆呼ばわりし、タミル人の召使が疲れを知らぬ献身ぶりで持ち込んでくる売薬をこっそり飲みまくった。みんなで自分の生涯を語りあい、トランプを少しやったり、パジャマ姿で欠伸（あくび）をしながら一言も言わず日がな一日安楽椅子に座って過ごしたりした。病院は丘の上に建っていて、つねに開け放された窓からそよ風が入ってきて、殺風景な部屋に空の柔らかさと大地の気怠さと東洋の海の蠱惑的な息吹を送り込んでくれた。芳しい香りが、無限の休息の気配が、果てない夢の贈物がそこにはあった。ジムは毎日、庭園の茂みの先、街並の彼方、浜辺に生えた椰子の葉の向こうの、東方に通じる街道たる碇泊地を見やった。花輪で飾られた小島が点在し、華やいだ日の光に照らされて、並んだ船は玩具のように見え、そこでくり広げられる絢爛たる営みは祭日の仮装行列にも似て、頭上に広がる東洋の空は永遠の晴朗さを湛え、東洋の大海の微笑みに彩られた平穏が水平線に至るまで空間を覆っていた。

　杖なしで歩けるようになるとすぐ、町へ降りていって、本国に帰る機会を探した。ちょうどそのときは何もなく、待っているあいだに、ごく自然の成行きとして、港にいる同業の男たちとつき合うようになった。そういう連中には二種類あった。ごく少数の、港ではめったに見かけない、謎めいた生活を送っている、海賊の気質と夢見る者の瞳でもって、いまだ損なわれていない活力を保っている者たち。彼らはさまざまな計画、希望、危険、企てから成る狂気じみた迷路の中で生きているように思え、文明のさらに前方、海の暗き場に身を置いている。彼らの途方もない生にあって、唯一ある程度確実に達成されそうなのは彼らの死だけだった。もう一種類の、大多数を占める者たちは、ジム自身と同じように、偶然ここに流れ着き、地元船の高級船員としてここに留まっていた。彼らはいまや、本国の船で働くのをひどく忌まわしいことと考えるようになっていた。条件は厳しいし、義務の観念もうるさいし、嵐の海を走る破目になる恐れもある。東洋の空と海の永遠の平穏に、彼らは慣れっこになってしまっていた。短い旅程、上等のデッキチェア、大勢の現地人乗組員、そして白人であることの特権が彼らには嬉しかった。重労働など考えただけでぞっとする。危なっかしい安楽な暮らしを彼らは送り、つねに解雇される一歩手前、つねに雇われる一歩手前にあって、中国人、アラブ人、印欧混血人（ハーフ＝カースト）の船主たちに仕えた。楽な仕事でありさえすれば、悪魔その人にだって仕えたかもしれない。ツキが巡ってくる、といった話を彼らはえんえん語りつづけた。誰それは中国沿岸で船を任された、まったくあんな楽な仕事はない。甲は日本のどこかで職にありついた、乙はシャムの軍隊で上手くやっている。彼らが口にすることすべてに――彼らの行動、表情、身なりすべてに――弱い部分が、腐敗の場が、生涯ずっと安楽に過ごそうという強い意志が感じとれた。

ジムにとって、うわさ話に明け暮れるこういう連中は、船乗りとして見ると、はじめは影ほどの実体もないように思えた。だがそのうちに、この男たちの姿に――かくもわずかな危険と苦労を糧（かて）に、彼らがかくも元気にやっているように見えることに――ある種の魅惑を覚えるようになった。じきに、当初からの嫌悪と並んで、別の感慨が少しずつ育ってきた。彼は突然、本国に帰るという考えを捨て、『パトナ』号一等航海士の職に就いた。

『パトナ』は化石的に古い蒸気船で、猟犬のように痩（や）せて、廃棄の決まった水タンクよりもひどい錆（さび）に蝕（むしば）まれていた。持ち主は中国人、今回の傭船主（チャーター）はアラブ人で、船長はニューサウスウェールズ（オーストラリア南東部の州）に家のある、祖国放棄者とも言うべきドイツ人で、ドイツを人前で呪詛（じゅそ）することに何より熱心だったが、それでもビスマルクの政策の勝利に倣（なら）ってか、己が恐れていない者すべてを虫けら同然に扱い、「鉄血」の雰囲気を装って、これに紫色の鼻と赤い口ひげを組みあわせていた。船体の塗装が済んで、内部にも水漆喰（みずしっくい）が塗り終えられると、桟橋に横づけされた船が蒸気を上げる中、おおよそ八百人の巡礼者が追い立てられるようにして乗り込んでいった。

　三つのタラップを通って、巡礼者たちは流れ込んでくる。信仰と楽園の希望とに促されて彼らはなだれ込む。裸足の足を一歩一歩前に出し、一言も喋らず、囁（ささや）きすら漏らさず、うしろをふり返りもせず乗ってくる。そうして、甲板の前後左右にめぐらされた手すりの中へひとたび入ると、前へうしろへ流れていき、ぱっくり口を開いた昇降口から下へ降りて、貯水槽を満たす水のように、裂け目や割れ目に流れ込む水のように、静かに縁まで上昇する水のように、船内のあちこちの奥まりを満たしていった。信仰と希望を抱えた八百の男女、それぞれの愛情と記憶を携えた八百人がそこに集っていた。北から南から、東洋の周縁から、ジャングルの道を越え、川を下り、快速帆船（プラフ）で浅瀬を抜け、小さなカヌーで島から島を渡り、苦難をくぐり抜け、奇怪な風景に出会い、不思議な恐怖に苛まれ、ただひとつの欲求に支えられて。荒野の只中にぽつんと建つ小屋から、人にあふれたマレーの集落（カンポン）から、海辺の村から彼らはやって来ていた。ひとつの理念に召されて森を去り、野を去り、支配者の与えてくれる保護を放棄し、繁栄を、貧困を、若き日々の環境と父祖たちの墓とを捨ててきていた。埃に、汗に、垢に、襤褸に包まれて彼らはやって来ていた。一族を率いる長たる逞しい男たち、生きて帰る希望なしに黙々と先を急ぐ痩せた老人たち、恐れを知らぬ目で物珍しそうにあたりをきょろきょろ眺める少年たち、乱れた長い髪の内気な少女たち、眠っている赤ん坊を——薄汚れた頭巾の切れ端にくるまれた、苛酷な信仰を意識することなき巡礼者を——胸に抱き寄せ、衣を身に巻きつけたおずおずとした女たち。

「見ろよ、あの家畜どもを」ドイツ人船長は新しい一等航海士に言った。

最後に、この敬虔なる航海の指導者たるアラブ人が乗り込んできた。白いガウンに大きなターバン、顔立ちは凛として厳めしく、甲板上を悠然と歩いてゆく。召使が列をなし、主人の荷物を背負ってあとについて行った。『パトナ』は舫いを解き、うしろ向きに波止場を離れていった。

船は二つの小島のあいだを通って、帆船の碇泊地を斜めに横切り、ぐいっと半円を描いて山蔭を抜けたのち、泡立つ暗礁のすぐ脇を進んでいった。アラブ人は船尾に立って、海を旅する者たちの祈りを唱えた。この旅に対する至高なるお方の好意を彼は喚び起こし、人間たちの労苦と、彼らが心に宿すひそかな目的に対する至高のお方の祝福を希った。黄昏の中、蒸気船は海峡の静かな水を叩くようにして進んだ。巡礼の船のはるか後方、油断ならぬ浅瀬に不信心者たちが据えた螺旋杭の灯台が、信仰の旅をあざ笑うかのごとく、その炎の瞳で船に秋波を送っているように見えた。

海峡を離れ、湾を渡り、そのまま赤道直下の「一度線航路」を進んでいった。静謐な空の下、雲ひとつない灼熱の空の下、まっすぐ紅海をめざした。船を包む眩い陽光は、いっさいの思考を殺し、心にのしかかり、力やエネルギーを要するすべての衝動を萎えさせた。その空の禍々しい壮麗さの下、青く深遠なる海は少しも動かず、さざ波ひとつ立てず皺ひとつ見せなかった。粘着質の、澱んだ、死せる水。光沢を放つ滑らかなその平原を、『パトナ』号はかすかにしゅうしゅう音を立てながら越えてゆき、黒い煙のリボンを空一面に描きつつ、水面には白い泡のリボンを残していったが、白いリボンの方は、蒸気船の幽霊が生命なき海の上に引いていく航跡の幽霊のようにたちまち消えてしまうのだった。

太陽は毎朝、自分の回転のペースを巡礼の進み具合に合わせるかのように、船の後方、つねにまったく同じ距離に突如、音もなく光を炸裂させて現われ、正午に船に追いつき、その光線を集めた炎を人間たちの敬虔なる目的に浴びせ、滑るように空を下りつつ通り過ぎてゆき、毎晩毎晩、進みゆく船の舳先の前で、同じ距離を保って神秘的に海へ沈んでいった。船上の白人五名は、船荷としての人間たちからは離れて、船の中央で日々を過ごした。天幕の白い屋根が船首から船尾まで甲板を覆い、ぶーんというかすかなうなりのみ、いくつもの悲しい声から成る低いざわめきのみが、海原の大いなる輝きの上に人々の一団が存在していることを伝えていた。日々はそうやって、動きもなく、暑く、重苦しく、一日一日過去へと、あたかも船の航跡の上に永久に口を開いている深淵に落ちていくかのように消えていった。そして船は、一筋の煙の下でただ一隻、光り輝く広大さの中、容赦を知らぬ天が送ってよこす炎に焦がされたかのように黒く燻（くすぶ）りながら着実に進んでいった。

　夜は祝福のように船上に降り立った。

# 第三章

奇跡のような静けさが世界を浸し、静謐な光を湛えた星々は、永遠に続く安全の保証を地球に注いでいるように見えた。若い月は後方に反り返り、西の空低く光る姿は、金の延べ棒から削り取られた細いかんな屑のようだった。氷が張ったように滑らかで冷やかに見えるアラビア海は、その完璧な平面を暗い水平線の完璧な円にまで拡げていた。スクリューは何ものにも邪魔されず、あたかもそのリズムが安全なる宇宙の機構の一部であるかのように回転を続けた。『パトナ』の両側で、水はそれぞれ深い窪みを成して、皺ひとつない煌めきの上で普遍かつ厳粛な姿を晒していた。まっすぐな、分岐してゆく波頭の中に、シュッと低い音を立てて弾ける白い泡の渦や、小波やさざ波や、うねりが閉じ込められていた。それらのうねりは、船が過ぎていったあとに残されて海面を束の間かき乱すものの、すぐまた穏やかに水を跳ね上げながら静まって、ついには水と空の作る円形の静けさの中へ消えていき、動きつづける船体の黒い点はいつまでもその中心に留まっているのだった。

船橋に位置するジムは、自然の物言わぬ姿に読みとれる、穏やかな優しさを湛えた母の顔に浮かぶ慈愛のような、無限の安全と平和の大いなる確かさに浸っていた。天幕の屋根の下、白人たちの叡智と勇気に身を委ね、苛酷な信仰を生きる巡礼者らは、白人たちの不信心の力と、火を噴く船の鉄の殻に信頼を寄せて、筵の上、毛布の上で眠り、むき出しの板の上、甲板という甲板の上、そこらじゅうの暗い片隅で、染めた布に身を包み、汚れた襤褸にくるまり、小さな包みを枕代わりに、折り曲げた腕に顔を押しつけて眠った。男も女も子供も、老いも若きも、萎えた者も強健なる者も、死の兄弟たる眠りの前ではみな平等だった。

船の速度によって前方から煽られた一筋の空気が、高い舷墻のあいだの長い暗がりをたえず通り過ぎ、何列にも並ぶうつ伏せの肉体の上を吹き抜けていった。あちこちで仄暗い光が、天幕棟木に据えられた球形ランプから短く垂れた。ぼんやりと降り注ぐ、船のたえまない振動ゆえにわずかに震える光の輪の中、持ち上がったあご、閉じた瞼二つ、銀の指輪をはめた暗い手、破れた衣にくるまれた貧弱な腕、うしろに倒れた頭、裸足の足、ナイフに己を差し出しているかのようにぴんとあらわに伸びた喉が現われた。裕福な者は家族のために重い箱や埃っぽい筵を使ってねぐらを作ってやり、貧しい者たちは全財産を入れて縛った襤褸を枕に並んで横たわった。身寄りのない孤独な老人たちは礼拝用敷物の上で両足を引き寄せ、両手で耳を覆い肱をそれぞれ顔の横に当てていた。ある父親は両肩をいからせ、膝を額の下まで引き上げ息子と並んで打ちひしがれたようにまどろみ、一方息子は乱れた髪で仰向けに横たわり、片腕を居丈高に突き出して眠っていた。死体のように白い敷布で頭から足まで覆った女は、腕を曲げた窪みにそれぞれ裸の子供を抱えていた。船首右側に積まれたアラブ人指導者の荷物は、輪郭が切れぎれになった重々しい山を形作り、荷物用ランプがその上で揺れ、種々の朧な姿が大いなる混沌を生み出していた――ぽっちゃり丸い真鍮の鍋の煌めき、デッキチェアの足載せ台、槍の刃、枕の山に立てかけた古い剣のまっすぐな鞘、錫のコーヒーポットの注ぎ口。船尾手すりに据えられた曳航測程儀（速度と航走距離の測定器）が定期的に、信仰の旅が一マイル進むごとにチリンと一回鳴った。眠る者たちの塊の上に時おり浮かび上がるかすかな辛抱強いため息は、落着かぬ夢から吐き出されていた。そして、船のずっと下の方から突然鳴り響く短い金属的な音は、シャベルが耳障りにこすれる音か、火炉の扉が乱暴に閉められる音だ――あたかも船の下部で神秘なる物たちを扱う男らが、胸に烈しい怒りをたぎらせているかのように音は荒々しく轟く。その間ずっと、蒸気船のほっそりと高い船体は、帆を外したマストを少しも揺らすことなく滑らかに進み、手に届かぬ空の晴朗の下、海の大いなる平穏を刻一刻切り分けて進む。

　ジムはブリッジを斜めに渡っていった。巨大な静寂の中、その足音は彼自身の耳にも、注意深く見守る星々が谺を返すかのように大きく響いた。目は水平線のあたりをさまよい、到達しえぬものに貪欲に見入っているように見え、じきに起ころうとしている出来事の影が目に入っていなかった。海に浮かぶ唯一の影は、煙突から巨大な、その先端がたえず空中に溶けて消える吹き流しをたっぷり吐き出している黒い煙の影のみ。二人の物言わぬ、ほとんど動きもしないマレー人が舵の両側に一人ずつ立ち、羅針儀台の放つ楕円形の光を受けて真鍮の縁を断片的に光らせている舵を二人で操っている。時おりどちらかの片手が、回転する舵輪の取っ手を黒い指で離したり摑んだりする姿が、光を浴びて浮かび上がった。舵輪と舵柄を繋ぐ鎖の輪一つひとつが、巻胴の溝でギシギシ軋んだ。ジムは羅針盤にチラッと目をやり、到達しえぬ水平線のあたりを見回し、関節が鳴るまで身を伸ばしながら、あまりの幸福感に体を緩やかにねじるのだった。そして、あたりに広がる平穏の無敵ぶりに力を得たかのように、生涯自分の身に何があろうとどうでもいいような気分になっていった。時おり、操舵輪箱の後方に据えた、低い三本脚の机に画鋲で四隅を留めた海図にぼんやり目を向けた。海の深さを示したその一枚の紙は、梁柱に縛りつけた半球レンズの明かりの下、ぴかぴかに光る、大海の揺らめく光に劣らず平らで滑らかな表面を晒していた。平行定規がディバイダと一緒にその上に載っていた。最新の正午における船の位置が小さな黒い十字で記され、はるかペリム（紅海入口にある島）まで鉛筆でまっすぐ引かれた確固たる線は、船の針路を——聖地へ、救済の約束へ、永遠の生の報酬へ向かう魂たちの道を——表わす一方、その尖った先端がソマリア沿岸に触れている鉛筆は、雨風から護られたドックの水に浮かぶ裸の円材のように丸く動かず横たわっていた。「何と着実に進むことだろう」とジムはしみじみ感じ入り、海と空の作る気高い平穏に対して感謝の念のようなものを覚えた。そんなとき、彼の思いは、いくつもの勇ましい偉業で満たされるのだった。そうした夢を、空想の達成の華々しさを、彼は愛した。それらこそ人生最良の要素、その秘密の真実、隠れた現実だった。胸躍る男らしさを、捉えがたさの持つ魅力をそれらは有し、英雄的な足どりで彼の前を過ぎていった。それらは彼の魂を連れ去り、無限の自信という神々しい魔法の薬でもって魂を酔わせた。彼が立ち向かえぬものは何ひとつなかった。そう思うとひどく嬉しくなって、目は一応前に向けたまま、思わず頬(ほお)が緩んだ。たまたまチラッとうしろを見ると、船の竜骨が海の上に引いた、海図上に鉛筆で引かれた黒い線に劣らずまっすぐな航跡の白い筋が見えた。

　塵灰(じんかい)バケツがかたかた鳴りながら、ボイラー室の通気筒を上下し、そのやかましい響きが、彼の見張り番の終わりがもう近いことを告げていた。彼は満足のため息をついたが、冒険あふれる想像の自由を育(はぐく)んでくれた静穏と別れるのが残念な気もあった。少し眠くもあったし、あたかも体内の血液がすべて温かい乳に変わったかのように、快い気だるさが手足を駆けめぐるのを感じた。いつの間にか、船長が音もなく上がってきていた。パジャマの上に羽織ったスリーピング・ジャケットの前を大きくはだけていた。顔は赤く、まだよく目覚めておらず、左目はなかば閉じていて、濁った右目はぼんやり愚かしく前を向いている。船長は大きな頭を海図の上に垂らして、眠たげに肋骨(ろっこつ)をぼりぼり掻(か)いた。裸を晒したその姿にはどこか卑猥(ひわい)なところがあった。むき出しの胸は、眠っている最中に脂肪を汗に出していたかのようにぼてっと脂(あぶら)っぽく光っていた。耳障りな、生気のない、板の端を木工用やすりでこすった音に似た声で船長は何か一言専門的なことを言った。二重あごのたるみが、あごの関節のすぐ下に縛りつけた袋のように垂れ下がっていた。ジムははっと我に返り、恭(うやうや)しく答えた。だがそのおぞましい、肉のたるんだ姿は、啓示的な瞬間に初めて目にされたかのように、彼の記憶の中で、人間たちが愛するこの世界の中に潜む——人が己の救済を託す自分の心の中、人を囲む仲間たちの中、人の目を満たす情景の中、人の耳を満たす音の中、人の肺を満たす空気の中に潜む——すべての下劣なもの卑しいものの化身(けしん)として定着することになった。

空に浮かぶ、ゆっくりと沈んでいく、薄い金色のかんな屑のような月は、暗くなった海面で迷子になって、星々はますます明るく煌めき、不透明な海の平たい円板を覆う半透明の丸天井の輝きにはなおいっそう深遠な厳(おごそ)かさが加わって、空の彼方にある永遠がいつもより地球の近くまで降りてきたように思えた。船はこの上なく滑らかに、その前進が人間の五感では感じとれぬほど滑らかに動いていた。あたかもこの船が混みあった惑星であって、これまでずっと、未来の万物創造の息吹を待つ恐ろしくも静かな寂しさの中、いくつもの太陽の群れの陰にある霊気(エーテル)の暗い空間を疾走してきたかのように思えた。「下は暑いなんてもんじゃないぜ」誰かの声が言った。

ジムはふり向きもせずに微笑んだ。船長は幅広の動かぬ背中をこっちに向けている。

これがこの祖国放棄者の、相手の存在にまるで気づいていないふりをする手口なのだ。都合のいいときだけ相手の方を向いて、噛み殺さんばかりの剣幕で睨みつけ、やがて、下水道から迸り出る水のように、口角泡を飛ばし、侮辱的な通り言葉を立てつづけに浴びせる。その船長がいまは、拗ねたようなうなり声を漏らすだけ。ブリッジの梯子のてっぺんに立つ二等機関士は、湿った両の手の平で汚いハンカチをこねながら、恥じる様子もなくえんえん愚痴をこぼし続けていた。水夫の奴らこっちで楽しくやりやがって、だいたいあいつらみんな何の役に立つんですかい、こちとら機関士は何があったって船を動かしてなきゃならんのであって、ほかのことだってちゃあんとできるんです、いやまったく——「黙れ！」ドイツ人船長は何も感じていない様子で怒鳴った。「そうですとも！　黙りますよ——で、何かちょっとでもおかしくなったら、船長、俺たちのところに飛んでくるんだ、そうでしょ？」相手も言い返した。どうせこっちはもうあらかた暑さにやられちまってますよ、でももうどうでもいいんだ、いくら罪を犯したって構うもんか、何せこの三日間ずっと、悪い奴が死んだら行く場所の訓練バッチリ受けてたからね——そうともさ——おまけに下の騒々しさときたら、耳だってまるっきり駄目になっちまいますぜ。糞忌々しい、ぐじゃぐじゃこんがらがった、なぁにが二連式表面凝縮（当時としても相当古いエンジンの方式）だ、あの腐りきったクズ鉄の塊が下で古いデッキウインチみたいにガタガタギイギイ鳴りやがって、いやもっとひどいぜ、何だってこちとら、神様が作った毎晩毎昼、一分五十七回転でぐるぐる回る解体場のガラクタに囲まれて、何を好きこのんで手前(てめえ)の命を危険に晒してるのか、いやまるっきり訳わかりませんぜ。きっとよっぽど向こう見ずに生まれついたんでしょうなあ。いやほんとに……「酒、どこで手に入れた？」ドイツ人がひどく乱暴に訊いたが、羅針儀台の明かりの中、体は少しも動かさず、脂肪の塊から切り取ったぶざまな人形(ひとがた)のように見えた。遠のいてゆく水平線に向かって、ジムは微笑みつづけた。心の中は寛大な衝動に満ち、思いは自分自身の優越に向けられていた。「酒だって！」と機関士は愛想のいい蔑み(さげすみ)とともに言い返した。両手で手すりに摑まった彼は、しなやかな両脚を持つ影といった趣(おもむき)である。「あんたからもらったんじゃありませんよ、船長。あんたみたいなケチがくれるわけがない。まともな人間にシュナップス一滴でもくれてやるくらいなら、そいつを死なせた方がましだって人だよあんたは。あんたたちドイツ人はそういうのを経済って言うんだよな。一文惜しみの百失いとはこのこった」。機関士は感傷的になってきている。機関長から、十時ごろ指幅四つ分の酒をもらったのである――「一杯だけですぜ、ほんとです！」――いい人ですよ機関長は、だけどあの人を寝床から出すとなると――五トンのクレーンがあったってできやしません。絶対無理だね。少なくとも今夜は。赤んぼみたいにすやすや寝てますよ、枕の下に極上のブランデー置いてね。と、『パトナ』号船長の太い喉からごろごろ低いうなりが漏れてきて、それに乗って豚野郎(シュヴァイン)という語の音が、かすかに揺れる空気の中を舞う気まぐれな羽のように上下にはためいた。船長と機関長とは長年の友である。二人一緒に、陽気な、抜け目ない、角縁(つのぶち)の防水眼鏡をかけて、風格ある白髪の弁髪に赤い絹糸を編み込んだ老中国人に仕えてきたのだ。あこぎな横領なら、この二人は「人が思いつく手口は一緒にほぼ全部やり尽くした」というのが『パトナ』母港の波止場近辺での定評であった。外見に関しては、これほど不釣合いな二人もいない。一人はどんよりした目に悪意をみなぎらせ、体はぽっちゃり丸い。もう一人は痩せこけ、そこらじゅう窪んで、老いた馬みたいに細長く骨ばった頭、頬は落ち込み、こめかみも落ち込み、落ち込んだ両目は投げやりな、膜のかかった眼差しを向けている。この機関長はかつて、東洋のどこかで船が座礁したのだった。広東か、上海か、あるいは横浜だったか、正確な場所は、それに難破の原因も、本人としても思い出したくないにちがいない。二十年かそれ以上前、若さに免じて、船からひっそり追い出されただけで済んだのであり、この一件に関する記憶に、不運という要素がほとんどなかったという事実が、彼にとってそれをいっそう辛いものにしていたかもしれない。やがて、このあたりの海で蒸気船航海が広まり、当初は彼のような技能の持ち主が手薄だったおかげで、どうにか「やってこれた」。陰気なブツブツ声で、誰彼なしに「このへんじゃ俺は古顔」だと吹聴（ふいちょう）した。動けば服の中で骸骨が揺れるように見え、歩けばいかにもふらふらとうろつき、かくして機関室の天窓あたりを何かにつけて徘徊（はいかい）して、長さ四フィートの桜材の端につけた真鍮の火皿に詰めた混ぜ物入りの煙草（たばこ）を美味（うま）くもなさそうに喫（す）い、漠然と垣間見た真理に基づいて哲学体系を展開せんとする思想家の愚かしい重々しさを漂わせていた。ふだんは個人蔵の酒を決して気前よく人に分けたりはしないが、この晩はなぜかいつもの主義を捨て、その結果、ウォッピング（ロンドンの下町の一地区）出の知恵の足らぬ二等機関士が意外なもてなしに与って、しかもやたら強い酒なものだから、ひどく上機嫌かつ生意気になって口も軽くなったというわけである。ニューサウスウェールズ在住ドイツ人の憤怒は凄まじかった。排気管ばりに息も荒く、その情景を見てジムもわずかに愉快ではあったが、とにかく早く下に降りられる時間が待ち遠しかった。見張り最後の十分間は、発火の遅い銃のごとくもどかしかった。こんな奴らは英雄的冒険の世界に属していない。でもまあ悪い人間でもない。船長だって……ゴロゴロという呟きやら醜悪な物言いの濁った滴りやらを出しながら喘ぐ肉塊を見ると反吐が出そうになったが、いまのジムはあまりにも快く気だるくて、そんなことを、あるいはどんなことでも、積極的に嫌う気になれなかった。この男たちの、人間としての質などどうでもよい。肩を並べて日々を送ってはいるが、こいつらが自分に触れられはしない。吸う空気を彼らと分けあってはいても、自分は違う人間なのだ……。船長は機関長をとっちめるだろうか？……人生は安楽であり、ジムは自分をあまりに確信していた。あまりに確信していたために……彼の内省と、立ったままのひそかな居眠りとを隔てる線は、蜘蛛の巣の糸よりも細かったのである。

二等機関士の話はゆるゆる横に逸れ、今度は自分の懐具合と勇敢ぶりの話に転じている。

「誰が酔ってるってんです？　俺が？　いえいえそんな、船長！　そりゃあ違います。船長ももうご存じでしょう、あの機関長、雀を酔わせるほどの気前だってありゃしません。俺はね、生まれてこのかた、酒にやられたことなんて一度だってないんです。俺を酔わせる酒なんて、いまだ作られちゃおらんのです。船長のウイスキー相手に安酒で飲み比べしたって、顔色ひとつ変わりやしません。酔っ払ったって思ったら俺、海に飛び込みますよ。自分で自分に始末つけますよ、ほんと。絶対！　即やります！　で、俺、ブリッジから降りませんよ。こんな夜に、どこで新鮮な空気吸えってんです？　下の甲板で、あのクズどもに交じって吸えってんですか？　まさか。ご冗談を！　それに俺、あんたが何やったたって怖くありませんからね」

ドイツ人は両の重い拳を天に上げ、何も言わずに軽く振った。

「俺は怖がるってことを知らんのです」二等機関士はなおも、嘘いつわりない確信のひたむきさとともに言った。「このボロ船の仕事ぜぇんぶやることだって怖かないね。船長にとっちゃ幸いですよ、自分の命も怖かないって人間がこの世に少しはいるってのは、じゃなきゃ船長どうなります、こんな年代物の、横材が包み紙みてぇに薄い船抱えて——包み紙ですよ、ほんと。そりゃあ船長は結構ですよ——何がどうなろうとたっぷり懐に入るんだから、だけど俺はどうなります——こちとらはどれだけ実入りがあります？　月たったの一五〇ドル、しかも日用品は自前。ここはひとつ謹んで——謹んで、ですぜ——お訊ねしたいですよ、こんな最悪の仕事、投げちまわない奴なんていますかね？　とにかく危険です、危険な仕事です。でも俺はね、怖いってことを知らない人間ですから……」

手すりを摑んでいた手を離し、自分の勇敢さの形と大きさを空中で示すかのように二等機関士はたっぷりジェスチャーをやってみせた。間延びしたキンキン声が海の上に広がっていき、その言葉をさらに強調しようと爪先立ちで前後に動き、突然、うしろから殴られたみたいに頭からまっさかさまに倒れていった。倒れながら「糞！」と言った。一瞬の静寂が金切り声に続いた。ジムと船長は期せずして同時に前へ歩み出て、それからハッと止まって、身をこわばらせ、なおも呆然と、いっさい乱れていない海面を見た。それから二人とも星空を見上げた。

何があったのか？　エンジンの喘ぐような振動音が続いた。地球がその回転を止められたのか？　二人とも訳がわからなかった。そして突然、穏やかな海が、雲ひとつない空が、その動かなさゆえに、あたかも口をぱっくり開けている破滅のとば口に立っているかのように、ひどく頼りないものに思えた。二等機関士のぴんと伸びた体が垂直に跳ね上がり、それからもう一度落ちて形の定まらぬ山となった。その山が、深い悲しみから生じるくぐもった口調で「ありゃ何だ？」と言っている。雷鳴のような、無限に遠い雷鳴のようにかすかな、音というより振動でしかないものがゆっくりと過ぎていき、船はそれに応えて、あたかも雷が海中深くでうなりを発したかのようにぶるっと震えた。舵を取る二人のマレー人の目が、白人たちの方に向けてギラッと光ったが、彼らの黒い手は舵輪の取っ手を包んだままだった。進んでゆく尖った船体が、あたかも伸縮可能になったかのように、船首から船尾まで数インチ高さを増したように思え、それからまた、硬さを取り戻して下降し、海の滑らかな表面にしがみつく務めに戻っていった。揺れが止まり、雷鳴のかすかな響きが突如止んだ。まるで船が、震動する水とハミングする空気の細い帯を渡り終えたかのように思えた。

# 第四章

一月あまりが経って、厳しい質問に答えて、この体験の真実を正直に語ろうとしたとき、ジムは船についてこう言った。「何を越えたにせよ、蛇が棒を這って越えるみたいに楽々越えていきました」。的確な比喩である。だが質問はどれも事実を求めていた。東洋のある港の警察裁判所で公式の尋問が行なわれていたのである。ジムは一段高い証人席に立って、涼しい、天井の高い部屋で頬を火照らせていた。吊団扇の大きな枠が彼の頭上高くでゆっくり動き、下からは多くの目が彼を見ていた。浅黒い顔、白い顔、赤い顔、魅了され集中した顔、これら狭いベンチに整然と並んで座った人々が彼の声の虜になったかのように見えた。それはとても大きな声で、彼自身の耳の中でけたたましく鳴り響いた。それは世界で唯一聞こえる音だった。というのも、彼の答えを強いた、それらおそろしく明確な質問は、まさに彼の胸のうちにある苦悶と痛みによって形作られたように思え、痛烈に、この上なく静かに、己の良心が突きつける問いのように彼の耳に届いたからである。法廷の外では太陽が照りつけ、中では大きな吊団扇の風が人を身震いさせ、恥の感覚が人を火照らせ、集中した目の視線が人を刺した。尋問を仕切っている裁判官の、綺麗にひげを剃った、無感情に彼を見ている顔は、二人の海事陪審人の赤い顔に挟まれてひどく青白かった。天井の下の、幅広い窓の光が三人の頭や肩に降り注ぎ、凝視する影で出来ているように見える聴衆で埋められた広い法廷の薄明かりの中、ひどくくっきりと浮かび上がっていた。彼らは事実を求めた。事実！ 彼らはジムから事実を要求した、あたかも事実が何かを説明できると言わんばかりに！

「船が何か水に浮かんでいるもの、たとえば漂流する難破物にぶつかったと判断したのち、あなたは船長に、前方へ行って損傷がないか確認するよう命じられました。衝撃の強さから見て、損傷がありそうだと思いましたか？」左側に座った陪審人が訊いた。細い蹄鉄形のあごひげを生やした、頬骨の突き出た男で、両肱を机に載せ、ごつごつした両手を顔の前でぎゅっと組んで、考え深げな青い目でジムを見ていた。もう一人の、蔑みの念もあらわな大男は、椅子にどっしりもたれて、左腕をぴんと伸ばし、吸取り紙を指先でとんとん細かく叩いていた。裁判官は真ん中で、ゆったりした肘掛け椅子に背を伸ばして座り、首をほんの少し横に曲げ、胸の前で腕を組み、花を何輪か差したガラスの花瓶をインク壺のかたわらに置いていた。

「思いませんでした」ジムは言った。「船長からは、誰も呼ぶな、パニックになるといけないからいっさい騒ぎ立てるな、と言われました。私もそれは妥当な用心だと思いました。天幕から下がったランプをひとつ手に取って、前方に行きました。船首艙（せんしゅそう）の昇降口を開けると、水が跳ねる音が中から聞こえました。それでランプの吊り紐（ひも）を目一杯下ろしてみると、船首艙がすでに半分以上水に浸かっているのが見えました。吃水線（きっすいせん）より下に大きな穴があるにちがいないとわかりました」。彼はそこで言葉を切った。

「なるほど」大男の陪審人が、夢見るような笑みを吸取り紙に向けながら言った。指はたえまなく動き、音もなく紙に触れていた。

「そのときはまだ危険のことは考えませんでした。少し驚いて、あわててはいたかもしれません。とにかく何もかも、ひどく静かに、いきなり起きたものですから。この船には、船首艙と前部船艙とを仕切る隔壁は船首隔壁（船首に設けられ、衝突のときなどに船首からの浸水を防ぐ）以外ないことはわかっていました。それで船長に報告しに戻っていきました。船橋（ブリッジ）の梯子の下で、二等機関士が立ち上がろうとしているところに出くわしました。何だかぼうっとした様子で、左腕が折れたと思う、と私に言いました。私が前方にいたあいだに、梯子を降りようとして一番上の段から滑って落ちたというのです。『大変だ！　あの隔壁、いまにも崩れちまうぞ、そしたらこの船、鉛の塊みたいに沈んじまう』。機関士は右腕で私を押しのけて、わめき声を上げながら私より先に梯子を駆けのぼって行きました。左腕は脇にだらんと垂れていました。私もあとを追ってのぼって行くと、ちょうど船長が彼に殴りかかって大の字に倒すところが見えました。船長は殴るのはそれでやめにして、彼の上に立ちはだかって、怒った、でもひどく低い声で何か言っていました。たぶん、エンジンがどうこうと甲板で騒いだりする暇があったらさっさとエンジンを止めにいったらどうだ、と言っていたんだと思います。『立て！　走れ！　早く！』と船長が言うのが聞こえました。罵りの言葉も出ました。機関士は右舷の梯子を滑り降りて、天窓の脇をぐるっと抜けて、左舷にある機関室の昇降口に走っていきました。走りながらうめき声を上げていました……」

　喋るのはゆっくりだったが、思い出すのは迅速で、きわめて生々しかった。やろうと思えば、機関士のうめき声を、事実を求めるこの連中のために谺のように再現してやることもできただろう。本人としても、はじめは強い嫌悪感を覚えたが、じきに、物事の忌まわしい表面の背後にある真のおぞましさを引き出すには、細心の正確さをもって陳述するしかないという見方に達していた。この連中がぜひとも知りたがっている事実は、あのときは目に見える、手で触れられる、五感に対して開かれた、空間と時間の中に位置を占めるものだったのであり、己が存在するための条件として、一四〇〇トンの蒸気船と、時計によれば二十七分の時を必要としたのだ。それらが作り出す一個の全体には、人の顔のように目鼻立ちがあり、陰影を帯びた表情があり、目によって記憶しうるひとつの複雑な容貌があり、さらにそのほかにも何かがあった——何か不可視な、忌まわしい肉体に巣喰う悪意ある魂のように内に棲んで人を破滅に導く霊のようなものが。ジムはこの点を何とかして伝えたいと思った。これはありきたりの出来事ではなかったのだ。

その中の要素一つひとつがこの上なく重要だったのであり、幸い彼はすべてを覚えていた。真実のためにも、おそらくは自分のためにも、ずっと話しつづけたかった。その発話はじっくり慎重に為(な)されたが、心はといえば、びっしり集まった事実の輪の周りをぐるぐる回っていた。それは彼の周り中に湧き上がってきて、彼を人類から切り離していた。心はいまや、高い杭の囲みに閉じ込められてぐるぐる駆け回る動物に似ていた。夜の闇の中、動物は必死に、どこか弱い箇所を、裂け目を、よじ登れる場所を、身を押し込んで逃げられる抜け穴を探している。そんなふうに心がおそろしい勢いで動いているせいで、彼は時おり、話している最中にためらい、口ごもることになった……。

「船長は相変わらずブリッジの上を歩き回っていました。十分落着いて見えましたが、ただし何度も躓(つまず)きましたし、一度など、一緒に話をしている私めがけて、まったくの盲人のようにもろに突っ込んできました。私の報告にも、はっきりした答えは何も返してきませんでした。一人でぶつぶつ呟いていました。聞こえたのは、ほんの何語か、『忌々しい蒸気！』とか『呪わしい蒸気！』とか、何か蒸気に関係あることでした。それで思ったのですが……」

話がだんだん逸れてきていた。要点に引き戻す質問が発せられ、襲ってくる痛みのように彼の話を断ち切った。彼は大きな落胆と疲れを感じた。そのことも話しますよ、これから話すんです――なのに乱暴に遮(さえぎ)られて、はいかいいえで答えねばならない。事実に即して、彼は素っ気なく「はい、そうです」と答えた。色白の顔、大きな体格、若く陰気な目をした彼は、魂が胸のうちで悶（もだ）えるさなかにも両肩を証言席でぴんとまっすぐに保っていた。この上なく要点に即した、この上なく無用な質問にもうひとつ答えさせられたのち、彼は待った。口は埃でも食べていたみたいに無味に乾き、それから、海水を飲んだあとのように塩辛く苦くなった。彼は湿った額を拭（ぬぐ）い、ひからびた唇に舌を這わせ、震えが背中を駆け下りるのを感じた。大男の陪審人は瞼を伏せて、音も立てずに指で叩きつづけ、無頓着な憂いを漂わせていた。もう一人の、陽に焼けた、組みあわされた指の上に浮かぶ目は、優しさの光を湛えているように見えた。裁判官は身を揺らすようにして前に乗り出していた。青白い顔が花の近くに浮かび、それから横に、肘掛けの向こう側に落ちて、裁判官はこめかみを手の平に載せた。吊団扇の風が渦を巻いて人々の頭に落ちた。たっぷりした衣にくるまれた薄黒い顔の地元民たちに、いかにも暑苦しげに肌のようにぴったり体に合って見える葛城織（ドリル）のスーツを着て丸いトピー帽（マメ科植物ショウの髄で作る日よけ用の帽子）を膝に載せ並んで座っているヨーロッパ人たちに風は落ちた。その間、長い白の上着のボタンをぴっちり締めた法廷の下働きたちが壁沿いを左に右に飛び交い、裸足の踵（かかと）を浮かせて、赤い飾り帯を身に着け赤いターバンを頭に巻いた姿で幽霊のように音もなく、レトリーバーのごとくに油断なく目を光らせ、ひたひたと走り回っていた。

質問の合間にあちこちをさまようジムの目が、ほかの連中から離れて座っている一人の白人の男の姿を認めた。男は疲れた、曇（くも）った顔をしていたが、物静かな目はまっすぐ前を、気を入れてはっきり見ていた。ジムはもうひとつ質問に答え、「こんなことして何になるんだ、何になるんだ！」と叫びたい誘惑に駆られた。片足を軽くとんとんと動かし、唇を噛み、目を逸らして人々の向こうを見た。さっきの白人男と目が合った。彼に向けられたその眼差しは、ほかの連中のような魅せられた凝視ではなかった。それは知的な意志に基づく営みだった。質問と質問のあいだに、ジムはふっと我を忘れ、ひとつの思いを抱きすらした――この男は僕のことを、僕の肩の向こうに誰かか何かが見えてるみたいな目つきで見ているな。どこかで出くわしたことがある男だった。たぶん街なかでだろう。口を利いたことがないのは間違いなかった。彼は何日も、もうずっと、誰とも口を利かずに、一人黙って、独房に入れられた囚人か荒野で迷子になったさすらい人のように、自分自身を相手にまとまりもない果てしない会話をくり広げていた。いまこの瞬間、目的はあっても意味はない質問に答えながら、今後自分が、死ぬまでずっと、言いたいことを言うことがあるだろうか、そう彼は自問した。事実に即した自分自身の陳述を聞きながら、すでにはっきり抱いていた、言葉などもう自分には役に立たないのだという思いの正しさを改めて認めた。あそこにいる男は、僕の抱えているどうしようもない困難がわかっているみたいに見える。ジムは男を見て、それからきっぱり、最後の別れを告げたあとのように目を逸らした。

そしてその後、何度も、世界の果てのさまざまな地で、マーロウは自ら進んでジムを思い出すことになる。長々と、詳しく、口に出して思い出すことになる。

あるいはそれは、夕食のあとの、そよぎもしない木の葉に包まれ花が頭上を飾るベランダでの、火の点いた葉巻の先が点在する深い暗がりの中のことであったりした。長く延ばした籐椅子は、物言わぬ聴き手をそれぞれ収容している。時おり、小さな赤い光が唐突に動き、広がりながら、気だるげな手の指先や、静謐に浸った顔の一部を照らし出したり、皺ひとつない額の断片の影になかば隠された考え深げな目に紅色の煌めきを投げ入れたりする。そして、発せられたまさに最初の一言とともに、マーロウの、椅子の上にゆったり伸びた体がぴたっと静止するのだった——あたかも彼の霊が、過ぎた時へと飛翔してゆき、彼の唇を通して、過去から語っているかのように。

# 第五章

「ああ、その尋問なら行ったよ」とマーロウは言うのだった。「いまでもなお、どうして行ったのか首をひねってしまう。私としても、人間一人ひとりに守護天使がついているんだと信じるのにやぶさかではない——人間一人ひとりに親密な悪魔もついてるってことに君たちが賛成してくれるならね。潔く認めてほしい、私は何事につけても自分だけ例外だとは思いたくないんでね。そして自分には奴がついてることを私は知っている——つまり、悪魔がだ。もちろん見たことはないが、状況証拠で決めてるのさ。悪魔はしっかりそこにいて、何しろ悪意はたっぷりあるから、その手のことにこっちを巻き込むわけだ。どの手のことかって？　だから、尋問とか、黄色い犬事件とか、そういうことさ。まさかそこらへんの疥癬だらけの雑種犬が、治安判事の司る法廷の回廊で人を転ばせたりして許されるとは思わないだろ？　その手のことを通して、老獪で、意外で、誠に悪魔的なやり方で、弱点を抱えた奴、強い点を抱えた奴、さらにはいやはや、隠れた疫病にかかった点を抱えた奴に私が出会うよう仕向けるのさ。そして私を見た奴らが、糞忌々しい告白をやり出すよう奴らの舌を緩めるんだ、まるで私が自分で自分にすべき告白がないとでも決めてるみたいに。いやまったく、定められた時の終わりまで己の魂を苛みつづけるに十分な告白の種を私が持ってないとでも言うのかね！　何の因果でこんな恩恵をこうむることになったのか、教えてほしいものだね。私だって一人前に心配事は抱えてるし、この世を旅する並の巡礼くらいの記憶はちゃんと持ちあわせている。だから他人の告白の受け皿としてうってつけなんてことはないわけさ。じゃあなぜだ？　わからんね——夕食のあとの時間潰しのため、ということくらいしか思いつかんね。そうそうチャーリー、実に美味い夕食だったよ、その結果ここにいる連中みんな、トランプの静かな三回勝負すらひどく億劫に思えちまうのさ。君の用意してくれた心地よい椅子に座って、『あくせくしたって始まらん。マーロウの奴に喋らせるさ』なんて思っちまうわけだ。

喋らせる！　よかろう、喋ろうじゃないか。難しいことじゃないとも、美味しいご馳走のあと、海抜二百フィートの高さにいて、まっとうな葉巻が一箱手近にあって、星の降るみずみずしい晩にジム旦那のことを話すのは。こんな素晴らしい晩には、どんなに立派な人間でもつい忘れてしまうんだ、人はこの世にいることを黙認されているだけであって、光が交差する中をそろそろと、一分一分の貴重な時間、一歩一歩の取り返しようのない歩みを進めていくしかないってことを。最後は何とか、まあ見苦しくなく去っていけるものとみんな当てにしているが、結局のところそんな確信など持てはせず、左右で肱の触れあう奴らからもろくすっぽ助けてもらえはしない。もちろん、人生自体が夕食後の葉巻の時間みたいなものであるような連中もそこここにいる。奴らにとって人生は安楽で、愉(たの)しく、空っぽで、何かしらの苦労をめぐるおとぎ話によって景気づきもするがそれだって終わりが語られる前に――そもそもそこに終わりなんてものがあればの話だが――忘れられてしまう。

その尋問で、私の目は初めて彼の目と合った。海に少しでも関係している人間であれば一人残らずそこにいたってことを知ってもらわないといけない。アデン（旧南イエメンの首都で、元英国植民地）からあの不可解な電報が届いて、誰もがペチャクチャやり出して以来、もう何日もこの事件のことで持ちきりだった。不可解な、と言うのは、実際ある意味で不可解だったからだが、同時にそこにはむき出しの事実が、これ以上むき出しで醜い事実はありえないっていうくらいむき出しの事実が含まれてもいた。海岸近辺、話題といえばとにかくそれだけだった。朝一番、船長室で服を着ていると、隔壁越しに、私のパルシー教徒（インドに逃れたゾロアスター教徒の子孫）の通訳が配膳室でお茶をご馳走になりながら『パトナ』をめぐって司厨長(しちゅうちょう)と語りあうのが聞こえた。岸に上がれば上がったでとたんに誰か知りあいに出くわし、向こうが開口一番『こんな話、聞いたことあるかね？』と切り出して、どういうタイプの人間か次第で、醒めた笑みを浮かべたり悲しげな顔をしたり汚い言葉を一言二言吐いたりした。まったくの赤の他人同士が、ただひたすらこの問題をめぐる心の荷を下ろしたくて親しげに声をかけ合った。この一件をダシに一杯引っかけに町じゅうの暇人(ひまじん)が残らずやって来た。港湾事務所でも、船舶仲買人の店でも周旋業者の事務所でも、白人も、地元民も、印欧混血(ハーフ＝カースト)も、石段を上っていくとそこに半分裸で座り込んでいる船頭までもがこの話をしていた。いやはや！ 憤慨(ふんがい)の声が上がり、少なからぬ数のジョークが口にされ、船に乗っていた連中がいったいどうなったのかをめぐって果てしない議論が戦わされた。これが二週間以上続いて、そのうちだんだん、この件に関する不可解な要素は悲劇的なものでもあるだろうという見方が支配的になっていった。そしてある朝、港湾事務所の石段の日蔭に私が立っていると、男が四人、波止場に沿ってこっちへ歩いてくるのが見えた。少しのあいだ、いったいどこからあんな変てこな奴らが出てきたんだろうと首を傾(かし)げたが、それから突然、と言っていいと思うが、『あいつらだ！』と私は胸のうちで叫んだのさ。

　たしかにあいつらだった。三人は生身の人間の大きさを有し、一人は人間としてそんな権利などないくらい大きな図体だった。四人とも、日の出のおよそ一時間後に入ってきたデール社の大型蒸気船でたっぷり朝食を腹に入れて降りてきたところだった。間違いない。『パトナ』の陽気な船長は一目でわかった。我らが地球を取り巻く熱帯という帯のどこへ行ったって、あれほど太った人間にはお目にかからない。それに私は、九か月ばかり前にこの船長をサマラン（ジャワ島中部の港町）で見かけてもいた。碇泊地で奴の蒸気船が荷を積み入れている最中で、奴はドイツ帝国の非道な制度を罵りながら、一日じゅう、毎日毎日、ディ・ジョングの裏店で自分をビール漬けにしていた。あんまりたくさん飲むものだから、瞼をぴくりともさせずビール一本一ギルダーを課すさすがのディ・ジョングも、私を脇へ呼び寄せて、ただでさえ小さい革みたいな顔をぎゅっと窄めてこっそり言ったよ、『商売は商売、だけどこの男、船長、見てて胸が悪くなるね。ゲゲ！』。

私は日蔭から奴を見ていた。ほかの二人より少し先に立って急ぎ足で歩いていて、照りつける日の光にその巨体がハッとするほど際立っていた。見ていると、うしろ足で立って歩くよう訓練された象の赤ん坊が思い浮かんだ。格好もとんでもなく派手で、上下続きの汚れた寝間着には明るい緑と濃い橙の縦縞が入っていて、靴下なしの脚にはぼろぼろの藁の部屋履き、誰かからのお下がりのトピー帽はひどく汚くサイズ二つ分小さすぎて、馬鹿でかい頭の上にマニラロープの単糸で縛りつけてある。こういう人間が人から服を借りようとしたってまるっきり望みないことはわかるよね。まあ仕方ない。で、暑さの中をせかせかと、右も左も見ずに奴はやって来て、私のいるところから三フィートと離れていないあたりを通って、いかにも無邪気そうに、巨体を引きずりいそいそ石段を上って、供述というか報告というか、何と呼んでもいいがとにかくそいつをやりに港湾事務所に入っていった。

どうやら奴はまず、海員監督官の長に話をしたらしい。アーチー・ルースヴェルトという男で、本人の談によると、ちょうど出勤してきたばかりで、難儀な一日を、まずは事務官頭にみっちり説教を垂れることからはじめようとしていた。君たちの中で、その事務官頭を知っている人もいるんじゃないかな。ポルトガル系の従順な印欧混血で、首はみじめなくらい細くて、いつも船長連中から食べ物を——塩漬け豚一切れ、ビスケット一袋、ジャガイモ数個、そんな類いだ——恵んでもらおうと飛び回っている。私はたまたまある航海で、蓄えの残りの生きた羊を一頭、心付けとして奴にくれてやったことがある。べつに見返りに何かやってもらおうと思ったわけじゃない。やってくれようにも、向こうは何もできやしない。そうじゃなくて、役得というものに対する権利の神聖なることを奴が子供みたいに信じきっていて、それに胸を打たれたのさ。その信念たるやこの上なく強く、ほとんど美しいと言っていいくらいだった。あの人種——というか二つの人種だな——とあの気候は……いや、まあいい。とにかくこっちはそうやって生涯の味方を得たわけだ。

　さて、ルースヴェルが言うには、彼がこの男にみっちり説教を垂れていると——おおかた職務上の倫理についてだろうよ——うしろの方で何やらごそごそ音がしたので、ふり向いてみるとそこに、本人の言を借りるなら、何か丸くて巨大な、十六ハンドレッドウエイト（一ハンドレッドウエイトは約五十キロ）の砂糖用大樽（おおだる）に似たものが縦縞入りの綿ネルにくるまれて、事務所の広々とした床の真ん中に逆さに置いてあった。あんまり仰天したんで、ずいぶん長いことそれが生きてるってことにも気づかなかった、と当人は言っていて、そこに座ったまま、いったいこの代物が何の目的でいかなる手段によって自分の机の前まで運ばれてきたのか思案していたそうだ。控えの間(ま)に通じたアーチ状の通路には、吊団扇(パンカ)の引き手、掃除人、警察の下働き、港湾の汽艇(ランチ)の艇長と乗組員がひしめき合い、みなてんでに首を伸ばして、たがいの背中によじ登らん勢いだった。大した騒ぎだった。そのころにはもう相手は帽子を引っぱり揺さぶりどうにか頭から外して、軽くお辞儀をしながらルースヴェルに向かって進んでくるところだった。ルースヴェルが言うには、その姿たるや見る者を不安に陥(おとしい)れずにはおかず、彼はしばらくのあいだ、この化け物が何を求めているのかもよくわからずに、ただ耳を傾けていた。その耳障りで、陰気で、しかし豪胆な声を聞いているうちに、だんだんこれが『パトナ』号事件の続きであることが見えてきた。自分の前にいるのが誰なのかわかったとたん、気分が悪くなってきたそうだが——アーチーは実に共感力豊かな、すぐに取り乱す男なのだ——何とか気を取り直してこう叫んだ。『そこまで！　私にはその話は伺えません。所長に言っていただかないと。私ではいけません、お聞きできません。キャプテン・エリオットのところへお行きなさい。こっちです、こっち』。アーチーは跳び上がって、あの長いカウンターの向こうから出てきて、訪問者を引っぱり、押した。相手ははじめ、驚きはしたものの大人しくされるがままになっていたが、誰かの執務室の前まで連れていかれて、やっと何か動物的本能が働いたか、にわかに尻込みし、怯(おび)えた去勢牛みたいに鼻を鳴らした。『おい！　何の真似(まね)だ！　離せ！　おい！』。アーチーはノックもせずにドアを勢いよく開けた。『「パトナ」の船長がお見えです』彼は叫んだ。『お入り下さい、船長』。老所長が書き物からさっと顔を上げ、それがあまりに勢いよかったものだから鼻眼鏡が落ちたところまでアーチーは見届けて、ドアをばたんと閉め、自分の署名を待つ書類が載った机に逃げ帰った。ところが、向こうの部屋ではじまった騒ぎがあまりに凄まじかったものだから、なかなか集中できず、自分の名前の綴りすら思い出せなかったそうだ。とにかく両半球、あんなに感じ易い海員監督官はいないね。飢えたライオンの前に人間を投げた気分だったと言っていたよ。たしかに音はものすごかったにちがいない。下にいた私にも聞こえたし、散歩道を優に越えて野外音楽堂まで届いたと信じる理由は十二分にある。エリオット爺さん、ふだんから語彙は豊富だし、怒鳴り声もなかなかのもので、しかも誰を怒鳴りつけようがお構いなし、いざとなれば総督その人だって怒鳴りつけたにちがいない。私にもよく言っていた、『わしはもうこれ以上出世しようもない。恩給もしっかり決まってる。貯金だって少しはあるから、そんな仕事ぶりじゃ困るとか言われたら、さっさと本国へ帰るまでだ。わしは年寄りだし、これまでだってずっと、思ったことはずばずば言ってきた。いまの望みはただひとつ、死ぬ前に娘たちを嫁がせることだ』。この点については爺さん、少々常軌を逸していたね。三人の娘たちはみな実に気立てがよかったが、三人とも驚くほど父親似ときている。娘たちの結婚の見込みをめぐって暗い気持ちで目覚めた朝なぞ、事務所の連中はそれをご老体の目に読みとって身震いしたものさ。連中が言うには、そういうときはかならず誰かが朝飯代わりの餌食になる。ところがその朝は、やって来た祖国放棄者を朝飯にはせず、比喩をさらに続ければ、いわば細かく噛み砕いて――また吐き出したのさ！

かくして、いくらも経たないうちに、船長の化物じみた巨体がそそくさと降りてきて、外の階段で立ち尽くすのを私は目の当たりにすることになった。深い思索に浸るべく、船長は私のすぐそばで歩みを止めた。大きな紫色の頬がぴくぴく震えた。親指を嚙んでいて、しばらくすると私がいることに気づいて、苛立たしげに横目を向けてきた。一緒に船から降りてきたほかの三人は、小さな群れを作って少し離れたところで待っていた。血色の悪い、片腕を三角巾で吊ったみすぼらしい小男と、青いフラノの上着を着たのっぽの男がいて、のっぽの方はからからにひからびて箒ほどの太さもなく、白髪交じりの口ひげは垂れ下がり、快活な愚鈍さといった雰囲気を漂わせてあたりをきょろきょろ見回していた。三人目はぴんと背筋を伸ばした肩幅の広い若者で、両手をポケットに突っ込み、熱心に話し込んでいる様子の仲間二人に背を向けて、人けのない遊歩道の向こうをじっと見ていた。いまにも壊れてしまいそうな、埃だらけの、板すだれに覆われた辻馬車が一台、彼ら一団の向かいにいきなり停まって、駅者は右足を左膝の上に投げて、自分の足指をじっくり吟味しはじめた。若者は少しも動かず、頭をぴくりともさせず、ひたすら日なたの方を見やっていた。それが私の初めて見るジムの姿だった。若者だけに可能な、何もかもどうでもよさげな、誰も近寄りえないような気配がそこにはあった。均斉のとれた体つき、清潔な顔、しっかり両足で立った姿は、これまで陽の光を浴びたどの若者よりも有望という趣だった。そんな彼を見て、彼の知っていることはすべて知っている上にさらにもう少しほかのことも知っている私としては、なぜか無性に腹が立ってきた。あたかも彼が、何かいつわりの口実を使って私から何かをくすね取ろうとしているのが発覚したみたいな気分だった。何だってあいつはあんなに健全に見えるんだ。私は思ったよ――参ったな、こういう奴があんな真似をやってしまうとすれば……以前、船がずらり並んだ碇泊所にバーク型帆船（通常三本マストの小型帆船）が入ってきて、間抜けな航海士が前進双錨泊(そうびょうはく)（船がまだ動いている最中に一つ目の錨を下ろす投錨法）をしくじったものだから、怒り狂って帽子を地面に叩きつけてその上で踊ったイタリア人船長を見たことがあるが、私もあまりの悔しさに同じことをやりたい気分だったね。心底くつろいでるみたいにそこに立っている奴を見ながら、私は胸のうちで問うた、あいつは頭がおかしいのか？　とことん鈍感なのか？　いまにも口笛か何か吹きはじめそうじゃないか。言っておくが、ほかの二人の振舞いなぞ私にはまったくどうでもよかった。二人の見かけは、いまや公共の所有物となった、じき正式な査問の対象となるはずの話にすんなり合っていた。『あの頭のおかしい老いぼれの悪党野郎、私のことを犬呼ばわりしやがって』と『パトナ』の船長は言った。船長が私に見覚えがあったかどうかはわからないが、たぶんあったと思う。とにかく我々の目が合った。向こうは睨みつけて、こっちはニッコリ笑って。開いた窓を通ってさっき聞こえてきたさまざまな形容句の中で、『犬(ハウンド)』は一番穏やかな部類だった。『そうですか』と私は、なぜか黙っていられずに言った。相手は頷(うなず)いて、もう一度親指を噛んで、小声で悪態をついた。それから顔を上げて、拗(す)ねたような、熱のこもった馴(な)れなれしさをみなぎらせた目で私を見た。『ふん！　太平洋は広いのだよ、マイ・フレンド。君ら英国人は勝手にするがいい。こっちはちゃんと、行くところへ行けば自分の居場所がしっかりあるのさ。アピア（サモアの港町）には顔なしみが大勢いるんだ、ホノルルにも、それに……』彼は考え込むように言葉を切った。そういうあちこちの場にどういう『顔なしみ』がいるのか、私には容易に想像がついた。私自身、その手の『顔なしみ』が結構な数いたことを隠す気はない。生きていれば、誰と一緒にいようが人生等しく楽しいのだというふりをするしかない時もあるのだ。私もそういう時を経験してきたし、そういった自分の欲求に眉を顰めてみせたりする気はない。なぜって、たいていはそういう悪い仲間の方が、君たちがさしたる必要もないのに――惰性ゆえ、臆病ゆえ、善良さゆえ、その他もろもろのひそかな、大して理由になっていない理由ゆえに――なぜか食卓に招いているお上品な泥棒商人連中より、もっともらしい……どう言ったらいいかな、もっともらしい構えがない分、あるいは何かほかの等しく深遠な原因ゆえに、一緒にいて二倍はためになったし、二十倍愉快だったからね。

『君ら英国人はみんな悪党だ』と、我らがフレンスブルクだかシュテッティンだかの出のオーストラリア愛国者はなおも言った。バルト海沿岸のどのまっとうなる港町が、この結構な鳥の巣立った場だという事実によって汚されていたのか、もう私には思い出せない。『人を怒鳴りつけたりして、何様だ？　え？　教えてほしいね。ほかの国の人間より偉いわけでもないのに、あの老いぼれの悪党ときたら、私のことさんざんひどく言って』。でっぷりした体が、一対の柱みたいに見える両脚の上で震えた。頭から爪先まで、ぶるぶる震えていた。『あんたたち英国人はいつだってそうだ——私があんたたちの国で生まれなかったからというだけで、どうでもいいことでさんさんひとく言って。免許状取り上げたければ取り上げるがいい。そんなもの要るもんか。私のような人間が、お前らの免許状なんて欲しいものか。そんなもの、つぱ吐いてやる』。奴は唾を吐いた。そうして『ゔぁたしは、アメリガじみんになるんだぁ』と叫び、さんざん息まいて、彼をその場から逃がそうとせぬ不思議な見えない力から両の踝（くるぶし）を解き放とうとするかのように足をじたばた動かした。あんまりカッカしたものだから、弾丸みたいな形の頭からはっきり煙が立っていた。私がそこを立ち去らなかったのは、べつに神秘的な理由からなんかじゃない。好奇心というのはもっともわかり易い感情であり、それに捉えられて私は、情報がしっかり伝わったらそこに立っている若者にどういう影響が生じるかを見届けようとして留まったのだ。若者はポケットに手を突っ込んで、歩道に背を向け、遊歩道の草地の向こう、マラバル・ホテルの黄色い屋根付玄関（ポルチコ）を、友人の準備が出来次第散歩に出かけようとしている男の風情でじっと見ていた。まさにそうした風情が、見ていて何ともおぞましかった。私は彼が圧倒され、混乱させられ、とことん貫かれ、串刺しにされた甲虫みたいに身悶えするのが見えるのを待った。そして、わかってもらえるだろうか、それを見るのが半分怖くもあった。何が恐ろしいと言って、知られてしまった人間を——犯罪をではなく、犯罪以上の弱さを知られてしまった人間を——見ることほど恐ろしいものはない。ごくありきたりの意志の力のおかげで、我々は法的な意味での犯罪者にならずに済んでいる。だが、自分でも知らない弱さからは、もしかしたら薄々、ある地域ではどこの藪にも猛毒を持った毒蛇がいるのを感じるようにその存在を感じてはいる弱さからは、一人として自由ではいられない。こっちが見張っていようがいまいが、そんなものありませんようにと祈ろうが雄々しく蔑もうが、半生以上にわたって抑圧し無視すらしようが、自分の中に潜んでいるかもしれぬ弱さからは、誰一人逃れられはしない。成行きに惑わされて、私たちは人から罵られるようなこと、首吊りにすらされるようなことをしでかしたりする、それでもその心根は死に絶えず、ごうごうたる非難にも首吊りの輪にも生き延びる。いやはや！　そして我々は時に、ある種のことによって、それも時にはごく些細に見えることによって、完全に、取り返しようもなく損なわれてしまう。私はそこにいる若者を眺めた。彼の外見が私には好ましかった。その外見を私は知っていた。これはまっとうな場所から出てきた人物だ。彼は私たちの一人なのだ。自分の同族全員を代表して彼はそこに立っていた。決して利口でも面白おかしくもないけれど、正直な信念と本能的な勇気とを生き方そのものの礎にしている、そういう人間を代表して立っていた。勇気といっても、軍人の勇気でも市民の勇気でも、その他何ら特別な種類の勇気でもない。ここで言っているのは、もって生まれついた、誘惑をまっすぐ見据える力のことだ。知性などとはおよそ関係ない、進んで事を為そうとする、気取りとは無縁のひとつの姿勢のことであり、ある種の抵抗力、不粋ではあれかけがえのない能力のことだ。外なる恐怖内なる恐怖を前にして、自然の脅威を前にして、人間たちの誘惑的な堕落を前にして思わず身をこわばらせるその幸福なる力は、事実の圧迫にも動じず他人の手本にも汚染されず理念の誘いにも応じぬ信念に支えられている。理念など何の足しになる？　そんなものは心の裏口をノックする浮浪者、放浪者であって、そいつらが人から少しずつ実質を奪っていくのだ。まっとうに生きて安らかに死にたいと願うならしっかり持ちつづけないといけない一握りの素朴な思いに対する信頼を、そいつらがひとかけらずつ持ち去っていくのだ！

これはジムに直接関係のない話だ。あくまで彼の外見が、そういう善良な、愚直な連中の典型だったというにすぎない。人生において我々が自分の左右で動き回っていてほしいと思う類いの、知性の気まぐれにも惑わされず、度胸の――そう、度胸なんてものの邪道に誘い出されもしない連中、ジムはまさにその典型に見えた。見かけだけを判断材料に、甲板を任せたくなる類いの男。ここで甲板というのは、比喩でもあり文字どおり船乗り稼業の話でもある。少なくとも私はそうしたいと思った。そしてその手の経験なら私も相当に積んでいる。長年英国の商船会社に仕えて、相当な数の小僧っ子を育て、海の技能を、その秘訣は一言で言えてしまうのだけれども若い頭に毎日改めて、目覚めているあいだの全思考の一要素になるまで――その若き眠りのすべての夢に出てくるまで！――叩き込まないといけない技能を、彼らに教えてきたのだ。海はこれまで私によくしてくれたが、私が面倒を見たそういう若僧たちのことを思い起こして、もういまはすっかり大人になった者もいれば溺(おぼ)れてしまった者もいるが、とにかくみな立派な海の男になったことを考えると、まあ私の方も海に対してそう悪い真似はしなかったかなという気になれる。もし明日本国に帰ったら、きっと二日と経たないうちに、どこかのドックの入口で、陽焼けした若い一等航海士がうしろから追いついてきて、私の帽子の上からみずみずしい太い声を降らせることだろう――『僕のこと覚えてらっしゃいませんか？　ほら！　何々小僧ですよ。何々号でご一緒した。あれが僕の初めての航海だったんです』。そう言われて私は、ここにあるこの椅子の背もたれほどの丈もない、おずおずとまどっていたヒヨッ子を思い出す。埠頭(ふとう)には母親と、ことによると姉もいて、二人ともひどく静かだが内心はすっかり取り乱していて、桟橋突端から滑るように出ていく船に向かってハンカチを振ることも忘れている。でなければ、人品卑(じんぴん)しからぬ、息子を見送りに早くから出かけてきた父親が、見たところ揚錨機(ウインドラス)に興味津々なせいで午前中ずっと船の上に長居し、長居しすぎたせいで最後はあわてて船を降りねばならず息子に別れを告げる暇(ひま)もなかったり。船尾に立つ浅瀬案内人(マッド・パイロット)が間延びした歌うような声で私に呼びかけ、『すいません航海士殿、ちょっと止め綱で押さえてて下さい。一人降りられる方がいらっしゃいますんで……どうぞ、こちらへ。旦那、あやうくタルカワノ（チリ中南部の港町）まで連れてかれちまうところでしたね。さあどうぞ、あわてるには及びません……結構。じゃあまた前方、ロープ伸ばして下さい』。地獄の底のように煙を上げる曳船(ひきふね)がいっせいに動き出し、川の水を激しく掻き回す。陸に降りた紳士は膝の埃を払っている――忘れていった傘を善意の司厨長が投げてくれたのだ。何もかも作法どおり。かくして紳士は海に己の持ち分たる生贄(いけにえ)を献(ささ)げたのであり、そのことを何とも思っていないふりをして帰ってよいのだ。一方、進んで犠牲となった幼い息子は、翌日の朝が来る前にひどい船酔いに襲われることだろう。そんな彼も、やがては船乗り稼業のさまざまな神秘や唯一の大きな秘訣を学び、海が命じるまま生きるにも死ぬにもふさわしい身となることだろう。そしてこの愚者のゲーム、何回勝負したところで海がかならず勝つゲームの加担者たる私は、がっしりした若い手に背中を叩かれ、陽気な海の仔犬(こいぬ)の声が『僕のこと覚えてらっしゃいますか？　何々小僧ですよ』と言うのを聞いて嬉しく思うわけだ。

これは悪いことじゃない。自分が少なくとも人生に一度、まっとうな仕事をしたことがわかるんだから。私はそんなふうに背中を叩かれ、思わず縮み上がるが――何しろ力一杯叩くからね――その温かな手のおかげで一日中いい気分でいられて、夜も自分がこの世界の中でそれほど寂しい身の上だと思わず寝床に入れる。何々小僧？　覚えているとも！　そういうわけで、こいつは大丈夫だ、という奴は私には一目でわかる。この若者だったら、一目見た姿を判断材料に甲板を任せて、両目を閉じて眠っただろうと思う――そしてそれは、いやはや！　安全ではなかったはずだ。そう考えると、底なしに恐ろしくなってくる。若者は新しいソヴリン金貨みたいに純粋に見えたが、その金属には何かおぞましい混ぜ物が入っていたんだ。どのくらいかって？　ほんの少しだよ――何か珍しい、呪わしいものがほんの少し。本当に少しさ！　なのに、彼を見ていると――

何もかもどうだっていいという様子で立っていると——ひょっとしてこいつは、真鍮ほどの希少さもないんじゃないかって気がしてきたんだ。

　信じられなかった。そう、私は、船乗り稼業の名誉のためにも、奴が身悶えするところを見たいと思ったのさ。残りのどうでもいい二人が船長の姿を認めて、船長と私がいる方にのろのろ動き出した。歩きながら二人でお喋りしていて、私としてはこいつらが裸眼では見えない幻だったとしてもいっこうに構わなかった。ニタニタ笑いあって、ひょっとしたら冗談すら交わしていたかもしれない。一人は片腕が折れていることが見てとれた。もう一人の、白髪（しらが）の口ひげを生やしたのっぽは機関長で、いろんな面で相当に悪名高い男だった。二人とも取るに足らぬ人間だった。彼らはだんだん近づいてきた。船長は生気のない目つきで自分の両足のあいだをじっと見ていた。その体は何か恐ろしい病気のせい、未知の毒物の不思議な作用のせいで常軌を逸した大きさに膨れ上がったように見えた。顔を上げて、目の前で二人が待っているのを見ると、膨らんだ顔を何とも異様に、蔑みの念もあらわに歪（ゆが）めて口を開いた。たぶん二人に何か言おうと思ったんだろうが、と、何かを思いついたような表情が浮かんだ。分厚い、紫色っぽい唇が音もなく合わさって、船長は巨体をのっしのっし揺すって辻馬車の方に行き、その扉の把手（とって）を力任せに、凄まじい短気さで引っぱるものだから、馬車から小型馬（ポニー）から丸ごと横倒しにされるものと私は身構えた。駁者は己の足の裏をめぐる瞑想（めいそう）から揺り起こされて、烈しい恐怖の徴候をすべて一挙に示し、両手で車体にしがみついて、駁者席から首をねじり、自分が取り仕切る乗り物の中へ強引に入り込もうとしている巨大な人体の方を見た。小さな馬車は烈しく震え、揺れた。ぴんと力の入った太腿に負けず大きい下向きの首の深紅のうなじもあらわに、薄汚い緑と橙の縦縞の巨大な背中が上下動し、けばけばしくむさくるしい巨体が何とか自らを馬車の中に押し込もうとあがいている。その光景全体が、ありうる・ありえないということに関する我々の感覚を揺さぶり、高熱に苛まれる者を怯えさせると同時に魅了もするグロテスクで明確な幻のように、見る者を面白がらせ、かつぞっとさせた。と、船長の姿が消えた。私は馬車の屋根が二つに裂けるものとなかば覚悟した。車輪の付いたちっぽけな箱が、熟した綿の莢みたいにパカッと割れるものと思った——が、ぺしゃんこになったバネがカチッと鳴って車体が沈んだだけで、突然板すだれの一枚がカタカタ音を立てて落ちた。船長の両肩がふたたび現われ、狭い隙間に押し込まれているのが見えた。頭部が突き出て、囚われの風船みたいに膨張した球体が上下に揺れた。球体は汗をかき、激昂し、口から泡を飛ばしている。そして船長は、生肉の塊ばりにぼってり赤い拳骨を邪険に振り回し、馭者に届かせんとした。さっさと行け、馬車を出せ、と馭者を怒鳴りつけた。どちらへ？　太平洋へ、か。馭者が小型馬を鞭打った。馬は鼻を鳴らし、一度うしろ足で立ってから疾駆で走り去った。どこへ？　アピア？　ホノルル？　熱帯六千マイルの中どこへ行こうと自由、正確な行き先は私には聞こえなかった。鼻を鳴らした小型馬が一瞬のうちに船長を『永遠』へと連れ去ったのであり、私はその後二度と彼を見かけなかった。おまけに、おんぼろのちっぽけな辻馬車が白い土煙（つちけむり）を立てて逃げるように四つ角を曲がって彼が私の世界から失踪して以来、船長を一目でも見かけた人間を私は知らない。彼は去り、消え、失せ、逐電（ちくでん）した。そして何とも不条理なことに、どうやらあの辻馬車も一緒に持っていってしまったらしく、耳に切れ目が入った栗毛の小型馬にも、足を腫らした物憂げなタミル人の馭者にも、その後二度と出会わなかった。太平洋は実際広い。が、その中に船長が己の才能を発揮しうる場が見つかったにせよ見つからなかったにせよ、彼があたかも箒に乗った魔女のごとくに虚空へ飛び去ったという事実は動かない。片腕を三角巾で吊った例の小男が馬車を追って駆け出しながら、『船長！　ねえちょっと船長！　ねえったら！』と吠（ほ）えたが、何歩か走ってからピタッと止まり、頭（こうべ）を垂れてのろのろと引き返してきた。車輪が甲高く鳴ったときには若者もくるっとふり向いたが、それ以外はいっさい動かず、何の仕種（しぐさ）も合図もせず、辻馬車がぐいんと曲がって姿を消したあともその方角を向いたままだった。

こうしたすべてが、こうやって語るよりずっと短い時間の中で起きた。視覚的な印象が即時にもたらす効果を、私は君たちのために、それよりずっとのろい言葉に変換しようとしているのだ。次の瞬間、パトナ号の哀れな難船者たちの面倒を見てやるようアーチーに送り出された印欧混血の事務官頭が登場した。やる気満々、帽子もかぶらずに飛び出してきて左右を見渡している。最重要人物に関してはこの試みは挫折するほかなかったが、残り三人の方へ事務官頭は偉そうに勿体（もったい）ぶった様子で近づいていき、たちまちのうちに、片腕を三角巾で吊った男と激しい口論をくり広げることとなった。男はえらく喧嘩腰で、『いちいち指図されてたまるか』と息まき、生意気な混血の小役人が並べる嘘なぞに怖気づいたりするものか、かりにその話が『ほんの少しでも』真実だとしたって『お前みたいな輩』の言うことなんか怖くないぞと言い放った。己の希望、欲求、決意を男はがなり立てたが、要するにそれは、寝床に入りたい、ということに尽きた。『お前が神に見放されたポルトガル人なんかじゃなかったら』と男がわめくのが聞こえた。『俺を病院に連れていかなきゃならんことがわかるはずだ』。怪我していない方の腕の拳を男は相手の鼻先に突きつけた。野次馬が集まってきた。事務官頭は面喰らいつつも精一杯威厳を保とうと、己の意図の説明に努めた。私はその結末を見届けることなくその場を去った。

　だがたまたま当時、私の部下が一人入院していたものだから、尋問がはじまる前日に見舞いに行ってみると、例の小男が白人病棟で仰向けに横たわってのたうっていた。腕には副木が当てられ、頭は朦朧としている様子だった。驚いたことに、もう一人の、白い垂れた口ひげののっぽもここに入っていた。先日の口論の最中、この男がなかば跳ねるように、なかば足を引きずるようにして、怯えを表に出すまいと懸命に自分を抑えつつこそこそ逃げていくのを私は見ていた。どうやらこの港は初めてではなかったらしく、困ったときの神頼みとばかりに市場のそばのマリアーニ玉突き場兼酒場に男は直行した。このアントニオ・マリアーニなる、口にするのも汚らわしい流れ者とは昔からの知りあいで、いままでにもよそで一、二度悪徳の面倒を見てもらったことがあったらしい。今回男が現われたときも、彼の前の地面に接吻せんばかりの歓迎ぶりで、己の悪名高き穴蔵の二階の一室に酒壜何本かとともに男を閉じ込めた。どうやら本人が、我が身の安全に関し漠たる不安に囚われ、かくまってほしいと頼み込んだらしい。もっとも、ずっとあとになってマリアーニが私に語ったところでは（ある日私の船の司厨長から葉巻代を取り立てに船に乗り込んできたのだ）、何も言われなくてもあの人のためならもっと尽くしましたよ、ということだった。私が理解した限りでは、もう何年も前に何かいかがわしい助けを男から受けて、そのことをいまだ恩義に感じていたらしい。逞しい胸をマリアーニは二度叩き、涙で潤んだ巨大な黒と白の目をくるくる回した。『アントニオ忘れない！　アントニオ絶対忘れない！』。その非道なる恩というのがいったいいかなるものだったのか、確かなところはわからずじまいだったが、それが何であったにせよ、鍵のかかった部屋に閉じこもるべく男はあらゆる援助を受けた。床に少々漆喰の落ちた部屋で椅子と机を与えられ、片隅にはマットレスも用意してもらい、度を超した恐怖に包まれつつ、マリアーニがふるまってくれる酒でどうにか意気を保っていた。これが三日目の晩まで続いたが、そこに至って何度か恐ろしい悲鳴を上げたのち、百足の大群から逃れる必要に迫られて部屋から駆け出してきた。無茶苦茶な造りの階段を死物狂いで飛び降り、マリアーニの腹に着地し、起き上がって脱兎のごとく表へ飛び出していった。翌朝早く、ゴミの山に埋もれているところを警官につまみ上げられると、連行され絞首刑に処されるものと信じて、自由を求めて果敢に抵抗したが、私が彼の枕元に腰かけたときにはもう、すっかり大人しくなってから二日が経っていた。痩せた、日焼けした、白い口ひげを湛えた頭部は、枕の上で見栄えよく、落着いて見えた。あれでもし、その眼差しの虚ろなぎらつきの中に、幽霊のごとき恐怖の気配が潜んでいなかったら――それは窓ガラスの向こうにひっそりしゃがみ込んだ恐ろしきものの茫たる姿に似ていた――戦に疲れた、子供のような魂を持ちあわせた兵士の頭部という趣だっただろう。そのあまりに極端な落着きぶりを見て、ひょっとしたらこの男の視点から、誰もが噂する事件について何か説明のようなものを聞けるんじゃないか、という奇矯な望みを私は抱きはじめた。いったいこの出来事が、私に何の関係があるのか。考えてみれば、名誉とは無縁の難儀な仕事を共有し、ある種の行動規範への忠誠によってひっそりひとつにまとまっている船乗り共同体の一員として関係ある、というだけでしかない。そんな事件の嘆かわしい細部を、なぜあんなに熱心に掘り起こしたがったのか、自分でも説明できない。何なら不健全な好奇心と呼んでくれても構わないが、自分がたしかに何かを探していたのだという思いははっきりある。おそらくは無意識に、その何かを、過ちを贖ってくれる何か深遠な大義を、何か慈悲深い説明を、説得力ある口実めいたものを見つけ出したいと願っていたのだろう。不可能を望んでいたということがいまではよくわかる。人間が作り出した中で、何より執拗な亡霊を私は追い払おうとしていた。すなわちそれは、靄のように立ち昇る、地虫のようにひそかに嚙み進む、死の確信以上に心を凍らせる不安な疑念のことだ。確固たる行動規範の中に据えられた至高の力に対する疑念。これに行きあたってしまうほど厄介なことはない。これこそがわめき声混じりのパニックを生み、ささやかにしてひそやかな悪業を生む。それこそが不幸の真の影だ。私は奇跡を信じていたのか？　なぜあんなに烈しく奇跡を欲したのか？　この若者を、いままで見たこともなかったのに、その外見を目にしただけで、彼の弱さについてすでに聞いていたことに基づいて生じていた私の思いに、もっと個人的な懸念が加わることになった。彼のために口実の影のごときものを見つけてやりたいと思ったのも、畢竟(ひっきょう)自分のためだったのか？　その外見を見たことで、彼の弱さは、彼がいま生きている若き日と似た日々をかつて過ごした我々みなを待つ破壊的な運命の兆しのごとく、神秘と脅威を湛えた何ものかに変容した。残念ながらそれが、私がやたら詮索したことの隠れた動機だったのだと思う。私は、そう、間違いなく、奇跡を探していたのだ。これだけ時を隔てたいま、唯一奇跡的と思えるのは、私自身の馬鹿さ加減だけだ。その打ちのめされた、いかがわしい病人から、私は本気で、疑念の亡霊を追い払う何らかの悪魔祓(ばら)いを得られればと思ったのだ。実際、相当必死になっていたにちがいない。というのも、相手がまっとうな病人なら誰でもそう答えそうな具合に、無気力な迷いなさとともに発されたいくつかの凡庸かつ友好的な返答を聞いたのち、私は時を移さず、一筋の真綿でくるむように慎み深い質問にくるんで、パトナという言葉を持ち出したのだ。慎み深い訊き方をしたのは利己的な理由からだ。相手を怯えさせたくなかったことは確かだが、彼を気遣う思いがあったわけではない。彼に怒りや同情を覚えていたのでもない。彼が何を経験したかはまったくどうでもよかったし、彼が救われるかどうかも私には関係ないことだった。ケチな非道を重ねて年老いたこの男は、もはやこっちの胸に嫌悪も憐憫（れんびん）も引き起こしはしなかった。パトナ？ と彼は問うように言い返し、記憶を喚び起こそうとしばし努力している顔になり、それから言った。『そのとおり。俺はこのへんじゃ古顔でね。あの船が沈むのも見たよ』。あまりに馬鹿馬鹿しい嘘に、こっちの憤りをいまにもぶちまけようとしたところで、奴がすらすらと付け足した。『あれにはね、爬虫類（はちゅうるい）がどっさり乗っていたんだ』

これを聞いて私ははたと考えた。どういう意味だ？ 彼の曇った目の奥に潜む落着かぬ恐怖の幽霊が、しばし動きを止めて切なげに私の目を覗（のぞ）き込（こ）んだ気がした。『夜半直（午前零時から四時まで）の最中に叩き起こされて、船が沈むのを見せられたんだ』と相手は考え深げな口調で続けた。声はにわかに、こっちが不安になるくらい力強くなった。私は自分の愚行を後悔した。病棟の奥まで見ても、看護役を務めるシスターの、雪のように白い翼の付いた頭巾（コイフ）が行き交っていたりはしない。が、空っぽの鉄製ベッド枠がいくつも並んだ列の真ん中あたりに、碇泊地で事故に遭ったどこかの船の船員がいて、白い包帯を小粋に額に巻いた、日焼けして痩せこけた姿で上半身を起こしていた。突然、我が興味深い病人が触手のように細い腕をさっと突き出し、私の肩をがっちり爪で摑んだ。『それが見えるくらい目がよかったのは俺だけだった。俺は目がいいことで有名なんだ。だから呼ばれたんだと思う。船が沈むのが見えるくらいはしつこい奴は一人もいなかったが、もう相当沈んでることは奴らにもわかって、それでみんな声を張り上げていたんだ、こんなふうに』。……狼のような吠え声が私の魂の一番奥にまで達した。『おい！　そいつを黙らせろ！』事故に遭った船乗りが苛立たしげに文句を言った。『あんたきっと、俺の話信じてないだろうな』本人はさらに、言いようもないほどの自惚(うぬぼ)れを漂わせて言った。『ペルシャ湾のこちら側、俺に敵(かな)う目をしてる奴は一人もいないね。ベッドの下を見てみろよ』

　もちろん私はすぐさま屈み込んだ。そうせずにいられる人がいたらお目にかかりたい。『何が見える？』奴は訊いた。『何も見えない』私は自分を心底恥じながら言った。狂おしい、人を萎えさせる侮蔑の目で、奴は私の顔をしげしげと見た。『そうだろうとも』奴は言った。『だがもしこの俺が見たら——俺みたいな目はほかにないんだ』。そしてふたたび私の体を爪で摑み、秘密の重荷を下ろしたくてたまらないという様子で私の体を引っぱり下ろした。『何百万といたんだ、桃色のヒキガエルが。俺みたいな目はほかにない。何百万といたんだよ、桃色のヒキガエルが。船が沈む光景よりもっとおぞましい。船が沈むところだったら、一日中パイプを喫いながら眺めていられる。何で俺のパイプ返してくれないのかな？　このカエルども見張りながら喫えるのに。船にもたくさんいたよ。見張ってなくちゃいけないんだよ』。奴はおどけて片目をつぶってみせた。私の頭から流れた汗が彼の体に落ち、私の濡(ぬ)れた背中に葛城織(ドリル)の上着が貼りついた。居並ぶ寝台枠の上を午後の風が激しく吹き抜け、カーテンのこわばった襞が垂直に揺れて真鍮のレールをかたかた鳴らし、部屋中、空っぽの寝台のベッドカバーがむき出しの床の近くで音もなくゆらめいて、私は骨の髄まで身震いした。熱帯の穏やかな風が、そのがらんとした病棟で、本国の古い納屋で吹く冬の大風みたいに侘しく吹いた。『旦那、そいつわめかせないで下さいよ』向こうの方から事故の男が叫び、その不安げな怒った声が、トンネルの中を伝わる震え声みたいに両方の壁のあいだを鳴り響いてきた。爪で掴む手が私の肩を引っぱった。彼は訳知り顔に、下卑た目つきで私を見た。『船にはどっさりいたんだ、俺たちは物音ひとつ立てずに去らなきゃいけなかった』ものすごい早口で囁く。『みんな桃色、みんな桃色なんだ――マスチフ犬くらいでかくて、頭のてっぺんに目がひとつあって、醜い口の周り中に鉤爪があって。ゲェ！　ゲェ！』。電気ショックを受けたかのように体がびくっとひきつって、平べったいベッドカバーの下の、痩せた、せわしく動く両脚の輪郭があらわになった。彼は私の肩から手を離し、空中の何かにその手を伸ばした。弾かれたハープの弦みたいに体がこわばって震えた。私が見下ろすと、彼の中にある幽霊のような恐怖が、曇った眼差しを突き破って出てきた。たちまちその、気高く穏やかな輪郭を伴った老兵士の顔が見る見る腐敗し、こそこそした狡猾さ、おぞましい用心深さ、追いつめられた恐怖心が代わりに現われた。彼は叫びを抑えた。『シーッ！　あいつらいま、下で何やってる？』そう訊きながら床を指差した。声にも仕種にも途方もないほど警戒心をみなぎらせたそのふるまいの意味が、閃光のようにけばけばしく私の脳裡に浮かび、私は自分の察しのよさをつくづく忌まわしく思った。『みんな眠ってますよ』私は彼を注意深く見ながら言った。それだった。それが彼の聞きたいことだった。この言葉こそ彼を落着かせることができるのだ。彼はすうっと長く息を吸い込んだ。『シーッ！　静かに。動くなよ。俺はこのへんじゃ古顔なんだ。こういう獣どものことはよく知ってるんだよ。最初に動いた奴の頭をぶっ叩くんだ。あいつらあんまり大勢いるから、船はもうあと十分と持たない』。ここでまたゼイゼイと喘いだ。『急げ』彼はいきなりわめいて、途切れなしの絶叫がはじまった。『みんな目を覚ましたぞ。何百万が、みんな。俺を踏みつぶして逃げてく！　待て！　おい、待て！　蝿みたいにまとめてぶっ叩いてやる。待ってくれ！　助けて！　助けてくれぇ！』。果てしなく持続する吠え声のせいで、私の狼狽も頂点に達した。向こうの方で事故の男が見るも哀れに両手を上げ、包帯を巻いた頭を押さえるのが見えた。あごまで白衣を留めた看護係の男が、望遠鏡を逆さに覗いたみたいな小さな姿を病棟のずっと奥の方に現わした。私はあっさり自分の負けを認め、もうそれ以上何も言わずに、縦に長い窓のひとつを跨いで外の回廊に逃れた。吠え声は敵討ちのように追いかけてきた。人けのない踊り場に行き着くと、突然周りの何もかもが静止し、何の音もしなくなった。静寂のおかげで乱れた頭の中もだんだん落着いてくるとともに、私はぴかぴかに磨いたむき出しの階段を降りていった。下の階で、常駐の外科医が中庭を渡っているところに出くわし、呼び止められた。『部下を見舞ってらしたんですか、船長？　たぶん明日には退院させてやれると思いますよ。だけどあの阿呆ども、体を大事にするっていう観念がまるっきりないんですね。ほら、例の巡礼船の機関長、ここに入ってるんですよ。珍しい症例です。震顫譫妄の最悪の症例ですね。あのギリシャ人だったかイタリア人だったかの飲み屋で三日間ぶっ通しで飲んだくれてたんです。ああなって当然ですよ。あの手のブランデーを一日四本って聞きましたよ。事実だとしたらすごい話です。胃の壁にボイラー板が貼ってあるんじゃないですかね。頭は、そりゃもう頭はやられちまってますけど、おかしなことに、滅茶苦茶を喋ってるようでいて、どうやら一応の筋は通ってるみたいなんですね。こっちも何とかそいつを割り出そうとしてまして。実に珍しい、あんな譫妄に一本論理の糸があるなんて。通例だと蛇が見えて然るべきなんですが、そうじゃないんです。通例も最近じゃ値が下がってますよね。いやいや！　あの男の場合、幻覚がね、両生類がらみなんです。ハッハッハ！　いや真面目な話、こんなに面白いと思ったアル中は初めてですよ。あんな派手な実験やらかしたからには、もうとっくに死んでるはずなんです。いやほんと、タフな御仁です。熱帯にも二十四年いるし。一度ご覧になるといいですよ。見かけはいかにも気高い老人に見える酒飲みなんです。あんなにすごい人間は見たことがありません——もちろん医学的にってことですが。どうです、ご覧になりませんか？』

　その間ずっと私は、ありきたりの礼儀にしたがって、興味を持ったそぶりを一とおり示していたが、ここに至り残念そうな表情を浮かべて、時間がありませんでとか何とかもごもご呟いて、医者とせわしなく握手した。『あの男、尋問には出られませんよ』医者は去っていく私の背後から叫んだ。『あの男の証言、大事なんでしょうかね？』
『いいえ、全然』私は出入口から叫び返した」

# 第六章

「当局も明らかに同意見で、尋問は延期されなかった。法の要請に応じて予定どおりの日に開かれ、きっとその人間的興味ゆえだろう、傍聴人も大勢集まった。何しろ事実に関しては、曖昧なところは何もなかったのだ――つまり、唯一の最重要事実に関しては。パトナ号がどうして損傷するに至ったか、それについては知りようもなく、裁判官も知ろうとしていなかったし、傍聴席でも一人として気にする者はいなかった。なのに、すでに言ったとおり港にいた船乗りは全員傍聴に来たし、水辺の一連の店からもかならず誰かが顔を出していた。本人たちが自覚していたかどうかはともかく、彼らをそこへ引き寄せた関心は純粋に心理的なものだった。人間の感情が持つ強さ、力、恐ろしさといったものが、何か根源的な形で明かされるんじゃないか、そう期待していたのだ。当然ながら、そんなものが明かされるはずはない。ただ一人、そういったものに直面する力も気概もある人間が尋問されたわけだが、尋問は単に、とっくに知られた事実の周りを堂々巡りするばかりで、いくら問いを重ねたところで、鉄の箱の中身を知るのが目的なのに金槌（かなづち）で箱をとんとん外から叩く程度の足しにしかならなかった。だが、公式の尋問というのはそもそもそういうものでしかない。その対象は、この一件の根本にあるなぜ（ホワイ）ではなく、表面的などのよう（ハウ）になのだ。

　若者は訊かれさえすれば答えられたはずだし、まさにそれこそ傍聴人たちの関心事だったのに、実際に彼に向けられた一連の質問は、たとえば私にとっては唯一知るに値するはずの真実から彼を遠ざけるものばかりだった。法的権威が、人間の魂のありようを――それとも肝臓のありように過ぎないのか？――問うなどと期待する方が無理というものだ。彼らの仕事は、生じた結果を厳しく追及することであって、率直に言って、そこらへんの警察裁判所裁判官一人と海事陪審人二人ではほかに大したことはできない。あの連中が馬鹿だったと言うつもりはない。裁判官は非常に辛抱強かった。陪審人のうち一人は赤っぽいあごひげを生やした帆船の船長で、信心深い人柄だった。もう一人がブライアリーだ。ビッグ・ブライアリー。君たちの中にも名前を聞いたことがある人はきっといるはずだ。ブルースター航路の、とびきり上等な船の船長。そう、あの男だよ。

　自分に押しつけられた名誉に、この船長は底なしに退屈しているように見えた。当人は生涯一度も過ちを犯したことがなく、事故を起こしたことも災難に遭ったこともなく、着実な出世に一度として邪魔が入ったことはない。世に時たまいる、ためらいというものをまったく知らない、ましてや自己不信などとはおよそ無縁の幸運な人間の一人に見えた。三十二歳で、東洋貿易船最高の部類に属する船を指揮し、しかも自分自身、己が手に入れたものを大変高く評価していた。これに匹敵する船は世界中ほかにないと思っていた。本人に面と向かって訊ねたら、自分に匹敵する指揮官もほかにいないと思うと告白したことだろう。正しい選択が正しい人物に対して為されたのであって、自分以外の、十六ノットの鉄製汽船『オッサ』号の指揮官でない人類はみな情けない生き物でしかないのだ。これまで海上で人命を助け、遭難船を救い、そうした功績に対して海上保険業者から金の時辰儀（クロノメーター）（船上で使用する精密な基準時計）を贈られ、然るべき献辞を刻んだ双眼鏡をどこかの外国政府から贈られていた。自分の真価と、自分が受けた報酬とをブライアリーははっきり意識していた。私は彼のことがそれなりに気に入っていたが、私の知る人たちの中には――しかも大人しい、友好的な人たちの中に――あいつだけはどうあっても我慢ならんと言う者もいた。彼が自分のことを、私よりはるかに上だと思っていたのは間違いない。実際、東洋と西洋両方の皇帝の座にある人間がいたとしても、彼の前に出たら、自分が劣っていることに知らぬふりはできなかっただろう。それでも私は、本気で腹を立てる気にはなれなかった。彼はべつに、私が頑張れば避けられることに関して私を見下したのではないし、私の人格ゆえに見下したのでもない。私は単に、この世で一番幸運な男でないがゆえに、どうでもいい存在だったのだ――オッサ号船長モンタギュー・ブライアリーではなく、船乗りとしての優秀さと不屈の勇気とを物語る献辞入りの金の時辰儀と銀貼りの双眼鏡の所有者ではないがゆえに。自分の真価と、自分が受けた報酬とをひしひしと意識する機会も私にはなく、また、数いる黒いレトリーバーの中でも最高の一匹の愛と崇拝を享受してもいない。あれほどの人間があれほどの犬にあれほど慕われたことはかつてなかった。こうしたすべてを見せつけられるのは、たしかに苛立たしいことにちがいない。とはいえ、これら数々の致命的な不利を、自分がほかの十二億の、おおむね人間と言っていい生物たちと共有しているのだと思えば、邪気のない軽蔑に彩られたその憐みの念にしても、自分の分はしょせん十二億分の一なのだし、彼の中に見出せる何か不明確で心惹(ひ)かれるものゆえに、私としては我慢することができた。その魅力をこれまではっきり言葉にしてみたことはないが、彼という人間を妬(ねた)ましく思ったことが何度かあるのは事実だ。これでいいのだという思いに満たされた彼の魂は、人生の棘(とげ)をもってしても、岩の滑らかな表面を針で引っかくほども損なえはしなかった。これは妬むべきことではなかろうか。尋問を仕切っている、偉ぶらない、青白い顔の裁判官の横に位置している姿を私が見守る中、その自己満足ぶりは、私と世界とに向けて、花崗岩(かこうがん)のように硬い表面を見せつけていた。彼はその後まもなく自殺した。

　ジムの一件が彼を退屈させたのも当然だろう。尋問を受けているこの若者を彼がどれほど軽蔑しているか、恐怖にも似た思いで私が考えていたあいだ、彼はおそらく、無言の裡(うち)に、自分自身の尋問を行なっていたのだろう。評決は、純然たる有罪、であったにちがいない。海に飛び込んだあのとき、その秘密の証拠を彼は一緒に持っていったのだ。

もし私に人間というものが少しでもわかるとすれば、事はこの上なく重要だったはずだ。一見些細に見えて、さまざまな考えを呼び起こす、そうしたものを抱えて生きることに慣れていない人間がとうてい生きていられなくなるような考えを目覚めさせるものだったはずだ。それが金の問題ではなかったことを私は知っている。酒でもなかったし、女でもなかった。尋問が済んで一週間かそこらで、港を離れ外洋航海に乗り出して三日と経たぬうちに彼は船から身を投げた——あたかも、大洋の只中のまさにその地点において、来世の入口が彼を迎えるべくパッと開かれたのを突如認めたかのように。

けれどそれは突然の衝動ではなかった。彼の船の白髪頭の航海士は一流の船乗りで、他人には人当たりのいい好々爺である反面、船長との関係に限ってはあんなに無愛想な一等航海士は見たことがなかったのだが、その彼が目に涙を浮かべて語るには、朝に甲板へ出てみると、ブライアリーは海図室で書きものをしていたらしい。『四時十分前でした』航海士は言った。『もちろん、夜半直はまだ交代していません。私がブリッジで二等航海士と話しているのを聞いて、船長は私を呼び入れました。私は気が進みませんでした。そうなんです、マーロウ船長——恥を忍んで申し上げますが、私はブライアリー船長が我慢できなかったんです。人間の中がどうなっているのか、本当にわからんものですね。あの方はあまりに多くの人間を——私自身は勘定に入れないとしても——飛び越えて出世していましたし、こっちが取るに足らぬ人間だと思わせるコツを悪魔的に心得ていたんです。べつに大したことはしません。『お早う』と言う、その言い方だけで十分なんです。私の方からは仕事上必要がない限り絶対に話しかけませんでしたし、仕事で話すときにしたって、自分をありったけの力で抑えて、何とか礼儀正しく喋ったものです』（ちなみにこれは自惚れというものである。私はしばしば、よくまあこんな態度をブライアリーが航海の半分以上耐えられるなと思ったものだ）。『私には妻も子供もいます』一等航海士は続けた。『十年前から会社に勤めていて、次の航海こそ船長は自分だ、とくり返し思ってきました。愚かなものです。で、あの方はこんなふうに言うんです、「こっちへお入りなさい、ミスタ・ジョーンズ」そうあの偉ぶった声で言うわけです、「こっちへお入りなさい、ミスタ・ジョーンズ」ってね。で、私は入っていきました。「船の位置を定めましょう」とあの方は言って、ディバイダを手に海図の上に屈み込みました。規則では、この仕事は当番を終える士官が見張りを離れるときにやることになっています。でも私は何も言わずに、船長が小さな十字で船の位置を記して日にちと時間を書き込むのを見守っていました。小綺麗な数字を書いている姿がいまも目に浮かびます。十七日、八月、午前四時。年は海図の一番上に赤字で書き込まれていきす。ブライアリー船長は海図を絶対に一年以上は使いませんでした。この海図、いまは私が持っています。書き終えると、船長は自分が書いた印を見下ろして立ち、一人微笑んで、それから顔を上げて私を見ます。「あと三十二マイル行けばもう危険はない」と船長は言います。「そうしたら南に二十度針路を変えてよろしい」

船はヘクター砂洲（ボルネオ南西沿岸の南）の北へ向かっていました。「承知しました」と私は答えたものの、何でそんな細かいことを言うんだろう、と内心首を傾げていました。どのみち、針路を変えるときは船長を呼ばないといけないんですから。ちょうどそのとき、八点鐘が鳴りました（夜半直が終わる午前四時）。我々はブリッジに出ていって、見張りから離れる二等航海士がいつものように言います、「測程儀、七十一マイル」。ブライアリー船長は羅針盤を見て、それから周りをぐるっと見渡します。暗い、晴れた空で、星々がくっきり、高緯度での霜の降る夜みたいによく見えていました。突然、船長がふっとため息混じりに言います、「私は船尾に行く、測程儀は間違いがないよう私が自分でゼロに戻しておく。この針路であと三十二マイル行けば安全だ。どれどれ、測程儀の修正はプラス六パーセントか、ということは羅針盤どおり三十マイル行ったら、すぐ右舷に二十度転換してよろしい。距離を無駄にすることはないからな」。船長が一息に、しかも見たところまったく無意味にこんなに長く喋るのは初めてでした。私は何も言いませんでした。船長は梯子を降りていって、船長が行くところどこへでも昼夜問わずくっついて来る犬も鼻を突き出してあとに続きました。船長のブーツの踵がコツ、コツ、と後甲板を打つのが聞こえて、やがて船長は立ち止まり、犬に言いました――「お帰り、ローヴァー。ブリッジに行け！　さ、行くんだ」。そして、闇の中から私に声をかけます。「犬を海図室に閉じ込めてくれないか、ミスタ・ジョーンズ」

あの方の声を聞いたのはそれが最後でした。それが生きた人間に聞こえるところであの方が口にした、最後の言葉だったんです』。ここで老人の声ははなはだしく上ずった。

『犬が自分のあとを追って飛び込むんじゃないかと心配したんですよ、ね?』震える声で老人はなおも言った。『そうなんです、マーロウ船長。あの人は私に代わって測程儀をセットしてくれました。おまけに——信じられます?——油まで差しておいてくれたんです。そばに油差しが置いたままになっていました。五時半に、水夫次長がホースを持って後甲板を洗いにいきましたが、じきにそれを放り出してブリッジを駆け上がってきました。「船尾に来てもらえますか、ミスタ・ジョーンズ」次長は言います。「何か変な物がありまして。触りたくないんです」。行ってみると、ブライアリー船長の金の時辰儀でした。舷墻(ブルワーク)に鎖できちんと吊してあったんです。

それを見たとたん、ハッと閃(ひらめ)くものがあって、私にはわかったんです。脚から力が抜けていきました。まるであの人が飛び込むのを、この目で見たみたいな気がしました。もう船からどれくらい離れてしまったか、それもわかりました。曳航測程儀は十八マイル四分の三を指していて、大檣(メーンマスト)の周りの綱止栓(ビレーイング=ピン)が四本なくなっていました。きっと重石(おもし)代わりにポケットに入れたんでしょうね。だけど、あんながっしりした体で、鉄のピン四本なんて何の足しになるでしょう。ひょっとすると最後の最後で、さすがの船長も自信が揺らいだんでしょうか。あの方がうろたえた徴候を示したのは生涯この時だけだと思いますね。でもあの方に代わって断言しますが、ひとたび飛び込んだあとは、ひとかきだって泳ごうとしなかったはずです。もし万一誤って落ちたりしたら、ほとんど見込みがなかろうと丸一日頑張ったでしょうけどね。そうですとも。あの方は誰にも劣りませんでした。自分でもそう言うのを聞いたことがありますが、本当にそうなんです。夜半直の最中に、あの方は二通手紙を書いていました。一通は会社宛で、一通は私宛でした。航海についてあれこれ細かく私に指示を与えて——こっちは船長がまだ母親の腹の中にいたときから海に出ていたんですがね——上海の会社の人たち相手にどうふるまったらいいかもえんえんいろんなヒントを書いていて、私がオッサ号の指揮を続けられるよう気を遣ってくれていました。まるっきり父親がお気に入りの息子に宛てて書いてるみたいな調子なんですよ、こっちはあの方より二十五年上で、あの方が半ズボンを穿くようになる前から塩水を味わってたのにね。経営陣宛の手紙には——こっちも私に見えるよう封筒に入れず表向きに置いてありました——小生は会社に対する務めをこれまでつねに、いまこの瞬間までは果たしてきたし、いまにしても決して社の信頼を裏切ってはいないと思う、なぜなら誰よりも有能な船乗りに船を委ねていくのだから、と書いてありました。私のことですマーロウ船長、私のことですよ！　もしこの人生最後の行為によって社の信用を全面的に失ってしまうのでない限り、小生の死によって空きの生じた地位を埋めるに際しては、あの男のこれまでの忠勤と、小生の強い推薦をぜひ考慮に入れていただきたい、とあの方は書いていました。こんな調子で、まだまだ続くんです。自分の目が信じられませんでしたよ。すっかり頭がくらくらしてしまいました』。ひどく動揺した様子で、老人はなおも言葉を続け、目の端にある何かを、フライ返しみたいに横に広い親指の先で潰した。『何だかひとえに、運の悪い男に最後のチャンスをやるために飛び込んだみたいじゃありませんか。そんなふうにあの人が早まって逝ってしまわれるし、そのおかげで自分もやっといっぱしの身分になるのかと思ったりもして、一週間というもの、私は頭がどうかしたも同然でした。ですが心配は無用でした。オッサ号船長の後釜にはピーリオン号の船長が収まったんです。上海から乗ってきたこのお方、グレーのチェックの上下を着て、髪を真ん中で分けたチャチな伊達男でした。「あぁ――私――あぁ――新しい船長だ、ミスタァ――ミスタァ――あぁ――ジョーンズ」。香水の匂いをプンプンさせて、臭いったらありませんでしたよ。たぶん私の目つきに気圧されてあんなしどろもどろの喋り方になったんでしょうな。君ががっかりするのも無理はない、急いで言っておくがピーリオン号は私の一等航海士が引き継いだよ、いやもちろん私は全然絡んではおらんよ、まあそういうことは会社が一番よくわかってるだろうからね、お気の毒だが……。私は言ってやりましたよ、「どうか私めジョーンズのことはお気になさらずに。こういう糞忌々しい話はもう慣れっこですから」。相手のお上品な耳にショックを与えたことは一目でわかりました。初めて昼食の席を共にすると、この男、船の中のあれやこれやに意地悪な調子で難癖をつけ出しました。あんな声、パンチ&ジュディ（よく知られた人形芝居）以外では聞いたことありませんね。私はぎゅっと歯を食いしばって、皿に目を釘付けにして、できる限り長く黙っていました。けれども、とうとう我慢できなくなって何か一言言ったところ、相手はぴょんと爪先立ちに跳び上がって、闘鶏か何かみたいに小綺麗な羽を震わせるんです。「おっつけわかるだろうが、私はブライアリー船長とは違うからな」。「もうわかってますとも」私はとことん無愛想に、けれどステーキから目が離せないふりを装って言いました。「君は筋金入りのやくざ者だ、ミスタァ——あぁ——ジョーンズ。会社の方でも筋金入りのやくざ者で通っているのだぞ」とあちらはキーキー声を上げます。水夫連中がそこらに立って、口をあんぐり開けて聞き入っていました。「そりゃあ私は厄介者かもしれません」とこっちも言い返します。「ですがね、ブライアリー船長の席にあんたが座ってるのを見て我慢するほど堕ちちゃあいません」。そう言ってナイフとフォークを置きました。「君は自分がこの席に座りたいんだろう。そこが痛いところなんだろう」と相手はせせら笑います。私は食堂を出て、服をまとめ、沖仲仕が仕事に戻るよりも早く荷物を手に埠頭に降り立っていました。そうです。十年勤めて、六千マイル離れた本国には私の半給（船に乗っていないあいだ支給される半額の給料）に頼って食いつないでいる妻と四人の子供がいるというのに、陸に上がって、当てのない身。そうです！　ブライアリー船長が侮辱されるのを聞くよりはと、私はすべてをなげうったんです。船長は私に、使っていた夜間用双眼鏡を遺してくれました——これです。そして犬の面倒も見てくれ、と言い遺していきました——こいつです。よう、ローヴァー。船長はどこかなあ、ローヴァー？』。犬は悲しげな黄色い目で私たちを見上げて、ワンと侘しく一声鳴いて、テーブルの下に潜り込んだ。

　これはすべて、二年以上が経ったあと、ジョーンズが仕切ることになった、海のあばら屋とでも言うほかないあの『ファイアー＝クイーン』号の船上でのことだ。奴が船長になったのも妙な偶然からで、前任者はマザスン、大抵はマッド・マザスンと呼ばれていたあいつさ、占領以前のハイフォン（ベトナム北部の港町）でぶらぶらしていた奴だよ。で、ジョーンズ爺さんは鼻汁をすすりながらさらに言った。

『そうですとも、たとえ地球上よそでは忘れられようとも、ここではブライアリー船長を忘れやしません。船長の父上にも一部始終をお知らせした手紙を出したんですが、返事は一言も来ませんでした。ありがとうもなし、地獄へ堕ちろ！　もなし、まるっきり何もなしです！　きっと知りたくなかったんですね』

目を潤ませたジョーンズが赤い木綿のハンカチで禿げ頭を拭うのを見て、犬の悲しげな鳴き声を聞き、ブライアリー船長の思い出に献げられた唯一の霊廟たるそのむさ苦しい小部屋を目の当たりにしていると、私の記憶に残ったブライアリーの姿に、言いようもなくみじめな悲哀のベールがかぶさることになった。彼の人生から、そこにあって然るべき恐怖心を最後の直前まで奪っていた、自分は壮麗な存在なのだという信念。それを運命が罰して、死後の復讐を果たしたような有様ではないか。最後の直前まで？　もしかしたら、最後に至っても同じだったかもしれない。自分の自殺を彼がどこまで立派なものと捉えていたか、誰にわかるだろう？

『なぜあんな早まった真似をなさったんですかねえ、マーロウ船長？　思いつきますか？』ジョーンズは両の手の平をたがいに押しつけながら訊いた。『なぜです？　わからない！　なぜ？』。彼は狭い、皺の寄った額をぴしゃりと叩いた。『かりに貧乏で、年とっていて、借金があったなら——おまけに見込みもなかった、というならわかります。じゃなけりゃ、気が狂っていたか。でもあの方は狂うような人じゃありませんでした。私が言うんだから間違いありません。船長について航海士が知らないことは、知ってたって仕方ないことだけです。若くて、健康で、裕福で、悩みひとつなく……。ときどきここにこもって考えるんです、頭がぶんぶんうなり出すまで考えるんです。きっと何か訳があったはずなんだ』

『きっとね、ジョーンズ船長』私は言った。『どういうわけだったとしても、あなたや私だったら悩むようなことじゃなかったにちがいありませんよ』。すると、混沌とした脳を稲妻が一瞬ピカッと照らしたかのように、ジョーンズ爺さんが最後の、驚くほど深遠な一言を口にした。チーンと洟をかんで、憂い顔で私に向かって頷き、こう言ったのだ。『そうですとも！　あなたも私も、自分のことをあそこまで高く買いやしませんからねえ』

言うまでもなく、いま私がブライアリーと交わした最後の会話を思い起こすにあたっては、その直後にいかなる最期が生じたかを知っていることによって色が付いてしまっている。彼と最後に話したのは、尋問が進行している最中のことだった。一回目の休廷のあと、私が道を歩いていたら向こうがうしろから追いついてきたのだ。何だか苛立っている様子で、私はそのことに驚いた。他人と会話する気になったとき、いつものブライアリーなら、あくまで落着き払って、まるで話し相手の存在が悪くないジョークであるかのように、どこか面白がっているふうに相手を許容する態度を示すのが常だったからだ。『尋問に引っぱり込まれてね』と彼は切り出し、しばらくのあいだ、毎日法廷に足を運ばされていかに迷惑かをさんざん愚痴った。『いったい何日続くのかねえ。三日かなあ』。私は黙って聞いていた。この時点での私の目には、また例によって勿体をつけているんだな、くらいにしか映らなかったのだ。『こんなことして何になる？　こんな馬鹿馬鹿しい見世物、見たことないぞ』彼はなおも熱の入った口調で言った。ほかにやり方もないですからねえ、と私は言ったが、相手は私の言葉を、胸にたまった憤懣を噴き出すみたいにして遮った。『あそこに座ってるあいだずっと、まるっきり馬鹿な真似をしている気がするんだ』。私は思わず顔を上げて彼を見た。これは珍しい。ブライアリーが、ブライアリーについてここまで突っ込んだことを言うなんて。彼はハッと口をつぐんで、私の上着の折襟を掴んで、軽く引っぱった。『何であの若いのを拷問にかける？』――その問いには、私の抱いていた考えとぴったり響きあうところがあったので、遁走する祖国放棄者の姿を思い描きつつ、私もすぐさま答えを返した。『知りませんよ、奴がそれを拒んでいないってこと以外はね』。それなりに謎めいていたはずの一言なのに、ブライアリーがそれにすんなりついて来たので私は驚いてしまった。怒りもあらわに、彼はこう言ったのだ。『そうだとも。あいつには見えてないのか、あの卑怯者の船長がさっさと逃げ出したことが？　どういうことになると思ってるんだ？　何があったって奴を救えやしない。あいつはもうおしまいなんだ』。私たちは黙って何歩か歩きつづけた。『何であんな恥を忍ぶ?』彼は一種東洋的な活気を言葉に込めて叫んだ。東経五十度より東まで来ると、活気というものもこの種のものくらいしか見当たらなくなるのだ。どういう思考の流れなんだろう、と大いに不思議だったが、いま考えると、やはりいかにも彼らしい話だったのだとつくづく思う。つまり、心の底ではまたも、自分のことを考えていたにちがいない。パトナ号の船長は一財産貯め込んでるって噂だからどこへ行ったって逃げる手段はいくらでもありますよ、と私は言ってみた。ジムはそうは行かない。目下のところは当局の手配で船員会館に入れられていて、ポケットにはきっとびた一文入っていまい。逃げるにも金はかかるのだ。『そうかな? そうとも限らんぜ』ブライアリーは苦々しげに笑いながら言って、さらに私が何か言ったのに応えて、『ふん、それなら、地下二十フィートに潜らせてずっとそこにいさせるさ! 私だったら絶対そうするね』。その口調になぜカチンと来たのかはわからないが、私は言った。『あれはあれで一種の勇気じゃないですかね、逃げたって誰もわざわざ追いかけてこないと十分わかってるのに、ああやってしっかり耐え抜いているんだから』。『勇気なんか糞喰らえだ!』ブライアリーがうなるように言った。『そんな類いの勇気なんか、人間をまともに保つのに少しも役立ちやしない。そんな勇気になんか用はないね。あれは一種の臆病だった、脆(もろ)さだったって言うんならわかるが。おい、こうしようじゃないか、私が二百ルピー出すから、君もあと百出して、あいつを明日の朝早くに逃がす役目を引き受けてくれるんだ。触るのも汚らわしいかもしれんが、あれでも紳士だ、言えばわかるさ。わかってくれなきゃ困る！　こんなふうに晒しものにされて、いくら何でもあんまりだ。あいつがあそこに座っている前で、現地人やら、インド人の水夫長やら平水夫やら、操舵員やらが、誰だって自分について言われたら恥ずかしくて消え入りたくなるような証言をしている。こんなひどい話はないぞ。そう思わないかマーロウ、そう感じないか、こんなひどい話はないと、船乗りとして思わんか？　あいつがいなくなれば、これもいっぺんに終わるんだ』。いつになく熱のこもった調子でブライアリーはこうした言葉を発し、いまにも財布に手を伸ばそうとした。私はそんな彼を抑えて、この四人の卑劣さがそんなに大問題だとは思えませんね、ときっぱり冷たく言った。『で、そう言う君は、自分を船乗りと思ってるわけだ』彼は怒った口調で言い放った。そう思ってますし、実際そうだと思いたいですね、と私は答えた。私が言い終わるのを聞くと、彼は大きな片腕を振ってみせた。その仕種によって私から個人性を剝ぎ取り、私を群衆の中へ押しやった感じだった。『何より始末に負えないのは』彼は言った。『君らみんなに自尊心というものがないことだ。自分がいかなる人間であるべきなのか、君らは十分考えようとしないんだ』

その間私たちはのろのろと歩いていたが、やがて港湾事務所の向かい、巨体のパトナ号船長がハリケーンに吹き飛ばされたちっぽけな羽根みたいに消え去った地点が見えるところまで来て立ち止まった。私の頬が緩んだ。ブライアリーはなおも言った。『こんなことは恥だ。そりゃあ我々の中にもいろんな連中がいて、札付きの悪党だっている。

だが、いいか、職業上の品位というものは護らなきゃいけない、さもないと、そこらへんをうろついてる輩どもと少しも変わらなくなってしまう。我々は信頼されているんだ。わかるか？　信頼されているんだよ！　はっきり言って、アジアからやって来た巡礼どもがどうなろうと私の知ったことじゃない、だけどまっとうな人間だったら、船一杯に積んだ襤褸(ぼろ)に対してだってあんなふうにはふるまわないはずだ。我々は組織としてひとつにまとまってるわけじゃない。我々を唯一繋いでいるのは、そうした類いのまっとうさが我々にはあるという信用だけだ。ああいう事件は我々の信頼を損なってしまう。人によっては、ほぼ一生海で過ごしていても、いざというときの強さを示す必要に迫られずに済んだりもするだろう。だがいったんそういう必要が訪れたら……そうなったら！……私だったら……』

彼はそこで言葉を切って、口調を変えて言った。『なあマーロウ、いま二百ルピー渡すから、君があいつに話をつけてくれよ。まったくあいつときたら！　こんなところに来なけりゃよかったんだ。実は、うちの親戚にもあいつのことを知ってるのがいると思うんだ。あいつ、親父は牧師だろう、で、いま思い出したんだが、去年エセックスのいとこのところに泊まっていたときに私も一度顔を合わせてると思うんだ。ちょっと見かけただけだが、船乗りの息子のことがなかなか自慢そうだったよ。ひどいもんだ。私が自分でやるわけには行かん——でも君なら……』

かくして私は、ジムの件を通して、ブライアリーが己の真実とまやかしの両方を海に委ねることになる数日前、彼の本当の姿を垣間見ることになったわけだ。もちろん私は、首を突っ込むことを拒んだ。最後の『でも君なら』の口調ときたら（あの男にはああいう言い方しかできなかったのだが）私を虫けら同然と見ていることが伝わってきて、勢い私も、提案そのものを憤慨の念とともに見ることになった。そんなふうにけしかけられたせいか、それとも何かほかに訳があったのか、とにかく私は、この尋問自体があのジムという奴に科された厳罰なのだ、という思いを強めていった。それとともに、彼が事実上己の自由意志に基づいてその罰から逃げずにいることこそ、このおぞましい事件において唯一救いの要素だという気持ちも深まっていった。この点がそれまではいまひとつ確かでなかったのが、いまではもうはっきりしていた。ブライアリーはプンプン怒って立ち去った。この時点では、私にとって彼の精神状態はいまよりずっと大きな謎だった。

翌日、私は遅れて法廷に入ったので、一人で離れて席に着いた。もちろんブライアリーと交わした会話は忘れられなかった。そしていま、すぐ目の前に二人が共にいる。一方の物腰は陰気な傲慢さを、もう一方のそれは軽蔑に彩られた退屈を感じさせた。だが、どちらかの態度がもう一方より真実だという保証は何もないし、一方は真実でないことを私は知っていた。ブライアリーは退屈していない。彼は苛立っているのだ。だとすれば、ジムも傲慢ではないのかもしれない。少なくとも私の説に従うならそうではない。あれは希望を失くしているのではないかと私は想像してみた。そのとき、私たちの目が合った。目が合って、彼が送ってよこした眼差しは、かりに私が彼と話してみたいという気でいたとしてもその気を萎えさせるに十分だった。傲慢、絶望、どちらの仮説に立っても、自分が彼の役に立てるとは思えなかった。その日は尋問の二日目だった。そうやって視線が交わされたすぐあと、ふたたび翌日まで休廷となった。白人たちはそそくさと出ていった。ジムはしばらく前に証人席から降りることを許されていたので、いち早く外に出られた。扉から差してくる光に、その広い肩と頭部の輪郭が浮かび上がって見えた。私が誰かと——何げなく声をかけてきた知らない男だ——話しながらゆっくり出ていこうとすると、ベランダの手すりに両肱を載せ、何段もない階段を三々五々降りていく人波に背を向けているジムの姿が見えた。ざわざわという話し声と、靴を引きずる音が聞こえた。

次の尋問は、金貸し業者に対する暴行事件をめぐるものだったと思う。被告はまっすぐな白いあごひげを生やした風格ある老人で、扉のすぐ外に筵を敷いて、息子たち、娘たち、義理の息子たちとその妻たちに囲まれ、さらには彼の村の人口半分が周りにしゃがみ込んだり立ったりしていた。背中の一部と黒い肩の一方をむき出しにした、鼻に細い金の輪をはめた痩せた色黒の女が、いきなり甲高い、口やかましい調子で喋り出した。私と一緒にいた男がとっさに顔を上げて女を見た。私たちはちょうど扉を抜けようとしていて、ジムの逞しい背中のうしろを通り過ぎているところだった。

その黄色い犬を、村人たちが連れてきたのかどうかはわからない。とにかくそこには犬が一匹いて、地元の犬がよくやるように、音もなくこそこそと人々の脚のあいだを縫うように動き回っていた。と、私と一緒にいた男がその犬に足を引っかけた。犬は音も立てずにさっと飛びのいた。男は少し声を大きくして、のっそりした笑い声を上げながら『ご覧なさい、あの野良犬』と言ったが、その直後彼と私は、人がどっと入っていったせいで離ればなれになった。私はしばし壁に背を貼りつけて待ち、男は人々のあいだを器用に縫って階段を降り、そのまま姿を消した。ジムがくるっと身を翻すのが見えた。一歩前に出て、私の行く手を遮った。私たちは二人だけだった。頑(かたく)なそうな決意の気配とともに、彼は私を睨みつけた。何だか森の中で追剝ぎに遭った気分だった。ベランダにはもう誰もいなくなって、法廷内の騒がしさと動きも鎮まっていた。建物全体に大いなる静寂が降りていた。ずっと奥の方で、東洋人らしき声が情けない卑屈な音を立てた。扉からこっそり中に入ろうとしていた犬は、慌ててぺたっと座り込み、蚤(のみ)を探しはじめた。

『あんた、俺に何か言いました?』ジムはひどく低い声で言って、私の方にというより私めがけて身を乗り出してきた。『いいや』私は間を置かず答えた。その静かな口調の声にある何かが、これは気をつけた方がいいと警告したのだ。私はじっと彼を見守った。ますます森で追剝ぎに遭うのに似てきたが、といっても向こうがこっちの金や命を欲しいはずはなく、とにかくこっちがあっさり渡せるもの、あるいは逆に迷わず護れるものを求めているわけではないのだから、結末については森での遭遇よりも不透明だ。『そう言うけど、俺には聞こえたんだ』ジムはひどく厳めしく言った。『何かの間違いだよ』私は言い返した。まったく訳がわからない。私は彼から目を離さなかった。その顔を見守るのは、雷が鳴る前の、徐々に暗くなっていく空を見守るのに似ていた。刻一刻と闇が濃くなっていって、表向きはあくまで静かなまま、破壊力を次第に募らせながら、暗がりが不気味にその烈しさを増していく。

『君が聞こえるところで口を開いた覚えはないね』私は少しも嘘いつわりなく断言した。この遭遇の馬鹿馬鹿しさに、いくぶん腹が立ってきてもいた。いまにして思うと、人生であのときほど、人に殴られる危険に——文字どおり拳骨で殴られる危険に——近づいたことはない。たぶん、じきにそうなりかねないという、漠たる予感があたりに漂っていたのだろう。彼がはっきり威嚇(いかく)したのではない。むしろ逆に、本人は妙に受動的だった。だがいかにも険悪な顔ではあったし、並外れて大柄というわけではないが、その気になれば壁だって壊せそうに見えた。目についた中で一番心強い徴候は、一種緩慢な、のっそりと重いためらいがそこに感じられることだった。これも私の態度と口調が見るからに誠実そうなことの賜物(たまもの)と思えた。私たちは面と向きあって立っていた。法廷では暴行事件の取調べが進行していた。言葉が切れぎれに聞こえた。『それで——水牛が——棒が——あんまり怖かったもので……』

『何だって今朝ずっと、俺のことをじろじろ見てたんだ?』ジムがやっと言った。そして目を上げ、また下ろした。『じゃあ何か君、僕らがみんな、君の感じ易さを慮(おもんばか)って、じっと目を伏せていてくれるとでも思ったのか？』私もぴしゃっと言い返した。無茶苦茶な言いがかりに大人しく屈する気はなかった。彼はもう一度目を上げ、今度はじっと私の顔を見据えた。『いや。それはいいんだ』彼はゆっくりと、自分の言葉の真実を胸のうちで吟味している様子で言った。『それはいいんだ。それは耐えるつもりだから。ただ』――ここで少し早口になった――『法廷の外で悪口を言う奴を放っておく気はない。あんたいま、誰かと一緒にいただろう。あんた、そいつと口を利いてただろう――ああ、そうとも――俺は知ってるのさ。それはそれで結構。あんたは奴と話してたけど、ほんとは俺に聞かせようと思って――』

君はとんでもない思い違いをしている、と私は請けあった。どうしてこんなことになったのか、見当もつかなかった。『あんた、俺には怒る度胸もないと思ったんだろ』彼はほんのわずか恨めしさを込めて言った。相手の言い方のごく微妙な色合いも聞き分けられるくらい私も気を入れて聞いていたが、それでも何が何だかさっぱりわからない。とはいえ、この言葉の何かに、あるいは単にそれを言ったときの抑揚に引きずられて、私はにわかに、何にせよこいつのことは大目に見てやらなくてはという気になった。思いもよらず厄介な立場に引っぱり込まれたことへの苛立ちもあっさり消えた。こいつは明らかに何か勘違いしている。そのせいで、とんでもない失態をやらかしている。その失態が何とも浅ましい、哀れな類いのものであることを私は直感的に感じとった。私としてはとにかく体裁もあるし、こっちが頼みもしなかった不快な打ちあけ話を切り上げさせたいと思うのと似たような具合に、さっさとこの醜態を終わりにしたかった。何より滑稽だったのは、こうした高次元のことを私があれこれ考えているさなかにも、この遭遇がみっともない喧嘩で終わるという可能性があると――いや、大ありだと――いう思いも頭の中にはあって、少なからぬ戦きを覚えていたことだ。きっとそれは、理屈では説明のつかない、私が何とも阿呆に見える喧嘩だろう。パトナ号の航海士に青タンか何かを喰らった男、として三日間の名声を享受するなんて真っ平だ。きっと彼の方は、自分が何をしようと平気だろう。少なくとも、何をしようと自分としては正当だと思うだろう。うわべはあくまで静かで、無気力にすら見えるものの、彼が何かについて凄まじく怒っていることは魔術師でなくたってわかる。やり方さえわかったら、ぜひこの男の気持ちを鎮めてやりたい、と強く思ったことは否定しない。だが、言うまでもあるまいが、私にはそのやり方がわからなかった。それは一筋の光もない闇だった。私たちは無言のまま向きあっていた。彼は十五秒ばかり動かなかったが、やがて一歩近づいてきて、私は殴打をかわそうと身構えたが、といって筋肉一本動かさなかったと思う。『あんたが二人分の体格で、六人分の力があったとしても』彼はひどく静かな声で言った。『俺は自分があんたのことをどう思ってるか言ってやる。あんたは……』『やめろ！』私は叫んだ。これで一瞬は彼を止めることができた。『君が私のことをどう思ってるか言う前に』私はすかさず言った。『まず教えてくれるかね、私が何と言ったのか、あるいは何をしたのか？』。そこで一瞬、間が生じ、彼は憤りもあらわに私をしげしげと見て、一方私は超人的な努力とともに記憶をひっかき回していたが、法廷から聞こえてくる、謂れなき告発を熱のこもった饒舌で抗議している東洋人の声が邪魔に入ってそれも容易ではなかった。それから、我々二人はほとんど同時に口を開いた。『思い知らせてやるからな、あの言葉が間違ってるってこと』と彼は、いまにも危機的瞬間が来るぞと脅すような口調で言い、同時に私も、『さっぱりわからないね、何のことか』と本気で弁明した。眼差しに込めた蔑みの念でもって、彼は私を圧倒しようとした。『俺が怖がってないと知ったら、今度はこそこそ逃げ出そうってのか』と彼は言った。『野良犬はどっちだ――え?』。そう言われて、やっと私は理解した。

拳骨をお見舞いするにふさわしい場所を探すかのように、彼はさっきから私の顔をじろじろ見ていた。『誰にも許さないぞ』……脅すように小声で呟いている。やっぱりそうだ、とんでもない勘違いだ。自分が何を気にしているのか、こいつはもろにさらけ出してしまった。私がどれほど愕然としたか、言葉では伝えようがない。きっと向こうも、私のそういう気持ちが顔にある程度表われたのを見てとったのだろう、少し表情が変わった。『やれやれ! 君は私が……』『だって聞こえたんだぞ、ちゃんと』彼はなおも言った。この嘆かわしい醜態がはじまって以来初めて声を張り上げた。それから、ほんの少し尊大な調子で言った。『じゃ、あんたじゃなかったのか? 結構、もう一人の奴を捜す』。『馬鹿な真似はよせ。まるっきり誤解だ』私は苛立って叫んだ。『聞こえたんだぞ』彼はもう一度、揺るがない、厳めしい執拗さで言った。

人によっては、その頑なさを笑ったかもしれない。私は笑わなかった。笑えやしない！　自分の自然な衝動によって、ここまで無慈悲に本心を暴かれてしまうなんて。たった一言で、分別を剝ぎ取られてしまった——身体の作法を保つのに衣服が必要な以上に、内なる自己の体面を保つのに欠かせない分別を。『馬鹿なことを言うな』私はくり返した。『でももう一人の奴が言ったんだろう、それは否定しないんだろう？』はっきりした口調で彼は言い放ち、まっすぐ怯まず私の顔を見据えた。『ああ、否定しない』と私は言って、じっと見返した。やっとのことで、彼の視線が、私の指が差している方角に下がっていった。はじめは、まったく何も理解していないように見えた。それから、とまどいの色が浮かんだ。あたかも犬というものが怪物であって、その怪物を生まれて初めて見たかのように、底なしの驚きと怯えがそれに取って代わった。

　そのみじめったらしい動物を彼はまじまじと見た。犬は彫像のように不動で、耳をピンと立て、尖った鼻面を戸口の方に向けている。と、犬がいきなり、機械仕掛けのようにぱくっと蝿に噛みついた。

　私は彼の顔を見た。元来は色白の、日に焼けて赤くなった顔の赤味が、頬の産毛(うぶげ)の下で一気に濃くなって、額にも侵入し、巻き毛の髪の生え際まで広がっていった。耳はすっかり深紅(しんく)に染まり、血が頭に押し寄せたせいで澄んだ青い目まで濃さがぐっと増した。唇は少しとんがって、いまにも泣き出しそうに震えていた。あまりの屈辱に一言も言えずにいるのだ。屈辱と、もしかしたら失望も——もしかしたら、私を殴りつけて己の名誉を回復し己の怒りを鎮めることを楽しみにしていたのではないか？　こうして喧嘩のチャンスが巡ってきて、どれほどの救いを期待していたことか？　見境なく期待してしまう初心(うぶ)な奴なのだ。そしていまは、何もなかったにもかかわらず、自分を暴露してしまった。私に対してはもちろん、自分自身に対しても彼は率直にふるまった。そうすることによって、反駁(はんばく)の機会を得て、みなに対して目にもの見せてやれれば、と途方もない望みを抱いていたのに、運命の星は皮肉な巡りあわせだったのだ。頭を中途半端に殴られてなかば呆然としている男のように、喉から何やら不明瞭な音を彼は漏らした。見るも哀れだった。

　門のずっと外まで行って、やっと彼に追いついた。おしまいの方は小走りに駆け出す破目になるほどだったが、息も切れぎれにすぐ横までたどり着いて、逃げたことを詰(なじ)ると、『逃げてなんかいない！』と彼は言って、追いつめられた獲物のようにすぐさまこっちを向いた。私から逃げたという意味じゃない、と私は釈明した。『誰からだって逃げてない——この世の誰からも逃げてなんかいるもんか』いかにも頑(かたく)なな態度で彼は言いきった。私は唯一の明らかな例外、どんなに勇敢な人間にも当てはまるはずの例外を指摘することは控えた。じきに自分で思い知るものと思ったからだ。私が何か言おうと考えているあいだ、彼は辛抱強く私を見ていたが、私の方はその場の勢いで何かを思いつけもせず、やがて彼はまた歩き出した。私もついて歩き、何としても逃すまいと、あわてて言った。私としては君が思い違えたまま別れるわけには行かないんだよ、私のことを——私のことを——私は口ごもった。言い終えようとしながらも、何とも間抜けな言い方に我ながらげんなりしたが、とはいえ、口にされた言葉の力というものは、その意味とか構成の論理とかとは全然関係ない。私の阿呆そのもののしどろもどろな物言いは、彼を喜ばせたようだった。彼は私の言葉を遮って、とてつもない自制力を——でなければ素晴らしい柔軟さを——物語る丁重な穏やかさとともに、『すべて僕の勘違いでした』と言ってのけたのだ。その言い方に、私は啞然とさせられた。何かまるで些細な、取るに足らぬ出来事の話をしているみたいではないか。この一件の、何ともおぞましい意味がこいつにはわからないのか？『ここは勘弁してもらえますよね』と彼はさらに言い、いささか陰気な口調でこう続けた。『何しろ法廷でじろじろ見てる連中、みんなどうしようもない馬鹿に見えましたからね。僕が思ったみたいなことがあっても不思議はなかったですよ』

この一言から彼の新しい一面が見えて、私はハッとさせられた。私が好奇の目を向けると、何ら気後れしていない、計り知れない眼差しがまっすぐ返ってきた。『こんなこと、耐えられませんからね』彼はあっさり言ってのけた。『耐えるつもりもありません。もちろん、法廷は別です。それは我慢しなきゃいけないし、我慢できます』

彼の気持ちがわかった、などと言うつもりはない。彼が垣間見せた己の姿は、濃い霧の中、揺れ動く切れ目からちらちら見える風景に似ていた。生々しい細部が浮かんでは消えるばかりで、その地帯全体の様相はいっこうに伝わってこない。好奇心はそそられるが、満たしてはもらえない。こちらの位置を見定める役にはまったく立たない。この若者の場合、概してむしろ方角を見誤らせるとすら言える。その晩、彼が私の許を去ったあとで、私は彼のことを胸のうちでそう要約した。何日か前からマラバル・ハウスに泊まっていた私にせっつかれて、彼は私と夕食を共にしたのだ」

# 第七章

「外国行きの郵便船が午後に着いて、ホテルの大きなダイニングルームは、ポケットに世界一周百ポンドの切符を入れた人々で半分以上埋まっていた。旅行中なのに、家にいるのと変わらずたがいに相手に退屈している様子の夫婦が何組もいた。小さなグループがいて大きなグループがいて、一人で重々しく食事している人物がいれば騒々しく美食に舌鼓を打っている者もいたが、誰もがみな、ふだんの暮らしと同じように考えたり喋ったり冗談を言ったり顔をしかめたりで、新たな事物を知的に取り込む度合たるや、上の階に置いたトランクと変わらなかった。今後彼らは、どこそこの場所を通過したというレッテルを貼られるわけであり、その点でも荷物と同じなのだ。我が身に付着したこの栄誉を彼らは慈しみ、旅行鞄に糊付けされたラベルを証拠資料として、見聞を広めてくれたこの営みの唯一恒久的な痕跡として保存することだろう。色黒い顔の召使たちが、磨き上げられた巨大な床の上を音もなく軽やかに歩いていた。時おり若い娘の、その頭の中と等しく無垢で空虚な笑い声が聞こえた。あるいはまた、食器のカチャカチャ鳴る音がふっと止んで、誰か剽軽者が気取って間延びした声で二言三言、船上でのスキャンダルをめぐる最新の笑い話に面白おかしく尾鰭をつけて、ニタニタ笑って聞くテーブルの人たちを愉しませている。着飾った、放浪を続ける二人の老嬢が、辛辣な顔でメニューを読み進みながら、色褪せた唇で囁きあい、一対の壮麗な案山子のように無表情で奇怪な姿を見せていた。若干のワインのおかげでジムの心も開かれ、舌も緩んだ。食欲も十分あった。私たちの出会いの事件を、彼はもうどこかに埋めてしまったように見えた。その件に関してはこの世においてもうこれ以上いかなる問いもありえない、そう言わんばかりだった。そしてその間ずっと私の前には、まっすぐ私の目を見ている青い少年らしさの残る目があり、逞しい肩があり、いくつかの房を成す金髪の生え際の下に一本白い線が引かれた広い陽焼けした額があった。そうした外見が、私の全面的共感を誘った。率直そうな顔つき、邪気のない笑顔、若々しい真剣さ。これは正しい類いの男だ。彼は私たちの一人なのだ。生真面目に、一種落着いた遠慮なさとともに話し、その静かな物腰は男らしい自制の結果なのか、それとも傲慢ゆえか、無神経さか、途方もない無意識さか、底なしの欺瞞か。誰にわかるだろう？　傍から聞く限り、私たちの話は、誰か第三者か、サッカーの試合か、去年の天候でも話題にしているように聞こえただろう。無数の憶測から成る海に私は浮かんでいたが、やがて会話の流れが上手い具合に変わってくれて、侮辱に響くことなく、今回の尋問、総じてずいぶん辛いだろうね、と言うことができた。すると彼は、さっと片腕をテーブルクロスの向こうから突き出し、皿の横にあった私の手を摑んで、じっと私を睨みつけた。私は本気でぎょっとした。『さぞ辛いだろうね』言葉にならない感情の吐露にとまどって私はしどろもどろに言った。『本当に――地獄ですよ』彼はこもった声で、吐き出すように言った。

この動作と言葉のせいで、そばのテーブルにいた、りゅうとした身なりの世界旅行者二人がギョッとしてアイスプディングから顔を上げた。私は立ち上がり、コーヒーと葉巻を嗜みにジムを連れて表のテラスに出た。

小さな八角形のテーブルが並び、ガラス球の中で蠟燭が燃えていた。葉の硬い植物がそこここに植えられていて、心地よい枝編み細工の椅子を何脚かずつに仕切っていた。二本ずつ立った、その赤っぽい表面で背の高い窓からの光彩を列をなして捉えている円柱と円柱のあいだで、夜は厳めしく光を放ち、華麗な幕のように垂れて見えた。何隻もの船の碇泊灯が、沈みゆく星のように遠くで点滅し、碇泊地の向こうの丘は、動きの止まった雷雲の黒く丸い塊を思わせた。

『逃げるわけには行きませんでした』ジムは切り出した。『船長は逃げた――船長はそれで構いませんよ。僕は逃げられなかった。逃げる気もなかった。みんなそれぞれ抜け出したけど、僕はそうは行きませんでした』

私はじっと気持ちを集中させて聞き、椅子に座ったまま身じろぎもしなかった。私は知りたかった。そして今日に至ってもまだ知らない。推測することしかできない。彼は自信満々かと思えば、すぐまた落ち込んだりした。あたかも、生来の潔白を頑なに信じる思いが胸のうちにあって、自分の中でのたくっている真実を事あるごとに押さえつけているかのように見えた。まずはじめは、高さ二十フィートの壁を飛び越えられないことを認める男の口調で、もう二度と故郷には帰れないと彼は言った。その宣言を聞いて、私はブライアリーの言葉を思い出した。『エセックスのあの牧師爺さん、息子のことがだいぶ自慢なようだったよ』

自分が格別『自慢』に思われていることを承知していたかどうかはともかく、ジムが『親父』について語るその口ぶりからは、世界一立派な地方執事が大家族の面倒をしっかり見ているという印象が伝わってきた。ジムがはっきり口にしたわけではないが、そこのところは間違えないでほしいという懸念が感じられて、それはそれできわめて誠実であり微笑ましくもあったのだが、一方でそれが、この話全体に、はるか遠くで生きられている生活の実感を切なくつけ加えてもいた。『きっともう親父も、故郷の新聞ですっかり読んだはずです』ジムは言った。『もう二度と顔を合わせられませんよ』。そう言われて私は目を上げる度胸が出なかったが、やがて彼が『絶対説明できません。わかってもらえませんよ』と言い足すのが聞こえた。それで私も顔を上げた。彼は考え深げに煙草を喫っていたが、しばらくするとまた活気づいて、ふたたび話し出した。話し出してすぐ、自分のことを仲間たちと――一応、犯罪仲間たちと言っておこう――一緒にしないでほしいという欲求をあらわにした。自分はあいつらの一人ではない、全然違う人間なのだと彼は主張した。私もそれに反対するそぶりは示さなかった。不毛な真実なそのために、彼がすがれる救いをほんの少しでも剝ぎ取ろうなんていう気はさらさらなかった。彼自身、どこまでそれを信じているのか私にはわからなかった。彼が何にふさわしくふるまおうとしているのかどうかも——わからなかったし、たぶん本人もわかっていなかったと思う。人はみな、自己認識の暗い影から逃れるために、巧みにごまかし、言い抜ける。だがそれをちゃんと自覚している人間など一人もいないというのが私の持論だ。『この馬鹿な尋問が終わったら』何をすべきか、彼が自問しているあいだずっと、私は何の音も立てなかった。

どうやら彼は、ブライアリーと同じく、法の命じるこうした手続きを蔑んでいるようだった。誰のところに行けばいいかわからないんです、と打ちあけはしたが、明らかにそれは私に話しているというより、考えを口にしているのだった。船員免状もなくなって、キャリアは断ち切られ、遠くへ行く金もないし、見る限りありつけそうな職もない。故郷に帰れば何かあるかもしれないが、そのためには家族に助けを求めねばならず、それをやる気はない。平水夫になる以外、道は見えない——上手くすればどこかの蒸気船で操舵手の職にありつけるだろうか。操舵手なら勤まりますよ……『そう思うかい?』私は無慈悲に訊いた。彼はパッと跳び上がり、石の手すりまで行って夜を見やった。そしてすぐまた戻ってきて、感情を抑えつけた痛みにいまだ曇っているその若々しい顔で、私の椅子を見下ろすように立ちはだかった。船を操縦する能力を私が疑ったわけではないことは、本人もよくわかっていた。少し震える声で、どうしてそう言うのか、と私に訊いた。あなたは僕に『とことん親切』にしてくれました、あの——ここから声がもごもごしてきた——『あの勘違いのときも——僕が底なしに馬鹿な真似をやったときも——僕を笑いさえしなかった』と言った。私はそこで割って入り、語気を強めて、私にとってそういう勘違いは笑い事ではないのだと答えた。彼は腰を下ろし、ゆっくり慎重な動作でコーヒーを飲んだ。小さなカップに入った最後の一滴まで飲み干した。『だからって、思い当たる節があったってことじゃありませんよ』彼ははっきり言い放った。『違うのか？』私は言った。『違いますとも』彼は静かにきっぱり答えた。『あなたにはわかりますか、自分だったらどうしたか？　わかります？　で、あなたは自分のことを』……彼は何かをごくんと呑み込んだ……『自分のことを——つまり——野良犬だとは思わないですか？』

そう言うと、何と彼は顔を上げ、問うような目で私を見た。どうやらこれは質問なのだ——本物の質問なのだ！　けれども、彼は答えを待ちはしなかった。私が衝撃から立ち直る隙（すき）も与えずに、あたかも夜の空間に書き込まれた何かを読みとろうとするようにまっすぐ前に目を据えて、先を続けた。『肝腎（かんじん）なのは、態勢を整えておくことなんだ。僕にはそれが出来ていなかった——あのときは。言い訳をするつもりはありません。であなた！　あなた！　誰かに――せめて一人に！　あなたでどうです？』

も説明はしたい――誰かにはわかってほしい――誰かに――せめて一人に！　あなたでどうです？』

重々しく、かつ少し滑稽でもあった。いつだってそういうものだ――自分は倫理的にこういう人間であるはずだという思いを、何とか火中から救い出そうとする個人のあがきというものは。人の倫理的ありようとはひとつの約束事でしかなく、ゲームの数ある規則のうちのひとつにすぎないが、とはいえそれが自然な本能に対して無限の力を持つことになっていて、破綻した場合は大きな罰が下されるゆえ、おそろしく効力の強いものとなっている。彼はごく穏やかに語りはじめた。海上にあって、日没のつつましい煌めきの上に浮かんでいたボートに乗っていた彼ら四人は、デール社の蒸気船に救われたわけだが、その汽船の上で彼らは、一日目が過ぎたあとは、目を逸らされる存在となった。太った船長は何らかの物語を語り、残り三人は沈黙し、はじめはその話も受け容れられた。人は自分が幸い救った――残酷な死そのものからではないにしても、残酷な苦しみから救ったことは間違いない――気の毒な難破者を問いつめたりはしない。あとになって、考える時間が出来てみると、エイヴォンデール号の士官たちも、どうもこの事件には『何かうさん臭い』ところがあるぞと思ったりしたことだろうが、もちろんそういう疑念は胸のうちにしまっておいたにちがいない。自分たちは沈没した蒸気船パトナ号の船長、航海士、機関士二人を救った。ごく当然の行ないであり、彼らにとってはそれで十分だったのだ。エイヴォンデール号で過ごした十日間、どういう気持ちでいたのか、私はジムに訊ねなかった。その箇所を物語る様子から勝手に推測して、自身を見舞った発見によって——自分自身をめぐる発見によって——なかば呆然としていたのだろうと思えた。そして彼は、その発見の途方もない重大さを理解しうる唯一の人間たる私を相手に、何とかそれに手ごろな意味を当てがってしまおうとあがいていた。彼がその発見の重みを低く見ようとしなかったことは理解してやらないといけない。それについては私も確信がある。そしてそこに彼の立派さがある。いざ陸に上がってみて、自分が何ともみじめな役割を演じたこの物語の、およそ予想外の結末を耳にして、どういう心持ちがしたか、彼は何も語らなかったし、こっちが想像するのも難しい。足下から地面が切り取られたような思いだっただろうか？　どうなのだろう？　だがとにかく、すぐさま新たな足場を築いたことは間違いない。船員会館で丸二週間待って過ごす中、ほかにも六、七人が滞在していたので、彼の噂は私も若干耳にした。みんなさして関心はなさそうだったが、ほかにも嫌なところはいろいろあったけどとにかくむっつり陰気な奴だったね、というのが彼らの見解だった。その日々、彼はもっぱらベランダで細長い椅子に埋もれて過ごし、その埋葬場所から出てくるのは食事どきと、夜遅く波止場を一人ぶらつくときだけだった。周囲から遊離して、取り憑く家のない幽霊のようにぐずぐず黙って歩いていた。『あの間、生きた人間相手に三言と喋らなかったと思いますよ』と彼は言い、それを聞いて私はひどく同情した。するとすぐ彼はこうつけ加えた。『あいつらの誰かがきっと、こういうことを言われたら黙って聞き過ごしはしないと僕が決めてたことを言い出したでしょうし、僕は喧嘩なんかしたくなかったですから。冗談じゃない！　あのときはとてもそんな気分じゃなかった。僕はあまりに――あまりに……とにかくそんなことをする気になれなかったんです』。『じゃあ、隔壁は結局持ちこたえたんだね』私は快活に言ってみた。『ええ、持ちこたえました』彼は小声で言った。『でも誓って言いますが、僕はあの隔壁が、この手の下で膨らむのを感じたんです』。『古い鉄板っていうのは時に、ものすごい圧力に耐えるものだよねえ』私は言った。彼は椅子に深々と座って、両脚をぎこちなく突き出し、腕は左右にだらんと垂らして何度か軽く頷いた。あれほど哀しい姿は思いつきようもなかった。突然、彼は顔を上げて、上半身を起こし、腿をぴしゃっと叩いた。『ああ！　何ていうチャンスを逃したんだ！　本当に！　何ていうチャンスを逃したんだ！』興奮した口調だったが、最後の『逃した（ミスト）』の響きは痛みによって絞り出される叫びに似ていた。

　彼はふたたび口をつぐんで、静かな、遠くを見るような、烈しい憧れに満ちた目つきで、逃した名誉に思いを馳（は）せていた。鼻孔が一瞬膨らんで、無駄にされた機会から立ち昇る、蠱惑（こわく）的な香りを嗅（か）いでいた。君たちがもし、私がそこで驚いたとかショックを受けたとか思っているんだったら、見当違いもはなはだしいぜ！　ああ、本当に想像力豊かな奴だったよ！　あっさり自分をさらけ出してしまう。自分を明け渡してしまう。夜に向けてきっと投げられたその眼差しの中に、彼の内なる存在がそっくり持ち出されているのが私には見えた。向こう見ずに勇ましい野望の作り出す空想の領域へと、まっしぐらに解き放たれるのが見えた。失ったものを悔やむ暇など彼にはなかった。手に入れそこなったものに、気持ちをすべて、何の無理もなく奪われていたのだ。私は三フィートの距離から見ているのに、彼は遠く離れたところにいた。一瞬ごとにますます、ロマンチックな達成から成る、ありえない世界へと彼は深く分け入っていった。そしてついにその一番奥に達した！　その顔に不思議な至福の表情が広がって、私たち二人のあいだで燃えている蠟燭の光を受けて目がキラキラ輝いた。はっきり笑みさえ浮かんだ！　彼は一番奥まで——奥の奥まで——たどり着いたのだ。それは決して君たちの顔には、そして私の顔にも浮かぶことのない恍惚の笑みだった。彼を引き戻そうとして、私は言った。『つまり、船から逃げなかったらということ？』

彼はさっと私の方を向いた。目に突然の驚きが浮かび、痛みがみなぎり、まるで星から転げ落ちたみたいに顔にとまどいとショックと苦悩が広がった。君たちも私も、誰かのことをあんな目つきで見ることは絶対にあるまい。冷たい指先に心臓を触られたかのように、彼はぶるっと大きく身を震わせた。そして最後に、ため息をついた。

私は全然慈悲深い気分ではなかった。とにかくこの男の、矛盾だらけの無分別には本当に苛々させられた。『前もって知らなかったとはあいにくだね！』私は精一杯意地悪に言った。だがその不実な矢は何の害も及ぼさずに落ちた。力尽きて足下に落ちた矢を、彼は拾い上げようともしなかった。ひょっとしたら見えてさえいなかったのかもしれない。やがて、だらんと体から力を抜いて、彼は言った。『だって！　ほんとに、膨らんだんですよ。下甲板の山形鉄に沿ってランタンを動かしていたら、僕の手の平くらいもある錆が鉄板から剝げ落ちたんです、ひとりでに』。彼は片手で額を撫でた。『僕が見てる前で、そいつが生き物みたいに動いて、パッと飛んでいったんです』。『それは嫌な気分だったろうねえ』と私は受け流した。『あなた、僕が自分のこと考えてたと思います？』彼は言った。『僕の背後には、前方の中艙（甲板と甲板のあいだの空間）だけでも一六〇人がぐっすり眠っていて、船尾にはもっといて、甲板にももっといて――みんな眠っていて――何も知らずに――かりに時間があったとしたってボートは人数の三分の一ぶんしかない。僕はそこに立って、いまにもその鉄板がぱっくり開くものと、寝ている彼らの上に水がどっと流れ出すものと覚悟しました。僕に何ができたんです？　何が？』

洞穴のようなその場所の、人で埋められた闇の中にいる彼の姿が、私にはたやすく思い浮かんだ。隔壁灯の光が、向こう側で大海の重さを受けている隔壁のごく一部分を照らし出している。意識もなく眠っている人々の息遣いが彼の耳の中で響く。鉄板を睨みつけている彼の姿が私には見える。落ちてくる錆に愕然とし、迫りくる死の認識に押し潰されそうになっている。どうやら船長に前方へ送り出されたのは二度目だったらしい。たぶん船長としては、彼をなるべくブリッジから遠ざけておきたかったのだろう。まずとっさに、大声を上げて眠っている人たちを叩き起こして彼らを恐怖の中に引っぱり込もうと思ったとジムは言った。けれどもそのとき、途方もないほどの無力感が襲ってきて、何の声も上げられなかった。舌が口の天井に貼りついてしまう、と世に言うのはまさにこういうことなのだろう。『すっかり乾いて』というのが本人が使った簡潔な表現だった。それから、音も立てずに一番ハッチを通って甲板の上に出た。と、そこに据えられた帆布通気筒（ウインドスル）が揺れて偶然彼にぶつかった。帆布が軽く顔に触れただけなのに、あやうく昇降口の梯子から叩き落とされるところだったと彼は言った。

前甲板に出て、そこにも眠っている人たちの群れが見えて、膝ががくがく震えたと彼は打ちあけた。もうそのころにはエンジンも止まっていて、蒸気が噴き出ていた。ゴロゴロと太い響きに、夜全体がコントラバスの弦のように振動した。それに合わせて船が震えた。

あちこちで筵（むしろ）から頭が上がって、漠とした輪郭が半分起きた姿勢に浮かび上がり、眠たげにしばし耳を澄まして、またふたたび、箱や蒸気ウインチや通風筒などから成る大波のごとき混沌へと沈んでゆくのが見えた。この人々がみな、その奇妙な音の意味を理解するだけの知識がないことを彼は意識していた。鉄の船、白い顔をした男たち、見るものすべて、聞くものすべて、船の上の何もかもが、これら無学で信心深い群衆には等しく未知なのであって、永久に理解不可能、かつ信頼できるものなのだ。幸いな事実だ、と彼はふと思った。考えただけでひたすら恐ろしかった。

覚えておいてもらわないといけないのは、彼がこのとき、こうなったら誰でもそう思うだろうが、船がいまにも沈んでしまうものと信じていたということだ。海を押しとどめている、膨らんだ、錆に蝕まれた鉄板は、いまにもダムが決壊するように致命的に崩れて、突然の凄まじい洪水を引き入れてしまうにちがいなかったのだ。彼はそこに立ち尽くして、それら横臥した肉体の群れを見ていた。己の呪われた運命を自覚した男として、物言わぬ死者仲間を眺めた。そう、彼らはすでに死んでいるのだ！　もう何ものも救えはしない！　ボートは彼らの半数分くらいあるかもしれないが、時間はない。時間がない！　時間がない！　唇を開けても、手や足を動かしても意味はないと思えた。彼が三語叫ぶ前、三歩進む前に、助けを求めて懸命に叫び声を上げる人間たちの必死のあがきによっておぞましく真っ白に染められた海の中で、彼ものたうつことになるのだ。助けを求めて叫んでも、助けはない。何が起きるか、完璧に想像がついた。ランタンを片手に、昇降口のかたわらでぴくりとも動かぬまま、彼はそのすべてを体験した。最後の最後の悲惨な細部まで、すべてを体験した。そして法廷では語れないこうした話を私に向かって語りながら、改めてもう一度体験したのだと思う。

『僕にできることは何もない――そのことが、いまこうしてあなたが見えるみたいにはっきり、あのときの僕には見えたんです。手足から力がすっかり抜かれる気がしました。ここに立ったまま待ったって同じことだ、そう思いました。もうあと何秒もないだろうと思ったんです……』。突然、蒸気の噴出が止んだ。音も嫌な感じだったけれど、静寂はたちまち耐えがたいほど重苦しくなったと彼は言った。

『溺れる前に、息が詰まって死んでしまうと思いましたよ』

自分が助かろうという気はなかった、と彼は強く言った。頭の中で形作られ、消え、ふたたび形成された唯一はっきりした思いは、八百人でボート七隻、それだけだった。八百人でボート七隻。

『誰かが僕の頭の中で声を出して喋ってたんです』彼はいささか狂おしい口調で言った。『八百人でボート七隻――そして時間はない！　考えてみて下さいよ』。小さなテーブルの向こうから彼は身を乗り出し、私はその凝視を避けようと努めた。『僕が死ぬのを怖がったと思いますか？』彼はひどく荒々しい、低い声で言った。開いた手でばんとテーブルを叩くと、コーヒーカップが躍った。『誓ってもいいです、怖くなんか――絶対……絶対怖くなんかなかった！』。そう言ってぐいっと身を起こし、腕を組んだ。あごが垂れて胸に触れた。

食器がカチャカチャ鳴るくぐもった音が、高い窓を通してかすかに聞こえてきた。ワッといくつもの声が上がって、男が何人か上機嫌そうな様子でテラスに出てきた。カイロで見たロバをめぐってみんなでおどけた回想を交わしている。長い脚でおずおずと歩く、青白い不安顔の若者が、市場（バザール）で買った品物について、ふんぞり返って歩くてかてかの赤ら顔の世界旅行者にからかわれていた。『え、そんな――僕、そこまでぼられたんですかね？』若者は大真面目に、一言一言はっきりと訊ねた。やがてその一団も去っていき、歩きながら一人また一人とそのへんの椅子にどさっと座り込んだ。マッチの火が燃え上がり、一瞬、表情のかけらもない顔と、白いシャツののっぺりした光沢を照らし出した。宴（うたげ）の熱さに活気づいた会話のガヤガヤした響きが、私には馬鹿馬鹿しい、果てしなく遠いものに聞こえた。

『乗組員の何人かは、一番ハッチの上、僕の腕の届くところで眠っていました』ジムはふたたび語りはじめた。

この船はカラシー式の当直だったことを知っておいてほしい。すなわち、水夫たちは夜通し眠り、操舵手と、見張り役の交代に入る者とにだけ声がかかる。一番手近にいるインド人水夫の体を摑んで肩を揺さぶりたいという誘惑に彼は駆られたが、そうはしなかった。何かが彼の腕を両脇に押さえつけていた。怖くはなかった——断じて怖くはなかった！　とにかくただできなかった——それだけだ。死ぬことは怖くなかったかもしれないが、しかし、修羅場は怖かったのだ。混乱した想像力が、頭の中に、パニックから生じる恐ろしい要素すべてを呼び起こした。人々は逃げようとあたふた走り、哀れな悲鳴が上がり、ボートに水が入ってくる。これまで耳にしてきた、海での惨事を形成するあらゆる出来事が思い浮かんだ。死ぬことは諦念とともに受け容れていても、死ぬなら余計な恐ろしさなしに、静かな、一種平和な忘我の境地で死にたかったのだと思う。死をある種前向きに受け容れられる人間はそれほど珍しくないが、不屈の決意を鎧のように心にまとって、最後の最後まで負け戦を戦う覚悟でいる者はめったに見ない。希望が薄れていくにつれて、平穏を求める欲求は強くなっていき、ついには生きたいという欲求すらも打ち負かしてしまう。ここにいる私たちの中で、それを目にしたことのない者が、あるいは自分自身の身にそういう思いをいくらかなりとも覚えたことのない者がいるだろうか？　感情はもはや疲れはて、あとにはただ、頑張っても無駄だ、もうあとはただ休みたい、と願う気持ちばかりが残る。合理を超えた力を相手に格闘する者たちはそれをよく知っている。ボートに乗った難破者たち、砂漠の只中をさまよう人々、思考なき自然の力と——あるいは群衆の愚かしい凶暴さと——戦う男たちは」

# 第八章

「どのくらいの時間、彼が昇降口のそばに立ち尽くして、いまにも足下で船が下降するのが感じられ水が背後から押し寄せてきて自分を木っ端（こっぱ）のように投げ飛ばすものと覚悟していたのか、私にはわからない。たぶんそれほど長くはなく、二分くらいだっただろう。姿も見極めがたい二人の男が眠たげに会話をはじめ、また、どこからかは定かでないが足を引きずって歩く奇妙な音も聞こえてきた。こうしたかすかな音にかぶさるようにして、破局に先立って訪れるあの恐ろしい静けさ、惨事の直前の重苦しい沈黙があった。と、頭に、いますぐ飛んでいけばボートを繋ぎ止めている索を全部切れるのではないかという思いが浮かんだ。そうすれば、船は沈んでもボートは浮かぶ。

パトナ号のブリッジは長く、ボートはそこに全部、一方に四隻、もう一方に三隻置いてあった。一番小さいボートは左舷、操舵機のほぼ真横にあった。信じてもらいたいという気持ちもあらわに、これらのボートをすぐ使える状態に保つようそれまで細心の注意を払ってきたのだと彼は強調した。自分はちゃんと義務というものを心得ているのだ、と。たしかにそういう点に関しては十分有能な航海士だったのだろう。『最悪の事態に備えておかないと、といつも思っていましたから』と彼は、私の顔を不安げにじっと見ながら言い足した。私はその健全な信念に賛同して頷き、この男のかすかな不健全さから目を逸らした。

彼は覚束（おぼつか）ない足どりで駆け出した。眠っている人々の脚をまたぎ、頭につまずかぬよう気をつけねばならなかった。突然、誰かが下から彼の上着の裾を摑んで、強い不安に駆られた声を彼の肱の下あたりで発した。右手に持っていたランタンの光が、こっちを見上げている色黒の顔を照らし出した。その目が声と一緒になって、彼に嘆願していた。この人々の言語を少しは覚えていたから、『水』という言葉はわかった。その言葉が何度も、何かを言い張るような、祈りの口調、ほとんど絶望の口調でくり返された。彼はぐいっと引いてその手を払ったが、今度は片足に腕が巻きつくのを感じた。

『そいつときたら、溺れかけた人間みたいにしがみついたんです』彼は重々しく言った。『水、水！　どの水のことを言ってるんだ？　こいつどこまでわかってるんだ？　僕は精一杯落着いた声で、放しなさい、と言いました。こいつのせいで足止めを喰って、時間は迫ってきて、他の連中もごそごそ動き出しました。僕には時間が必要でした――ボートを切り離す時間が。相手はいまや僕の手を握っていて、いまにも叫び出しそうな勢いでした。叫ばれたらパニックになりかねない、ととっさに思って、自由な方の腕を振り上げてその男の顔にランタンを叩きつけました。ガラスが音を立てて、光が消えましたが、おかげで男は手を放し、僕は逃げ出せました。とにかくボートのところに行こう、ボートのところに行こう、そう念じていました。相手はうしろから飛びついてきました。僕は向き直りました。男は黙っていそうもなく、叫び声を上げようとしました。奴を半分絞め殺しかけて、やっと何を言っているのかがわかりました。水が欲しいんです――飲み水が。水は厳しい割当て制になっていて、男には僕も何度か見かけていた幼い息子がいました。息子は病気で、喉が渇いていたんです。それで僕が通りかかるのを見て、水を少し分けてくれと頼み込んだわけです。それだけのことでした。僕たちはブリッジの下にいて、あたりは真っ暗でした。男は何度も僕の手首を引っぱりました。追い払いようはありませんでした。僕は自分の部屋に飛んでいって、水筒を摑んで持ってきて、奴の手に押し込みました。奴はあっという間に消えました。そのとき初めて、自分もどれだけ水を必要としているかに僕は気がつきました』。彼は片肱をついて、片手で両目を覆っていた。

　薄気味悪い感触が背骨を伝っていくのを私は感じた。どうもこの話、何かが変だ。彼の額を隠している手の指がわずかに震える。短い沈黙を彼は破った。

『こういうことは一生に一度しかありません。そして……ああ！　とにかく、やっとブリッジにたどり着くと、奴らは敷台（チョック）からボートを一台下ろそうとしていました。ボート！　梯子を駆け上がっていくと、肩を強く殴られました――あやうく頭を殴られるところでした。それでも僕は立ち止まりませんでした。機関長が――もうこのときには奴も叩き起こされていたんです――ボートの足掛けをもう一度振り上げました。何があっても、僕はなぜか全然驚きませんでした。何もかもが自然なことに――そして恐ろしいことに――本当に恐ろしいことに思えました。救いがたい狂人の殴打を僕はかわして、奴を小さな子供みたいに甲板から持ち上げました。と、僕の両腕に抱え込まれた奴が囁きました。「よせ！　やめろ！　お前のこと、黒ん坊だと思ったんだよ」。その体を投げ飛ばすと、奴はずるずるブリッジを滑っていって、あの小男――二等航海士です――の脚を引っかけて転ばせました。船長はボートの周りで忙しく立ち回っていましたが、こっちをふり向くと、頭を低くして、野獣みたいにうなりながら突進してきました。僕は石ほども動きませんでした。こいつみたいにがっしり立ってました――そう言って椅子のかたわらの壁を指関節でこんこん叩く。『何だかまるで、もうすでにすべてを聞いたみたい、見たみたいでした。何もかもすでに二十回体験したみたいでした。船長たちが怖くはありませんでした。僕が拳骨をうしろに引くと、船長はぴたっと止まって小声で言いました。

「何だ、お前か！　さっさと手伝え」

船長はそう言ったんです。さっさと！　さっさとやれば間に合うとでも言うんでしょうか。「何とかしないんですか？」僕は訊きました。「するとも。逃げるのさ」船長は肩越しに歯を剝いて言いました。

何を言われたのか、僕にはわからなかったんだと思います。ほかの二人ももうそのころには起き上がっていて、一緒にボートの方に飛んできました。足を鳴らし、息を切らせ、乱暴に押して、ボートを罵り、船を罵りたがいを罵り、僕を罵りました。すべてひそひそ声で。僕は動きも喋りもしませんでした。船の傾きを僕は見守りました。乾ドックで船台に載せたみたいに船はぴくりとも動きませんでした。ただし、こんなふうでした』。片手を持ち上げ、手の平を下に向け、指先も下に傾けた。『こんなふうでした』彼はくり返した。『水平線が目の前、船首の上に延びているのが、ものすごくはっきり見えました。遠くの水が黒々と光っていました。水は光って、静かでした――池の水みたいに、死んだみたいに静かで、海の水がこんなに静かなのは初めてだというくらい、こんなに静かな水を見るのは耐えられないというくらいに。船首を下げて浮かんでいる船をあなたは見たことがありますか？　それが沈まないよう辛うじて留めているのは、突っ支い棒を当てたら壊れてしまいそうなくらい腐りはてた古い鉄板だけなんです。見たことあります？　え、突っ支い棒ですか？　ええ、それも考えましたよ。僕は何もかも考えたんです。ですが隔壁に五分で突っ支い棒を当てられますか？　五十分でだって、できますか？　下に降りていく人手はどうやって集めます？　それに材木も――材木！　もしあの隔壁を見てたら、大槌を振るって打ち込む度胸があなたにありましたかね？　あったなんて言わないで下さいよ。あなたはあの隔壁を見ていないんだから。そんな度胸、誰にもありません。無理です——そういうことをするには、せめて千に一つでもチャンスがあると思えなければ無理であって、あそこでそんなこと思えやしません。誰だって思えなかったでしょうよ。そこに突っ立ってた僕のこと、あなたは野良犬だと思ってるけど、あなたならどうしました？　どうしましたか？　わからないでしょう——そんなの誰にもわかりませんよ。じっくり考えるには時間が要るんです。僕がどうすべきだったとあなた思います？　どのみち僕一人じゃ救えっこないのに、何によっても救えっこないのに、この連中みんな死ぬほど怯えさせて何になります？　いいですか！　いまこうして、僕があなたの目の前でこの椅子に座ってるのと同じくらい確実に……』

何語か言うたびに彼はせわしなく息を吸い込み、私の顔にせわしなく目をやった。苦悩に苛まれながらも、自分の言葉が及ぼす影響を見ずにいられない様子だった。彼は私に話していたのではなかった。私の前で、見えない人格と議論を戦わせていたのだ——己の中の、自分と敵対する、しかし不可分の相棒、己の魂を等しく所有しているもうひとつの存在と。これはとうてい、法廷の尋問などで扱いうる事柄ではない。それは生の本質をめぐる微妙にして重大な論争であり、裁判官などお呼びではなかった。彼が求めていたのは同胞であり、助けてくれる人間であり、共謀者だった。私は自分が巧みに巻き込まれてしまう危険を感じた。ごまかされ、目を眩まされ、罠にかけられ、事によると恫喝されるも同然の形で、取り憑いているすべての幻影に（正当な権利を備えたまっとうな幽霊から、独自の切迫さを備えたいかがわしい幽霊に至るまで）公平たらんとしたら判断などおよそ不可能な論争において、はっきりした役割を引き受けさせられてしまう危険を私は感じた。君たちは彼を見ていないし、彼の言葉にしても又聞きで聞くしかない。そんな君たちに、私が感じた気持ちの複雑さは説明しようがない。私は何だか、想像しえないものを把握し理解するよう求められている気がした。そのような気持ちの居心地悪さに匹敵するものを私は知らない。すべての真実に潜む因襲の嘘と、嘘が本質的に有している真実とを見据えるよう私は強いられていた。彼は一度にあらゆる側面に訴えていた。我々人間の中の、恒久的に昼の光に向いている面と、月のもう一方の半球のごとく、恒久的な闇に包まれてひそかに存在し、時おりおぞましい灰色の光が端の方に注ぐばかりの面とに。彼は私の心を揺さぶった。そのことは認める。隠す気はない。客観的には、べつに大した瞬間ではなかった。ごく曖昧、些細、何とでも言える。途方に暮れた青年なぞ世にゴマンといる。だが彼は私たちの一人だった。出来事としては、蟻塚（ありづか）が水浸しになるのと同じくまるで無意味でも、彼の態度の中にある神秘が私を捉えたのだ。あたかも彼が、彼と同類の者たちの群れの先頭に立ち、そこに関わっている不明瞭な真実が人類全体の自己像に影響する意味を持ったかのように……」

　マーロウは一息ついて、消えかけた両切葉巻（シェルート）に新たな命を吹き込み、物語のことはすっかり忘れたように見えたが、やがてまたいきなり語りはじめた。

「もちろん私の落度だ。私が首を突っ込む筋合いなどなかったんだ。これが私の弱さだ。

彼の弱さとはまた別の話だ。私の弱さは、二次的なこと、外面的なものを見極める目を持っていないことにある。クズ拾いの使う木箱を見定める目、そこらへんの男の上等のリンネルを見分ける目が私にはない。そう、まさにそこらへんの男。これまで私はずいぶんたくさんの男に会ってきた」とマーロウは、束の間もの哀しげな口調で続けた。「それに、ある種の——ある種の衝撃力を持つ男たちにも会ってきた。たとえばこの若者だ。そしてどの場合にも、私に見えたのはその人間だけだった。誰を見ても同じように人間を見てしまう、忌々しく民主的な見え方だ。まったく見えないよりはいいかもしれないが、およそ役に立ってくれたためしがないことは断言できる。人は着ている上等のリンネルを他人が見てくれるものと期待するんだ。でも私はそういうものに熱意を持てたためしがない。そう！　こいつは欠陥だ。欠陥だよ。それから、やがて、穏やかな晩が訪れて、大勢の男どもがホイスト（トランプゲームの一種）に興じる気にもなれぬほど物憂くなって——そして、物語が……」

誰かが先を促してくれるのを期待したのか、マーロウはふたたび言葉を切ったが、誰も口を開かなかった。家の主人だけが、しぶしぶ義務を果たすかのように呟いた——

「芸が細かいな、マーロウ」

「誰が？　私がか？」マーロウは低い声で言った。「まさか！　だが奴は芸が細かかったね。この話を上手く語ろうと私がどれほど頑張ろうと、無数の細かいニュアンスを逃してしまっている。どれも実に微妙な、色の乏しい言葉なんかではとうてい再現しようのないニュアンスだ。何しろ奴は、この上なく単純にふるまうことによって、話をさらに複雑にしてみせたんだ――あんなに単純な奴はいなかった！……いやはや！　驚くべき男だったよ。そこに座って、私に面と向かって、いまあなたが僕を目の前に見てるのと同じに何と向きあうことも僕は怖くありませんよと言ってのける――しかもそれを自分で信じているんだ。まったく呆れるほど無垢で、とてつもなかったよ、本当にとてつもなかった！　こいつは私をからかおうとしているんだ、なかばそう勘ぐって私はこっそり彼のことを観察しつづけた。彼は自信たっぷりに言ったよ、まともに立ち向かえば、『いいですか、まともに立ち向かえばです！』僕が戦えないものはひとつもないんです、『これくらいの丈』のころから、まだ『ほんの小僧』のころから、陸であれ海であれ人に降りかかりうるあらゆる困難に備えてきたんです。こういう先見の明を、さも自慢げに打ちあけるんだ。彼は危険を想定し、防衛を想定し、最悪の事態を予想し、最良の自分を下稽古してきた。さぞ高揚した人生を送ってきたにちがいないね。想像できるかい？　次から次へと起きる冒険、大いなる栄光、堂々たる進歩！　自分は賢明だという思いが日々内面生活を飾る。そう語る彼は、だんだん我を忘れていった。目が輝いた。その一言ごとに、私の胸のうちは、彼のふるまいの馬鹿馬鹿しさの光を浴びて、どんどん重くなっていった。声を上げて笑う気にはなれなかったし、笑みも漏らさないようにと無表情を装った。彼は苛立った様子を見せた。

『起きるのはいつだって予想外のことだからね』私は宥めるように言った。そんな私の鈍感ぶりに、彼は『ふん！』と鼻を鳴らした。つまりそれは、自分は予想外のこと程度で動じたりしないという意味だったのだろう。全面的に想像不可能なものそれ自体でなければ、彼の万全の備えを崩せはしない。彼は不意を衝かれたのだ――そして彼は、海に、空に、船に、人類に対する呪詛の言葉をひそかに囁いた。すべてが彼をだましたのだ！　だまされて、あんな気取った諦念に引き込まれてしまい、小指一本持ち上げられなくなってしまった。その間ほかの奴らは、現実に何が必要かを明確に見てとり、ボートを何とかしようとあたふたぶつかり合い、必死に大汗をかいていた。最後の瞬間に、何かがおかしくなってしまっていた。どうやらすっかりあわてたために、何やら不可解な経緯で、一番前のボート敷台の閂がつっかえてしまったらしい。その突発事態の致死的な意味を感じとって、わずかに残っていた彼らの落着きも霧散してしまっていた。さぞ見物だったと思う。眠る世界の静寂の只中にひっそり浮かぶ動かぬ船の上で、連中が何とかボートを切り離そうと、尽きていく時間に抗して悪戦苦闘し、這いつくばって動き、絶望して立ち上がり、ぐいぐい引き、押し、悪意丸出しに罵りあい、下手をすれば殺しあいかねずに、泣き出しかねずにいる。たがいの喉に摑みかからずにいるのは単に、死を怖れる思いが彼らの背後に、融通の利かぬ冷たい目つきの現場監督のように音もなく立っているからでしかない。そうとも！　さぞ見物だったにちがいない。彼はそのすべてを見た。軽蔑と、辛辣さとともに彼はそれらを語ることができた。何か第六感のようなものによってそれらを仔細に知ったのだと私は思う。なぜなら、私に誓って言うには、彼はそのどたばた騒ぎから離れたまま、連中を見もせず、ボートを見もしなかった——一瞥すらくれなかったというのだ。そして私はその言葉を信じる。船の不吉な傾きを、完璧そのものだった安全さの中に見出された宙ぶらりんの脅威を見守るのに精一杯で、それどころではなかったと思うのだ。想像力みなぎる己の頭の上に髪一本で吊された剣に魅了されて、それどころではなかったはずなのだ。

　彼の目の前で、世界は何ひとつ動かなかった。何の妨げもなしに、彼はすべてを思い描くことができた。暗い水平線が突如上に揺れ、大海原が突如上に傾いてたちまち音もなく盛り上がり、彼は乱暴に投げ出され、深淵に摑まれ、希望もなくあがき、星空が納骨所の丸天井のように彼の頭の上で永久に閉じる——若い命が抗う——そして真っ黒な最期。彼はそれを思い描くことができた。いや、誰だってそれはできる！ 忘れてはならない、彼は彼なりの奇妙な形で、芸術家として完成されていたのだ。迅速な、行動を妨げてしまう類いの先見の明を彼は与えられていた。その才によって見えた光景が、彼の足の裏から首筋までを冷たい石に変えたが、頭の中では、さまざまな想念が熱く踊っていた。それは不具の、盲目の、声なき思考たちのダンスだった。どうしようもなく不自由な者たちから成る渦巻だった。君たちに言っただろう、彼は私の前で、あたかも私が縛り、解く力を持っているかのように告白したと？（イエスがペテロに言った「われ天国の鍵を汝に与えん、凡そ汝が地にて縛ぐところは、天にても縛ぎ、地にて解くところは天にても解くなり」（新約聖書「マタイ伝による福音書」十六章十九節）への言及） 私に罪を赦してもらえればと希って、彼は深く、深く掘り下げていった。だがかりに赦しを得たとしても、何の足しにもならなかったはずだ。それはいかなるもっともらしいごまかしによっても和らげられはしない事態だったからだ。いかなる人間によっても助けられはしない、創造主自らも罪人を見捨てて姿を消してしまうと思える事態だったのだ。

彼はブリッジの右舷側、ボートのどたばたから極力遠いところに立っていた。狂気の熱さと、陰謀のこそこそさを伴って、どたばたは依然続いている。一方、マレー人二人は依然舵を握ったままだった。思い描いてみたまえ、このユニークな――そうとも、ユニークな！――海のドラマの役者たちを。四人は烈しくひそかに力の限りを尽くして気も狂わんばかりになり、三人は微動だにせず見守る。上では天幕が数百人の人間の底なしの無知を覆い、それぞれの疲れと夢と希望を抱えた人々が、全滅の一歩手前に、見えざる手によって留められている。私から見る限り、彼らがそうした状況にあったことに疑念の余地はない。船の状態を考えれば、これが生じうる事態のもっともおぞましい描写だ。ボート相手に奮闘している連中が、恐怖のあまり我を忘れているのも当然なのだ。はっきり言って、もし私がそこにいたら、おのおのの瞬間、一秒後まで船が浮いている方に偽金一文賭ける気にならなかったと思うね。それでもなお、船は浮きつづけた！これら眠れる巡礼者たちは、その巡礼の旅を、別の苦々しい結末に向けて全うすべく運命づけられていたのだ。あたかも、彼らが信仰する全能なる存在が、地上での彼らのつつましい証言をもうしばらく必要としたために、下界を見下ろし、大海に向かって『汝、すべからず！』と合図を送ったかのような有様だった。古い鉄がどれほど頑丈でありうるか——我々が時おり出会う、疲れはてすり切れ影になり果てながらも人生の重荷に耐えている男たちの精神に劣らず時として頑丈でありうるか——を知らなかったら、彼らが助かったことはおよそ説明不能な出来事として私を悩ませたことだろう。この二十分間に関して、もうひとつ驚かされるのは、二人の操舵手のふるまいだ。尋問の際には、アデンからあらゆる類いの地元民が証言させられるべく連れてこられたが、彼ら二人もその中に入っていた。このうち、人前に出て大変恥ずかしがっていた方は齢(とし)もまだひどく若く、滑らかな黄色い肌で、表情は明るく、齢よりさらに若く見えた。ブライアリーが通訳を通して、事件の最中に何を考えていたかと彼に訊ねたのを私ははっきり覚えている。すると通訳は、若い操舵手と短い会談を行なった末に、物々しい様子で裁判官らの方を向いた——

『何も考えなかったそうです』

もう一人の、辛抱強そうな目を何度も瞬(まばた)きさせる男は、さんざん洗いざらして色も褪せた青い木綿のハンカチをもじゃもじゃの銀髪の上に小粋にひねりを加えて巻きつけ、顔は窪んで凄味(すごみ)のある凹(へこ)みの集まりと化し、褐色の肌は網目のように広がる皺によっていっそう濃い色になっていた。この男が弁じるには、何かしら邪悪なことが船に降りかかることはわかっていたが、命令がなかったから何もしなかったという。命令を受けた覚えはありません、舵を離れるわけがないではありませんか、と男は言った。さらにいくつか質問されると、彼は痩せた肩をぐっとうしろに引いて、あのとき、白人の方々が死ぬのが怖くて船を逃げようとしているとは夢にも思っていませんでしたと宣言した。いまでも信じておりませんと彼は言った。何か秘密の理由があったのかもしれません、そう言って老いたあごを訳知り顔に振ってみせた。なるほど！　秘密の理由か。何しろこの操舵手は経験豊富な男なのであり、長年海で白人に仕えたおかげで多くを学んだことを、この白人の旦那（トゥアン）にはぜひ知ってもらおうと思ったのだ――彼はブライアリーの方を向いたが、ブライアリーは顔を上げなかった。そして彼は突然、震え交じりの興奮とともに、すっかり聞き入っている我々の耳に、奇妙な響きの名前を次々注ぎ込みはじめた。とうの昔に死んだ船長たちの名前、忘れられた外国船の名前、聞き慣れた音と歪められた音から成る名前。あたかも物言わぬ時の手が、何世代にもわたってそれらの名を加工しつづけてきたかのようにそれらは響いた。とうとう彼は、もうよいと言われて黙らされた。法廷に沈黙が広がり、それが少なくとも一分間は途切れずに続き、そのまま緩やかに、深みあるざわつきへと変わっていった。これぞ二日目の尋問のハイライトだった。それは聴衆全員の――ジム以外全員の――心を動かした。そしてジムは、一番前のベンチの端に塞いだ顔で座り、この異様な、何やら神秘的な弁護の理屈があるらしい、だが結果としては白人たちの罪を暴いていると思える証人の方に一度も顔を上げなかった。

かくしてこのマレー人水夫二人は、舵効速度（舵を利かせるのに必要な最低進航速度）に満たぬ速さで走る船の舵に貼りついていた。もしも死が彼らを訪れる運命であったなら、死はまさにその場所に彼らを見出したことだろう。白人たちは彼らに目もくれなかった。おそらくは彼らの存在すら忘れていただろう。ジムの頭の中には、間違いなく彼らはいなかった。彼の頭の中にあったのは、自分には何もできないという事実だった。何もできず、そしていまや彼は一人だった。船とともに沈む以外、できることは何もない。それについて騒ぎ立ててもはじまらない。そうではないか？　彼は背を伸ばして立ったまま待ち、音も立てずに、英雄的な思慮深さとでも言うべき思いに浸って身を硬くしていた。機関長がブリッジを忍び足で駆けてきて、彼の袖を引っぱった。

『あっちに来て手伝え！　何やってるんだ、あっちに来て手伝え！』

そう言って機関長は爪先立ちでボートの方に駆け戻っていったが、またすぐ戻ってきて彼の袖を引っぱり、頼み込むと同時に罵倒した。

『僕の手にキスだってしかねない勢いでしたよ』ジムは吐き捨てるように言った。『で、次の瞬間には、口から泡を吹いて、僕の顔にくっつかんばかりに、押し殺した声で言うんです、「時間があったらお前の頭蓋骨をブチ割ってやりたいぜ」。僕は奴を突き放しました。と、奴はいきなり僕の首を両手で摑みました。まったく！　ぶん殴ってやりました。何も見ずに、パンチをくり出しました。「自分の命がどうなってもいいのか？　この最低の臆病者が！」そう涙声で言うんです。臆病者！　僕のことを最低の臆病者と！　ハッハッハッハ！　僕のことを――ハッハッハ！……』

ジムはうしろにのけぞり、笑いに体を震わせていた。あのときの笑い声ほど苦々しい音を私は聞いたことがない。周りでくり広げられている、ロバやらピラミッドやらバザールやらをめぐる陽気なお喋りの上に、笑いは疫病のように降り立った。薄暗いテラスの端から端まで、声が止み、青白いしみのごとき人々の顔がいっせいに私たちの方を向いて、底なしに深い沈黙が広がり、テラスのモザイク床にティースプーンが落ちるちりんと澄んだ音が、小さな銀の悲鳴のように響いた。

『そんなふうに笑うもんじゃないよ、人が大勢いるんだから』私は諫めた。『聞いていて、いい気持ちがしないだろうよ』

はじめジムは、聞こえたそぶりを見せなかったが、少し経つと、何か恐ろしい幻影の核を探っているように見える、私を完全に無視している視線をまっすぐ前に向けながら、こうぞんざいに呟いた。『ふん、酔っ払いだと思うだけですよ！』

そのあとは、この男はもう二度と何の音も立てないんじゃないかという様子になった。だが――心配無用！　語りはじめたからには、もうやめられなかった。生きることを意志の力だけでやめられはしないのと同じだった」

# 第九章

「『僕は胸のうちで言っていたんです、「沈め――何やってるんだ！　さっさと沈め」と』。この言葉とともにジムはまた語りはじめた。終わってほしい、そうジムは思っていた。過酷にも一人残されて、船に向けたその一言を頭の中で、呪いの口調で形作り、と同時に、見物を楽しんでもいた――察する限り、ドタバタ喜劇と言うほかない茶番の見物を。連中はまだ閂(かんぬき)と格闘していた。船長が命令を発していた。『下に潜り込んで押し上げてみろ』。当然ながらほかの連中は尻込みした。無理もない、ボートの竜骨の下の狭い隙間に入り込むというのは、もし船が突然沈んだら望ましい姿勢とはおよそ言いがたいのだから。『あんたがやったらいい――あんたが一番力持ちでしょう！』小男の機関士がキーキー声を上げた。『何言うか！　私、太過ぎる』船長はやけになったように口から泡を飛ばした。天使も泣き出しそうなほど滑稽だった。彼らはしばし無為に立っていたが、やがてまたいきなり機関長がジムのところに飛んできた。『おい、あっちへ来て手伝え、気でも狂ったのか、生き残れるただひとつのチャンスをむざむざ捨てるなんて？　さあ、あっちへ来て手伝え！　あっ！　おい見ろ――ほらあれ！』

ジムはやっと、船尾の、相手が必死の執拗さで指差した方を見た。音もない黒いスコールが、すでに空の三分の一を覆っていた。君たちも知ってるだろう、あの季節、スコールがあのへんにやって来ることは。まず、水平線が黒くなっていく。はじめはそれだけだ。それから、雲が壁みたいに不透明に立ち昇る。青ざめたぎらつきに裏打ちされた蒸気の刃が、南西からまっすぐ上がってきて、星々を星座ごといくつも呑み込む。その影が水の上を飛ぶように進んで、海と空をひとつに溶かし、漠たる深淵に変えてしまう。そして何もかもが静かだ。雷もなく風もなく、音もない。稲妻ひとつ光らない。やがて、陰気な広がりの中、鉛色のアーチが現われる。暗闇そのものがうねっているような大波が、一つ二つ駆け抜けていき、突然、風と雨が一緒に、あたかも何か固形物を突き抜けてきたかのような奇妙な勢いを伴って襲ってくる。そしてこのときも、誰も見ていないあいだにそういう雲がやって来たのだ。彼らはたったいまそれに気づき、至極まっとうな推測を行なった。すなわち、何もかも静止していれば船があと数分浮いていられる可能性があるとしても、海が少しでも乱れたら船はたちまち一巻の終わりだろう。そういうスコールの突発の前触れとなる大波に船が一度こっくり会釈すれば、それが最後の会釈となり、船はそのまま水に突っ込んで、その突っ込みがいわば引き延ばされて、底まで落ちていく長い長いダイビングとなるだろう。こうして、恐怖からまた新しいドタバタが生まれた。また新たに道化が演じられ、死ぬことを極度に怖がる思いが露呈した。『真っ黒な、どこまでも真っ黒な雲でした』ジムは陰気に、着実に話を進めていった。『うしろからいつの間にか忍び寄ってきたんです。忌々しい！　たぶん僕の頭の奥に、それまではまだ望みが残っていたんだと思います。よくわかりませんが。でもそれももう終わりでした！　自分がこんなふうに不意打ちを喰ったことに、ひどく腹が立ちました。罠にでもかかったみたいに怒りを覚えました。本当に罠にかけられたんです！　暑い夜だったことも覚えています。一筋の風もありませんでした』

あまりに生々しく思い出すせいで、椅子に座ったジムは激しく息をし、私の目の前で汗をかき息を詰まらせているように見えた。ひどく腹を立てていたことは間違いなかった。雲はいわば改めて彼の足をすくったわけだが、と同時に、そもそもブリッジに飛んでくる元となった大事な目的を思い出させもした。せっかくそのために飛んできたのに、すっかり忘れてしまっていたのだ――救命ボートを船に繋いでいるロープを、残らず切ってしまうつもりでここに飛んできたのではないか。急いでナイフを取り出し、あたかも何も見なかったし何も聞かなかったし船に誰が乗っているのも知らないかのように、ロープを片っ端から切りにかかった。船長たちはそんな彼を見て、どうしようもなく頭がいかれていると決めつけ、あえて抗議の声も上げず、彼が時間を無駄にするがままにさせた。やり終えると、彼は最初とまったく同じ場所に戻った。機関長がそこにいて、待ち構えていたように彼の体をひっ摑み、口を耳元にくっつけ、声を押し殺し耳を食いちぎらんばかりの剣幕で囁いた――

『この馬鹿野郎！　あの獣どもがみんな海に入ったら、お前、自分が助かるチャンスがこれっぽちでもあると思うのか？　あいつらみんな、ボートからお前の頭をぶっ叩くだろうよ』

　ジムは相手にしなかった。機関士長は彼のすぐ横で両手をもみ絞っていた。船長は一か所に留まってそわそわ足だけ動かしつづけながら、『金槌！　金槌だ！　早く（マイン・ゴット）！　金槌持ってこい』と呟くように言った。

　小男の機関士は子供みたいにメソメソ声を上げたが、腕も折れていたにもかかわらず、どうやら四人の中で一番怯えていなかったのはこの男だったらしく、命令を遂行しに機関室へ走っていくだけの勇気を奮い起こした。公平に見て、実にあっぱれだと言わねばならない。ジムが言うには、機関士は追いつめられた人間のように必死の目つきをあたりに投げかけ、一声低くむせぶような声を上げてから、機関室に飛んでいった。そしてたちまちまた金槌を手によじ登ってきて、立ち止まりもせず閂と格闘をはじめた。ほかの連中もあっさりジムをうっちゃって、手伝いに飛んでいった。金槌のカン、カンという響きが聞こえ、敷台が転げ落ちる音が聞こえた。ボートは外れたのだ。そしてそのとき、そのとき初めて、ジムはそっちを向いた。それでも、距離は保っていた――距離は保っていたのだ。距離は保ったこと、彼と四人との——金槌を持っていた連中との——あいだには何も共通するところはなかったこと、それを彼は私に向かって強調した。まったく何もなかったんです、と。きっと彼は、自分は彼らから、横断不可能な空間によって、克服不能な障害によって、底なしの深い溝によって切り離されていると思っていたのだ。自分は可能な限りに、船の幅一杯ほどもあいつらから隔たっているのだ、と。

　両足はその遠く隔たった地点に釘付けになりながらも、彼の目はそのはっきりと見えすらしない四人組に向けられていた。彼らはみな一様に背を丸め、共通の恐怖に苛まれて奇妙に体を揺らせていた。ブリッジに備えつけられた小さなテーブルの上、手持ち用のランタンが梁柱に縛りつけてあって——パトナ号は船中央に海図室がなかったのだ——苦闘する彼らの肩を、反り返ったひょこひょこ揺れる背中を照らし出していた。ボートの舳先を彼らは押していた。夜の闇へと向けて押していた。ひたすら押して、もはやジムの方をふり向こうともしなかった。もはや彼のことを、本当に遠すぎるところにいるかのように見捨てていた。ジムはいまや、彼らからもう取り返しようもなく隔たった、訴える言葉や一瞥や合図を投げても仕方ない存在と化したのだ。彼の受け身の英雄ぶりをじっくりふり返る暇、彼の放棄に込められた自分たちへの批判を感じる暇など彼らにはなかった。ボートは重い。その舳先を押すのに精一杯で、彼をけしかける言葉なぞに息を無駄遣いするわけには行かないのだ。だが、恐怖から生まれる動揺が、さっきは彼らの自制心を風に吹かれた籾殻のように吹き飛ばしてしまったのと同じに、今度はその動揺が、彼らの懸命の奮闘をちょっとした田舎芝居に変えてしまった。どう考えてもそれは、笑劇（ファルス）のドタバタ道化にふさわしい役柄だった。彼らは手で押し、頭で押し、全体重をかけて必死で押し、魂の力をありったけ込めて押した。とにかくボートの舳先が鉤柱（ダビット）から外れたら即、みんないっせいに乗り込むのだ。だが当然ながらボートはぐいっと揺れて、彼らは押し戻され、なすすべもなくたがいにぶつかり合う。四人ともしばし呆然と立ち尽くし、押し殺した声に殺意を込めて思いつく限りの罵倒の文句を囁きあい、それからまた挑む。これが三回くり返された。その有様を、ジムは私に、陰鬱（いんうつ）に考え深げに物語った。その滑稽な一部始終を、彼は一瞬も見逃さなかった。『僕はあいつらを嫌悪しました。あいつらを憎みました。何もかも見ずにいられませんでした』そう何の強調も込めずに言って、厳めしく注意深げな目を私に向けた。『あんなに屈辱的な試練があるでしょうか？』

ジムは一瞬両手で、口にすらしがたい極悪非道に心底うろたえている人間のように頭を抱えた。こんなことは法廷で説明できない――私だってできない。あれでもし私が、言葉と言葉の間（ま）の意味を時おり理解できなかったら、彼の打ちあけ話の聴き手としておよそ失格だっただろう。ジムの忍耐力を責め苛んだその事態には、悪意に満ちた復讐が持つ、彼をあざ笑う意図のようなものがあった。彼の試練には、どこか茶番劇の要素があった。死が、恥辱が近づいているというのに、誰かが変てこなしかめ面をして、その場の厳粛さを貶（おとし）めていたのだ。

彼が語ったさまざまな事実を私はいまだ忘れていないが、これだけ時が離れてみると、さすがに言葉そのものは思い出せない。覚えているのは、事実を淡々と語る中に、己の鬱々たる怨念を彼が実に生々しく盛り込んでみせたことだ。もう最期は来たと確信して目を閉じたことも二度ありました、二度ともまたその目を開けるしかありませんでした、と彼は言った。どちらの場合も、大いなる静寂がその暗さを深めていくのが感じられた。物言わぬ雲の影が天頂から船に降ってきて、船にみなぎる生の物音をすべて消し去ったように思えた。天幕の下の人々の声ももう聞こえなかった。目を閉じるたび、思いが閃いて、あの肉体の群れが、死へと向かうべく並べられた肉体たちが白日のごとくはっきり見えたとジムは私に言った。目を開けるとぼんやり見えるのは、四人の男が頑固なボート相手に悪戦苦闘している姿だった。『何度も何度も、ボートの前でひっくり返って、起き上がっては罵りあい、また一団となって突進していくんです……。笑い死にしそうでしたよ』ジムは目を伏せて寸評し、それからまた一瞬、何とも陰気な笑みとともに私の顔に向けて目を上げた。『きっと楽しい人生が送れますよね！　あの愉快な光景が、死ぬまで何度も目に浮かぶでしょうから』。目がまた伏せられた。『見て、聞いて……見て、聞いて』そう二度ずつ、長い、虚ろな凝視に満たされた間を置いて言った。

それから、彼はハッと我に返った。

『僕は目をつぶっていようと決めたんです。だけどできなかった。できなかったんです、そのことを誰に知られたって構いやしない。偉そうに何か言う前に、自分でもああいう

目に遭ってもらいたいね。自分で経験してみて、それでもっとまし
なことができるかどうかやってみてほしい、それに尽きます。二度目のときは、瞼がパッと開いて、口まで開きました。船が動くのが感じられたんです。船が舳先をひょいと下げて、それからそっと持ち上げたんです――すごくゆっくり！　永遠と思えるくらいゆっくり、ごくわずかに。でもそれまでの何日か、それだけのことすら船はやっていなかったんです。雲はもうさっさと先へ行ってしまって、この一つ目の大波は、鉛の海の上を動いているみたいな感じでした。その動きには命というものがありませんでした。それでもそれが、僕の頭の中の何かをひっくり返したんです。あなたならどうしました？　あなた、自分に自信があるでしょう？　もしいま、この瞬間、この建物が動くのを――椅子の下でほんの少し動くのを――感じたらあなたどうします？　跳び上がりますよ、きっと！　そこからぴょんと跳び上がって、あそこの藪に落ちますよ』

石の手すりの向こうの夜に向けて、ジムは片腕を投げ出した。私は黙っていた。ジムは私のことを、少しも揺るがない、ひどく厳しい目で見ていた。誤解の余地はなかった。こいつは私を恫喝しているのだ。ここはいっさい反応してはいけない。さもないと、仕種や言葉を通して、この一件とも何か関係がある形で、私自身について何か致命的なことを認める破目になってしまいかねない。私としてはそういう冒険をする気はなかった。忘れないでほしい、この男は私の目の前にいたのであって、彼は本当に、あまりに私たちの一人であるように思えたからこそ、間違いなく危険な存在だったのだ。だが、これ

は隠さず認めるが、私はそのとき、さっとすばやく目を走らせて、テラスの前に広がる草地の真ん中にある、ほかより濃い黒さの塊までの距離を測りはした。ジムは誇張していた。私が跳び上がったところで、その何フィートも前に落下していたことだろう。まず確実と思えるのはそのことだけだ。

最後の瞬間が来た、そう彼は思い、なお動かなかった。考えは頭の中でふらふら動き回っていても、足は床板に釘付けになったままだった。ボートを囲む男たちの一人がいきなりうしろに下がるのを見たのもこの瞬間だった。男は持ち上げた両手で空を摑み、ふらふらよろめいて、くずおれた。ばったり倒れた、というのとは少し違う。ずるずる滑るようにして、座った姿勢に墜ちていったのだ。全身を丸くして、機関室の天窓の側面に肩を寄りかからせていた。『補助エンジンの操作係でした。やつれた、白い顔の、ぼさぼさの口ひげを生やした男でした。三等航海士です』

『死んだんだね』私は言った。そのことは法廷で少し聞いていたのだ。

『そういう話ですね』ジムは厳めしい無関心もあらわに言ってのけた。『もちろん僕は全然知りませんでした。心臓が悪かったんですね。あのしばらく前から、具合が悪い、とこぼしていました。興奮しすぎか、力の出しすぎか。誰にもわかりませんよ。ハッハッハ！　この男もやっぱり死にたくないと思ってることは一目瞭然でした。笑っちゃうじゃありませんか。あれはね、賭けてもいいですが、要するに乗せられて自分を殺す結果になっちまったんです！　要するに乗せられた、それ以上でもそれ以下でもありません。乗せられて、だまされて、僕と同じに……ああ！　あいつがじっとしてさえいたら。奴らが飛んできて、さっさと起きろ、船が沈むぞと言われたとき、おととい来やがれとでも言ってはねつけていたら！　何もせずポケットに手を突っ込んで立って、奴らを馬鹿間抜け呼ばわりしていたら！』

ジムは立ち上がって、拳を振り回し、私を睨みつけて、また座った。

『チャンスを逃したってわけだな？』私は呟いた。

『笑ったらどうです？』ジムは言った。『地獄で孵ったジョークですよ。心臓が悪い！……僕ときどき、自分の心臓がそうだったらって思いますよ』

この一言に私はムッとした。『そう思うかい？』私は深い皮肉を込めて声を張り上げた。『思いますとも！　あなたわからないんですか？』彼は叫んだ。『それ以上の望みはなかろうね』私は怒って言った。彼はまったく理解できない様子で私を見た。この矢もまた大きく外れたのであり、ジムは逸れた矢などにかまける男じゃなかった。本当にこの男は、裏を読むということを知らないのだ。からかっても甲斐はない。矢が無駄に終わったこと、弓の放たれる音を彼が聞きもしなかったことが私にはありがたかった。

もちろんそのときジムは、男が死んでいるとは知らなかった。次の一分間は――ジムが船上で過ごした最後の一分だ――いろんな出来事や刺激が次々押し寄せてきて、海が岩に打ちつけるみたいに彼の周りで激しく暴れたのだ。岩という比喩にはちゃんと必然性がある。というのも、ジムの語りから判断して、彼がこの間ずっと、自分は受け身のままでいるという奇妙な錯覚を抱きつづけたと考えざるをえないのだ。自分は行動しているのではなく、自分をたちの悪いジョークの餌食に選んだ非道の力によって操られるのを許しているのだ、そう感じていたようなのだ。まずやって来たのは、重い鉤柱(ダビット)がやっと外の方へ傾く、ぎいぎいと軋(きし)む音だった。軋みが、甲板から足の裏を通って体内に入ってきて、脊椎(せきつい)をのぼって頭のてっぺんまで達するように思えた。やがて、スコールがすぐそばまで迫ってきたいま、二つ目の、もっと大きな波が、受け身の船体をぐいっと剣呑(けんのん)に持ち上げた。彼の息が思わず止まり、脳と心臓はともに、短剣にでも刺されるみたいに、パニックに染まった数々の悲鳴に突き刺された。『放せ！　さっさと放せ！　放せ！　沈むぞ』。その声に続いて、端艇吊索(ボート＝フォール)（ボートを降ろすのに使うロープ）ががらがらと滑車を降りていき、天幕の下で大勢の人々が仰天した口調で喋りはじめた。『あいつらがとうとう起き出すと、そのわめき声ときたら、死者でも目を覚ましそうなほどでしたよ』とジムは言った。次に、海にもろに落とされたボートのバチャンという衝撃のあと、ボートの中でじたばた歩いたり転がったりする虚ろな響きが聞こえ、混乱した叫び声がそれに混じっていた――『鉤(フック)を外せ！　鉤を外せ！　押すんだ！　鉤を外せ！　力一杯押すんだ！　スコールが来たぞ……』。頭のはるか頭上に、風のかすかな呟きをジムは聞いた。足の下から痛みの叫びが聞こえた。舷側(げんそく)から聞こえる途方に暮れた声が自在鉤を呪いはじめた。船じゅう、船首も船尾も蜂の巣をつついたみたいにブンブン鳴り出した。そして、こうした一部始終をこの上なく静かに物語っているさなかに――というのもこのときのジムは態度も表情も声もひどく静かだったのだ――いわば何の警告もなしに、『奴の脚につまずいたんです』とジムは言ったのだ。

彼が少しでも動いたことを聞いたのはこれが初めてだった。私はびっくりして思わずうなり声を漏らしてしまった。ついに何かが彼を動かしたのだ。が、正確にいつ、いかなる原因が彼を不動の状態から引っぱり出したのかは、彼自身、根こぎにされた木がそれを倒した風について何も知らないのと同じに、まったくわかっていなかった。何もかもが向こうから彼の許に押し寄せてきたのだ――音、光景、死人の脚！　極悪のジョークが彼の喉にぐいぐい押し込まれていった。しかし――ここが肝腎なところだ――彼としては己の喉がいかなる呑み込みの動作をしたことも認める気はなかった。そればかりか、実に大したものだ、自分の抱いていた錯覚の気分を、こっちにまでかぶせてしまうのだ。私はまるで、黒魔術を死体に施す話でも聞くみたいに耳を傾けていた。

『そいつの体がそうっと横向きに転がりました。船の上で見た覚えがあるのは、その姿が最後です』ジムは先を続けた。『奴が何をしようと僕の知ったことじゃありませんでした。奴は起き上がろうとしているみたいに見えました。もちろん僕は、奴が起き上がろうとしていると思ったんです。いまにも僕の前を駆け抜けていって、ほかの連中を追って手すりをまたいでボートに飛び降りるものと思ったんです。ボートの方でみんながばたばたやっているのが聞こえて、それから誰かが、炭鉱の立坑（たてこう）から叫ぶみたいに「ジョージ」とどなる声がしました。それから三人が一緒に揃ってわめき声を上げました。

三つの声が、別々に僕の耳に届きました。ひとつは羊みたいに情けない声で、ひとつは甲高い悲鳴で、ひとつは吠えていました。ああ！』

　彼は軽くぶるっと震え、それから、私が見守る前でゆっくり、あたかも上から確固たる手が彼の髪を摑んで椅子から引っぱり上げたかのように立ち上がった。ゆっくりと上昇していき、やがてすっかり立ち上がって、両膝にしかと力が入ったところで上からの手は彼を離し、体がほんの少し左右に揺れた。その顔、動き、そして『奴らは叫んだんです』と言ったときの声そのものに、恐ろしい静寂の気配がこもっていて、私は思わず耳をそばだて、静寂のいつわりの効果を通して生々しく聞こえてくるはずの叫び声の亡霊を聞きとろうとした。『あの船には八百人乗っていたんです』と彼は言って、ぞっとするような虚ろな眼差しで私を椅子の背に磔（はりつけ）にした。『生きた人間が八百人いるっていうのに、あいつらときたら一人の死人に、降りてこい、来れば助かるぞ、と大声で呼びかけていたんです。「飛び降りろ、ジョージ！　飛べ！　早く、飛び降りろ！」。僕は鉤柱（ダビット）に片手を当てて立っていました。ひっそり息を詰めていました。真っ暗な闇がやって来ていました。空も海も見えませんでした。舷側のボートがゴン、ゴンと鳴るのが聞こえて、あとしばらくのあいだそっちからは何も聞こえませんでしたが、船では足の下からさんざん人の声が聞こえました。と、いきなり船長が吠えました。「――何てこった（マイン・ゴット）！　スコールだ！　スコールだ！　ボートを突いて離せ！」。雨がしゅうしゅう降り出して、突風が吹きはじめると同時に、彼らは金切り声を上げました。「飛び降りろ、ジョージ！

掴まえてやるから！　飛び降りろ！」。船首がゆっくり沈みはじめました。雨が船の上を、壊れた海みたいに一掃していきました。僕の帽子が頭から吹っ飛びました。息が喉に押し戻されました。まるで自分が塔のてっぺんにいるみたいに、またも狂おしい絶叫が聞こえました。「ジョオォォォジ！　飛び降りろよぉ！」。船はじわじわ沈んでいきました。僕の下で、頭から……』

彼はゆっくりと片手を顔に持っていって、蜘蛛の糸でも引っかかったみたいに指でつまむような仕種をし、それから、開いた手の平を二分の一秒くらい見つめてから、出し抜けに口を開いた。

『僕は飛び降りた……』そこまで言って自分を抑え、目を逸らした……『らしいです』と付け足した。

澄んだ青い目が痛ましく見開かれて、私の方を向いた。そうやって目の前で呆然と心の傷を抱えて立っているジムを見ていると、諦念に染まった叡智、とも言うべき悲しい気分に私は襲われた。子供っぽい災難を前にして、何もしてやれずにいる老人の、どこか面白がってもいる深い同情の念がそこには混じっていた。

『どうやらそのようだね』私は呟いた。

『顔を上げるまで、全然知らなかったんです』彼は急いで言い添えた。それもありうることだろう。この男の話は、困っている小さな男の子の話を聞くようにして聞いてやらないといけない。そう、知らなかったのだ。どういうふうにしてか、起きてしまっていたのだ。もう二度と起きはしないのだ。体の一部が誰かの上に着陸して、彼は腰掛梁(こしかけばり)の向こうに倒れ込んだ。左側の肋骨が残らず折れた気がした。それから体を転がすと、自分が見捨てた船が頭上にそびえる姿が朧(おぼろ)に見えた。雨の中、赤い舷灯が、霧を通して見る丘の上の火事みたいにぼんやり大きく光っていた。『壁より高く見えました。絶壁みたいにボートの上にのしかかっていました……。僕は死にたかった』と彼は叫んだ。『もう後戻りはできませんでした。まるで井戸の中に、永遠の深い穴の中に飛び込んだみたいでした……』」

# 第十章

「ジムは両手の指を絡ませて、それからまたパッと離した。まったくそのとおりだった。彼はまさに永遠の深い穴に飛び込んだのであり、二度と這い上がれない高さから転げ落ちたのだ。そのころにはもう、ボートは船首の先まで回り込んでいた。折しも真っ暗でたがいの姿も見えなかったし、おまけに雨で見るどころではなく、誰もがなかば溺れかけていた。洪水で洞窟の中を流されているみたいでした、とジムは言った。人々はスコールに背を向け、船長はオールを一本船尾の先に出してスコールをうしろから受けるように保った。二分か三分のあいだ、真っ暗闇の中、豪雨を通して世界の終わりがやって来ていた。海は『二万の薬罐みたいに』しゅうしゅう鳴った。これはジムの使った比喩であって私のではない。最初の突風のあとは、風はそれほど吹かなかったんだと思う。尋問のときもジム自身、海はその晩少しも荒れてはいなかったと認めていた。彼はボートの舳先にうずくまっていたが、あるときこっそりうしろを見てみた。ずっと上の方に、檣頭灯（しょうとうとう）の黄色い仄（ほの）めきがひとつ、いまにも消えゆきそうな最後の星のようにぼんやり見えただけだった。『ぞっとしましたよ、まだそこにいるのが見えて』とジムは言った。それが彼の言い方だった。彼をぞっとさせたのは、溺死（できし）がまだ済んでいないという思いだった。忌まわしい出来事をさっさと終わりにしたい、そう思っていたのだ。ボートに乗った誰一人、何の音も立てなかった。闇の中で、船はあたかも空を飛んでいるように見えたが、もちろん大した速度が出ていたはずはない。やがて雨は先へ進んでいき、しゅうしゅうという不穏な騒々しい響きも雨を追って彼方に消えていった。あとはもう、ボートの側面に水が軽く打ち寄せる音以外何も聞こえなくなった。誰かの歯がかちかち激しく鳴っていた。ジムの背中に誰かの手が触れた。かすかな声が『お前、そこにいるのか？』と言った。別の、震える声が『沈んだぞ！』と叫ぶと、みないっせいに立ち上がってうしろを向いた。何の明かりも見えなかった。一面真っ暗だった。冷たい霧雨がみんなの顔に叩きつけてきた。ボートがくんとわずかに揺れた。歯の鳴る音が速まって、やがて止み、それからまた二度鳴ってから、その人物がやっとどうにか震えを抑えて言った——『ぎ-ぎ-ぎりぎり-だ-だった……ブルル』。と、機関長のぶっきらぼうな声が聞こえた。『沈むのが見えたぞ。ふっと首を回したら見えたんだ』。風はもうほぼ完全に止んでいた。

闇の中で彼らは首を半分風上に向け、悲鳴が聞こえるのを待つかのように見守った。

はじめジムは、夜が目の前の情景を隠してくれることをありがたく思ったが、じきになぜか、その出来事を知っているのに何も見なかったし何も聞かなかったということが、大きな不運のそのまた頂点のように思えてきた。『おかしなものですよね』とジムは、まとまらない話を自分で遮って呟いた。

私にはそれほどおかしいとは思えなかった。彼はきっと無意識に、現実というものが、自分の想像力が作り出す恐ろしい幻影ほどひどいはずがないと確信していたのだろう。現実がそんなに苦痛をもたらす、おぞましい、容赦ないものであるはずがない、そう信じていたのだと思う。この最初の瞬間、きっと彼の心は八百人すべての苦しみに締めつけられていたのだ。夜中に突然暴力的な死が襲いかかった八百人の抱く恐怖、戦慄（せんりつ）、絶望、そのすべてを彼の魂は味わっていたのだ。でなければなぜこんなことを言うか――『僕は思ったんです、この忌まわしいボートから飛び込んで、半マイルを――いやもっと――どんなに遠くとも――あそこまで泳いでいってみなくてはと……』。なぜそんな衝動を？　君たちにその意義がわかるか？　共に溺れねば、ということなら、どこで溺れようと同じじゃないか？　なぜ『あそこまで泳いでいってみなくては』と思う？　何だかまるで、死が安楽をもたらしうるよりも前にすべてが終わったことを確かめて、自分の想像力を宥（なだ）めようとでもしてるみたいじゃないか。ほかに説明のしようがあったら教えてほしいね。その一言は本当に、霧の向こうから垣間見えた、奇怪な、胸躍る真実だった。それはとてつもない告白だった。ジムはそれを、これ以上自然な発言はないと言わんばかりの調子で言ってのけたんだ。結局彼は、その泳いでいきたいという衝動を抑えつけた。と、周りの静けさがにわかに意識された。彼はわざわざそのことを私に言った。海の静けさ、空の静けさがひとつに溶けて、そこにいる助かった、震える命の集まりの周りで、漠たる巨大な広がりとなっていったのだと。『ボートの上で、針が落ちたって聞こえそうでしたよ』ジムは唇を奇妙に窄めて言った。何かきわめて感動的な事実を物語っている最中に、己の感情を抑制しようとする男のようだった。静けさ！　それを彼が、胸のうちでどう捉えていたかは、彼をああいう人間として意図された神のみが知るところだ。『地球上のどこだって、こんな静かな場所なんてありえないと思えましたよ』ジムは言った。『海と空の区別もつかないんです。何も見えないし何も聞こえない。ほんのひとつの光も、形も、音も。陸地がすべて海底に沈んでしまったんだ、このボートに乗ったこいつらと僕以外、世界中すべての人間が溺れ死んでしまったんだ、そんな気がしましたよ』。ジムはテーブルの向こうから身を乗り出し、コーヒーカップやリキュールグラスや葉巻の吸殻のあいだに両手の拳骨を立てた。『僕は本気でそう思っているようでした。何もかも沈んだんだ――すべて終わったんだと思いました……』ここで深くため息をついた……『僕に関しては終わったんだと』」

マーロウはいきなり体を起こして、両切葉巻を力一杯投げ捨てた。玩具の花火のように、葉巻がすうっと赤い筋を描いて、蔓植物の作るカーテンを突き抜けて飛んでいった。誰も動かなかった。

「なあ、君たちどう思う？」マーロウはにわかに活気づいて言った。「実にあいつらしい、そうだろう？　自分の命は救われたが、人生はもう終わったと——足下の地面を失って、目の前に見えるものも消えて、耳に聞こえる声もなくなって。すべて滅ぼされたんだと——そうとも！　その間ずっと、そこにあったのは、曇った空と、波打たぬ海と、動かない空気だけ。夜だけ、静けさだけ。

しばらくその静寂が続いて、やがて彼らは突然、全員一気に、自分たちの逃避行を掻き消そうとするかのようにがやがや騒ぎ出した。『俺にははじめっからわかってたよ、ありゃあ沈むって』。『危ないところだったよな』。『いやほんと、間一髪だった！』。ジムは何も言わなかったが、止んでいた風がふたたび戻ってきて、穏やかな空気の流れがじわじわ勢いを増し、海も呟くようなざわめきを発して、畏怖の念に誰もが言葉を失っていた時間に対する反動として生じたこのお喋りに加わった。船は沈んだ！　沈んだのだ！　疑問の余地はない。誰にも助けようはなかったのだ。彼らは同じ言葉を何度も、止めようもないかのようにくり返した。絶対沈むってわかってたよ。明かりが消えたし。間違いない。明かりが消えたし。ああなる以外考えられなかったよ。沈むしかなかったんだ……。彼らがまるで、誰も乗っていない船をあとにしてきたかのように喋っていることがジムの気を引いた。いったん沈み出したらすぐだったろうな、と彼らは締めくくった。そう考えることでひとまず満足しているようだった。きっとあっという間だったさ、と彼らはたがいに請けあった。『鏝（こて）みたいに一気に沈んだださ』。沈んだ瞬間、檣頭灯の明かりが『投げ捨てたマッチみたいに』すっと消えるのが見えたと機関長は宣言した。それを聞いて二等機関士がヒステリックに笑った。『うーうれしいね、うれーれーしいね』。歯が『電気仕掛けのガラガラみたいに』鳴っていたとジムは言った。『そしていきなり、そいつが泣き出したんです。子供みたいにメソメソワアワア泣いて、しゃくり上げては「ああ、何てこった！　ああ、何てこった！」と涙声で言うんです。しばらく大人しくなったかと思うと、またいきなり「ああ、腕が痛い！　ああ、腕がいたあぁぁい！」とやり出しました。ぶん殴ってやろうかと思いました。船尾に座っている連中の輪郭が辛うじて見えました。ペチャクチャブツブツ、いろんな声が聞こえてきました。何もかもがひどく耐えがたく感じられました。それに、寒かった。そして僕にできることは何もなかった。ちょっとでも動いたらボートから落ちてしまいそうでした……』

　彼の片手がこそこそテーブルの上を探り、リキュールグラスに触れると、真っ赤に熱い石炭にでも触れたみたいにさっと引っ込んだ。私は酒壜をほんの少し押した。『もう少しどうだい？』と誘うと、ジムは怒った顔で私を見た。『酔っ払わなくたって、話すべきことくらいちゃんと話せます』と彼は言った。世界旅行者の一団はもう寝てしまっていた。私たち以外にはもはや、白い姿がひとつ、影の中でまっすぐ立っているのが見えるだけだったが、その姿も、見られていると悟ると、縮み上がって前に出てきたが、やがて躊躇(ちゅうちょ)し、音もなく退いていった。もう遅い時間だったが、私は我が客人を急(せ)かしたりはしなかった。
ボートの上、この上なく侘しい気分でいる最中、仲間たちが誰かを罵倒する声がジムの耳に聞こえてきた。『何でさっさと飛び込まなかったんだ、この馬鹿』誰かが叱るように言った。機関長が船尾を離れて、本人言うところの『史上最高の阿呆』に何か危害を加える意図を果たそうと前方へ這ってくるのが聞こえた。船長もオールのあいだに座ったまま、ゼイゼイしゃがれ声で、侮辱的な形容句を叫びはじめた。その喧騒にジムが頭を上げると、『ジョージ』という名前が聞こえ、闇の中で誰かの手が彼の胸を叩いた。『どういう言い訳があるんだ、この間抜け』別の誰かが偉そうな憤怒を込めて訊いた。『みんな僕に喰ってかかってきたんです』ジムは言った。『僕を罵倒したんです――さんざん罵ったんです……僕をジョージと呼びながら』
ジムはそこで言葉を切って、じっと前を見て、笑顔を浮かべようとし、目を逸らして、先を続けた。『あのチビの二等機関士が頭を僕の鼻の下に持ってきて、「何だこいつ、航海士じゃないか！」。「何だと？」船長がボートの向こう端から叫びました。「まさか！」と機関長も金切り声を上げて、僕の顔を見ようと、這うのをやめました』
風が突然ボートを去った。雨がまた降り出して、闇一帯から、にわか雨が海に降るときに生じる小さな、切れ目なしの、どこか神秘的な音が湧き上がった。『みんなあんまり驚いたので、はじめはそれ以上何も言えませんでした』と彼は着々話を進めていった。『僕の方だって奴らに何が言えるでしょう？』。ここでジムはしばしためらい、自分に強いて何とか先へ進んでいった。『奴らはさんざん、ひどい罵りの文句を僕に浴びせました』。ジムの声は囁きにまで落ちていたが、時おりまたいきなりパッと跳び上がるときには、知られざる悪業について語りでもするかのように、烈しい軽蔑ゆえの冷淡さが声にこもっていた。『どういう文句だったかはどうでもいいんです』ジムは陰気な声で言った。『奴らの憎しみは声の中に聞きとれましたから。それでよかったとも言えるんです。奴らは僕がボートにいることを許せませんでした。奴らは僕がいることに耐えられなかった。僕がいることに怒り狂っていた……』ジムはハハと笑ってまたすぐやめた……。『でもおかげで僕も――いいですか、僕は舷縁（ガンネル）に腕組みして座っていたんです！……』。そう言うとテーブルの縁にさっと乗って、腕を組んでみせた……。『こうやって――ね？　ほんの少し、一度でもボートが傾いたら、海の中だったでしょうよ――ほかの連中もろともね。ほんの少し――わずかでも――ほんのわずかでも傾いていたら』。ジムは眉間（みけん）に皺を寄せ、中指の先で額をとんとん叩いた。『ここに、ずっとあったんです』と彼は物々しく言った。『ずっとあったんです、そういう思いが。それに雨――冷たい、激しい、溶けた雪みたいに冷たい雨――いや、もっと冷たい――それが薄い木綿の服に降って――もう今後二度と、あんなに寒い思いをすることはないでしょうよ。そして空も黒かった――一面真っ黒だった。星ひとつ、光ひとつ、どこにもありませんでした。呪わしいボートと、木の上に追いつめられた泥棒に向かって吠える薄汚い二匹の雑種犬みたいに僕の目の前でキャンキャンわめいている二人、その外（そと）には何もありませんでした。キャンキャン！　お前ここで何やってるんだ？　まったく大した奴だよ！　育ちがよすぎて、手も汚せないってんだから。最後の最後で夢見心地から抜け出たってわけか？　こっそり仲間入りってわけか？　え、どうなんだ？　キャンキャン！　お前なんか生きてる資格ないぞ！　キャンキャン！　二人一緒になって吠え声競争をやっていました。そしてもう一人が雨の中、船尾からワンワン——卑猥な船乗り言葉を浴びせてくる——ところどころ聞きとれませんでしたが。キャンキャン！　ワンワンワン！　キャンキャン！　聞いていて心地よかったですよ。ほんとに、あれのおかげで生きていられたんです。あれに命を救われたんです。まるで声でもって僕を海に落とそうとしてるみたいに、さんざんわめいてました！……よくまあお前に飛び降りる度胸が出たもんだ。お前なんかに用はないぞ。もし誰だかわかってたらボートを揺らして落としてやったのに——このスカンク野郎。お前、もう一人の奴はどうしたんだ？　どこで飛び降りる度胸を見つけたんだ、この臆病者？　俺たち三人で海に投げ飛ばしてやったっていいんだぞ！……。連中は息を切らしていました。にわか雨は海の上を過ぎていきました。すると、もう何もなくなりました。ボートの周りには何も、音ひとつありませんでした。ふん、僕を海に落としたいって？　あれでもし、奴らが何も言わずに黙っていたら、望みどおりになったと思いますね。僕を投げ飛ばす！　よく言いますよ！　「やれるもんならやってみろ」と僕は言いました。「ああ、やるともさ」。「それでも勿体ないくらいだ」奴らは口々にわめきました。すごく暗かったので、姿がはっきりわかるのは、誰かが動いたときだけでした。本当に、やってみてくれたらよかったのに！』

『すごい話だな！』私は思わず声を上げた。

『悪くないでしょう？』どこか自分でもびっくりしているみたいにジムは言った。『僕がなぜか補助エンジン操作係を殺した、そう奴らは思ってるふりをしたんです。何で僕がそんなことを？　だいたいそんなのどうして僕にわかります？　僕はどうやってだか、そのボートに乗り込んだんですよ！　ボートに——僕は……』唇の周りの筋肉が縮んで、無意識に歪んだ顔が、いつもの表情の仮面を突き破って現われた——烈しい、束の間の、稲妻が光って雲の知られざる渦を一瞬暴くように内面を照らし出す何ものかが。『僕はボートに乗り込んだんです。はっきりそこに、連中と一緒にいたわけでしょう？　そんなことをするよう追い込まれるなんて——そしてその責任を負わされるなんて——ひどい話じゃありませんか？　奴らがジョージ、ジョージとわめいてる奴のことなんか、僕は知りもしないんです。そいつが甲板の上で丸まっていたことは覚えていましたが、それだけです。「人殺しの卑怯者（マーダリング・カワード）！」機関長は何度もそう僕を罵りました。その二語以外は、いっさいの言葉を思い出せなくなったみたいでした。そう言われても平気でしたが、その喧（やかま）しさがだんだん癪（しゃく）に障ってきました。「黙れ」と僕が言うと、奴は気を入れ直して、凄まじい金切り声を上げました。「お前があいつを殺したんだ。お前があいつを殺したんだ」。「違う。でもいますぐお前を殺してやる」と僕は叫びました。僕が跳び上がると、奴はどさっとぶざまな音を立てて腰掛梁の向こうに倒れました。なぜだかはわかりません。とにかく暗かったので。きっとうしろに下がろうとしたんでしょうね。僕が船尾を向いてじっと立っていると、小男の二等機関士が情けない声を上げました。「お前、腕が折れてる人間を殴ったりしないよな。お前、自分のこと紳士だって言ってるんだよな」。のしのし歩く音が——一歩、二歩——聞こえ、ゼイゼイという喘ぎ混じりのうなり声が聞こえました。もう一人が、船長が、オールを投げ出して、こっちへやって来るんです。体が動くのが見えました。すごく、すごく大きい体で、靄の中や夢の中で見る人間みたいでした。「さっさと来い」と僕は叫びました。あんな奴、綱くずの梱みたいに投げ飛ばしてやったでしょうよ。船長は止まって、何かぶつぶつ呟いて、元の場所に戻っていきました。たぶん、風の音が聞こえたんですね。僕には聞こえませんでした。それが最後の突風でした。船長はオールの前に引き返していきました。僕としては残念でしたね。来ていたら、僕はきっと——きっと……』

ジムは丸めた指を開いて、また閉じた。両手が殺意もあらわにぴくぴく震えた。『まあまあ、落着け』私は小声で言った。

『え、何です？　僕、興奮なんかしてませんよ』ジムはひどく傷ついた顔で反論し、肱をぐいっと引きつらせたせいでコニャックの壜を倒してしまった。私は思わず前に出た。椅子が軋んだ。ジムはまるで背後で地雷でも爆発したみたいにあわててテーブルから跳びのき、体を半回転させて床に降り立ち、しゃがみ込んで、愕然としている両目と、鼻孔のあたりが白くなった顔とを私の方に向けた。次の瞬間、烈しく苛ついた表情がそれに取って代わった。『どうもすみません。ぶざまで申しわけないです』とひどく忌々しげに呟いた。涼しい夜の、混じりけなしの闇にあって、こぼれたアルコールのぴりっと鼻をつく匂いが、突然あたりを下卑た酒盛りの雰囲気で包んだ。ダイニングホールの明かりももう消えていた。横に長いテラスでも、私たちのテーブルの蠟燭がぽつんと灯っているだけで、円柱はどれも破風（ペディメント）から柱頭（キャピタル）まで真っ黒になっていた。鮮やかに光る星空の中、港湾事務所のてっぺんの角が、まるでもっとよく見聞きしようとその厳めしい建物自体がにじり寄ってきたみたいに、遊歩道の向こうにくっきり浮かび上がっていた。

ジムはどうでもよさそうな様子を装った。

『どうやらいまはあのときほど落着いてないみたいです。あのときは何が来ようと用意は出来ていました。あんなのは些細なことでした……』

『ずいぶん賑（にぎ）やかな時を過ごしたようだね』私は言った。

『用意は出来ていました』彼はもう一度言った。『船の明かりが消えたあとは、あのボートの上で何が起きても不思議はありませんでした。何があったところで、世界は何も知りはしなかったでしょうし。そう思うといい気分でした。それに、ちょうどいい程度に暗かったし。僕たちは広々とした墓に生きたまま閉じ込められた人間みたいでした。世界中の何とも関係ない身でした。僕たちを裁く者は誰もいませんでした。何もかもどうでもよかったんです』。この会話で三度目の耳障りな笑い声をジムは上げたが、いまはもう、こいつは酔っているだけだと思ってくれる人間も周りにはいなかった。『心配も、法律も、音も、人目もなかった——自分たちの目さえ——少なくとも日の出までは』

その言葉が真理を衝いていることに私は感じ入った。広い海に浮かぶ小さなボートには、たしかにどこか特異なところがある。死の影の下から運び上げられた生に、狂気の影が降りかかるように思える。船に裏切られた者は、世界そのものに裏切られたような気持ちになる——自分を造ってくれたはずの世界、自分を抑制してくれて自分の面倒を見てくれる世界に。それはあたかも、深淵に浮かぶ、巨大なるものに触れている魂たちが束縛を解かれ、過剰な英雄的行為、不条理な行為、極悪非道の行為を実行する自由を得てしまったような具合なのだ。もちろん、信仰や思考や愛や憎しみや信念と同じく——さらには事物それぞれの見かけだって同じことだが——難破といっても人がみな違うようにそれぞれ違っている。そしてこの難破には何かしらみじめなところがあって、それが彼らの孤立をいっそう際立たせていた。醜悪な要素がそこにはいくつもあって、これらの男たちを、忌まわしい悪魔的なジョークの試練によって己の行動理念を試されたことのない人類全体から、いっそう完全に切り離していた。ジムが中途半端に義務を怠ったことに彼らは苛立っていた。ジムはジムで、この事態すべてに対する憎悪を彼らに集中させていた。できることなら、彼らからこんなおぞましい機会を押しつけられたことに対して、とことん復讐を果たしたかった。大海に浮かぶボートほど、あらゆる思考、感情、知覚、情念の底に潜む非合理なものを引き出す場はない。彼らが殴りあいに至らなかったのも、この難破全体を浸している茶番劇ふうの卑しさゆえでしかなかった。すべては単なる脅し、きわめて効果的なフェイントだった。はじめから終わりまで、本物の暗い力を心底見下す思いによって目論まれたまやかしだった。本物の暗い力の本物の恐ろしさは、つねにあと一歩で勝利を収めそうに見えて、結局いつも、人間たちの手堅さに裏をかかれてしまう。しばらく待ってから、私は『で、どうなった?』と訊いてみた。空しい問いだ。私はもうすでに、何かひとつでも心を高揚させてくれる細部があるんじゃないか、狂気なり隠れた恐怖心なりで片付けうる要素が嗅ぎとれるんじゃないか、そんな望みを抱くには多くを知りすぎていた。『どうもなりませんでした』ジムは言った。『僕は本気でしたが、向こうは雑音を立てていただけでした。どうもなりませんでしたよ』

朝日が昇ったときも、ジムはボートの舳先で跳び上がったときとまったく同じ姿勢を保っていた。何たる執拗な用意! それに、夜通しずっと舵柄も握ったままだった。舵そのものは、積み込もうとしたときに連中が海に落としてしまって、舵柄だけが、とにかく船の側面から離れようとみんなであたふた動き回っているうちに舳先まで蹴飛ばされてきたらしい。それは細長くて重い硬い木の塊で、どうやらジムはそれを六時間ずっと握り締めていたのだ。これが用意でなくて何だろう! 君たち想像できるかい、夜の半分ずっと、彼が無言で立ち、叩きつける雨に顔を向け、男たちの厳めしい輪郭をじっと見守り、漠たる動きにも目を光らせ、船尾でたまに生じる低い呟き声に耳をそばだてている姿を？　確固たる勇気か、恐怖心ゆえの奮闘か？　どう思う？　忍耐だって否定しようはない。六時間ほぼずっと、防御の態勢を保つ。風の気まぐれ次第でボートがのろのろ進んだり静止したりする中、六時間ぴくりとも動かずに気を張っている。海は凪（な）いでようやく眠りに就く。雲が頭上を通り過ぎていく。艶（つや）のない巨大な黒い広がりから、光沢ある厳めしい丸天井へと縮んだ空は、いまやいっそう華やかに煌（きら）めき、東の方は色褪せ、天頂は薄い色になっている。後方の低い星の前にしみのように浮かんでいた朧（おぼろ）な形が、だんだんと輪郭を帯び、濃淡を得ていって、肩、頭、顔、目鼻となって、侘しい凝視を彼に向けてきた。誰もが髪はくしゃくしゃ、服は破れ、赤い瞼を白い夜明けに向かってしばたたいていた。『みんな道端のどぶで一週間飲んだくれてたみたいでした』とジムは生々しく描写した。それから彼は、その日の出が穏やかな一日を予告する類いのものだったというようなことを呟いた。天気をあらゆるものと結びつけて語る船乗りの性癖は諸君も知ってのとおり。私の方も、彼が一言二言呟くのを聞いただけで、太陽の下端が水平線を越える情景が見えてきた。巨大なさざ波がぶるっと、まるで海そのものが身震いしたみたいに震えて、見渡す限りの海の上を伝って光の球体を生み出し、そよ風の最後の一吹きがふうっとため息をつくようにして空気を動かしていった。

『奴らは船尾で肩を寄せあって座っていました。船長を真ん中に、三羽の汚いフクロウみたいに並んで、じっと僕を見ていました』とジムが憎しみを込めて言うのが聞こえてきた。その憎しみの意図が、コップの水に垂らした強力な毒薬のように、すべてを蝕む力をごくありきたりの言葉にまで染みわたらせていった。だが私の思いはその日の出から離れなかった。その澄んだ虚ろな空の下、四人の男が孤立した海に閉じ込められている姿が目に浮かんだ。寂しい太陽は、そんな生命のかけらには目もくれず、静かな海に映った己の壮麗な鏡像をもっと高いところから見ようというのか、天のくっきりした曲線を昇っていく。『奴らは船尾から声をかけてきました』ジムが言った。『まるでいままでずっと仲良しだったみたいな口ぶりで。奴らの声が聞こえてきました。頼むから頭を冷やしてその「邪魔くさい棒切れ」を捨ててくれ、と僕にせがんでいました。どうしてお前、そんなに騒ぎ立てるんだ？　俺たちお前に何の害も与えてないだろ？　何の害もなかっただろ……。何の害も！』

　肺の中の空気を追い出せないかのように、ジムの顔が深紅に染まった。『何の害も、だと！』彼は吐き捨てるように言った。『判断はあなたに任せます。あなたならわかりますよね。でしょ？　あなたには見えますよね――でしょう？　何の害も、だと！　何てことを！　あれ以上ひどいこと、どうやってできます？　そりゃあ、僕だってよくわかってます。僕は飛び降りたんです。そのとおり。僕は飛び降りた！　そのことはあなたにも言いました、僕は飛び降りたって。でもね、あんな奴らには、どんな人間にだって耐えられやしませんよ。奴らにやらされたも同然なんです――鉤竿（ボート＝フック）で引っかけられて引き寄せられたも同然です。あなた、わかりませんか？　わかりますよね。さあ。言って下さい――はっきり、隠さずに』

　ジムの不安げな目は私の目に釘付けになって、問い、縋(すが)り、挑み、頼み込んでいた。どうこらえようとしても、私は『大変な試練だったね』と呟かずにいられなかった。

『正当とは言えない試練でした』ジムはすかさず食らいついてきた。『何のチャンスもありゃしない――あんな連中が相手じゃね。それがいまは、妙に馴れなれしくて――ものすごく馴れなれしいんです！　仲良し、船乗り仲間。同じボートの上(オール・イン・ザ・セイム・ボート)（「運命を共にしている」の意の成句でもある）、俺たち運命はひとつじゃないか、ここはとにかく最善をめざそうぜ、云々(うんぬん)。俺たちべつに悪気はなかったんだよ。ジョージのことなんかどうでもいいさ。ジョージの奴、最後の最後で何か取りに船室に戻っていって、逃げ遅れたのさ。あいつ、見るからにドジだったよな。そりゃまあ、何とも悲しい話ではあるけどさ……。彼らの目が僕を見ました。彼らの唇が動きました。ボートの反対側で、首をひょこひょこ振っていました。三人とも手招きしていました――僕に。そりゃそうでしょうよ。何しろ僕は飛び降りたんだから！　僕は何も言いませんでした。僕が言いたいことを伝えられる言葉なんかありませんでした。あのときに口を開けていたら、獣みたいにただ吠えたでしょうよ。いつになったら目を覚ますんだ、と僕は胸のうちで自分に問いかけていました。一方彼らは、さあこっちへ来いよ、大人しく船長の話を聞けよ、と促していました。日が暮れる前にきっと誰かに拾ってもらえるさ、ここはスエズ運河航路の真っ只中なんだから。いまだって北西に煙が見えるぜ。

僕にはひどいショックでした――かすかな、かすかなしみが見えたことは。低い、茶色の筋を通して海と空の境目が見えました。そっちへ行かなくたってあんたたちの声はよく聞こえるさ、と僕は答えました。船長はカラスみたいなしゃがれ声で悪態をつきはじめました。お前のために何でわざわざ声を張り上げてやらにゃならんのだ、と言っていました。「陸にいる人に聞かれるのが怖いんですか？」と僕は訊きました。こいつを八つ裂きにしてやりたいという顔で船長は僕を睨みつけました。まあまあ、あんまり刺激しない方がいいですよ、あいつまだ頭がまともじゃないですから、と機関長が宥めていました。船長は肉の大山みたいな体を船尾で持ち上げて、喋り出しました――実によく喋りましたよ……』

ジムは考え深げな顔を保っていた。『で？』私は促した。『奴らが結託してどういう話をでっち上げようが、僕はどうでもよかったんです』彼は無防備に叫んだ。『好きな作り話をすればいい。奴らの勝手です。どんな話か、僕にはわかりました。奴らが世間にどういう話を吹き込もうと、僕にとっては何も変わりません。船長が喋って説得するのを僕は放っておきました。喋って、説得。話はえんえん続きました。突然、僕の両脚から力が抜けていきました。僕はうんざりして、疲れていました――死ぬほど疲れていました。僕は舵柄を捨てて、奴らに背を向けて、一番前の腰掛梁に座りました。もうたくさんでした。わかったかい、と奴らは呼びかけてきました。船長の言うとおりだろう、全部本当だろう？　本当でしたとも、奴らなりにね！　僕はふり向きませんでした。奴らがぺちゃくちゃたがいに喋るのが聞こえました。「あの阿呆、何も言わないぞ」。「いやあれでちゃんとわかってるって」。「ほっとけ、大丈夫さ」。「あいつに何ができる？」。そう、僕に何ができます？　僕たちみんな、同じボートに乗ってるんじゃありませんか。僕は何も聞こえないふりをしました。煙は北の方に消えてしまっていました。海は死んだように凪いでいました。奴らは水樽から水を飲み、僕も飲みました。そのあと奴らは、さんざん大騒ぎしながら舷縁（ガンネル）から舷縁に帆を渡しました。お前、見張っててくれるか？　奴らはそう言って帆の下に潜り込み、僕の視界から消えてくれました。ありがたい！　僕は疲れを感じました。骨の髄まで、まるで生まれた日以来一時間も眠っていないみたいに疲れを感じました。太陽のぎらつきのせいで、水面を見ることもできませんでした。時おり奴らの一人が這い出てきて、立ってあたりをぐるっと見回しては、また戻っていきました。帆の下からいびきが断続的に聞こえてきました。こんなときに眠れる人間もいるんですね。少なくとも一人は。僕は眠れません！　すべては光、光で、ボートはその光の中を落ちていくように思えました。時おり、気がつくと自分が腰掛梁に座っていて、ハッと驚きました……』

ジムは私の椅子の前を、一歩一歩慎重に行き来しはじめた。片手をズボンのポケットに突っ込んで、考え深げに頭（こうべ）を垂れて、長い間（ま）を置いては右腕を持ち上げ、自分の行く手を遮る見えない侵入者を脇へのけるような仕種をした。

『僕の気が変になりかけていたとあなたは思うでしょうね』彼は違う口調で話し出した。

『無理もありませんよ、特に僕が帽子をなくしたことを覚えていらしたら。太陽は東から西へじりじり動いていって、僕のむき出しの頭に照りつけました。でもあの日は、何ものも僕に害を及ぼせなかったと思います。太陽も僕を狂わせることはできませんでした……』。彼の右腕が、狂気という概念を脇へ追いやった……『そして僕を殺すことも……』。ふたたび腕が影を払いのけた……。『それは僕次第でしたから』

『そうなのか？』この新たな展開に口では言えぬほど驚いて私は言った。くるっとふり向いたジムがまったく違う顔になっていたとしたら抱くだろう感情とともに、私はジムを見た。

『僕は日射病にもかからなかったし、ばったり死にもしなかった』彼は先を続けた。『照りつける太陽のことは全然気にしませんでした。日蔭に座って考えている男みたいに、どこまでも冷静に考えていました。と、あの見るに堪えない脂ぎった船長の奴が、大きな刈り込んだ頭を帆布の下から突き出して、魚みたいな目で僕を睨みつけました。「何やってるんだ(ドンナーヴェッター)！　死んじまうぞ」船長はうなるように言って、亀みたいに首を引っ込めました。僕には船長の姿が見えていたし、声も聞こえていました。でも少しも邪魔になりませんでした。僕はそのときまさに、死ぬまいと考えていたんです』

通りがかりに、注意深げな視線を私の方に落として、ジムは私の思いを推し測ろうとした。『つまり、死ぬかどうかじっくり考えていたってこと？』私は極力読みとりがたい口調を装って訊いた。彼は立ち止まりもせずに頷いた。『ええ、一人でそこに座って考えて、そういうことになったんです』とジムは言った。さらに何歩か、架空の巡回の終点まで達して、戻ろうとしてくるっと回ると、手は両方ともポケットに深く突っ込まれていた。そしてジムは、私の椅子の前でぴたっと止まって、下を向いた。『信じてくれないんですか?』張りつめた好奇心もあらわに彼は訊いた。私は思わず心を動かされて、厳かに宣言した――君が私に言うことはすべて迷わず信じるさ、と」

# 第十一章

「ジムは首を横に傾けたまま私の言葉を終わりまで聞いた。そのあいだに、私はもう一度、彼がその中（うち）で動き、また在る薄霧（新約聖書「使徒行伝」十七章二十八節の「我らは神の中に生き、動きまた在るなり」より）の裂け目の向こうを垣間見ることができた。ガラス球の中で薄暗い蠟燭がパチパチ燃え、彼を見るにはその光だけが頼りだった。背後に広がる暗い夜には澄んだ星々が浮かび、いくつか段階を踏んで後退していく空に配置されたそれら遠い煌（きら）めきは、さらなる暗闇の奥まりへと目を誘（おび）き寄せる。それでも、何らかの神秘的な光が、少年らしさの残る彼の頭部を照らし出しているように思えた。あたかもまさにその瞬間、彼の中の若さが一瞬光って消えたかのようだった。『あなたは本当にいい人ですね、こんなふうに話を聞いてくれるなんて』彼は言った。『すごくありがたいです。口では上手く言えないくらいに。口では』……言葉が出なくなったようだった。裂け目の向こうがこの上なくはっきり垣間見えた。

彼は人が自分の周りにいるといいなと思う類いの若者、自分も昔はこうだったと人が思いたがる類いの若者だった。もはや消え去り滅び去ったと思っていたそういう幻影に向かって、この若者の外見は、僕もあなたの仲間ですよと呼びかけている。そのおかげで、消えたと思っていたものに新たな炎が寄ってきてもう一度火が点いたかのように、幻影はどこかずっと、ずっと奥深くでふたたびはためき、光を……熱を発する！……そう、そのとき私には、彼の奥が垣間見えた……その後も何度か見ることになるのだが……。

『僕のような立場の人間が誰かに信じてもらえるのは、本当に嬉しいものなんです——年上の人に一切合財打ちあけられるのは。ひどく辛いですから——どうしようもなく不当だし——ものすごくわかってもらいにくいし』

薄霧はふたたび閉じつつあった。ジムから見て私がどのくらい老いて見えたのか、そしてどれくらい分別ありそうに見えたかも、自分ではわからない。たぶんそのとき自分で感じていた半分も老いて見えなかっただろう。自覚している半分も、無用な分別を有しているようには見えなかっただろう。船乗りの世界ほど、沈むか泳ぐかの荒海へすでに乗り出した者が、いまにも乗り出さんとしている若者に熱く共感する稼業もほかにあるまい。若者は目を輝かせ、巨大な水面の煌めきを見ているが、実のところそれは、炎みなぎる彼自身の眼差しの反映にすぎない。私たち一人ひとりを海へ駆り立てた期待には、実に壮麗なる曖昧さが、かくも華々しい不明確さが、冒険を求めるかくも美しい欲求がある。そしてその冒険の報酬は、冒険それ自体であり、それが唯一の報酬なのだ！

私たちが実際手に入れるのは——いや、その話はしまい。けれど私たちの中で、笑みを抑えられる者はいるだろうか？　これほど幻想が現実と大きくかけ離れている人生もほかにない——はじまりがすべて幻想だという人生はほかにない——これほどあっという間に幻滅が訪れる人生もない——これほど徹底した服従を強いられる人生もない。私たちはみな同じ欲望を抱えてスタートし、同じ叡智を抱えて終わり、呪詛に満ちた薄汚い日々にもずっと、同じ魅惑の記憶を慈しんでいたのではなかったか？　痛いところをずしりと衝かれるたび、かならずや密な絆が見出されることに何の不思議があろう？　同業の仲間意識以外にも、もっと広範な感情の力が——大人を子供と結びつける感情の力が——そこには感じられる。ジムは私の目の前にいて、真実の痛みを癒す術を年齢と分別が見つけてくれるものと信じ、まさに窮地としか言いようがない窮地に立つ若者としての姿を私に束の間見せている。それは、白髪交じりの老人たちが笑みを隠しつつ物々しく頷く類いの窮地だ。しかもこの若者ときたら、死について熟考していたのだ！　よりによってそんな主題について考え込んでいたのは、己の命は救ったつもりでも、その命の有する輝きは船とともに夜の闇へと消え去ったからだ。当然ではないか！　まったくのところこの一件はきわめて悲劇的、かつきわめて喜劇的であって、同情の念を喚び起こさずにはいない。ならばこの私は、この若者に憐憫の情を拒むほど偉い人間だろうか？　そしてそんな彼を私が見ているさなかにも、裂け目を薄霧が埋めていって、彼の声が語った——

『僕は本当に途方に暮れていたんです。こういうことが起きるのを予想する人間なんかいません。喧嘩などとは違っていたんです』

『それはそうだね』私も同意した。彼は何だか変わって見えた。突然成熟したかのように見えた。

『確信が持てなかったんです』彼は呟いた。

『うん！　君は確信が持てなかったわけだよね』私は言った。私たちのあいだでかすかなため息が交わされて、夜に鳥が飛ぶようなその音に私の気持ちは慰められた。

『ええ、そうです』彼は健気（けなげ）に認めた。『奴らのでっち上げた作り話と似たようなものでした。嘘ではない、けれど真実でもない。何と言うか……。真っ赤な嘘だったらすぐわかりますよね。この事件、正しいことと間違ったことのあいだには、紙一枚の幅もなかったんです』

『どれだけ幅があればよかったのかね？』私は訊いた。だが声が小さすぎて、彼には聞こえなかったと思う。人生とはあたかも、いくつもの深い溝によって隔てられた無数の道の網目であるかのように彼は話を進めていた。いかにも理詰めに聞こえる声だった。

『たとえば僕がああやって――つまりその、たとえば僕が船を離れなかったら？　どうでしょう。あとどれくらい？　たとえば一分――いや、三十秒。どうです。あと三十秒留まっていたら、僕は海に放り出されている、あのときはそうとしか思えなかったんです。そうなったら、手当たり次第目の前にある物にしがみついたと思いませんか？――

オール、救命ブイ、すのこ、何にだって。あなただってそうしませんか？』

『そして自分の命を救う』私は言葉をはさんだ。

『そうめざしたでしょうね』彼は言い返した。『けれど実際の僕は、そんなことはめざしませんでした、あのとき……』何か嫌な味の薬を飲み込もうとするように体がぶるっと震えた……『飛び降りたとき』と、痙攣のように力を込めてきっぱり言った。その勢いが、空気の波に運ばれたかのように、椅子に座った私の体をわずかに動かした。彼は下目遣いで私を見据えた。『信じてくれないんですか？』彼は叫んだ。『本当なんですよ！……どうしてです？　あなたは僕をここへ連れてきて、喋らせておいて……信じて下さいよ！　信じてくれるって言ったじゃありませんか』。『もちろん信じるさ』私は事務的な口調で言い返した。その口調が彼を落着かせる効果をもたらした。『すみません、勘弁して下さい』彼は言った。『もちろん、もしあなたがまっとうな紳士でなかったら、こんなふうに何もかも話しちゃいません。見ればわかります……僕も――僕だってまっとうな紳士だから……』『そうさ、そうだとも』私はあわてて言った。彼は私の顔をまっすぐ見据えていたが、ゆっくり少しずつその眼差しを引っ込めていった。『もうおわかりでしょう、僕が結局……結局そういうふうには消えていかなかった理由が。自分がやってしまったことに、いまさら怖気づくつもりはありませんでした。第一、もし船に残ったとしても、助かろうと全力を尽くしたでしょうよ。何時間も大海に浮かんで、ピンピンした身で助けられた人間の話はいくらでもあります。僕だったらたいていの人間より長く持ち堪えられたんじゃないかな。僕の心臓は全然悪くないんだし』。彼はポケットから右の拳を引き出し、自分の胸に殴打を浴びせた。夜の中、くぐもった爆発のような音が立った。

『そうだね』私は言った。彼は両脚をわずかに開いて、あごを沈めて考えに耽っていた。『髪一本の幅です』彼は呟いた。『これとあれのあいだには髪一本分の幅もありません。そしてあのときは……』

『真夜中に髪一本を見るのは難しいよな』私は口をはさんだが、どうもそこに少し悪意を込めてしまったように思う。君たちにもわかるだろう、船乗り稼業の連帯、と私が言ったのがどういうことか？　私は彼に対して恨めしい気持ちを抱いていたんだ、まるで彼が私から――私から！――若き日々の幻想を保つ絶好の機会を奪ってしまったような気がして。彼が私たちの共通の人生から、最後の魅惑の輝きを奪ったような気がして。

『それで君は逃げたわけだ――すぐさま』

『飛び降りたんです』彼はピシャッと訂正した。『飛び降りたんです――そこは間違えないで下さい！』ともう一度言った。その言葉の、明白なような見えにくいような意図を私は訝しく思った。『うん、そうですとも！　たぶんあのときは見えなかったんですね。でもボートでは時間はたっぷりあったし光だっていくらでもありました。考える余裕もできました。もちろん誰にもわかりはしません、けれどだからといって少しも楽にはなりませんでした。そのことも信じて下さらないと。僕はこんなふうに何もかも話したくはなかったんです……。そうです……いや……嘘はよそう……話したかったんです。それこそが望みだったんです――さあこれで打ちあけましたよ。わかるでしょう、もし僕にその気がなかったら、あなただって、ほかの誰だって、いくら僕に強いても……僕は――僕は話すことは怖くありません。僕は事態をまっすぐ見据えたんです。逃げるつもりはありませんでした。僕は事態をまっすぐ見据えたんです。そしてあのとき、考えることも怖くはありませんでした。はじめは――夜のうち、もしあの連中がいなかったら、もしかすると……いや！　冗談じゃない！　あいつらにほくそ笑ませてたまるか。あいつらはもう十分ひどいことをやったんです。作り話をでっち上げて、ひょっとして本気でそれを信じてすらいたかもしれない。でも僕は真実を知っていました。だからその真実を償って生きる気でした――一人で、自分だけを相手に。あんな野蛮な、不当な裁きに負ける気はありませんでした。あれが結局、何を証明したでしょう？　僕は滅茶苦茶に切り刻まれました。正直言って、生きるのも嫌になりました。けれど逃げたところで何の足しになったでしょう、あんな――あんなふうに？　あんなふうにやったたって意味はありません。きっと――もしそうしたところできっと――何も終わらなかったでしょうよ』

それまで彼は歩いて行ったり来たりしていたが、最後の一言とともにくるっと私の方を向いた。

『あなたはどう思います？』彼は荒々しく訊いた。間が生じて、私は突然、この上なく深い、無力感に浸された疲れに襲われた。あたかも彼の声に揺り起こされて、その広大さでもって魂を苛み肉体を疲弊させる虚ろな空間をさまよう夢から引きずり出されたかのように。

『……何も終わらなかったでしょうよ』少し経ってから彼は執拗に、私の前に立ちはだかるようにして呟いた。『そうです！　なすべきことは、まっすぐ向きあうことでした──一人だけで──次のチャンスを待って──見届けることでした……』」

# 第十二章

「周り中、耳が聞きわたせる限り、何もかもが静まり返っていた。私たち二人のあいだで、ジムの感情の生み出す薄霧が、あたかも彼の苦悩に揺すぶられたかのようにわずかに動くのが見えた。その物質ならざるベールの隙間から覗き込む私の目に映るジムの姿は、形ははっきりしていても、絵画の中の象徴的な姿のように、漠とした訴えを孕(はら)んでいた。夜の冷気が私の手足に、大理石の板のように重くのしかかる気がした。

『なるほど』私は呟いたが、そうしたのは何よりもまず、自分が麻痺状態を断ち切れることを証(あか)したいからだった。

『僕たちは日没の直前にエイヴォンデール号に拾われました』彼は陰気に言った。『向こうからまっすぐ飛んできてくれました。こっちはただ待っていればよかったんです』

長い間(ま)のあと、彼は『で、奴らは自分たちに都合のいい話をしました』と言った。ふたたび重苦しい静寂が生じた。『そのとき初めて、僕は自分がどういう決心をしたのかを悟ったんです』と彼は言い足した。

『何も言わなかったわけだ』私は小声で言った。

『何が言えたでしょう？』彼は変わらぬ低い声で答えた……。『軽い衝撃。船を停(と)める。破損を確認。パニックを起こさずにボートを出すよう処置。一隻目のボートを下ろしている最中に船がスコールで沈む。鉛のように沈没……。これ以上はっきりした話があるでしょうか？』……彼は頭を垂れた……『そしてこれ以上恐ろしい話が？』。私の目にじっと見入る彼の唇が震えた。『僕は飛び降りたんです――そうでしょう？』狼狽した顔で彼は言った。『その事実を抱えて僕は生きていかなきゃならないんです。奴らの話など問題じゃなかった』……。両手を一瞬ぎゅっと握って、左右の薄闇を覗き込んだ。

『死者をだましてるみたいでした』と、どもるように言った。

『そして死者は一人もいなかった』私は言った。

　そう言われて、彼は私から離れていった。そういうふうにしか言いようがない。じきに、手すりのそばに彼の背中が見えた。彼はそこにしばらく、夜の清さと静けさを味わうかのように立っていた。下の庭園の、どこかの灌木(かんぼく)が花を咲かせていて、湿った空気の中に強い香りを発散させていた。彼はそそくさとした足どりで私の前に戻ってきた。

『そしてそれは問題ではなかったんです』彼はどこまでも頑なに言った。

『そうかもしれない』私も同意した。この男は私の手に余る、そういう気持ちが芽生えてきていた。結局のところ、私に何がわかる？

『死者がいようがいまいが、僕の罪は晴れません』彼は言った。『僕は生きなくちゃならないんだから。そうでしょう？』

『うん、そうだね――君がそういうふうに考えるんだったら』私は曖昧に答えた。

『もちろん、嬉しかったんです』――と彼は、何かほかのことに心を向けたままぞんざいに言い足した――『事態が明るみに出たことは』そうゆっくり言い放ち、顔を上げた。『それを聞いて、僕がまずどう思ったかわかりますか？　ほっとしたんです。ほっとしたんですよ、これであの叫び声も――叫び声が聞こえた話はしましたっけ？　まだですか？　叫び声がね、僕には聞こえたんです。助けを求める叫び声が……霧雨に乗って聞こえてきたんです。たぶん、気のせいだったんですね。でも僕にはとうてい……何て馬鹿な話でしょう……。ほかの連中は何も聞きませんでした。あとで訊ねてみたんです。いいや、何も聞こえなかった、とみんな言いました。聞こえなかった？　なのに僕ときたら、そのときにもまだ聞こえていたんです！　それで気がついて然るべきだったんでしょうが――でもまさかと思って――ひたすら耳を澄ましていました。ひどくかすかな悲鳴が、毎日聞こえるんです。やがて、あの小男の印欧混血（ハーフ＝カースト）が知らせにきました。「パトナ号……フランス軍の砲艦（えいこう）……無事アデンまで曳航……尋問……港湾事務所……船員会館……あんたの宿泊も手配済みです！」。そいつと並んで歩きながら、僕は静かさをしみじみ感じていました。じゃあ叫び声はなかったんだ。気のせいだったんだ。そいつの言うことを信じるしかありませんでした。もう何も聞こえなくなりました。あのまま、あとどれくらい耐えられたでしょうね。ますますひどくなっていたし……つまり――ますます大きく』

彼は物思いに沈んでいった。

『実はずっと、何も聞こえていなかった！　じゃあいい、そういうことにしましょう。でも明かりは！　明かりは本当に消えたんだ。僕だけじゃない、誰の目にも見えなかったんです。そこになかったんです。もし明かりがあったら、僕は泳いで戻りましたよ――戻って、船の横から叫びましたよ――頼むから僕を引き上げてくれと頼み込んだでしょうよ……そうすれば僕にもチャンスが出来たはずなんです……疑うんですか？……僕がどんな気持ちでいたか、どうしてあなたにわかります？……何の権利をもってあなた疑うんです？……明かりはなくても、僕はもう少しでそうするところだったんですよ――わかりますか？』。声が落ちた。『ひとつのかすかな光もなかったんです――ひとつのかすかな光も』彼は悲しげに訴えた。『もしひとつでもあったら、僕はいまこうしてあなたの前にはいないんです、わかりませんか？　こうしてあなたの前にいるのに――なのにあなたは疑う』

そうじゃない、と私は首を横に振った。ボートが船から四分の一マイルも離れていなかった時点で明かりが見えなくなったという問題は、さんざん議論の種になっていた。最初の雨が止んだあとはいっさい何も見えなかったとジムは頑なに主張したし、ほかの連中も同じことをエイヴォンデール号の将校たちに訴えた。むろん人々は首を横に振って笑みを浮かべた。法廷で私の隣に座っていた年輩の船長は、その白いあごひげで私の耳をくすぐりながら、『そりゃ嘘つくに決まってるよな』と囁いた。実のところ、誰一人嘘はついていなかった。マストヘッドの明かりがマッチを投げ捨てたみたいに消えた、という機関長の話すら嘘ではなかった。少なくとも意識の上では。動揺して肝臓がそういう状態にある人間は、パッとうしろをふり返ったときに目の隅に火花が浮かぶのが見えたりするものだ。十分光が届く範囲にいたのに何も見えなかったのだから、彼らとしては結論はひとつしか思いつかなかった——船は沈んだのだ。明白で、気も楽になる結論である。予想した事実がかくも迅速に訪れて、自分たちが急いだことも正当化されたのだから。ほかの説をわざわざ考えようとしなかったのも無理はない。だが正しい説は実に単純だった。ブライアリーがそれを提唱したとたん、法廷はもうその問題を考えることをやめた。君たちも覚えているだろうが、船は停まっていたのであり、夜通し走ってきたコースを向いたまま浮かんでいたのだ。船首隔室に水が充満したせいで船首は沈み、船尾は持ち上がっていた。そんなふうにバランスが崩れた状態だったせいで、スコールが船尾側（クォーター）を若干襲っただけで、船はぐいっと、あたかも錨を下ろしているかのように風上に船首を向けた。こうして位置が変わったせいで、明かりは一気に、風下にいたボートからは見えなくなってしまったわけだ。かりに明かりが見えていたとしたら、きっとそれらは、物言わぬ訴えを送り出しているように見えたことだろう。雲の闇に呑み込まれたかすかな光は、悔恨や憐憫の念を引き起こす眼差しと同じ神秘的な力を有していたことだろう。『私はここにいます……まだここにいるんです』そう光は訴えたことだろう……誰よりも完全に見捨てられた人間の目ですら、それ以上何が言えるだろうか？　だが船は、さながら彼らの運命を蔑むかのようにボートに背を向けた。重荷を載せたままぐいっと回って、大海の新たな危険と頑なに睨みあった。その危険を、何とも不思議なことに船は生き抜き、多くの槌の殴打の下でひっそり死んでいくことが宿命であったかのように、解体場でその生涯を終えることとなった。運命が巡礼の徒たちにそれぞれいかなる最期を用意したのか、私には何とも言えない。だが直後の未来は、翌朝九時ごろ、レユニオン（マダガスカルの東、インド洋上の島）から本国へ向かうフランスの砲艦を彼らの許に送り届けた。艦長の報告は誰もが知る共有財産となった。凪（な）いだ、靄のかかった海の上で、危なっかしく頭を下にして浮かんでいる蒸気船の様子を見きわめようと、船長は針路を若干変更してそちらへ向かったのだった。商船旗がユニオンジャックを下にして主斜桁（メーン・ガフ）に掲げられていたが（インド人の水夫長は夜明けとともに遭難信号を出しておくだけの分別があったのだ）、コックたちは何事もないかのように前方の炊事室で食事を準備していた。甲板の上は羊たちを入れた囲いみたいに人で一杯だった。手すりに沿って人がびっしり並び、ブリッジの上にもぎっしり集まっていた。何百もの目が呆然と見入るばかりで、砲艦が蒸気船の横に並んだときも、あたかも全員の唇が呪文によって封じられたごとく何の音も聞こえなかった。

フランス人艦長は声を上げて呼びかけたが、意味を成す返事は得られなかったので、甲板にいる人々が疫病にかかっているようには見えないことだけ双眼鏡で確かめてから、ボートを一隻送り出すことにした。将校が二人乗り込んで、インド人水夫長の話を聞き、アラブ人指導者とも会話を試みたが、どちらと話しても何のことかさっぱりわからなかった。だがもちろん、いかなる緊急事態であるかは一目瞭然だった。将校たちはまた、白人が一人、ブリッジの上で丸まって安らかに死んでいるのが見つかったことにも非常に驚いた。『その死体に大変好奇心をそそられた（フォール・アントリゲ・パル・ス・カダーヴル）』と、ずっとあとになって、ある年配のフランス人海軍少尉からも私は聞かされた。ある日の午後、シドニーで、まったく偶然に一種カフェのような場で私が出会ったこの人物は、事件のことを完璧に覚えていたのだ。ついでに言っておくと、実際この事件は、記憶の短さと時間の長さを物ともせぬ大きな力を持っているように思える。尋常ならざる生命力をもって、人々の胸の中で生き延び、事あるごとに人々の口にのぼるようなのだ。何年も経ってから、何千マイルも離れた地で、この話題に出くわす喜び――という言い方がふさわしいかどうかも定かでないが――を私は何度も味わってきた。およそ関係のない話題をめぐるお喋りの中からそれは現われ、この上なくかけ離れた話の表面に浮上してくるのだ。今夜にしても、こうして私たちのあいだで現われたじゃないか？　しかもここで船乗りなのは私だけだ。これを記憶と言えるのは私だけなんだ。なのにここまで広まっている！　でも、もしこの一件を知っている、だが相手が知っていることを知らない二人の男がたまたま出会ったら、地球上どこで会ったとしても、別れる前にかならず、宿命のごとく確実にこの話題が飛び出してくるはずだ。そのフランス人少尉に会うのは初めてだったが、一時間が過ぎるころには、これでもうこの男とは一生ぶん話したという気になっていた。そもそも相手は、それほど口数の多い人間でもなさそうだった。皺くちゃの軍服を着た物静かな大男で、何か黒っぽい酒が半分入ったタンブラーを前に、眠たげな顔で座っていた。肩の階級章は少し変色していたし、きちんとひげを剃った頰はでっぷりして血色が悪かった。いかにも嗅ぎ煙草をやりそうな人間に見えた——本当にやっていたとは言わないが、いかにもそういう習慣が似合いそうな人間だったのだ。きっかけは向こうが、私としては欲しくもない『本国通信（ホーム・ニューズ）』を大理石のテーブルの反対側から差し出してきたことだった。『ありがとう（メルシ）』私は言った。一見罪のない言葉を私たちはしばらくやり取りし、それから突然、気がついたらそれが話題にのぼっていて、二人でそれについて話し込んでいて、砲艦の乗組員たちが『その死体に大変好奇心をそそられた』ことを相手が私に告げたのだ。聞けば男は、当時その船の乗船官吏（かんり）だったということだった。

　私たちが出会ったその店は、各国からやって来る海軍将校のために輸入品の酒を取り揃えてあって、相手はその黒っぽい、薬みたいに見える代物——たぶん、カシス・ア・ロー（カシスのリキュールを水で割ったもの）か何かにすぎなかったのだろうが——を一口飲んで、片目でタンブラーを見やり、首をわずかに横に振った。『理解を超えていましたよ（アンポシーブル・ド・コンプランドル）——おわかりでしょう（ヴ・コンスヴェ）』と彼は、無関心と考え深さとが奇妙に混じりあった口調で言った。彼らにとってそれが理解を超えていたことはたしかによくわかった。何しろ砲艦に乗っていた誰一人、インド人水夫長が語った話が把握できるほど英語が堪能でなかったのだ。それに、将校二人の周りは相当に騒がしかった。『次々群がってきまして。その死人の周り（オトゥール・ド・スモール）にも輪が出来ていました』と彼は語った。『まずは一番緊急の事柄に対処しませんと。みんなだんだん興奮してきていましたから——そりゃそうです（パルブルー）！　ああいう人の群れってのは——ね？』と諦念混じりの寛大さで言い添えた。問題の隔壁に関しては、放っておくのが一番安全ですと彼から船長に伝えてあった。何しろ見るにおぞましい有様でしたからね、と彼は言った。すぐさま（アン・トゥト・アート）太綱を二本運び上げて、パトナ号を、しかも船尾を前にして曳航（えいこう）していった。状況を考えれば、これはそれほど馬鹿げた処置ではなかった。舵は水から出すぎていて方向を操るにはあまり役に立ちそうになかったし、こうやってうしろ向きに引っぱることで隔壁への圧力も軽減された。とにかくあの隔壁ときたら——と、彼は鈍そうな饒舌とともに語った——細心の注意を求めていましたから（エクジジェ・レ・プリュ・グラン・メナージュマン）。どうやらこの男、こうしたもろもろの処置の大半に関して発言権を持つことになったらしい。もうさすがに往年の元気はないが、信頼できる将校という感じだったし、どこか船乗りらしいところもあった。もっとも、太い指を腹の前で軽く絡ませて座っているその姿を見る限り、田舎によくいる、嗅ぎ煙草を嗜（たしな）む物静かな村の司祭という趣だった。何世代にもわたる農民たちの罪、苦しみ、後悔がその耳に注ぎ込まれてきて、顔の上では穏やかで素朴な表情がベールのように痛みと苦しみの神秘を覆い隠している。階級肩章と真鍮ボタンのついたフロックコートよりもむしろ、すり切れた黒い聖職者衣(スータン)を着て、でっぷりしたあごまでボタンをしっかり留(と)めていた方が似つかわしかっただろう。いや実に厄介な仕事でしたよ、あなたもきっと(サン・ドウト)、船乗りの一人として(アン・ヴォートル・カリテ・ド・マラン)お察しでしょうが、と話を続けながら、広い胸が規則正しく上下した。話が一区切りつくと、体をほんの少し私の方に傾け、口ひげを綺麗に剃った唇を窄(すぼ)めて、静かにしゅうっと息を吐き出した。『幸い』彼は続けた。『海はこのテーブルみたいに平らでしたし、風もここと同じように少しも吹いていませんでした』……。たしかにその場所は耐えがたいほど風通しが悪く感じられたし、おまけにひどく暑かった。まるで気恥ずかしさに赤面した若者のように私は顔を熱く火照らせていた。彼はさらに言った。針路は『当然ながら(ナチュレルマン)』最寄りの英国の港に向け、そこへ着くと同時に私たちの責任も『ありがたいことに(デュー・メルシ)』終わりました……。彼は平たい頬を少し膨らました……。『なぜって、いいですか(ノテ・ビヤン)、曳航しているあいだずっと、太綱のそばには操舵員を二人、斧(おの)を持たせて立たせて、万一パトナ号が……』分厚い瞼を下向きにはためかせて、言わんとするところをできる限りはっきりさせた……。『仕方ありませんよ！　とにかくできることをするしかありませんよね(オン・フェ・ス・コン・プー)』そう言ってしばし、どっしり動かぬ風采に諦念の雰囲気をつけ加えてみせた。『操舵係二人――三十時間――ずっとそこにいたんです。二人ですよ！』彼はくり返し、右手を少し持ち上げて、指を二本示した。これが私の初めて見る彼の仕種だった。それまではまったく、何の動きも見せなかったのだ。その仕種が私に、彼の手の甲にある星形の傷痕(きずあと)に目を留める機会をもたらした。きっと砲弾を浴びた名残り（なご）だろう。そして、この発見によって私の視覚がいっそう鋭くなったかのように、別の古傷の筋も目に入ってきた。こめかみの少し下からはじまって、頭の側面の、短い銀髪の下へ消えていく。槍がかすったのか、サーベルの切り傷か。彼はふたたび腹の前で手を組んだ。『私は留まりました、あの――あの――記憶が衰えてきたなあ（サン・ヴァ）。そうそう！ パトーナ。そうですとも（セ・ビヤン・サ）。パトーナ。ありがとう（メルシ）。忘れてしまうものですねえ。あの船の上に三十時間いたのに……』『そうなんですか！』私は叫んだ。自分の両手をじっと見たまま、彼はわずかに唇を窄めたが、今回はしゅうっという音は立てなかった。『それが適当だという判断が下ったのです』と彼は、醒めた様子で眉を持ち上げながら言った。『将校が一人、目を光らせているため（プー・ルヴリール・ロィユ）に留まるべきだと』……彼は物憂げにため息をついた……『それに、引っぱっている方の船と合図を交わす人間が必要だ、とも言われて。まあそうですよね。それにまた、これは私自身の意見でもありました。我々の船のボートを降ろす準備も整えました。それに私は、あの船の上でいろいろ手段を講じたんですよ……やれやれ（アンファン）！ できることはすべてやりました。なかなか微妙な立場でしたよ。三十時間です。船の連中は私に食事を作ってくれました。ワインに関しては、いくら言っても、一滴も出てきませんでした』。何か尋常ならざるやり方を通して、動かない姿勢も穏やかな表情も大きく変えることなしに、ほとほとうんざりしたのだという思いを彼は伝えてみせた。『私はですね――おわかりでしょう――一杯のグラスワインなしに食事するなんて――途方に暮れてしまうんですよ』

えんえんと愚痴が続くのでは、と私は恐れた。何しろ、手足一本動かさず、目や鼻を震わせもしないのに、いま思い出すだけでひどく苛立っていることが伝わってくるのだ。だがやがて彼はそのこともすっかり忘れたようだった。フランス人たちはパトナ号を、彼言うところの『港の当局』に引き渡した。当局がいとも平然と船を引きとったことに、彼は感銘を受けた。『何だかそういう面白い掘出し物（ドロール・ド・トルヴァイユ）が毎日届くみたいな感じでしたよ。あなたがたは大したものです。あなたがた異人は』と彼は評した。背中を壁に寄りかからせたその姿は、自分だって碾（ひ）き割り粉の大袋ほども感情を表わしはしないように見えた。そのとき港には軍艦が一隻と、インド海運の汽船が一隻たまたま碇泊していて、これら二隻の載せていたボートを使ってパトナ号の乗客がきわめて効率的に降ろされたことにも、フランス人は感嘆の念を隠さなかった。実際、その活気なさげな物腰は何も隠していなかった。そこには、何か見た目にはわからないやり方で人をハッとさせる印象を生み出す――それこそ最高の芸術のしるしにほかならない――神秘的な、ほとんど奇跡的な力があった。『二十五分ですよ――しっかり時計で計ったんです――二十五分、たったそれだけでした』……。手を腹から離すことなく、彼は指をふたたびほどき、また絡ませ、その仕種を、驚愕して両腕を天に投げ上げるよりもはるかに印象的にしてみせた……。『陸に上がったあの連中みんな（トゥ・ス・モンド）――ささやかな荷物――あとはもう警備の水兵（マラン・ド・レタ）たちと、あの興味深い死体（セ・タンテレサン・カダーヴル）だけでした。二十五分』……。目を伏せて、首をほんの少し横に傾けて、他人の仕事の手際よさを玄人が舌先で味わっているという風情（ふぜい）だった。それ以上何ら態度に示さずとも、この人物に是認してもらうことはこの上なく価値あることなのだと彼は見る者に納得させた。そして、ほとんど途切れてもいなかった不動の姿勢を再開し、即刻トゥーロン（フランス南東部の港町）に向かうよう指示を受けたので二時間のうちに港を去ったのだと私に告げた。『そういうわけで、私の生涯最大のこの事件には（ド・ソルト・クダン・セ・テピゾード・ド・マ・ヴィ）、いまだ判然としないところがたくさん残っているのです』」

# 第十三章

「こう言うとともに、姿勢も変えることなく、彼はいわば沈黙状態へと自らを委ねていった。私もそれに合わせた。突然、だが唐突にではなく、あたかもその穏やかなしゃがれ声が不動の姿勢の中から出てくるよう指定された時間が訪れたかのように、彼は『神よ！(モン・デュー) 時の何と過ぎることよ！』と言い放った。これ以上月並な言い方もないが、それが発せられた瞬間、私も同時に、ある種の啓示を受けていた。人はなかば目を閉じ、鈍った耳と、眠ったような思いを抱えて人生を通り抜けてゆく。とんでもない話だ。だがそれでいいのかもしれない。そうやって鈍っているからこそ、大多数の人間にとって人生は耐えうる、歓迎すべきものになっているのかもしれない。とはいえ、稀(まれ)に訪れる覚醒の瞬間を一度も味わったことのない人間もまたほとんどいないにちがいない。そういう瞬間、人はきわめて多くを――すべてを――一閃(いっせん)の下に――見て、聞いて、理解し、やがてまたいつもの心地よい微睡（まどろ）みに戻っていく。彼が話し出したので目を上げてみると、何だかいままで見たこともない人間に見えた。胸に沈んだあご、上着の不格好な折り目、組んだ両手、不動の姿勢、それらすべてが何とも奇妙に、この人物は物みたいにあっさりここに置いていかれたのだという印象を与えていた。時はたしかに過ぎていた。時は彼に追いつき、追い越していった。取り残された彼は、一握りのみすぼらしい贈物を抱えている――鉄灰色の髪、陽焼けした顔に重く貼りついた疲労、二つの傷痕、変色した一対の階級肩章。しばしばお目にかかる、堅実な、頼りになる、大いなる名声を生む素材たる人々の一員。記念碑のごとき成功の土台の下に、太鼓や喇叭（らっぱ）の鳴り物もなしにひっそり埋められた無数の人生のひとつ。『いまはヴィクトリユーズ号（当時のフランス太平洋艦隊の旗艦だ）の少尉をしております』と彼は言って、自己紹介の挨拶のつもりか、両肩を壁から二インチばかり離した。私もテーブルの反対側で軽く頭を下げ、当方はラシュカターズ湾（シドニー付近の湾）に目下碇泊中の商船の船長を務めていますと告げた。その船なら『目に留めて』おります、瀟洒（しょうしゃ）な船ですな、と彼は言った。無表情なりに、非常に礼儀正しい言い方だった。その褒め言葉をくり返し、見るからに荒く息をしながら、わざわざ首を傾けてみせさえしたと思う。『ええ、存じ上げています。黒く塗った船ですよね――とても瀟洒で――とても瀟洒で（トレ・コケ）』。しばらくすると、体をゆっくりひねって、私たちの右側にあるガラスの扉の方を向いた。『冴えない町だ（トリスト・ヴィル）』と彼は通りに見入りながら評した。眩しく晴れた日だった。激しい南風が吹き荒れ、歩道を行く人たちが男も女も風に打ちのめされるのが見えた。道路沿いの家々の、陽当たりのいい前面も、高く舞い上がった埃の渦のせいでぼうっと霞んでいた。『私は陸に降りていきました』彼は言った。『少し脚を伸ばそうと思ったんですが……』言い終えずに、微動だにせぬ姿の深みへと沈んでいった。『ねえ――教えてもらえませんか』と彼は切り出した。深みから重々しく浮かび上がってきた感じだった。『あの事件の底には、つまるところ何があったんです？　奇妙ですよ。たとえばあの死んでいた男にしても』

『生きていた人間たちもいましたよ』私は言った。『そっちの方がずっと奇妙です』

『もちろん、もちろん』彼はなかば声に出して同意し、それから熟慮の末といった様子で、『たしかにそうです』と呟いた。この件に関して自分が何に一番関心があるか、私はためらわず彼に伝えた。彼には知る権利があるように思えたのだ。何といってもこの男は、パトナ号の船上で三十時間過ごした。言ってみれば支配権を引き継ぎ、『できることはすべて』やったのだ。私の話を聞く彼は、ますます聖職者然として、目を伏せているせいだろうか、敬虔に耳を澄ませているように見えた。一度か二度、『何と！』と言っているように眉を吊り上げ（だが瞼は上げずに）、一度はひっそり『やれやれ！』と声を漏らし、私の話が終わると、ゆっくり唇を窄めて、ひゅうっと、悲しい口笛のような音を発した。

ほかの人間だったら、退屈のしるし、無関心の表われだったかもしれない。けれどもこの男の神秘的な佇いを通すと、その不動の姿も深甚な反応に見えてくるのだった。卵に身が詰まっているように、価値ある思考がその不動ぶりには詰まっているように思えた。やっとのことで彼が言ったのは、『実に興味深い』という一言のみだったし、それすら礼儀正しく口にされた、囁きとさして変わらぬ声でしかなかった。だが、私が自分の失望を克服する間もなく、相手は独り言のように、『それです。それですよ』と言い足した。あごは胸のさらに下の方まで沈んで見え、体は椅子にいっそう重くのしかかるように思えた。どういう意味です、とこっちがいまにも訊こうとすると、ぶるっと、風が感じられるより先に澱んだ水面にかすかなさざ波が見てとれるように、一種前置きのような震えが彼の体全体を貫いていった。『ではその気の毒な青年は、ほかの連中と一緒に逃げたのですね』重々しい落着きとともに彼は言った。

なぜあそこで自分が微笑んだのか、私にはわからない。ジムの一件に関連して、私が本心から微笑んだのは思い出せる限りこのときだけだ。この出来事を、かくも単純に要約してフランス語で言われると、どうにも可笑しく（おかしく）聞こえたのだ……『ほかの連中と一（セ・タンフュイ）緒に逃げたのですね（アヴェク・レ・ゾートル）』。そして突然、この男の慧眼（けいがん）に私は敬意を抱きはじめた。話の核を、彼は一気に見てとった。私にとって唯一大切なことを、しっかり捉えてくれたのだ。事件に関して、専門家の意見を拝聴しているような気に私はなっていた。腰の据わった、落着き払った穏やかさは、もろもろの事実を把握している、他人のとまどいも訳なく解いてみせるエキスパートのそれだった。『ああ！　若者だなあ』彼は鷹揚（おうよう）に言った。『でも結局のところ、人はそういうことで死んだりしません』。『そういうことって？』私はすぐさま訊いた。『怖がったことです』。そう説明すると、彼は酒を一口飲んだ。

　見れば、傷を負った方の手の中指から小指までは硬直していて別々には動かず、タンブラーを摑む仕種も不細工だった。『人間、いつだって怖いものです。そりゃ口ではいくらでも言います、でも……』ぎこちなくグラスを下ろす……。『恐れ、恐れ――そういうのはね――いつだってあるんです』……。胸の、真鍮のボタンのそば、自分の心臓は何も悪くないとジムが訴えたときに叩いたまさにその場所に彼は触れた。たぶん私は不服そうな顔をしたのだろう、彼はさらに言い張った。『そうですよ！　そうですとも！　口ではいくらでも言います、いくらでも。それはそれで結構。けれど詰まるところ、べつに他人より賢いわけじゃない――他人より勇気があるわけでもない。勇気！　こいつはいつだって、いざとなってみないとわかりません。私も人並に自分のこぶを転がしてきました（ルレ・マ・ボス）』と、スラングの言い回しを彼は不動の生真面目さでもって使った。『世界中、あちこち。勇気のある人間を何人も見てきました――有名な人間を！　いや（ア）まったく（レ）！』……。ぞんざいな仕種で飲んだ……。『勇気というものは……おわかりでしょう……軍隊にいたら……ないわけには行きません――仕事柄欠かせない（ル・メチエ・ヴ・サ）んです。そうでしょう？』理詰めの口調で私に訴えた。『そうとも（エ・ビヤン）！　軍人一人ひとりが――一人ひとりです――正直な人間であるなら――もちろん（ビヤン・ナンタンデュ）正直でなくては駄目ですが――きっと認めるはずです、ある点まで来たら――ある点まで来たなら――どんなに優れた者でも、すべてをうっちゃって（ヴ・ラシエ・トウ）しまうものなのだと。そして人はその真実を抱えて生きねばなりません――ね？　いくつかの要素が組みあわされれば、怖いという気持ちはかならずやって来るのです。激しい怯え（アン・トラック・エプヴァンタブル）が。その真実を信じない人間にも、怖いという気持ちはちゃんとあります――自分を怖いと思う気持ちです。本当にそうなんです。間違いありません。そうです。そうですとも……。この歳（とし）になって、わかりもしない言葉を並べたりはしません――冗談じゃない（ク・ディアーブル）！』……こうしたいっさいの科白（せりふ）を、ここまで彼は、あたかも抽象的な叡智の代弁者であるかのように体をぴくりとも動かさず発していたが、この時点で、両方の親指をゆっくり回しはじめたせいで、距離を保っているような印象はいっそう強まることになった。『わかりきったことです――ほんとに（パルブルー）！』と先を続けた。『いくら固く決心したところで、ただの頭痛か、消化不良（アン・デランジュマン・デストマ）程度のことで、あっさり……たとえばこの私です――身をもって証明しましたよ。そうとも（エ・ビヤン）！こうしてあなたにお話ししている私も、かつて……』

彼はグラスの酒を飲み干し、親指をくるくる回す仕種に戻っていった。『いやいや、そんなことで人は死にません』長い間（ま）があったあと結局そう言い放っただけで、自分の体験を話す気はないのだとわかって私は非常にがっかりした。こういう話は人にせがめるものではない。そう思うとなおさら残念だった。私はじっと座り、彼もやはり、これ以上快適なことはないという様子でじっと座っていた。もう親指の動きすら止まっていた。突然、唇が動き出した。『そうなんです』と穏やかにふたたび語り出した。『人（ロム）は臆病に生まれてくる（エ・ネ・ポルトロン）のです。そこが厄介なんです――まったく（パルブルー）！　でもそうでなかったら話が簡単すぎます。しかし習慣が――習慣――必要――わかりますか？――他人の目が――これです。だから我慢する。それに他人の範というやつもある。自分より優れてもいない他人が、体面を保っているのを見て……』

彼の声が止んだ。

『その若者には』私は言った。『おわかりだと思いますが――そういう範は全然ありませんでした――少なくともそのときには』

彼は鷹揚に眉を吊り上げた。『そうですよね。そうですとも。この青年の場合、性格が非常によかったのでしょうか――きっと性格がよかったのでしょう』と、いくぶん息をゼイゼイいわせながらくり返した。

『寛大な見方をして下さってありがたいですね』私は言った。『この事件に関する本人の気持ちは――そう！――望みを失ってはいませんでした。そして……』

テーブルの下で脚を擦る音がして、私の話は遮られた。彼は重たい瞼を引き上げた。引き上げた、あのゆっくり確実な動作はそう言い表わすしかない。そしてとうとう、私の前に全貌が現われた。二つの細い、灰色の楕円と私は向きあっていた。瞳孔の底深い黒さの外を、ごく小さな鋼の輪が囲んでいるように見えた。その巨体から発せられる鋭い視線を見ると、戦斧の鋭い刃のような、極度の効率よさの感覚が伝わってきた。『どうも失礼』彼は几帳面に言った。右手が上がって、体が前に揺れた。『申し上げたかったのは……勇気というものはひとりでに出てくるものではないと承知していても人はやって行けるということでして。そのことでうろたえてもはじまりません。真実がひとつ増えたところで、生きるのが不可能になるわけでもありません……しかし名誉は――名誉です、ムッシュー！……名誉――それは現実です――それこそは！　人生どれだけ値打ちがあるでしょう、もし』……何かにびくっとした雄牛が草地からあわてて立ち上がるみたいに、重々しくもそそくさと彼は立ち上がった……『もし名誉がなくなったら――いやいや（アー・サ）！　とんでもない（パー・レグザンプル）――いや、私には口幅（くちはば）ったいことは何も。口幅ったいことは言えません――何しろ――ムッシュー――そういうことは私、何も知りませんから』

　私もすでに立ち上がっていた。自分たちの姿勢に底なしの礼儀正しさを加えようと、私たちは炉棚（マントルピース）に載った二匹の陶磁器の犬のように黙って顔を見合わせていた。何て奴だ！　せっかくのシャボン玉を、こいつはつついて弾いてしまったのだ。人間の言葉をつねに待ち受けている空しさの影が我々の会話にも差して、話は空っぽの音から成る無意味なものになり果てていた。『結構』とまどいの混じった笑みとともに私は言った。『ですが、ならば要するに、ばれないかどうかに尽きてしまいませんか？』。相手はすぐさま応戦するようなそぶりを見せたが、口を開くとすでに気は変わっていた。『こういう話は、ムッシュー、私には微妙すぎます――私の頭ではついて行けません――こういうことは考えないもので』。そう言って彼は、軍帽に――負傷した手の親指と人差指でまびさしをつまんで胸の前にかざした軍帽に――覆いかぶさるかのように深々と頭を下げた。私も頭を下げた。私たちは二人一緒に、仰々しく片足をうしろに引いて頭を下げ、それを薄汚い給仕が、まるでこの演技に金でも払ったみたいに批判がましい目で眺めていた。『失礼します（セルヴィチュール）』フランス人は言った。ふたたび足をうしろに引く。『では（ムッシュー）』……『では（ムッシュー）』……。がっしりした背中が出ていって、ガラスの扉が大きく振れた。強い南風が男の体を捉え、風下に追いやるのが見えた。男は片手で頭を押さえ、肩をいからせ、軍服の裾は風に吹きつけられて両脚に貼りついていた。

　私はそこに一人で座って、がっかりしていた。ジムの事件について、私はがっかりしていた。三年以上経ってもこの一件の生々しさが薄らいでいなかったことを君たちは不思議に思うかもしれないが、実はそのすぐ前に、私はジムに会っていたのだ。シドニーの前、私はサマランにいて、そこでシドニー行きの荷を積んでからまっすぐこっちへ来ていた。面白くも何ともない仕事だが、ここのチャーリーに言わせると、私の数少ないまっとうな商売のひとつということになるらしい。で、そのサマランでジムとも少し会ったわけだ。当時ジムは、私の口利きでディ・ジョングの下で働いていた。船長番だ。『我が海上代理人』とディ・ジョングは呼んでいた。あれほど潤いのない、華麗な輝きと無縁そうな生活もちょっと思い当たらない。あるとすれば、保険の外交員稼業くらいだ。その稼業はリトル・ボブ・スタントンが——ボブとはここのチャーリーも親しかった——やったことがある。そう、『セフォーラ』号が遭難したときに小間使の女を助けようとして溺れ死んだあの男さ。靄のかかった朝に、スペインの沖で起きたあの衝突事故は君たちも覚えているんじゃないかな。乗客を全員きっちりボートに詰め込んで、オールで押して船からも十分離してから、ボブはもう一度舷側まで戻って、甲板に這い上がり、その娘を連れ出しにいった。どうしてこの娘だけ取り残されたのかはわからない。とにかく娘はすっかり頭がおかしくなっていて、船を離れようとせず、死物狂いで手すりにしがみついていた。どのボートからもそのレスリングが見えた。ボブは商船業界中で誰より背の低い一等航海士で、一方小間使は靴を履くと五フィート十（約一七八センチ）あって馬みたいに力持ちだった。かくして、押したり引いたりの一騎打ちが続き、娘はずっと金切り声を上げげっ放しで、ボブも時おり、待たせてあるボートに向けて声を張り上げ、船に近づきすぎぬよう警告していた。下働きだった男の一人が、思い出しながらつい出てくる笑みを抑えて私に言ったところでは、『ありゃあどう見ても、腕白な子供が母親と取っ組みあってるみたいでしたね』。そいつはまたこうも言った――『とうとうミスタ・スタントンもその娘っ子を引っぱるのをあきらめて、ただ単に突っ立って、娘を見張るみたいに眺めてました。俺たちあとで思ったんですけど、あれはきっと、じきに水が押し寄せてきたら娘も手すりから吹っ飛ばされて、そしたら助けるチャンスも出てくるだろうって踏んだんですね。俺たちはもう、船のそばに寄るなんて願い下げでした。少し経って、船がいきなりがくんと右舷に傾いて、沈んでいきました――あっという間でした。吸い込まれていくのを見て、ほんとにぞっとしましたね。何ひとつ、生きてるものも死んでるものも上がってきませんでした』。気の毒なボブの陸での暮らしは、恋愛関係のもつれのせいで散々なものだったらしい。海とは金輪際手を切ったつもりで、陸での幸福をしっかり確保したと思ったのに、結局は外交員稼業と相成ったわけだ。リヴァプールのいとこに口を世話してもらったらしい。私たちにもよく体験談を聞かせてくれたよ。みんなを涙が出るまで大笑いさせて、話の受けぶりに満更(まんざら)でもなさそうな顔で、あごひげを腰まで伸ばした、地精(ノーム)みたいな小柄な体を爪先立ちで精一杯高くして私たちのあいだを歩き回りながら、『お前ら気楽に笑ってるけどな、俺の不滅の魂は、あんな仕事一週間やっただけで、ひからびたエンドウ豆くらいに縮んじまったんだぞ』などと言うのだった。ジムの魂が新しい生活にどう適応したかは知らないが——こっちはとにかくジムが食っていく手立てを見つけてやるだけで精一杯だったから——冒険を求める想像力が飢えの苦しみを味わっていたことはまず間違いないと思う。この新しい稼業にその糧がなかったことは絶対確かだ。彼がその仕事をやっているのは見るのも辛かったが、本人は屈せず淡々と働いていて、それについては天晴(あっぱ)れだったと言ってやらねばならない。パッとしない仕事をこつこつこなすのを見ていると、これは想像力が華々しく舞い上がった罰なのだろうか、自分では抱えきれぬほどの華麗さに焦がれた償いなのだろうかと思わされたものだ。空想がはなはだしすぎて、自分を栄光の競走馬と思い込んでしまったせいで、いまは野菜行商人のロバみたいに、名誉とは無縁の労役を強いられている。その労役を、彼はきちんと務めていた。自分の裡(うち)に閉じこもって、いつも下を向いて、愚痴ひとつこぼさなかった。結構、それはそれで結構——ところが時たま、パトナ号の事件の話がひょっこりまた持ち上がるたび、途方もない、猛烈な癇癪を爆発させせることになる。あいにく、かの東方の海での醜聞はいつまで経っても消えてくれなかった。だから私も、ジムとはもう縁が切れたという気にはいっこうになれなかったのだ。

フランス人少尉が去ったあと、私は座ったままジムのことを考えていた。といっても、ついこのあいだ彼とそそくさと握手を交わした、ディ・ジョングの店の涼しく薄暗い奥を想ったのではなく、何年も前に、蠟燭の最後のゆらめきの中で見た彼の姿を私は想っていた――マラバル・ハウスの細長いテラスに彼は私と二人きりでいて、夜の肌寒さと闇とをその背中に受けていた。自国の法律の正義なる刀が、彼の頭の上に宙吊りになっていた。明日になれば――いや、もう今日か?(私たちが別れるずっと前にいつしか日付は変わっていた）――大理石のような顔をした警察裁判所判事が、暴行事件に関してそれぞれに罰金を科し刑期を定めたのちに、いよいよ恐ろしい刀を取り上げて、彼のうなだれた首に一撃を加えるのだ。夜中に交わされた我々の親交は、刑の執行が決まった男と過ごす最後の一夜にきわめてよく似ていた。実際、ジムは有罪だった。私が自分自身に一度ならず言い聞かせたとおり、有罪であり、もはや救いようはなかった。にもかかわらず私は、型どおりの刑執行などという些末な細部を、できることなら省いてやりたいと思ったのだ。そう願った自分の気持ちを説明しようとは思わない。しようと思ってもできないだろう。けれどもし、ここまで話を聞いた君たちにある程度見当がついていないとすれば、それは私の話がよほど不明瞭だったか、君たちが寝ぼけていて私の言葉の意味を捉えそこねたかのどちらかだ。自分の道義心を弁護する気はない。どっちにしろ、ブライアリーの逃亡案——と言っていいだろう——を余計な粉飾なしにそのまま語ろうと決めた私の衝動は、道義心とは何の関係もなかった。金ならしっかりある。ルピーが私のポケットに収まっていて、彼に奉仕する機を待っている。そう！　これは金を貸すのだ。もちろん貸すのであって、加えて、仕事を与えてくれそうな（ラングーンあたりの）誰かへの紹介状が要るなら……お安い御用！　喜んでお役に立とうじゃないか。泊まっている二階の部屋にはペン、インク、便箋（びんせん）がある。そうやって喋っている最中にも、早く手紙を書きはじめたくて私はうずうずしていた——日、月、年、午前二時半……すまないが昔のよしみでジェームズ某（なにがし）君に職を世話してやってくれないだろうか、云々……私としてはそこまで書いてやる気でいた。彼が私の同情を勝ちとったとは言うまい。それよりもっと大きなことを彼は成し遂げていた。同情という念を生む源まで、私の自己中心癖（エゴイズム）の秘密の感応力にまで、彼は達していたのだ。私はいま、君たちに何ひとつ隠し立てしていない。そんなことをしたら、私のふるまいは、いかなる人間のふるまいにもそんな権利はないほど訳のわからないものに思えてしまうだろうし、その上、明日になればどのみち、私の誠実さなど君たちは過去のもろもろの教訓とともに綺麗さっぱり忘れてしまうのだ。身も蓋（ふた）もない、しかし正確な言い方をすれば、この取引きにおいて、私は非難の余地なき人間の側にいた。だがしかし、私のそういう、道義とは無縁の言動のひそやかな意図は、犯罪者当人の道義の素朴さによって打ち負かされた。もちろん彼もまた自分勝手だった。それは確かだ。だがその自分勝手さは、より高尚な起源、より気高い目的を持っていた。こっちが何を言おうと、彼が断固処刑の儀式をやりとおす気でいることを私は思い知らされた。私は多くを語りはしなかった。議論になったら、彼の若さが私にとって大きな不利になる気がしていたからだ。私はもはや疑うことすらやめたのに、彼は信じている。言葉にされない、ほとんど形を成していない彼の希望、その荒々しさの中には何かしら立派なものがあった。『逃げる！　滅相もない』彼は首を横に振って言った。『私としては何の感謝も要求しないし、期待もしない』私は言った。『金は都合のいいときに返してくれればいいし、それに……』『どうもご親切に』彼は顔も上げずに呟いた。私は彼の顔を仔細に眺めた。未来は彼にとって、ひどく不確かなものに見えていたはずだ。それでも彼は怯まなかった。まさに、心臓が全然悪くないかのように。私は怒りを感じた。その晩初めてのことではなかった。『この一件、君のような人にとっては、本当に腹立たしい、辛いものだと思うんだが……』『そのとおりです、そのとおりです』と彼は二度、目を床に釘付けにしたまま囁いた。見ていて胸がはり裂けそうだった。彼の姿は蠟燭の明かりの上にそびえ、私にはその頰の産毛が見えたし、顔の滑らかな肌が火照(ほて)って色づくのも見えた。ああ、本当に、胸がはり裂けそうだと言うしかない眺めだった。私は思わず残酷な物言いに駆り立てられた。『そうだろう？』私は言った。『そして、白状するが、そんなふうに桶の底のかすを舐(な)めることでいったい何の得が望めるのか、私には見当もつかないね』。『得！』彼は静けさの殻の中から呟いた。『さっぱりわからないよ』私は言った。いまや私は激昂していた。『さっきからずっと、何もかもお話ししようとしてきました』と彼は、何か答えようのない事柄について熟考するかのようにゆっくり言葉をつないだ。『でも結局のところ、これは僕の厄介事なんですね』。私は言い返そうとして口を開いたが、自分がもはや自信をすっかり失ってしまったことにはたと気づいた。そしてどうやら、彼ももう私を見捨てたらしかった。なかば喋りながら考えている男のように、こう呟いたからだ。『逃げていった……病院に逃れた……誰一人向きあおうとしない……あんな奴ら！……』。片手をわずかに動かして嫌悪の念を示す。『でも僕は、こいつを乗り越えなくちゃいけない。何ひとつ逃れちゃいけないんです、さもないと……駄目です、絶対何ひとつ逃れやしません』。それっきり黙った。幽霊にでも憑かれたような目でじっと前を見ていた。何も意識していない顔が、軽蔑、絶望、決意、とめまぐるしく変わる思いを映していく——この世ならぬ者たちの滑るような移動を魔法の鏡が映すように、それらを代わるがわる映し出していく。ずる賢い幽霊たち、厳格なる亡霊たちに囲まれて彼は生きているのだ。『何言ってるんだ、そんなことはないさ』私は切り出した。彼の体が苛立たしげに動いた。『あなたにはわかっていないようですね』彼はきっぱり言った。それから、まばたきもせずに私を見て、『僕は飛び降りはしても、逃げはしません』と言った。『悪気はなかったんだ』私は言い、それから間抜けにも、『君より立派な人たちだって、時には逃げるという選択肢を選んでいるよ』と言い足した。彼の顔が真っ赤になり、私はすっかりうろたえて、あやうく自分の舌で息を詰まらせてしまうところだった。『そうかもしれません』彼はやっと言った。『でも僕はそんなに立派じゃありませんから。そんな余裕はありません。こいつと戦わなくちゃいけないんです——いまも戦ってるんです』。私は思わず椅子から立ち上がった。体中が硬くなった。気まずい沈黙が広がって、それを埋めようと、ほかにもっとましな科白も思いつかないまま、中身のない口調で『あ、もうこんなに遅い時間なのか』と言った……。『こんな話、あなたはもうたくさんでしょうね』彼はつっけんどんに言った。『正直言って』——そう言いながら帽子を探してあたりを見回しはじめた——『僕もです』

というわけだ！　このまたとない申し出を、ジムは拒んだ。助けをさし延べた私の手を振り払った。もういまにも立ち去ろうとしている。手すりの向こうで、夜は、あたかも彼を餌食として選びとったかのごとくじっと待っているように思えた。彼の声が聞こえた。『あ、ここにあったか！』。帽子が見つかったらしい。何秒かのあいだ、私たちはどうしたらいいか決めあぐねていた。『君、どうするつもりだい、この——このあと……』私はひどく低い声で訊いた。『墜ちるところまで墜ちるんでしょうね』彼はぶっきらぼうに答えた。私もある程度落着きを取り戻していたから、ここは軽く受け流すのが一番だと判断した。『君が行ってしまう前に、ぜひもう一度会いたいよ』私は言った。『誰も止めやしないでしょうよ。こんなことがあったって、透明人間になれるわけじゃありませんし』彼はひどく苦々しげに言った――『そうは問屋が卸しません』。それから、別れの挨拶を交わす時点に至って、何と彼は、心許ない口ごもりやら仕種やら、何とも気まずいためらいを露呈してみせた。彼ときたら――そして私ときたら――情けないものだった！　どうやら彼は、私が握手を渋るのではと勝手に思い込んだらしい。言いようもないほど気まずかった。私は彼に向かって、いまにも崖から飛び降りようとしている男に向かってどなるように、出し抜けに叫んだのだと思う。自分たちの声が荒らげられたことを私は覚えている。彼の顔にみじめに歪んだ笑みが浮かんだこと、私の手がぎゅっと凄まじい力で握られたこと、こわばった笑い声が上がったことも。蠟燭がプツプツと鳴って消え、やっとすべてが終わるとともに、闇の中をうめき声がひとつ、私の許に漂ってきた。どうやってだか、彼はすでに姿を消していた。夜が彼の輪郭を呑み込んだ。何と不器用な奴か。何たるへまな男。ブーツが砂利をざくざくせわしなく鳴らすのが聞こえた。彼は走っていた。全速で、行くところなどどこにもないのに走っていた。まだ二十四歳にもなっていないのに」

# 第十四章

「私はろくに眠らず、朝食もそそくさと済ませて、少し迷った末、いつものように朝早くに自分の船の様子を見にいくのはやめにした。これはまったく間違った決断だった。というのも、私の船の一等航海士は何事にもきわめて有能な男だったが、ひとつだけ、最悪の想像の虜になってしまうという問題点があって、女房から然るべき時期に手紙が届かないと、怒りと嫉妬で気も狂わんばかりになって、仕事も手につかず、部下たちとも言い争い、船室でメソメソ泣いているか、乗組員たちを反乱寸前まで追い込むほどの烈しい癇癪を起こすかのどちらかになってしまうのだ。私にはこれがつねづね不思議でならなかった。夫婦は結婚して十三年になり、女房のことは私も一度見かけたことがあったが、正直言って、あんなに魅力のない人物のために罪に走るほど自暴自棄な人間がいるとは思えなかった。そういう見解をセルヴィンに伝えるのを控えたことが、正しかったかどうかはわからない。気の毒にあの男ときたら、自分でこの世を地獄に仕立て上げていて、私も間接的に被害を蒙ったわけだが、にもかかわらず、きっとある種の間違った気遣いが私を押しとどめてしまったにちがいない。船乗りの夫婦関係というのはけっこう面白いテーマだと思うし、その気になれば私もいろいろと例を……だがいまはそういう場でも時でもない、語るべきは未婚者ジムだ。彼が断頭台から逃げようとしないのが、想像力豊かな良心ゆえ、自尊心ゆえか、それとも彼の青春に禍々しくつきまとっていた途方もない幽霊やら厳格な亡霊やらが許してくれないからか、ともかく私はおよそそんな代物に憑かれていなかったから、彼の首が切り落とされるのならぜひ見にいかねばと思った。かくして私は人混みを縫って裁判所に向かった。感銘させられること、ためになること、興味深いことが見聞きできるなんて期待はしていなかったし、恐ろしい思いを味わえるとさえ思っていなかった――人生がまだ眼前に開けている限り、時おり恐ろしい気持ちを味わうのは健全なことだと思うのだが。その反面、あんなに気が滅入ることになるとも私は予想していなかった。ジムの受けた罰のひどさは、その冷えびえとした、底意地の悪い雰囲気にあった。犯罪というものの真の意味は、それが人類の共同体の信頼を裏切る行為だというところにある。そういう視点から見れば、彼はあっさり片付けられる背信者などではなかったはずだ。なのに彼の処刑は、ひっそり人目につかぬ営みにすぎなかった。断頭台の高い足場もなければ深紅の布もなかったし（タワーヒル（ロンドン塔付近の、かつて処刑が行なわれた地域）では深紅の布を使ったかな？　使って然るべきだよな）、畏怖の念に打たれた、彼の罪に震撼（しんかん）し彼の運命に涙する群衆もいない。厳めしい天罰という空気は少しもなかった。私が法廷へ向かう道すがら、澄んだ陽ざしはどこまでも明るく、慰めとなるにはあまりに激しい眩（まぶ）しさだったし、街なかはまるで壊れた万華鏡みたいにさまざまな色のかけらにあふれていた。黄、緑、青、眩しい白、むき出しの茶色い肩、赤い天幕のかかった牛車（ぎゅうしゃ）、埃っぽいブーツの紐をきっちり縛って行進する頭は黒く肉体は褐色の現地人歩兵の中隊、袖も丈も短い厳めしい制服を着てエナメル革のベルトを締めた地元警官。この警官は頭を上げて私のことを、あたかも彼のさまよえる魂が予期せぬ——何と言うんだっけ？——化身（アヴァター）かな——顕現（インカーネーション）か——に出会ってひどく苦しんでいるかのような、どこか東洋的に憐（あわ）れっぽい目で見た。中庭にぽつんと一本立った木の蔭で、暴行事件に関係した村人たちは派手に目を惹く一団を形成し、東洋への旅を綴った書物に載っている野営地の多色石版画のごとき姿で座っていた。そうした絵につきものの、前景に糸のように立ち昇る煙や、荷を運ぶ家畜たちが草を食（は）む姿がないのが不思議なくらいだった。背後ではのっぺらぼうの黄色い壁が、木に覆いかぶさるようにそびえ、ぎらつく陽光を照り返していた。法廷の中は厳めしい雰囲気で、昨日よりもっとだだっ広く見えた。薄暗い空間のずっと上の方で、吊団扇（パンカ）がぱたぱたせわしなく揺れていた。あちこちに、布を身にまとった、のっぺらぼうの壁を背にしているせいでいかにも小さく見える人の姿があって、空っぽの長椅子が何列も並ぶ中、敬虔な瞑想に耽（ふけ）るようにじっとしていた。暴行を受けた原告の男は、太ったチョコレート色の体の、頭をつるつるに剃った人物で、でっぷりした胸を片方さらけ出し、鼻柱の上にカーストを示す明るい黄色のしるしをつけていた。さも偉そうにどっしり不動に座って、目だけがぎらついた光を放ち、薄暗の中でぎょろっと動いた。息に合わせて鼻孔が膨らんでは萎んだ。ブライアリーは一晩じゅう競技場で短距離競走でもやっていたみたいに疲れきった様子でどさっと席に着いた。信心深い帆船船長は、妙に興奮した様子でそわそわと落着かず、何だかまるで、立ち上がった私たちに、祈れ、悔い改めよ、と促したい衝動を懸命に抑えているみたいに見えた。裁判官はといえば、きちんと整えた髪の下で顔は華奢に青白く、さながらその頭部は、もはや回復の望みのない病人が顔を洗われブラシをかけられてベッドで上半身を起こされたという風情だった。花の入った花瓶――紫の花が一束と、茎の長いピンクの花が少し――を裁判官は脇へどけて、細長い青っぽい紙を一枚両手でがばっと摑み、ざっと目を通してから、机の縁に両方の前腕を当てて、むらのない、はっきりした、ぞんざいな声で読み上げはじめた。

いやはや！　断頭台だの転げ落ちる首だの、私もずいぶん阿呆なことを考えていたわけだが、断じて言う、これは首斬りなんかよりずっとひどかった。これですべては終わりだという重苦しさが場に垂れ込めていて、首斬りならば斧が落ちたあとには安らぎと平静が待っていると望めもしようが、ここにはそういう救いもなかった。死刑判決の持つ冷たい報復感が十二分にあり、追放判決の持つ残酷さもまた十二分にあった。その朝、私にはこの展開がそういうふうに見えていた。そしていまでもまだ、平凡な出来事をそうやって誇張して見ていたとはわかっても、その見方には一筋の真理が否定しがたく見てとれる気がする。そういう気持ちを当日私がいかに強く抱いていたか、君たちにもきっと想像してもらえると思う。たぶんそういう気分だったからこそ、すべては終わりなのだという感覚を私は受け容れる気になれなかったのだろう。その後もずっと、この一件はいつも私の胸にあった。私はいつも、これに関する意見を誰彼となく熱心に訊ねてきた。あたかもこの一件が、実際まだ決着がついていないかのように、一人ひとりの意見を——国際的な意見を！——訊いてきた。たとえばあのフランス人の意見。もしも機械が喋れたら機械が使いそうな、情熱とは無縁の明確な言葉遣いを通して、彼の属する国の宣言が発せられたのだ。裁判官の頭部は紙によってなかば隠れ、額は雪花石膏（アラバスター）のようだった。

法廷ではいくつかの疑問が提示された。第一に、船はあらゆる面において航海に耐える適切な状態にあったのか。なかった、という結論が下された。二つ目はたしか、事故が起きる時点まで船は然るべき操船術に則（のっと）って動かされていたか、という点だった。これについては、不可解にも、いた、という結論に達し、事故の正確な原因を示すような証拠は何もないという宣告が為された。何か遺棄物が漂流していたのでは、という憶測が述べられた。そう言えば当時、脂松（ヤニマツ）の船荷を載せて大洋航海に出たノルウェーのバーク型帆船が行方不明になったことは私も記憶している。まさにスコールで転覆して何か月も底が上になったまま漂流しそうな類いの船だ。闇の中で船の命を狙って徘徊する海の悪鬼。その手のさまよえる死体は、北大西洋では少しも珍しくない。何しろあのあたりは、海につきまとうあらゆる恐怖の源がはびこっている——霧、氷山、害を為す機会を虎視眈々と狙う死せる船。吸血鬼のように人に取り憑いて、人の力も元気も、さらには希望までも吸い取って、人間の抜け殻のようにしてしまう邪悪な強風。けれども、そういう大洋にあっても、悪意ある神がわざわざ特別に手を回した展開、と言いたくなるような事件はさすがに稀だった。今回の出来事は、補助エンジン操作係を殺し、死より酷い運命をジムに科すことが目的だとでも考えない限り、まったく無意味な非道としか思えなかった。そんな考えが頭に浮かんで、私の注意はしばし眼前から逸れてしまった。少しのあいだ、裁判官の声も単なる音としてしか認識されなかったが、じきにはっきり言葉として形を成していった……『自分等の明白なる義務を全面的に無視し』とその声は言った。次の一文はなぜか頭に入らず、それから……『託された生命と資産を危機に際して放棄し』……と、むらのない声は続き、止まった。紙の縁の上、白い額の下にある一対の目がさっと険しい眼差しを投げた。ジムが消えてしまうとでも思ったみたいに、私は急いで彼を捜した——ぴくりとも動かず、そこにいる。色白の肌は紅潮し、全神経を集中して聞いている。『したがって、……』声は強い語勢で切り出した。ジムは唇を開いてじっと見守り、机の向こうにいる男の一言一言に聞き入っていた。吊団扇が生む風に乗って、それらの言葉が静けさの中に流れ出てきた。私は言葉がジムに及ぼす影響を見ることに気をとられて、公式な言語の断片しか耳には入らなかった……『当廷は……ドイツ国籍……船長グスタフ某(なにがし)……航海士ジェームズ某……船員免状を剝奪(はくだつ)する』。

沈黙が降りた。裁判官はすでに紙を手放し、椅子の肱掛けに寄りかかって、ブライアリーと気楽にお喋りをやり出した。人々が立ち去りはじめた。流れに逆らって入ってくる者もいた。私も出口に向かっていった。外へ出てじっと立って、ジムが私の前を過ぎて門へ向かおうとしたところで彼の腕を捉え、引き止めた。彼が向けてきた目つきに、私は思わず怯んだ。まるで彼の現状の責任が私にあるような気がした。あたかも私が、人生における悪の具現であるかのような目でジムは私を見たのだ。『これで済んだね』私はしどろもどろに言った。『ええ』彼は濁った声で答えた。『これでもう、誰にも……』彼はぐいっと腕を引いて私の手を振り払った。去っていく彼の背中を私は見守った。そこは長く延びた通りで、彼の姿はしばらくのあいだ視界に留まっていた。かなりゆっくりと、やや脚を開き気味に、あたかもまっすぐ進むのに苦労しているかのように彼は歩いていた。見えなくなる直前、いくぶんよろめいた気がした。

『一人葬られたか』私の背後で太い声が言った。ふり向くと、少し知っている西オーストラリアの人間だった。名はチェスター。やはりジムが去るのを見守っていたのだ。胸回りがおそろしく広い男で、ごつごつの、剃刀(かみそり)を綺麗に当てた顔はマホガニーの赤褐色で、上唇の上には鉄灰色(てっかいしょく)の、針金のように太いひげの房が二つ無愛想に茂っていた。真珠採り、難船救助、商船勤務、確か鯨捕りもやったことがある。本人の弁では、海の男のやることなら海賊以外全部やったという。太平洋が——北、南とも——本来の猟場だったが、目下はそこからだいぶ離れて、安い汽船を買おうと画策(かくさく)していた。本人が言うには、最近某所で糞化石(グアノ)の採れる島を発見したのだが、島に接近するのが危険で、錨を下ろす場所にしても——そもそも下ろせるかどうかも疑わしく——控えめに言ってもおよそ安全とは言いがたいらしかった。『金鉱並なのに』彼は何度も声を上げた。『ウォルポール環礁（ニューカレドニア南端の東）のど真ん中にあって、たしかに四十ファゾム（約七十メートル）より浅い錨地(びょうち)（錨を下ろせる海底）はないんだが、だからどうだってんだ？　まあそれにハリケーンもある。でもこいつはとびっきり上等なんだよ。金鉱並なんだ——いやもっとすごい！　だけど阿呆どもはみんな、見てみようって奴すらいないんだ。船長も船主も、いくら口説(くど)いても一人として近よりたがらない。だからここはひとつ、自分で採ろうって決めたわけさ……』。汽船が必要なのもそのためであり、目下のところも、パールシー系の船会社を相手に、年代物の、ブリグ型艤装(ぎそう)（旧式の二本マスト、横帆艤装）、九十馬力のエンジンを積んだ骨董品(こっとうひん)をめぐって熱い交渉をくり広げていることは私も知っていた。この男にはそれまで何度か会って口を利いたことがあったのだ。去っていくジムを、チェスターは訳知り顔で見ていた。『あいつ、こたえてるのか？』チェスターは見下したように訊いた。『すごく』私は答えた。『じゃあ駄目な奴だな』彼は断じた。『何を騒いでるんだ？　たかがロバの皮の切れっ端だろうが（船員免状は羊皮紙で出来ている）。そんなもので人間が決まりやしない。物事、まっすぐありのままに見なくちゃいかん。そうしないんだったら、さっさと降参しちまったって同じことさ。どうせ何も成し遂げられやしないんだから。俺を見ろ。俺はずっと、何があってもこたえないように努めてきたんだ』。『そうですよね、あんたは物事をありのままに見ますよね』私は言った。『俺の相棒、来ないかなあ。いま見たいのはあの爺さんの姿さ』彼は言った。『俺の相棒知ってるか？　ロビンソンだよ。そう、あのロビンソンだよ。知らない？　悪名高きロビンソン。かつては誰よりもたくさん阿片を密輸して、誰よりもたくさんアザラシをかっぱらった男さ。何でもアラスカの方で、ものすごい霧で神様以外は人の顔なぞまるっきり見分けられないってときを狙ってアザラシ船に乗り込んじゃ失敬してったらしい。恐怖の男ロビンソン。それがあいつだよ。今回の糞化石(グアノ)の件にも一枚噛んでるのさ。あいつの人生最大のチャンスだよ』。彼は唇を私の耳元に寄せた。『人食い？——うん、ずっと昔にそう言われてたな。あんたも覚えてるのか？　スチュアート島（ニュージーランド南島の南にある島）の南側で船が難破して。そうそう。七人が陸(おか)にたどり着いて、どうやらあんまり仲よくやれなかったらしい。何やっても文句ばっかり言う駄目な奴っているんだよな。悪いなりに何とかやっていくってことを知らない。物事をありのままに見られない——そう、ありのまま、肝腎なのはそこだよ！　で、その結果どうなる？　わかりきった話さ！　諍(いさか)い、揉(も)めごと。おおかた、脳天にでも一発喰らったんだな。自業自得だよ。そういう連中は死んじまうのが世のためなんだ。話によると、英国海軍ウルヴァリーン号のボートが、海草の上に跪(ひざまず)いているロビンソンを見つけた。生まれたまんまの素っ裸で、讃美歌か何かうなってたらしい。折しも雪がちらほら降っていた。で、ボートが岸へあとオール一本分ってところまで近づくのを待って、いきなりパッと逃げ出した。大石のあいだをみんなで一時間追っかけ回して、やっと一人の海兵が石を投げたのが、上手い具合に耳のうしろに命中して、ぶっ倒れて気を失った。一人だったかって？　もちろん。だけどこの話もアザラシ船と同じだよな。真偽は神のみぞ知るだ。ボートの連中もろくに調べやしなかった。奴を将校外套（がいとう）にくるんで、さっさと運び出した。何しろ闇夜は迫ってくるし、雲行きも怪しくなってたし、船からも五分ごとに召還砲（リコール・ガン）を鳴らされてたからな。三週間も経つと、奴はすっかり元気になっていた。陸であれこれ騒がれても、まるっきり平然としてたね。自分は口を閉ざしたまま、他人がギャアギャアわめいても知らん顔を決め込んでた。船をなくして、全財産失っただけで十分災難なんだからな、あれこれ悪口言われたくらいでいちいち構っちゃおれんとも。おぉ、来た来た』。彼は片腕を上げて、通りの先の方にいる誰かに合図を送った。『爺さん小金を持ってるから、俺としても仲間に入れざるをえなかったんだ。止むをえんさ！　こんな掘出し物をみすみす見過ごす手はないし、こっちは一文なしときてる。断腸の思いってところだが、俺は物事をありのままに見られる人間だ。どうせ誰かと分けあうんなら、ロビンソンで決まりじゃないか、そう思ったわけだよ。さっきホテルで朝飯は一緒だったんだが、俺はそのあと裁判を見にきたんだ、ちょっと思うところが……やあ！　ご機嫌よう、ロビンソン船長……こっちは俺の友だちです、ロビンソン船長』

痩せ衰えた、長老という趣の、白い葛城織（ドリル）の上下に、つばに緑の帯が入ったトピー帽

というい で立ちの人物が、寄る年波に頭を震わせ、足を引きずるようにせかせか道を渡ってこっちへやって来て、立ち止まって傘の把手に両手で寄りかかった。琥珀色の筋が交じった白いあごひげが、いくつものこぶに固まって腰まで垂れている。老人はとまどったような顔で、皺だらけの瞼を私に向かってパチクリさせた。『はじめまして、はじめまして』と愛想よくさえずり、体がぐらっとよろめいた。『ちょっと耳が遠いんだ』チェスターが私に耳打ちした。『安い汽船を手に入れるためにこの人を六千マイル引きずり回したわけですか?』と私は訊いた。『必要とあらば迷わず地球二回りだってさせたね』チェスターは恐ろしく威勢よく言った。『汽船さえありゃ俺たち御大尽さ。オセアニア一帯の船長、船主が揃いも揃って救いがたい阿呆なのは俺のせいか? あるときなんかオークランドで、一人の男相手に三時間喋ったよ。「船を出して下さいよ」って俺は言ったんだ。「船を出して下さいよ。最初の積荷の半分はあんたにあげますから、タダで、ロハで、無料で――門出の景気づけに」。そしたらその野郎、「世界中ほかにどこにも出すところがなくたって、そんなところに出すのだけは御免だ」なんて言いやがる。掛け値なしの馬鹿さ。岩、海流、錨地もなし、船をつけようにも絶壁、そんなリスクを受けてくれる保険会社なぞあるもんか、三年かけたって積み込めるとは思えんねと来た。馬鹿が! こっちはもうほとんど奴の前に跪かんばかりになってたんだぞ。「ですが、ひとつありのままにご覧になって下さいよ」って俺は言ってやったんだ。「岩やハリケーンが何ですか。しっかりご覧になって下さい。そこに糞化石が、クイーンズランドでサトウキビ園やってる連中が奪いあう糞化石があるんですよ――ほんと、波止場に着いたとたんに取りあいになりますよ」……阿呆相手に何ができる?……「あんたの得意のジョークだな、チェスター」ってそいつは抜かしやがった……。なぁにがジョークだ! こっちは涙が出てきそうだったぜ。何ならこちらのロビンソン船長に訊いてみてくれよ……。もう一人船主がいてな――ウエリントン（ニュージーランドの首都）にいた、白いチョッキを着たデブで、俺が何か詐欺でもやらかそうとしてると思ってるみたいなんだ。「あんたがどういうカモを探してるか知らんが」とそいつは言ったよ。「わしはいま忙しいんだ。ご機嫌よう」。両手で締めつけてそいつの事務所の窓にぶっつけてガラス叩き割って外まで飛ばしてやりたかったね。でもそんなことはしなかった。牧師補みたいに物柔らかだったとも。「考えてみて下さいよ」と俺は言った。「まずは考えてみて下さい。明日またお邪魔しますから」。そしたら何やらぶつぶつ「一日ずっと留守」とか言いやがる。階段を降りていきながら、とにかく腹が立って腹が立って、壁に頭を叩きつけたい気分だったね。こちらのロビンソン船長に訊いてくれればわかる。あれだけの宝物が、太陽の下にただ放っておかれてると思うと、ほんと、辛かったね――あれがあったら、サトウキビが空高く伸びるのに! クイーンズランドが一夜にして潤う! 一夜にして! で、最後の挑戦と思ってブリズベーンに行ったときも、狂人の名前なんぞ教えやがるんだ。白痴どもが! 唯一まともだったのは、あちこち連れてってくれた辻馬車の馭者だったね。たぶん、昔は羽振りがよかった男だ。ねえ、ロビンソン船長? ブリズべーンで俺が会った辻馬車の駁者のこと覚えてます？　あいつのこと、話しましたよね？　目が利く男でしたよ、あれは。この話だって、たちどころにわかってくれました。ああいう人間と話すのは、ほんと、気持ちがよかったね。ある夕方、船主ども相手に一日散々な目に遭って、もうとにかく最高にムシャクシャしてたから、「飲むしかないぜ。一緒に来いよ、俺もう、飲んだくれでもしないと気が変になっちまう」って言ったんだ。そしたら「お供しますよ。さ、行きましょう」って奴は言ったたね。あいつがいなかったらどうなったことやら。ねえ！　ロビンソン船長』

チェスターは相棒の肋骨をつっついた。『ヒッヒッヒッ！』と古老は笑って、ぼんやりと通りの先を見やり、それから、疑わしげな目つきで、悲しげな曇った瞳孔を私に向けた……。『ヒッヒッヒッ！』……。傘にますます寄りかかって、目を地面に落とす。言うまでもなく、私としては何度か逃げようとしたのだが、そのたびにあっさりチェスターに上着の裾を摑まれて狙いを挫(くじ)かれるのだった。『まあちょっと待て。ひとつ考えがあるんだ』。『何なんです、あんたのろくでもない考えって？』私はついに爆発した。『僕があんた方と一緒に行くと思ったら……』『いやいや君、違うよ。それは手遅れさ、いくら君が行きたいと望んだところでな。わしらもう、汽船はあるんだから』。『あんた方にあるのは汽船の幽霊ですよ』私は言った。『手はじめには十分さ。わしら偉そうに気取ったりせんから。そうでしょ、ロビンソン船長？』。『そうとも、そうとも！』老人は目も上げずにしゃがれ声を出した。老いに断固たる思いが加わって、頭部の震えもいっそう激しくなっていった。『君、あの若いのと知りあいだそうだな』とチェスターは、ジムがとっくに姿を消した通りの方をあごで示しながら言った。『昨晩、マラバルであいつと飯食ってたって聞いたぞ』

　そのとおりですけど、と私が言うと、俺も豪勢に暮らしたいもんだぜ、だけどいまは一銭でも多く貯めないとな――『ビジネスにはいくらあっても足りない！　そうでしょ、ロビンソン船長？』――と言ってからチェスターは肩をいからせ、むさくるしい口ひげを撫でた。そのかたわらで悪名高きロビンソンはゴホゴホ咳込(せきこ)み、傘の把手になおいっそう強くしがみついて、いまにもひっそり古い骨の山と化してしまいそうな有様だった。『金は全部爺さんが持ってるのさ』チェスターはこっそり囁いた。『俺はとにかくこの話を纏(まと)めるために有り金全部注(つ)ぎ込んじまったからな。でもまあ待ってろ、待ってろって。じき上手く行くさ……』。私が苛立たしげなそぶりを見せたことに、彼はにわかに驚いた顔になった。『魂消(たまげ)たな！』彼は叫んだ。『最高の儲(もう)け話を聞かせてやってるのに、君ときたら……』『人と会う約束があるんです』私は穏やかに言い逃れた。『それがどうした？　そんなもの待たせておけ』本気で驚いている口調だった。『もう待たせてますよ。さっさと用件を言ってくれたらどうです？』私は言った。『あんなホテル、二十軒買えるぞ』彼は独り言のようにうなった。『その二十軒に泊まってる奴ら全員もだ――その二十倍だって行ける』。そして頭を元気よく持ち上げて、こう言った――『あの若いのが欲しい』。『わかりませんね、何のことか』と私は言った。『あいつ、駄目なんだろ？』

チェスターはてきぱきと言った。『僕は何も知りません』私は抗議した。『だって君自分で言ったじゃないか、すごくこたえてるって』チェスターは言い返した。『俺に言わせればだな、そういう……まあとにかく、大した奴じゃないだろうよ。だがこっちはとにかく人が要るわけで、あいつにぴったりの口があるんだよ。俺の島であいつに職をやろうと思うんだ』。彼は意味ありげに頷いた。『あそこに土人の人夫を四十人送り込もうと思ってな。場合によっちゃ攫（さら）ってくるしかないかもしれんが、とにかく誰かに監督させなくちゃいけない。いやいや、まっとうに扱うつもりだぜ――木の小屋建てて、トタン屋根つけてやって。ホーバート（タスマニアの州都）にいる男でな、六か月手形で材料を売ってくれる奴を知ってるんだ。ほんとさ。間違いない。水も確保しないとな。あちこち回って、中古の鉄タンクを半ダースばかりツケで売ってくれる奴を見つけないと。雨水を溜めるのさ、な？　で、あいつに任せるんだよ。人夫どもの監督にするんだよ。名案だろ？　どう思う？』。『ウォルポールのあたりって、一年じゅう一滴も雨が降らなかったりするじゃないですか』私は言った。あまりに驚いて笑う気にもなれなかった。彼は唇を噛んで、狼狽したように見えた。『うん、まあ、そこんところは何とかするさ――じゃなきゃよそから運んでくるとか。大丈夫だって！　そんなこと問題じゃないさ』

私は何も言わなかった。何の日蔭もない岩の上に陣取ったジムの姿がたちまち浮かんできた。膝まで糞化石に埋もれて、耳元で海鳥がギャアギャア鳴いて、頭上ではまん丸い太陽がギラギラ燃えている。空っぽの空と空っぽの海が一面小刻みに震え、見渡す限りの熱気の中で一緒になってゆらめいている。『そんな話、最悪の敵にだって……』私は口を開いた。『何言ってんだ?』チェスターが叫んだ。『給料はたっぷり出すつもりだぜ――いやもちろん、商売が軌道に乗り次第だがな。いとも簡単なことさ。仕事といったって何もないさ。六連発銃二丁、腰につけてりゃ……まさか人夫四十人が何するかなんて怖がりやせんだろ――六連発銃が二丁あって、武器を持ってるのはこっち一人なんだから!　一寸見よりずっといい仕事だぞ。あいつを口説くのに手を貸してほしいんだよ』。『冗談じゃない!』私は叫んだ。一瞬、ロビンソン爺さんが曇った目を陰気に上げた。チェスターは底なしの軽蔑とともに私を見た。『じゃあ、口添えしてくれないんだな?』ゆっくり、呟くように言った。『するわけないでしょう』と私は、まるで誰かを殺すのを手伝ってくれと言われたみたいに憤って答えた。『第一、引き受けっこありませんよ。あいつ、コテンパンに叩きのめされましたけど、僕が知る限り狂っちゃいませんから』。『もうほかじゃ使い物にならない奴だぞ』チェスターは声に出しながら考えていた。『この話にはうってつけだったんだがな。君が物事をありのままに見られさえしたら、奴にぴったりの話だってことがわかるのに。それに……なあ!　こんないいチャンスはまたとないんだぞ……』彼は突然怒り出した。『一人要るんだよ。あの島に!……』。地団駄踏んで、不快な笑みを顔に浮かべた。『とにかく、足下で島が沈んだりしないことは俺が保証する。その点はあの若いの、ちょっとばかり気にするだろうからな』。『失礼します』私はそっけなく言った。理解不能な阿呆を見る目でチェスターは私を見た……。『さあもう行かないと、ロビンソン船長』彼は出し抜けに老人の耳元でわめいた。『あのパールシーどもが取引をまとめようと待ってますから』。相棒の腕を下からがっちり摑んで、ぐるっと回すと、チェスターは意外にも首から上だけこっちを向いて、下卑た目で私を見た。『せっかくあの若いのを助けてやろうと思ったのに』と言い放つその態度と口調に、私の血は煮えくり返った。『そりゃどうもご親切に——彼に代わってお礼を申し上げますよ』私は言い返した。『まったく君ときたら賢い御仁だよ』彼はせせら笑った。『だけど君だってほかの奴らと変わらんぞ。お高くとまって、現実を見ておらん。奴のこと、君がどうしてやるか見物だぜ』。『どうかしてやろうなんて思っちゃいませんよ』。『そうなのか?』口から泡が飛んだ。白髪の口ひげが怒りに逆立ち、そのかたわらで悪名高きロビンソンが傘に寄りかかり、私に背を向けて立つ姿は疲れはてた馬車馬のようにじっと辛抱強そうだった。『僕は糞化石の島なんか見つけちゃいませんからね』私は言った。『目の前まで引っぱっていかれたってお前にはわからんさ』彼はすぐさま切り返した。『世の中、何を活用するにも、まずは見なくちゃ駄目なんだぞ。それもとことんしっかり見なくちゃいかんのだ、そういうことなんだ』。『で、そいつをほかの人にも見てもらわなきゃね』私は当てこすりを言いながら、彼の隣の曲がった背をちらっと見た。チェスターは私に向けてふんと鼻を鳴らした。『爺さんの目だったら大丈夫さ、心配するな。そこらへんの青二才じゃないんだから』。『そりゃそうでしょうよ!』私は言った。『さあ行きましょう、ロビンソン船長』と彼は、老人の帽子のつばの下に口を持っていき、一種脅（おど）しの混じった敬意とでもいった口調でどなった。恐怖の男ロビンソンは、言われたとおり大人しくぴょこんと跳び上がった。汽船の幽霊が彼らを待ち、かの島には富が！　金の羊毛を求めて旅立つアルゴ船（ギリシャ神話で、英雄イアソンが率いて遠征に出た船）乗組員、にしてはかなり奇妙だが——悠然と大股に歩くチェスターが、身なりもなかなかなら恰幅（かっぷく）もよく態度も堂々としている一方、もう一人のひょろ長い体はやつれ、背は丸まり、チェスターの腕にしがみついて、衰えた両脚を精一杯の速さで引きずっていった」

# 第十五章

「私はすぐにジムを捜しにいきはしなかった。それは本当に人と会う約束があって、すっぽかすわけには行かなかったからだ。おまけに、あいにく代理人の事務所で、マダガスカル帰りの、すごい仕事の話があるんだと持ちかけてきた男に捕まってしまった。何でも、家畜と弾薬とラヴォナーロ何とかという公爵（こうしゃく）が絡んだ話だったが、その核にあるのは、どこかの海軍大将の——たしかピエール大将といった——馬鹿さ加減だった。何よりそこがつけ目であって、男は自信満々、どんなに強い言葉をもってしてもその自信を伝えるに足らぬという勢いだった。頭部から飛び出ている真ん丸い目玉が魚のようにギラギラ光り、おでこにはこぶがひとつならずあって、長い髪は分けずにうしろで束ねていた。お気に入りの言い回しが男にはあって、何度も得意げにくり返していた——『最小限のリスクで最大限の利益、こいつが私のモットーでしてね』。聞いていていて頭が痛くなったし、昼食も台なしにされたが、向こうはしっかり私に昼飯をたかっていった。やっとのことで奴をふり払うと、まっすぐ岸に飛んでいった。ジムが埠頭の欄干（らんかん）に寄りかかっている姿が見えた。そのかたわらで地元の船頭三人が、五アンナ（一アンナは十六分の一ルピー）をめぐって凄まじい口論をくり広げていた。そのせいか私が近づいてくるのがジムには聞こえず、私の指が軽く触れると、留め金でも外れたみたいにくるっとふり向いた。『見てたんです』彼はしどろもどろに言った。こっちが何と言ったかは覚えていない。どのみち大したことは言わなかったと思うが、とにかくジムはべつに異も唱えず、私についてホテルまで来た。

さも素直に、幼い子供みたいに大人しくついて来て、感情もいっさい出さずに、まるで私が迎えにきてくれるのを待っていたような感じだった。その従順ぶりに私はびっくりしたが、思えば驚くには当たらない。人によっては果てしなく広いと感じ、また逆に芥子（カラシ）の種より小さいと見たがる人もいるこの丸い地球にあって、そのどこにも、彼が思いのままに――どう言ったらいいか？――引きこもれる場所はなかったのだ。そう、引きこもって、己の孤独と向きあえる場所。彼は私と並んでひどく落着いた様子で歩き、時おりあちこちに目をやっていた。一度などはふり返って、モーニングコートを着て黄色っぽいズボンを穿（は）いた、黒い顔が無煙炭のように艶（つや）やかに煌（きら）めくシディボイ（アフリカ系ムスリムの労働者）の消防士に目を向けた。とはいえ、何かが見えていたかは怪しいものだと思うし、そもそも私が横にいるのを意識していたかどうかも疑わしい。あれでもし私が、こっちで左に動かし、そっちで右に引っぱってやらなかったら、壁か何か障害物に行きあたるまでひたすらまっすぐ歩いていったと思う。私は彼を導いて寝室へ連れていき、自分はただちに机に向かって手紙を書きはじめた。ここは世界で唯一（もうひとつ、ウォルポール環礁もあるかもしれないが、そっちはそう簡単には行けまい）、世間に邪魔されることなくジムがとことん己と語りあえる場なのだ。本人も言っていたとおり、この一件で彼が透明になったわけではないが、まさにあたかもそうなったかのように私はふるまった。椅子に座るや否や、中世の写字生のごとく書き物机の上に屈み込み、ペンを持つ手を動かす以外は極力音を立てぬよう気をつけた。怯えていた、とは言えないが、部屋の中に何か危険なものが――私が少しでも動きを示したとたんに襲いかかってくるであろうものが――いるかのように息を潜めていたことは確かだ。部屋の中に大して物はなかった。あの手の寝室がどんな具合かは君たちも知るとおりだ。蚊帳（かや）を吊ったいちおう四本柱の寝台、椅子が二、三脚、私が手紙を書いている机、何も敷いていない床。ガラスの扉があって、ベランダに通じていた。彼はその扉の方を向いて立ち、にわかに抱え込んだプライバシーを持て余している様子だった。日が暮れてきた。私は蠟燭を灯したが、その際もそれが違法行為であるかのように動きを最低限に留め極力慎重に事を進めた。彼がひどく居心地の悪い気分でいることは疑いなかったし、それは私も同様だった。白状すれば、こんな奴は地獄に堕ちてしまえ、それが無理ならせめてウォルポール環礁に行ってしまえと念じすらしたのだ。一、二度など、結局のところチェスターこそ、まさにこうした災難に上手く対処する人間ではなかろうかという気にすらなった。かの奇妙な理想主義者は、この事態の現実的効用をいち早く、この上なく的確に見抜いたのだ。やっぱり本当にあの男には物事が正(ただ)しくありのままに見えるのだろうか、そう思いたくさえなってきた。私は猛烈に書きまくった。返信の滞(とどこお)りをすべて清算し、それから今度は、何の用件もないただのお喋りの手紙を私から受けとる謂(いわ)れなどまったくない人びとに宛てて書いた。時おり、横目でこっそりジムの様子を窺(うかが)った。その場に根を生やしたように立ち尽くしていたが、痙攣のような震えが背中を伝って走っていた。肩が突然上下に揺れた。この男は苦闘している、苦闘しているのだ――まずはどうやら、息をしようと。蠟燭のまっすぐな炎からえんえん延びている巨大な影が、あたかも陰鬱な意識を有しているように見えた。少しも動かぬ家具は、こっそり見る私の目には、じっと注意を向けているように思えた。こつこつと書きまくる中、空想がどんどん膨らんでいった。そして、こりこりというペンの音が一瞬止んで、室内に完璧な静寂が広がり何ひとつ動くものがなくなると、にもかかわらず私は、脅威を伴う大いなる喧騒――たとえば海での猛烈な強風――によって引き起こされる類いの、思考の深い混乱と縺(もつ)れに襲われた。そう言えばわかってくれる人もいるのではないかな――不安と、苛立ちに、臆病風も混じったあの気分だよ。認めるのは気持ちいいものじゃないが、それが入ってくることで、自分の忍耐にひそかな手柄が加わることも確かだ。といっても、ジムの感情が加えてくる圧迫に耐えた手柄を主張するつもりはない。こっちはとにかく、手紙に逃げ込めたんだから。必要とあらばまるっきり赤の他人に宛ててだって書けた。と、突然、新しい便箋を手に取ったところで低い音が聞こえた。薄暗く静まり返った部屋に二人でこもって以来、初めて耳に届いた音だった。私は机と睨めっこしたまま手の動きを途中で止めた。夜通し病人の看病をしたことがある人なら、枕元で見守る静けさの中で、あのかすかな、痛めつけられた肉体と疲れた魂から絞り出される音を聞いたことがあるんじゃないか。ジムはガラスの扉を押した。あんまりすごい勢いで押したものだから、ガラス板がいっせいにがしゃんと鳴った。彼がベランダに歩み出ると、私は息を殺して、このあと何が聞こえると自分で思っているのかもわからずに耳をそばだてた。この男は本当に、ただの形式的なことをあまりに真剣に受けとめている。チェスターの厳しい批評眼で見るなら、そんなもの、物事をありのままに見られる人間からすればおよそどうでもいいのだ。ただの形式、一枚の羊皮紙。そう、そのとおり、これが近づきがたい糞化石（グアノ）の山となると話はまったく別。そういう話なら、胸のはり裂ける思いを味わってもおかしくないのだ。と、多くの声がわっと発せられるかすかな響きが、食器やグラスが鳴る音に交じって階下のダイニングルームから漂ってきた。開いたガラス扉を通して、部屋の中に灯した蠟燭の光の縁が、彼の背中にわずかに落ちていた。その先はすべて真っ暗だった。厳めしい、望みとは無縁な海の岸辺に一人ぽつんと立つ人影のように、広大な闇の縁に彼は立っていた。その闇の中には、間違いない、ウォルポール環礁があった——暗い虚空に浮かぶ一点、溺れかけた人間のすがる藁（わら）。彼に対する私の同情は、いまこの瞬間の彼の姿を家族には見せたくないなと思う気持ちとなって表われた。私自身、見ていて辛かった。彼の背中はもはや喘ぎに揺れてはいなかった。矢のようにまっすぐ立つ、かすかに見える姿は、まったく不動だった。その動かなさの意味が、私の心の奥底に、水に沈む鉛のようにずっしり落ちてきて、そのせいで心はあまりに重くなり、一瞬私は、彼の葬式代を自分が持つというのが唯一採りうる道だったらよかったのに、などと考えたりした。いまや法律さえも彼を切って捨てたのだ。彼を葬ることはひどくたやすい親切だっただろう！　人生の叡智なるものにも、ぴったり合致したことだろう——自らの犯した愚行、自らの弱さ、死すべき運命を思い出させるものをすべて見えないところに追いやってしまうことこそ、賢明な人間の選ぶ道ではないか。自分が為した失敗の記憶、自分が抱えている決して消えぬ恐怖をほのめかすもの、死んだ友人の肉体、そういった、効率よい生き方を邪魔するものはすべて忘れてしまうに若くはない。やっぱりジムは、あまりに真剣に受けとめているのだろうか。だとしたら、ならば——チェスターの誘いは……。この時点で私は新しい紙を取り上げ、敢然と書きはじめた。ジムと暗い海とのあいだにはさまっているのは、この私だけだ。そしてその私にだって責任感というものがある。もし私が口を利けば、ここにいる不動の、苦悩せる若者は闇の中へと飛び込むだろうか——藁を摑むだろうか？　音を立てるということが時としていかに困難であるかを私は思い知った。口にされる言葉には不気味な力がある。そう考えていけない理由があるか？——猛然と書き進みながら私はそう執拗に自問していた。突然、何も書いていない紙の上、ペン先のすぐ下に、チェスターとその古老の相棒の姿が、この上なくくっきり、頭から爪先まで、まるで何か視覚的な玩具によって再現されたかのように、脚の歩みやさまざまな仕種まで伴って浮かび上がってきた。私はしばらく二人を眺めていた。駄目だ！　誰の運命に入り込んでくるにも、こいつらはあまりに幻影的すぎるし、常軌を逸しすぎている。そして一言の言葉は多くを——実に多くを——引き起こす。弾丸が空間を通って飛んでいくように、時間を通って破壊をもたらすのだ。私は何も言わなかった。そしてジムは、光に背を向けてベランダに立ち、人間に敵対する見えない敵すべてによって縛られ猿轡をかまされたかのように少しも動かず、何の音も立てなかった」

# 第十六章

「やがてジムは愛され、信頼され、崇拝されることになる。その姿を私が見る時期がいまや近づいていたのだ――あたかも彼が英雄の器であるかのように、力と武勇の伝説がその名の周りに形作られていくのを見ることになる時期が。本当だとも。いまここでこうして私が空しく彼について語っているのと同じように本当なのさ。そして彼は彼で、ちょっとしたあと押しさえあれば、己の欲望の顔を見てとる才を持っていた。己の夢の形、それらがなければこの世は恋する者も冒険する者も知らぬままだろう夢の形、それを見る才がジムにはあった。密林において、彼は大きな名誉と楽園(アルカディア)的幸福を手にし（無垢については何も言うまい）、それは彼にとって、別の男にとっての都会の名誉と都会の楽園的幸福に等しい善きものだった。至福、至福とは――どう言ったらいいのか？――世界のいずこにあっても黄金の杯(さかずき)から飲み干される。味は人間の側にある。それぞれ一人ひとりにあるものであって、どこまで酔いをもたらすかも本人次第なのだ。これまでの経緯から想像がつくだろうが、ジムは深く飲むタイプの人間だった。私がやがて目にすることになった彼は、文字どおり酔いしれていたとは言わぬまでも、少なくとも、霊薬を口にして頬を火照らせてはいた。といって、すぐさま霊薬が手に入ったわけではない。君たちも知るとおり、おぞましい船具商たちに交じって過ごした、いわば見習いの年月があったのであり、その間ジムは苦しみを味わい、私は私で、この我が――我が被保護者とも言うべき人物について気を揉んでいたのだ。その後、何から何まで輝かしい彼の姿を見たものの、私としてはいまだ完全には納得していない。そう、それが最後に見た彼の姿だった――強い光を浴びて、支配者然としつつも周囲と完璧に調和し、森の暮らし、人々の暮らしに溶け込んでいた。感心させられたことは確かだが、長い目で見ればこれが永続的な印象ではないことも認めねばならない。結局のところ、そこでの彼は、孤立によって護られていた。自分と同じように優れた人間は一人もいない一方、自然とは密に接していた。そして自然というものは、愛情をもって接する者たちとはごく気安く信頼関係を保ってくれるものだ。私は安全な状況に置かれたジムの姿を脳裡に定着させることができない。私は彼のことをつねに、あのホテルの部屋の、開いた扉の向こうに見える、失敗から派生したにすぎぬ事柄をあまりに真剣に捉えている者として記憶するだろう。もちろん私としては、自分の尽力からそれなりに善き事態が生じ、壮麗なる状況さえ生まれたことを嬉しく思う。だが時には、私自身の精神衛生のためには、チェスターの底なしに気前よい誘いの邪魔をせぬ方がよかったのではという気もしてしまう。ウォルポール小島なる、海に浮かぶ陸地の中でもこれほど望みなく侘しい屑もあるまいと思える場を前にしていたら、ジムの豊饒(ほうじょう)なる想像力はいったいそれをどう捉えただろうか。もっとも、その結果が私の耳に届くことはおそらくなかっただろう。というのも、残念ながらチェスターは、およそ時代遅れのブリグ型帆船を補修すべくオーストラリアのどこかの港に立ち寄ったのち、総勢二十二人の乗組員とともに煙を上げて太平洋に乗り出したものの、そののち彼を見舞った謎の運命に唯一関係しているかもしれぬ報せ(しら)があるとすれば、およそ一か月後にハリケーンがウォルポールの浅瀬を吹き抜けていったという報せのみなのだ。金の羊毛探求者たちの痕跡は何ひとつ出てこなかった。茫漠たる海原からは何の音も聞こえてこなかった。完(フィニス)！　激し易い、活きいきとした一連の大洋の中で、太平洋はどこよりも慎み深い。冷えびえとした南極大陸も秘密を守れはするが、往々にしてそれは墓という形を取る。

そして、そういう慎み深さには、これですべて終わりなのだという悦(よろこ)ばしい感覚も伴っている。人はみな、そういう感覚を正直に認めるにやぶさかでないはずだ。それがなかったら、いったい何が、死という観念を耐えうるものにしてくれるだろう？　終わり！　完！　生の館(やかた)から、宿命という亡霊の影を追い払ってくれる霊験あらたかな言葉。そういう霊験が、ジムの成功には、見た目にはいかにも立派だったし本人も力説していたものの、いまふり返っても見えてこないのだ。生あるところに希望あり、それはそのとおりだが、そこには恐れもある。私はべつに、自分の行動を悔やんでいるのではないし、それがもたらした結果を思うと夜も眠れぬなどというふりをする気もない。それでもやはり、重要なのは罪の意識だけであって恥など問題ではないのにジムが恥というものをあんなにも重く見たという思いは拭いきれない。ジムは私から見て、こう言ってよければ、明瞭ではなかった。彼には明瞭さが欠けていた。もしかしたら、自分自身から見ても明瞭ではなかったのかもしれない。彼には繊細な感性があり、繊細な情感があり、繊細な渇望があった。それは一種、昇華され理想化された利己心だった。ジムは、言わせてもらうなら、実に繊細な男だった。実に繊細で、実に不運な男だった。もう少し粗野な人間だったら、重圧に耐えたりせずに、ため息をつくなり、うなり声を漏らすなり、何なら馬鹿笑いを飛ばすなりして自分と折りあいをつけるしかなかっただろう。そしてさらにもっと粗野な人間だったら、いっこうに傷つくことなく、無知のまま、何の興味深さもないままだっただろう。

だが彼は、犬どもの足下に投げ捨てられるには、あるいはチェスターの足下に投げ捨てられるにも、あまりに興味深い男だった。あるいはあまりに不運な男だった。そのことを私は、ホテルのあの部屋で、自分が便箋の上に屈み込み、彼が何とか息をしようとおそろしくこそこそとあがいている最中にも感じた。あたかも身を投げようとするかのように彼がベランダに飛び出していった――そして身を投げなかった――時にもやはり感じた。彼が部屋の外に、夜を背景にしてわずかな光に照らされ、厳めしい、望みのない海の岸辺に立っているかのような姿で留まれば留まるほど、ますます強く感じた。

と、いきなりゴロゴロと重たい音が響いて、私は思わず顔を上げた。音は次第に遠ざかっていくように思えた。そして突然、探るような、ギラギラと烈しい光が、夜の盲目の顔の上に落ちた。目も眩むような閃光が、途方もなく長く続くように思えた。くっきり黒々と浮かび上がった、光の海の岸辺にしっかり根を下ろして立つジムの姿を私が見ているさなか、雷の響きは着々と大きくなっていった。明るさが絶頂に達した瞬間、凄まじいとどめの轟音（ごうおん）とともに暗闇が一気に戻ってきて、まぶしさに眩んだ私の目の前でジムは、あたかも粉々に吹き飛ばされてしまったかのようにすっかり消えてしまった。大きなため息のような強風が吹き抜けた。怒り狂ったいくつもの手が藪を引きちぎり階下の木々のてっぺんを揺するように思え、ホテルの前面、端から端まで、扉という扉を叩きつけ窓ガラスを一枚残らず割ろうとしているように思えた。ジムが部屋の中に戻ってきて、扉を閉めたとき、私は机の上に屈み込んでいた。入ってきた彼が何と言うか、私をにわかに襲った不安は凄まじく強く、ほとんど恐怖の域に達していたのだ。『煙草、もらえますか?』彼は訊いた。私は顔を上げもせずに箱を押し出した。『煙草が――何だか――すごく喫いたくて』彼は口ごもって言った。私はひどく浮き浮きした気分になった。『ちょっと待ってくれ』明るく低い声を発した。彼はそこらへんを二歩、三歩と歩き回っていた。『もう終わりました』彼が言うのが聞こえた。ドン、と一度だけ遠い雷鳴が、救難連絡の銃砲みたいに海の方から響いてきた。『今年はモンスーンが終わるのが早いですね』彼は私の背後のどこかで、打ちとけた口調で言った。それで私も勇気づけられてふり向く気になり、最後の封筒の住所を書き終えるや否やそうした。ジムは部屋の真ん中で貪るように煙草を喫っていて、私が立てた音は聞こえたはずだが、しばし私に背を向けたままでいた。

『ねえ——僕、まあよくやりましたよね』いきなりくるっと身を翻しながら、彼は言った。『それなりの成果はありました——大したものじゃないですが。このあとはどうなりますかねえ』。顔は何の感情も示しておらず、あたかも息を止めていたみたいに少し黒ずんで膨らんで見えただけだった。言わばしぶしぶといったふうに彼は笑みを浮かべ、私が顔を上げて無言で見つめる中、言葉を続けた……『でも、ありがとうございます——この部屋——すごく助かりました——ひどく気が滅入ってましたから』……。雨が庭でぱたぱた、ざわざわと音を立て、雨樋（あまどい）が（きっと穴が開いていたにちがいない）窓のすぐ外で、おいおい泣きじゃくる者の悲しみのパロディみたいに、滑稽なすすり泣きやゴボゴボという悲嘆の声を上げ、その合間にはちゃんとひくひく震える沈黙もはさまっていた……。『逃げ場をもらえて』彼はもごもご言って、口をつぐんだ。

色褪せた稲妻が一瞬、黒い窓枠の向こうから飛び込んできて、何の音も立てずに消えていった。どうやってジムに近づくのが最善かと思案していると（また払いのけられるのは御免だった）、彼が小さな笑い声を上げた。『これで浮浪者同然ですよね』……煙草の先端が指のあいだで燻（くすぶ）った……『もう何ひとつ——何ひとつ』ゆっくり噛みしめるような言い方。『とはいえ……』そこで言葉を切ると、雨がいっそう激しく降り出した。『いつの日か、すべてを取り戻す機会がきっと来ますよね。絶対に！』と押し殺した声できっぱり、私のブーツを睨みつけながら言った。

何をそんなに取り戻したいのか、何をなくしてそんなに悔しいのか、それすら私にはわからなかった。口では言い表わしようがないほど大きなものだったのだろうか。チェスターに言わせればロバの皮一切れだが……。ジムは顔を上げて、問うような目で私を見た。『かもしれない。人生が十分長ければ』と私は、口をろくに開きもせず、理不尽な悪意を込めて呟いた。『あまり当てにしない方がいいと思うがね』

『いやぁ！　何が来たって平気という気分ですよ』と彼は、厳めしい確信のこもった口調で言った。『今回の件を持ち堪えられるんなら、まさか時間がないなんて恐れは――這い上がれないなんてことは……』彼は上を向いた。

私はそのときふと思った。宿無しやはぐれ者から成る一大軍団の――下へ、下へ、大地のすべての排水溝へと行進していく軍隊の――人材は、まさにこのジムのような連中の中から集められるのだ。この部屋を、本人言うところの『逃げ場』を出ていったとたん、彼もその隊列に加わり、底なしの奈落への下降をはじめるのだ。少なくとも私は何の幻想も抱いていなかった。とはいえ、ついさっき、言葉の力をかくも確信していたのに、滑り易い場所で転ぶのが怖くて動けないみたいに、いまや口を開くことさえできずにいるのもやはり私だった。他人の内密な欲求を把握しようと努めて初めて、我々は、星々の光と太陽の温かさを自分と共有する者たちが実はいかに理解不能な、揺れ動く、不明瞭な存在であるかを思い知る。あたかも孤独というものが、生きることの冷酷かつ絶対的な条件であるかのような気がしてくる。肉体という、我々の目が注がれる外皮は、さし延べられた手の前で溶けてしまい、残るのはただ、いかなる目をもってもたどれない、いかなる手でも摑めない、慰めようもなく捉えようもない、動きの読みようもない魂なるもののみ。私を沈黙させたのは、彼を失うのではという恐れだった。突然、説明しようのない衝撃とともに私は悟ったのだ、ここで彼を闇の中へ逃がしてしまったら私は二度と自分を許さないだろうと。

『とにかく。ありがとうございました――もう一度お礼を申し上げます。あなたにはすごく――並外れて親切に――ほかに言いようがありません……並外れて！　どうしてそこまでして下さったのかわかりませんよ、ほんとに。本当はもっと恩を感じなくちゃいけないんでしょうけど、何しろ何もかもいきなり乱暴に降ってきたものだから……きっと心の底では……あなたも、あなた自身も……』彼は言葉に詰まった。

『そうかもしれない』私は言葉をはさんだ。彼は眉間に皺を寄せた。

『それでも人間、責任ってものがあります』。そう言って彼は鷹のような目で私を見た。

『それもそのとおりだ』私は言った。

『とにかく。僕は最後まで耐えました。これで誰かとやかく言ってくる奴がいたら――そしたら――黙っちゃいません』。ぎゅっと拳を握った。

『君自身がいるんじゃないかな』私は笑みを浮かべて——間違いない、明るさのかけらもない笑みだった——言ったが、彼は脅すような目で見返してきた。『それは僕の問題です』と彼は言った。不屈の決意といった雰囲気がその顔に、虚しい、束の間の影のように浮かんで消えた。次の瞬間にはもう、前と同じように、厄介事に巻き込まれた気立てのいい青年の顔に戻っていた。彼は煙草を投げ捨てた。『さようなら』と彼は、緊急の仕事が眼前に控えているのに長居しすぎた人間の慌ただしさで言い、それから一秒かそこら少しも動かなかった。すべてを洗い流す洪水の、何ものにも遮られぬ勢いで豪雨は降りつづけ、抑えようもない圧倒的な憤怒のごときその音は、崩れ落ちる橋、根こそぎにされた木、土台を削り取られた山といった情景を喚起した。どこかの島に取り残されたかのような頼りなさで辛うじて雨から逃れている我々を、薄暗い静けさが包んだ。そこに打ち寄せ、渦巻いて叩きつけてくるように思える巨大な激流に、誰一人抗える者はいない。命がけで泳ぐ者を忌まわしくあざ笑うかのように、穴の開いた雨樋はゴロゴロ喉を鳴らし、息を詰まらせ、ペッと唾を吐き、ばしゃっと水を浴びせた。『雨が降ってるじゃないか』と私は異を唱えた。『それに君……』『雨が降ろうが槍が降ろうが』彼はぶっきらぼうに言いかけ、思いとどまって、窓辺に歩いて行った。『大洪水ですね』少し経ってからそう呟いた。額を窓ガラスに押しつけた。『それに暗い』

『うん、ものすごく暗い』私は言った。

彼はくるっと踵(きびす)を返して、部屋を横切り、私が椅子から跳び上がる間もなく、もうすでに廊下に出るドアを開けていた。『待ってくれ』私は叫んだ。『もしよかったら……』『今夜は夕食におつき合いできません』彼は私に言葉を投げつけるように言った。片足がすでに部屋から出ていた。『誘うつもりなんかないさ』私は叫んだ。そう言われて彼は足を引っ込めたが、疑り深げに戸口から動かぬままだった。その機を逃さず、私は本気の声で、馬鹿な真似はよせ、さっさと部屋に入ってドアを閉めろ、とジムに呼びかけた」

# 第十七章

「彼はやっと部屋に入ってきたが、入ってきた主たる原因は雨だったと思う。ちょうどその時点では凄まじい土砂降りで、私たちが話しているうちに徐々に収まっていった。彼の態度は何とも生真面目にこわばっていた。その物腰は、ひとつの理念に取り憑かれた、生来無口な男のそれだった。私は彼の置かれた立場の、現実的な側面を論じた。目的はただひとつ、彼を零落、破滅、絶望から救うこと。友もなく家もない男が世間に放り出されれば、そうした運命があっという間に迫ってくるのだ。頼むから援助を受け容れてほしい、と私は彼に訴えた。理に適（かな）った議論だったと思う。なのに、目を上げて、そのひたむきで滑らかな、この上なく真剣で若々しい顔を見るたび、自分が何の助けにもなっていないような不安に襲われた。それどころか、彼の傷ついた魂がくり広げている、神秘的で説明不能な、摑みようのない苦闘の邪魔をしているような気さえした。

『君としては、普通に屋根の下で食べたり飲んだり眠ったりするつもりなんだよね』と、自分が苛立ちを感じつつ言ったことを私は覚えている。『だがもらえる権利がある金に触る気はない、と言うわけだ』……冗談じゃない、もらえるわけありません、という意思表示に彼のようなタイプの人間が為しうる限り近い仕種をジムはやってみせた（パトナ号航海士として、三週間と五日分の給料を受け取る権利が彼にはあった）。『まあどのみち大した額じゃない。でも明日はどうするんだ？　どこへ行く？　生きていかないわけには……』『そういうことじゃないです』という一言が、思わず彼の口から漏れた反応だった。私はそれを無視し、過度の潔癖さゆえの遠慮と私には思えるものへの攻撃を続けた。『およそ考えうるあらゆる理由で、君は私に助けさせてくれなくちゃいけない』と私は締めくくった。『駄目です』とあっさり、穏やかに言った彼は、何か深いひとつの観念にしがみついている。その観念が、暗闇の中で水たまりのように光っているのが私にも見えたが、その深さが測れそうなくらい近くにはとうてい寄れそうになかった。私は彼の、均整のとれた大きな体を眺めた。『とにかく君の、私にも見える部分については私としても助けてやれる。それ以上のことをしようとは思わない』。彼は私を見もせず、疑わしげに首を横に振った。私はおそろしく興奮を募らせていった。『できるとも』私は言い張った。『それ以上のことだってできる。現にそれ以上やってるさ。私は君を信用しているんだ……』『金だったら……』と彼は言い出した。『まったく君、地獄へ堕ちろと言われても文句は言えないぞ』無理に憤慨の口調を込めて私は叫んだ。

彼がハッと息を呑んで笑みを浮かべたので、私はここぞとばかり攻め立てた。『金の問題なんかじゃない。君はどうしようもなく浅はかだ』と私は言った（同時に胸のうちでは思っていた——やれやれ、言ってしまった！　実際、本当に浅はかなのかもしれないし）。『君に持っていってもらいたい手紙を見てほしいね。私がいままで一度も頼み事をしたことのない男に宛てた手紙だよ。君のことを私は、人がごく親しい友人について語るときにしか使わない言葉を使って書いている。私は君に関して、いっさい何の限定もなしに責任を引き受けている。そういうことを私はしているのさ。本当に、それがどういうことなのか、君が少しでも考えてくれたら……』

彼は顔を上げた。雨はもう通り過ぎていて、雨樋だけがまだ窓の外でポタ、ポタ、と馬鹿げた涙を流しつづけていた。部屋の中はひどく静かで、影たちは隅で一緒になって丸まり、短剣の形にまっすぐ燃え上がる蠟燭の静かな炎から距離を置いていた。少し経つと彼の顔に、あたかも夜がすでに明けたかのように、柔らかな光の反射が染みとおるように見えた。

『いやはや！』彼は息を呑んだ。『立派な人ですね、あなたは！』

かりに彼がいきなり舌を突き出して私を嘲った（あざけった）としても、あそこまで屈辱は感じなかっただろう。そここそ余計な口を出した報いだ、そう思った……。彼の目はきらきら光ってまっすぐ私の顔を見据えていたが、それが嘲笑の光り方でないことは私にもわかった。と、突如彼の体がぎくしゃくと、平べったい木の操り人形みたいに激しく動き出した。両腕が上がり、またぱちんと下りてきた。彼はまったく別人になった。『なのに僕ときたら、全然見えなくて……』と彼は叫んで、それからいきなり唇を嚙んで、眉間に皺を寄せた。『僕は何て馬鹿だったでしょう』彼はひどくゆっくり、畏怖の念に打たれたような口調で言った……。『あなたはいい人です』と、今度はくぐもった声で叫んだ。そして私の手を、まるで初めて見たかのようにさっと摑んで、ただちにまた放した。『ああ！　これってほんとに僕の――あなたが――その……』そう口ごもって、それからまた、いつもの愚鈍な、こう言ってよければラバのように強情そうな調子で重々しく切り出した。『犬畜生ですよね、これでもし僕が……』そこで声が詰まったようだった。『いいんだよ』私は言った。こうした感情の吐露に、こっちはほとんど恐怖に近い思いだったが、感情を突き抜けて不思議な高揚感も湧いてきていた。私はいわば、偶然に糸を引っぱってしまったのだ。玩具の仕組みもろくにわかっていないのに。『もう行かないと』彼は言った。『いやはや！　あなたはほんとに助けてくれましたよ。じっとしていられません。これほどの……』とまどいに彩られた賛嘆の目で彼は私を見た。『ほんとにこれほどの……』

もちろんあれほどのことは誰にもできなかった。十中八九、私は彼を飢餓（きが）から救ったのだ――ほぼかならず飲酒と結びつくことになる、あの奇妙な類いの飢餓から。それに尽きる。その点に関し私は何の幻想も抱いていなかったが、彼の方は、見たところ、この三分間で明らかに何らかの幻想を胸のうちに取り込んでいる。いったいどういう幻想なんだろう、とつい考えてしまった。私は彼の手の中に、人生の真面目な営みをまっとうに進めていく手立てを押し込んだ――ごく当たり前の、食べ物、飲み物、ねぐらを得る手段を。けれど彼の傷ついた心は、翼を痛めた鳥のように、ぱたぱた跳ねてどこかの穴に入り込んでそこで何もせぬまま静かに餓死してしまうかもしれない。私が押しつけたのは、その程度の、ごく小さなものでしかないのだ。なのにそれは――見よ！――その受けとられ方ゆえに、蠟燭の薄暗い光の中、大きな、茫とした、ひょっとすると危険でもある影のように広がっている。『僕がきちんと礼に適ったことを言わないのは気にしないでもらえますよね』彼は唐突に言った。『言えることなんて何もないんです。昨日の夜すでに、あなたは計り知れないくらい助けて下さったんです。つまり、僕の話を聞いて下さって。ほんとですよ、何度もね、頭がもげちまうんじゃないかと思ってたんです……』そう言いながらあちこち矢のように、文字どおり矢のように行ったり来たりし、両手をポケットに突っ込み、また引っぱり出して、帽子を乱暴にかぶり直した。ジムがこんなにふらふら軽く動けるなんて、思ってもいなかった。風の渦に閉じ込められた落葉を私は思い浮かべたが、そのさなかにも、ある不思議な不安が、はっきりしない疑念の塊が、私を椅子に押さえつけていた。何か新しい発見によってその場に釘付けにされたかのように、ジムはそこに立ち尽くしていた。『あなたは僕に自信を与えてくれました』と彼は生真面目に言った。『おいおい、よせよ君――よせって！』と私は、まるで彼に痛めつけられたかのように頼み込んだ。『わかりました。もう黙ります。これからも黙っています。でも考えることまでは止められませんよ……。まあとにかく！……いずれ機会が……』彼はそそくさとドアの前まで行って、立ちどまって頭を垂れ、ゆっくり慎重な足どりで戻ってきた。『いつも思ってたんです、まっさらな状態からはじめられさえすれば……で、こうしてあなたが……ある程度……そうです……まっさらな状態を』。私は片手を振り、彼は大股でふり返らずに出ていった。閉じられたドアの向こうで、足音が徐々に消えていった——白昼堂々と歩く男の躊躇せぬ歩きぶり。

だが私の方は、一本きりの蠟燭とともに取り残されて、奇妙に何の光もないままだった。私はもう若くはない。善であれ邪であれ、人間が進める取るに足らぬ歩み、その歩みにつきまとう荘厳さが曲がり角ごとに見える歳ではもはやない。結局のところ、光を手にしているのは、私たち二人のうちでいまだ彼の方なのだ。そう思うとつい笑みがこぼれた。そして悲しみも感じた。まっさらな状態、だと！　人間一人ひとりの運命が、最初の一言からすでに、消しようのない文字によって岩の表面に刻み込まれていないとでも言うのか」

# 第十八章

「六か月後、私の友人から手紙が届いた（我が友は世を拗ねた、中年を過ぎた独身の身で、奇人で通る、精米所を経営する男だった）。私の熱のこもった推薦から見て、きっと聞きたがるものと思ったのだろう、ジムの数々の美徳を彼は述べ立てていた。どれもみな、控えめで実際的な類いの美徳であるらしかった。『これまで私はずっと、自分と同類のいかなる人間にも諦念混じりの容認以上の気持ちを抱けぬゆえ、いくらこの湿気に満ちた気候とはいえ男一人で住むにはさすがに広すぎると見られそうな家に一人で暮らしてきた。その私が、彼を一緒に住まわせてからしばらく経つ。どうやら間違いではなかったようだ』。手紙を読む限り、どうやら我が友はジムに対して、容認以上の気持ちを見出したらしかった。積極的に他人を好きになりそうな兆しすら、そこには見てとれた。もちろんいかにも彼らしい言い方でその根拠は述べられていた。まず第一に、ジムはこんな気候でもみずみずしさを保っている。もしジムが女の子だったら——と我が友人は書いていた——花開きつつあると言ったことだろう。熱帯のけばけばしい花のようにではなく、スミレの花のように慎ましく。家に住むようになって一月半が経っていたが、ジムはいまだ、私の友の背中を叩こうとしたり、彼を『あんた(オールド・ボーイ)』と呼んだり、その他、老いぼれた化石になった気にさせるようなことを何ひとつしていなかった。若者特有の、苛立たしい無駄話もいっさいしない。気立てがよく、自分のことはあまり喋らず、小賢(こざか)しいところがまったくないのもありがたい、と友は書いていた。その反面、我が友の機知を静かに味わうだけの賢さはちゃんとあるようで、またその一方、初心(うぶ)なところもあってそれもまた友を面白がらせていた。『彼にはまだ朝露がついている。彼にこの家の一室を与えて食事を共にするという名案を思いついて以来、私自身も前ほど萎(しぼ)んでいない気がしている。先日ジムは、とっさに思い立って、ただ私のためにドアを開けてくれることのみを目的に部屋の向こう側まで歩いていった。そうしてもらって、もう何年も感じたことのなかった、人類との繋がりを私は感じた。馬鹿みたいだろう？　もちろん、何かあったことは私にも察しがつく。何かひどい揉め事があって、君はそれについてもすべて知っているんだと思う。それがどうしようもなく忌まわしい話だという確信は私にもあるが、まあ許してやっていいんじゃないかという気がする。私としては、彼が果樹園に盗みに入る以上にひどい罪を犯すところが想像できない。それより本当にずっとひどいのかい？　君にあらかじめ聞いておいた方がよかったかもしれないな。

でも私も君も、聖人同士になり果てて以来ずいぶん経つから、私たちもかつては罪を犯したってことを君は忘れているのではないかな？　いつの日か君に訊くことになるかもしれないし、そのときはかならず話してほしい。それがどういうものなのか、ある程度見当をつけてからでないと、本人には訊く気になれない。第一、まだ早すぎる。まずはあと何回かドアを開けてもらおう……』。私は三重に喜んだ。ジムが立派にやっていることに、手紙の調子に、私自身の賢明さに。明らかに私は上手くやったのだ。人品を正しく見抜き、云々。ひょっとしてここから、予想もしなかったほどの素晴らしい結果が生じるのでは？　その晩、船尾楼の天幕の下で（我が船は香港に碇泊していた）デッキチェアに座った私は、ジムをめぐる空中楼閣の最初の一石を据えたのだった。

北に旅して帰ってくると、友からの新しい手紙が待っていた。ほかの手紙はうっちゃって、まずその封筒を破いて開けた。『私が知る限り、スプーンはひとつもなくなっていない』と一行目にはあった。『わざわざ調べてもいないが。彼は出ていった。朝食のテーブルに詫び状を置いていった。改まった調子の、愚かか、薄情か、そのどちらかの手紙だ。たぶんその両方なのだろう。私にとってはどっちでも同じことだ。君にまだ謎の若者の蓄えがあるといけないから言っておくが、商売はもうやめた。きっぱり永久に店仕舞いした。これが私の最後の奇行ということになるのだろう。私が傷ついているなどと一瞬たりとも考えないでほしいが、テニスパーティではみんな彼がいなくなったのをひどく寂しがっているし、私も体面があるからクラブでは適当にごまかしておいた……』。私はその手紙を放り出し、テーブルの上に載ったほかの手紙の束を見てみた。ジムの筆跡が出てきた。信じられるかね？　百分の一の確率だよ！　だが起きるのはいつだってその百分の一の確率なのだ！　何とあのパトナ号の二等航海士の小男が、ほぼ文無し状態で現われて、精米所の機械を世話する臨時雇いの仕事にありついたんだ。『あいつの馴れなれしさが我慢できなかったんです』とジムは、本来いるべき、安楽に過ごせたはずの場所から七百マイル南に離れた海港から書いていた。『当面は船具商エグストレーム＆ブレイクで、要するに使い走りとして働いています。身元紹介先としてあなたの名前を——むろん向こうは知っています——挙げさせてもらいました。もし一言、口添えして下さる手紙を送って下されば、正式の雇用となるのですが』。廃墟（はいきょ）と化した我が楼閣に私はすっかり潰されてしまったが、もちろんジムの望みどおりに書いてやった。その年が終わる前に新しい契約でそっちへ行ったので、彼に会う機会が出来た。

　彼はまだエグストレーム＆ブレイクに勤めていて、私たちはその店の『談話室（パーラー）』と称する、店舗の表側にある部屋で会った。ちょうど彼は船から降りてきたところで、頭を低く下げて、どこからでもかかって来いという勢いで私の前に出てきた。『君、どんな弁解がある？』私は握手を終えたとたんに切り出した。『手紙で書いたこと——あれで全部です』彼は頑なに言った。『あいつがペラペラ喋りでもしたのか？』と私は訊いた。彼は落着かなげな笑みを浮かべて顔を上げた。『いえいえ！　違います。僕たち二人の秘密という感じに仕立て上げたんです。精米所に出かけていくたびに、やたらと謎めかした言い方をするんです。恭しい感じに目配せをよこして――「俺たち知ってますよね、俺たち二人だけ」と言わんばかりに。媚びるみたいに、恐ろしく馴れなれしくて――万事そういうふうなんです』。彼はどさっと椅子に座り込んで、自分の両脚の先をじっと見下ろした。『ある日、二人きりでいたら、図々しくもこう言うんです、「さてさて、ミスタ・ジェームズ」――僕はあそこではミスタ・ジェームズと呼ばれてたんです、まるで御曹子みたいにね――「またご一緒になりましたねえ。これって前の船よりいいですよね？」……。頭に来ると思いませんか？　奴の顔を見たら、さも訳知りなふうに、「心配は要りませんよ、旦那」と言うんです。「私はね、まっとうな紳士を見ればちゃんとわかるんです。まっとうな紳士がどんな気持ちでいるかもわかります。ただね、できれば私、ここでずっと雇っていただけませんかね。私もひどい目に遭いましたからねえ、あの忌々しいパトナ号事件では」。いやはや！　耐えられませんよ。あのとき廊下からミスタ・デンヴァーが呼ぶのが聞こえてこなかったら、いったい何を言ったりやったりしたか。昼食どきだったんで、一緒に庭を突っ切って、花壇を抜けてバンガローまで行きました。あの人がいつもの優しい調子で僕をからかいはじめました……僕のことを気に入ってくれてたんだと思います……』

ジムはしばらく黙っていた。

『わかってるんです、僕のことを気に入ってくれたのは。だからこそひどく辛かった。ほんとに素晴らしい人で！　その朝、あの人は僕の腕の下に手を滑り込ませてきました……。あの人もあの人なりに馴れなれしかったんです』。彼は出し抜けに短い声を上げ、それからあごを胸に落とした。『ふん！　あの下劣な小男の口の利き方を思い出したら』といきなり震える声で話し出した。『自分のことを考えるのが耐えられなくなったんです……あの人のこと、あなたもご存じなんですよね……』私は頷いた……。『雇い主というより父親でした』と彼は叫んだ。声が沈んだ。『いれば、言わないわけには行きませんでした。あのままにしておくなんて無理です、そうでしょう？』『それで？』少し待ってから小声で私は言った。『それよりはと、出ていくことにしたんです』彼はゆっくりと言った。『この一件は葬り去るしかないんです』

店の中でブレイクが、エグストレームをぴりぴりした声で口汚く罵るのが聞こえた。もう何年も一緒に商売している二人だったが、毎日ドアを開けた瞬間から、閉店の一分前まで、一瞬も止むことなく、艶々の黒髪に不幸そうな小さな目の小男ブレイクが、ある種痛烈かつ痛切な憤怒を込めてパートナーを詰るのが聞こえてくるのだった。永遠に続く叱責の響きは、一連の器具同様しっかり場の一部になっていた。まったくの他人でもすぐにそれを無視することを覚えて、せいぜい『やれやれ』と呟くか、パッと席を立って『談話室』のドアを閉めるかする程度だった。エグストレームの方は骨ばった大柄の北欧系で、巨大な金色の口ひげを生やしたせかせかと動く男だったが、その騒音の只中にあってもまるっきり耳が聞こえないかのように平然とふるまい、部下に指示を与え、商品の包みをチェックし、立ち机で請求書や手紙を書いたりしていた。時おり、やや苛ついたかのように『シーッ』とおざなりな音を発したが、それも何ら影響を及ぼさず、そもそも何ら影響を及ぼすことを期待していないようだった。『ここでは実にまっとうに扱ってもらっています』ジムは言った。『ブレイクは鬱陶しい奴ですが、エグストレームはまともです』。彼はさっと立ち上がって、ゆったりした足どりで、碇泊地に向けて窓際に置かれた、三脚に載った望遠鏡のところに行って片目を当てた。『午前中ずっと海上に釘付けだった船が、やっと風が出てきて港に入ってきます』と気長な調子で言った。『乗り込みに行かないと』。私たちは黙って握手し、彼は立ち去ろうと私に背を向けた。『ジム！』私は叫んだ。彼は把手に手を当てたままふり向いた。『君は――君は一生の幸運を投げ捨てたようなものだぞ』。彼はドアから一気に私の前まで戻ってきた。『本当に素晴らしい人だったのに』と彼は言った。『どうして僕はあんなことを？　どうしてあんなことを？』唇がぴくぴく震えた。『こ、こ、ここではどうだっていいんです』。『まったく、君ときたら――君ときたら――』と私は言い出したものの、ふさわしい言葉を探して頭の中を引っかき回さねばならず、ぴったりの言い方などありはしないのだと思い知る間もなく彼はもういなくなっていた。外でエグストレームの太い、穏やかな声が『セアラ・W・グレンジャー号だぞ、ジミー。いの一番で乗り込めよ』と陽気に言うのが聞こえ、間を置かずブレイクが割り込んで、逆上したバタンインコもかくやという金切り声を上げた。『郵便が何通か来ていますと船長に言え。そうすりゃ来るから。聞こえたか、ミスタ・ナントカ？』。するとジムは、どこか少年のような口調でエグストレームに答える――『了解。飛んでいきます』。どうやらこの情けない商売にあって、ボートを飛ばすことが一番の息抜きになっているらしかった。

その滞在の最中はもう彼に会わなかったが、次にまた行ったとき（私の契約は六か月間だった）店に寄ってみた。ドアの十ヤード手前でブレイクの叱責が早くも聞こえてきて、中に入ると本人の、心底みじめそうな眼差しが私を迎えた。エグストレームは満面に笑みを浮かべながら歩み出てきて、大きな骨ばった手を差し出した。『ようこそいらっしゃいました、船長……。シーッ……。そろそろ戻ってらっしゃるころかと思っていましたよ。え、何です？……あ！　あの男ですか！　いなくなりましたよ。談話室においで下さい』……。ドアがバタンと閉まると、ブレイクのぴりぴりした声は荒野で必死に空しく叱責する者のそれのごとくかすかになった。……『いやぁこちらもえらく迷惑しましたよ。ひどい目に遭わされました……』『どこへ行ったんです？　ご存じですか？』と私が訊くと、『いいえ。無駄ですよ、お訊ねになっても』とエグストレームは言った。頬ひげを生やした姿が律儀に私の前に立ち、腕をぎこちなく両脇に垂らした。細い銀の時計鎖が、皺の寄った青い綾織（サージ）のチョッキの上で低く垂れた環（わ）を作っていた。『ああいう人間は、特にどこへ行くっていうんじゃないんです』。とにかく聞かされた報せに頭が一杯で、その一言の意味も私は訊かずに済ませてしまい、相手は先を続けた。『いなくなったのは――ええと、確か――紅海から戻ってきた巡礼の一団を乗せた蒸気船が、スクリューを二枚なくして入港してきたちょうどその日でした。もう三週間になります』。『パトナ号事件の話が、何か出ませんでしたか？』と私は、最悪の可能性を恐れつつ訊いてみた。相手はぎょっとして、妖術師でも見るみたいな目で私を見た。『ええ、出ましたとも！　どうしておわかりで？　何人かここで話していましたよ。船長が一人か二人と、港のヴァンロー整備店の店長と、ほかに二、三人と私です。ジムもここにいて、サンドイッチをつまみながらビールを飲んでました。忙しいとね、おわかりでしょう、ちゃんと食事をする暇もないんです。ジムはこのテーブルの脇に立ってサンドイッチを食べていて、あとはみんな望遠鏡を囲んでその蒸気船が入ってくるのを見ていました。そのうちに、ヴァンローの店長がパトナの一等航海士だった男の話をやり出したんです。前にその航海士に頼まれて何か修理をしたことがあるとかで、そこから話はパトナのことに流れて、あの船がどんなにオンボロだったか、どれだけ稼ぎが上がったかとか。で、パトナの最後の航海まで話が進んだとたん、みんないっせいに喋り出したんです。それぞれ口々に勝手なことを言いましたが、大したことは言いやしません。誰でも言うようなことを言ったり、笑ったりです。で、セアラ・W・グレンジャー号のオブライエン船長が――杖を突いた大柄で賑（にぎ）やかな年配の方です――まさにこの肱掛け椅子に座ってみんなの話を聞いてらしたんですが、いきなり杖で床を叩いて、「臆病者どもが！」と怒鳴ったんです……。みんなギョッとしましたよ。ヴァンローの店長が私らに目配せをよこして、「どうなさったんです、オブライエン船長？」とお訊ねしましたら、「どうなさっただと？」とご老体は叫びました。「お前ら何を笑ってる？　笑い事じゃないぞ。人間に対する冒瀆だぞ――そうとも。そんな奴らと同じ部屋にいるところ、わしは見られたくない。そうとも！」そう仰有って何となく私の方をご覧になるみたいなんで、私としても何も言わんわけにも行きませんで、「臆病者ですとも、ごもっともですオブライエン船長、私としてもそういう輩をこの部屋に置きたかございませんよ、ですからこの部屋についてはご安心下さって大丈夫です。何か冷たい飲み物でも召し上がれ、オブライエン船長」。「飲み物なんか要らんぞ、エグストレーム」と船長、目をギラギラさせて仰有いました。「飲み物が欲しけりゃこっちから怒鳴るわい。わしはもう行くぞ。こんな臭いところはお断りだ」。この一言にみんなどっと笑い出して、ご老体のあとを追っていきました。それでですね船長、あのジムの奴ときたら、手に持っていたサンドイッチをそこに置いて、テーブルを回って私の方に来たんです。ビールのグラスもなみなみと注いだままでした。で、「行きます」と、あっさりそう言うんです。「まだ一時半になってないぞ。まずは一服したらどうだ」と私は言いました。てっきり仕事に戻ると言ってると思ったんです。どういうことかわかったとたん、両腕から力が抜けましたよ――いやほんとに！　あんな男はそうそう手に入りやしませんからね、おわかりでしょう、ボートを操らせたら天下一品、どんな天気でも嫌な顔ひとつせず何マイルも船を迎えに出ていく。何度もありましたよ、魂消た顔の船長がここに入ってきましてね、まずだいたいこんなことを言うんです、「おいエグストレーム、お前んとこすごいのを船長番にしてるんだな、ありゃどう見てもまともじゃないぞ。夜明けどきに、帆を縮めて手探りで港へ進んでたら、いきなり霧の中から、船首の水切りの真下に、半分水に埋もれたボートが飛び出してきて、マストヘッドには水しぶきがびしゃびしゃかかって、敷板では黒いのが二人怯えてて、舵を握ってる鬼がギャアギャアわめく——ヘイ！　ヘイ！　おーいそこの船（シップ・アホイ）！　おーい！　船長どの！　ヘイ！　エグストレーム&ブレイクから一番乗りでやって参りました！　ヘイ！　ヘイ！　エグストレーム&ブレイクです！　こんにちは！　ヘイ！　やあ！　黒いの二人を罵倒して——帆を風に向けて開いて——折しもスコールが来てたんだが——大声を上げながら突進してきて、こっちに向かって、帆をお揚げ下さい、港にご案内しますからと怒鳴るんだ——ありゃあ人間ていうより悪魔だな。ボートがあんなふうに操られるのを見たのは生まれて初めてだね。酔っ払ってたわけじゃないよな？　それも、すごく物静かな優しい声の男じゃないか、上がってきたら女の子みたいに頬を赤らめるんだ……」。ねえマーロウ船長、馴染みの船でもない限り、ジムが出てくれたらよそは勝ち目ありませんでしたよ。ほかの店は、お得意さんを相手にするので精一杯だったんです……』

　エグストレームは感きわまった様子だった。

『いや、ほんとに——うちの店に客をかっさらってくるためなら、おんぼろボートで百マイル海に出るのも厭（いと）わないって感じでしたよ。たとえ店が自分自身のもので、万事これからだとしたってあれ以上はやれなかったと思いますね。それが……いきなり……あっさりと！　私、思いましたよ。「ふん！　給料が安いってわけか——そういうことか」。

「よし、わかった」って私、言いましたよ。「なあジミー、私相手にそんな勿体ぶった真似は要らん。言ってみろ、いくら欲しいんだ。無理のない範囲なら、ちゃんと聞く耳はあるぞ」。奴ときたら、何か喉に引っかかってる物を呑み込もうとしてるみたいな顔してました。「ここにはいられないんです」。「それっていったいどういう冗談だ？」って訊きましたよ。そしたら首を横に振ってね、目を見てみたら、もう行っちまったも同然だと思い知りましたね。それで私も食ってかかって、さんざん罵ってやりました。「何から逃げ出そうってんだ？　誰に追われてるんだ？　何に怯えてる？　お前、鼠ほどの知恵もないじゃないか。鼠はいい船から逃げ出したりしないぞ。ここよりましな勤め口がどこで見つかる？　この馬鹿、阿呆」。さすがに奴もげんなりしてましたよ、ほんとです。「この店は沈みやせん」って言ってやったんです。そうしたら、パッと跳び上がって。「さようなら」って、領主様みたいに重々しく頷いて言うんです。「あんたは悪い人じゃないですよ、エグストレーム。誓って言います、もし理由がわかったらあんた僕をここに置こうとは思わないでしょうよ」。「寝言もいい加減にしろ。自分のことは自分が一番わかってる」って言いましたよ。あんまり頭に来ること言うもんだから、思わず笑っちまいました。「せめてこのビールだけでも飲んでったらどうなんだ、この脳たりん野郎」。どういう風の吹き回しなのか、見当もつきません。何しろジムときたら、ドアがどこにあるかもわからなくなってるみたいなんです。ほとんど滑稽でしたよ、ほんとに。ビールは私が飲んじまいました。「ふん、そんなに急いでるんだったら、君の酒で君に乾杯だ」って言ってやりましたよ。「だけどいいか、こんなこと続けてたら、じき地球上全部あってても足りなくなっちまうぞ。それだけは言っとくからな」。そうしたらじろっと怖い目でこっちを見てから、子供が見たら泣き出しそうな顔で飛び出していきました』

エグストレームは苦々しげに鼻を鳴らして、鳶色の頰ひげを片方、ごつごつの指で梳いた。『あれ以来、ろくな奴が来やしません。この商売、心配事、心配事、そればっかりです。で船長、船長はどこで奴とお会いになったんです、伺ってもよござんすか？』『あいつはあの航海のとき、パトナ号の航海士だったのさ』この男には説明してやる義務がある気がして私は言った。少しのあいだ、エグストレームは身動きひとつせず、指を頰の毛に突っ込んだままでいたが、やがて爆発した。『そんなこと、誰が気にするってんです？』。『誰もしないだろうね』と私は言いかけた……『いったい何様のつもりなんだ――そんなふうにいつまでも大騒ぎして？』。突然、エグストレームは左の頰ひげを口に入れて、呆然と立ち尽くした。『まったく！』と彼は叫んだ。『言ってやったんですよ、そんなんじゃ地球上全部あったって足りないぞって』」

# 第十九章

「この二つの出来事を詳しく話したのは、新しい状況の下で、ジムが己をどう遇したかを知ってもらうためだ。この手の話はほかにもたくさん、十指に余るほどあった。

そのどれもが、意図としては高尚な馬鹿馬鹿しさに彩られていて、それゆえその空しさも深遠にして胸を打つものとなっていた。幽霊と取っ組みあいができるよう両手を自由にするために日々の糧を捨てるというのは、凡庸な英雄的行為と言えなくもないだろう。いままでにもそういう真似をした人間は存在したし（もっとも我々生きてきた者たちがよく知っているとおり、人を追放者にするのは幽霊に憑かれた魂ではなく飢えた肉体なのだが）、そうした天晴れな愚行に対して、日々食べてきて今後も日々食べていこうと思う者たちも喝采を送ってきたのだ。実際、ジムは気の毒な身だった。あれほどの向こう見ずぶりも、彼を疑惑の影から救い出せはしなかったのだから。この男には本当の勇気があるのか、その疑いはつねに残った。ひとつの事実の亡霊を追い払う、なんて要するに不可能ではないのか。向きあうか、逃れるかしかないんじゃないか。これまで私は、馴染みの亡霊を見て見ぬふりができる人物にも一人二人出会ってきた。そして明らかにジムは、見て見ぬふりをする類いの人間ではない。が、私がどうにも決めかねたのは、彼のようなふるまいが、亡霊から逃れることになるのか、とことん向きあうことになるのか、どちらなのかという点だった。

私としては、心の視力を精一杯稼動したものの、結果として見えたのは、人間の行ないを外から見たときの常としてここでも違いはきわめて微妙であり、決めるなど不可能だということだけだった。それは逃避なのかもしれないし、格闘の一形態なのかもしれない。多くの人々にとって、ジムは一個の転がる石として知られるようになった。というのも、ここが一番滑稽なところなのだが、やがてジムは本当に、その放浪範囲内で（輪の直径およそ三千マイルというところか）誰もが知る、一種名うての存在となったのだ。変わり者の人物が田舎一帯で知られているようなものだ。たとえばバンコクでは、用船契約を扱いチーク材を商うユッカー兄弟商会に雇われたが、川に浮かんだ丸太にまで知られているというのに、昼日なか己の秘密をしかと抱えて動き回っている姿はほとんど哀れと言ってよかった。ジムが滞在していたホテルの経営者は、ショーンバーグという毛深い、男臭い押し出しのアルザス人だったが、町に飛び交う醜聞を誰彼構わず喋りまくる人物で、この物語についても、テーブルに両肱をついて、その粉飾したバージヨンを、高価な酒とともに情報を吸収する気のある客たちに語り聞かせた。『それがですね、本当に感じのいい男なんですよ。実に立派な人間です』というのが彼の寛容なる結論だった。ジムがバンコクに半年も留まったことから見て、ショーンバーグの店に出入りする連中はなかなか立派だったと言うべきだろう。私も傍（はた）から見ていて、まったくの赤の他人が、感じのいい子供を好きになるような具合にジムを好きになるのを何度も目にした。決して打ちとけた態度ではないのに、どこへ行ってもその風貌、髪や目や笑顔が、彼に代わって友人を獲得してくれるみたいに見えた。それにむろん、賢さも持ちあわせている。あるときジークムント・ユッカーが（スイスの出で、ひどい消化不良に苛まれた、根は優しい人物で、片脚がひどく不自由なせいで一歩歩くごとに頭部が四分の一円を描いた）、あれだけ若いのに実にジュウヨウカのある男だと褒めたたえるのを私は耳にした。何だかジムのよさが、単なる容積の問題であるかのような言い方である。『奥地に送り出したらどうです？』と私は熱っぽく提案した（ユッカー兄弟は奥地に譲渡地やチーク林を持っていたのだ）。『仰有る（おっしゃ）とおり収容力があるんだったら、仕事もすぐ呑み込みますよ。肉体的にも申し分ないし。いつも至って健康です』。『ああ！　この国にいでジョウカ不良がなければほんどにいいでずよねえ』とユッカーは羨ましげにため息をつき、使い物にならなくなった己の太鼓腹をこっそり見やった。そして私が立ち去ったとき、机の上をとんとんと考え深げに指で打ちながら、『それも一案だ（エス・イスト・アイン・イデー）。それも一案だ』と呟いていた。あいにくまさにその晩、ホテルで不快な出来事が起きたのだった。

　私としてはジムを責める気になれないが、とにかく実に嘆かわしい出来事だったことは確かだ。それは酒場の喧嘩という範疇に括られる情けない事件であり、相手は寄り目の、一応デンマーク人らしき人物で、その名刺には、不正に得た名前の下に、シャム国海軍中尉、とあった。言うまでもなくこの男はビリヤードがからきし駄目だったが、どうやら負けるのは嫌いだったらしい。六戦目が終わったころには、酒もずいぶん入って下司なところが露呈してきて、ジムを蔑む科白を口にしはじめた。居合わせた連中の大半には聞こえなかったし、聞こえた連中もみな、その直後に生じた展開のひどい気まずさにショックを受けて、正確な記憶をすべて失ってしまったらしかった。デンマーク人が泳げたことは不幸中の幸いだった。部屋にはベランダがあって、その下を大河メナムが黒々と流れていたからだ。おそらくは何か盗みの船旅の途上だった中国人を満載したボートが、シャム王に仕える将校を引き揚げた。ジムは午前零時ごろ、帽子もかぶらず私の船の上に現われた。『部屋にいた全員が知ってるみたいだったんです』と彼は、一騎打ちのあとでいわば息も荒いまま言った。こんな真似をしてしまって、一般論としては申しわけないと思うけれども、今回に関しては『ほかに道はなかった』とジムは言った。だが彼を何より狼狽させたのは、自分がいかなる重荷を背負っているか、まるで本当にそれを両肩にしょって歩き回っていたかのように万人に知られているのが判明したことだった。当然もうここに留まれはしない。慎重を要する立場に在るというのに野蛮な暴力をふるった男として、誰もが彼を批判した。あれは泥酔していたのだと主張する者もいれば、配慮のなさを詰る者もいた。ショーンバーグでさえひどく気分を害していた。『たしかに実に好青年です』と彼は私に向かって喧嘩腰に言った。『でも中尉だっていい方なんです。毎晩うちの宿で食事してくれますしね。それにビリヤードのキューも壊されちまった。これは困ります。今朝は真っ先に中尉のところへ謝りにいって、まあ私としては一応ケリがついたものと思ってます。ですが船長、みんながこんな真似をやり出したらいったいどうなります？　下手すれば人が溺れ死んだかもしれないんですよ！　それにこんなところじゃ、隣の通りまで一っ走りして新しいキューを買うってわけにゃ行かないんです。ヨーロッパへ手紙を書いて取り寄せねばならんのです。困るんですよ！　あんなふうに癇癪起こされちゃ！』……。この一件に関しては怒りの収まらぬショーンバーグであった。

これがジムの……いわば潜伏期間、における最悪の事件だった。それを誰より深く嘆いたのはこの私だった。たしかにそれまでも、ジムの名が挙がるのを聞くと誰かが『ああ、あいつか！　知ってるよ。このへんでずいぶん暴れ回ってるそうだね』などと言ったりはしたが、そうした中でジム自身は、打ちのめされもすり減りもしていなかったのだ。しかし今回の一件で、私は本気で不安になった。この上なく繊細な感受性ゆえに、酒場の殴りあいに巻き込まれてしまうのであれば、いささか癪に障るところはあっても害はない愚か者という世評もいずれ失い、そこらのごろつきと変わらぬ輩と見られるようになってしまうだろう。ジムにいくら信頼を寄せている私でも、そんな事態になれば名がいずれ体（たい）となってしまうのでは、と懸念せずにいられなかった。わかってもらえると思うが、もうここまで来ると、いまさら手を引くという選択肢も私にはありえなかった。私はジムを自分の船に乗せてバンコクの外に連れ出した。長い船旅だった。彼が自分の内にこもり切ったさまは哀れと言うほかなかった。船乗りという人種は、たとえ単なる乗客として乗っていても船に対して興味を持つものであって、周りでくり広げられる船上生活を、たとえば画家が他人の絵を見るのと同じように眺めて、いわば批評的な愉しみを味わう。あらゆる意味において『甲板上（オン・デック）』にいたがるものなのだ。ところがジムときたら、ほとんどいつも、密航者同然の有様で船室にこもっている。こっちまでひどく気が滅入ってしまうものだから、船旅中に船乗りが二人一緒にいれば当然出てくるような職業的話題についても、私は口にするのを控えるようになった。私たちは何日も口を利かなかった。彼のいる前では、部下に命令を伝えるのもひどくためらわれた。甲板上でもキャビンの中でも、二人きりになると、どこに目をやったらいいか途方にくれることもしばしばだった。

　とにかくどういうやり方でも始末できればありがたかったから、すでに言ったとおり私はジムをディ・ジョングに委ねた。だがその反面、ジムの置かれた立場がますます辛いものになっているのだという思いも強まってきていた。これまでは、事態がまたもひっくり返ってしまうたび、妥協を知らぬ立場に戻っていくだけの弾力性がジムにはあったが、それがいまやいくぶん失われたように思えた。ある日、私が陸に揚がると、ジムが波止場に立っていた。碇泊地の水と、沖合の海とがひとつの滑らかなのぼり坂を形成していて、錨を下ろした居並ぶ船のうち一番外の方の船舶は、空にぽっかり浮かんでいるように見えた。彼は自分のボートを待っていて、目下そのボートは私たちの足下で、いまにも発とうとしている船のためのちょっとした備品を積み込んでいる最中だった。挨拶を交わしたあとは、二人とも何も言わず横に並んでいた。と、いきなりジムが『いやはや！　この仕事、辛いですよ！』と言った。

ジムは私に笑顔を向けた。彼はいつだって笑顔を作ることができたのだ。私は何とも答えなかった。実際の職務のことを言っているのではないことはよくわかった。ディ・ジョングの下で働くのが大変なはずはない。にもかかわらず、ジムが口を開いたとたん、彼が本当に辛く思っていることを私は確信した。私は彼の顔を見さえしなかった。『君、このへんを綺麗さっぱり出て、カリフォルニアか西海岸にでも行ってみたいかね？　よかったら私もできるだけのことはするし……』いささか蔑むような調子で、ジムは私の言葉を遮った。『それで何が変わるっていうんです？』……。そのとおりだ、という思いがたちまち訪れた。何も変わりはしない。彼が求めているのは息抜きではない。私にも朧(おぼろ)げに見えてきたとおり、彼が求めているのは、彼が待っているのは、容易には言葉にしがたいもの、ある種の機会のようなものだった。機会なら私もずいぶんたくさん彼に与えてきたわけだが、それらはみな、単にパンを得るための機会にすぎない。といって、それ以上何をしてやれるだろう？　どうにもしようのない状況であるように私には思えた。『地下二十フィートに潜らせてずっとそこにいさせるさ！』というブライアリーの言葉が思い出された。たしかにその方が、地上で不可能なことを待っているよりましだ。とはいえそれだって絶対確かとは言えない。そしてその瞬間、その場で、彼のボートが波止場からオール三本ぶん離れるより前に、今晩スタインのところへ相談に行こうと私は決めたのだ。

　このスタインというのは、裕福で人々にも尊敬されている商人だった。彼の『商店（ハウス）』は（スタイン商会なる企業で、パートナーらしき人物も一人いて、スタインによれば『モルッカ群島を「やっている」』という話だった）南洋諸島全般で商売を展開し、おそろしく辺鄙（へんぴ）なところにも数多く交易所があって、あらゆる地の産物を商（あきな）っていた。私はべつに、彼が裕福で尊敬されているから忠告を求めにいったわけではない。スタインに窮境を打ちあけようと思ったのは、彼が私の知る中でもっとも信頼できる人物の一人だったからだ。素朴な、いわば疲れに曇っていない、知的な善良さをこの男は持っていて、その穏やかな光が、面長（おもなが）で毛のない顔を照らしていた。顔には深い縦皺（たてじわ）が刻まれ、長年じっと動かない暮らしをしてきた人物のように青白かったが、むろん事実はその正反対だった。髪は薄く、どっしりと気高い額から上に撫でつけていた。きっとこの男は二十歳のときも、六十歳のいまとさして変わらない様子だったろうと思わせた。それは学者の顔だった。ほとんど真っ白のもじゃもじゃに濃い眉毛と、その下から発せられる鋭く探りを入れる揺るがぬ眼差しだけが、学識豊かそうとも言うべき全体の見かけと一致しなかった。背は高く、身のこなしもしなやかで、わずかな猫背と、邪気のない笑みとが、彼をいかにも優しく耳を傾けてくれそうな人物に見せていた。長い腕と、青白い大きな手は、ふだんはあまり動かずにいるが、時たま慎重に何かを指したり、示したりする類いの動きを見せた。スタインのことをこうして長々と語るのは、そうした外見の奥に、公正で寛大な人柄とも相まって、この男が剛健な気性と、肉体的な勇敢さを持ちあわせていたからだ。その勇敢さは、人によっては無謀と呼びもするかもしれないが、スタインの場合それが（たとえば健やかな消化能力のように）まったく自覚のない身体的機能なので、そうした呼び名は当たらない気がした。ある人間について、あいつは命を片手に抱えて生きている（命を危険に晒して生きる、の意）という言い方がされることがある。こうした言い方も彼にはやはり不適だっただろう。少なくとも、東洋に来て間もないころ、彼はむしろ命を、ボールみたいに軽々と扱っていたのだ。もうすべて過去の話ではあるが、彼の人生の物語と、彼の財産の源は私も知っていた。そしてまた彼は、かなりの名声を得ている博物学者でもあった。いやむしろ、学識ある収集家と言うべきか。昆虫学が専門で、タマムシとカミキリムシのコレクション――どちらも甲虫類で、死と不動に収まった何とも禍々（まがまが）しい姿は超小型の怪物という感がある――と、キャビネットに収まった蝶たち――こちらは生命なき翼を湛えた美しい姿でガラスケースの中に浮かんでいる――とが、彼の評判を地球上はるか遠くまで広めていた。商人にして冒険家にして一時はマレーのスルタンの助言者でもあった（かのスルタンのことを、彼はかならず『私の哀れなモハメッド・ボンゾー』と呼んだ）この人物の名は、数樽（ブッシェル）分の昆虫の死骸のおかげで、彼の人生であれ人格であれいっさい想像もつかぬ、きっと知ろうという気もないヨーロッパの知識人たちにも届いていた。一方、彼をよく知る私には、この男こそジムの苦境を、そして私自身の苦境をめぐる打ちあけ話を聞いてもらうのに最良の人物と思えたのだ」

# 第二十章

「夜遅く、堂々たる、だが誰もいない、ひどく暗い明かりを灯しただけの食堂を通って、私はスタインの書斎に入っていった。家じゅうが静まり返っていた。私を先導していたのは、白い上着と黄色い腰布（サロン）から成る一種の仕着せを着た陰鬱な年配のジャワ人召使で、この人物はドアをパッと開けたのち『おおご主人様（オー・マスター）！』と小声で叫び、すっと脇へ退（の）いたきり、あたかもこの任を果たすためにのみ束の間肉体を得た幽霊であったかのように不可思議にも姿を消した。スタインは椅子ごとぐるっと回ってこっちを向き、その動きの一環として眼鏡が額に押し上げられたように見えた。物静かで剽軽（ひょうきん）な声が私を迎えてくれた。巨大な部屋の一角のみ、書き物机が置かれた一角のみが、笠（かさ）のついた読書灯に明るく照らされ、残りの広々とした空間は、洞窟のように、形の定まらぬ暗闇へと溶けていた。幅の狭い一連の棚には、形も色も均一な箱が影のように詰まっていて、それが壁に沿って延びていたが、高さとしては床から天井まではなく、およそ四フィートの幅で、一種厳めしい帯を成していた。甲虫類の地下墓地。木の銘板が上の方に、不規則な間隔で掛かっていた。光がそのうちのひとつに届いて、金文字で書かれた甲虫類鞘翅目（コレオプテラ）という言葉が、神秘な輝きを巨大な薄闇に向けて放っていた。蝶の収集を入れたガラスケースは、細長い三列に並んで、それぞれが小さな脚の細い机に載っていた。ケースのうちひとつは、本来の場所から動かされて、ひどく小さな文字が黒々と書かれた細長い紙切れの散らばった書き物机の上に置いてあった。

『どうも――ご覧のとおりです』とスタインは言った。その片手が、蝶がぽつんと一羽、堂々と濃いブロンズ色の羽を広げているケースの上に浮かんでいる。羽の幅は七インチかそれ以上あって、美しい白い筋が走り、黄色い斑点の華麗な縁どりが見えた。『これと同じ標本、あなたがたのロンドンには一つしかありませんね、それ以上ないですね。私の小さな生まれ故郷の町に、この私のコレクション、私が死んだら贈る。私の何か、残る。一番よいものが』

椅子に座ったままスタインは身を乗り出し、あごをケースの上まで突き出してじっと見下ろした。私は彼のうしろに立った。『素晴らしい』と彼は小声で言い、私がそこにいることも忘れているように見えた。スタインは奇妙な経歴の持ち主だった。バイエルンに生まれ、二十二歳の若さで一八四八年の革命運動に身を投じた。大きな危険を間一髪逃れて、まずはトリエステの貧しい、共和派の時計製造業者に拾われた。そこから今度は、安物の懐中時計を行商の種に携えてトリポリに移る。どう見ても輝かしい門出とは言いがたいが、それなりに運が向いて、あるオランダ人旅行者にトリポリで出会った。かなり有名な男だったと思うが、名前は思い出せない。この博物学者が、彼を一種の助手として雇い、東洋に連れていった。二人一緒に、もしくは別々に南洋諸島を旅して、四年かそれ以上、虫や鳥を集めて回った。やがて博物学者は帰国したが、スタインは帰るところもないので、旅行中にセレベスの奥地で――セレベスに奥地と奥地でないところがあると言えればの話だが――出会った年配の貿易商の許に留まった。この老いたスコットランド人は、当時この国で唯一居住を許された白人で、ワジョー連邦（セレベス南西部）の支配者たる女性の特別な友人だった。スタインによく聞かされた話だが、体の片側に軽い麻痺のあるこの人物が、ふたたび発作を起こして世を去る少し前、スタインを当地の宮廷に披露した。がっしりした体格、長老然とした白いあごひげ、堂々たる押し出しのスコットランド人が、首長（ラージャ）や諸侯（パンジェラン）や族長（ヘッドマン）が勢揃いした会堂に入っていくと、太った皺だらけの人物である女王は（スタインによればずけずけあけすけに物を言う女性だったという）天幕の下、高い寝椅子に寝そべっていた。スコットランド人は足を引きずり、杖をどすどす鳴らしながら歩いて、スタインの腕を掴み、女王の寝椅子のすぐ前まで連れていった。『女王様、そして首長諸君、これは私の息子です』と耳を聾（ろう）する大声で宣言した。『私はあんた方の父親たちと取引してきた。私が死んだら、こいつがあんた方やあんた方の息子たちと取引します』

この簡単な儀礼によって、スタインはスコットランド人の特権的地位とその手持ち商品すべてを、国で唯一航行可能な川の岸に建てた要塞造りの屋敷とともに相続した。その後まもなく、ずけずけ物を言う老女王も世を去り、我こそは王位継承者なりと唱える者が次々現われて国は騒乱状態に陥った。スタインは女王の息子たちのうち、年若な方の一人と組んだ。これが三十年後、彼が決まって『私の哀れなモハメッド・ボンゾー』と呼んだ人物だ。二人は無数の偉業の立役者となり、大いなる冒険をともに次々くぐり抜けた。一度などは、二人でスコットランド人の家にこもって、一軍隊丸ごとを相手に、わずか十数名の従者とともに一か月の包囲に耐えた。この戦(いくさ)のことは現地ではいまだ語り種(ぐさ)になっているらしい。こうしたあいだもずっと、蝶と甲虫類の収集は怠らず、機会を見つけては新たな種を捕らえて増補に努めていたらしい。そして、およそ八年にわたって、数々の戦、取引、いつわりの休戦、突然の戦闘勃発、和解、裏切り等々が続いて、恒久的な平和がようやく打ちたてられたかというところで、彼の『私の哀れなモハメッド・ボンゾー』が、上々の首尾に終わった鹿狩りから意気揚々帰宅し、自らの宮殿の門で馬から降りようとしたところを暗殺された。この事件によってスタインの地位はきわめて不安定なものとなったが、それでも、モハメッドの妹（我が愛しい妻にして王女、といつも厳かに言っていた）をその後まもなく失わなかったら、そのままずっとこの地に留まっていたかもしれない。だが、妻とのあいだに娘も一人生まれていたものの、母も子も何か伝染性の熱病に罹(かか)って、三日と空けずに二人とも世を去ってしまったのだ。

この残酷な喪失によっていまやそこは耐えがたい場となり、スタインは国を去った。こうして彼の人生の第一期、冒険の時代が終わった。次に続いた時期は、それとはまったく違っていたから、胸に残りつづけた悲しみの重みがなかったら、この第二期は夢と似たものに思えたにちがいない。少しの蓄えを頼りに一からやり直し、数年のうちに相当な資産を築いた。はじめは諸島を精力的に回ったが、寄る年波には逆らえず、近年は町から三マイル離れた邸宅からめったに出なくなって、広々とした菜園のある、納屋、仕事場、あまたの召使や居候を住まわせている竹造りの小屋に囲まれた屋敷で暮らしていた。毎朝馬車に乗って町へ行き、白人や中国人を雇った事務所に顔を出した。スクーナー帆船や現地式船舶から成るちょっとした船隊を所有していて、諸島の産物を大規模に商っていた。それ以外はひっそり書物と収集を友に暮らしていたが、べつに人嫌いというわけではなく、標本を分類し配列し、ヨーロッパの昆虫学者たちと文通しながら、自分の宝の詳しい目録を作成していた。私がジムの件に関し、確固たる期待も持たず相談に来た相手は、かような経歴を有する人物だったのだ。とにかく彼が何と言うか、それを聞くだけでも心が休まっただろう。一刻も早く話したかったが、彼が蝶を眺めるその張りつめた、ほとんど情念を感じさせる没頭ぶりは尊重するしかない。あたかもそれら華奢な羽の青銅色の光沢に、白く伸びた筋に、絢爛たる斑点に、何かまったく別のものを見出しているかのようなのだ――これら脆弱(ぜいじゃく)で命なき、だが死にも曇らされぬ壮麗さを見せつけている細胞組織と同じく、いずれは朽ち果てる身ながらも消滅に抗いつづける何ものかの面影を。

『素晴らしい！』とスタインはもう一度言い、顔を上げて私を見た。『ご覧なさい！　この美しさ――でもそれは何ほどでもない――この精密さ、調和ですよ。それがこんなに脆くて！　しかもこの上なく逞しい！　この上なく正確で！　これこそ自然の妙、途方もなく大きな力同士の釣りあいです。星はみなそうです――草の葉一つひとつも――そして完璧に均衡のとれた力強い秩序が、これを生み出すのです。この驚異を、偉大なる芸術家たる自然の創ったこの傑作を』

『こんなにまくし立てる昆虫学者は初めてですね』私は陽気に評した。『傑作ねえ！　じゃあ人間は？』

『人間も大したものですが、傑作ではありません』スタインはガラスケースから目を離さずに言った。『たぶん芸術家が少し狂っていたんでしょうね。どうです？　どう思います？　ときどき思うんですが、人間は求められていないところ、居場所がないところに来るんじゃないでしょうか。そうでもなければ、どうしてこんなふうにすべての場所を欲しがります？　どうしてあちこち走り回って、自分のことを騒ぎ立てたり、星を語ったり、草をかき乱したりします？……』

『蝶を捕まえたり』私も口を挟んだ。

スタインはにっこり笑って、深々と椅子にもたれかかり、両脚を伸ばした。『お掛け下さい』と彼は言った。『この珍しい蝶は、ある晴れわたった朝に私が自分で捕まえたのです。こういう稀な標本を手に入れるのがどれほど大きなことか。収集家でなければわかりません』

　ロッキンチェアにゆったり座った私も笑みを返した。壁に向けられたスタインの目は、そのはるか向こうが見えているように思えた。彼が語るところによれば、ある夜に使者がやって来て、『私の哀れなモハメッド』からの、自宅に来てほしいという要請を伝えた。その自宅とは――スタインはそれをドイツ語訛りで『レジデンツ』と発音した――耕された平原を抜ける乗馬道を九マイルか十マイル、途中何度か林を抜けながら行ったところにあった。朝早くに彼は幼いエマを抱きしめ、『王女』たる妻に指揮を任せて、要塞造りの自宅を出た。妻が彼につき添って、家の門まで、片手を馬の首に当てて歩いてきたことをスタインは物語った。彼女は白い上着を着て、金のピンで髪を留め、リボルバーを収めた茶色い革ベルトを左肩に掛けていた。『女なら誰でも言うことを妻も言いました』とスタインは語った。『気をつけて下さい、暗くなる前に帰ってきて下さい、一人でお出かけになるなんて本当によくないことですよ、云々。国が戦をしていて、どこも安全ではなく、部下たちが屋敷に防弾鎧戸を取りつけライフルに弾を込めているというのに、私のことはご心配なく、あなたがお帰りになるまで誰が来ようと私が家を護ります、なんて言うんです。嬉しくて少々笑ってしまいましたよ。妻がそんなに勇敢で若く逞しいのを見るのはいい気持ちでした。私もそのころは若かったのです。門まで来て、妻は私の手を摑み、ぎゅっと一回握って、戻っていきました。私は馬を立ちどまらせて、背後で門の閂（かんぬき）が入れられるのが聞こえるまでそこに留まっていました。このあたりには私の大敵が一人いて、これが地位の高い貴族であり大悪党でもあって、部下の一団を従えてそのへんをうろついていました。四マイルか五マイルのあいだ、私は馬をゆっくり走らせました。夜のうちに雨が降っていましたが、霧はもうすっかり晴れて、大地の面（おもて）は清らかで、この上なくみずみずしい、幼子のように邪気のない笑みを私に向けてくれました。突然、一斉攻撃がはじまります――少なくとも二十発は発射されたように思えました。耳の中で銃弾が歌うのが聞こえて、帽子は跳ね上がって頭のうしろに落ちました。おわかりでしょう、これはちょっとした陰謀だったのです。私の哀れなモハメッドが私を呼び出すよう仕向けて、それから待ち伏せしたわけです。一瞬にしてすべてが見えて、こいつはこっちも少し策略が要るぞ、と思いましたね。私の小型馬（ポニー）が鼻を鳴らし、跳ねて、ふたたび立つと、私は少しずつ前の方にずり落ちていって、頭を馬のたてがみに当てました。馬が歩き出すと、馬の首の向こうに、かすかな煙が左手の竹藪の前に垂れ込めているのが片目で見えました。私は思いましたよ――諸君、撃つ前にもう少し待つべきじゃなかったか？　これで成功（ゲルンゲン）したとは言えないぜ。そうとも！　私は右手でそっと――そっとリボルバーを掴みます。悪党どもはしょせん七人しかいないんですから。彼らは叢（くさむら）から立ち上がって、腰布をたくし上げて駆け出し、槍を頭の上に掲げて、そら馬を捕まえろ、奴は死んだぞ、と口々にわめき合っています。私は奴らがそこのドアくらいまで寄ってくるのを待ってから、バン、バン、バン――毎回ちゃんと狙いもつけました。もう一発、一人の男の背中に撃ちますが、外れてしまいます。もう遠すぎるんです。こうして私は独り馬に乗って、清らかな大地は私に笑顔を向けていて、三人の死体が地面に転がっています。一人は犬のように丸まって、仰向けになったもう一人は陽を遮ろうとするみたいに腕を目の上に載せていて、三人目は片脚をひどくゆっくり引き寄せてからパッと一回蹴ってまたまっすぐに戻します。私は馬の上から男を慎重に見守りますが、もうそれ以上は何も——ぴくりとも動きません(ブライプト・ガンツ・ルーイヒ)。命の気配はあるかと顔を見てみると、男の額の上を、かすかな影のようなものが過る(よぎ)のが見えます。それがこの蝶の影だったんです。羽の形をご覧なさい。この種は飛ぶ力が強くて、空高く飛ぶんです。目を上げると、彼がひらひら飛び去るのが見えました。本当にこんなことが？　そう思いました。次の瞬間、彼の姿が見えなくなりました。私は馬から降りて、ゆっくりゆっくり、馬を引きながら銃を片手に進み、目を上下左右、至るところに走らせました！　とうとう、十フィートばかり離れた小さな土の山に、彼がとまっているのが見えました。心臓がたちまちドキドキ鳴り出しました。馬を放して、リボルバーを片手に持って、もう一方の手で、頭から柔らかいフェルト帽をひっ摑みました。一歩。着実に。また一歩。パッ！　捕まえた！　立ち上がった私は興奮のあまり木の葉みたいに震えていました。その美しい羽を広げてみて、どれだけ珍しい、並外れて完璧な標本を手に入れたかをしかと確かめると、もう頭がくらくらしてきて、感極まって脚から力が抜け、その場に座り込んでしまいました。教授に雇われて収集していたころからずっと、この蝶の標本を手に入れたいと願っていたのです。そのために各地を転々とし、ひどい窮乏にも耐えてきました。夢の中でも彼の姿を見ました。それがいま突然、自分の手の中にいる——私のものになって！　かの『詩人(ポエット)』（むしろ「ポエット」と聞こえたが）『の言葉を借りれば——

「ついにそれを手中に収め
ある意味では　我がものと呼べる」』（ゲーテ『トルクワート・タッソー』第一幕第三場から）

『我がもの(マイン)』の一言を、突如声をひそめることによってスタインは強調し、目をゆっくり私の顔から離した。そして、茎の長いパイプに黙ってせかせかと煙草を詰めていき、火皿の口を親指で塞いだところで手を止めて、意味ありげな顔でもう一度私を見た。

『そう、我が友よ。あの日、私にはもう、欠けているものは何ひとつありませんでした。最大の敵には大きな痛手を与えた。私は若く、逞しく、友情も手にしていた。一人の女と、その子供の愛も得て』（『ラヴ』は『ラフ』だった）、『心は満ち足りていた。その上に、かつて夢で見たものまで手の中に収めていたのです！』

スタインがマッチを擦(す)ると、火がパッと燃え上がった。思慮深げな、穏やかな顔がぴくっと一度引きつった。

『友、妻、子供』と彼は言いながら、小さな炎をじっと見つめた。『フッ！』。マッチが吹き消された。彼はため息をついて、ガラスケースの方に向き直った。脆い、美しい羽がかすかに揺れた。あたかも彼の一息が、絢爛たる夢の対象を束の間生の世界に呼び戻したように見えた。

『仕事は』と彼は唐突に言い出し、散らばった紙切れを指さして、いつもの優しく陽気な口調で続けた。『順調に進んでいます。いまはこの稀な標本の説明を書いていたところです……。さて！　あなたの善き知らせは何ですかな？』

『実はですね』私は切り出した。話すのは自分でも驚くほど難儀だった。『僕もある標本のことをお話ししに来たんです……』

『蝶ですか？』と彼は、本気にしていない人間の、ふざけ半分の熱心さとともに訊いた。

『そんな完璧なものではありません』私は答えた。どっと疑念が湧いてきて、一気に気力が失せるのを感じた。『人間です！』

『あ、そうですか』と彼は呟いた。私に向けられた、笑みの浮かんだ表情が重々しいものに変わった。それから彼は、少しのあいだ私の顔を見ていたが、やがてゆっくりと『まあ私も人間ですがね』と言った。

いかにも彼らしい言い方だ。あまりにも寛容に人を励ますすべを知っているものだから、真面目な人間でも彼を相手にすると、却(かえ)って自信が揺らいでためらってしまう。といっても、私のためらいは長くは続かなかった。

彼は脚を組んで座り、私の話を最後まで聞いてくれた。時おり、煙がもうもうと上がってその頭部は完全に消えてしまい、雲の向こうから、同情のこもったうなり声が漏れてきた。私が語り終えると、組んでいた脚を彼は解き、パイプを置いて、両肱を椅子の肱掛けに載せて指先を揃え、ひたむきな様子で私の方に身を乗り出してきた。

『よくわかります。理想主義者（ロマンチスト）なんですね』

病気を一言で診断してくれたわけだ。はじめ私は、そのあまりの単純さに愕然としてしまった。実際、この話しあいは何よりも医者との面談に似ていたので（学者然としたスタインが事務机の前の椅子に座り、私は不安げな面持ちで別の椅子に座って彼と向きあっているが体は少し横に逸らしている）、こう訊くのが自然なことに思えた――

『何が効くでしょう？』

彼は細長い人差指を一本持ち上げた。

『治し方はひとつしかありません！　ただひとつのことだけが、人を自分自身から治してくれるのです！』。指が机の上に降り立ち、ピシッと鋭い音を立てた。彼があんなにも単純なものにしてみせたこの症例が、そんなことが可能だとすれば、いまやもっと単純に――そしてまったく望みないものに――なった。一瞬間（ま）が空いた。『ええ』と私は言った。『厳密に言えば、問題はどう治すかではなく、どう生きるかなのです』

頭の動きで彼は賛意を、どこか悲しげに示した。『ヤー！　ヤー！　要するに、あなた方の偉大な詩人の言葉を借りるなら――それが問題（ザット・イズ・ザ・クエスチョン）だ……』。同情の表情とともに彼はなおも頷いていた……『いかに生きるべきか！　ああ！　いかに生きるべきか』

指先を机の上に載せたまま彼は立ち上がった。『私たちは実にいろんな生き方をしたがります』彼はふたたび話し出した。『この見事な蝶は、小さな土の山を見つけて、その上にじっとしています。ですが人間は、絶対に自分の泥の山にじっとしていません。こうなりたいと願い、またこうなりたいと願う……』。下ろしていた手を上げ、それからまた下ろした……『聖者になりたがり、悪魔になりたがり——そして目を閉じるたび、自分を実に立派な人間と見る——絶対ありえぬくらい立派な人間と……夢の中で……』

彼がガラスの蓋を下ろすと、錠がカチッとひとりでに閉まった。彼は両手でケースを持ち上げ、恭しく元の場所に運んでいって、それによってランプの作る明るい輪の外に出て、もっと弱い光の輪に入り、やがてとうとう、形のない闇の中に入っていった。奇妙な印象が生じた。まるで、このほんの数歩の歩みによって、彼が具象的な、とまどいに満ちた世界の外へ連れ出されたように思えたのだ。背の高いその姿が、あたかも実質を抜き取られたかのように、屈み込むようなはっきりしない動きを示す中、スタインは見えない物たちの上に音もなく漂っていた。遠く隔たった、霊的な事柄に彼が神秘的に拘っているのが垣間見えるその場から届く声は、もはや鋭利ではなく、距離が生じたことによってまろやかになったかのごとく、たっぷりと重々しく転がってくるように聞こえた。

『そして、人はいつも目を閉じてはいられませんから、いずれ本当の厄介がやって来ます——心の痛みが——世界の痛みが。そうです、我が友よ、夢が叶わないと知るのはよいことではありません。人には強さが足りないから、賢さが足りないからです。ヤー！……。しかもいつもはずっと立派な人だったりする！　どのように（ヴィー）？　何を（ヴァス）？　とんでもない（ゴット・イム・ヒンメル）！　どうしてそんなことが？　ハッハッハ！』

　蝶たちの墓のあいだをうろつく影が騒々しく笑った。

『そうです！　実に愉快です、この恐ろしい事実は。人は生まれて、海に落ちるように夢の中に落ちます。大気へと、経験のない人がやろうとするみたいに這い上がろうとすれば、溺れてしまう——そうでしょう（ニヒト・ヴァール）？……。駄目です！　そうですとも！　為すべきは、破壊的なものに身を任せることです。水の中で両手両脚を動かして、深い深い海に下から支えてもらうんです。そういうことです、どう生きるかとお訊ねなら！』

　その遠い薄闇の中で、何らかの叡智の囁きを授かったかのように、彼の声が異様なほど力強く飛び出してきた。『お話ししましょう！　これもやはり、道はひとつしかありません』

　スリッパをサッサッとせわしなく動かして、彼はかすかな光の輪の中にそびえ立ち、それから一気に、ランプの明るい輪の中に歩み出た。まっすぐ伸ばされた手が、ピストルのように私の胸に向けられていた。深く窪んだ目が私の体を射貫（いぬ）くように思えたが、ぴくぴく引きつる唇は何ら言葉を発さず、薄闇の中で見えていた、確信から生まれる厳（おごそ）かな高揚もいまは顔から消えていた。私の胸に向けられていた手がだらんと垂れて、やがて一歩近づいてきた彼はその手を私の肩に置いた。おそらくは決して語りえないことがこの世にはあるのです、と彼は悲しげに言った。ただ私は、あまりに長く独りで生きてきたせいで、つい忘れてしまうのです——そう、忘れていたんです。遠い影の中で彼に霊感をもたらした確信は、光によって砕けてしまっていた。彼は椅子に腰掛けて、両肱を机の上に載せて額をさすった。『でも本当にそうなのです。本当にそうなんです。破壊的なものに身を委ねて……』。抑制された口調で、私を見ずに、顔の両側に手を当てながら彼は喋った。『それしか道はなかったんです。夢を追って、また夢を追って——そうして——永遠に（エーヴィヒ）——最後の最後まで（ウスクエ・アド・フィーネム）』……。スタインが信念を語る囁きが、私の眼前に、巨大で不確かな、夜明けの平原の薄明るい地平線のような広がりを開くように思えた。いや、それともあれは、夜の闇が訪れた平原だったか？　どちらと決める勇気は私にはなかったが、とにかくそれは蠱惑的な、見る者を欺く（あざむく）光であり、そこら中にある陥穽（おとしあな）の上、墓穴の上に、いわく言いがたい詩情に彩られた薄闇を投げていた。スタインの人生は犠牲において、高潔な理念への熱狂においてはじまった。はるか遠くのさまざまな場を、見知らぬ路（みち）を彼は旅し、何のあとを追うにも決してためらわず、ゆえに羞恥も後悔もなかった。その限りにおいて、彼の言うとおりだった。明らかに『それしか道はなかった』のだ。にもかかわらず、墓穴や陥穽のあいだを人々がさまよう大いなる平原は、薄明るい光のいわく言いがたい詩情の下、依然としてひどく荒涼とし、中央には暗い影がさして、炎に満ちた深淵が周りを囲んでいるかのように縁ばかりが明るかった。ようやく私が沈黙を破ったとき、それは、スタインこそ誰よりもロマンチストだという意見を表明するためだった。

彼はゆっくり首を横に振り、やがて気長そうな、問いかけるような目で私を見た。情けないですねえ、と彼は言った。こんなふうにぐずぐず、知恵を合わせて実際的な解決策を考えもせず、二人の男の子みたいに喋ってるばかりなんてね。悪に対処する――大いなる悪に対処する、と彼はくり返した――実際的な方策を練らないといけないのに。そう言いながら剽軽な、寛容な笑みが顔に浮かんだ。にもかかわらず、私たちの話はいっこうに実際的にならなかった。あたかも議論から生身の肉体を排除しておこうとするかのように、ジムの名前を口にするのを私たちは避けた。あるいは、ジムがさまよえる霊でしかなく、苦悩せる名もなき亡霊にすぎぬかのように。『さて！』とスタインは立ち上がりながら言った。『今夜はここに泊まっていきなさい、朝になったら一緒に何か実際的なことをやりましょう――実際的なことを……』。二股に分かれた蠟燭立てに火を灯して、スタインは先を歩いていった。彼の運ぶ光の発する小さな閃きに導かれて、空っぽの暗い部屋を私たちは次々抜けていった。ワックスを塗った床の上を光は滑るように進み、磨かれたテーブルの天板のあちこちをすうっとなぞったり、家具の描くカーブの断片にいきなり飛びかかったり、あるいはまた、遠くの鏡へ光がパッと垂直に出入りするたび、男二人の輪郭と二つの炎のゆらめきが透明な空虚の深みの上を一瞬音もなく過るのが見えたりした。ゆっくりと、私の一歩前を、慇懃に前屈みで歩くスタインの顔には、深遠な、いわば耳を澄ましているかのような静けさが浮かんでいた。白い筋の交じった長い亜麻色の巻き毛が、わずかに前に折れた首の上にまばらに垂れていた。

『ロマンチストです——ロマンチスト』彼はくり返した。『そしてそれは、とても悪いことと——とても悪いことです……。そしてとてもよいことでもある』そう言い足した。

『でもほんとにロマンチストなんですか?』と私は問うた。

『もちろん(ゲヴィス)』と彼は言って、燭台(しょくだい)を掲げたまま立ちどまったが、私の方を見はしなかった。『もちろん(エヴィデント)! 内なる痛みによって、彼に己自身を知らしめているのは何です? あなたと私にとって彼を……存在せしめているのは何です?』

その瞬間、ジムの存在を信じるのは困難だった。田舎の牧師館から出てきて、舞い上がる埃のように群がる人々に囲まれてその姿もぼやけ、物質世界における生と死のたがいに衝突する種々(しゅじゅ)の要請によって沈黙を強いられたその存在を信じるのは困難だった。けれども同時に、彼の不滅なる生々しさは、信じるほかない、抗いようのない力をもって私に迫ってきた! ジムの生々しさが私にはありありと見えた。天井の高い、沈黙せる部屋を私たちは次々、光が閃き、底知れぬ透明な深みの中にちろちろ揺れる炎とともに過っていく人の姿が突如あらわになるのを目にしながら進んでいく。そうしながら、美そのものと同じく、静謐なる神秘の海になかば埋もれるようにして捉えがたく浮かぶ絶対的真理にふっと近づいたかのように、ジムの生々しさが私にははっきりと見えたのだ。『たしかに彼はロマンチストかもしれない』と私はかすかな笑い声とともに認めた。

その笑い声が思ってもいなかったほど大きく反響したものだから、思わず声をひそめた。『でもあなたは間違いなくロマンチストだと思う』と私はスタインに言った。スタインは頭を胸に垂らして、明かりは高く掲げて、ふたたび歩き出した。『まあ、私も存在してますからね』と彼は言った。

彼は私の先に立って歩いた。私の目は彼の動きを追ったが、私に見えていたのは、会社の経営者、午後の歓迎会で温かく迎えられる人物、学識ある人々と文通し迷い込んできた博物学者をもてなす男ではなかった。私に見えたのは、彼の運命の生々しさだけだった。その運命を、躊躇することなき足どりでたどるすべを彼は知っていた。つましい生まれから出発したその人生は、豊潤なる熱意に満ち、友情と愛と戦争に――高められたロマンスの要素すべてに――満ちていた。私の部屋の前まで来て、彼は私とまっすぐ向きあった。『そうですよ』と私は、議論の続きを述べるかのように言った。『そしてほかにもいろいろ夢は見たけれど、中でもとりわけ、ある一羽の蝶の夢を愚かにも見た。そしてある朝、夢が目の前に現われたとき、その素晴らしい機会をあなたは逃さなかった。そうですよね？　しかるに彼は……』スタインが片手を上げた。『で、あなたにはおわかりですか、私がいったいいくつの機会を逃してきたかを？　目の前に現われた夢をいったいいくつ失ったか？』。彼は悔やむように首を横に振った。『そのうちいくつかは、もし実現できていれば本当に素敵だったでしょうよ。おわかりですか、いくつあったか？　たぶん私自身にもわかりません』。『彼が抱いたいろんな夢が素敵なものであったにせよなかったにせよ、とにかくひとつは間違いなく捉えそこねたわけです』と私は言った。『そんなの誰にだって一つや二つあります』とスタインは言った。『そこが厄介なのです——そこが実に厄介なんです』

ドアの敷居のところでスタインは私と握手し、片腕を上げ額にかざして私の部屋を覗き込んだ。『ぐっすりお休みなさい。明日は二人で何か実際的なことをしないと——実際的なことを……』

彼の寝室はさらに先にあったが、来た方に彼が戻っていくのを私は見た。蝶たちの許に帰っていったのだ」

# 第二十一章

「君たちの中で、パトゥザンという名前を聞いたことがある人はいないだろうね？」葉巻に丹念に火を点けるのに費やされた沈黙のあと、マーロウはふたたび語りはじめた。「べつに構わないさ。夜空には、地球に迫ってきているのに人類が聞いたこともない天体がいくらでもある。どの天体もしょせん、人類の活動範囲の外にあるのだから、それらの構成、重量、軌道、そのふるまいの変則的要素、光の逸脱的要素等々について勿体ぶったことを言って金をもらっている天文学者以外、誰にとっても何の重要性もない。そういう科学的スキャンダル暴きなど、おおかたの人間にはどうでもいいことだ。パトゥザンも同じこと。バタヴィアの政府中枢ではその名が、特にその変則的・逸脱的要素に関して訳知り顔で口にされたりもしたし、商人の世界でも一部の、ごく一部の人間には一応名を知られてもいた。だが実際そこへ行ったことのある者は一人もいなかったし、行きたいと思った者もおそらくいなかっただろう。天文学者だってきっと、遠い天体まで連れていかれて、地球での報酬からも引き離され、見慣れない天空にとまどって暮らすよう強いられたりしたら、きっと猛烈に抗議すると思うね。といっても、パトゥザンは天体とも天文学者とも全然関係ない。そこへ行ったのはジムだ。君たちに伝えたかったのはただ、かりにスタインがジムを五等級の星へ送り出す手配をしたとしても、あれ以上大きな変化にはならなかっただろうということだ。ジムは地球上で抱えていた欠陥と、自分にまとわりついていた評判をあとにして去ったのであり、想像力をもって取り組むべき、まったく新しい状況を与えられたのだ——まったく新しい、まったく非凡な状況を。そしてジムはそれに、非凡なやり方で対処した。

スタインはほかの誰よりパトゥザンのことを知っていた。たぶん、政府内部で知られている以上を知っていたと思う。きっと自分でも行ったことがあったにちがいない。蝶を採集していた時期にか、あるいはそののちにか。彼も彼で度しがたいところがあって、商売という台所で作る、己を肥やすもろもろの料理に、ロマンスの香辛料をひとつまみ入れねば気が済まなかったのだ。群島中、どこもいずれは光が（さらには電気の光さえも）もたらされ、いわゆる人間性向上に寄与し、その上——その上つまりは利益の向上にも寄与したわけだが、スタインはほぼすべての地域で、それ以前の原初の薄闇のままを見ていた。ジムについて二人で話した翌朝、朝食の席で、かのブライアリーの『地下二十フィートに潜らせてずっとそこにいさせるさ』という言葉を私が引くのを聞いて、スタインはパトゥザンの名を口にしたのだった。私があたかも珍しい昆虫であるかのように、スタインはいかにも興味を持った様子で、顔を上げてじっと私を見た。『やろうと思えばできますよ』と彼はコーヒーを口に含みながら言った。『埋めてしまえますかね』私は言った。『そりゃあ本当はそんなことしたくありませんが、とにかくああいう人間だから、それが一番いいでしょう』と私は言った。『ええ、若いですからね』とスタインは考え深げに言った。『今日（こんにち）存在する誰よりも若い人間です』私も賛同した。『よろしい（シエーン）。パトゥザンがあります』と、同じ口調で彼は言ったのだ……。そして『それに女ももう死んだし』と不可解な一言をつけ足した。

もちろん私はその話を知らない。かつてパトゥザンが、何かの罪、破戒、不幸を葬る場として使われたらしいことが推測できるだけだ。スタイン自身の話かと勘繰（かんぐ）るのは無理だ。彼にとって唯一存在した女性は、『王女たる我が妻』と呼び、いつになく大らかな気分のときには『我がエマの母親』とも呼んだマレー人の娘だけだった。パトゥザンに関して彼が口にした女性というのが誰だったのか、私にはわからないが、言葉の端々から、それが教養ある、非常に美しい、オランダ＝マレー混血の、悲劇的な——もしくは単に哀れな——生涯を送った娘だということは理解できた。そしてその生涯でも何より痛ましかったのは、明らかに、以前どこかオランダ植民地の商会に勤めていたマラッカ出のポルトガル人との結婚だった。スタインから聞くところでは、この男は一つや二つ以上の面で問題ある人物だったようで、しかもそのどれもが際限のない、何とも不快な類いの問題であったらしい。スタインがその男を、スタイン商会パトゥザン交易所の所長に任命したのは、あくまで男の妻を想ってのことだった。だがこの配慮も、商売としては結局、少なくとも会社にとっては上手く行かず、女性も死んだいま、スタインは新しい所長を据えてみる気でいた。ポルトガル人は名をコーネリアスといい、自分のことを相当に立派な、不当な扱いを受けてきた、もっと高い地位を与えられて然るべき人物と見ていた。この男の座を、ジムが引き継ぐことになったのだ。『でも出ていきはしないでしょうね』とスタインは言った。『それは私とは関係ないことです。私はあくまであの女性のために……ですがたしか娘が一人いたはずですから、奴が留まりたいと言ってきたら、あの古い家に居させてやることにしましょう』

パトゥザンは現地民支配になる国家の辺境に位置し、最大の居留地にも同じ名が冠されている。海から四十マイルくらい川をのぼったあたりから家がちらほら見えてきて、森の高さよりも上に、二つの険しい小山の頂が、ほとんどくっつくように並んでそびえ、深い亀裂が両者を隔てている。何か凄まじい一撃によって裂け目が生じたような見かけで、実際、あいだには狭い峡谷がはさまれているのみだ。居留地から見える眺めは、不規則な円錐形の小山が二つに割れた姿であり、二つの片割れが相方からわずかに離れる方向に傾いている。満月の三日後に、ジムの家の前の広々とした空間から私が見た月は（私が訪ねていったときジムは現地の方式で建てた実に立派な家に住んでいた）、これらの小山のぴったり真うしろに昇って、分散した光がはじめは二つの塊をくっきり真っ黒に浮彫りにし、やがてほぼ完璧な円盤が赤々と光を放ちながら現われて、亀裂の壁と壁のあいだをするすると上がっていき、ついには両の頂の上に、あたかも、ぱっくり開いた墓穴から穏やかな勝利を遂げて逃れてきたかのように浮かび上がるのだった。『すごい眺めでしょう』と、私と並んだジムが言った。『なかなか見物(みもの)でしょう?』

この問いが我がことを誇るような響きとともに発せられたものだから、思わず私の頬も緩んだ。まるでこの独特な景観を形作るのに自分が一役買ったみたいな言い方ではないか。そしてジムは、事実パトゥザンにおいて、実に多くの、月や星の運行と同じくらい干渉しようもなさそうに思えるものを形作っていたのだ!

思いもよらぬことだった。スタインと私は、我知らず彼をひとつの役割の中に放り込んだわけだが、まさにその思いもよらなさが、その役割の最大の特徴だった。私たちとしては、単に彼を追い払うことしか——つまり、彼自身が置かれた立場から追い払うということだが——考えていなかった。それが我々の主要な目的だった。もっとも、もしかしたら私にはもうひとつ別の動機があって、それにいくぶん影響されたかもしれないとは思う。当時、私はしばらく本国に戻ることになっていた。だからあるいは、自分で意識していた以上に、彼を始末しておきたいという気があったのかもしれない。立ち去る前にこいつを始末してしまいたい、という気持ちが。私は本国に帰ろうとしていて、彼はその本国から私の許に、情けない厄介事と怪しげな要求とを抱えて現われた存在だった。それはどこか、霧の中で重荷に喘いでいる男を思わせた。実際、ジムという男は、私にとって、すっかり霧が晴れた状態で見えたことは一度もなかった。彼を最後に見たあとの今日に至っても、やはり依然同じことだ。けれども私は、彼という人間がわからなければわからないほど、知ることと不可分の要素たる疑念というものの名において、自分がいっそう強く彼と結びつく気がした。自分自身についてだって、彼を知るよりずっとよく知っていたとは言えない。そしてもう一度言うが、私は本国へ帰ろうとしていた。本国もここまで遠くなってしまえば、すべての炉辺がひとつの炉辺に思えてくる。どんなに卑しい者であっても、その炉辺の前に座る権利がある。私たち何千何万の者たちが地表をさすらい、著名な者、無名な者が海の向こうで名声や金を得たりもすれば時には一かけらのパンしか得なかったりもする。だがその誰にとっても、本国に帰るというのは、決算報告に赴くようなものではあるまいか。目上の人々や血縁の者や友人たち、自分が従う人愛する人と向きあいに私たちは帰っていく。けれど、従う人も愛する人もいない、誰よりも自由で、孤独で、責任とも無縁の、何の絆も持たない者でさえ――帰ったところで愛しい顔も聞き慣れた声も待っていない者たちでさえ――その地に住む霊と向きあうことを免れはしない。その空の下、大気の中、谷間の中、山の上、野原の中、川の中、木々の中に棲む声なき友、裁く者、霊感をもたらす者に直面せずには済まないのだ。何と言っても、地の愉楽を我がものにするため、その平安を吸い込みその真実と向きあうためには、人は疚しさのない意識とともに戻らねばならない。そんなのはみんなただの感傷だと君たちは思うかもしれない。実際、見慣れたもろもろの感情の表面下を意識的に見ようという意志や能力を持っている人間はごくわずかだ。私たちには愛する女性がいて、敬う男たちがいて、優しい思い、友との親交、さまざまな機会や愉しみがあるのだから！　だがそれでもなお、そうした褒美に触れるのは汚れていない手でなくてはならぬという事実は残る。そうでなければ、褒美は摑んだとたん、枯葉に、棘に変わってしまう。そして、我がものと呼べる炉端も愛情もない孤独な者たち、住みかにではなく土地そのものに戻ってその肉体なき永遠かつ不変の霊と向きあう者たち、彼らこそが、土地の厳しさを、人を救ってくれる力を、人が永年の忠誠と服従を強いられることから生じる恩寵を、一番よく理解しているのだと私は思う。そうなのだ！　理解しているのはごくわずかだが、私たちの誰もが感じとってはいる——私たちのすべてが例外なしにと言おう、感じない人間のことは考えても仕方ないのだから。草の葉一本一本が、大地のどこかの地点から、その命を、力を得ている。人間も同じで、命とあわせて己の信念をどこかの土地から得ていて、そこに根を下ろしている。ジムがどこまで理解していたかはわからない。だが感じていたことは私にもわかる。そうした真実が、あるいはそうした錯覚が——どう呼ぼうと構わない、ほとんど違いはないのだし、違いにほとんど意味はないのだから——自分に何を要求しているかを、ジムは混乱気味にではあれひしひしと感じとっていたのだ。肝腎なのは、そうやって感じていたからこそ、彼は意味ある存在だったということだ。いまや彼は決して本国に帰るまい。それはありえない。絶対に。もし彼が、派手に意思表示をする類いの人間であったら、帰ると考えただけでぶるぶる身震いし、他人まで身震いさせたことだろう。だがジムは、彼なりの表現力はあったものの、そういう類いの人間ではなかった。帰ることを思い浮かべると、体はどうしようもなく硬直して不動となり、あごは垂れて唇は突き出し、あの率直な青い瞳は、何か耐えがたいもの、唾棄すべきものを見たかのように、顰められた眉の下で鬱々と険しい目つきになった。濃い、房になった髪が帽子のように貼りついたあの硬い頭蓋の中には、想像力というものが詰まっていたのだ。私はと言えば、何の想像力も持っていない（もし持っていたら、今日彼についてもっと確信を持てるだろう）。だから偉そうなことは言えない。ドーヴァーの白い崖の上に昇りゆく土地の霊を私は胸のうちに思い描いたのだ、そしてその霊が、いわば骨ひとつ折れずに帰国した私に、お前はずっと年下の弟をどうしたのだと問いつめるさまを想像したのだ、などと言えはしない。私はそんな勘違いはしない。ジムという人間が、誰も消息を問いはしない類いの者であることが私にはよくわかっていた。もっと優れた人間が、好奇心や悲しみの音ひとつ引き起こさずにいなくなり、失踪し、完璧に消えてしまうのを私は目にしてきた。土地の霊は、大きな企てを司る者にふさわしく、無数の命をいちいち気にかけはしない。災いなるかな、逸れてしまう者たちよ！　人が存在するのは、人同士寄り集まっている限りにおいてでしかない。ジムもある意味で逸れた者だった。寄り集まりにもしがみつかなかった。だが彼はそのことを、この上なく強烈に意識していたのであって、強烈に生きられた人生がその人間の死を一本の木の死以上に心打つものにするのと同じに、そうした強烈な意識が彼を心打つ存在にしていた。私はたまたまそこに居合わせて、たまたま心打たれた。それだけのことだ。彼がどのように消えていくかについては不安もあった。たとえば、もし酒に溺れたら私の胸は痛んだだろう。地球はごく狭いから、いつの日か、目も霞み、顔の腫れた、汚れた浮浪人に呼びとめられるのが私は心配だった。ズック靴にはもはや靴底もなく、肱のあたりで襤褸（ぼろ）切れがはためくその男は、昔のよしみを頼りに、五ドル貸してくれと言ってくるだろう。案山子（かかし）のように見すぼらしい、まっとうだった過去からやって来るそういう連中の、見るに堪えない快活さは君たちも知っているはずだ。耳障りでぞんざいな声、半ばそむけられた厚かましい眼差し。たがいの人生の連帯を信じる人間にとって、そうした出会いは、悔い改めぬ者の臨終を司祭が看取（みと）る以上に辛いものだ。正直言って、それが私から見て、彼を——そして私を——待ち受けている唯一の危険だった。けれど私自身の想像力の欠如も疑いの種だ。もしかしたら事態は、何らかの形で、私の空想では思い描けぬほどひどいものになってしまうかもしれない。彼がいかに想像力豊かな人間であるか、ジムは私に一時（いっとき）も忘れさせはしなかった。そして想像力豊かな人間というのは、人生という不安定な碇泊において、いわば錨に付けられたケーブルが人より長く、どの方向であれ振れが人より大きい。そうなのだ。そして彼らは酒に溺れもする。もしかしたらそんなふうに心配するのは、彼を見くびることだったかもしれない。どうして私にわかるだろう？　スタインでさえ、その男はロマンチストだとしか言えなかったのだ。私にはただ、彼が私たちの一人だということがわかっているだけだった。そもそも彼は何の権利があって、ロマンチストなどになるのか？　私自身の本能的な感情や、とまどい混じりの思いなどを君たちにここまで詳しく語るのは、彼について語れることがもうほとんど残っていないからだ。ジムは私にとって存在していたのであり、結局のところ、君たちにとって彼は、私を通して存在するにすぎない。私は彼の手を引いてここへ連れてきた。君たちの前で彼を行進させた。私の月並な心配は不当なものだったか？　私には言えない。いまに至っても、なお。これについては君たちの方がよくわかるかもしれない。試合が一番よく見えるのは見物人、という諺もあるくらいだから。いずれにせよ、それは余計な心配だった。ジムは消えはしなかった。消えるどころか、くっきり浮かび上がった。一直線に、見事に浮かび上がったのであり、突如飛び出していくだけでなく一か所に留まることもちゃんとできることを示してみせたのだ。私としては喜ぶべきなのだろう。私も加担した勝利なのだから。けれど私は、どうもそこまで嬉しがれずにいる。私は自問する。あの躍進によって、ジムは本当に、彼を包んでいた霧から抜け出せたのか？　あの霧の中、ジムの輪郭は宙に浮かび、決して巨大ではなくとも興味深い姿でそびえていた。逸れてしまった者が、隊列の中にかつて有していたささやかな位置に焦がれている姿。それに、最後の言葉もまだ言われていない。たぶん永久に言われることはあるまい。生涯をとおして、私たちは当然のごとく、唯一、そしてつねに、その十全なる一言のみをめざしてたどたどしく言葉を連ねていく。だが人生は、そんな一言に行き着くにはどう見ても短すぎるのではないか？　その一言を発することさえできれば、その響きによって天も地も揺るがす、そんな最後の言葉を期待することを私はすでにあきらめた。最後の言葉を言う時間などありはしない。己の愛をめぐる最後の言葉、己の欲望、信念、自責、服従、反抗をめぐる最後の言葉を言う時間など私たちには決してない。天と地は揺るがされてはならないのだろう――少なくとも、その両方についてかくも多くの真実を知る我々によっては。ジムをめぐる私の最後の言葉は、ごくわずかなものとなるだろう。偉大なることを彼が達成した、そう私は断言する。だがその偉大さは、語ってしまえば、というより聞かれてしまえば、矮小（わいしょう）なものになってしまう。率直に言って、私が不信の念を抱いているのは、私の言葉ではなく君たちの心だ。もし君らが、肉体に糧を与えるために想像力を枯渇（こかつ）させてしまっていなければ、私としても雄弁になれるだろう。失礼なことを言っているつもりはない。幻想を持たないのはまっとうなことだし――安全だし――儲かるし――退屈だ。けれど君たちだって、かつては生の強烈さを、些細な事どもの衝撃の中で生み出されるあの魅惑の光を知っていたはずだ――冷たい石から打ち出された火花の閃きに劣らず驚異的な、そして、ああ、同じくらい儚（はかな）い光を！」

# 第二十二章

「愛情、名誉、他人の信頼の獲得——その誇り、その力——は英雄譚にふさわしい素材だ。だが人の心は、そうした勝利の外面にしか打たれない。そしてジムの勝利には何の外面もなかった。三十マイルにわたる森が、その勝利を無関心な世界の目から閉ざし、岸辺の白波が立てる音が名声をかき消していた。文明の川は、パトゥザンの百マイル北の岬であたかも二つに分割されたかのように東と南東に枝分かれし、平原や谷間、古い木々や古い人類は誰にも顧みられず孤立し取り残されている。力強い、すべてを呑み込む川の二つの支流のあいだにはさまった、ちっぽけな崩れかけた小島も然り。昔の航海記集などを見てみると、この地名によくお目にかかる。十七世紀の商人は胡椒を求めてそこへ行った。ジェームズ一世の治世前後、オランダ人、イギリス人の冒険家たちの胸の中で、胡椒への情熱は愛の炎のごとく燃えさかっていたように思える。胡椒を求めて、彼らはどこへでも行った！　一袋の胡椒を手に入れるためにたがいの喉を躊躇せず掻っ切り、ふだんは魂に細心の注意を払っているのに胡椒のためとなれば魂もうっちゃった。その欲望の、奇怪なまでの執拗さに衝き動かされるまま、死というものがとりうる実にさまざまな形にも彼らは挑んだ——未知の大海、忌まわしい知られざる病、負傷、捕囚、空腹、疫病、そして絶望。それが彼らを偉大にした！　そうとも！　それが彼らを英雄的にし、哀れにもした。彼らが飽かずに商売を追い求める中、妥協を知らぬ死は老いた者若き者から税を取り立てていった。単なる強欲ゆえに、人があそこまで一途（いちず）に目的を追求し、あれほど脇目もふらず努力と犠牲を払いつづけたのは信じがたいことに思える。実際、己の体と命を進んで危険に晒した者たちは、ごくわずかな報酬のために持てるものすべてを賭けたのだ。本国で生きる者たちに富が流れていくよう、自分の骨が異国の岸辺で色を失い朽ちていくことも厭（いと）わなかった。彼らほど大きな試練を受けていない我々後継者たちにとって、彼らは等身大以上の存在に思える。商売に携わる者としてではなく、記録された運命の僕（しもべ）として、彼らは内なる声に促され、血の中で脈打つ衝動にあと押しされ、未来をめぐる夢に導かれて、未知なるものへとくり出していった。彼らは驚異的だった。そして驚異なるものに向かう姿勢が彼らにあったことも認めるほかない。彼らはそれを、己の苦難の中に平然と刻み込んでいった——大海の様相の中、見知らぬ国々の慣習の中、輝かしい支配者の栄光の中に。

　パトゥザンで彼らは大量の胡椒を見出し、スルタンの壮麗さと叡智に感銘を受けた。

ところがなぜか、変化に富んだ交流が一世紀にわたって続いたのち、この地域は徐々に貿易から抜け落ちていったように見える。もしかすると胡椒がなくなったのかもしれない。いずれにせよ、今日この地を気にかける者はいない。栄華はもはや失せ、スルタンは左手に親指の二本ある痴愚の青年であり、悲惨な暮らしの住民から強奪した不安定で貧弱な歳入は、スルタンの無数のおじたちに着服されている。

　これももちろんスタインから聞いた話だ。おじ一人ひとりの名前に加えて、それぞれの生涯と人柄をめぐる短いスケッチまで聞かせてもらった。一連の現地民支配国家について、スタインは公式報告書に負けない情報を持っていたし、報告書などより話ははるかに面白かった。詳しいのも当然だ。彼は実に多くの地域で交易をやっていたし、いくつかの地域では――たとえばパトゥザンでは――オランダ当局から特別に許可を得て交易所を置いている唯一の人間だったのだから。政府は彼の節度を信用し、リスクはすべて彼が負うということで了解が成立していた。雇った男たちにもそのことを了解させたが、それに見合うだけの待遇は与えていたようだ。その朝食の席で、スタインはいっさい何の隠し立てもせず私に語った。彼が把握する限り（最新の情報は十三か月前のものです、と几帳面に言った）生命も財産もまったく不安定という事態が恒常化していた。いくつもの勢力が敵対しあい、そのうちの一人首長（ラージャ）アラングはスルタンのおじたちの中でも一番たちが悪く、川を支配し、歳入の取立てと着服もこの男が中心になっていた。この人物にさんざん搾（しぼ）りとられて、地元マレー人たちは滅亡の危機に瀕（ひん）していた。彼らには何の防衛手段もなければ、よそへ移住する力もなかった。『そもそもどこへ行けます？　第一どうやって逃げられます？』とスタインは言った。きっと彼らは、逃げたいと思ってもいなかっただろう。世界は（それは彼らにとって突破不可能な高山に囲まれている）高貴な生まれの者たちに与えられているのであり、少なくともこのラージャなら彼らも知っている人間である。このラージャなら、彼らの属す王家の一員なのだ。私も後日この紳士と会う恩恵に浴した。汚らしい、くたびれ切った小柄な老人で、目は邪悪、口は締まりがなく、二時間ごとに阿片の丸薬を口に放り込み、作法も無視して髪には何の覆いもせず、よじれた紐のように、萎れて垢じみた顔の周りに垂らしていた。臣下の者に面会を許すときは、幅の狭い、一種舞台のような謁見台に上がった。台は朽ちかけた納屋という感じの、竹の床も腐った館の中にあって、腐った竹の隙間からは床下が見え、十二フィートから十五フィート下に、あらゆる類いの廃物やゴミが山となっているのが見えた。ジムに伴われて私が表敬訪問に行ったときも、そうした場で彼は私たちを迎えたのだった。館には四十人くらい人がいて、眼下の広い中庭にはたぶんその三倍いたと思う。私たちの背後で人がひっきりなしに出入りし、押したり囁いたりしていた。華やかな絹の服を着た若者が何人か、離れたところから睨みつけていたが、大半は奴隷か卑しい従者で、ぼろぼろの腰布を巻いた半裸の姿であり、体には灰や泥がこびりついていた。こんなに重々しく、落着き払った、堂々たる計り知れなさを見せつけているジムは初めてだった。これら浅黒い顔の男たちの只中にあって、白い服に身を包んだ逞しい体と、艶を放つふさふさの金髪が、壁は筵、屋根は藁葺きの薄暗い館の鎧戸の隙間から入り込む陽光を一身に集めているように見えた。種類だけでなく、本質からして違っている存在に見えた。あれでもし、カヌーで川をのぼってくる姿を見られていなかったら、雲から降りてきたと思われたかもしれない。現実にはおんぼろの刳舟で現われたのであり、私にもらった錫のトランクの上に座って（トランクがひっくり返るといけないので膝をくっつけてぴくりとも動かず座っていた）、海軍式のリボルバー（これも以前私が餞別に与えた品）を膝に載せていた。神意の介入によって、あるいはいかにも彼らしい間違った思い込みゆえか、それともまったくの本能的な賢明さのおかげか、とにかく彼はその銃に弾を込めずに持ち歩くことにしていた。そのようにしてジムはパトゥザン川をのぼっていったのだ。これ以上ありふれた、これ以上危険な姿もなかっただろうし、これほど乱暴に無雑作な、これほど孤独な姿もなかっただろう。不思議なものだ。彼の行ないにはつねに、一種宿命の雰囲気が漂っていて、そこに逃避のような様相を、何も考えずとっさに脱走してきたような、未知の中へ飛び込んでいくような様相を与えていた。

私が何より感じ入ってしまうのもまさにその無雑作ぶりだ。スタインと私は、比喩的に言うなら二人で彼を持ち上げてあっさり壁の向こう側に投げ飛ばしたわけだが、その際、向こう側に何が控えているのか実はろくにわかっていなかった。その時点での私は、とにかく彼の失踪を成立させたいだけだった。スタインには何とも彼らしい感傷的な動機があった。すなわち、決して忘れたことのない昔の借りを、（借りを受けたのと同じ形で）返そうという気があったのだ。実際彼は、生涯ずっと、イギリス諸島から来た人間なら誰にでも殊のほか親切にふるまっていた。いまは亡き恩人は実のところスコットランド人で、名前にしてもいかにもスコットランドふうにアレグザンダー・マクニールだったのに対し、ジムはトウィード川（スコットランドとイングランドの境界の一部を成す川）のはるか南の出だったが、こうして六千、七千マイル離れてしまうと、グレートブリテン島も、決してその姿が小さくなりはしないものの、すっかり奥行きが縮まって、当の島で生まれ育った者にとってさえ、スコットランドだイングランドだといった些細な違いはどうでもよくなってしまうのだ。いずれにせよ、スタインのふるまいを許すのはたやすい。ほのめかすその意図があまりに寛大なものだから、どうか当面そのことは伏せておいてほしいと私は頼み込んだ。どうやら自分は個人的に優遇してもらっているらしい、などとジムが考えて、それに影響されることがあってはならないと思ったのだ。そういうのとは違った種類の現実に、私たちは対処せねばならない。ジムが求めているのは避難所であり、危険という代償を伴った避難所を私たちは与える。それ以上のことがあってはならないのだ。

　それ以外は何もかも率直にジムに話したし、この企ての危険性を、私は誇張してみせさえした――と当時は思ったのだが、実のところはそれでもまだ不十分だった。ジムがパトゥザンで過ごした最初の日は、あやうく最後の日となるところだったのだ。もしかりに彼が、あそこまで無謀でもなく、あそこまで自分に厳しくもなく、妥協してリボルバーに弾を込めていたなら、本当に最後の日になったことだろう。いまも覚えているが、ジム隠遁計画をこちらが説明していく中、彼の頑なな、しかし疲れの混じった諦念が少しずつ消えていき、代わりに驚きと、興味と、好奇心と、少年のようなひたむきさが徐々に現われてきた。これこそ彼が夢見ていたチャンスなのだ。どうして僕なんかがあなたにそこまでしていただけるのか……いったい何のおかげなのかさっぱり……もちろんそのスタインという、その商人の方が……でも当然それはあなたが僕のことを……私はジムの話を遮った。彼の言葉は明確さを欠き、その感謝の念も、不可解なことに私には苦痛だった。私は彼に言った。このチャンスに関して君が特に誰かに恩を負っているとしたら、それは君が聞いたこともない、もう何年も前に死んだ、銅鑼声と荒っぽい正直さ以外ほとんど何も記憶されていない老いたスコットランド人なのさ。君の感謝を受けるべき人間は誰もいないんだよ。スタインは自分が若いころに受けた援助を別の若者に伝達しているだけだし、私は単に君の名前を挙げたにすぎない。こう言われて彼は顔を赤らめ、指先で紙切れをひねりながら、はにかむように、あなたはいつも僕を信用して下さったじゃないですかと言った。

　そのとおりだと私も認め、一拍置いてから、君も私に倣ってくれるとよかったんだがねとつけ足した。『倣っていないと仰有るんですか？』と彼は不安な顔になって訊き、それから、呟くように、だって証拠を見せるチャンスがなかったから、と言った。やがてパッと顔が明るくなって、信頼して下さったことを後悔させるような真似は絶対しませんから、と大声で訴えた。僕にとってあなたの信頼は、信頼は……『誤解するなよ』私は遮った。『君が私に何か後悔させるなんて、そもそも君にできることじゃないんだ』。何の後悔も生じはしない。万一生じたとしても、それは全面的に私の問題だ。その反面、はっきりわかっていてほしいのは、この計画、この――この実験はあくまで君自身が引き起こしたものだということ。君はそれに対して責任があり、ほかの誰にも責任はない。『なぜです？　だって』彼はしどろもどろに言った。『これこそまさに僕が……』頼むから頭を使ってくれ、と私が言うと彼はますますとまどった顔になった。そんなんじゃ君、わざわざ自分で自分の人生を耐えがたいものにしてしまうぜ……。『そう思われますか？』彼はうろたえて訊ねた。だがすぐに、自信に満ちた声で、『僕いままでだって、一人でやってきてましたよね』と言い足した。こんな男に腹の立てようはなかった。私は笑みを抑えられずに、昔はそうやって一人でやっていく人間は荒野に住む隠者になるのが相場だったんだぜと言った。『隠者なんて知るもんか！』彼は愛敬ある直情ぶりで言った。いやもちろん、荒野だって構わないですけど……。『それは結構』私は言った。だって君がこれから行くところはまさに荒野なんだから。まあ十分活気はあるところだと思うがね、と私は請けあった。『そうでしょうよ、そうでしょうとも』彼は潑剌と言った。そもそも君は――いったん言いはじめた以上私としてもやめる気はなかった――どこかへ行って扉を閉ざしてしまいたいという欲求を示したわけだから……。『そうなんですか？』と彼は割って入り、陰鬱な空気が奇妙にも、通り過ぎる雲の影のようにさっと彼を頭から足まで覆うように思えた。結局のところ、ジムは素晴らしく表現豊かな人間なのだ。素晴らしく！『そうなんですか？』彼は苦々しげに言った。『でもそんなに騒ぎ立てやしませんでしたよね。これからだってちゃんとやって行けますよ——でも、だって！ あなたが扉を用意して下さったんだから』……。『結構。では中に入りたまえ』私は口をはさんだ。必要とあらば、君が中に入ったら扉は閉めてやる、二度と開かないくらいしっかり、そう厳かに約束したってい い。君の運命は、それがどんなものであれ、今後まったく無視されることだろう。君が行こうとしているその国は、どうしようもない事態に陥っているとはいえ、まだ干渉には時期尚早とみなされているんだから。ひとたび中に入ってしまえば、外の世界にとって、君ははじめから存在しなかったに等しくなる。君の拠って立つところは自分の二本の足の裏しかなくなるし、そうやって立つにはまず、自分の居場所を確保するところからはじめないといけない。『はじめから存在しなかった——それだ！』彼は独り言のように呟いた。目は私の唇に釘付けにされ、ぎらぎら光っていた。これで条件がすっかり呑み込めただろうから——と私は締めくくって言った——さっさと辻馬車を捕まえて、スタインの家に直行して最終的な指示を受けるのがいいと思うね。私がろくに言い終えもしないうちに、ジムは部屋を飛び出していった」

# 第二十三章

「ジムは朝まで戻ってこなかった。夕食に引きとめられて、結局泊まっていけと言われたのだ。ミスタ・スタインは本当に素晴らしい人ですねとジムは言った。ジムのポケットにはコーネリアス宛の手紙が入っていて（『クビにされる人です』と彼は束の間しおらしい顔で言い添えた）、それから、さも嬉しそうに、現地人が身に着けているような銀の指輪を出してみせた。すり減ってすっかり薄くなって、打ち出し模様の痕跡もかすかに残っているだけの年代物だった。

これがドラミンという、その土地の主要人物、大物である老人への紹介状だった。スタインがかつてさまざまな冒険をくり広げたこの地域で友人だった男である。ミスタ・スタインはその人のことを『戦友』って呼んでました。凄(すご)いですよね、戦友だなんて。それにミスタ・スタインって英語がすごく上手じゃないですか？　よりによってセレベスで覚えたそうですよ！　それってものすごく可笑しいですよね。たしかに訛りはありますけど――ドイツ訛りですよね――気づいてます？　そのドラミンっていう人からこの指輪をもらったそうです。最後に別れたときに物を贈りあったんですね。永遠の友情を誓ったというか。いいですよね、そういうの。そのモハメッド――モハメッド何とかっていう男が殺されて、命からがら国外に逃げ出したそうです。もちろんその話はご存じですよね。ひどい話ですよね、ほんとに……。

ジムはこんなふうに、料理も忘れてナイフとフォークを手に持ったまま喋りつづけた（ちょうど私の昼食中にやって来たのだ）。顔はわずかに紅潮し、目の色はふだんより何段階も濃くなっていて、彼の場合これは興奮しているしるしだった。指輪は一種の信任状であり（『何だか本に出てくる話みたいですよね』とジムは楽しげに言い添えた）、これを持っていけばドラミンができる限りのことをしてくれるはずだった。何でもミスタ・スタインは、以前この人の命を救ったことがあるらしいんですね。まったくの偶然さ、と本人は言ってましたけど、あの方はきっと、まさにそういう偶然にいつも目を光らせてるような人だと僕思うんですよね。まあどっちでもいいです。偶然でも意図したことでも、おかげで僕は大助かりです。何はともあれその人がまだあの世に行っちまってないといいですが。それについてはわからない、とミスタ・スタインも仰有ってました。もう一年以上消息がないそうです。目下のところ仲間同士でさんざんやり合っているみたいで、川も閉鎖されています。えらく面倒な話ですよね。でも心配は要りません、何とか入り込んでみせます。

ジムの興奮したお喋りに、私は感じ入った。ほとんど怯えたと言ってもいいくらいだ。ペチャクチャ喋りまくるその様子は、たっぷり冒険を楽しめそうな長い休みがはじまる前の晩の子供みたいだったし、そういう気分が大人に、しかもこういう場で表われることには、どこか驚愕に値する、狂気じみた、危険な、信頼しがたいところがある。私がいまにも、君、もう少し真剣に考えてくれよと頼み込みかけたところで、ジムはナイフとフォークを放り出し（さっきから彼は食べはじめていた――というより無意識に呑み込みはじめていた）、皿の周り一帯を捜しはじめた。指輪！　指輪が！　いったいどこへ……あった！　ここだったか……。彼は大きな手でしっかりそれを包み込み、すべてのポケットをひとつずつ試していった。いやはや！　なくしたら大変だものな。握り拳の上の重々しい顔が考え込む。そうですよね？　いっそ首に掛けちゃおうかな！　そう言ってすぐさま、紐（綿の靴紐の切れ端のように見えた）を取り出して作業にかかった。さあ！　これでよしと！　ここまでやれば絶対……そこで初めて私の顔が目に入ったのか、少し落着いた様子になった。僕がこの品をどれだけ重く見ているか、あなたにはきっとおわかりにならないでしょうね、と、初心な重々しさを込めてジムは言った。この指輪はね、一人の友を意味するんです。そして友を持つのはよいことです。友の有難味なら僕も少しは知ってますからね。彼は表情豊かな顔で私を見て頷いたが、私が打消しの仕種をする間もなく、片手に頭を寄りかからせて、少しのあいだ口をつぐみ、テーブルクロスに落ちたパン屑を考え深げにもてあそんでいた……。『扉をばたんと閉める――まさに言いえて妙ですよ』と彼は叫んで跳び上がり、部屋の中をせかせか歩き出した。その肩の線、首の回し方、猛然とした不揃いな歩みを見ていると、あの夜の、同じように歩き回る彼が、告白し、説明し――どう言ってもいい――けれど最後の最後には生きていた姿を思い出させられた。あの夜彼は、私の目の前で、紛れもなく生きていたのだ、己のささやかな雲がかかった下、無意識の細やかさを――悲しみの源そのものから慰めを引き出しうるような細やかさを――携えて。いまのジムからも、それと同じ気分が伝わってきた。気まぐれな仲間のように、同じであり違ってもいるその気分は、今日は人を正しき道へ導いてくれるかと思えば、同じ目、同じ歩み、同じ衝動でもって、明日はどうしようもなく迷子にさせてしまう。ジムの足どりは確かだったが、あちこちさまよう、いつもより濃くなった瞳は、何かを探して部屋の中を見回していた。一方の足音の方が、なぜかもう一方よりも大きく聞こえて――たぶんブーツのせいだろう――見えない障害が歩みの中に隠れているかのような奇妙な印象を与えた。片方の手がズボンのポケット奥深くに突っ込まれ、もう一方が頭の上で突然振られた。『扉をばたんと閉める！』彼は叫んだ。『まさにそれを待ってたんです。見てて下さい、いまに……きっと……何が出てきたって平気です……。夢に見てたんです……いやはや！　ここから出るんだ。いやはや！　やっと運が巡ってきた……。見てて下さい。いずれきっと……』

怖いもの知らずの様子で、彼はさっと頭を上げた。白状するが、知りあって初めて

——そしてこれが最後でもあった——自分が思いがけず彼に心底うんざりしていることを私は実感した。何だってこんなふうにべらべらまくし立てる？　馬鹿みたいに片腕を振り回しながら、部屋の中をどすどす歩いて、時おり胸に触れては、服の中にしまった指輪のありかを確かめている。たかが交易所を、しかも商売なんかまるっきりない交易所を任された人間がこんなに舞い上がってどうする？　何だってわざわざ宇宙に挑戦を投げつける？　いいかい君、何を企てるにせよ——と私は言った——そういうのはいい気構えじゃないぜ。君にとってだけじゃない、誰にとってもいい気構えじゃない。彼は私の前に立ちはだかった。そう思われますか？　と彼は、いっこうに興奮が醒めた様子もなく訊き、笑みも浮かべたが、その笑みの中に、突如何か傲慢なものが見えた気がした。だが考えてみれば、私は彼からすれば二十歳年上の人間なのだ。若さとは傲慢なものではないか。傲慢さこそ若さの権利であり、必然である。若さは己を主張せずにおれないし、懐疑に満ちたこの世界にあってすべての主張は挑戦であり、傲慢なのだ。ジムは部屋の隅まで行って、戻ってきて、向き直り、比喩的に言えば私を引き裂きにかかった。あなたがそんなふうに仰有るのは、あなたが——僕に対して底なしに親切にして下さったあなたでさえ——覚えているからです。あなたは、あなたでさえ、覚えているんです、僕が——僕が——何があったのかを。だとしたらほかの連中はどうです——世間はどうです？　脱け出したい、脱け出そう、出たままでいよう、そう僕が思うのも当然じゃありませんか？　なのにあなたは、いい気構えじゃないだなんて！

『覚えてるのは私でも世間でもないさ』私は叫んだ。『君だよ――君が覚えてるんだ』

彼は怯まず、なおも熱っぽく言った。『何もかも忘れるんです、誰も彼も、みんな』……。声が尻すぼみになった。『あなたは別ですけど』と彼はつけ足した。

『いや――私のことも忘れるといい――それで足しになるなら』私も声を落とした。このあと私たちはしばらく、二人とも疲れはてたかのように、気だるく黙っていた。やがて彼が、落着いた口調でふたたび話し出した。ミスタ・スタインに一か月ばかり様子を見ろと言われたんです、ずっといられるかどうかまず見てみなさい、家を建てるのはそれからでいい、その方が『虚しい出費（ヴェイン・イクスペンス）』が避けられるからねって。あの人ときどき面白い言い方しますよね。『虚しい出費』ってすごくいいですよね……。ずっといられるかって？　もちろんですとも！　留まりますよ。とにかく入れてもらえれば、あとは。請けあいますよ、ずっといるって。絶対出てきません。簡単なことですよ、ずっといるのなんて。

『無茶なことを言うな』ジムの喧嘩腰の口調に不安になって私は言った。『命さえ落とさずしばらくいたら、きっと戻ってきたくなるさ』

『何に戻ってくるんです？』彼はぼんやりした口調で訊いた。目は壁に掛かった時計に釘付けになっていた。

私は少しのあいだ黙っていた。それから『じゃあ、絶対帰ってこないのか？』と言った。『絶対に』彼はくり返した。夢見るような目つきで、私を見もせずに。それから、いきなりせかせかと動き出した。『いやはや、もう二時だ、で、僕、四時に発つんですよね？』

そのとおりだった。スタインの所有するブリガンティン船（二本マストの小型帆船）が、その日の午後西に向けて発つことになっていて、それに乗っていくようジムも言われていたのだ。出発を遅らせよという指示はいっさい出ていなかった。たぶんスタインが忘れたのだと思う。荷物をまとめようと飛び回っているジムを残して、私は自分の船に乗り込みにいった。港外に碇泊しているブリガンティンに行く途中にそちらにも寄りますよ、とジムは約束した。その言葉どおり、いかにもせわしなく、小さな革の手提鞄を持って彼は現われた。それじゃ駄目だ、年代物の錫のトランクが余ってるから君にやろう、と私は申し出た。一応防水ということになっているし、少なくとも湿気は防げるはずだ。ジムはいとも簡単に、手提鞄の中身を、小麦袋の中身でも空けるみたいにどさっとトランクに放り込んで詰め替え作業を終えた。いろんな物が転げ落ちる中に、本が三冊見えた。二冊は黒っぽい表紙の小型本で、一冊は分厚い緑と金の巻だった――半クラウンの一巻本シェークスピア全集。『君、それ読むのか？』私は訊いた。『ええ、元気を出すには持ってこいですよ』彼は早口で言った。この評価に私は興味をそそられたが、いまはシェークスピアを語っている暇はない。重たいリボルバーと、弾薬筒を入れた小箱二箱が船長室のテーブルの上に載っていた。『これを持っていきたまえ』私は言った。『「ずっといる」役に立つかもしれないから』。その言葉を口にしたとたん、それがどれだけ陰惨な意味に聞こえうるかに私は思いあたった。『入り込むのに役立つかもしれないから』と私は悔やみながら訂正した。だが彼はそんな曖昧な意味を気に病んだりはしなかった。私に向かって大仰(おおぎょう)に礼を言って飛び出していき、さようならと肩越しに叫びながら走り去った。やがて船べりの向こうから、さあ漕(こ)ぎ出せ、と彼が漕ぎ手たちをせき立てる声が聞こえて、船尾左舷から見てみると、ボートが船尾突出部(カウンター)の下を回り込んでいくところだった。ボートの上でジムは身を乗り出して座り、声と身振りで男たちにハッパをかけていた。リボルバーは手に持ったままで、それを彼らの頭に向けているみたいに見えた。その四人のジャワ人の怯えた顔と、死物狂いで漕ぐオールの動きを私は決して忘れないだろう。懸命に漕いだ甲斐あって、彼らの姿は私の視界からまたたく間に消えていった。向き直ると、まず目に入ったのは、テーブルの上に載った二箱の弾薬筒だった。ジムが忘れていったのだ。

　船長用のボートをすぐ出すよう私は命じた。だがジムのボートの漕ぎ手たちは、こんな狂人が一緒にいる限り自分たちの命は糸一本で下がっていると思い込み、実に目覚ましい速度で進んでいったので、ボート同士を隔てる距離の半分もこちらが行かないうちに、ジムが船の手すり越しに這い上がり、トランクも積み込まれるのが見えた。ブリガンティン船の帆はすべて広げられ、主帆(メーンスル)も張られて、私が甲板に乗り込むと同時に揚錨機(ウィンドラス)がかたかた鳴り出した。船長は小柄な印欧混血(ハーフ=カースト)の、四十歳かそこらの洒落者だった。青いフランネルのスーツを着て、目は生き生きと輝き、丸い顔はレモンの皮の色、細い黒のちょびひげが厚ぼったい色の濃い唇の両側に垂れている。その船長が、ニタニタ笑いながら歩み出てきた。話してみると、満ち足りて陽気そうな外見とは裏腹に、さまざまな心労を抱えた人物であることが判明した。私が何か言ったのに答えて（ジムはしばし下に降りていた）、船長は『あ、はい。パトゥザンですね』と言った。河口までお運びしますが、『決して上昇しません』とのことだった。その流れるような英語は、狂人が編纂（へんさん）した辞書から学んだものと思えた。ミスタ・スタインに『上昇』するよう求められたとしても、『敬虔（レヴァレンシャリー）に』――（丁重（リスペクトフリー）にと言おうとしたのだと思うが、真偽は定かでない）――『資産の安全のために敬虔に反対するを唱えた』だろうと彼は言った。もし無視されたら、『辞める放棄を提示した』と思う、と。パトゥザンにこのあいだ行ったのはちょうど一年前のことで、ミスタ・ラージャ・アラングと『主要人口』に対してミスタ・コーネリアスが『多くの奉献（ほうけん）を宥和（ゆうわ）し』、その条件たるや商売を『一個の罠、口の中の灰』と化してしまうものであったが、にもかかわらずこの船長の船は、川を下るあいだずっと、『無責務な者たち』によって森から発砲を浴びたという。おかげで部下たちは『手足へ露出から無言の隠れに留まる』ことになり、ブリガンティン船は浅瀬の砂州にあやうく乗り上げるところで、もし乗り上げていたら船は『不可抗力的に死滅性を帯びた』であろう……。そのときのことを思い出して蘇（よみがえ）る、怒りに染まった嫌悪と、自ら聞き惚れている、己の英語の流暢（りゅうちょう）さに対する誇りとが、横に広いその素朴な顔の所有権を争っていた。私を睨みつけたかと思えば柔（にこ）やかな笑みを向け、自分の言葉遣いのもたらす申し分ない効果を船長は満足げに味わっていた。暗い影が穏やかな海の上を滑るように走っていく中、前檣（フォア）トップスルがマストに張られ大檣円材（メーン＝ブーム）を船中央に据えたブリガンティン船は、猫足風（キャッツ＝ポー）（凪（なぎ）のとき静かに音もなく吹く風）の只中で途方に暮れているように思えた。船長がさらに、歯を軋（きし）らせて言うことには、ラージャは『笑うべきハイエナ』であり（いったいどうやってハイエナなんてものを知ったのか）、別の誰かは『ワニの武器』より何倍も不実だということだった。船首の方で働く部下たちの動きを片目で見守りながら、船長は雄弁ぶりを全開させ、パトゥザンという地を『長年の悔恨欠如（インペニテンス）によって強欲に堕した獣たちの檻（おり）』に喩（たと）えた。たぶん罰を受けない（インピューニティ）ことという意味だろう。自分は『略奪行為に意図的に加担させられるべく己を晒（さら）す』つもりはない、と船長は叫んだ。錨を吊り上げようと綱を引く男たちに調子をつけていた、長く引き伸ばされたむせぶような声が止むとともに、船長も声を落とした。『パトゥザンはもうきわめてあまりにたくさんです』と彼はきっぱり結んだ。

あとで聞いたところによると、この船長、かつてパトゥザンで、間抜けにも籐の輪を首に巻かれ、ラージャ邸の前の泥穴に据えられた柱に縛りつけられたらしい。そういう健全ならざる状況で一日の大半と丸一晩を過ごす破目になったのだが、これが彼をからかった一種の冗談であったと考える理由は十分にある。私と話している最中も、おそらくそのおぞましい記憶がしばしば蘇ったのだろう、じきに刺々（とげとげ）しい口調で、船首から舵の方にやって来た男に呼びかけた。そしてふたたび私の方に向き直ると、もうその話しぶりからは私情、激情が排されていた。とにかく河口のバトゥ・クリングまではあの方をお連れします（パトゥザンの町は『三十マイル内面に位置していますから』と彼は言った）。ですが小生から見ますれば――と彼はなおも続け、それまでの能弁ぶりに代わって、退屈と疲労に彩られた確信が浮かび上がった――あの方はすでに『死体の同様』でいらっしゃいます、と言った。『え？　どういうことだ？』私は訊いた。すると彼は驚くほど凶暴な物腰を装って、背後から人を刺す行為を完璧に模倣してみせた。そして『すでに追放された人物の肉体のようなものです』と言ってのけ、気の利いたところを見せつけたと思ったときにいかにもこの手の輩が示しそうな、さも鼻持ちならない自惚れ丸出しの様子を見せた。と、彼の背後でジムが黙ってにこにこ私に笑顔を向けているのが見えた。片手を上げて、私の唇に浮かびかけた叫び声を押しとどめている。

やがて、印欧混血の船長が威張りくさった声で命令を発し、帆桁が揺れて軋み、重いブーム（帆の裾を張る円材）がぐいっと傾くと、ジムと私はひとまず二人きりになれた。私たちは主帆の風下に行き、がっちり手を握りあって、慌ただしい最後の言葉を交わした。私の胸にはもう、彼の運命に対する関心とつねに共存していた、あの鈍い憤りの念はなかった。混血の船長の馬鹿げたお喋りは、スタインの丹念な説明よりずっと、ジムの行く手に控えたみじめな危険を生々しいものにしていた。このときばかりは、私たちのやりとりにいつもつきまとっていた堅苦しさも二人の言葉から消えていた。私は彼のことを『お前』と呼んだと思うし、彼は彼で、口ごもった感謝の表現に『あんた』という言葉を付加したと思う。何だかまるで、彼の抱えた危険と、私の年齢とが打ち消しあって、年齢においても感情においても私たちがいつもより平等になったみたいだった。一瞬のあいだ、本物の、深い親密さが生じた。何か不朽の、救済をもたらす真実が垣間見えたかのような、思ってもみなかった束の間の親密さだった。あたかも自分の方こそが大人であるかのように、ジムは私の気持ちを和らげようと努めた。『わかったよ、わかりましたよ』と彼は早口で、感情を込めて言った。『ちゃんと気をつけますよ。ええ、無駄な危険は冒しません。ひとつだって冒しやしません。もちろんですとも。僕はずっといる気なんですから。心配は要りません。いやはや！　何でも来いって気分ですよ。これって一からすべて幸運ですよ。こんな壮大なチャンス、無駄にしませんとも！』……。壮大なチャンス！　そう、たしかに壮大ではある、だがチャンスかどうかは人間次第であって、私には決めようがない。彼も言っていたとおり、私でさえ――私でさえ覚えているのだ――彼の――彼の不運を。そのとおり。彼にとっては去るのが最良なのだ。

　私の船長用ボートはブリガンティン船の航跡に取り残され、船尾にいるジムが、西に傾きゆく陽の光を浴びて周りからぽつんと浮いている姿が見えた。帽子を頭上高くに上げている。はっきりしない叫び声が聞こえた。『僕の――噂が――届きますよ（ユー――シャル――ヒヤ――オヴ――ミー）』。噂が（オヴ・ミー）だったか、便り（フロム・ミー）がだったかはわからない。たぶん噂が（オヴ・ミー）だったのだと思う。ジムの足下の海の煌（きら）めきがあまりに眩しくて、彼の姿はもうはっきり見えなかった。私は絶対にジムのことがはっきり見えない運命なのだ。それでもこれは断言できる。あのときの彼ほど、混血の不吉な予言者が宣（のたま）ったような『死体の同様』という様子から遠い人間もいなかったと。まさにその小男の顔が、形も色も熟したカボチャのそれである顔が、ジムの肱の下あたりから突き出ているのが見えた。彼もまた、片腕を、ぐいっと突き刺そうとするかのように持ち上げた。予兆（アブシト・オーメン）よ、離れよ！」

# 第二十四章

「パトゥザンの沿岸は（私はそれをほぼ二年後に見た）まっすぐ厳めしく延びていて、霧深い海に面している。赤い山道が、さながら錆の大滝のように、低い絶壁を覆う藪や蔓植物の深緑の葉叢の下を流れている。沼地というに近い平原が、いくつかの川の合わさる河口から広がり、巨大な森林の向こうに、ぎざぎざの青い頂が並ぶさまが見える。沖の方では島々の連なりが、黒々とした、崩れかけた姿を見せていて、永遠に陽を浴びた靄の中、海によって破られた壁の残骸のように突き出ている。

広い河口の、バトゥ・クリング川につながる部分には漁村がひとつある。この川は長年閉ざされたままだったが、当時はもう開いていて、私が乗っていたスタイン所有の小型スクーナー船は、川をのぼりながら満潮を三度経るあいだ、『無責務な者たち』から一斉射撃を浴びることもなかった。もうそうした出来事は、案内人のような役割で乗り込んできた漁村の老族長の言が信じられるなら、すでに昔話と化していた。私は彼が見た二人目の白人ということだった。族長の話しぶりは自信に満ちていて、話の大半は彼が見た一人目の白人をめぐるものだった。彼はその白人をトゥアン・ジム（ジム閣下）と呼び、その呼び方に、馴れなれしさと畏怖の念とが奇妙に混じっているところが何とも印象的だった。村の者たちはこの閣下（ロード）の特別の保護下にあるというから、ジムも彼らに恨みはないのだろう。僕の噂が届きますよ、と彼は私に警告したわけだが、まったくそのとおりだった。早くもここで、彼が川をのぼるのを助けるべく潮の干（ひ）きがいつもより二時間早まったという話を私は聞かされた。お喋りの老人はまさにそのとき自ら丸木舟を操っていて、奇跡に目を見張ったのだという。しかも、栄誉は一家全体に行きわたっていた。息子も、義理の息子も、櫓（ろ）を漕いでいたのだ。といっても彼らはしょせん経験もない若僧、老人がその驚くべき事実を指摘してやるまでは丸木舟の速さにも気がつかなかった。

ジムがその漁村に現われたことは天の恵みだったが、村人たちにとって、世の常として、天恵の前にはまず恐怖が訪れた。その前に別の白人が川を訪れて以来、もう何世代もがあの世へ旅立っていたから、もはや言い伝えすら失われてしまっていた。彼らの前に突如降り立ち、パトゥザンへ連れていけと有無を言わせぬ口調で要求した者の出現は、大きな不安をもたらした。その強引さに人々は愕然とし、その気前よさを大いに疑わしく思った。前代未聞の要請だった。誰一人聞いたこともない話だった。ラージャが聞いたら何と言うだろう？　自分たちはどんな目に遭わされる？　ほぼ一晩が討議に費やされたが、とにかくその見知らぬ男を怒らせることから直接生じうる危険はあまりに大きく思えたので、結局、古いがたがたの刳舟（くりぶね）が用意された。舟が出される中、女たちは哀しみの悲鳴を上げた。怖いもの知らずの老婆が一人、見知らぬ男を呪った。

　すでに言ったとおり、ジムは刳舟の中、錫のトランクの上に座って、弾の入っていないリボルバーを膝の上に抱えていた。彼は用心深く座り——これほど疲れる姿勢もほかにない——そうやって、内陸の青い山頂から沿岸の寄せ波の白い帯まで、いずれ己の人徳をめぐる名声で満たすことになる地へ入っていったのだった。最初の曲がり目で、海が見えなくなった。波が難儀そうに昇っては沈み、姿を消してはまた昇る、それを永久にくり返す海は、まさに苦闘する人類の象徴と見えたが、それに代わって、土に深く根を下ろした不動の森が眼前に現われて、陽の光に向かってそびえ、生命そのもののごとくに、長い伝統の影深き力に包まれて永遠の姿を見せていた。そしてジムにとっての『機会（オポチュニティ）』は、主人の手によってベールを外されるのを待つ東洋の花嫁のように、覆いがかかったまま彼のかたわらにいた。ジムもまた、影深く力強い伝統の継承者となったのだ！　ところが、本人が私に語ったところでは、あの丸木舟に乗っていたときほど気が滅入って疲れを感じたことはなかったという。彼が自分に許した唯一の動きは、靴と靴のあいだに浮かんでいるココナツ半分の殻にこっそり手を伸ばし、慎重に抑えた動作で若干の水を掻き出すことだけだった。錫地金（じがね）のトランクの蓋に座るのがいかに大変かを彼は思い知った。健康は英雄的なまでに申し分なかったが、道中、何度か朦朧としたり、また時には、陽が照りつける背中に出来つつある火膨れの大きさに思いをめぐらしたりもした。気晴らしに前方に目をやって、泥に包まれ水際に横たわっている物体が丸太なのかワニなのかを見極めようとした。が、じきに投げ出すしかなかった。ちっとも面白くないからだ。いつもかならずワニだったのだ。うち一頭などは、川にボチャンと入ってきて、あやうく舟を転覆させるところだった。だがその興奮も一瞬にして過ぎた。やがて今度は、川が細長く延びた、何もないあたりで、猿たちの一団が水際まで降りてきて、通過する舟を侮辱するかのように騒ぎ立てた。彼にはそれがありがたかった。このような経路を通って、誰が成し遂げたのにも劣らず真正な偉大さへとジムは近づいていったのだ。何よりもまず、日没が待ち遠しかった。一方、舟を漕ぐ三人は、彼をラージャに引き渡す計画を実行せんと機を窺っていた。

『たぶん僕は、疲れて頭も働いていなかったし、しばらくのあいだ本当にうたた寝してしまったと思います』とジムは言った。我に返ってまず気がついたのは、丸木舟が岸辺に近づいていることだった。森をもう過ぎたこと、上方に家並が見えてきたこと、左側に砦柵（さいさく）（杭を並べて打ち込んだ防御柵）があって、漕ぎ手たちがいっせいに低い地点に飛び降りて一目散に駆け出したこと、そのすべてを瞬時に意識した。とっさに自分も飛び降りてあとを追った。はじめは、何か訳のわからぬ理由で置き去りにされたかと思ったが、じきに興奮した叫び声が聞こえ、門がパッと開いて、大勢の人間が飛び出してこっちへ駆けてきた。

と同時に、武器を持った男たちを満載したボートが川の上に現われ、空っぽになったジムの丸木舟と横並びになって逃げ道を断った。

『あまりにも仰天したんで、完全に落着いていたというわけには行きませんでしたね——そりゃあ無理ですよね。あれでもし、リボルバーに弾が入っていたら、誰かを撃っていただろうから——ひょっとして二人、三人とか——そうしたら僕も一巻の終わりだったでしょうね。でも弾は入ってなかったわけで……』。『どうして入ってなかったんだ?』私は訊いてみた。『だって、どのみち全員相手には戦えないし、そもそも命が惜しかったらこんなところに来ちゃいませんよ』と彼は、私に向けた眼差しの中に、時おり見せる頑なに拗(す)ねた様子をほんのちょっと匂わせながら言った。だから私としても、弾倉が実は空であることを連中は知りようがなかったという事実を指摘するのは控えた。彼も彼なりのやり方で自分を納得させるしかないのだから……。『まあとにかく、弾は入ってなかったわけで』と彼は上機嫌にくり返した。『だからそこに突っ立って、いったい何の騒ぎだ、と奴らに訊いたんです。そう訊かれてみんな呆然としたみたいでした。こそ泥連中が僕のトランクを持って逃げていこうとするのが見えました。脚の長い悪党爺(じじ)いのカシム(明日引き合わせますよ)が駆け出てきて、ラージャがお目にかかりたいと申しておりますとか何とかうだうだ言うんで、「いいとも」と答えました。僕もラージャには会いたかったから、門から中に入っていって、それで——それで——こうなったわけです』。ジムは声を上げて笑い、それから、思いがけず熱を込めて、『何が最高だか、わかります？』と訊いた。『こういうことです。もし僕があそこで抹殺されていたら、損をしたのはこの土地だっただろうってこと、それが実感できるっていうところが最高なんです』

前にも言った晩、自分の屋敷の前で、ジムはそう私に語った。それまで私たちは、月が山と山のあいだの亀裂の上で、霊が墓から出て空へのぼって行くように漂い離れていくのを眺めていた。冷たく青白い月の光沢が、死んだ陽光の幽霊のように降り立っていた。月の光には何か心に取り憑くものがある。肉体から離れた魂の冷ややかさがそこには満ち、そういう魂の持つ推し測りようのない神秘に彩られている。月と我らが日光との関係は——何と言っても、日光があるからこそ人間は生きていけるのだ——谺(こだま)と音の関係に似ている。発せられた音があざけりを伝えていようと哀しみを伝えていようと、谺は人を惑わせ、混乱させる。あらゆる形から、物としての中身を奪い——そして結局のところ人間の領域とはそういう物たちの領域なのだ——実質を奪い、もっぱら影にのみ不吉な生々しさを与える。そしてそのとき、影は私たちの周りにひどく生々しく在(あ)った。ところが私と並んだジムは、この上なく逞しく見えた。何をもってしても、月光の超自然的な力をもってしても、私の目に映った彼の生々しさを奪えはしない気がした。実際、暗い力の襲撃にも生き抜いたジムのことだから、もはや何ものも彼に触れられないのかもしれなかった。何もかもが静まり返り、何もかもがじっと動かなかった。川の上ですら、月光は水溜まりに浮かぶかのように眠っていた。折しも満ち潮で、その一瞬の不動性が、この見捨てられた地の果ての底なしの孤立ぶりを高めていた。さざ波も立てず、ぎらつきも放たぬ広々と明るい川面に沿ってびっしり建つ家々は、水の中に足を踏み入れんとするようにひしめき合い、漠とした、灰色の、銀色がかった姿で、影の黒い塊と交わりつつ並んでいた。それはまるで、亡霊のごとき、形を持たないものたちの群れが、亡霊のごとき命なき川の水を飲もうといっせいにくり出してきたかのような眺めだった。ところどころ、竹の塀の中で、赤い光が時おり、生きた閃光のように暖かく煌めいて、人の情愛、ねぐら、休息といったものを伝えていた。

こういうささやかな暖かい光が、一つまたひとつと消えてゆくのをよく眺めるのだと彼は私に打ちあけた。自分の目の前で、人々が明日の安全を信じきって眠りに就くのを見るのが好きなのだと彼は打ちあけた。『ここ、平和でしょう?』と彼は言った。雄弁ではないが、そのあとに続いた言葉には深い意味があった――『この家並を見て下さい。どこへ行っても、僕が信頼されていない家はありません。いやはや! 僕言ったでしょう、ずっといるって。誰にでもいいから訊いてみて下さい、男でも女でも子供でも……』途中で一瞬言葉を切る。『まあとにかく、大丈夫なんです、僕は』

やっとそのことがわかったんだな、と私はすぐさま言った。こっちには前々からわかっていたけどね、と言い添えた。ジムは首を横に振った。『そうなんですか?』。彼は私の片腕の、肱の上あたりを軽く押した。『じゃあ――あなたは正しかったわけですね』

その小声の感嘆には、高揚と誇りがあり、ほとんど畏怖の念があった。『いやはや!』

彼は叫んだ。『考えてみて下さいよ、それが僕にとってどれほど意味があるか』。彼はふたたび私の腕を押した。『なのにあなたは、ここを出る気があるかなんて訊くんだから。とんでもない。僕が！　ここを出る気！　第一そうやってお伝えいただいたからにはなおさらですよ、ミスタ・スタインがそこまで……ここを出る！　まさか！　むしろ恐れていたんですよ。辛かったでしょうよ、出なきゃいけないとなったら――死ぬよりも。本当ですよ――誓って言います。笑わないで下さいよ。毎日毎日、目を開けるたびに感じずにいられないんです、僕は信頼されてるんだって――誰にも権利はないんだって――わかるでしょう？　ここを出る！　それでどこへ行きます？　何のために？　何が欲しくて？』

伝えたことというのは（実際、それが私の訪問の主たる目的でもあった）、スタインの意志だった。すなわち、家も商品の蓄えもすべて、一応きわめて緩やかな条件を付して譲渡を完璧に合法なものにするが、ただちにジムに譲るというのである。ジムははじめ鼻を鳴らし、尻込みした。『何を細かいことにこだわってるんだ！』私は叫んだ。『そもそもここにある全部、スタインの物なんかじゃないさ。君が自分で作り上げたものを、君にやるってだけの話さ。まあとにかく、余計な科白はマクニールに会うまで取っておくんだな――あっちの世界で会うときまで。だいぶ先のことであることを願うがね……』。彼としても私の説得に折れるしかなかった。なぜなら、彼が勝ちとった何もかもが、信頼、名声、友情、愛、彼を主人にしているそれらすべてが、彼を囚われの身にもしていたからだ。彼はすべてを所有者の目で見ていた——晩の平和を、川を、家々を、森の永遠の生を、古の人類の生を、土地の秘密を、己の心の誇りを。だが実は、それらこそが彼を所有していた。彼の心の一番奥の思いまで、血のごくわずかな揺らぎまで、最後の一息までも所有していたのだ。

それは誇っていいことだった。私だって誇らしかった。こうして手に入れたものにどこまですごい価値があるのかは、そこまで確信できなかったが、とにかく彼の気持ちを思えば誇らしかった。素晴らしいことだった。彼が恐れを知らない人間だということはそれほど私の頭になかった。その点を自分がほとんど考慮に入れなかったのは、いま思えば不思議だ。まるで、そんな月並なことがこの一件の根底にあるはずがない、とでも思っていたような按配なのだ。そう、私はむしろ、彼が示してみせたほかのさまざまな能力に感じ入っていた。慣れない状況を把握する才覚、そういう思考をする際の知的な鋭敏さを彼は証してみせた。それに、何でもやろうという積極性！　これは驚異的だった。そしてそれらすべてが、よく躾けられた猟犬の許に強い匂いがやって来るように、彼の許にやって来たのだ。雄弁ではなくとも、その体質的と言っていい無口ぶりにはある種の威厳が備わっていたし、つっかえつっかえ話す喋り方にも気高い真摯さがこもっていた。頑なそうに頬を赤らめるという技もいまだに保持していたが、時おり漏れるちょっとした一言、一文から、自分は生まれ変わったんだという確信をもたらしてくれた仕事に対して深く厳かな感情を抱いていることが見えた。だからこそ、ジムが土地と人々を愛するその愛し方には、一種強烈なエゴイズムと、あたかも蔑むような優しさが伴っているように思えたのだろう」

# 第二十五章

「『ここに三日閉じ込められていたんです』とジムは呟いた。ラージャを訪ねていったときのこと、私たちは屋敷の中庭を、一種畏れ入っている様子の居候たちに左右から見守られながらゆっくり進んでいた。『汚いところでしょう？　それに、ろくに食わせてくれないんですよ。さんざん騒ぎ立ててやっと、小さな皿に盛った米と、トゲウオと大して変わらない小魚を揚げたのが出てくる程度で――ひどい話です！　いやはや！　こんな悪臭たちこめる囲いの中を、鼻先に顔をつきつけてくる浮浪者連中と一緒になって、腹を空かしてうろついていたんです。あなたが下すったあの見事なリボルバーは、言われたとたんに渡しちまいました。手放してせいせいしましたよ。馬鹿みたいですからね、空っぽのピストル持って歩き回ってるなんて』。ジムがそう言い終えると同時に、私たちは御前（ごぜん）に出た。かつて自分を囚われの身とした相手を前に、ジムは一気に重々しい、恭しい態度になった。ああ、何たる壮観！　思い出すだけで笑ってしまう。だが私は感銘を受けてもいた。ラージャこと、老いた惨めったらしい尊主アラングは怯えを隠せずにいたが（若いころの武勇伝をやたらと語りたがる男だが、とうてい英雄なんかじゃない）、同時に、かつて囚人とした男に対するその態度には、どこか切なげな信用のようなものもあった。そうなのだ！　どんなに憎まれているときでも、ジムは信頼されたのだ。私がその会話を理解できた限り、ジムは一種講義のごときものを行なって場をより意義あるものにしていた。村人が何人か、米と交換しようと、樹脂だか蜜蠟だかを携えてドラミンの家へ行く途中、襲われて物も取られたらしい。『ドラミンこそ泥棒だ』とラージャが出し抜けに叫んだ。その老いた弱々しい体に、身も震えるほどの怒りが入り込んだように見えた。筵の上で奇妙に身悶えし、両手両足で身振りして、もつれた髪の束をモップのように揺さぶった。それは憤怒の念の、無力な発露だった。周り中で呆然と目が見開かれ、口があんぐり開いた。ジムが話し出した。断固たる、冷静な口調で、たっぷり時間をかけて、何人も己と己の子らの食べ物をまっとうな手段で得ることを妨げられてはならぬという題目をめぐって滔々と語った。相手は裁ち物板に向かった仕立て屋のように、それぞれの手の平を膝に載せて座り、首を低く垂れ、目に直にかかった白髪の向こうからじっとジムを見据えていた。話が終わると、しんと静けさが広まった。誰一人息すらしていないように思え、誰も何ら音を立てなかったが、やがて老ラージャがかすかにため息をついて、さっと首を振って顔を上げ、早口で『聞いたか、お前たち！　もう悪ふざけはいかんぞ』と言った。この勅令は深遠なる沈黙とともに受けとめられた。相当に大柄の、明らかにラージャの信用を得た立場に在るらしい、知的な目で、骨ばって横に広く真っ黒な顔の、快活に偉ぶった態度の人物が（この男が死刑執行人であることはあとで知った）、真鍮の盆に載せた二杯のコーヒーを目下の者から受けとり、私とジムに差し出した。『飲まなくてもいいんですよ』とジムがひどく早口で囁いた。私にははじめその意味がわからず、ただジムの顔を見るばかりだった。彼はたっぷり一口飲んでから、ソーサーを左手に持って落着いた顔で座っていた。次の瞬間、私はひどく苛立たしい気分になった。『いったいどういうつもりだ』と私は、愛想よい笑顔を彼に向けながら囁いた。『こんな馬鹿みたいな危険に私を巻き込むなんて？』。もちろん私も飲んだ。飲まないわけには行かない。ジムは何ら反応を示さず、それからいくらも経たぬうちに私たちは暇（いとま）を告げた。知的で快活な死刑執行人に付き添われて、ボートに向かって中庭を通っている最中、どうもすみませんでした、とジムは私に謝った。もちろん、可能性はごくわずかでした。僕個人としては毒なんて何とも思っていないんです。可能性は限りなくゼロに近いんだし。僕という人間は、危険であるよりもはるかに有用だと思われてますから、と彼は請けあった。だから……『でもラージャは君のことをものすごく怖がってるじゃないか。誰が見たってわかるぜ』と私は、自分でも認めざるをえないが、いささか拗（す）ねたような口調で言い返し、その間もずっと、激しい腹痛の発作がはじまるのを不安な思いで待ち受けていた。ひどくうんざりした気分だった。『僕がここで自分の立場を保って、いくらか足しになるようなことをやろうと思うなら』と彼は私と並んでボートに腰を下ろしながら言った。『危険を避けるわけには行きません。最低一月に一度はやるようにしています。僕を信用して、いわば彼らに代わって僕がそうするのを期待してる人が大勢いるんです。僕のことを怖がっている！　まさにそうですよ。怖いのはきっと、僕が奴のコーヒーを怖がらないからです』。それから、砦柵の北側の、何本かの杭の尖った先が折れている箇所を指差しながら、『パトゥザンに来て三日目に、ここを跳び越したんです。まだ新しい杭を入れてないんだな。よく跳んだでしょう?』と言った。それからまもなく、泥で濁った小川の河口の前に私たちは出た。『ここでもう一度跳びました。少しばかり助走して、跳び越そうとしたんですが届きませんでした。これで一巻の終わりかと思いましたよ。ばたばた足掻いている最中に靴を両方ともなくしちまいました。そのあいだずっと考えてました、こんなふうに泥にはまった最中に長い槍で一刺し喰らったらひどいもんだろうなって。ぬるぬるの中でもがいていると、ほんとに気持ち悪かったです。文字どおり、何か腐った物でも嚙んだみたいに』

　そんな具合だった。『機会』は彼と並んで走り、間隙を跳び越え、泥の中でのたうちながらも……いまだベールに覆われたままだった。君たちもわかるだろう、彼が突如現われた、その思いもよらなさ、唯一そのことだけが、即座に短剣で始末されて川に投げ込まれる運命から彼を救ったんだ。彼らにしてみれば、捕まえはしたものの、幽霊を取り押さえたような気分だった。生霊を、不吉な前兆を捕らえたみたいなものだった。これはどういう意味なのか？　どう対処すべきなのか？　いまさら取り入ろうとしても手遅れだろうか？　もうこれ以上先延ばしせずさっさと殺してしまっては？　だがそうしたら何が起きるか？　哀れ老アラングは不安に苛まれ、決断のあまりの困難さに気も狂わんばかりになった。協議は何度も中断されては、忠臣たちがあたふたと出口に殺到し、ベランダに駆け出た。話によると、一人などは地面に飛び降りて――高さは十五フィートというところか――脚を折ったという。というのも、パトゥザンを支配する王にはいくつも奇癖があったが、そのうちのひとつとして、議論がややこしくなるたびに、威張りくさった無茶苦茶な言動をやり出し、ますます興奮してくると、しまいには短剣を手に自分の座から跳び上がったのだ。そうした中断を別とすれば、ジムの運命をめぐる討議は昼夜を問わず続いた。

一方、本人は中庭をうろつき、ある者たちには避けられ、ある者たちからは敵意の眼差しを向けられたが、とにかく万人に見張られていた。実のところ、鉈を持ってそこをうろつく薄汚い連中の誰かが気まぐれを起こしたら、それで一巻の終わりだっただろう。ジムは小さな崩れかけた納屋を占有してそこで眠った。汚物や腐敗物の悪臭は凄まじい苦痛だったが、それでも食欲は失せなかったようで、本人が言うにはその間もずっと腹を空かせていた。時おり、討議室から送り出された『小うるさい阿呆』がせかせか寄ってきて、甘ったるい口調で、唖然とさせられる問いを発した。『オランダがこの国を占領に来るのか？　白人は川の下流に帰りたいか？　こんなみじめな国に来た目的は何か？　白人が時計を修理できるかどうかラージャがお訊ねだが？』。そう言って本当にニューイングランド製のニッケル時計を持ってきたので、とにかく死ぬほど退屈していたから、この目覚まし時計の修繕に没頭した。どうやらそうやって納屋にこもっていた最中、自分がどれほど極度の危険に晒されているか、その真相がにわかに見えた。彼は時計を――『焼けたジャガイモみたいに』と本人は言っていた――投げ捨て、何をするのか、そもそも何ができるのか、何の考えもなしにそそくさと出ていった。とにかくこんな状態は耐えられない、ということしか頭になかった。あてもなく歩いて、小さなぐらぐらの、高床式穀物庫らしきものの向こうに出ると、もうそこは砦柵で、一部折れた杭が目に入った。それから、本人が言うには間髪を容れず、いわばいかなる心の手続きも経由せず、何ら感情のうごめきもなしに、一か月のあいだ練りに練った計画をついに実行するかのように、逃亡に取りかかった。思いきり駆け出そうと、まずはさりげなく歩き去り、ふり向いてみると、誰やら高官が槍持ちを二人従えてすぐそばに来ていて、いまにも何か尋問しようとしている。そいつの『もろに鼻先から』ジムは駆け出し、『鳥のように』ぐんぐん離れていって、砦柵を跳び越えて向こう側に落ちると、骨という骨がぐらついて頭も真っ二つに割れたように思えた。彼はすぐさま立ち上がった。何も考えていなかった。覚えているのはただ、本人が言うには、大きなわめき声が聞こえたことだけだった。パトゥザンの一番外れの家並が前方、四百ヤード先にあった。入江が見え、彼は反射的にピッチを上げた。足の下で大地がうしろ向きに飛んでいくように思えた。乾いた地点の最先端からジャンプして、体が宙に舞うのを感じ、何の衝撃もなしに、ひどく柔らかでべとべとする泥の川床に体がまっすぐ埋め込まれるのを感じた。両脚を動かそうとして、それができないとわかって初めて、本人の言によれば『我に返った』。『長い槍で一刺し』にも思いが行った。だが考えてみれば、砦柵の中にいる連中は、まず門まで駆けていって、船着場まで降りていき、ボートに乗り込んで、川に突き出た地点を回り込まねばならない。そう考えると、こっちはまだずっと先に来ていると言っていい。それにいまは引き潮だから、入江には水がなく――涸れているとは言えないが――しばらくのあいだは、まあ超遠距離の狙撃を別とすれば、いっさい脅威はない。土手の上、しっかりした地面は、前方およそ六フィートのところにあった。『それでも、もうここで死ぬしかないんだと思ってました』とジムは言った。両手を伸ばして必死に摑もうとしたが、おぞましい、冷たい、ぎらぎら光る軟泥の山を自分の胸に、しっかりあごの高さまで掻き寄せただけだった。自分で自分を生き埋めにしている気分だった。それから、がむしゃらに両腕を振り回し、拳骨で泥を跳ね飛ばした。泥は頭に、顔に落ち、目を覆い、口に入った。不意に中庭を思い出しましたよ、とジムは言った。何年も前の、自分がこの上なく幸せだった場所を思い出すような気分だった。あそこに戻れたらなあ、また時計を直していられたらなあ、とつくづく思いましたよ。時計を修理する、それだ。彼は頑張った。必死に、すすり泣き、喘ぎながら、目玉も飛び出して視力を失いそうなほど頑張った。ここを先途とありったけの力をふり絞り、闇の中、地も裂けよとばかり、両手両脚から地を投げ飛ばさんばかりに頑張った。と、自分が弱々しく土手を這い上がるのが感じられた。固い大地に、体を大の字に投げ出した。光が、空が見えた。やがて、一種楽しい思いとして、眠ろうという考えが浮かんできた。のちに彼は、本当に眠ったのだと言い張ることになる。一分間だったかもしれないし、二十秒か、あるいはほんの一秒だったかもしれないが、とにかくがくんと痙攣するように目が覚めたことははっきり記憶していた。しばらくそのまま横たわっていたが、やがて全身泥まみれの体を起こしてそこに立ち、周囲何マイルにもわたって自分の同類は一人もいないのだ、誰からの助けも同情も哀れみも望めない身なのだと考えていた。追いつめられた動物と同じだ。一番外れの家並は二十ヤードと離れていなかった。怯えた女が子供を連れ帰ろうとしながら上げた壮絶な悲鳴を聞いて、彼はハッと我に返った。靴下だけ穿いた脚で真っしぐらに駆け出した。体じゅう汚物にまみれた姿はおよそ人間に似ていなかった。そんな姿で、居住地の半分以上を抜けていった。すばしこい女たちは右に左に逃げ、のろい男たちは持っていた物を落とし、唖然として口を開けその場に凍りついた。ジムは飛ぶように速い脅威だった。子供たちが懸命に逃げ、ばったり小さな腹を下にして倒れて両足をばたばたさせるのが見えた。進路を変えて二軒の家のあいだの坂をのぼって行き、伐り倒された木々がバリケードになっている箇所を必死に乗り越えて（当時パトゥザンでは、何かしら戦闘の起こらぬ週は一週間としてなかった）、何かの柵を突破してトウモロコシ畑に入ると怯えた少年に棒切れを投げつけられ、一本の道に迷い込み、気がつけば何人かの仰天した男たちの腕の中に飛び込んでいた。ゼイゼイ喘ぎながら『ドラミン！　ドラミン！』と口にするだけの力が辛うじて残っていた。なかば抱えられ、なかば突かれるようにして坂のてっぺんまで押し上げられたことは覚えていたし、ヤシの木や果樹の生えた巨大な囲い地に来て、とてつもなく大きな喧騒と興奮の只中でどっしり椅子に座った巨体の男の前にそそくさと連れていかれたことも覚えていた。泥と服の中を探って指輪を引っぱり出し、それから、気がつくといきなり仰向けに倒れていて、いったい誰に張り倒されたんだろうと思った。人々は単に手を離しただけだったのに、立っていられなかったのだ。坂の下でぱらぱらと発砲が生じ、居住地の家々の屋根の上、鈍い驚きのどよめきが上がった。でもジムは安全だった。ドラミンの臣下たちは門をバリケードで固めつつ、彼の喉に水を浴びせてくれた。ドラミンの老いた妻はてきぱきと働く情に篤い人物で、甲高い声で娘たちに次々命令を発していた。『このお婆さんが何から何まで世話してくれまして』とジムは穏やかに言った。『まるで実の息子みたいにしてもらいましたよ。ものすごく大きなベッドに――お婆さん専用のベッドです――寝かせてくれて、目を拭いながら部屋から出たり入ったりしては僕の背中をぽんぽん叩いてくれるんです。僕ときたら、さぞみじめに見えたんですね。丸太みたいに、どれくらい長いこと寝ていたのか全然わかりませんよ』

ジムはドラミンの老妻が大いに気に入ったようだった。相手もジムに、母親のような好意を抱いた。丸い、栗色の穏やかな顔は一面細かい皺だらけで、大きな唇は明るい赤色で（いつも小まめにキンマを嚙んでいたのだ）、ぎゅっと窄（すぼ）んだ目はパチパチとよく動き、いかにも優しげだった。ひっきりなしに駆けずり回って、若い女たちの一団をせわしなく叱り、あれこれ指図していた。艶のよい茶色い顔の、大きな重々しい瞳の女たちは、彼女の娘、召使、女奴隷だった――わかると思うが、こういう所帯ではっきり区別するのは不可能なのだ。妻はひどく痩せていて、宝飾品のついた留金で前を留めてあるたっぷりした質素な外衣も、いっそう痩せこけた印象を与えた。色の黒い裸足には中国製の黄色い藁（わら）のスリッパをつっかけていた。私自身、この女性が、ものすごくたっぷりとした長い銀髪を肩のあたりになびかせて飛び回っている姿を見た。素朴にして鋭い物言いを連発する、高貴な生まれの、気まぐれで変わり者の女性だった。午後になると、広々とした肱掛け椅子に夫と向きあって座り、居住地と川が見渡せるよう壁に開（あ）けた広い隙間の向こうをじっと見据えていた。

　妻はいつも両足を体の下にたくし込んでいたが、老ドラミンの方はどっしり、平原の上に山がそびえるように堂々と座していた。身分としては貿易商（ナコーダ）、すなわち商人階級にすぎなかったが、人々が寄せる敬意とその物腰の威厳は相当なもので、パトゥザンでは二番目の権力を有する首長だった。移住者たちはセレベスの出で、六十世帯余りいて、居候なども含めて二百人ばかり『短剣（クリイス）を身に着けた』男を動員できる集団だったが、そんな彼らに何年も前に首長として選ばれたのだった。この種族の人々は知性も高く、進取の気性に富み、復讐心も強かったが、ほかのマレー人に較べてその勇気はより率直であり、圧制下に置かれたら大人しく黙ってはいなかった。ラージャに対抗する一派を彼らは形成した。もちろん、抗争は商売をめぐるものだった。商売こそ派閥争いの主たる要因であり、居住地のあちこちを突如煙、炎、銃声と悲鳴で満たす騒乱の原因だった。村が燃やされ、男たちがラージャの砦柵の中に引きずり込まれて、ラージャ以外の人間と商いを行なった罪ゆえに殺されたり拷問されたりした。ジムが現われるつい一日か二日前にも、のちにジムがとりわけ手篤く保護することになる件の漁村の家長が何人か、食用の鳥の巣をセレベス出の商人に頼まれて集めたという嫌疑で、ラージャの槍持ちの一団によって崖から突き落とされていた。我こそはこの国唯一の商人であるとラージャ・アラングは言ってはばからなかった。この独占を侵した罪に対する罰は死だった。といっても、彼の考える商いというのは、ごくありきたりの泥棒行為と見分けのつかない代物だった。その残酷さと強欲を唯一抑制しているのは彼の臆病さのみであり、セレベス人たちの組織化された力についても怖がってはいたが、ジムが来るまでは、すっかり口をつぐむほど怖がってはいなかった。臣下を使って彼らに攻撃を加え、そうする自分を正しいと浅ましくも信じていた。そんな事態を複雑にしていたのが、一人の流れ者だった。このアラブ系の混血児は、どうやら純粋に宗教的な理由から、内陸の諸部族（叢林族、とジムは呼んでいた）を唆して蜂起させ、自分は二つ並んだ小山の一方の頂に武装した野営を張っていた。養鶏場の上空に漂うタカのように彼はパトゥザンの町の上空に浮かび、山の方では好き放題荒らし回っていた。捨てられた村が、丸ごといくつも澄んだ水流の岸辺に据えられた杭も黒焦げになった上で朽ちていった。水の中にぱらぱらと、壁を成していた草や屋根であった葉が落ちていった。まるでそれら朽ちていく村が一種の草木（そうもく）であって、根元から胴枯れ病に侵されたかのような、すべてが自然の腐蝕（ふしょく）であるかのような奇妙な様相を呈していた。パトゥザンの二派閥は、このゲリラ的人物が自分たちのうちどっちを略奪しようという気がより強いのか、いまひとつ読めずにいた。ラージャは彼と組もうとごく中途半端に策略を巡らした。ドラミン側、ブギス（南セレベス出の種族）の居住者たちの一部も、不安な事態が果てしなく続くのに疲れて、なかば彼を仲間に入れてもいいという気になりかけていた。彼らの中でも若い連中は、冗談半分に、野人どもを引き連れた貴人（シェリーフ）アリ（これがゲリラの名だった）と組んでラージャ・アラングを追い出してしまいましょうと進言した。ドラミンは彼らを何とか抑えつけた。彼はいまや年老いてきていて、影響力はいまだ衰えていなかったものの、事態はもう彼の手に負えなくなりかけていた。そういう状況の中、ラージャの砦柵から逃げ出してきたジムが、このブギス一派の長の前に現われて、指輪を取り出し、文字どおり共同体の中心に迎えられたのだ」

# 第二十六章

「ドラミンは私の見た限り、彼の種族全体でも屈指の非凡な人物だった。マレー人としては並外れた巨体だったが、単に太っているだけには見えなかった。堂々として、ほとんど彫像のように見えた。不動の体が贅沢(ぜいたく)な素材に包まれ、絹は色とりどり、金の糸で刺繍(ししゅう)が施されていた。巨大な頭部には赤と金の布を巻いて、平たく大きな丸い顔は皺や溝に覆われ、横に広い荒々しい鼻孔の両横から半円形のぼってりした襞(ひだ)がはじまり、分厚い唇を囲んでいた。喉は雄牛のようで、じっと見つめる誇り高い目の上には巨大な波形の眉が浮かんでいる。それらが一緒になって、一度見たら忘れられない全体を形成していた。無表情にどっしり座った姿は(ひとたび腰を下ろすと腕も脚もめったに動かさなかった)、威厳というものを絵にしたみたいに見えた。彼が声を荒らげるのを聞いた者はいなかった。しゃがれた力強い呟き声は、あたかも遠くから発せられたかのようにわずかにベールがかかっていた。歩くときは、小柄でがっしりした、上半身裸で白い腰布(サロン)を巻いて後頭部に黒い頭蓋帽(とうがいぼう)を被った若者二人が両側からその肱を支えた。そうっと慎重に座らせたあとは、二人とも椅子のうしろに控えているが、やがて彼がふたたび立ち上がろうとゆっくり難儀そうに首を左右に回すと、腋(わき)の下に手を入れて立たせてやる。にもかかわらず、不具といった印象はまったく与えなかった。それどころか、重々しい動き一つひとつが、逞しい、考え抜かれた力の表われのように思えた。公的な事柄に関しては妻に相談していると一般に信じられていたが、私の知る限り二人が一言でも言葉を交わすのを見た者はいなかった。壁に開けられた広い隙間の前でともに正装で座しているときも、二人はまったく口を利かなかった。陽の暮れゆく中、森林の巨大な広がりが眼下に見え、厳めしい緑色の暗く眠る海が菫色(すみれいろ)と紫色の山並にまで波を打ち寄せるのが見えた。きらきら光る曲がりくねった川は、銀箔で作った巨大なS字のようだった。茶色いリボンのように延びた家並が両岸の湾曲をなぞり、はるか頭上で、二つの山が近隣の木々の上空にそびえていた。二人は見事に対照を成していた。妻は軽量で華奢で、痩せていて動きは素早く、どこか魔女を思わせながらも落着いた様子には母親らしい細やかさもあったが、向かいの夫は山のような巨体で、石から大雑把に切り出した人の像のごとく見え、その不動ぶりにはどこか寛大かつ容赦ないものが感じられた。この老夫婦の息子は非常に立派な若者だった。

夫婦の晩年に生まれた子だった。もしかしたら見た目ほど若くはなかったのかもしれない。男が十八で一家の長となる地にあっては、二十四、二十五というのはそれほど若くない。立派な筵が壁や床を覆い、高い天井には白い布を貼った広々とした部屋に息子は入ってくる。正装した両親は、恭しくかしずく側近たちに囲まれて堂々座っている。息子はまっすぐ父ドラミンの許に行って、その手に接吻し――父は壮麗な仕種で片手を差し出す――それから母の座る椅子の方に踏み出す。両親に溺愛された息子だったと言っていいと思うが、私は二人が大っぴらに彼に目を向けているところを見たことは一度もなかった。むろんそれらの場はあくまで公的な場だったのであり、部屋は概して人であふれていた。挨拶や暇乞いの厳かな物々しさ、そして、仕種や表情やひそひそ声に表われた深い敬意、それらはみな何とも言葉にしようがない。『絶対見る価値ありますよね』とジムも帰り道、川を渡っている最中に言った。『まるっきり本の中の人たちみたいですよね』と勝ち誇ったように言った。『ダイン・ワリスはですね――息子のことです――僕の生涯最良の（あなたは別ですけど）友人なんです。ミスタ・スタインなら良き「戦友」と言うところでしょうね。僕は運がよかったんです。いやはや！　もう息も絶えだえになってあの人たちのところに転がり込んで、本当に運がよかったんです』。彼は頭を垂れて考え込み、それからパッと目が覚めたかのように言い足した――『もちろん、これでもう大丈夫と思ったわけじゃありません。だけど……』ジムはふたたび言葉を切った。『自然にやって来た気がしたんです』と彼は呟いた。『何をしたらいいのか、いっぺんに見えたんです……』

間違いなかった。それは自然にやって来たのだ。そしてそれは、戦を通してやって来た。当然だろう。やって来たこの力は、平和をもたらす力だからだ。この意味においてのみ、力というものがしばしば正義だというのは正しい。何を為せばいいか、彼がたちどころに見てとったと考えてはならない。彼がやって来たとき、ブギスの共同体は危機的状況に陥っていた。『みんなが怯えていました』ジムは私に言った。『誰もが自分の身を案じて怯えるばかりで、僕から見ても、ただちに何かしないといけないことは一目瞭然でした。ラージャとあのやくざ者シェリーフとのあいだで起きていることを見れば、次々ばたばた倒れるのが嫌なら何かするしかなかったんです』。だがそのことを見てとれるだけでは何にもならない。そうやって見えたことを、聞きたがらない連中の頭に、怯えの砦、利己心の要塞を突き破って叩き込まないといけないのだ。そしてジムはやっとのことで叩き込んだ。だがそれだけでも何もならない。実行の手段を考え出さねばならないのだ。そしてジムは考え出した。きわめて大胆な案を。それでもまだ仕事は半分しか済んでいない。さまざまな隠れた、馬鹿げた理由で尻込みする大勢の連中を、己が持っている自信でもって鼓舞せねばならない。愚鈍な嫉妬心を鎮め、実に種々多様な馬鹿げた不信感を論破しないといけない。ドラミンの権威の重みと、息子の烈しい熱意しでは、成功もありえなかっただろう。立派な若者ダイン・ワリスが、誰よりも早く彼の力を信じた。二人の友情は、褐色の肌と白い肌の人間のあいだで稀に生じる奇妙で深甚な友情だった。人種の違いが逆に、何かしら神秘的な共感によって、二人の人間をより緊密に結びつけるのだ。ダイン・ワリスについて、部族の者たちは、白人のように戦える人間だと誇らしげに言った。そのとおりだった。彼にはその種の勇気が、言ってみれば外に現われた勇気があった。だがそれだけではない。彼はヨーロッパ的な精神も持ちあわせていた。時おり、意外なところでそういう人間に出くわすと、聞き慣れた考え方、曇りのない視野、目的に向かう粘り強さ、利他主義の兆しを目にして驚かされたりするものだ。体は小柄だが、非常に均斉がとれていて、誇り高い物腰、ゆったりと洗練された態度で、澄んだ炎のような気質の持ち主だった。大きな黒い目をした浅黒い顔は、動いているときは表情豊か、止まっているときは思慮深げだった。無口な性格で、視線はしっかりと定まり、笑みはどこか皮肉混じりで、礼儀正しい、慎重なふるまいは大いなる知性と力が背後に控えていることを匂わせた。こういう人物は、表面にばかり目を奪われがちな西洋人に、記録されざる年月の神秘に包まれた人種と土地の持つ隠れた可能性を見せてくれる。彼がジムを信頼しただけでなく、ジムという人間を理解していたことを私は疑わない。ダイン・ワリスについてこうして長々と語るのは、私が彼の虜になったからだ。彼の、こう言ってよければ烈しい穏やかさのようなもの、と同時に、ジムの志に対する聡明な共感、それが私に訴えたのだ。友情というものの、まさに起源を目にした思いだった。ジムがリーダーだったとしても、相手はリーダーを虜にしていた。実際、リーダーのジムはあらゆる意味で虜の身だった。土地、人々、友情、愛——すべては彼の体を油断なく見張る保護者のようなものだった。毎日がこの奇怪な自由の足枷（あしかせ）

に、またひとつ輪を加えた。物語を日々よりよく知っていく中で、私はそのことを確信した。

物語！　何という物語を聞いたことか！　山道を行きながら聞き、野営地で聞いた（彼に連れられて、見えない獲物を追って私は国中を回ったのだ）。その相当な部分を、二つ並んだ頂上の一方で、最後の百フィートかそこらは両手両膝で這いつくばって登った末に私は聞いた。その間私たちの案内役は（どこの村へ行っても案内を買って出てくれる信奉者がいた）、斜面を半分上がったあたりのちょっとした平地で野営していて、ひっそり風もない晩、木を燃やした煙の匂いが下から、何か選り抜きの香りの、つんと鼻をつくような繊細さを携えて私とジムの鼻孔に届いた。声も一緒にのぼって来て、そのくっきりした、物質性なき明晰さは驚くほどだった。ジムは伐り倒された木の幹に腰掛けて、パイプを取り出して喫いはじめた。草や藪が新たに生えてきていた。棘のある小枝が茂った下、土塁の跡があちこちに残っていた。『すべてはここからはじまったんです』と彼は、長い、考え込むような沈黙の末に言った。もう一方の山の上、厳めしい絶壁をはさんで二百ヤード先に、背の高い黒ずんだ杭が並んでいて、あちこちから、シェリーフ・アリの難攻不落の野営地の哀れな残骸が垣間見えた。

難攻不落と思えたものの、野営地は陥落した。それはジムの発案だった。小山のてっぺんに、ドラミンの年代物の武器を彼は運び上げた。錆びた鉄製の七ポンド砲二門。大量の小さな真鍮砲——交易で通貨代わりに使われる類いの砲だ。基本的には富のしるしでしかないが、それでも銃口に弾を詰め込めば、実質ある銃撃をそれなりに離れた場所まで送り出せる。問題はそれをどうやって山頂まで上げるかだった。ケーブルを縛りつけた場所をジムは私に見せてくれた。尖った杭の上に、中が空洞になった丸太をくるくる回るように載せて即席の巻揚機(キャプスタン)を作ったことを説明し、パイプの火皿で土塁の輪郭を示した。のぼりの最後の百フィートが一番難儀だった。成功はジムの意志の力の賜物だった。彼に叱咤(しった)されて、戦闘隊は一晩じゅう必死に働いた。坂の上から下まで、一定の間隔を置いて大きな焚火が赤々と燃えていたが、『ここ頂上では』――と彼は説明した――『巻き揚げる連中は闇の中を飛び回らされたんです』。ジムが頂上から見ると、中腹で動き回る男たちは働いている蟻のようだった。ジム自身もその夜、リスのように斜面を駆け下り這い上りして、指令を発し、激励し、作業全体を監督した。老ドラミンも部下に命じて、肱掛け椅子に座った我が身を中腹まで運ばせた。斜面途中の平らな地点に下ろされたドラミンは、大きな焚火のひとつに照らされて座っていた。『大した爺さんですよ――筋金入りの族長ですね』とジムは言った。『小さな目は眼光鋭く、馬鹿でかい火打ち石式のピストルを二丁、膝の上に載せている。これが大した代物でして、黒檀(こくたん)製で銀がはめ込まれて、引金は美しく、口径は昔の喇叭銃(らっぱじゅう)並です。どうやらスタインからの贈り物だったようです――あの指輪と引換えに、ね。前はかのマクニール氏の持ち物だったそうですが、彼がどうやって手に入れたかは神のみぞ知るです。で、ドラミンはそこに座って、手も足も動かさず、乾いた小枝が背後で炎を上げ、周りでは大勢の連中が駆けずり回って大声で叫んで重たい物を引っぱっている。あんなに厳かな、堂々とした爺さんは見たことありませんよ。そりゃあ、もしシェリーフ・アリが極道の部下どもの尻を叩いて僕たちを攻めさせたら、こっちは逃げ出すしかなかったはずで、さすがのドラミンだって一たまりもなかったでしょうよ。でもあの人は、何かまずいことになったら、もう死ぬつもりで上がってきていたんです。ほんとですよ！　いやはや！　見てるだけでゾクゾクしました――まるっきり岩みたいで。でもシェリーフは僕たちのことをきっと頭がおかしいと思ったんですね、様子を見にもきませんでしたよ。あんなことできるわけないってみんな思ってたんです。引いたり押したり死物狂いで頑張ってる当人たちだって、まさかできるとは信じてなかったんです！　誓って言いますよ、絶対信じてなかったと思いますね……』

　ジムはぴんと背を伸ばして立ち、燃えつきかけたブライアーパイプを手に、唇には笑みを浮かべて、少年らしさの残る目をきらきら光らせていた。私は彼の足下にある木の幹に座り、眼下には土地が広がっていた。巨大な森は陽光を浴びて厳めしく広がり海のようにうねって、曲がりくねる川はあちこちで煌めき、村は灰色の点となって浮かび、木々を伐り拓いた場所がそこここに、果てしなく続く木々の頂の暗い波の中で光の小島のように点在していた。この巨大で単調な風景の上を陰鬱な薄闇が覆い、光はあたかも底知れぬ淵（ふち）に降り立つかのようにその上から注いでいた。土地は陽光を呑み込んだ。遠くの、沿岸の方だけは、がらんとした海がかすかな靄に包まれて滑らかに、艶やかに広がり、鋼の壁となって空に突き出ているかのように見えた。

そして私はジムとともに、彼が歴史を築いたその小山の頂で陽を浴びていた。ジムは森に君臨し、恒久的な薄闇に、古の人類に君臨していた。その姿は、台座に載せられた影像のように見えた――その不屈の若さによって、決して老いることなき、薄闇からの現われ出た種族の力を、そしておそらくは美徳をも具現する像に。なぜジムが私にとって、つねに象徴的な存在に思えたのかはわからない。あるいはそれこそが、彼の運命に対する私の関心の真の源なのかもしれない。よりによってこんなところで、彼の人生に新しい方向をもたらすことになったあの出来事を思い出すことが彼にとってフェアだったかどうかはよくわからない。だがまさにその瞬間、私ははっきりと思い出していた。それは光の中に浮かぶ一個の影のようだった」

# 第二十七章

「伝説はすでに、彼に超自然的な力を与えていた。そう、何本ものロープが巧妙に配置され、見慣れない仕掛けが多くの男たちの力で回されて、大砲が一つまたひとつ、ゆっくりと藪を、野生の豚が下生えを鼻で掘り進むように抜けていったわけだが……ここで聡明なる連中は首を横に振る。あれは明らかに、何か自然を超えた力だったんですよ。ロープの強さ、人間の腕の力がいったいどれほどのものか？　物の中には反逆する魂が潜んでいて、強力な呪文やまじないによって組み伏せねばならんのです。たとえばスーラなる、パトゥザンでは相当に地位の高い家長であった老人も、ある晩私と静かなお喋りを交わす中でそう述べた。とはいえこの老人、自分も妖術を生業（なりわい）とし、周囲何マイルにもわたるすべての田植えと収穫に立ち会って、物の頑なな魂を鎮める作業に携わっていた。彼はこれをきわめて骨の折れる仕事と考えているようだった。ひょっとすると物の魂は人の魂より頑固なのかもしれない。一方、周辺の村々に住む素朴な連中はといえば、ジムが大砲を背中に——一度に二基ずつ——負って山をのぼったと信じて疑わず、この世で何より自然なこととしてそう口にしていた。

　こういう話が出るたび、ジムは苛立たしげに足を踏み鳴らして、癇癪混じりの笑い声を漏らしながら、『まったくああいう阿呆どもときたら！　そんなたわごとを喋って夜の半分を無駄にして、嘘が大きければ大きいほど喜ぶんです』と声を張り上げるのだった。そういう苛立ちの中に、環境の微妙な影響が感じとれた。これもまた、彼が囚われの身であることの表われだったのだ。躍起になって否定する姿はどこか滑稽で、私はそのうち、『君、まさか私がそんなこと信じると思っちゃいないだろう』と言ってみた。ジムは本気でギョッとした顔で私を見た。『そりゃ思ってませんよ！　ええ、それはないでしょうね』と彼は言い、わっと豪快に笑ってみせた。『まあとにかく大砲は山頂に運ばれて、夜明けにいっせいに炸裂したんです。いやはや！　破片が飛び散るところをお見せしたかったですよ』と彼は叫んだ。そのかたわらで、穏やかな笑みを浮かべて聞いているダイン・ワリスが静かに目を伏せ、両足をもぞもぞ動かした。大砲を据える作業が上手く行って、どうやら部下たちもすっかり自信をつけたらしく、ジムは思いきって、若いころに戦の経験がある年配のブギス族二人に指揮を任せて砲列を離れ、渓谷に隠れていたダイン・ワリス率いる襲撃部隊の方に加わった。真夜中も過ぎてから彼らはじわじわ斜面を這い上がっていき、三分の二進んだところで、露に濡れた草に横たわって日の出を待った。日の出とともに突撃する、とみなで示しあわせていたのだ。ジムは私に、夜が見るみる明けていくのをどれほどもどかしい、苦悶に近い思いとともに眺めていたかを語った。作業に励み、斜面を登ってきたせいで体は熱いのに、冷たい夜露に骨の髄まで冷えるのを感じたこと、突撃の時が迫ってきたら体が木の葉みたいに震え出すのではと心配だったことを彼は語った。『あんなに長い三十分は初めてでした』と彼は言った。少しずつ、静まり返った砦柵（さいさく）が頭上の空に見えてきた。斜面一帯に散らばった男たちは、暗い岩の合間や朝露の垂れる藪の中に屈み込んでいた。ダイン・ワリスは身を平たくしてジムのかたわらに横たわっていた。『僕らはたがいの顔を見ました』とジムは、友の肩に優しく手を置きながら言った。『彼はとことん明るい笑顔を僕に向けてきましたが、僕は唇を動かすまいとしていました。動かしたらぶるぶる震えてしまうんじゃないかと思って。本当なんですよ！　みんなで隠れたとき、僕はもう滝のように汗をかいてました――だから想像がつくでしょう……』。結果が怖かったのではない、という彼の言葉を私は信じる。心配だったのはあくまで、悪寒（おかん）を抑えられるかどうかという点だった。結果などはどうでもいいと思っていた。とにかく山頂まで行って、何があろうとそこに留まるのだ。戻るという選択肢はありえなかった。この人たちは絶対的に彼を信頼してくれているのだ。彼だけを！　何の裏づけもない彼の言葉を……。

　ここまで喋ったところで、ジムが口をつぐみ、目をじっと私に据えたことを覚えている。彼の知る限り、いまのところ連中はまだ全然後悔していない。全然。今後もそうあってほしいですねと彼は言った。その一方で——こっちはたちが悪い！——彼の言うことなら何でも全部信じ込む癖がついてしまった。ひどいもんですよ！　なぜだ？　ついこのあいだも、見たこともない爺さんが何マイルも離れた村から、女房と離婚した方がいいでしょうかって訊きにきたんです。事実ですよ。誓って事実。そういうのがやたらあるんです……信じられませんよね。ベランダにしゃがみ込んで、檳榔子をクチャクチャ嚙んで、一時間以上、ため息ついてそこら中に唾飛ばして葬儀屋みたいに陰気にふるまった末にやっと、その忌々しい難問を持ち出したんです。こういうのってはたで聞くほど面白くないんですよ。何て言ってやったらいいんです？——いい妻だぞ？　はい、いい妻でございます——ですが歳をとっておりまして。そう言って、何やら真鍮の鍋をめぐるやたらと長い話がはじまったんです。十五年だか、二十年だか、よくわかりませんが連れ添ってきたそうで。すごく長い年月、だそうで。いい妻だそうです。少し殴ったりもしたとか——大したことはないらしくて、ほんの少しだそうです、若かったころに。そうするしかなかったって言うんです——体面を保つのに。で、この女房が突然、歳をとってから、自分の妹の息子の女房に真鍮の鍋を三つ貸しちまって、毎日大声で亭主のことを罵倒するようになって。いがみ合ってる連中には笑われるし、面目は丸つぶれ、鍋もなくなった。えらくカッカしてましたね。そんな話、どう理解しろっていうんですか。とにかく家に戻れ、こっちから行って万事解決してやるからって約束してひとまず帰らせました。ニタニタ笑ってらっしゃるけど、こういうのってものすごく厄介なんですよ！　一日かけて森を抜けて、愚かな村人を大勢なだめすかして真相を探り出すのにもう一日かかるんです。放っておけば流血沙汰になりかねませんでしたよ。村中の阿呆一人ひとりがどっちかの家に味方して、残り半分を敵に回して、手当たり次第そこらへんにあるものひっ摑んで相手を叩きのめしてやろうとしてるんですからね。ほんとですよ！　ジョークじゃありません！……。収穫もほったらかしにして。もちろん、鍋は取り返してやりましたよ。全員を宥めて納得させました。解決するのは訳ありません。もちろんです。国中で最悪の喧嘩だって朝飯前です。面倒なのは、何事であれ真相を探り出すことです。いまになってもまだ、全員に公平にふるまったかどうか自信が持てないんです。それが気がかりで。それにあの話！　いやはや！　まるっきりチンプンカンプンなんですよ、二十フィートの砦柵に突撃する方がずっと簡単です。はるかに簡単、較べればほんの子供だましです！　時間だってかからない。いや、ほんとに。いちいち変な話でしたよ。その爺さん、僕の祖父でもおかしくない歳に見えるんです……。けれども別の角度から見れば、これは全然笑い事ではなかった。彼の言葉で、すべてが決まってしまうのだから。シェリーフ・アリを退治して以来ずっとそうだった。『ものすごい責任ですよ』彼はもう一度言った。『いや、ほんとに――冗談みたいですけど、ボロ鍋三つでも人の命三つでも手間はおんなじなんですよ……』

このようにジムは、戦の勝利の精神的効果を語ってみせた。本当に絶大な効果だった。それによって彼は、不和から平和に至り、死を経過して人々の生の奥に達したのだった。

とはいえ、陽光の下に広がる陰鬱な土地は、その測りがたい、永遠の休息の相貌を依然として保っていた。森の不変なる貌の上を、彼のみずみずしい若い声は（疲れている兆しが彼にほとんどなかったことは驚嘆に値する）軽やかに漂い、体の震えを抑えられるかどうか以外何の心配もなかったあの露に濡れた寒い朝に轟きわたった大砲の音のように通り抜けていった。そしてその夜明けどき、不動の木々のてっぺんを日の出の光が撫でていくと同時に、一方の小山の頂が凄まじい砲声とともに白煙に包まれ、もう一方では途方もないわめき声、雄叫び、怒号、驚きの叫び、狼狽の声などが次々上がった。ジムとダイン・ワリスが先陣を切って柵の杭に手をかけた。広く流布している物語では、ジムが指先一本軽く触れただけで門があっけなく倒れたことになっている。もちろん彼はその偉業の否定に努めていた。砦柵全体が何ともお粗末な代物だったのだ、と彼はむきになって説明した。シェリーフ・アリはその場所の近よりがたさを頼みにしていたのである。そもそもはじめから壊れていたも同然で、ばらばらに崩れず立っていたのが奇跡だった。馬鹿みたいに思いきり体当たりしたら、頭から向こう側に倒れ込んじまいましたよ。いやはや！　もしダイン・ワリスがいなかったら、あばた面で刺青のあるごろつきに、スタインの甲虫みたいに槍で梁材に突き刺されていただろう。三人目に中へ入ったのは、どうやらジムお付きの召使タム・イタームだったらしい。この男は北部出のマレー人で、他所者の身でパトゥザンに流れてきて、ラージャ・アラングによって公用ボートの漕ぎ手として強制拘留されていた。チャンスが訪れたとたんに逃げ出し、ブギス族の居住地に避難して、一応の安全を確保し（食べるものはほとんどなかったが）、ジムの許に身を寄せてきたのだった。ひどく黒い顔はべったり平らで、目は飛び出して胆汁のしみが浮かんでいた。『白人の閣下（ホワイト・ロード）』に対するタム・イタームの献身にはどこか過剰な、ほとんど狂信的なところがあった。不機嫌な影のようにジムにくっついて離れない。公式の行事では、片手を短剣（クリイス）の柄（つか）に当てて主人にぴったり寄り添って歩き、その喧嘩腰の陰鬱な目つきによって下々の者たちを寄せつけなかった。ジムは彼を部下たちの頭（かしら）に任命し、パトゥザンじゅう誰もが彼を敬い、大きな影響力を持つ人物としてご機嫌を伺った。砦柵を占領した際も、その戦いぶりの整然たる勇猛さによって大いに名を挙げた。襲撃はきわめて迅速だったから——とジムは言った——敵の守備隊はパニックに陥ったが、『砦柵の中で五分間激烈な戦いが続いた末に、誰か阿呆が大枝や乾いた草で出来た住まいに火を点けたものだから、こっちも命からがら逃げ出したんです』

　敵は一人残らず逃げていった。山腹で椅子に座って、大きな頭の上に大砲の煙がゆっくり広がる中で待っていたドラミンは、深いうなり声とともにその報せを受けとめた。息子は無事で、追撃を指揮していると知らされると、それ以上音も立てずに、力をふり絞って立ち上がろうとした。お付きの者たちがあわてて手を貸し、ドラミンは恭しく支えられて、大いなる威厳とともに足を引きひき日蔭に入っていって、眠りに就くべく白い布で全身を覆って横になった。パトゥザンでの興奮は凄まじかった。ジムが私に語ったところでは、彼自身は山にいて、杭がいまだ燻（くすぶ）る、黒い灰が広がりなかば燃え尽きた死体が点在する砦柵を背にして眼下を見ていると、何度も何度も、川の両側に並ぶ家々のあいだの開けた空間に突如ワッと人々があふれ、またすぐ空っぽになるのが見えたという。銅鑼（どら）や太鼓の轟きがわずかにのぼって来て、群衆の狂おしい叫び声もかすかな咆哮（ほうこう）となって彼の耳に届いた。いくつもの吹流しが、屋根の茶色い峰が並ぶ中、白、赤、黄の小鳥のようにはためいた。『さぞいい気分だったろうね』共感の思いが湧いてくるのを感じながら私は呟いた。

『それはもう……それはもう壮大でした！　壮大でしたよ！』と彼は叫んで両腕を一杯に広げた。その唐突な動きに私はギョッとさせられた。まるで彼が、胸の奥の秘密を陽光に、陰鬱な森に、鋼のような海に向けてさらけ出したような気がした。私たちの下で町は、流れが眠っているように見える川の両岸に沿って、ゆるやかな弧を描いて広がっている。『壮大でした！』彼はもう一度、自分だけに向けた囁き声で言った。

壮大！　たしかに壮大だったにちがいない。彼の言葉に与えられた成功の証印、彼の足が踏むべく征服された地面、人々の盲目的な信頼、炎の中から摑みとった自信、己の達成の孤独さ。これらすべてが、前にも言ったとおり、語るとどうしても矮小になってしまう。単なる言葉では、ジムの全面的な、底なしの孤立がもたらす感覚は伝えようがない。もちろん、そもそも彼があらゆる意味で唯一無二の存在であり、同類などいなかったことは私も承知だ。が、人々に気づかれぬ彼固有のさまざまな特質が、彼を身の回りの環境と密接に結びつけたせいで、その孤立も、単に彼の力がもたらした結果に思えてしまったのだ。孤独は彼の威信をいっそう高めた。見渡す限り、彼と同列に置きうるものは何もなかった。ジムはその名声の大きさによってしか測りようのない例外的人間の一人に見えた。そしてその名声というのが、忘れないでほしいのだが、この地域を何日旅してもこれ以上すごいものは何ひとつないという代物なのだ。ジャングルの中、オールを漕ぎ、竿を操り、山道を辿って長い難儀な旅を続けてやっと、人はその声が届かぬところに出られる。そしてその声、彼の名声は、我々みなが知るいかがわしい女神の喇叭のごとき声ではない。けばけばしくもなく、耳障りでもない。その声の口調は、この過去なき土地の静寂と陰鬱から受けとったものだ。いまこの地にあって、日々の過ぎてゆく中、彼の言葉は唯一無二の真実だったが、土地のそうした静寂のありようを、声はいくぶん共有していた。声は人に伴ってその静寂を通り抜け、いまだ探検されざる奥地へ人とともに入ってゆき、人のかたわらでつねに聞こえている。鋭く入り込んでくる、遠くまで届くその声は、ひそひそ声で話す男たちの唇に浮かぶ驚異と神秘の念にほんの少し染められていた」

# 第二十八章

「敗れたシェリーフ・アリは、もはや抵抗せず国外へ逃亡し、追いつめられた哀れな村人たちもジャングルから這い出て朽ちかけた家に戻ってくると、ジムはダイン・ワリスと相談して何人かを頭（かしら）に任命した。こうして、ジムはこの地の事実上の指導者となった。山老トゥンク・アラングはといえば、当初、彼の恐怖は留まるところを知らなかった。山頂の急襲が成功したという報せが届くと、ばったり顔を下にして謁見室の竹の床に倒れ込み、一晩中、さらには一日中、じっと動かずに横たわって、抑えつけたような音を漏らし、それがあまりに情けない響きだったものだから、誰一人、ひれ伏した体に槍一本の距離より近づこうとしなかった。彼にはすでに、パトゥザンから屈辱的に追い出される自分の姿が見えた。あてもなくさまよい、誰からも見捨てられて、身ぐるみ剝がれ、阿片もなく、女もなく、追従者（ついしょうしゃ）もなく、誰であれ最初に行きあたった人殺しの格好の餌食。シェリーフ・アリの次は自分の番だろう。あんな悪魔に攻められて、誰が抗えよう？　実際、私が訪ねていった時点でトゥンク・アラングがまだ生きていて、まだそれなりの権威を保っていたのも、ひとえにジムの正義感のおかげだった。ブギス族は長年の恨みを晴らす気満々だったし、無表情な老ドラミンにしても、息子がパトゥザンの支配者となるのを見る望みをいまだ捨てていなかったからだ。私がドラミンと何度か会見したうちのあるとき、この秘密の野心を彼はわざと覗かせてみせた。威厳ある慎重さとともにそれを明かす際の繊細さはまさに特筆ものだった。自分も若いころは――とドラミンはまず宣言した――それなりに力を揮ったものだが、いまはもう年老いて疲れてしまった……。堂々たる巨体、誇り高そうな小さな目が鋭く探る視線を投げるのを見ていると、狡猾な老いた象の姿が否応なしに浮かんできた。巨大な胸がゆっくりと上下するさまは、穏やかな海のうねりのように力強く規則正しかった。自ら力説したとおり、彼もまたトゥアン・ジムの叡智に無限の信頼を寄せていた。これでもし、約束を引き出せたら！　一言でいいのに！……。息の音だけは聞こえる沈黙も、ゴロゴロと低い声のうなりも、もはや力の尽きた雷雨が最後の力を振り絞っているさまを思い起こさせた。

　私は話題を逸らそうとした。厄介な話題である。ジムにその力があることは否定しようがないのだから。この新しい領分にあって、彼が所有できぬもの、人に与えることができぬものは何ひとつないように思えた。だがそのことも、もう一度言うが、一応聞くふりを装っているあいだに私の頭に浮かんだ思いに較べれば何ほどでもない気がした。

すなわち私は思ったのだ。ジムはいまや、己の運命の主人となる一歩手前まで来ているのではないか、と。一方ドラミンは、国の未来を心配していた。彼がほどなく話にひねりを加えてきて、私はハッとさせられた。ドラミンは言ったのだ、土地は神が置きたもうた場から動きはしないが、白人たちは自分たちの許にやって来て、じきまたいなくなる、と。いずれ去ってしまう、と。置き去りにされた者たちは、彼らがいつ戻ってくるのかまったくわからない。白人たちは己の地に、己の人々の許に行ってしまう。だから、この白人もいずれは……。事ここに至って、どうして首を突っ込もうという気になったのかはわからないが、私は思わず『いえいえ、そんなことはありません』と熱を込めて言っていた。これがいかに軽率な発言かはたちまち明らかになった。ドラミンが顔をもろに私の方に向けて、ぎざぎざの深い襞に埋もれた表情は巨大な茶色い仮面のように少しも変えぬまま、考え深げに、それは実によい報せですと言い、それから、でもなぜです、と問うたのだ。

小柄で母親的な、見た目は魔女のような彼の妻は、私のもう一方の側に座っていて、頭には覆いをかぶり、両足をたくし込んで、壁の大きな隙間の向こうをじっと見ていた。私の座ったところからは、白髪のほつれた一筋と、高い頰骨と、尖ったあごがクチャクチャと咀嚼(そしゃく)するわずかな動きしか見えない。双子の山にまで繋がっている森の巨大な広がりから目を離さずに、さも憐れむような声で彼女は私に訊いた。なぜあんなに若いのに故郷から迷い出て、わざわざこんなに遠くまで、いくつもの危険をくぐり抜けてやって来たのか？　故郷に家はないのか、自国に親族はいないのか？　一時(いっとき)も彼の顔を忘れぬ老いた母はいないのか？

まったくの不意打ちだった。私はもごもご呟いて、曖昧に首を振るのが精一杯だった。いま思えば、厄介な話から何とか脱け出そうとあがいた自分がひどくみっともない姿だったことはよくわかる。ところがその瞬間から、老いた貿易商(ナコーダ)は急に口数が少なくなった。どうも何か気に入らないことがあって、明らかに私の言動が彼に考える糧を与えてしまったのだ。奇妙なことに、まさにその日（それは私のパトゥザン滞在最後の日だった）の晩、私はまた同じ問いに、ジムの運命をめぐる答えようのないなぜに直面させられることになった。そして話はここから、彼の愛をめぐる物語へと移行する。

たぶん君たちは、どうせおおかた想像のつく物語だと思っていることだろう。そういう話を私たちはさんざん耳にしてきたし、私たちの大半は、それが愛の物語だとはまったく考えず、しょせんは機会をめぐる物語だと考える――せいぜい情熱をめぐる、あるいは若さと誘惑をめぐる逸話にすぎないのであって、たとえそれが優しさや後悔を現実に経たものだとしても、結局は忘れられてしまう類いの話でしかない、と。この見方はおおむね正しいし、もしかしたら今回に関しても……。でも、どうなんだろうか。この物語を語ることは、普通の見方が当てはまるなら大して厄介はないはずなのに、実のところ決して易しくないのだ。見たところはほかの一連の物語とさして変わらなくても、私にはその背景に、一人の女の、憂いを帯びた姿が見えてしまう。淋(さび)しい墓に埋められた残酷な叡智の影が、切なげに、無力に、唇を閉ざして傍観している。墓自体は、私も早朝の散歩でたまたま出くわしたのだが、不細工な茶色い土の山であり、周りに珊瑚の白い塊がいくつも埋め込まれて小綺麗な境目を成し、樹皮のついたままの小枝で作った円形の柵に囲い込まれていた。ほっそりした小枝の杭が並んで、その先端が作る列に、葉と花で作った輪が掛かっていた。そして花はまだみずみずしかった。

このように、影というのが私の想像であろうとなかろうと、忘れられていない墓があった、という意味深い事実はとにかく指摘できる。加えて、その素朴な柵はジムが自らの手で拵えたものだと言えば、この話の違い、独自の点が一気に見えてくるはずだ。他人に属する記憶と愛情を擁護するそのやり方には、いかにもジムらしい生真面目さが感じられる。ジムには良心があり、そしてそれはロマンチックな良心だったのだ。あの言いようもなくひどい男コーネリアスの妻にとって、生涯を通してただ一人の話し相手、秘密の打ちあけ相手、そして友は、自分の娘だった。かの不幸な女性が、娘の父親と離別したのち、あのおぞましいマラッカ出ポルトガル人の小男といかにして再婚するに至ったのか、そもそも前夫との別離はどのようにして起きたのか（時に慈悲深いものであった死によってか、それとも、つねに慈悲なき慣習の圧力によってか）、私には謎だ。かくも多くの物語を知っていたスタインが、私にも聞こえる場でわずかに漏らした言葉から判断する限り、彼女がありきたりの女性ではなかったことは間違いない。父親は白人で、政府の高官だった。才能豊かな、成し遂げた成功を抱えて守りに回るような凡庸さとは無縁の、その生涯がしばしば雲のかかった状態で終わる類いの人物だった。おそらく彼女もやはり、救いとなる凡庸さを欠いていたのだろう、彼女の生涯はパトゥザンで終わった。私たちみなに共通する宿命は（なぜなら、人間の中で――本物の、情ある人間の中で――命よりも大切な誰かを、あるいは何かをしかと我がものにしているさなかにも、その誰かや何かに見捨てられたような思いを漠と抱いた覚えのない者が一人でもいるだろうか？）、女性にはとりわけ残酷にまとわりつく。宿命は主人のように罰するのではなく、秘密の、鎮めようのない怨念を晴らそうとするかのように、ぐずぐずいつまでも残る苦悩を負わせる。何だかまるで、宿命というものは、この世を支配する任を帯びているがゆえに、凡庸な小心さの束縛を超えた境地の一番近くまで来る者たちを、復讐の対象に選ぶように思える。なぜなら女性だけが、時おり己の愛の中に、辛うじて感知できるほどの、人をぞっとさせる、この世を超えた要素を盛り込むのだから。大いなる不思議の念とともに私は自問する。世界は彼女たちの目にどう見えているのか？　彼女たちにとっても、世界は我々男たちの知る形と実質を、我々男たちの呼吸する空気を持っているのか？　私は時おり、きっとその世界は、女たちの大胆な魂の高揚に沸き立つ、度を超えた崇高さを湛えた地にちがいない、あらゆる危険や断念から生まれる光輝に照らされた場にちがいない、などと夢想してしまう。しかし私はその反面、この世界に女性はほとんどいないのではないか、とも思ってしまう。人類の数の多さ、数の上での男女の等しさはむろん私とて承知しているのだが、なおそう思わずにいられない。

けれどもこの母親は、娘もおそらくそうであったのと同程度に、女性であったと私は思う。二人の姿を私は思い描かずにいられない。はじめは若い女と子供、やがて老いた女と若い娘、その恐ろしいほどの似通いぶり、あっという間の時の流れ、密林という障壁、二つの寂しい人生を囲む孤独と騒乱、一言一言つねに悲しい意味を孕んで二人のあいだで口にされる言葉。きっと打ちあけ話があったにちがいない、事実をめぐってではたぶんなく、心の奥の感情をめぐって――後悔、不安、警告。警告は間違いなくあったはずだが、若い方はその意味を、老いた方が死ぬまで、そしてジムが現われるまでは十全に理解しない。彼が現われて初めて、娘は多くを理解しただろう、すべてではないにせよ、おそらくは何よりまず、不安を。宝石のように貴い、を意味する言葉でジムは彼女を呼んだ。ジュエル。可愛いものだろう？　だがジムという奴は、どんなことでもやりかねないのだ。訪れた幸運に臆せず応えられる男なのだ、訪れた不運にだって臆せず応えたのだから。ジュエル、とジムは彼女を呼び、その呼び方には、『ジェーン』と呼ぶのと同じような、いかにも夫婦らしい、家庭的な、平和な響きがこもっていた。私がその名を初めて聞いたのは、ジムの屋敷の中庭に行き着いて十分後、私の腕をほとんどもぎ取りそうな勢いで引っぱってきた彼が階段を駆け上がっていって、重たげなひさしの下の扉をさも嬉しそうに、子供っぽく揺るがしたときだ。『ジュエル！　ジュエル。おいで！　友だちが来たよ』……そして突然、薄暗いベランダから私の方をじっと見ながら、生真面目な口調でジムは呟いた。『あの――これ――ふざけた話なんかじゃ全然ないいんです——彼女にはどれだけ助けられたか——だから——わかってもらえますよね——僕としては——まるっきり……』せかせかした、落着かなげな囁きは、家の中で白い姿がすうっと軽やかに動き、かすかな叫び声が漏れて、子供のような、だが活気に満ちた小さな顔が現われたことで中断させられた。華奢な目鼻立ち、奥の深そうな注意深い眼差しが、内なる薄闇から外を、巣の奥まりから顔を出した鳥みたいに覗き見ている。言うまでもなく私は、何よりその名前に驚かされた。だがその名を、ここに来る途中パトゥザン川のおよそ二三〇マイル南の沿岸のささやかな場所で耳にした途方もない噂と結びつけて考えたのは、もっとあとになってからのことだ。私が乗ってきたスタイン所有のスクーナー帆船が、農産物を取りにそこへ寄ったので、陸に揚がってみると、驚いたことに、このみじめったらしい場所には三等駐在事務官副補佐なる者がいて、これが太った大男の、脂ぎった、やたらとまばたきの多い、めくれ上がった唇がぎらぎら光る混血の人物だった。男は籐椅子に仰向けに寝そべり、見苦しくボタンも外して、何やら大きな緑の葉を、湯気の立つ頭の上に載せ、片手にもう一枚持って投げやりに団扇(うちわ)として使っていた……。パトゥザンに行くのかね。ふむふむ。スタイン貿易商会か。知っているとも。許可状を持ってる奴だな。私には関係ないよ。あのへん、いまはそうひどくないらしいな、と男はぞんざいに言って、なおも間延びした口調で続けた。『何でも白人の流れ者みたいな奴が迷い込んできたそうだな……。え？　何だって？　あんたの友だち？　そうなのか！……じゃあほんとなんだな、誰だか呪われた奴(フェルドムデ)が——何が目当てなのかね？　上手いこと入り込んで。え？　よくわからなかったんだ。パトゥザンといえば、人間同士で喉を切っ裂きあうところだ――私らは関係ないね』。彼はそこで言葉を切ってうなり声を漏らした。『やれやれ！　参っちまう！　暑いこと、暑いこと！　じゃあまあ、例の話にもそれなりの……』そう言って獣のような曇った目を片方閉じて（瞼は震えつづけた）、もう一方の目で何ともいけ好かない流し目を私に送ってきた。『なああんた』と今度は謎めかした口調で言う。『もし――わかるか――もし奴が何かほんとに結構いい物を手に入れたんだったら――緑のガラス玉とかいうんじゃなくてさ――わかる？――こっちは政府の職員であるわけで――奴さんに言ってくれよ……え？　何？　あんたの友だち？』……平然とした顔で椅子の上でのたうっている……『それはもう聞いた。だからこそさ。こっちとしてはこうやって、あんたにヒントをやることにやぶさかでないわけでさ。あんただって少しは分け前、欲しいだろ？　まあまあ、おしまいまで聞けって。話は聞いてる、だけど政府には何も報告してないから、とだけ奴に言ってくれ。いまのところは、まだ何も。な？　報告したってしょうがないだろ？　え？　あそこから生きて出してもらえるんだったら、私のところへ来いって言ってくれ。ほんとに、命は大事にした方がいい。だろ？　余計なことは訊かないと約束する。ひっそりとさ――わかる？　あんたも――あんたにも何かやるよ。ちょっとした手数料さ。まあまあ、おしまいまで聞けって。私は政府の職員だが、何も報告しない。それがビジネスってもんだ。わかる？　私には知りあいがいるんだよ、まっとうな連中で、値打ちあるものなら何だって買うっていう連中がさ。奴なんかが見たこともない大金を積んでくれるさ。ああいう輩(やから)はわかってるんだ』。彼は両目を開けて私をじっと見据え、私は心底呆然と彼を見下ろして立ち尽くしていた。この男は狂っているのか、酔っているのか。だらだら汗をかいて、肩で息をして、弱々しいうなり声を漏らし、何ともおぞましい落着きぶりでぼりぼり体を掻いているものだから、どっちなのか見極められるほど長く直視してはいられなかった。翌日、地元のささやかな宮廷の人々と四方山話(よもやまばなし)をしていて、ある物語が沿岸をゆっくり下っている最中であることを私は知った。パトゥザンに、とてつもない宝石を手に入れた白人がいるというのだ。巨大なエメラルドの、値のつけようもないほど貴重な宝石だという。東洋人の想像力にとって、エメラルドはほかのいかなる貴石にも増して訴えるものがあるらしい。聞けば白人はそのエメラルドを、驚くべき力と、狡猾さとを駆使して、遠い国の支配者から奪いとって即刻脱出し、パトゥザンまで逃げてきた。来たときは疲労困憊(こんぱい)していたものの、白人はその凄まじい、何ものにも鎮められなそうな獰猛(どうもう)さでもって住民を縮こまらせたという。私に情報を提供した連中の大半は、それはおそらく不幸を招く宝石だという意見だった——その昔、幾度(いくたび)もの戦争と無数の災難とを国にもたらしたという、あのスッカダナ(ボルネオ南西部)のスルタンの宝石のように。ひょっとすると同じ宝石かもしれませんよ、何とも言えませんが、と彼らは言った。実際、途方もなく大きなエメラルドの物語というのは、南洋諸島に最初の白人が着いた時代までさかのぼる。その実在を信じる風潮が何年経ってもいっこうに衰えないものだから、つい四十年ほど前、オランダ政府が公式に真相を調査したことさえあった。そのような宝石は、この驚くべきジム神話の大半を私に語ってくれた、その地のみじめなラージャに一種の書記として仕えている老人が、気の毒にも半盲となった目を私の方に持ち上げて（彼は私に敬意を表して小屋の床に座っていた）語ったところによれば、そういう宝石は女性の肌身に隠すのが一番よいのだそうだ。とはいえ、女なら誰でもいいというわけではない。若くなくてはいけませんし――と言って老人は深くため息をついた――愛の誘惑を感じない女でなくてはなりません。老人は懐疑的な顔で首を横に振った。ですがそういう女性が、どうやら本当に存在するようなのです。聞けば、一人の背の高い娘を、その白人はこの上ない敬意と気遣いとをもって扱い、娘が家から外に出るときはかならず誰かがお供についておるそうです。ほとんど毎日のように、白人が娘と一緒にいるところが目にされると人々は申しております。堂々と、二人並んで歩いている。白人は娘と腕を組んで、その身を引き寄せて――およそ考えられない姿で歩いているのです。もしかしたら嘘かもしれません、誰がするにせよ何とも奇妙なふるまいですからな……。だがその反面、娘が白人の宝石を肌身につけていることは疑いないと老人は言うのだった」

# 第二十九章

「これが妻帯者ジムの晩の散歩をめぐる定説だった。私も一度ならず第三の人物として加わり、そのたびにコーネリアスの不快な存在を意識させられた。義父としての法的権利を軽んじられた気でいたコーネリアスは、つねに歯をぎりぎり軋らせる寸前というふうに口を奇妙に歪めて、どこか近所をこそこそ歩いていた。だが君たちは気づいているだろうか、電報のケーブルも郵便船の航路も尽きる三百マイル先まで来れば、我々の文明のくたびれた実用的嘘など萎えて果ててしまい、代わりに想像力のはたらきが、芸術作品と同じく現実の役には立たずしばしば芸術作品と同じ魅力を持ち時には同じ深い隠れた真実性すら持つ想像力のはたらきこそが、その穴を埋めるのだ。ロマンスはジムを仲間として選び出した。それこそが物語の真なる部分だったのであり、ほかの部分はすべて誤りでしかなかった。ジムは自分の宝石を隠したりしなかった。それどころか、それをこの上なく誇りに思っていたのだ。

いま思うと、私は概して、彼女の姿をろくに見ていなかった。一番よく覚えているのは、むらのないオリーブ色の、血の気の薄そうな顔の色艶と、濃い藍色の髪の輝きだ。形のよい頭部の思いきりうしろにかぶった、小さな深紅の縁なし帽の下から、豊かな髪がたっぷりと流れ出ていた。しなやかな身のこなしは自信に支えられ、はにかむと頰は浅黒い赤に染まった。ジムと私が話していると、私たちの方に何度も素早く視線を向けながらそばを行ったり来たりした。彼女が通り過ぎていったあとには、優美さと愛らしさの印象と、いかにも抜かりなく気を配っている感触が残った。物腰には内気さと大胆さが不思議と混じりあっていた。可憐な笑みがひとつ浮かぶたび、何か恒常的な危険を思い起こして笑顔があわてて逃げ出したかのように、無言の、不安を抑えつけた表情がすぐあとに続いた。時おり、私たちと一緒に座って、その小さな手の指関節で柔らかな頰を凹ませながら私とジムの話に耳を傾けることがあったが、そんなとき大きな澄んだ瞳は、あたかも発音された一語一語に目に見える形が備わっているかのように終始私たちの唇に向けられていた。読み書きは母親に教わっていたし、ジムから英語も相当学んでいて、ジムと同じ少年ぽい弾むような抑揚で喋る英語は何とも愛嬌があった。彼女の優しさが、翼がはためくようにジムの周りに浮かんでいた。いつもジムを見つめ、ジムを想って生きているせいで、ジムの外見の特徴までいくつか染み込んでいて、腕を伸ばす、頭を回す、眼差しを向けるといった仕種に、どこかジムを思い起こさせるところがあったりした。その油断怠らぬ愛情には、ほとんど五感で感じとれるような烈しさがあった。愛情が現実に、周囲の空間に存在しているように思え、風変わりな芳香のようにジムを包み込み、震え気味の、抑えられた、しかし情熱を秘めた音色のように陽光の中に留まっている……そう思えた。きっと君たちは、お前もロマンチストなんだなと思っているだろうが、それは違う。私は君たちに、若さをめぐるちょっとした印象、たまたま私の前に現われた風変わりで落着かぬロマンスをめぐる醒めた印象を語っているだけだ。ジムの――幸運、と言っていいのだろう、幸運のはたらきを私は興味津々見守った。ジムは嫉妬深く愛されていた。だがなぜ、何に対して嫉妬などする必要があるのか。私にはわからなかった。土地も、人々も、森もみんな彼女の仲間であって、油断なく一丸となって彼を護っている。隔離、神秘、抗いようのない所有、それらすべてでもって彼を見張っているではないか。いわばそこには、話を面白くするような障害は何もなかった。自分の力が有する自由、まさにその自由の中にジムは囚われていたのであり、彼女は、必要とあらば自分の頭を足載せ台として差し出す用意はあっても、己の征服したものを頑なに、あたかも彼を我が物に保つのが困難であるかのように頑なに見張り、護りつづけた。タム・イタームまで、私たちが移動するたびに白人のご主人の背後にぴったりくっついて、胸を突き出し、トルコ兵のごとく喧嘩腰に、短剣や鉈や槍を（ジムの銃以外にも）携え堂々歩いていた。タム・イタームまでが、無愛想な、しかし献身的な、捕虜のために命を投げ出すことも厭わぬ看守のように、妥協を知らぬ見張り人の雰囲気をみなぎらせていたのだ。私たちが夜更かしをしている晩など、タム・イタームの物言わぬ茫とした姿が、ベランダの下を何度も、音なき歩みとともに通り過ぎていったし、私がふと顔を上げると、影の中で体を硬くして立っている姿が目に飛び込んできたりした。たいていは少しすると音も立てずに姿を消すものの、私たちが席を立つと、あたかも地面から湧いたかのようにすぐそばでパッと立ち上がり、ジムからどんな指令を出されても立ちどころに応じる態勢が整っていた。きっと娘も、私とジムとがお休みを言って別れるまでは絶対寝床に入らなかったにちがいない。私の部屋の窓からも、彼女とジムがひっそり一緒に出てきて、粗い造りの手すりに寄りかかるのが一度ならず見えた。ぴったり寄り添った二つの白い影、ジムは娘の腰に腕を回し娘は頭をジムの肩に載せている。ひそやかな囁きが、夜の静けさを貫いて、私の耳にもその優しい、穏やかで悲しげな響きを届かせる。それはまるで、一人の人間の内省が二つの声色を通して行なわれているかのようだった。しばらくして、蚊帳を吊った寝床の上で私が寝返りを打つと、かすかな軋み、小さな息遣い、用心深く発された咳払いがたしかに聞こえた気がして、タム・イタームがまだ巡回を続けていると知れるのだった。白人の主人の計らいで、敷地内に家を与えられ、妻を娶りもし、最近子供まで生まれていたものの、少なくとも私の滞在中は毎晩屋敷のベランダで寝ていたと思う。この忠実で陰気な従者に口を開かせるのは一苦労だった。喋るのは手前の仕事ではございませんと言わんばかりの態度なのだ。ジムでさえも、ぎくしゃくした短いセンテンスをしぶしぶ返されるのみだった。私が耳にした限り、彼が自発的に発した最長のメッセージは、ある朝、突如中庭の方に片手を突き出して、コーネリアスを指差して言った『ナザレ人（キリスト教徒のこと）が来ました』という一言だった。私はタム・イタームのすぐ横に立っていたが、私に向けて言ったのではないと思う。彼の目的はむしろ、宇宙の憤りを喚起することにあるようだった。そのあとにもごもご口にした、犬と、焼いた肉の臭いへの言及は、私にはきわめて的確に思えた。中庭は大きな四角いスペースであり、一面灼熱の陽ざしに晒され、烈しい光を浴びている。コーネリアスは衆人環視の中、その空間を這うようにして、いわく言いがたい、人目を盗むような、暗いひそかな思いを抱えているかのような歩き方でこそこそ進んでいく。見ていると、あらゆる不快なもの、嫌なものが思い起こされた。のろのろ難儀そうに歩くさまは、おぞましい甲虫類が這う姿に似て、両脚だけが気色悪い勤勉さで動き、体はすすっと横滑りしていく。実のところは、目的の地点に向かって十分まっすぐに進んでいるのだろうが、一方の肩を前に突き出したその歩みは、どう見ても斜めに歪んで見えた。我々はしばしば、建ち並ぶ小屋のあいだを彼が匂いでも追うかのようにのろのろ回っている姿を目にした。ベランダの前を、こそこそした上目遣いとともに通り過ぎていき、どこかのあばら屋の角を緩慢に曲がって姿を消す。彼がこの場所に自由に出入りを許されていることは、ジムの理不尽なまでの不注意ぶり、もしくは底なしの軽蔑、そのどちらかを表わしていた。なぜならコーネリアスは以前、下手をすればジムの命を奪いかねなかったある出来事において、控えめに言ってもきわめて胡散臭い役割を演じていたからだ。結果としてその出来事は、ジムの栄光をいっそう高めることになった。とはいえ、何もかもがジムの栄光を高めたのだ。ジムの幸運がもたらした皮肉な結果として、かつては幸運というものに対してあまりに用心深かったのとは逆に、いまでは魔法に護られ不死身の生を得たかのように見えた。

着いてあっという間に、ジムがドラミンの許を去ったことは言っておかないといけない。実際それは、身の安全を思えばどう考えても早すぎた。まだ戦がはじまるずっと前のことだ。そうしたのは、義務感に駆られてのことだった。だってスタインの商売の世話をしなくちゃいけないでしょう？　とジムは言った。その任を果たそうと、身の安全はまったく無視して、川を渡り、コーネリアスの許に身を寄せたのだ。それまでの騒乱期、コーネリアスがどうやって生き延びられたのか私にはわからない。たしかにスタインの代理人ということでドラミンからある程度保護は受けていただろうし、とにかくどうにかこうにか、いつ命を落としてもおかしくない厄介な状況を切り抜けてきたわけだ。だがその間、彼のふるまいはきっと、どのような路線を採っていたにせよ、あの男の紋章のようなものだった卑屈さに染められていたにちがいない。それが彼の特質だった。世の中に、目に見えて度量の広そうな、あるいはいかにも押し出しのいい、もしくは堂々と老いて敬意を誘わずにはいない人間がいるのと同じように、コーネリアスは根っから、見るからに、卑屈であった。それは彼の本質に備わる要素として、すべての行為、情熱、感情に浸透していた。彼は卑屈に激怒し、卑屈に微笑み、卑屈に悲しんだ。きっと彼の愛もこの上なく卑屈な心情だったと思うが、胸糞悪い昆虫が愛情を抱くところを人は想像できるだろうか？　そして彼の胸糞悪さもやはりまた卑屈であったから、単に人をむかむかさせるだけの人物であれば、彼と並んだらほとんど気高く見えただろう。彼は物語の背景にも前景にも居場所を持たない。ただ単に、その周縁をこそこそと、謎めいた薄汚い姿で動き回って、物語の若々しさ、素朴さを損なっているばかりなのだ。

いずれにせよ、彼の置かれた立場はこの上なくみじめなものだったとしか考えようがないが、もしかするとまさしくそこに有利な点を本人は見出していたかもしれない。ジムによれば、彼を受け容れた当初は、実に友好的な感情を卑屈にふりまいていたという。『もうほんとに嬉しくて仕方ない様子なんですよ』ジムは嫌悪もあらわに言った。『毎朝飛んできて、両手で握手する――やれやれ！　なのに朝飯が出てくるかどうかはまるっきり予測不能でした。二日で三回食事にありつければ万々歳というところで、なのに毎週十ドルの証文に署名させるんです。まさかミスタ・スタインだってあなた様を無料で養えというお積もりじゃないでしょう、なんて言うんですが、それでいて自分の方は極力金を遣わずに済ませようとしたんです。それを国の政情不安定のせいにして、自分の髪の毛をむしり取らんばかりの勢いで、一日二十回許しを乞うもんだから、しまいにはこっちが、どうか心配しないで下さいと頼み込む始末でしたよ。ほとほとうんざりしました。家の屋根の半分は落ちてしまってるし、屋敷一帯が何ともみすぼらしい有様で、枯草があちこち飛び出して、どこの壁を見ても破れた筵の端がぱたぱた揺れている。過去三年の商いを通してミスタ・スタインに貸しがあるというふりを精一杯装うんですが、帳簿はみんなびりびりに破れていたし、何冊かは完全になくなっていました。それを奴ときたら、死んだ妻のせいにするんです。見下げた悪党ですよ！　とうとう、もう二度と奥さんのことは口にするな、と禁じるしかありませんでした。ジュエルが泣くんです。商品がみんなどうなったのかもわからずじまいでした。倉庫には何もなくて、鼠がいるばかりで、茶色い紙や古い袋地が飛び散った中をご機嫌に駆け回ってました。誰と話しても、どこかにきっと金（かね）をたっぷり埋めているはずだと言われるんですが、もちろん本人からは何も聞き出せませんでした。あのみじめな家にいたときほど情けない暮らしをしたことはありませんね。スタインに与えられた義務は果たすよう努めましたが、考えなきゃいけないことはほかにもあったんです。ドラミンの許に逃げたときは、トゥンク・アラングの爺さんも怯えきって、僕の持ち物を全部返してきました。まあそれも、ここに小さな店を出してる中国人を通して、えらく回りくどいやり方で、さんざん謎めかしてやっと返してきたんですが、とにかくブギス族の居住地を離れてコーネリアスのところに身を寄せたとたん、ラージャがじきに僕を殺すことに決めたという噂が大っぴらに聞こえてきたんです。気持ちのいい話でしょう？　だけどもし本当にそう決めたんだったら、何に遠慮して実行せずにいるのか皆目わかりませんでしたね。最悪だったのは、自分がスタインの役にも自分自身の役にも立っていないと思わずにいられないことでした。ひどかったですよ！　まる一月半、ずっとそうだったんです』」

# 第三十章

「ジムはさらに、どうして逃げ出さなかったのか自分でもわかりませんよと言ったが、もちろん私たちにも想像はつく。自分を守るすべを持たない、『下司な卑怯者の悪党』に運命を握られている娘に彼は心から同情した。どうやらコーネリアスは、娘におそろしく悲惨な、虐待寸前の暮らしを強いていたらしい。虐待まで行かなかったのは、単に度胸がなかったからだろう。私をお父様と呼べ、と強要し、『それも、敬いの念を込めてだぞ――いいか、敬いの念だぞ』と金切り声を上げ、小さな黄色い拳骨を娘の鼻先で振り回した。『私は敬うべき人間だ、そしてお前は何だ？　え、どうだ――お前は何なんだ？　他人の子供を育ててやって、敬いすら返ってこない、そんなことを私が許すと思うか？　お父様と呼ばせてもらえるだけでもありがたく思うべきなんだぞ。さあ――言え、はい、お父様、と……。言わんのか？……ようし、それなら』。そうして彼は死んだ女性を罵倒しはじめ、やがて娘は両手で頭を抱えて逃げ出すのだった。彼は娘を追いかけ、家から出たり入ったり、家の周りを回ったり、小屋と小屋のあいだを抜けたりしてどこかの隅に追いつめ、娘は耳を塞いで両膝をつき、彼は少し離れたところに立ってその背中にえんえん三十分、醜悪な告発を浴びせつづける。『お前の母親は悪魔だった、大嘘つきの悪魔だった――そしてお前も悪魔だ』と締めくくりに力一杯わめいて、乾いた土くれか、手一杯の泥を（泥なら家の周りにたっぷりあった）すくい上げて娘の髪に投げつける。でも時には、娘が侮蔑の念もあらわに持ち堪えることもあった。そんなときは、無言で彼と向きあい、厳めしい顔を窄めて、時おり一言二言言葉を発するだけだったが、それがいちいち、その棘でもって相手を跳び上がらせ、身悶えさせた。見るに堪えない醜態でしたよ、とジムは言った。実際それは、未開地の只中で出会うには何とも奇怪な情景だった。隠微に残酷な状況が果てしなく続くさまは、目を覆いたくなるおぞましさだった。君たちも考えてみればわかると思う。敬うべき人間コーネリアスは（マレー人たちは彼をインチ・ネリユス〔ネリユスの旦那〕と呼んで、さまざまな意味のこもったしかめ面をつけ加えた）多くの失望を味わってきた人物だった。結婚の見返りに彼が何を期待したのかはわからない。だがとにかく、長年にわたってスタイン貿易商会の商品を好き放題盗み、横領し、着服する自由だけでは（スタインの方は、パトゥザンまで行ってくれる船長がいる限り律儀に商品を補給しつづけた）、栄誉ある名を犠牲にしたことに見合う報酬とは思わなかったらしい。こんな男は、ジムとしてはぜひとも半殺しにしてやりたいところだったが、その反面、見ていてあまりに苦痛、あまりに忌まわしいので、娘の感情を傷つけぬためにも、聞こえないところに逃げ出したいという衝動がまず働いた。嵐が収まると、娘は動揺のあまり言葉も出ず、石のように無表情な捨て鉢の顔をして、時おり胸をぎゅっと抱え込む。ジムはそこへ寄っていって、悲しい思いで『ねぇ――さあ――ほんとに――そんなことしたって――少しは食べなくちゃ』などと同情の念を口にした。コーネリアスは相変わらずこそこそと戸口を出入りし、ベランダを突っきり、また戻ってきて、魚のように無言のまま、悪意と不信感のこもった陰険な眼差しを投げてきた。『やめさせてあげますよ』ジムはあるとき彼女に言った。『やれ、とさえ言ってくれれば』。そうしたら彼女が何と答えたかわかるかい？　彼女いわく、ジムが私に物々しく語ったところでは、もしコーネリアス自身底なしにみじめな思いでいるという確信がなかったらもうとっくに自分の手で彼を殺す勇気を見出していると思う、そう言ったというんだ。『考えてもみて下さいよ！　まだほんの若い娘、ほとんど子供が、そんなふうな物言いに追い込まれるなんて』ジムはぞっとしたように叫んだ。下司な悪党から彼女を救うことはもとより、彼女自身から救い出すことすら不可能に思えた！　彼女に同情したというのともちょっと違うんです、とジムは強調した。それは同情以上の気持ちだった。こういう暮らしが続いている限り、自分の良心に疚しいものを抱えることになる気がしたのだ。この家を去るとすれば、それは卑怯な放棄に思えたことだろう。これ以上長くいても、帳簿に関しても金に関しても、いかなる類いの真実に関しても何ひとつ得られるものはないことはいまやよくわかっていた。なのに彼は留まった。留まって、コーネリアスを、狂気の一歩手前とまでは言わずとも、勇気を出す一歩手前まで追い込んだ。その間、あらゆる類いの危険が、自分の周りに朧に集まりつつあるのをジムは感じた。ドラミンも信頼できる召使を二度よこし、ふたたび川を渡って当初と同じにブギス族と一緒に住んでくれないことには護ってあげようがない、と迫った。ありとあらゆる境遇の人々が訪ねてきて（それが真夜中であることも珍しくなかった）、彼の暗殺計画が進行していることを知らせた。あなたを毒殺する案があるのです。浴場で背中を刺されるのです。川を走るボートから射殺する手筈が整えられている最中です、云々。これら通報者はみな、私こそあなたの真の味方ですと言ってはばからなかった。まったくあれじゃあ一生安らぎの心を失くしちまいますよ、とジムは私に言った。たしかに、そういう類いのことは大いにありうる。いや、ある確率の方が高いと言っていいだろう。だが、まやかしの警告から得られるのは、自分の周りじゅうで、四方で、闇の中で、死に至る陰謀が巡らされているという感触だけだった。どんなに図太い神経だって、これにはさすがに参ってくる。あまつさえ、ある夜コーネリアスまでが、大げさな警告や秘密めかした物言いを動員して、物々しい、甘ったるい口調で、ささやかな計画を持ちかけてきた。すなわち、百ドルで——いや八十でもいいです、八十ドルで結構です——私めコーネリアスが、信頼できる人間を確保いたしまして、あなた様を川から外へ連れ出して差し上げます。もうこれしか手はありませんよ、命をほんの少しでも惜しまれるのなら。八十ドルが何です？　ほんのはした金です。取るに足らぬ額です。しかるに私めコーネリアスは、あとに残されるわけであって、ミスタ・スタインの若きご友人に対するこの献身の証しによって、自らの身に死を引き寄せることになるのです……。あの卑屈に歪んだ顔は――とジムは私に言った――見るに堪えない眺めでした。髪を掻きむしり、胸を叩いて、両手を腹に押し当てて体を前後に揺すり、涙を流すふりまでやってみせたんです。そしてとうとう、『自分で自分に祟るがいい！』とキーキー声を上げて部屋から飛び出していった。この演技においてコーネリアスがどこまで誠実だったかは興味深い問題だ。奴が出ていってから一睡もできませんでしたよ、とジムは私に打ちあけた。竹の床に広げた薄い筵の上に仰向けになって、むき出しのたるきの輪郭をぼんやり見てとろうとし、屋根の破れた椰子の葉がさらさら鳴る音に耳を澄ました。その屋根の穴の向こうで、不意に星がひとつキラリと光った。脳の中が渦巻いていた。だが、にもかかわらず、まさしくその夜に、シェリーフ・アリを征伐する計画をジムは練り上げたのだ。スタイン商会をめぐる実りなき調査の合間に割ける時間、いつもそのことばかり考えていたのだが、案は――本人によれば――そのとき一気に湧いてきたという。山の頂に並ぶ大砲が、パッと眼前に見えたのである。横になったままなのに体がひどく熱くなり、心もわくわくしてきた。いつにも増して、眠ることなど論外だった。跳ね起きて、裸足でベランダに出た。音も立てず歩いていると、娘に出くわした。見張りでもしているかのように、壁にじっと貼りついていた。何しろ興奮していたから、彼女が起きているのを見ても、彼女が不安げな囁き声でコーネリアスはどこかと問うのを聞いても驚きはしなかった。知らない、と彼はあっさり答えた。彼女は軽いうめき声を漏らし、集落(カンポン)の方に目をやった。何もかもが静まり返っていた。新しい思いつきに夢中になり、頭の中がそのことで一杯だったので、娘にその場ですべて打ちあけずにはいられなかった。彼女はじっくり耳を傾け、軽くぱんと手を叩いて、感嘆の言葉をひそやかに囁いたが、と同時に周囲に対する警戒をずっと怠っていないことも明らかだった。どうやら彼は前々から、娘を打ちあけ相手にしていたらしい。そして明らかに、彼女の方もパトゥザンの事情に関しいろいろ有用なヒントを与えることができたし、事実与えていた。ジムは何度も私に、彼女の忠告にしたがって損をしたことは一度もないと請けあった。いずれにせよ、そのときその場で計画をすっかり娘に説明しようとしている最中、彼女がジムの腕を一度だけぎゅっと押し、彼のかたわらから姿を消した。と、コーネリアスがどこかから現われて、ジムの姿を認めると、ひょいと横に、あたかも狙撃されたかのように飛びのいて、薄闇の中に立ち尽くした。それからやっと、そろそろと慎重に、疑り深い猫のように歩み出てきた。『あっちに漁師がいましてね——魚を持ってきまして』コーネリアスは震える声で言った。『魚を売りにきたんですよ——ね』。……もう午前二時にはなっていたにちがいない——いかにも魚売りが来そうな時間！

だがジムはその言葉を聞き流し、何も考えなかった。頭はほかの事柄で一杯だったし、実のところは何ひとつ見ても聞いてもいなかった。単にぼんやり『へえ！』と言っただけで、そこに置いてあった水差しから水を飲み、コーネリアスが一人で勝手に何やら説明不能な感情の餌食になるがままにさせ――おかげでコーネリアスは、脚から力が抜けたかのように、虫に喰われたベランダの手すりにしがみついていた――ふたたび中に入って、じっくり考えようと筵の上に横になった。まもなく、こそこそとした足音が聞こえてきた。足音が止まった。壁越しに、震え気味の声が囁いた。『眠ってらっしゃいますか？』『いや！　何の用だ？』とジムがぶっきらぼうに答えると、外でそそくさと動きがあって、それから、囁いた人物が呆然と凍りついたかのようにすべてが静まり返った。ひどく苛ついてジムが飛び出していくと、コーネリアスはかすかな悲鳴を上げて、ベランダづたいに踏み段のところまで逃げていき、壊れた手すりにしがみついた。ジムは大いに面喰らって、いったいどういうつもりなんだ、と遠くから呼びかけた。『さっきお話し申し上げたこと、考えていただけましたか？』とコーネリアスが、悪寒に襲われた人間のように、一語一語を難儀そうに発音して訊ねた。『いいや！』ジムはカッとなって叫んだ。『考えなかったし、考える気はない。僕はここで、パトゥザンで暮らすんだ』。『こ－こ－ここにいらしたらし－し－しにますよ』とコーネリアスは、なおもぶるぶる震えながら消え入るような声で言い返した。このやりとり全体がジムには何とも馬鹿馬鹿しく、腹立たしくて、面白がればいいのか怒ればいいのかもわからなかった。『あんたが始末されるのを見るまでは死なないよ』と彼は、苛立ってはいたけれどもいまにも笑い出してもいい気分で叫んだ。なかば本気で（とにかく自分の思いつきに胸躍らせていたのだ）なおも声を張り上げた――『何ものも僕に触れられるもんか！　好き勝手にやるがいい』。なぜだか、ずっと向こうで影のような姿を保っているコーネリアスが、行く手で出会うすべての面倒や厄介のおぞましい権化に思えた。ここに至ってジムは抑制を解き放ち――これまで何日もずっと神経が昂ぶっていたのだ――コーネリアスをさんざん罵った。ペテン師、嘘つき、情けない悪党。すっかり破目を外してえんえんやり続けた。本人が認めたところ、いまやとことん度を超え、まるっきり我を忘れて、追い出せるものなら追い出してみろとパトゥザン全体に挑み、お前らみんな僕の言いなりにしてやるからなと宣言し、等々、ひたすら脅し、威張りつづけた。大げさで滑稽もいいところでしたよ、とジムは言った。思い出しただけで耳が真っ赤になります。きっと頭がどうかしてたんですね……。私たちと一緒に座っていた娘は、小さな頭をさっと私の方に向けて、かすかな皺を眉間に寄せて『私は聞きました』と子供っぽい厳粛さで言った。ジムは声を上げて笑い、顔を赤らめた。やっと止めてくれたのは、向こうにいる影の沈黙だったとジムは言った。ずっと向こうの方で、死のような全き沈黙を保っている曖昧なその影は、くずおれたかのように、手すりの上に倒れ込んで気味悪い不動に陥ったかのように見えた。ジムは正気を取り戻し、唐突に口をつぐんで、自分自身に呆れ返った。しばらくのあいだ、見守っていた。ひとつの動きも、音もなかった。『何だかまるで、僕が騒ぎ立てているあいだに奴が死んじまったみたいで』とジムは言った。自分がたまらなく恥ずかしくなって、それ以上何も言わずそそくさと家の中に入り、ふたたび寝床に身を投げ出した。だがこの騒ぎは大いに役立ったようで、もうその晩はずっと、赤ん坊のようにぐっすり眠りこけた。数週間ぶりの熟睡だった。『だけど私は眠らなかった』と娘が、片肱をテーブルに載せて頰に手を当てながら口をはさんだ。『私は見張った』。大きな瞳がキラッと光って、いくぶん回った。それから彼女は、その目をじっと私の顔に据えた」

# 第三十一章

「私がどれだけ興味津々聞いたかは、君たちにも想像してもらえると思う。彼女が語った細部一つひとつに、すべて何か意味があることが二十四時間後に明らかになったのだ。朝になると、コーネリアスは前夜の出来事にはいっさい触れなかった。『いずれまた私めの粗末な住まいに戻ってらっしゃいますよね』と彼は無愛想に、ドラミンの集落に行こうとカヌーに乗り込もうとしているジムのそばにすすっと寄ってきて呟いた。ジムは相手の顔も見ずに頷いただけだった。『さぞ楽しんでらっしゃるんでしょうな』相手は拗(す)ねた口調で続けた。ジムは結局その日一日を老いた貿易商(ナコーダ)とともに過ごし、大きな話しあいのために集められたブギス族の重鎮たちに向かって精力的行動の必要を説いた。自分がどれだけ雄弁で説得的であったかを思い起こして、ジムの顔に満足げな表情が浮かんだ。『連中にしっかり活を入れてやったんです、ほんとに』と彼は言った。シェリーフ・アリの先日の襲撃によって居住地の周縁は一掃され、居住地内に住む女たちが何人か砦柵の中へ連れ去られていた。その前日、シェリーフ・アリの使者たちが市場を闊歩している姿が目撃されていた。白い外套に身を包んだ彼らは、我が物顔で市を練り歩き、ラージャが自分たちの主人と親しいことを吹聴していた。そのうちの一人が前に出て木蔭に立ち、ライフルの長い銃身に寄りかかって、祈り悔い改めるよう人々に説き、お前たちの中にいる他所者を皆殺しにせよ、奴らのある者は不信心者でありまたある者はなお悪いことにムスリムの姿を装った悪魔の子なのだ、と煽り立てた。話によれば、それを聞いていたラージャの民が数人、大声で賛意を表した。人々のあいだに激しい恐怖が広がった。一方ジムは、一日の成果に満足して、日没前にふたたび川を渡った。

ブギス族を行動へと駆り立て、あと戻りできぬところまで導き、己の首を賭けて成功を請けあってきたいま、ジムの気分はひどく昂ぶり、心も軽くなって、コーネリアスに対しても極力礼儀正しくふるまおうと努めた。だが相手は、何とも騒々しく陽気な反応を返すばかりだった。キーキーとわざとらしい笑い声を立て、身を悶えさせ目をパチクリさせたかと思えば、突然あごを摑んで心ここにあらずといった目つきで食卓の上に屈み込む。そんな姿を見せられるのはほとんど耐えがたかったとジムは言う。娘は姿を見せず、ジムは早くに床に就くことにした。立ち上がってお休みを言うと、コーネリアスは跳び上がって椅子をひっくり返し、何か落とした物を拾おうとするかのように視界から姿を消した。お休みなさいませの上ずった声もテーブルの下から発せられた。間もなく、口をあんぐり開け愚かしく怯えた目も呆然と開いた彼が出てくるのを見て、ジムはすっかり驚いてしまった。コーネリアスは食卓の縁をぎゅっと掴んだ。『どうしたんです？　具合でも悪いんですか？』ジムは訊いた。『はい、はい、はい。腹にひどい痙攣が』と相手は答える。それは掛け値なしの真実だったとジムは考えている。だとすれば、このとき本人が何を企んでいたかを考えるなら、これはいまだ不完全な無神経さの卑屈な表われと見るべきだろう。そのことは十分認めてやらねばなるまい。

　いずれにせよ、ジムの浅い眠りは、大いなる声が喇叭のように鳴り響く天国の夢によって乱された。目覚めよ！　目覚めよ！　と声が喧しく呼びかけるものだから、断固眠りつづけようと思っていたものの、事実目が覚めてしまった。炎が中空で赤く、パチパチと鳴って燃えさかるのが目に飛び込んできた。黒い、濃い煙がとぐろを巻いて、何かの霊の周りを回っている――この世ならぬ存在が、全身白い姿で、険しい、やつれた、不安げな顔を見せている。一秒かそこらして、娘だとわかった。伸ばした腕でダマール（可燃性の樹脂の一種）の松明を掲げて、執拗な、切迫した単調な声で『起きなさい！　起きなさい！　起きなさい！』とくり返していた。

　ジムがパッと跳び上がると、娘はすぐさま彼の手にリボルバーを押し込んだ。釘で吊してあった彼自身のリボルバーだったが、今回は弾が入っていた。黙って銃を握り締めながらも、ジムはとまどい、眩しさに目をしばたたいていた。何をしてくれというのか。

　娘はあわただしげに、ひどく低い声で『これで四人の男と戦えますか？』と訊いた。

この部分を語りながら、自分の応答の慇懃な迅速さを思い起こしてジムは笑った。どうやら相当芝居っ気たっぷりに答えたらしい。『もちろんだとも――いいとも――もちろん――何でも言ってくれたまえ』。はっきり目は覚めていなかったが、こういう異様な状況にあってこそ礼は尽くさねば、疑いも迷いもない献身を示さねば、そういう思いが頭にあった。娘が部屋を出て、自分もあとに従った。彼らは廊下で一人の老婆の眠りを乱した。一家の食する簡単な料理を担当している、年老いて人間の言葉もろくに解さなくなっているらしいこの老婆は、立ち上がって、歯のない口で何かもごもご言いながら、覚束ない足どりで二人のあとについて来た。ベランダには帆布で作ったコーネリアスのハンモックがあって、ジムの肱が触れると軽く揺れた。誰も寝ていなかった。

　スタイン貿易商会の交易所はみなそうだが、パトゥザンの営業所は元来、四軒の建物から成っていた。うち二軒は、もはや杭やら割れた竹やら腐った屋根葺き材やらが二山残っているばかりで、硬木の角柱がばらばらの角度に情けなく傾いて四隅から突き出ていた。だが倉庫はまだちゃんと、交易所長の住居と向きあって建っていた。それは長方形の、泥と粘土で作った小屋で、一方の端にある頑丈な板の扉はまだ蝶番から外れていなかったし、壁のひとつの面には窓のような四角い穴が開いていて、木の桟が三本縦に入っていた。数段の踏み段を下りる前に、娘は首から上だけふり向いて、早口で『あなたは寝ているあいだに襲われるはずでした』と言った。一瞬だまされたような気がしました、とジムは言った。いつもと同じだ。命を狙われる云々の話はもううんざりだった。

脅かされるのには飽きあきしていた。もはや愛想も尽きた。彼女までだましたと思って腹が立ったんです、とジムは強調した。助けを必要としているのは彼女なんだと思ってあとについて行ったのに。いっそ怒りに任せて引き返してやろうかとさえ思った。『どうもあのころは』彼は感慨深げにふり返った。『何週間もずっと自分を見失っていた気がするんです』。『いやいや。君は君らしかったさ』私は言い返さずにいられなかった。

けれども娘は早足で先へ進み、ジムはあとについて中庭に入っていった。柵はもうとっくにすべて崩れ落ちていた。朝にはその開けた空間を、近所で飼っている水牛が悠然と横切り、鼻を深々と鳴らした。すでにジャングルそのものが侵入しはじめていた。ぼうぼうに茂った草の中でジムと娘は立ちどまった。彼らを包む光があたり一面に濃い闇を作り出し、その頭上に星々の豪奢な輝きがあるのみだった。綺麗な夜でした、とジムは私に言った。とても涼しくて、川からほんの少し風が流れてきて。その親しげな美しさがどうやら彼の気を惹いたようだ。いま私が語っているのが愛の物語だということを忘れないでほしい。二人にそっと柔らかな愛撫を吹きかけているように思える美しい夜。松明の炎が時おり旗のようにひらひら揺れながら音を立て、少しのあいだそれだけが唯一の音だった。『彼らは倉庫で待っています』娘は囁いた。『合図を待っています』。『誰が合図を出すんだ?』ジムは訊ねた。彼女が松明を揺さぶると、火花が飛び散ったのちパッと燃え上がった。『あなただけが落着かない眠りを眠っていたのです』彼女は囁き声で続けた。『私もあなたの眠りを見守りました』。『君が!』彼は叫び、首を伸ばしてあたりを見回した。『見守ったのは今夜だけだと思いますか！』彼女は一種絶望に彩られた憤りを込めて言った。

胸を殴られた気がしました、とジムは言う。思わずハッと息を呑んだ。自分がひどく鈍感にふるまった気がして、後悔し、心を打たれ、嬉しく、高揚した。もう一度念を押しておくが、これは愛の物語なのだ。その愚かしさを見ればわかるはずだ。むかむかするような愚かさではなく、高められた愚かしさがこの展開には、松明に照らされたこの場にはあったのだ。何だかまるで、隠れた殺人者たちに見せてやるためにここへわざわざ思いを打ちあけあいに来たような気がした。ジムも言ったとおり、シェリーフ・アリの使者たちに少しでも根性があるのなら、いまこそ攻め込むべき時だった。心臓は高鳴っていたが——怖かったからではない——草がザワザワ言うのが聞こえた気がして、急いで光の外に出た。何か黒っぽい、はっきり見えないものが、すっと視界から出ていった。ジムは力強い声で呼びかけた。『コーネリアス！　おい、コーネリアス！』。深い沈黙が続いた。自分の声が二十フィートも届かなかった気がした。ふたたび娘がかたわらにいた。『逃げなさい！』彼女は言った。老婆がこっちへやって来た。損なわれた体が、光の端あたりをぎこちなく跳ねるように漂った。何かもごもご言う声が、そしてうめくような小さなため息が聞こえた。『逃げなさい！』娘が興奮した声でくり返した。『いまなら彼らは怯えています——この明かりに——声に。あなたがいま起きていることが彼らにはわかっています——あなたが大きくて、強くて、恐れを知らないことがわかっています……』『その三つとも本当なら』と彼は言いかけたが、娘が遮った。『そう――今夜は！　でも明日の夜は？　その次の夜は？　次の次は――そのあとのたくさんの、たくさんの夜は？　私がいつも見張っていられますか？』。彼女はすすり泣きに息を詰まらせ、それが言葉の力以上に彼の心を揺さぶった。

　自分があんなに卑小に、無力に思えたことはないとジムは私に言った。勇気にしたところで何の役に立つのか、と彼は思った。できることは何もなく、逃げることさえ無駄に思えた。娘は何度も『ドラミンのところへ行きなさい、ドラミンのところへ行きなさい』と熱に浮かされたような執拗さで囁いたが、ジムはにわかに悟った。この孤立、危険を百倍にしているこの孤立から逃れるすべは、彼女しかないのだと。『僕は思ったんです』ジムは私に言った。『彼女から離れてしまえば、すべては終わってしまうにちがいないと』。だがとにかく、いつまでも中庭の真ん中に立っているわけには行かない。ジムは倉庫を見にいくことに決めた。ついて来る、という娘を彼は止めなかった。自分たち二人が分かちがたく結びついているような気がして、異を唱えようとは思わなかった。『僕は恐れを知らない――そう言うんだな？』彼は歯を食いしばりながら呟いた。娘が彼の片腕を押さえた。『私の声が聞こえるまで待ちなさい』と彼女は言って、松明を手に、角の向こうへ軽やかに駆けていった。闇の中にジムは一人留まり、顔を扉に押しつけていた。物音ひとつ、息遣いひとつ、向こう側からは聞こえなかった。老婆が背後のどこかで侘しいうめき声を漏らした。と、娘の甲高い、ほとんど悲鳴のような叫びが聞こえた。『いまです！　押しなさい！』。力一杯押した。扉が軋み、騒々しく開いて、唖然としたことに、天井の低い、土牢のような室内が、けばけばしく揺らめく明かりひとつに照らし出されていた。渦巻く煙が床の真ん中にある空っぽの木箱に流れ落ち、ごっちゃに固まった襤褸布や藁が高く舞い上がろうとするものの、空気の流れに弱々しく揺れるばかりだった。娘が松明を窓の桟から中に押し込んでいたのだった。彼女のむき出しの丸い腕がぴんと硬く伸び、鉄製のランプ受けの揺るぎなさで松明を支えているのが見えた。古い筵が乱雑な円錐形に積まれた山が、向こうの方の隅をほぼ天井まで塞いでいたが、それだけだった。

すごくがっかりしましたよ、とジムは私に語った。用心しろ、と何度も何度も言われて精神の強さを試され、いくつもの危険の兆しに何週間も囲まれてきたものだから、何らかの現実、何か立ち向かえる形あるものによって息抜きを得たいという気持ちになっていたのだ。『そういうのがあれば、少なくとも二時間かそこらはすっきりできたと思うんですよね』ジムは私に言った。『いやはや！　何日もずっと、胸の上に石が載っていたんです』。これでやっと何かが摑めると思ったのに――何もない。誰の気配も、痕跡もない。ドアがパッと開いた瞬間は武器を構えたが、いまはその腕も垂れた。『撃ちなさい！　自分を護りなさい』娘が外で痛ましい声を上げた。闇の中にいて、小さな隙間から片腕を肩まで差し入れている彼女は、中がどうなっているか見えていないので、松明を引っ込めて駆け込むこともできずにいた。『誰もいないよ！』ジムは蔑むように怒鳴ったが、憤りと苛立ちの笑い声を上げようという衝動は、何の音も立てないうちに途絶えた——顔をそむけかけたまさにそのとき、筵の山の中に隠れた一対の目と視線を交わしていることに気づいたからだ。白目の光がこそこそ動くのが見えた。『出てこい！』ジムがカッとなって、だがいくらか疑念も抱きつつ叫ぶと、黒い顔をした頭、体のない頭が屑の山の中に出現した。奇妙に周りから分離した頭部が、こっちをじっと睨んでいた。次の瞬間、山全体が動いて、低いうなり声とともに一人の男が飛び出し、ジムめがけて突進してきた。うしろで筵が跳ね上がった。肱を曲げた右腕が持ち上げられて、頭の少し上にかざした握り拳(こぶし)からは短剣(クリイス)の鈍く光る刃が突き出ていた。腰にきつく巻いた布が、赤銅色の皮膚を背景に眩しい白さを放っていた。裸の体が、濡れているかのように光った。

ジムはそうしたことすべてを目に留めた。口にしようもないほどの安堵(あんど)を、罰を下すのだという思いに彩られた高揚を感じたとジムは言った。撃つのをわざと延ばしたのだと彼は言う。十分の一秒、男の歩み三歩分だけ——途方もなく長い時間だった。こいつは死ぬ！　と胸のうちで言える快楽を得るために撃つのを延ばした。絶対の自信が、確信があった。平気だったから、男を寄ってこさせた。どのみちこいつは死ぬのだ。広がった鼻孔を、見開かれた両目を、顔を包むひたむきな静かさを彼は見てとり、それから、撃った。

閉ざされた空間の中で、銃声の轟きは凄まじかった。ジムは一歩下がった。男の頭ががくんと跳ね上がり、両腕が前に投げ出され、短剣が落ちるのが見えた。男の口の、ほんの少し上のあたりを撃ったことをあとで確かめた。弾が後頭部のかなり上の方から出てきていた。飛び出した勢いで男はそのまま進んできて、顔が急に歪んで口があんぐり開き、開いた手が前方の空間を、あたかも目が見えなくなったかのように探った。男は額を下にして、ジムの裸足の爪先のすぐ前にどさっと大きな音を立てて倒れた。どんな小さな細部も見逃さなかったとジムは言う。気持ちは落着いていた。その男の死がすべてを贖ったかのように怒りも収まり、恨みも不安もなかった。松明の煤けた煙が室内に充満してきていた。揺るがぬ炎は血の赤さで、ちらつきもせず燃えつづけた。ジムは断固とした足どりで中に入っていき、死体をまたぎ越して、反対側の隅にぼんやり輪郭の見えるもうひとつの人影にリボルバーを向けた。いまにも引金を引こうとしたところで、相手の男は短い重い槍を思いきり投げ捨て、降参してべったり座り込んだ。背中が壁に寄りかかって、股間で両手を組んでいた。『命が惜しいか?』ジムはさらに訊いた。『あと何人いる?』ジムは言った。相手は何の音も立てなかった。『あと二人です、トゥアン』と男はひどく小さな声で、大きな魅せられた目をリボルバーの銃口に釘付けにしたまま言った。それに応えて、あと二人が筵の下から、何も持っていない両手をこれ見よがしに突き出しながら這い出てきた」

# 第三十二章

「ジムは安全な位置に立って、三人をひとまとめにして外へ出させた。その間ずっと松明は小さな手に握られ、少しも震えることなく垂直を保っていた。三人の男は何も言わずに従い、機械のように動いた。ジムは彼らを一列に並ばせた。『腕を組んで繋がれ！』彼は命じた。三人はそのとおりにした。『腕を離した奴、首を回した奴は命がないぞ。進め！』。三人は一緒に、ぎこちなく歩み出した。ジムはそのあとを行き、そのかたわらで、足首まである白いガウン、腰まで垂れた黒い髪の娘が松明を持っていた。ぴんと背の伸びた、左右に軽く揺れる体は、大地に触れずに滑っていくように見えた。聞こえるのは衣(きぬ)ずれの音と、背の高い草のそよぐ音だけだった。『止まれ！』ジムが叫んだ。

川岸は険しい斜面になっていた。爽やかな空気が川から漂ってきた。松明の光が、さざ波ひとつ立てずに泡立つ暗い滑らかな水の縁に降り注いだ。右も左も屋根のくっきりした輪郭が並ぶ下、家々が連なっていた。『シェリーフ・アリに僕の挨拶を伝えろ。いずれこちらから出向く』とジムは言った。三つの頭はひとつも、ぴくりとも動かなかった。『飛び込め！』ジムが声を張り上げた。三つの飛び込みはひとつの音に合わさり、水が跳ね上がって、黒い頭が三つ、痙攣するようにぴくぴく揺れ、消えた。息を吐いたり水を噴き出したりする騒々しい音は続いたが、三人とも最後の一撃に怯えて極力水面下に留まっていたのでそれもだんだん小さくなった。ジムは娘の方を、それまでずっと物言わぬ注意深い傍観者であり続けていた彼女の方を向いた。自分の心臓がにわかに、胸に収まるにはあまりに大きくなって、喉の窪みを詰まらせているような気がした。おそらくそのせいで、ジムは長いこと一言も喋らなかった。娘は彼に眼差しを返してから、腕を大きく振って、燃える松明を川に投げ込んだ。赤っぽい火のぎらつきが、夜の闇に長い軌跡を描いて、ジュッと禍々(まがまが)しい音を立てて沈んだ。落着いた柔らかな星明かりが、何ものにも遮られず二人に降り注いだ。

やっと声が出るようになったときに何と言ったのか、ジムは教えてくれなかった。たぶんそんなに雄弁にはなれなかったと思う。世界は静止し、夜は二人に息を吹きかけた。優しい思いを抱くために作られたような夜だった。人生には、自分の魂がその暗い外被から解き放たれたごとく精妙に光を放ち、ある種の沈黙が言葉以上に明晰となる瞬間がある。娘に関して、ジムはこう言った。『ちょっと取り乱していました。ずっと気持ちが昂ぶっていましたからね。反動です。それに——きっとものすごく疲れていたはずだし。それに――それに――つまりですね――彼女は僕を、好いていたんです……。僕も……もちろん気づいていませんでした……考えたこともありませんでした……』

そこまで言うとジムは立ち上がり、いくらか興奮した様子であたりをうろうろ歩き出した。『僕は――僕は彼女を心から愛しています。口では言えないくらいに。もちろんそういうことって口では言えませんよね。自分の存在が、誰か他人にとって必要だってことが――そう、絶対必要だってことが――わかる。というか、毎日そのことを思い知らされる。そうすると、自分の行動にしても、違った目で見るようになるんです。僕はまさにそのことを感じさせられてるんです。素晴らしいことです。でも考えてみて下さい、彼女のそれまでの人生がどんなものだったか。あまりに恐ろしい、底なしにおぞましい暮らしです！　そうでしょう？　そして僕が、こうしてここでそんな彼女に出会う、散歩に出かけたら寂しい暗い場所で誰かが溺れているところに出くわしたみたいに。いやはや！　一刻も無駄にできませんよ。これは信頼に基づく義務でもあります……僕にはそれに応える力があると思うんです……』

ちなみに娘は、しばらく前に私たち二人を残して立ち去っていた。ジムは自分の胸をばしんと叩いた。『そうです！　そのことを感じてるんです、でも僕には、これだけの幸運に応える力があると思う！』。自分の身に起きたあらゆることに特別の意味を見出す才能がジムにはあった。自分の恋愛についてもこのように捉えたのだ。それは牧歌的で、どこか厳かだった。そして真摯だった――ジムの信念には若さの持つ揺るぎない生真面目さがあったのだ。少し経ってから別のときに、ジムは私に言った。『ここに来てまだ二年しか経ってませんけど、もう絶対、よそで暮らすなんて考えられませんよ。外に世界があると思っただけでぞっとします。だって』とさらに、目を伏せて、乾いた泥の小さな塊をブーツの一方が綺麗につぶしていくのを眺めながら（私たちは川岸を散歩していた）彼は言った――『だって、自分がなぜここへ来たか、僕は忘れていないんですから。まだいまのところは！』

私は彼の顔を見るのを控えたが、短いため息は聞いたと思う。私たちは黙って角を一、二度曲がった。『魂と良心にかけて言いますが』彼はふたたび話し出した。『もしそういうことが忘れられるものなら、ならば僕には、それを心の外へ追いやる権利があると思う。ここにいる誰でもいいから、訊いてみて下さい』……ジムの声が変わった。『おかしなことじゃありませんか』優しい、ほとんど切なげな口調が続いた。『ここにいる人たちみんなに、僕のためなら何だってしてくれるここにいる人たちみんなに、絶対わかってもらえないなんて？　絶対にです！　嘘だと思うかもしれないけど、彼らには本当のことが言えないんです。なぜか駄目なんです。僕、愚かですよね？　いったいこれ以上、何が望みなのか？　彼らに訊いてご覧なさい、勇敢なのは誰か、誠実なのは誰か、公正なのは誰か、自分の命を預けてもいいと思うのは誰かと――みんな言いますよ、トゥアン・ジムだと。なのに彼らは絶対、本当の、本当の真実を知ることはないんです……』

一緒に過ごした最後の日、ジムは私にそう言った。私は呟きひとつ漏らさなかった。彼がもっと喋るだろうと私は思ったが、話の根本にはこれ以上近づくまいという気がした。烈しいぎらつきで大地をちっぽけな落着かぬ埃に貶める太陽もすでに森の向こうに沈み、オパール色の空から散漫な光が、影のない、輝きもない世界に、穏やかで憂いを帯びた荘厳さの幻を投げかけていた。彼の話を聞きながら、自分がなぜあんなに、川と空が徐々に暗くなっていくことをはっきり意識したのかはわからない。夜がゆっくりと果たす、抗いようのない仕事の結果が、目に見えるすべての物にひっそりと降り立ち、輪郭を拭い去り、触れえない黒い埃が間断なく降りつづけるかのように、さまざまな形を深く深く埋もれさせていった。

『いやはや！』ジムは出し抜けに言った。『何をするにもまるっきり駄目っていう日がありますよね。それでも、僕が何をやりたいかをあなたにお話しすることはできます。すべておしまいにしてしまう、なんて話を僕はします、例のことが頭の隅から離れなくて……けどそれも忘れて……ああ、何が何だかわからない！　こういうことを、静かに考えることはできます。結局のところ、何が証明されました？　何も。そんなことはない、とあなたはどうせ言うんでしょうね……』

反論するような呟きを私は漏らした。

『いいんです』ジムは言った。『僕は満足してますから……ほとんど。誰かが来たらその顔を見るだけで自信が取り戻せるんです。僕の中で何が起きているのか、彼らにわかってもらうことはできません。でもそれがどうだというんです？　ねえ！　ここで僕がやったこと、まあそうひどくないですよね』

『まあそうひどくない』私は言った。

『それでもやっぱり、あなただって僕を自分の船に雇おうとは思わないですよね――そうでしょう？』

『いい加減にしろ！』私は叫んだ。『もうよしたまえ』

『ほうら！　やっぱりね』彼は穏やかに、どこか得意げに叫んだ。『でも』彼はなおも言った。『そのことを、ここにいる誰でもいい、話してご覧なさい。馬鹿か嘘つきと思われるのがオチです。下手すればもっと悪く思われます。だから僕は耐えられるんです。僕も彼らのためにはちょっとばかり役に立ちましたが、彼らのおかげで僕もそうなれたんです』

『なあ君』私は叫んだ。『君はいつまでも、彼らにとって解きがたい謎であり続けるだろうよ』。この私の一言で二人とも黙り込んだ。

『謎』と彼は鸚鵡（おうむ）返しに言って、やがて顔を上げた。『ならば、いつまでもここにいさせてもらいますよ』

　陽が沈むと、そよぐ風一つひとつに運ばれて、闇がぐんぐん迫ってくるように思えた。左右に生垣を巡らした小道の真ん中に、止まったまま動かない、痩せこけた、用心を怠らぬ、見た目には一本脚と思えるタム・イタームの影絵が見えた。黄昏の空間の向こう、屋根の支柱の陰で、何か白い物が動き回っているのを私の目は捉えた。ジムがタム・イタームをすぐうしろに従えて晩の見回りに出かけてすぐ、私が一人で屋敷に戻っていくと、驚いたことに娘が私を待ち伏せしていた。明らかにこの機を待っていたのだ。

　彼女が私から何を引き出そうとしていたのか、はっきりしたことはわからない。間違いなく、何かとても単純なことだろう。世界で何より単純な、不可能なこと——たとえば、雲の形の正確な記述のような。確証を、言明を、約束を、説明を彼女は求めていた。どう呼んだらいいのか。それには名前などないのだ。突き出した屋根の下は暗かったから、私に見えるのは、ガウンの流れるような線と、青白い顔の小さな楕円だけだった。歯の白い輝き、私の方を向いた目の大きな厳めしい眼窩。目にはわずかな、底なしに深い井戸を覗き込んだときに見える気のする類いの動きがあるように思えた。あそこにあるのは何なのか？　と人は自問する。目のない怪物か、それとも単に、宇宙の失われた煌めきか？　そのときふと思ったのだが——笑わないでくれたまえ——ほかの面ではまるで似ていないが、子供っぽい無知に包まれた彼女は、旅人に子供っぽい謎を突きつけるスフィンクスなどよりもっと不可解な存在ではないか。目が開くより前に、彼女はパトゥザンに連れてこられた。パトゥザンで育ち、何も見ず、何も知らず、何についても何の観念も持っていなかった。ほかにも何かが存在するということすらはっきりわかっていたかどうか。外の世界についてどういう概念を築いていたのか、想像もつかない。外の世界の住人で彼女が知っていたのは、裏切られた女が一人、邪な道化が一人、それだけだ。そして彼女の恋人もその世界から、抗いがたい魅惑を携えて彼女の許にやって来た。でももし、その想像しようもない地に彼が帰ってしまったら、自分はどうなるのか？　その地はつねに、そこに属す者たちを奪い去るらしいではないか？　そのことは母親から、亡くなる前、涙ながらに警告された……。

彼女は私の腕をしっかり摑んだが、私が立ちどまったとたんに急いで手を引っ込めた。大胆なのに、萎縮（いしゅく）してもいる。恐れを知らないのに、底なしの自信なさと、極端な内気さを抱えてもいる。勇敢な人間が、闇の中で手探りしている。彼女から見れば私は、いつジムを呼び戻してしまうとも知れぬ未知の世界の一員なのだ。私はいわば、その世界の本性と意図とに通じている。不吉な神秘を知っている身、ひょっとしたらその世界の力さえ自ら帯びているかもしれぬ身なのだ！　彼女はたぶん、私が何か一言言えば、ジムを彼女の腕の中からあっさり連れ去れると思っているだろう。私がジムと長々話し込んでいるあいだ、彼女はきっと不安に身を切り刻まれる思いでいたにちがいない。本物の、耐えがたい苦悶を彼女は味わった。もし彼女の魂が、己が作り上げた途方もない状況に匹敵する烈しさを持っていたなら、その苦悶によって彼女は、私の殺害を謀（はか）るところまで自分を追い込んだかもしれない。これは私の印象でしかないが、私が君たちに伝えられるのはこれだけだ。すべてが徐々に私にも見えてきて、それがますますはっきりしてくるにつれ、緩慢な、啞然とした驚きが私を包み込んだ。彼女の言葉を私は信じたが、いま私の唇に浮かぶいかなる言葉も、その性急な、猛烈な囁きの感触を伝えられはしない。あの柔らかで情熱的な口調、突然息を殺して切られた言葉、さっと伸ばされた白い腕の訴えるような動き、それらを伝えるすべは私にはない。彼女の腕は垂れ、幽霊のごとき姿は風に吹かれる細い木のように揺れて、顔の青白い楕円がうつむいた。その目鼻立ちは見極めようもなく、目の暗さは底知れず、幅広の袖が二つ、闇の中で、翼が広げられるかのように持ち上がった。彼女は何も言わずに立って、両手で頭を抱えていた」

# 第三十三章

「私は計り知れぬほど心を打たれた。彼女の若さ、無知、可憐な美しさ——そこには野の花の素朴な魅力と華奢な活力があった——、切々たる嘆願、無力さ、それらがほとんど、彼女が抱いている理不尽かつ自然な恐れの力もそのままに私に訴えてきた。人がみなそうであるように彼女も未知のものを恐れていたが、彼女の場合、その無知によって未知なるものは無限に大きくなっていた。そして私はその未知なるものを代表していた。私自身を代表し、君たちを代表し、ジムのことなど少しも構わず必要ともしない世界全体を代表していた。だから私は、人間にあふれたこの地球の無関心さを請けあってもよかったはずだ。しかし、ジムもまた彼女の恐れる神秘なる未知に属していることを思い、いくら多くのものを代表しようとも彼を代表することはできないと思うと、それもためらわれた。無力感に彩られた痛みの呟きが、私の唇を開かせた。私はまず、少なくとも自分はジムを連れ去る意図を持ってきたのではない、と訴えた。

ではなぜ来たのです？　わずかに動いたあと、彼女は闇の中、大理石の彫像のように動かなくなった。私は簡潔な説明に努めた。友人関係、ビジネス。この一件で自分が何か望んでいるとすれば、それはむしろ彼が留まること……。『あの人たちはいつも私たちを置いて出ていきます』と彼女は小声で言った。彼女が敬虔に花輪で飾った墓から湧き上がる悲しい叡智の息が、かすかなため息に包まれて漏れ出たように思えた……。何ものもジムを君から隔てられはしないよ、と私は言った。

私はいまそう確信しているし、そのときもそう確信していた。もろもろの事実から考えて、それが唯一可能な結論だったのだ。自分に言い聞かせる口調で、彼女が『あの人は誓ってくれました』と囁いても、確信はもうそれ以上強まりようがなかった。『彼に頼んだの？』と私は訊ねた。

彼女は一歩近づいてきた。『いいえ！　まさか！』。彼女からはあくまで、ここを出て下さいと頼んだだけだった。あの夜ジムが男を殺したあと、川岸で彼にじっと見つめられて水の中に松明を投げ込んだときのことだ。松明を捨てたのは、あたりが明るすぎたし、危険はもう去っていたからだ――少なくとも、束の間は。そのときジムは、君をコーネリアスの許に置いて出ていきはしない、と言ったのだ。ここを出て下さい、と彼女は言い張った。私を置いて去って下さい、そう彼女は頼んだ。そんなことはできない、ありえない、とジムは言った。そう言いながら、彼の体が震えていた。その震えを娘も感じた……。大した想像力などなくてもその場面は思い描けるし、二人の囁きすらほとんど聞こえてくる。彼女はジムの身を想って恐れていた。このとき彼女はジムという人間の中に、自分の方がよくわかっている危険の、あらかじめ定められた犠牲者しか見ていなかった。ただ単にそこにいることによってジムは彼女の心を捉え、彼女のあらゆる想いを満たし、彼女の情愛すべてを我が物にしていたが、ジムが生き延びる可能性を彼女は過小評価していた。明らかにこの時点では、誰もが彼の可能性を過小評価する傾向にあった。厳密に言えば、彼の可能性はゼロに思えた。コーネリアスもそう見ていたことを私は知っている。シェリーフ・アリが邪教徒を葬り去らんとした陰謀に自分がいかがわしく関わっていた罪を軽くしようと、コーネリアス本人が私にそう打ちあけたのだ。どうやらいまからふり返ると、シェリーフ・アリその人も、白人ジムには軽蔑の念程度しか抱いていなかったように思える。ジムはどうやら、主として宗教的理由で殺されようとしていたらしい。それは単純な信心ゆえの、その限りにおいてどこまでも天晴(あっぱ)れな行為ではあれ、それ以外にはさしたる意義を持たなかった。その点はコーネリアスも同意した。『旦那様(オナラブル・サー)』と彼は卑屈に、私を独占した唯一の機会に言った。『旦那様、どうして私めが知りえたでしょう? あれが何者だと? 人々を丸め込むためにあの男に何ができると? 老いたる僕(しもべ)の許に、あんな若僧を送り込んでくるミスタ・スタインの意図は何なのかと? 私めは八十ドル頂戴すれば、あの男に奉仕する気でした。たったの八十ドルです。あの馬鹿、なぜ出ていかなかったんです? こっちは赤の他人のおかげで刺されねばならんのですか？』』。コーネリアスはもはや私の前にひれ伏さんばかりで、実際体はわざとらしく二つに折り曲げられ、両手が私の膝のあたりを漂って、いまにも私の両脚にすがりついてきそうだった。『八十ドルが何です？　死んだ女悪魔に一生を台なしにされた無防備な年寄りに、それくらい、くれてやったっていいじゃありませんか』。ここまで言って、彼はしくしくしく泣き出した。だがそれはまだ先の話だ。その夜私がコーネリアスに出くわしたのは、娘とじっくり話しあったあとのことだった。

自分を置いて去るよう、この国を去るようジムを促したとき、娘は自分のことなど考えていなかった。彼女の頭をひたすら占めていたのは、たとえ自分を救いたいという気持ちも——おそらくは無意識に——あったとしても、あくまで彼に迫っている危険のことだった。とはいえ、彼女がそれまでどんな警告を受けてきたかを想ってみるがいい。彼女のすべての記憶の中心にある、さして遠くない過去に終わりを迎えた人生のあらゆる瞬間から引き出しうる教訓を想ってみるがいい。その川辺で、星空の下、自分はジムの足下に身を投げたと彼女は言った。星々の慎ましい光は、物言わぬ影たちの大きな塊と、どこで果てるとも知れない開けた空間を照らし出すばかりだった。広い川の流れの上で光はかすかに震え、川を海のように幅広く見せていた。そしていま、ジムは彼女を抱き上げていた。抱き上げられて、彼女はもう抗わなかった。当然だろう。逞しい両腕、優しい声、彼女の寂しい小さな頭を載せるにふさわしいがっしりした肩。疼(うず)く心、とまどう精神が、こうしたすべてを求める、無限に求める。若さによるあと押し、場の勢いが生む必然。これ以外何がありうる？　誰だって、およそ何ひとつ理解しえない人間でない限り、理解できるはずだ。かくして彼女は、抱き上げられることに、そして抱きしめられることに甘んじた。『つまり——いやはや！　これは真面目な話なんです——いい加減なところはどこにもありません！』とジムも、屋敷の敷居まで来て、不安げな、気がかりそうな顔で早口に囁いた。いい加減云々はともかく、たしかに彼らのロマンスに何ら浮(うわ)ついたところはなかった。妖怪変化(ようかいへんげ)の出没する廃墟でめぐり逢(あ)って契(ちぎ)りを交わす騎士と乙女のように、二人は人生の災いの影の下で出会った。星々はその物語に似つかわしい、ごくかすかな遠い光を放つのみで、影をくっきり形に定着させてしまいも、川の向こう岸をさらけ出しもしなかった。その夜、まさに件(くだん)の地点から私は川を眺めた。川は音もなく、ステュクス（ギリシャ神話における冥府の川）のように黒々と流れていた。翌日私はその地を発ったが、手遅れになる前に自分を置いて去ってくれとジムに嘆願したときに彼女自身は何を免れたいと思っていたかを、私はとうてい忘れられそうにない。これは本人から聞いたのだ。彼女は落着いて——いまやあまりにも情熱的に関わっていたから、単なる興奮などはもうありえなかった——薄闇の中、その白い、なかば見えない姿に劣らず捉えがたい静かさで言ったのだ。『泣きながら死にたくなかったのです』。聞き間違えたのかと私は思った。

『泣きながら死にたくなかった？』私は彼女の言葉をただくり返した。『私の母のように』彼女はすぐにつけ足した。白い姿の輪郭はぴくりとも動かなかった。『私の母は死ぬ前にひどく泣きました』と彼女は言った。思いもよらぬほどの穏やかさが、私たちの周りの地面から、それとわからぬほど少しずつ、夜中の洪水で音もなく水かさが増すように立ちのぼってきた。その穏やかさが、さまざまな感情から成る見慣れた風景を消し去っていく。と、私の胸に、川の只中で足場が失われるのを感じるように、突然の恐怖が、未知の深みを恐れる思いが湧いてきた。彼女は母親と二人きりで過ごした最期の時を物語った。彼女は母の横たわる寝椅子のそばをしばし離れて、コーネリアスを中に入れぬよう扉に背中を押しつけねばならなかった。中に入れろとコーネリアスは要求し、両の拳でどすどす叩きつづけて、手を休めるのは時おりしゃがれ声で『開けろ！　開けろ！　開けろ！』と叫ぶときだけだった。部屋の奥の隅、何枚か重ねた筵（むしろ）の上で、すでに言葉も失い腕も上げられぬ瀕死の母は、頭をごろんと転がして、手を弱々しく動かして駄目！　駄目！　と命じているように見えた。忠実な娘は両肩を力一杯扉に押しつけながらそれを見守った。『涙が母の目から流れました。そして母は死にました』と彼女は、冷静そのものの単調さで締めくくった。それが何よりも私の心を揺さぶった。彼女の体の白い彫像のような動かなさ以上に、単なる言葉以上に、その情景を覆う受け身の、どうしようもない恐ろしさでもって。そこには私を、生をめぐって私が抱いている観念の外へ引きずり出す力があった。亀が甲羅の中に引っ込むように、人がそれぞれ、危険が訪れた際に潜り込むために作る避難所から私を引っぱり出す力がそこにはあった。一瞬のあいだ、広大かつ陰鬱な無秩序の様相を呈して見える世界が、眼前に現われた——

実のところそこは、我々人間のたえまない努力によって、人間の精神が思い描きうる限り明るく晴れた、いくつものささやかな安楽から成る整理整頓された場となっているのに。だがそれでも――ほんの一瞬のことだった。私はすぐさま己の甲羅の中に戻っていった。そうするしかないではないか？　たったいま一秒か二秒のあいだ、境界の彼方に見えた暗い思いの混沌の中、すべての言葉を私は失った気がしたが、それも瞬く間に戻ってきた。言葉もまた、人間にとっての避難所たる光と秩序の観念に属しているのだ。私がふたたび言葉を使える態勢に戻ったところで、彼女が小声で囁いた。『絶対に私を置いていかないとあの人は誓いました。あそこに二人きりで立っていたときに！　私に誓いました！』……。『それでまさか君――よりによって君が、彼の言うことを信じないというのか？』と私は、彼女を本気で責める思いで、心底衝撃を受けて訊いた。なぜ信じられないのか？　疑念を求めてしまうこの渇望、不安へのこの執着はどこから来るのか？　まるで、疑念と不安こそが彼女の愛の安全弁であるみたいではないか。何と無残な話だ。その誠実な愛情を土台に、難攻不落の平和を宿す避難所をこそ彼女は作って然るべきではないか。だがそのための知識が、そしておそらくは技術も、彼女には欠けていた。夜はあっという間に訪れていた。私たちが立っているところはもう真っ暗で、動きもしない彼女の姿は、切ない想いを抱いたつむじ曲がりの霊の実体なき形のように、いまやその輪郭もすっかり薄れていた。そして突然、彼女の静かな囁きがもう一度聞こえてきた。『ほかの男たちも同じことを誓いました』。それは何か、悲しみと畏怖に満ちた思考をめぐる瞑想的な注解のように聞こえた。そして彼女は、そんなことが可能ならさらに低い声で、『私の父も誓いました』と言い足した。それから、聞こえない息を吸い込む時間だけ間を置いて、『母の父も』……。そんなことまで知っていたのだ！　私はすかさず『いやいや！　ジムは違うよ』と言った。彼女もこれに反駁する気はないようだったが、少し経ってから、奇妙な、静かな囁き声が、夢見るように空中を漂って私の耳にまで届いた。『なぜあの人は違うのです？　あの人はほかの人よりよい人間なのですか？　それとも……』私はそれに割り込んで、『私の名誉にかけて言う、そうだと私は信じているよ』と言った。私たちは二人とも、声を神秘的な低さに落としていた。ジムの下で働く職人たち（大半はシェリーフの砦柵から解放された奴隷たちだ）の小屋が並んだあたりで、誰かが甲高い、間延びした歌を歌い出した。川の向こうで大きな焚火が（ドラミンの家だろう）光る玉となって、夜の中で周囲から完全に孤立していた。『ほかの人より誠実なのですか？』彼女が小声で訊いた。『そうだ』私は答えた。『ほかの誰よりも誠実なんですね』と彼女はいまだためらいの残る口調で言った。『ここにいる誰も、彼の言葉を疑おうなんて思う奴はいないよ』私は言った。『誰もそんなこと考えもしないさ――君以外は』

　こう言われて、彼女はびくっと動いたと思う。『ほかの人より勇敢なんですね』と彼女は、違う口調になって言った。『怖さが原因で君の許を去るなんてことは絶対にないよ』と私は少し落着かない思いで言った。歌が甲高い一音でぴたっと止まって、いくつかの声が遠くで喋るざわめきがそれに続いた。ジムの声も交じっていた。私は彼女の沈黙が気になった。『ジムは君に何を話したんだ？　君に何か言ったのか？』私は訊いた。答えはなかった。『あいつ、君に何を言ったんだ？』私は言い募った。

『私があなたに言えると思いますか？　どうやって私にわかります？　どうやって私が理解できます？』彼女はようやく叫んだ。ごそごそと動く気配がした。彼女が両手をもみ絞っていたのだと思う。『あの人がどうしても忘れられないことが、何かあるんでしょう』

『知らない方が幸せさ』私は陰気に言った。

『何なのです？　何なのです？』。泣きつくような口調に、凄まじい懇願の力を彼女は込めてみせた。『恐怖に囚われたことがあるとあの人は言っています。どうしてそんなことが信じられるでしょう？　そんなことを信じるなんて、私は頭のおかしい女ですか？　あなたたちみんな、何かを覚えているのでしょう！　みんなそのことに戻っていきます。何なのです？　言って下さい！　何なのですか、それは？　生きているのですか？――死んでいるのですか？　私はそれが憎い。それは残酷です。顔と声があるのですか――この災いには？　あの人にはこれからも、それが見えるのですか――聞こえるのですか？　もしかすると眠っている最中、私のことが見えないときに――そうして起き上がって、行ってしまうのです。ああ！　絶対にあの人を許せません。私の母は許しました――でも私は、絶対に！　それは合図でしょうか――呼び声でしょうか……』

驚くべき体験だった。ジムのまどろみすら、彼女は疑っていたのだ。そして私については、訳を教えてくれると思っているらしい！　幽霊の魅惑にからめ捕られた哀れな人間も、ひょっとするとこんなふうに、別の幽霊から、この世の情熱の中をさまよう肉体なき魂に対して来世が持つ呪縛の秘密を聞き出そうとするのではないか。私が立っている足下の地面そのものが溶けていくように思えた。ジムの誠意を保証する——それはものすごく簡単なことだ。けれども、私たちの恐怖と不安が喚び起こした霊が、私たち人間という侘しい魔法使いの前でたがいの貞節を保証せねばならないとしたら、ならば我々肉体の裡（うち）で生きる者たちのうち、ただ私一人が、私だけが、そんな務めの望みなき寒々しさに身震いしたのだ。合図（サイン）、呼び声（コール）！　その言い方に、彼女の無知がどれだけ浮彫りになっていることか。たったの二言！　どうやってそれらを知るに至ったのか、どうやってそれらを発音するに至ったのか、私には想像もつかない。女性というのは、我々男にとっては単に恐ろしい、馬鹿らしい、空しいものでしかない瞬間の及ぼす圧力の中に霊感を見出す。彼女がそもそも声を持っていると知るだけでも、心に畏怖の念を叩き込むに十分だった。踏んづけられた石が痛さに叫び声を上げたとしても、これほど大きな、痛ましい奇跡には見えなかっただろう。闇の中をさまようそれらかすかな音が、彼ら二人の、無知に曇らされた生の悲劇性を私に思い知らせた。彼女に理解してもらうのは不可能だった。己の無力さに、私は無言のまま苛立った。そしてジムも——哀れな奴！　誰が彼を必要としよう？　誰が彼を覚えていよう？　もう彼は望んだものを手に入れた。彼の存在自体、おそらくはもう忘れられてしまっている。彼らは己の運命の主人となった。彼らは悲劇の人物なのだ。

　私の前で動かずにいる彼女は、明らかに期待を込めて待っていた。私の役割は、忘れられた亡霊たちの領域から我が同胞に代わって語ることだった。自分が負った責任に、そして彼女が見せた苦悩に、私は深く心を動かされた。彼女の弱々しい魂を宥める力が手に入るなら、私はどんなことだってしただろう。敵なしの無知の只中で、その魂は、鳥籠の残酷な金網の中でのたうち回る小鳥のように己を苛んでいる。怖がらなくていいよ！　そう言うのは何より易しい。何より難しい。恐れというものを、人はどう退治するのか？　どうやって亡霊の心臓を撃ち抜き、亡霊の首を切り落とし、亡霊の喉をひっ捕まえるのか？　それは夢を見ている最中に人が突入してゆく、濡れた髪、震える四肢で命からがら脱出できれば上々という冒険だ。弾は鋳られず、刃も鍛造されず、人も生まれはしない。真実の、翼の生えた言葉さえ鉛の塊のごとく足下に墜ちる。そんな捨て鉢の衝突には、地上では見出しえぬほど微妙な嘘に浸した、魔法の毒矢が必要だ。諸君、それは夢にふさわしい企てなのだ！

　悪魔祓いの儀式に、重い心で、一種拗ねた怒りとともに私は取りかかった。ジムの声がにわかに厳しい抑揚を帯びて大きくなり、中庭を通ってこちらまで届き、誰か川岸にいる愚か者を叱責していた。何ひとつないんだ――と私は、小声ながらはっきり一言一言語った――絶対に何ひとつないんだ、君の幸福を何としてでも奪いとろうとしていると君が一人で思い込んでいるその未知の世界には、生者であれ死者であれ、いかなる声も、顔も、力も、何ひとつジムを君のかたわらから引き離せるものはないんだ。私が息を吸い込むと、彼女はそっと小声で『あの人もそう言いました』と囁いた。『それは真実だよ』私は言った。『何ひとつない』と彼女はため息とともに言って、それからさっと私の方に向き直り、かろうじて聞きとれる烈しさを込めて言った。『あなたはなぜ、そこから私たちの許へ来たのですか？　あの人はあなたのことを何度も何度も話します。話しすぎます。あなたは私を怖がらせます。あなたは――あなたはあの人が欲しいのですか？』。私たちのせかせかした囁きには、いまやひそかな荒々しさが入り込んでいた。『もう二度と来ないよ』私は吐き捨てるように言った。『そして私はジムが欲しくなんかない。誰一人ジムなんか欲しくないんだ』。『誰一人』彼女は疑わしげにくり返した。『そう、誰一人』私は請けあいながら、何か奇妙な興奮に揺すぶられていた。『君は彼のことを強くて、賢くて、勇気があって、偉大だと思っている――ならばなぜ、彼が誠実でもあると信じない？　私は明日出ていく。それで終わりだ。君はもう二度と、あっちからの声に悩まされはしない。君が知らないその世界は、あまりに大きくて彼がいないことを気に留めもしない。わかるかい？　あまりに大きいのさ。君は彼の心をしっかり捕らえている。それは君だって感じているだろう。知ってるだろう』。『ええ、知っています』彼女は吐く息とともに言った。彫像が囁いたような、硬く、静かな声だった。

私は何も成し遂げていない気がした。そして私は、何を成し遂げたかったのか？　いまとなってはよくわからない。そのときは、説明しようのない熱意に衝き動かされていたのだ。何やら壮大で不可欠な仕事を前にしたかのように、瞬間の勢いが私の精神と感情にはたらきかけていた。誰の人生にもそういう瞬間、そういうはたらきかけがあるものだ――それらはいわば外側から、抗いようもなく、理解しようもなくやって来る、まるで惑星同士の神秘なる合によってもたらされたかのように。私が本人に向かって言ったとおり、彼女はジムの心を我が物にしていた。彼女にはそれがあり、ほかのすべてがあった――そのことを信じられさえすれば。私が彼女に言うべきは、世界中どこにも、誰一人、彼の心を、精神を、愛を必要としている人間はいないということだった。それは決して珍しい運命ではない。けれど誰についてであれ、そう言ってしまうのは何とも酷に思えた。彼女は一言も言わずに聞いていて、その沈黙はいまや、無敵なる懐疑が突きつける異議に感じられた。森の向こうの世界など、君にとって何の意味がある？　そう私は問うた。その未知の広大な世界に住む無数の人たちから、と私は彼女に請けあった、彼の一生ずっと、ただひとつの呼び声も合図も彼に向けて発されはしない。絶対に。私はすっかり舞い上がっていた。絶対に！　絶対に！　自分が見せた執拗な烈しさに、いま思い出すと啞然としてしまう。やっと亡霊の首っ玉を捕まえたという錯覚が私を捉えていたのだ。実際、この現実の出来事全体が、夢に固有の、仔細にして驚きにあふれた手触りをいまも残している。なぜ君が恐れる必要がある？　君は彼が強く、誠実で、賢く、勇気あることを知っているじゃないか。それはすべて正しい。もちろん正しい。

そして彼はそれ以上だ。彼は偉大なんだ——無敵なんだ——そして世界は彼を欲しがっていない。世界は彼を忘れてしまった。彼が誰だかもわからないだろうよ。

私は言葉を切った。パトゥザンを包む静寂はおそろしく深かった。どこか川の真ん中でオールがカヌーの船体を打つ、弱々しい乾いた音が、静寂を無限にしているように思えた。『なぜ?』彼女は呟くように言った。烈しい取っ組みあいの最中に感じる類いの憤怒を私は感じた。亡霊が私の摑んだ手からすり抜けようとしていた。『なぜ?』彼女はもう一度、もっと大きな声で言った。『教えて下さい!』。私が面喰らったままでいると、彼女は甘やかされた子供みたいに脚を踏み鳴らした。『なぜ? 話して下さい』。『知りたいのか?』私はカッとなって言った。『はい!』彼女は叫んだ。『十分いい人間じゃないからさ』私は残酷に言った。一瞬の間が生じた中、向こう岸の焚火がパッと燃え上がるのが目に入った。驚愕に染まった凝視のように、炎はその光の輪を広げ、やがて一気に赤い一点に収縮した。と、彼女の指が私の前腕を摑むのを感じて、私は初めて、彼女がさっきからずっとすぐそばにいたことに気づいた。声を荒らげることなく、彼女はその声に、底なしの痛烈な軽蔑と、憎悪と、絶望とを投げ込んだ。

『あの人もそう言いました……嘘つき!』

最後の一言は、地元の方言で私めがけて叩きつけられた。『おしまいまで聞いてくれ!』私はすがるように言った。彼女は震える息を抑え、私の腕を放り投げた。『誰も、誰一人、十分いい人なんていないないんだよ』私はこの上ない真剣さで切り出した。彼女のすすり泣き混じりの荒い息が恐ろしいほど速まるのが聞こえた。私は頭を垂れた。いくら言ったところで、何になる？　足音が近づいてきた。私はそれ以上何も言わずに立ち去った……」

# 第三十四章

マーロウは両脚を投げ出し、さっと立ち上がって、あたかも空を飛んできた末にそこへ降ろされたかのように少しよろめいた。背中を手すりに寄りかからせて、乱雑に並んだ細長い籐椅子の列と向きあった。椅子に横たわった一連の肉体が、彼の動きに驚かされて麻痺状態から抜け出たように見えた。一人か二人が、ギョッとした様子で身を起こした。そこここで葉巻がいまだ光を発していた。マーロウは彼らみなを、夢の過剰な遠さから戻ってきた男の目で見た。咳払いが聞こえた。穏やかな声が、投げやりに「それで?」と促した。

「それだけさ」マーロウはいくぶんハッとしたように言った。「ジムが彼女に話した――それですべてさ。彼女はジムの話を信じなかった――それだけのことだ。私自身については、喜ぶのが、それとも悲しむのが公正で適切でまっとうな反応なのか、わからないね。自分が何を信じていたのかも言えない。実際、今日になってもわからないし、たぶんいつまでもわからないと思う。だがあいつ自身は何を信じていたのか？　真実は勝つ、と世に言う。真実ハ偉大ニシテ（マグナ・エスト・ウェリタース・エト）（ウルガタ聖書外典『エスドラス第一書』より）……そう、機会が訪れれば、かならず。きっとこの世には掟があるんだな。そして同じように、やはり掟が、骰子の目も統制している。人間の僕たる正義ではなく、偶然、運こそが、気長な『時』の同盟者たる運命の女神こそが、公平にして厳正な平衡を保っているのだ。私たちは二人ともまったく同じことを言った。二人とも真実を語ったのか――それとも一人だけか――それともどちらも違う？……」

　マーロウは言葉を切って、腕組みをして、口調を変えて言った。

「彼女は私たちを嘘つきと呼んだ。可哀想に。まあここは、急かしても無駄な『時』を盟友に持ち、待つことを知らぬ『死』を敵に持つ『偶然』に任せることにしよう。私はもう撤退していた――いくらか怖気づいて、と認めねばならない。恐怖そのものを相手に一勝負試みて、言うまでもなく、投げ飛ばされたのだ。結局私にできたのは、彼女の苦悩に、何か謎めいた共謀の気配、彼女をいつまでも蚊帳の外に置こうという不可解で理不尽な陰謀の気配をつけ加えただけだった。しかもそれが、ジム自身の行動、彼女自身の行動が元となって、あっさり、自然に、不可避的に生じたのだ！　何だかまるで、私たち自身がその犠牲者である――そして道具である――容赦ない運命のはたらきを見せつけられた思いだった。そこに立ち尽くしたまま置いてきた娘のことを考えるのはひどく辛かった。重たい編上げ靴を履いて私を見ずに通りかかったジムの足音には、宿命のような響きがあった。『どうした？　明かりもなしで！』。驚いた様子の大声だった。『二人とも、暗いところで何してるんだ？』。次の瞬間、彼女の姿が見えたのだと思う。『ハロー、ガール！』彼は陽気に叫んだ。『ハロー、ボーイ！』彼女は即座に、驚くべき気力を奮い起こして答えた。

これが二人のいつもの挨拶だった。彼女がやや高めの、だが心地よい声に少しばかり荒っぽさを盛り込むのは何とも剽軽で、可憐で、子供のように無邪気だった。ジムはそれがひどく気に入っていた。二人がこうして親しげに呼び交わすのを私が聞いたのもこれが最後だった。それが聞こえて、胸に寒気が飛び込んできた。高めの心地よい声、可憐な頑張り、荒っぽさ、それらはあまりに早く潰えてしまうように思え、おどけた呼び交わしもうめき声のように聞こえた。どうしようもなく痛ましかった。『君、マーロウをどうしたんだ？』ジムが訊いていた。それから『家に戻ったたって？　おかしいな、会わなかったぞ……』。『そこにいるんですか、マーロウさん？』とジムは言った。

私は答えなかった。家に入るつもりはなかった。少なくとも、いまはまだ。とてもじゃないが無理だった。ジムに呼ばれたとき、私は開墾したばかりの土地に通じる小さな木戸を抜けて逃げ出そうとしている最中だった。そう、まだいまは彼らと向きあえない。私はそそくさと、下を向いて、踏み均された道を歩いていった。地面はゆったり上り坂になっていて、何本かあった大木は伐り倒され、下生えも刈られて草は燃やされていた。

ジムはここでコーヒー栽培を試みる気でいた。昇ってくる月の澄んだ黄色い光の中、二つの頂が黒々とそびえている山は、その実験のために用意された地面に影を投げているように見えた。ジムは実に多くの実験を行なう気でいた。彼の精力、進取の気性、抜け目なさに私は感嘆していた。それがいまは、彼の計画、精力、熱意ほど現実味のないものもないように思えた。目を上げると、月の一部分が、森林を貫いて、深淵の底を照らしているのが見えた。一瞬、その滑らかな円盤が、空の定位置から地上に墜ちて、絶壁の底に転がったかのように見えた。それが空を昇ってゆく動きは、悠長なリバウンドのようだった。小枝の絡まりから身をほどいて、月は空へ戻ってゆく。斜面に立った一本の木の、葉の落ちた、ねじ曲がった大枝が、その顔面に黒い裂け目を作った。あたかも洞窟から発するかのように、月は水平の光を遠くまで投げた。その哀しげな、月蝕のような光を浴びて、伐られた木々の切り株は黒々と浮かび上がり、重たい影が私の足下で四方に落ちた。そこには私自身の動く影もあれば、小道の向こうには、つねに欠かさず花輪が飾られたたったひとつの墓の影もあった。暗い月の光の中、より合わされた花たちは、記憶とは無縁の形を帯び、目には定義不能な色をまとっていた。それらはまるで、人間によって摘まれたのではない、この世界に生(な)ったのではない特別な花であって、死者のみに供される任を担っているように見えた。その強い香りが暖かい空気に立ちこめて、香が焚かれたように空気を濃く、重くしていた。白い珊瑚の塊が、暗い盛土(もりつち)の周りで、漂白した頭蓋骨で作った数珠(じゅず)のように輝いていた。あたりの何もかもがこの上なく静かだった。私が立ちどまると、世界中のすべての音、すべての動きが終わりを迎えるように思えた。

それは大いなる、あたかも地球全体がひとつの墓となったかのような静けさだった。少しのあいだ私はそこに立って、人里離れた地に埋もれて暮らしている人々を想った。人類の知とは縁なく生きていても、彼らもやはり、人としての悲劇的な、もしくは奇怪千万な苦しみを共有する宿命にある。もしかすると——誰にわかろう？——人としての気高い苦闘もやはり共有するのかもしれない。人間の心は世界全体を含みうるほど大きい。その重荷を負うのは十分立派だが、重荷を投げ捨てる勇気はいずこにあるのか？

きっと私は感傷的な気分に陥っていたにちがいない。わかっているのは、そこに長いこと立っていて、底なしの孤独感に囚われたせいで、ついいままで見ていたもの、聞いていたこと、そして人間の言葉そのものまでがもはや存在しなくなって、それらがもう、私の記憶の中であと少し生きるのみになったように思えたことだけだ。まるで自分が、人類最後の一人となった気がした。それは奇妙な、憂鬱な、なかば無意識に（妄想というものはみなそうだが）作り上げられた妄想だった。そもそも妄想とは、はるか遠い、届かない真実の、朧（おぼろ）に垣間見られた幻影にすぎないのではないか。実際ここは、地球上でも有数の失われた、忘れられた、知られざる場なのであり、私はその薄暗い表面の下を見たのだ。明日、私がこれを最後と立ち去ったなら、この地は存在することをやめて、私の記憶の中でのみ、やがて私自身も世を去るまで生きる。そういう気持ちは、いまも私の胸に残っている。きっとそういう気持ちがあるからこそ、君たちにこの物語を語る気に、いわば君たちに物語の存在そのものを、その生々しさを――妄想の瞬間にあらわにされた真実を――引き渡す気になったのだと思う。

そこへコーネリアスが割り込んできた。害虫のようにこそこそと、窪地に生えた背の高い草の中から飛び出してきた。彼の家はどこかそのへんで腐りかけていたのだと思うが、そっちの方向にはあまり行っていないので見たことはない。奴は小道を私の方に駆けてきた。汚い白い靴を履いた足が暗い地面の上で光った。奴は私の前まで来て立ちどまり、高いシルクハットをかぶった顔をこっちに向けて、泣き言を言ったりぺこぺこお辞儀したりしはじめた。ひからびた小柄な体は黒い綿ブロードのスーツにすっかり呑み込まれ、少しも見えなくなっていた。これは彼のよそ行きの衣裳だ。それを見て、今日はパトゥザンへ来て四度目の日曜日であることに私は思いあたった。滞在中私はずっと、二人きりになる機があったらこいつは私に何か内緒話をしたいのだろうなと漠然と勘づいてはいた。不快な黄色い小さな顔に、しきりに何かを切望しているような表情がいつも浮かんでいたが、何しろこの男はおそろしく臆病でもあり、私としてもこんな嫌な感じの男とは関わりたくないと本能的に思ってしまうものだから、いままでのところは寄ってこられずに済んでいた。それでも、あんなふうに、こっちが目を向けたとたんこそこそ逃げてしまう癖さえなければ、奴の望みは叶っていたと思う。ジムの厳しい視線を前にしてはこそこそ逃げ、私の視線を前にしても逃げ――私としては無関心な目つきとなるよう努めていたが――さらにはタム・イタームの不機嫌そうな尊大な眼差しからもやはりこそこそ逃げる。とにかくいつもこそこその場を去っていて、いつ見ても進路の定まらぬ様子で離れていく最中であり、顔だけうしろを向いていて、疑り深げに歯を剝いているか、悲しげで情けない様子で口をつぐんでいるかのどちらかなのだ。だが、どんな表情を装っても、その本性にある不治の卑屈さは隠しようもなかった。いくら服を工夫したところで、体の著しい奇形は隠しようもないのと同じことだ。

一時間も経っていないついさっき、恐怖という亡霊と向きあって完璧に敗れて意気沮喪していたからか、コーネリアスに捕まりそうになっても、私は抵抗のそぶりさえ示さなかった。どうやら私は、さまざまな打ちあけ話を聞かされ、答えようのない問いを突きつけられる運命にあるらしい。たしかに辛くはあった。だが、この男の見かけが誘発する軽蔑、理とは無関係な軽蔑が、耐えることをある程度楽にしてくれた。この男はおよそ問題にはなりえないのだ。何ひとつ問題ではないのだ、なぜなら私にとってただ一人問題であるジムが、ついに己の運命の主人となったと私は判断したのだから。自分は満足していると――ほとんど満足していると――彼は言ったのだ。たいていの人間はそこまで踏み出す勇気はない。自分のことを『十分いい人間』と考える権利のある私にも、そこまで踏み出す勇気はない。君たちもみんなそうだろう？……」

答えを待つかのように、マーロウは言葉を切った。誰も喋らなかった。

「結構」マーロウはふたたび話し出した。「誰にも知られずにいるがいい。真実というものは、私たちの中から、何か残酷な、一見些細な、恐ろしい破局によってのみ絞り出されるのだから。だがジムは私たちの一人なのであり、彼は言うことができたのだ、自分は満足していると……ほとんど満足していると。考えてもみたまえ！　ほとんど満足している。彼の破滅が羨ましくすら思えてくるじゃないか。ほとんど満足している。これを聞いたあとではもう、何ひとつ問題ではなかった。誰が彼を疑おうが、信頼しようが、愛そうが、憎もうが問題ではなかった。とりわけ、彼を憎んだのはコーネリアスだけでしかなかったから。

とはいえ、憎むこともやはり、一種相手の存在を認める営みではある。人は友に拠(よ)ってと同じく敵に拠って測られる。このジムの敵にしても、まっとうな人間であればみな敵として認めるにやぶさかでない、だがさほど重視する必要も感じない人物だった。ジムもそういう見方を採ったし、私も同じだった。といっても、ジムがコーネリアスを無視したのは、コーネリアスがどうこうというのではなく、もっと一般的な理由によるものだった。『ねえ、マーロウさん』ジムは言った。『自分がまっすぐ進んでいさえすれば、何ものも僕に触れられない気がするんです。本当にそう思うんですよ。あなたもここにしばらくいたから、観察の機会は十分ありましたよね。率直な話、僕の身はかなり安全だと思いませんか？　すべては僕次第なんだし、いやはや！　自信ならいまの僕にはたっぷりありますからね。あいつにできるのはせいぜい、僕を殺すことくらいでしょう。でもあいつがそうするとはとうてい思えませんせん。できやしませんよ。たとえ、わざわざそのために弾の入ったライフルをこっちから渡して、あいつに背を向けてやったとしても。あいつはそういう類いの人間なんです。それにもし、その気になったとしたら——できるとしたら？　それで、何だというんです？　僕は命が惜しくてここへ逃げてきたんじゃありません。そうでしょう？　自分を追い込むため、ぎりぎりまで追いつめるためにここへ来たのであって、ここを出る気はないんです……』

『完全に満足するまでは』私は口をはさんだ。

私たちはそのとき、ジムのカヌーの船尾の屋根の下にいた。二十本のパドルが、片側に十本ずつ、いっせいに水からパッと上がり、ひとつの跳ね音とともにいっせいに水を打った。私たちの背後ではタム・イタームが黙って左右にパドルを浸しながら、川下をじっと見つめて、細長いカヌーが水流を一番強く受けるよう気を配っていた。ジムは頭を垂れ、私たちの最後の会話もこれで火が消えるかと思われた。ジムは私を河口まで送ってくれる最中だった。スクーナー船は前日すでに発って、引き潮に乗って川を下っていたが、私は一晩滞在を延ばしたのだった。そしていま、ジムは私を見送ろうとしている。

コーネリアスのことを私がそもそも話題にしたせいで、ジムはいくらか気分を害していた。実のところ、それほど大したことを言ったわけではない。危険となるにはあまりに取るに足らぬ男なのだ。もっとも、憎しみだけは体一杯にみなぎらせている。私と二人で話したときも、二つのセンテンスに一度は私のことを『旦那様（オナラブル・サー）』と呼び、彼の

『亡き妻』の墓からジムの屋敷の地所まで私にぴったりくっついて歩きながら泣き言を並べた。自分のことを誰より不幸な男、虫けらのように潰された犠牲者だと言い立て、どうか私めをご覧下さい、と嘆願した。私は首を回しもしなかったが、目の端から見るだけで、彼の媚(こ)びへつらう影が私の影を追ってするする滑るのが見えた。その間、月は私たちの右手にぶら下がり、この情景を嬉々(きき)として安らかに眺めているように見えた。すでに君たちに語ったとおり、あの記憶すべき夜の出来事に自分がどう加担したかの釈明にコーネリアスは努めた。便宜上ああするしかなかったのです、と彼は言った。誰が優位に立つことになるか、どうして私めにわかりましょう？　『あの男を救う気はあったのです、旦那様(オナラブル・サー)！　八十ドルで救うつもりだったのです』と甘ったるい調子で、私に遅れぬようせかせか歩きながら彼は弁明した。『ジムは自分で自分を救ったんだ』私は言った。『そして彼は、君を許した』。くっくっとあざけるような声が聞こえたので、私はさっと向き直った。コーネリアスはたちまち、いまにも逃げ出しそうな姿勢を取った。『何を笑ってるんだ？』私は立ちどまって訊いた。『だまされてはなりません、旦那様！』彼は金切り声を上げた。感情の抑えがすっかり利かなくなった様子だった。『あいつが自分を救うですと！　あんな男は何も知りやしません、旦那様――まるっきりなんにも。どこの馬の骨です？　ここで何が望みなんです、あの大泥棒は？　ここで何が望みなんです？　あいつはみんなの目を眩ませています。あなた様の目も眩ませているのです、旦那様。でも私の目は眩ませられません。あの男は大馬鹿です、旦那様』。私は蔑みの笑い声を上げて、くるっと踵を返してふたたび歩き出した。彼はそばに駆け寄ってきて、押し殺した声で囁いた。『ここではあんな男、ほんの子供のようなものです。ほんの子供、ただの子供です』。もちろん私は少しも耳を貸さなかった。もう時間がないのを見てとって――私たちはもう、開墾地の黒く焦げた地面に光を投げている竹の柵のそばまで来ていた――彼は本題に入った。まずはじめに、卑屈に涙もろくなってみせる。大いなる不運に見舞われて私めは頭がどうかしてしまったのです。心痛ゆえに口にしてしまったことを、どうかお忘れ下さいますよう。全然本気ではなかったのです。ただ旦那様は、破滅に追い込まれる、屈服を強いられる、踏みにじられるというのがどういうことなのかご存じないのです。この導入部を経て、核心に近づいていったが、それがまた回りくどい、唐突な、おどおどした言い方なものだから、私には長いこと何の話だかさっぱりわからなかった。要するに、ジムとのあいだに入って便宜を図ってほしいらしい。金銭も何らかの形で関係あるようだった。何度も何度も、『適度の支給――相応の贈与』といった言葉を聞かされた。どうやら何かの代価を要求しているらしく、かなりの熱を込めて、何もかも奪われてしまうのでは人生生きるに値しません、とまで述べ立てている。むろん私は一言も喋らなかったが、その反面、耳を塞ぎもしなかった。徐々に明らかになっていった要点は、つまりこういうことだった。娘と引換えにそれなりの金を得る権利が自分にはある、とコーネリアスは考えていたのだ。私めはあの娘を育てたのです。他人の子供をです。手間もかかるし苦労もさせられました――私めももう老人で

――相応の贈与を。旦那様が一言お口添えして下されば……。私はそこにじっと立って、興味津々彼を眺めていた。法外な要求をしていると思われぬようにか、彼は急いで譲歩を申し出た。すなわち、『相応の贈与』をただちに頂戴できるなら、あの方が帰国なさる折には娘の世話を『ほかにいかなる支給も受けることなく』お引き受けすると約束します、というのだ。ぎゅっと潰されたみたいに皺くちゃの小さな黄色い顔が、この上なく不安げで、熱のこもった貪欲を表わしていた。懐柔（かいじゅう）しようとする情けない声が上がった。『もうこれ以上厄介事は――血縁後見人――一定の金額……』

　私はそこに立って、愕然としていた。この手のやり取りは、彼にとって明らかにひとつの天職なのだ。縮こまっているその態度の中に、私は突如、一種の確信を見てとった。この男はこの男なりに、生涯ずっと確かなものを取引してきたのだろうか。提案を私が冷静に検討しているものと思ったのだろう、蜂蜜のように甘ったるい態度になってきた。『殿方はみな、帰国なさる折にはそれなりの支給をなさったものです』と回りくどく切り出した。私は小さな木戸を乱暴に閉めた。『今回は、ミスタ・コーネリアス』私は言った。『「帰国の折」は永久に訪れませんよ』。彼は何秒かかけて、この一言の意味を呑み込んだ。『何と！』声がキーキー声に高まっていった。『じゃああんた』私は木戸のこっち側からなおも言った。『彼が自分でそう言うのを聞いてないのか？　帰国する気はないんだよ、あいつは』。『ああ！　もういい加減にしてほしい』コーネリアスは叫んだ。もはや私のことを『旦那様』と呼びもしなかった。少しのあいだじっと動かなかったが、やがて、謙虚さのかけらも見せずに、ひどく低い声で喋りはじめた。『帰国する気がない――ふん！　あんな――あんな――どこの馬の骨かもわからん奴が――何のためか知らんがここへやって来て――私を死ぬまで踏みつけにするなんて――踏みつけるなんて』（両足で軽く地団駄を踏んだ）、『こんなふうに踏みにじるなんて――何のためだか――私が死ぬまで……』。声が細ってすっかり消えた。小さな咳が邪魔に入った。柵のすぐそばまで寄ってきて、秘密めかした、哀れな口調に声を落として、私めは絶対踏みにじられたりいたしませんと言い放った。『見ていてご覧なさい――見ていてご覧なさい』胸を叩きながらそう呟いた。私はもう彼を笑うのは終わりにしていたが、驚いたことに今度は彼の方が、烈しい、しゃがれた馬鹿笑いを浴びせてきた。『ハッハッハ！　いまに見ていろ！　いまに見ていろ！　何だと？　私から盗む？　私から何もかも盗む。何もかも！　すべて！』。頭が一方の肩に垂れ、軽く握られた両手が体の前にだらんと下がった。まるっきり、誰よりも娘を深く愛していて、この上なく残酷な略奪によって心を痛めつけられ悲嘆に暮れているような有様だ。だが突然、首をもたげて、忌まわしい言葉を口にした。『母親と同じだ――大嘘つきの母親と同じだ。そっくりだとも。顔だってそうだ。顔だってそうだ。悪魔だ！』。額を柵に寄りかからせて、その姿勢のままポルトガル語で、脅（おど）し文句やおぞましい冒瀆の言葉をひどく弱々しく吐き出し、それにみじめったらしい不平やうめき声も混じって、何か激しい発作に襲われたかのように肩がひくひく持ち上がった。言いようもなく奇怪で醜悪なふるまいだった。私は急いでその場を去った。立ち去る私の背中に彼は何か叫ぼうとした。おおかた何かジムの悪口だろう。けれどそれを大声で言う度胸はなかった。そうするには家から近すぎたのだ。はっきり聞きとれたのは、『ほんの子供のようなものです——ほんの子供』だけだった」

# 第三十五章

「だが翌朝、川の最初の曲がり目を越え、パトゥザンの家並が見えなくなるとともに、こうしたすべてが私の視界から丸ごと消え去った――その色も、構図も、意味も、想像力によってカンバス上に作った絵画を長いことじっくり眺めた末に、これを最後と背を向けて立ち去ったかのように。絵は記憶の中で不動のまま、色褪せもせず、生の営みも静止させられたまま、変わらぬ光の中に留まっている。野望があり、不安があり、憎しみがあり、希望がある。私の心の中で、それらは見たときと同じ烈しさを保ったまま、あたかも永遠に宙吊りにされたかのように残っている。私はすでにその場から目を離し、出来事が動き人間が変化し光がちらつき生の営みが澄んだ小川を（川底は泥であれ石であれ）流れる世界に戻っていこうとしている。私はその小川に潜る気はない。頭を水面の上に保つだけで精一杯だろう。けれども、あとに残していく者たちに関しては、いっさい何の変更も思い描けない。巨体で寛大なドラミンと、母親的な魔女のごとき小柄な妻は、一緒にじっと土地に目をやり、親としての野心をひそかに育んでいる。トゥンク・アラングは萎(しな)びた姿でひどくうろたえている。賢明にして勇敢なダイン・ワリスはジムを信頼し、揺るぎない眼差しと皮肉っぽい人なつっこさを見せている。娘は恐怖と疑念に彩られた愛慕の念に浸っている。タム・イタームは無愛想で献身的。コーネリアスは月光の下、柵に額を寄りかからせている。彼らについては私としても確信があるのだ。みんなあたかも、妖術使いが頭上で杖をかざしているかのように静止している。ところが、これらみなが集まっているその中心にいる者、その一人だけは生きていて、彼については確信が持てない。いかなる魔法使いの杖も、私の視線の下で彼を不動にできはしない。彼は私たちの一人だ。

すでに言ったとおり、ジムは私を見送って、彼が放棄した世界に私が戻る旅の最初の部分に同行してくれた。道行きは時に、前人未踏の原生地域の奥の奥を通っていくように思えた。何もない広がりが、高い太陽の下で煌めいた。高い草木の壁と壁のあいだで、暑さが水の上でまどろみ、船は勢いよく押されて、そびえる木々の下に護られて濃密かつ暖かに居座ったように思える空気を切り進んでいった。

迫りくる別離の影が、私たち二人のあいだにすでに広大な空間を据えていて、話すにもいちいち気を入れる必要があった。とてつもなく大きな、ますます増しつつある距離をはさんで、低い声を懸命に押し出しているような按配だった。ボートは飛ぶように進んだ。澱んだ、おそろしく熱くなった空気の中で、私たちは並んで暑さにうだっていた。泥の臭(にお)い、沼の臭い、肥沃な大地の太古の臭いが私たちの顔を刺す気がした。やがて突然、曲がり目まで来ると、あたかも遠くの大きな手が重いカーテンを持ち上げたかのように、巨大な門のごとき空間が現われた。光そのものが動くように思え、頭上の空が広がり、遠いさざめきが私たちの耳に届いた。みずみずしさが私たちを包んで、肺を満たし、思考を、血を、悔やむ思いを息づかせた。そして、まっすぐ前で、海の紺青(こんじょう)色の尾根を背に、森が沈んでいった。

　私は深く息を吸い込んで、開けた水平線の巨大さに酔いしれた。生の労苦を負い、無欠なる世界の活力を負ってうち震えているように思える、いままでとは違った大気に酔いしれた。この空、この海が私に開かれている。娘の言うとおりだった。ここには合図が、呼び声があるのだ、私が全身で反応する何かが。束縛から解かれた男が、窮屈だった手足を伸ばして、走り、跳び、自由の悦(よろこ)ばしい高揚に応えるように、私は自分の目を空間にさまよわせた。『すごい！』と私は叫び、それから、隣にいる罪人に目をやった。ジムはうなだれて、頭を胸に沈め、目も上げずに『そうですね』と言った。あたかも、沖の澄んだ空に、彼のロマンチックな良心に対する非難が大きく書かれていることを恐れているかのように。

　その午後の、どんな小さな細部も私は忘れていない。私たちは小さな白い浜辺に揚がった。背後には低い崖があって、てっぺんに木が茂り、そこからはずっと一番下まで蔓(つる)

に覆われていた。眼下には澄んだ濃い青色の海が平原のように広がり、それがわずかに上向きに傾いて、私たちの目の高さに糸のように引かれた水平線まで延びていた。ぎらぎら光る大波が、黒っぽいあばたの表面に沿って、そよ風に吹き飛ばされる羽根のように軽やかに進んでいった。切れぎれに並ぶ島々が広い河口と物々しく向きあって、岸の輪郭を忠実に映し出す、ガラスのように青白い水の上に浮かんでいた。空高く、色のない陽光の中に、真っ黒な鳥がぽつんと一羽、翼をわずかに揺らして、同じ場所で下降と上昇をくり返していた。薄っぺらい筵で作ったあばら屋が集まってみすぼらしい煤けた塊となり、黒檀(こくたん)の色をした不揃いな高い杭に載って、自らの反転した鏡像の上に浮かんでいる。ちっぽけな黒いカヌーが一隻、それらの小屋のあいだから出てきて、真っ黒でちっぽけな男が二人、青白い水を叩きつけ、並々ならぬ熱心さで漕いでいた。カヌーは鏡の上を難儀そうに滑っているように見えた。このみじめなあばら屋の集まりが、白人の閣下の格別の庇護(ひご)を誇る漁村であり、こっちへやって来る二人の男は、老いた族長とその義理の息子だった。彼らは陸に揚がってきて、白い砂の上を私たちの方に歩いてきた。二人とも痩せていて、肌は煙でいぶしたみたいな焦げ茶色で、裸の肩と胸のところどころに灰色のしみがあった。頭には汚れた、だが丹念に畳んだ布を巻いていた。老人は即座にべらべら不平を述べ立てはじめた。ひょろ長い腕をまっすぐ伸ばして、老いて潤んだ目を臆面もなくジムの顔にくっつけてくる。聞けばラージャの手下たちが、彼らにちょっかいを出してくるという。ここの島々で民が集めた大量の亀の卵をめぐって、何やら揉め事があったらしい。まっすぐ伸ばした腕で老人はパドルに寄りかかり、茶色い痩せた手を海の向こうに向けた。ジムはしばらく顔も上げずに聞いていたが、やがて穏やかな声で、待っていなさいと相手に言った。じきに話はじっくり聞くから、と。二人は大人しく、少し離れた場所まで引き下がって、パドルを目の前の砂に横たえてしゃがみ込んだ。彼らの目の銀色の煌めきが私たちの動きを辛抱強く追った。そして、広がる海の巨大さ、岸辺の静かさが、私の視界の果てを越えて北へ南へ延びてゆき、ひとつの途方もなく大きな存在となって、キラキラ光る砂浜に孤立した四人の侏儒(こびと)を見守った。『困ったことに』ジムは憂鬱そうに言った。『何世代にもわたって、あの村の漁民連中はラージャの私有奴隷だと見られてきていて――ラージャの奴、いまだにどうしても……』

ジムは言葉に詰まった。『君がすべてを変えたことが呑み込めないんだね』私は言った。

『そう、僕はすべてを変えたんです』ジムは陰気な声で呟いた。

『君にはしっかり「機会」が訪れたわけだ』私はなおも言った。

『そうですかね?』ジムは言った。『ええ、はい。そうなんでしょうね。はい。自分に対する自信は取り戻したし――人望も――でもときどきつい思ってしまうんですが……いやいや! いまあるものを大事にします。これ以上は望めません』。そう言って片腕を海に向けて投げ出した。『少なくとも、あっちの方では』。片足で砂を踏み鳴らした。

『ここが僕にとっての果てです。これ以下では意味ありませんから』

私たちは浜辺を歩きつづけた。『そう、僕はすべてを変えたんだ』彼はさらに言い、辛抱強くしゃがみ込んでいる二人の漁師を横目で見た。『だけど考えてもみて下さい、もし僕がいなくなったらどうなるか。いやはや！　わかりませんか。大混乱です。駄目です！　明日はまたあの愚かしいトゥンク・アラング爺さんのところへ行って、例のコーヒーを命がけで飲みます。忌々しい亀の卵のこと、さんざんごねてやりますよ。そう、もう十分だ、なんて言っちゃいけないんです。絶対に。休まずずんずん進んでいって、自分の務めを一つひとつ果たして、何ものも僕に触れられないってことをいつも確かめてなくちゃいけないんです。彼らが僕の力を信じてくれる気持ちを一時も手放さずに、これで大丈夫だと安心して、そして――そして』……ジムは言葉を求めてあたりを見回し、海の上にそれを探しているような目付きになった……『繋がりを保ちつづけるんです……』声がいきなり囁きに落ちた……『もう二度と会えないかもしれない人たちとの繋がりを。たとえば――たとえばあなたとの』

その言葉に、私はほとんど畏れ多いような気持ちにさせられた。『おいおい、私なんかを持ち上げるのはよせ』私は言った。『君は自分のことだけ考えたまえ』。感謝の念を、愛情を私は感じた。このはぐれ者は、私一人を選び出し、有象無象の人々の中に私だけの場を設けてくれたのだ。思えば、自慢するほどのことでもなかったが！　私は熱く火照った顔をそむけた。水平線近く、黒っぽい紅に染まった太陽は、暖炉からひっ摑んだ燃えさしのようにいまだ光を発し、茫洋と広がる海は、近づいてくるその火の玉に、己のありったけの静謐さを差し出している。ジムは二度口を開こうとして、二度とも思いとどまり、それからやっと、言い方が見つかったかのように――

『僕は信頼に応えます』彼は静かに言った。『信頼に応えます』ともう一度、私を見ずに言い、そこで初めて、目を水の上にさまよわせた。日没の炎の下、海の青さは陰気な紫に変わっていた。ああ！　ジムは本当に、本当にロマンチストなのだ。スタインの言葉が切れぎれに思い出された……。『破壊的なものに身を任せることです！……夢を追って、また夢を追って――そうして――永遠に――最後の最後まで……』ロマンチストだが、それでもなお、誠の心も持っている。西の空の輝きの中、彼にはいかなる形が、幻が、顔が、許しが見えていたのか！……小さなボートがスクーナー船から離れて、二本のオールを規則正しく動かしながらゆっくりやって来た。この砂浜まで来て、私を連れていくのだ。『それに、ジュエルもいます』とジムは、地と空と海の大いなる沈黙を破って言った。その沈黙にすっかり思いを奪われていたものだから、私はジムの声にハッと驚いてしまった。『ジュエルがいます』。『そうだね』私は呟いた。『僕にとって彼女がどれだけ大事か、いまさらお話しする必要はありませんよね』彼はなおも言った。『あなたもご覧になりましたよね。いつかは彼女もわかってくれるはずです……』『だといいね』私は彼の言葉を遮った。『彼女も僕を信頼してくれているし』彼は独り言のように言い、それから口調を変えた。『次はいつお会いできますかね？』

『二度と会わないさ――君が出てこない限り』私は彼の視線を避けながら言った。彼は驚いた様子もなかった。しばらくのあいだ、ひどく静かにしていた。

『では、お別れです』少し間を置いてから彼は言った。『たぶんその方がいいんでしょうね』

私たちは握手を交わし、私は舳先を岸辺に上げて待っているボートに向かって歩いていった。スクーナー船は主帆も上げ、ジブ帆脚網を風上に張り、紫の海の上を優雅に跳ねていた。帆はどれも淡く薔薇色に染まっていた。『じき本国に戻られるんですか？』とジムは、ちょうど私が舷縁をまたいでボートに乗り込むと同時に訊いた。『一年かそこらで戻る、生きていられたら』と私は言った。船首竜骨が砂の上でぎいっと鳴って、ボートは水に浮かび、濡れたオールが一度、二度、パッと水から出てまた沈んだ。水際にいたジムが声を張り上げた。『伝えて下さい……』と彼は言いかけた。漕ぐのをやめるよう私は男たちに身ぶりで合図して、息を呑んで待った。誰に伝えるというのだ？沈みかけた太陽が彼の正面にあった。私を呆然と見ている彼の目に、その赤い煌めきが見てとれた……。『いや――何でもありません』と彼は言って、ボートを追い払うように片手を軽く振った。私はスクーナー船に這い上がるまで浜に目を戻さなかった。

陽はもう沈んでいた。黄昏の光が東の空に広がり、いまや黒色に変わった海岸はその厳めしい壁を果てしなく延ばしてゆき、それが夜の砦そのもののように見えた。西の水平線あたりは金色と紅色の大いなる炎だった。その中に大きな雲がひとつぽつんと、黒々と浮かび、下の水に板のような動かぬ影を投げていた。ジムが浜辺に立って、スクーナーが風下に回って速度を増してゆくのを眺めているのが見えた。

私が去ったとたん、半裸の漁師二人が立ち上がるのが私にも見えていた。きっといまごろは、彼らのちっぽけでみじめったらしい虐げられた暮らしをめぐる不平不満を白人の閣下の耳に注ぎ込んでいるのだろう。そしてジムはきっと、それに耳を澄まし、己のものとして取り込んでいることだろう。なぜならそれも彼の運の一環ではないか？『一からすべて幸運』の一環、自分にはそれに完璧に応える力があるのだと私に請けあった運の一環ではないか？　そして彼らもやはり幸運だったと言うべきだろうし、彼らの執拗さにもまたその幸運に応える力があるにちがいない。二人の肌の黒い体が暗い背景に消えても、私にはまだ長いあいだ、彼らの保護者の姿が見えていた。彼は頭から爪先まで白く、夜の砦を背に執拗に可視であり続けた。海は彼の足下にあり、『機会』は彼のかたわらにあった——いまだベールをまとったまま。君たち、どう思う？　それはまだベールをまとっていただろうか？　私にはわからない。私にとって、岸と海の静けさに包まれたその白い姿は、一個の巨大な謎の核心に立っているように見えた。黄昏の光は頭上の空で見るみる衰えつつあり、砂の帯もすでに彼の足下に沈んで、彼自身も子供のように小さく見えて——やがては単なる点、白いちっぽけな点と化し、その点が、暗くなった世界に残された光すべてを集めているように思えた……そして、突然、私は彼を見失った……」

# 第三十六章

この言葉とともにマーロウは語りを終え、その超然とした、物思いに沈んだ眼差しの下、聴衆もただちに解散した。男たちは二人一組で、または一人で、時を移さず、何の感想も口にせずベランダから漂い出ていった。あたかも、その未完結の物語の最後のイメージが、物語の未完結性それ自体が、そして語り手の口調そのものが、議論を空しいものにし論評を不可能にしたかのようだった。一人ひとりが自分自身の印象を、何かの秘密のごとくひそかに持ち帰っていくように思えた。だが、これら聞き手の中で、物語の結末を聞くことになった男は一人だけだった。その結末は、二年以上経ってから、本国に戻っていた男の許に届いた。マーロウの直立した、角張った筆跡で宛先の書かれた、分厚い小包で送られてきたのである。

特権を与えられた男は包みを開け、中を見て、それから、包みを置いて、窓辺に行った。男の部屋は高い建物の最上階にあって、彼の目は透明なガラス窓のはるか向こうを、ほとんど灯台の灯火室から見るように見渡すことができた。坂になった屋根が黒光りし、その暗い途切れとぎれの頂部が、波頭(なみがしら)のない厳めしい波のように果てしなく連なっていた。眼下の町の底からは、混乱した、止むことのない呟きが漂ってきた。あちこちに散在した教会の尖塔(せんとう)が、水路なき無数の浅瀬が作る迷路を示して点在する標識(ビーコン)のように空に突き出ていた。降りしきる雨が、冬の夕方の深まりゆく薄闇と混じりあう。どこかの塔の大時計がボーンと鳴って、堂々と厳粛に音を響かせてゆく中、その響きの核には甲高い、細かく振動する叫びが隠れていた。男は分厚いカーテンを閉めた。

シェードのついた読書ランプの光は風雨から守られた池のようにまどろみ、絨毯(じゅうたん)の上を歩く男の歩みは何の音も立てなかった。男の流浪(るろう)の日々はもう終わっていた。希望のように果てのない水平線ももうおしまい、寺院のように厳かな森の中の黄昏ももうおしまい。永遠に発見されざる地を求めて山を越え、川を渡り、波の彼方へ、灼(や)けるような暑さの中で探求を続ける日々はもう終わりだ。もう時計が時を打っている！　もう終わりだ！　終わり！――だが開けられた小包は、過去の音、幻、そして香りまでも呼び戻した。徐々に薄らぐ無数の顔、いくつもの低い声から成る喧騒、それらが、何ものも慰めはしない熱情的な日光の下、遠い海の岸辺で消えてゆく。男はため息をつき、読みはじめようと腰を下ろした。

まず、三つ別々の封入物が目に入った。相当な枚数の、びっしり書き込まれた紙がピンで留めてある束。見たこともない筆跡で二言三言殴り書きされた、一枚だけの灰色がかった紙。そしてマーロウからの説明の手紙。その手紙の中からさらにもう一通、時が経って黄ばんだ、折り目のところがすり切れた手紙が落ちた。男はそれを拾い上げ、脇に置いて、マーロウのメッセージに目を向け、出だしの数行にざっと目を走らせたが、やがて思い直して、かすかに垣間見えた未発見の地にゆっくりした足どりと油断怠らぬ目で近づいてゆく人間の慎重さで読み進めた。

「……君は忘れていないと思う」と手紙は続いていた。「これまで君だけが、彼の物語が語り終えられたあとも興味を失わなかった。もっとも、彼が己の運命の主人となったという見方に君が同意しなかったこともよく覚えている。君は彼の将来を思い描いて、何もかもに疲れたみじめな事態を予想し、手に入れた名誉やら自ら引き受けた任務やら同情と若さから発した愛やらにうんざりするようになった状況を予言した。『その手のこと』を俺はよく知っているんだ、そういう錯覚のもたらす満足や避けようのない欺瞞のことは、と君は言った。そしてまた君は、私の記憶するところ、『彼らのために自分の人生を献げる』（彼らとは肌が茶、黄、黒であるすべての人類のことだった）のは『魂を獣に売るようなものだ』とも言った。『その手のこと』が自らにとって耐えうる、かつ時の経過にも耐えるものになるのは、その営みが、人種的にも我々自身のものである理念への——秩序を築き、倫理的進歩の精神を築く土台となる理念への——確信に基づいているときのみだと君は言った。『そういうものの力が俺たちの背後には必要なんだ。そういうものの必然に対する、その正義に対する信念が、自分の人生をしっかり意識的に犠牲に献げるためには必要なんだ。それがなければ、犠牲は単なる忘れっぽさにすぎない。何を献げようと、地獄行きの道でしかない』。言い換えるなら、我々は団結して戦わねばならない、さもなければ我々の人生に意味はない、そう君は主張したわけだ。そうかもしれない！　ほかならぬ君が言うのだから——これは何の悪意もなく言っている——一度ならず未開の地に素手で入っていって、翼を焦がすこともなく見事出てきた君が。だが問題は、ジムがすべての人類の中で自分自身としか関わりあいを持たなかったことであって、問うべきは、結局彼は最後に、秩序と進歩の法則よりもっと強い信条を表明したのではなかったかという点なのだ。

　私は何も主張しない。これを読み終わったあとにどう審判を下すかは君の自由だ。『雲のかかった（アンダー・ア・クラウド）』という月並な表現にも、結局のところ大いに一理ある。彼をはっきり見ることは不可能なのだ。特に、私たちが見る彼の最後の姿は、他人の目を通したものでしかないのだから。彼がよく使っていた言い方を借りるなら、彼の許に『やって来た』最後のエピソードについて私が知っていることは、迷わずすべて君に伝える。これがひょっとしたら例の至高の『機会』なのだろうか。最後の十分なる試練なのだろうか。無欠なる世界に対してメッセージを送り出せるようになるにはまずこういう試練が要る、そう彼はいつも思って待っているように私には見えたものだ。君も覚えているだろうが、最後に別れたときに彼は、じき本国へ戻るのですかと私に訊き、それからいきなり、去りかけた私に『伝えて下さい！』と叫んだ……私は待ったが――好奇心があったことは認めるし、希望もあった――結局彼は『いや――何でもありません』と叫んだだけだった。そのときはそれですべてだったし、今後もそれ以上何もないだろう。何のメッセージもありはしない。我々一人ひとりが、さまざまな事実から成る言語から自前でメッセージを解読できれば別だが、事実というのは往々にして、この上なく狡猾に配置された言葉以上に謎めいているものだ。たしかに彼は、あと一度だけ自己を解放せんと企てた。だがそれは、ここに同封した灰色がかったフールスキャップ紙（約42×34センチ）を見れば君にも見当がつくとおり、失敗した。彼は書こうと試みたのだ。月並な筆跡がわかるかい？　一番上には『パトゥザン、砦』とある。どうやら、自分の家を防御の場に仕立て上げるという意図は実行に移したと見える。それは見事な計画だった。深い掘割、てっぺんに尖り杭の柵を施した土壁、それぞれの角には銃が据えられて広場の両翼を掃射できるようになっている。銃はドラミンが提供すると言ってくれた。かくして、安全な場所があることを一人ひとりが認識し、何か突然の危険が発生したときには忠実な者たちがここに集（つど）えばいいという筋書だった。こうしたことすべてが、彼の先見の明、未来への信頼を物語っていた。『僕の人々（マイ・オウン・ピープル）』と彼が呼んだ者たちは――解放されたシェリーフの囚人たちだ――要塞の壁の下、小屋も完備し耕地もある場に住み、パトゥザンにひとつの居住区を仕立て上げるのだ。その中で、彼は自ら、無敵の主（あるじ）となる。『パトゥザン、砦』。見てわかるとおり、日付はない。すべてが変わってしまった日にあって、数や名前など何の意味がある？　それにまた、ペンを摑んだときに彼が誰を念頭に置いていたかも知りようはない。スタインか――私か――世界全体か――それともこれは、宿命に直面した孤立せる人間が思わず発した当てのない叫びなのか？『恐ろしいことが起きた』と彼は書き、それからペンを投げ出した。その言葉の下にある、矢じりに似たインクのしみを見たまえ。しばらくして彼はふたたび挑み、手が鉛になったみたいな重たげな殴り書きでもう一行書いた。『何としてもいますぐ……』インクが飛び散り、これっきり企ては放棄された。もうそれ以上何も書いていない。目でも声でも橋渡ししようのない広い溝を彼は見てしまったのだ。私にはこれが理解できる。彼は不可解なるものに打ちのめされ、自分自身の人格に――運命の主人になろうと全力を尽くした自分の、その運命の贈り物に――打ちのめされたのだ。

加えて古い手紙を一通同封する。おそろしく古い手紙だ。彼の文房具箱の中に、丁寧に保存されていたのが見つかったものだ。彼の父親が寄こした手紙で、日付から察して、パトナ号の乗組員となる直前に受けとったにちがいない。きっとこれが故郷から届いた最後の手紙だろう。何年ものあいだ、ずっと大切にしてきたのだ。善良なる教区牧師は船乗りの息子を可愛がっていた。私もあちこちのセンテンスを拾い読みしてみた。そこにあるのは、ひたすら愛情。『愛しいジェームズ』に父は、先日届いた長い手紙はとても『正直で楽しかった』と告げる。他人を『厳しく、あるいは性急に裁いてはいけない』と父は諭す。全部で四枚、屈託のない教訓と家族の近況が綴られている。トムは

『聖職に就いた』。キャリーの亭主は『金を損した』。穏やかな調子で、牧師は神の御心（みこころ）と宇宙の確固たる秩序への信頼を表明し、だが世のささやかな危険やささやかな救いにも目をつぶらない。その姿がほとんど目に浮かぶようだ。白髪交じりの頭、静謐そのものの物腰。書物に囲まれた色褪せた心地よい書斎にしっかり護られて、四十年間ずっと、信仰と美徳をめぐる、人生の処し方と唯一適切な死に方とをめぐるささやかな思考を何度も何度も律儀に重ねてきた。数多くの説教も書いてきたその書斎にいままた座って、あちら側に、地球の反対側にいる息子に話しかけている。だが距離が何だというのか。美徳は世界中どこでもひとつであり、信仰はただひとつ、人生の処し方もひとつ、死に方もひとつなのだ。『一度でも誘惑に屈する者は、その瞬間、底なしに堕落し永遠の破滅に至る危険を冒す』ことを『愛しいジェームズ』が決して忘れぬよう父は願っている。『ゆえに、およそいかなる動機であれ、悪と思えることを決してなさぬよう肝に銘じよ』。可愛がられている犬や、『お前たちが昔よく乗った』小型馬（ポニー）についても書いてある。馬は老齢で目も見えなくなり、やむをえず射殺した。天の祝福を善良なる父は祈願する。母さんも、まだ家にいる妹たちもよろしくと言っている……。そう、長年それを慈しんだ彼の手から抜け出た黄色いすり切れた手紙には、大したことは何も書かれていない。返事は書かれずじまいだったが、そのひそやかな世界の一角に住むこれら静穏な、色のない男女の姿を相手に、彼はいったいいかなる会話を交わしたのだろう？　墓場のように危険も争いもないその世界で、人々は安寧なる心をもって、何ものにも乱されぬ清廉（せいれん）

の空気を吸っている。彼が、実に多くの物事が『やって来た』彼が、元々はそういう場に属しているのは驚くべきことに思える。彼らの許には何もやって来ない。彼らは決して不意を衝かれないし、宿命と格闘する破目になったりもしない。父親の当たり障りないお喋りに呼び起こされて誰もがそこにいる、兄弟姉妹みんな、父の骨の骨、肉の肉が、澄んだ、何の意識もない目で見つめる中、私には彼が見える気がする、やっと戻ってきた彼が見える、もはや巨大な神秘の核にある小さな白い点ではなく、堂々とした風采で、それら悩みを知らぬ人影たちに交じって誰にも顧みられず立っている。物々しい、ロマンチックな、だが決して何も言わぬ姿は薄暗い——雲がかかっている。

　最後の事件をめぐる物語は、同封した紙束に書いてある。それがロマンチックであること、彼の少年時代の最高に途方もない夢以上にロマンチックであることは君も認めねばなるまい。だが私の見るところ、そこには一種、深遠な恐ろしい論理がある。私たちの想像力のみが、人を打ちのめす運命の力を私たちに向けて解き放ちうるのではないか。思考の軽率さが、頭に跳ね返ってくるのだ。剣を弄(もてあそ)ぶ者は剣によって滅びる。この驚くべき冒険、中でも一番驚くべきはそれが事実だという点であるこの冒険は、あくまで不可避の結果として生じている。この類いのことが、何か起きるほかなかったのだ。そうくり返し思いながら、同時に、そうしたことが二年前に現実に起きたという事実にも驚かされる。だがそれは起きたのだ——そしてその論理を反駁(はんばく)するすべはない。

　私はそれをここに、あたかも自分が目撃者であるかのようにして書き綴った。私の得た情報は断片的だが、それらの情報が組みあわさって、ひとまず理解可能な情景が立ち上がっているはずだ。彼自身ならどう語っただろうか。これまであまりに多くを私に打ちあけてくれたものだから、時おり、何だかいまにも彼がひょっこり現われて、自分の言葉で物語を語ってくれるのではないか、そんな気がしてしまう。あのぞんざいな、だが情のこもった声で、あのぶっきらぼうな語り口で、いくぶんとまどい、いくぶん苛つき、いくぶん傷ついて、だが時おりひとつの言葉や言い回しによって、彼という人間の核心を垣間見せてくれる。もっともそうやって見えたものが、彼を世界に位置づける上で役立ったためしは一度もないのだが。彼がもう絶対に現われないなんて、何だか信じられない。私はもう二度と彼の声を聞かないのだし、あの滑らかな、日焼けした血色のよい顔を見ることもない。額に白い線が一本入った、興奮によって底知れず深い青に色づいた若々しい目を備えたあの顔を」

# 第三十七章

「すべてはブラウンという男がやってのけた離れ業から始まる。サンボアンガ（ミンダナオ島の港町）付近の小さな湾から、スペインのスクーナー帆船をこの男はまんまと盗み出したのだ。この人物を発見するまでは私の情報も不完全だったが、何とこいつがその傲慢な生を終えるほんの数時間前にばったり出くわしたのだ。幸い、喘息の発作に喉を詰まらせながらも男は何とか喋ることができたし、実際、ジムのことを思い出しただけで悪意に染まった喜びに包まれて、痛めつけられた体をよじらせながら嬉々として喋った。『あの威張りくさった野郎をとっちめてやった』ことが心底嬉しそうで、自分の行ないをさも満足げにふり返っていた。私としても真相を知るためには、その獰猛な、目尻に皺の寄った顔の窪んだぎらつきに耐えるしかなかった。かくして私はそれに耐えつつ、ある種の悪がいかに狂気に近いかに思いをめぐらせていた。強い自己中心癖から生じるそうした悪は、抵抗に遭うことによって燃え上がり、魂をばらばらに引き裂き、肉体にいつわりの活力を与える。この物語はまた、あの見下げたコーネリアスの狡猾さが思いもよらぬほど深かったことを証している。卑屈にして烈しい憎悪が、微妙な霊感のようにはたらいて、復讐へと向かう的確な道を指し示したのだ。

『一目見ただけで、どういう阿呆だかわかったね』と、瀕死のブラウンは喘ぎあえぎ言った。『あれが男だって！　冗談じゃねえ！　あんなのは空っぽのニセモノだ。「俺の分捕り品に手を出すな！」はっきりそう言やあいいんだ！　それなら男ってもんだ！　お高くとまりやがって！　追いつめておいて――始末するだけの度胸がないのさ。あれじゃ駄目さ！　こんな奴相手にしたって仕方ないって言わんばかりに、俺のことあっさり放免して！……』ブラウンは息をしようと懸命にあがいた……『インチキ野郎……俺のこと甘く見やがって……だからこっちが始末してやったんだ……』ふたたび息が詰まる……『これで俺も一巻の終わりだろうけど、安らかに死んでいけるさ。あんた……そこのあんた……名前は知らんが――五ポンド持ってたら――喜んでくれてやるところだぜ――いい報せ聞かしてもらったからな――何てったたって俺はブラウン様だ……』おぞましくニタッと笑う。『紳士（ジエントルマン）ブラウンだ』

こうしたいっさいを、彼は激しく喘ぎながら語り、その間ずっと、面長の無惨に荒れた茶色い顔に埋もれた黄色い目で私をじっと見ていた。左腕ががくんと揺れた。塩胡椒色のもつれたあごひげがほとんど膝まで垂れ、汚いぼろぼろの毛布が両脚を覆っていた。

私がバンコクで彼を見つけたのは、あのお節介なホテル経営者ショーンバーグが居場所を耳打ちしてくれたおかげだった。どうやら一人の、のらくら酒浸りで暮らす流れ者が――目下はシャム人の女と一緒に現地人に交じって暮らしている白人だ――かの著名な紳士ブラウン最後の日々にねぐらを提供することを大いなる名誉と考えたらしい。そのみじめな穴蔵でブラウンが、いわば一分一分の命をめぐって闘いながら私に語っているあいだ、太いむき出しの脚に、間の抜けた粗野な顔をしたシャム人の女は、薄暗い片隅にうずくまって無表情にキンマを噛んでいた。時おり立ち上がっては、戸口から鶏を追い払った。女が歩くと小屋全体が揺れた。醜い、肌の黄色い子供が、丸裸の、小さな異教の神のように腹が膨らんだ姿で寝椅子のかたわらに立って、指を口に突っ込み、死にゆく男をしげしげと見守っていた。

ブラウンは熱に浮かされたように語った。が、ふとある一言を発しているさなかなどに、見えない手に喉を摑まれたように、疑念と苦悩の表情で呆然と私を見るのだった。私が待ちくたびれて立ち去ってしまうのを恐れているらしかった。物語を語れぬまま取り残されて、己の歓喜を表明できずに終わるのが心配なようだった。その夜のあいだに死んだと思うが、そのころにはもう、聞くべきことは何ひとつ残っていなかった。

ブラウンについては、ひとまずそれだけにしておく。

この八か月前のこと、サマランに赴いた私は、いつものようにスタインに会いに行った。屋敷の庭園側のベランダにマレー人がいて、恥ずかしそうに私に挨拶をよこした。

パトゥザンのジムの館で見た覚えのある男だった。晩になるとブギスの連中がやって来て、戦の思い出を飽きずにくり返し、国事を論じあっていたものだが、その中にこの男も交じっていたのだ。ジムからはあるとき、あれは小さな原地産の貿易船を所有している小規模ながらまっとうな商人で、『砦柵を占領したときも大活躍してくれました』と聞かされていた。私は彼を見てもべつに驚かなかった。パトゥザンの貿易商がはるばるサマランまで出てきたら、スタインの家に顔を出すのは当然だ。私は挨拶を返して、先へ進んだ。と、スタインの部屋の戸口でもう一人マレー人に出くわし、そこにタム・イタームの顔を私は認めた。

私はすぐさま彼に、ここで何をしてるんだと訊いた。ひょっとしたらジムが訪ねてきているかもしれないと思ったのだ。そう思うと嬉しくて、胸がわくわくしたことは白状しよう。タム・イタームはどう答えたらいいかわからないような顔をした。『トゥアン・ジムは中にいるのか?』私はじれったくなって訊いた。『いいえ』彼はもごもごと答え、しばしうなだれて、それから、出し抜けに熱を込めて、『戦ってくれなかったんです。戦ってくれなかったんです』と二度言った。ほかには何も言えないようだったので、私は彼を押しのけて、中に入っていった。

のっぽの背を丸めたスタインが、部屋の真ん中、蝶のケースが並ぶあいだに一人で立っていた。『ああ! あなたですか、友よ!』と彼は悲しげに、眼鏡越しにこっちを覗き込むようにして言った。くすんだ色の、アルパカ製の上着が、ボタンも留められずに膝まで垂れていた。頭にパナマ帽をかぶって、青白い頬には深い溝が刻まれている。『いったいどうしたんです？』私は落着かぬ思いで訊いた。『そこにタム・イタームがいるじゃありませんか……』。『娘に会って下さい。娘に会って下さい。ここにいるんです』とスタインは、中途半端に活動的なそぶりを見せながら言った。私はそれを押しとどめようとしたが、穏やかな頑固さを彼は示して、私がしつこく訊いても相手にしなかった。『ここにいるんです、ここにいるんです』とくり返してから、ひどくうろたえた様子で言った。『二日前に来たんです。私みたいな年寄りで、赤の他人じゃ――わかるでしょう（ゼーエン・ジー）――大したことはできません……こっちです……。若い心というのは許すことを知らん……』。見るからに困りはてていた……。『彼らの中にある生命の力、生命の残酷な力……』。彼はもごもご呟いて、私を連れて家の中を回っていった。私は陰惨な、怒りに彩られた推測に浸りつつあとに従った。居間のドアまで来て、スタインが私の行く手を遮った。『彼は娘を深く愛していましたよね』スタインは問うように言った。私はただ頷いて、口を開く自信が自分にないことにひどくがっかりしていた。『実にひどい話です』とスタインは呟いた。『娘は私の言うことがわからんのです。私は赤の他人の年寄りにすぎんのです。ひょっとしてあなたなら……あなたのことは知っていますから。話してやって下さい。このままにはしておけません。彼を許してやれと言ってやって下さい。実にひどい話だったんです』。『きっとそうでしょうね』と私は、事情がさっぱり見えないことに苛立って言った。『でもあなたは許したんですか？』私は言った。

スタインは奇妙な顔で私を見た。『聞けばわかります』とスタインは言って、ドアを開け、私をもろに押し込んだ。

スタインの邸宅の、二部屋続きの巨大な応接室は君も知っているだろう。誰も住んでいない、住みようのない、清潔な、外界から孤立した、人間の目に触れたことがないかのようなぴかぴかの物たちで一杯のあの部屋だ。どんなに暑い日でもここだけは涼しく、綺麗にごしごし洗った地下の洞窟にでも入っていくような気になる。一方の部屋を通り抜けて、もう一方に入ると、向こうの端にある大きなマホガニーのテーブルの前に娘が座っていた。頭をテーブルに載せて、顔は両腕に隠れている。磨かれた床が、凍りついた水のように、彼女の姿をぼんやり映していた。籐のすだれは下りていて、外の木々の葉が作る奇妙な緑っぽい薄暗さを通して強い風が断続的に吹き込み、窓や戸口に掛かった長いカーテンを揺らしていた。彼女の白い姿は、雪で形作られているように見えた。大きなシャンデリアからぶら下がったいくつものクリスタルが、輝くつららのようにその頭上でカチカチ鳴った。彼女は顔を上げて、私が近づいてくるのを眺めた。私はぞっと寒気を感じた。これら巨大な部屋が、絶望の棲む寒い住居であるような気がした。

彼女は一目見て私が誰かを悟り、私が歩みを止めて前に立ちはだかったとたん、『あの人は私から離れていきました』と静かに言った。『あなたたちはいつも私たちから離れていきます——自分たちの目的のために』。表情が固まっていた。生の熱がすべて、胸の奥のどこか届かぬ一点に引っ込んでしまったように見えた。『あの人と一緒なら、死ぬことも簡単でした』と彼女はさらに言い、かすかな、疲れた様子の、理解不能なものを放棄するような仕種をしてみせた。『あの人はそうしなかった！　目が見えなくなったみたいでした――あの人に向かって話していたのは私だったのに。あの人の目の前に立っていたのは私だったのに。あの人はずっと私を見ていたのに！　ああ！　あなた方は冷たい、信用ならない、誠（まこと）のない、思いやりのない人たちです。何があなた方をそんなに邪（よこしま）にするのです？　それともあなた方はみんな狂っているのですか？』

　私は彼女の手を握った。反応はなかった。離すと、手は床に向かって垂れた。その無関心さ、涙や叫び声や非難よりもこたえる無関心さが、時の流れにも慰めにも公然と挑んでいるように思えた。こちらが何を言おうと、不動の、すべてを麻痺させる痛みの底には届きそうになかった。

『聞けばわかります』とスタインはさっき言った。そのとおりだった。私はすべてを聞いた。驚愕の念とともに、畏怖の念とともに、彼女の硬直した疲労の口調に耳を傾けた。私に向かって語っていることの本当の意味は、彼女自身にも把握できていなかった。彼女の憤怒は私の胸を、彼女を憐れむ思いで――そして彼を憐れむ思いで――満たした。彼女が話し終えても私はその場に釘付けになっていた。彼女は片腕に体重をかけて、冷たい目でじっと前を見据えていた。風が断続的に吹き抜け、緑っぽい薄暗がりの中でクリスタルがカチカチ鳴りつづけた。彼女はなおも自分に向かって囁いていた。『あの人は私を見ていたのに！　私の顔が見えて、私の声が聞こえて、私の哀しみが聞こえたのに！　それまでずっと、あの人の足下に座って、頬をあの人の膝に押しつけてあの人が手を私の頭に載せていたときからもう、残酷さと狂気の呪いはあの人の中にあって、その日を待っていたんです。その日は来ました！……陽が沈むより前、あの人にはもう私が見えませんでした――目が見えなくなって、耳も聞こえなくなって、哀れみの気持ちもなくなったんです、あなたたちみんなと同じように。あの人のために私は泣きません。絶対に、絶対に。一滴の涙も。泣きません！　私が死よりも嫌なものになったみたいにあの人は私から去っていきました。眠っているあいだに見たか聞いたかした、呪われた何かに追い立てられるみたいに逃げていったのです……』

揺るがぬ目が、夢の力によって彼女の腕の中から奪い取られた男の姿を追うかのように窄まった。何も言わずに会釈した私に、彼女は何の反応も示さなかった。その場を離れられて私はほっとした。

彼女にはもう一度、同じ午後に会った。そもそも彼女の許を離れたのはスタインを捜しに行ったからだが、家の中には見当たらなかった。暗い思いに追い立てられるように、外へ出て庭園に行ってみた。この有名なスタイン庭園には、熱帯低地のあらゆる植物と樹木が集められている。水路になっている小川をたどって行って、観賞用の池のほとりの日蔭に置かれたベンチに長いこと座っていた。翼を切られた水鳥が騒々しく飛び込んだりばしゃばしゃ水を撥ねたりしていた。背後でモクマオウの枝がわずかに、たえまなく揺れて、本国でモミの木がそよぐ音を思い出させた。

この侘しい、落着かない音は私の瞑想にふさわしい伴奏だった。あの人は夢によって私の許から追い立てられた、と彼女は言ったのであり、それに対しては何とも答えようがないし、そうした罪に対してはどんな赦しもありえない気がした。とはいえ、人類それ自体だって、闇雲に突き進む中、偉大さと力の夢に駆られて、過剰な残酷さと過剰な献身から成る暗い道を急いでいるのではないか？　そして結局のところ、真実の追究とは何なのか？

家に戻ろうとして立ち上がると、葉叢の隙間からスタインのくすんだ色の上着が見えた。程なく、小径の曲がり目で、彼が娘と一緒に歩いているところに行きあたった。娘の小さな片手が彼の前腕に載っていて、パナマ帽の広い、平べったいつばの下で彼は娘の方に屈み込み、白髪交じりの父親的な態度で、同情のこもった騎士道的恭しさを見せていた。私は横にのいて道を空けたが、彼らは立ちどまり、私と向きあった。スタインの目は足下の地面を見下ろしていた。娘は背を伸ばした小柄の身をスタインの腕に預け、黒い、澄んだ、動かない目で、厳めしい凝視を私の肩の先に向けていた。『ひどい』スタインは呟いた。『ひどい！　ひどい！　何ができるでしょう？』。私に訴えているらしかったが、私にとっては、彼女の若さ、彼女の頭上に宙吊りになった今後の日々の長さの方がより強く訴えかけてきた。そして突然、言えることなど何もないのだと思い知るさなかにも、気がつくと私は、娘に向かってジムを擁護していた。『許してあげなくちゃ』と私は締めくくりに言った。自分の声がくぐもって聞こえた。何ものにも応えない、聞く耳を持たぬ広大さの中に声は埋もれて聞こえた。『人はみな許されたいと思っているんだよ』と私は少し経ってから言い足した。

『私が何をしたのです?』彼女が唇だけ動かして訊いた。

『君はいつでも彼を疑っていた』私は言った。

『あの人もほかの人たちと同じでした』彼女はゆっくりと言い放った。

『ほかの人たちとは違う』私は言い返したが、彼女は平板な言葉で、何の感情も込めずに続けた——

『あの人は不実でした』。すると突然、スタインが割って入った。『違う！　違う！　お嬢さん、違いますよ！……』。自分の袖に力なく載っている彼女の手をぽんぽん叩く。『違う！　不実じゃない！　誠です！　誠ですよ！』。彼女の石のような顔をスタインは覗き込もうとした。『あなたはわかっていない。ああ！　なぜわからないんだ?……ひどい』彼は私に向かって言った。『いつかはこの人にもわかってもらわないと』

『あなたが話してやって下さい』と私は、スタインをじっと見据えながら言った。二人は先へ進んでいった。

　二人が立ち去るのを私は見守った。娘のガウンの裾が小径に触れ、黒髪も解(ほど)かれて垂れていた。彼女は背をまっすぐに伸ばし、のっぽの男と並んで軽やかに歩いた。男の丈長の、縦皺がいくつもついたよれよれの上着が猫背の肩から垂れ下がり、両足はのろのろと動いていた。二人は竹林の向こうに消えていった。君も覚えているかもしれないが、十六種類の、知った人間が見ればすべて区別可能な竹が一緒に生えているあの林だ。私の目は、溝に沿って竹が植えられた木立に惹きつけられていた。てっぺんには尖った葉や羽毛のような梢が並び、木立は軽やかさと生気にあふれ、迷いを知らぬ活気みなぎる生そのものの声に負けずくっきりした魅力を湛えている。心を癒してくれる囁きが聞こえる場に人がぐずぐず留まるように、私は長いあいだそこにいて竹林を見ていた。空は真珠の灰色だった。熱帯ではごく珍しい、雲に覆われた日だった。そんな日には、記憶が押し寄せてくる――ここではない岸辺の、ここにいない顔の記憶が。

　その午後に馬車で町へ帰り、タム・イタームともう一人のマレー人も一緒に連れていった。この二人は、後者の所有する貿易船に乗って、大惨事の狼狽、恐怖、陰鬱から逃れてきたのだった。惨事のショックが彼らの性格を変えてしまったように思えた。ショックは娘の情熱を石に変え、無愛想で寡黙なタム・イタームをほとんど饒舌にしていた。無愛想さも、あたかも決定的瞬間に強力な呪文が効かないのを見てしまったかのように、とまどいに彩られた謙虚さに弱まっていた。内気でおずおずしたブギスの貿易商はほとんど喋らなかったが、喋ればその一言一言はきわめて明快だった。二人とも見るからに、深い、口にしようのない驚きの念に、不可解な神秘の手触りに圧倒されていた」

　これにマーロウの署名が加わって、手紙自体は終わっていた。特権を与えられた読者はランプのつまみをひねって炎を強め、大波のように町の上空に広がる屋根の連なりの上、一人海を見下ろす灯台守のように物語を読みはじめた。

# 第三十八章

「すでに言ったとおり、すべてはブラウンという男からはじまる」と、マーロウの物語の第一文はあった。「西太平洋をさんざん巡った君のことだから、奴の噂は聞いたことがあるにちがいない。オーストラリア沿岸ではおなじみのならず者だった。といっても、しじゅうそのあたりで見受けられたということではなく、本国からの訪問者が聞かされる無法暮らしの物語にかならず引っぱり出される存在だったということだ。ヨーク岬からイードゥン湾に至るまで、彼について語られた物語のうちもっとも穏やかなものでも、然るべき場所で語られれば人一人が首吊りになるに十分な内容だった。そしてそれらを語る者たちは、この男は准男爵の息子ということになっている、という点をつけ加えるのを決して忘れなかった。いずれにせよ、確かなのは、この男がかつての金鉱ブームの時期に本国船から脱走し、数年後には、ポリネシアのあちこちの群島で恐怖の種として人々の口にのぼるようになったことだ。現地の人間を攫(さら)い、一人で旅する白人商人をパジャマ一丁の身にし、何もかも奪ってから、ショットガンによる浜辺の決闘に誘ったりした。これも本来なら一応フェアだと言うべきだろうが、何しろ相手はそのころにはもう恐怖で半分死んだようになっていた。要するにブラウンは海賊の今日版であり、有名な先達同様に浅ましい人間だったが、彼を同時代の悪党仲間――暴漢(ブリー)ヘイズ、美声(メリフルアス)ピーズ、あるいはダーティ・ディックの名で通るあの香水好きでダンドリアリひげ（長くもじゃもじゃの頰ひげ）の洒落者やくざ――と区別していたのは、その悪事を貫く傲慢な気性であり、人類全体に対する、とりわけ彼が餌食とした人間に対する、凄まじいまでの侮蔑だった。ほかの悪党たちは単に下卑た欲深い獣でしかないが、この男はもっと込み入った意図に衝き動かされていると思われた。強奪をはたらくのも、相手をいかに見下しているかを実証するのがひたすら目的であるように見えたし、大人しい、害のない赤の他人を撃ったり不具にしたりするときも、最高に無鉄砲なならず者を脅(おど)かすにふさわしい野蛮かつ残酷な真剣さで事を行なうのだった。一番羽振りがよかった時期には、武装したバーク型帆船を所有してカナカ族（南洋諸島の先住民）と脱走捕鯨船員との混合集団を率い、真偽のほどは定かでないが、コプラ（乾燥したココヤシの実。油がとれる）商人たちが作る堅気そのものの商会から資金援助を受けていると豪語していた。のちに、宣教師の妻と駆落ちもしたという――クラパム（ロンドン南部）あたりの出の、まだごく若かったこの娘は、一時の熱狂に駆られて温厚で扁平足(へんぺいそく)の男と結婚したはいいが、いきなりメラネシアに連れてこられて見境を失くしたという話だった。それは暗い物語だった。彼に攫われたとき、女は病気にかかっていて、結局船上で死んだ。噂によれば、それを語る者はここがこの話で一番驚くべき点だと強調したが、彼は女の亡骸（なきがら）の上に屈み込み、厳めしくも烈しい悲嘆の念を爆発させたという。この直後、彼は運にも見放された。マライタ（ソロモン諸島南東部の島）沖の岩礁に乗り上げて船を失い、少しのあいだ、あたかも女と一緒に海に沈んだかのように姿を消していた。次に出没の噂が聞かれたのはヌカ＝ヒヴァ（マルケサス諸島の島）でのことで、ここでフランス政府の払い下げた古いスクーナー帆船を買った。購入の際、いかなるまっとうな事業を彼が思い描いていたかはわからないが、高等弁務官、領事、軍艦、国際管理等々のはびこる南太平洋が、彼のような気質の紳士にはあまりに息苦しくなっていったことは想像にかたくない。明らかに彼は、活動の場をさらに西へ移したにちがいない。一年後には、マニラ湾を舞台とし、公金横領の総督と失踪中の出納官とを主要人物とする、なかばシリアスなかばコミカルな一件において、おそろしく大胆な、さして儲からない役割を演じるからだ。その後、おんぼろのスクーナー船でフィリピン諸島周辺をうろつき、逆境と闘っていたらしいが、やがてついに、運命の定めた経路をたどって、図らずも『暗い力』の共犯者としてジムの物語に入り込んでくるのだ。

　本人が言うには、スペインの巡視艇に逮捕されたときは、単に反対分子のために銃を何丁か密輸しようとしていただけだという。だとすれば、ミンダナオの南岸沖合なぞでいったい何をやっていたのか理解に苦しむ。私の推測だが、沿岸の現地人の村人たちを恐喝していたのではないか。とにかく肝腎なのは、巡視艇がブラウンの船に警備の者を一人送り込み、サンボアンガまで同行を命じたことである。その途上、何らかの理由で、二隻ともスペインの新しい入植地のひとつ——結局この入植地はまったくモノにならなかった——に立ち寄ることを余儀なくされた。そこには沿岸に文官が一人配属されているのみならず、その小さな湾に、がっしり頑丈な沿岸航行用のスクーナー船が錨を下ろしていた。そして、どこから見ても自分の船よりはるかに優れているこの船舶を、ブラウンは盗むことに決めたのだ。

　本人が私にも言ったとおり、当時彼は運に見放されていた。二十年にわたって、烈しい、喧嘩腰の蔑みを込めて世界を恫喝してきたのに、世界が物質次元でよこしたのは、ドル銀貨を入れた小さな袋ひとつのみだった。『悪魔本人でも嗅ぎつけられぬよう』船室に隠していた袋ひとつ、それで全部、それだけだった。もう人生に疲れて、死ぬことも怖くなかった。ところがこの、怨念とあざけりを込めた無謀さでもって、ほんの気まぐれに命を賭けることも辞さぬこの男は、牢屋に入れられることは死ぬほど恐れていた。閉じ込められるかもと考えただけで、筋の通らない、冷や汗の流れる、神経も動揺し血が水に変わる類いの、迷信深い男が幽霊に抱きしめられると考えたときに感じるのと同類の恐怖を覚えるのだった。かくして、拿捕の予備調査を行なうべく上船してきた文官は、一日中根気よく取調べに勤しみ、日が暮れてからやっと、外套にくるまって岸に上がる際、ブラウンの全財産の袋をチリンとも鳴らさぬよう細心の注意を払いつつ持ち帰った。そののち、言ったことはきちんと実行する男だったので、何やら策を弄して（たぶんすぐ次の晩にだと思う）、政府の巡視艇には緊急の特別任務を与えて送り出してやった。巡視艇の船長としては、連行した船に乗組員一人たりとも置いていく余裕はなかったから、出発前にブラウンのスクーナーから帆を一枚残さず剝ぎとり、付属のボート二隻を二マイルばかり離れた浜辺まで引いていくという処置で済ませることにした。

　ところが、ブラウンの部下の中に、ソロモン諸島出の男が一人いて、若いころに攫われていままでは忠実な僕となっている誰よりも頼りになるこの男が、動索（帆を操るための綱）に使う引綱をそっくり外して端を体に縛りつけ、沿岸船までの五百ヤードばかりの距離を泳いでいった。水面は静かで、湾はブラウンの言によれば『牛の腹の中みたいに』暗かった。沿岸船にたどり着くと、ソロモン諸島出の男はロープの端を歯でくわえ、舷墻をよじ登った。全員タガログ人である乗組員たちは、地元の村にくり出して浮かれ騒いでいた。船上に残っていた二人の留守番係が突如目を覚ますと、目の前に悪魔がいた。目をギラギラ光らせた悪魔は、稲妻のような速さで甲板の上を跳んだ。彼らは跪いて、恐怖に体も麻痺し、十字を切って、祈りの文句をしどろもどろに唱えた。ソロモン諸島出の男は、船の調理室で見つけてきた長い包丁で、二人の祈禱を中断することなくまず一人を刺し、それからもう一人を刺した。同じ包丁を使って今度はコイア（ココナッツの繊維）の錨索に取りかかり、辛抱強く切り進んでいった。やがて錨索はプツンと音を立てて切れた。それから男は、湾の静寂の中、用心深い叫び声を発し、それまでずっと闇に目を凝らし期待を込めて耳をそばだてていたブラウン一党が、引綱の反対の端をそっと引っぱりはじめた。五分と経たないうちに、二隻のスクーナー船はごんと軽くぶつかり、円材(スパー)を軋ませながら一体となった。

時を移さず、ブラウンの部下たちは火器と大量の弾薬を携えてもう一隻に乗り移った。全部で十六人いた。脱走英国人水兵が二人、ヤンキーの軍艦から逃げてきたのっぽの脱艦兵一人、純朴な金髪のスカンジナビア人二人、素姓の知れぬ白黒混血一人、料理担当の大人しい中国人一人、残りは南太平洋の産み落とした何とも分類しようのない連中だった。誰もが破れかぶれの気分だった。みんなブラウンの意のままに服従させられていた。そしてブラウン自身は、死刑台は怖くないにもかかわらずスペインの監獄の亡霊から死物狂いで逃げていた。貯蔵品を十分に移す時間も部下たちに与えなかった。天候は穏やかで、空気は朝露に満ち、ロープを解き放って沖に吹くかすかな風に向けて帆を上げたときも、湿った帆布ははためきもしなかった。いままで乗っていたスクーナーは盗まれた船からそっと我が身を離し、黒い塊を成す海岸とともに、夜の闇へひっそり消えていった。

彼らはまんまと逃げおおせた。マカッサル海峡(ボルネオとセレベスのあいだ)を下った道行きをブラウンは私に詳しく物語った。それは何とも痛ましい、凄まじい物語だった。食糧と水が不足していた。地元船を何度か襲っては少しずつ略奪した。何しろ盗んだ船なので、どこの港に入るわけにも行かない。何を買う金もないし、提示できる書類もなく、ふたたび逃げられるだけの真しやかな口実もなかった。ある夜、ポウロ・ラウト（ボルネオ南東沿岸の島）の沖合に錨を下ろしていた、オランダの旗を掲げたアラビアのバーク船を急襲して、薄汚い米を少々と、バナナ一房、水を一樽奪った。北東から流れてくる、疾風吹きすさぶ靄混じりの天候が三日間続き、船はそれにあと押しされて一気にジャワ海を越えた。黄色い、泥を含んだ波が飢えたごろつきの一団をびしょ濡れにした。時おり、所定のルートを走る郵便船が目に入ったし、錆びた鉄の船体の、立派な装備の本国船が浅い海に錨を下ろして、天候の変化や潮の満ち干を待っているかたわらを彼らは通っていった。真っ白で小綺麗な、ほっそりしたマスト二本を立てた英国の砲艦が、遠く彼らの行く手を横切っていった。またあるときは、オランダのコルベット艦（護送用の小型艦）の、黒々とした、やたらと円柱の多い姿が彼らの船尾の方向にぬっと現われ、靄のなか蒸気を上げて、ひどくゆっくりと進んでいった。彼らはいつも、見られずに、あるいは無視されて、ひっそり過ぎていった。掛け値なしののけ者たちの、血色の悪い青ざめた顔は、どれも空腹に憤り、不安に駆り立てられていた。ブラウンの目論見としてはマダガスカルへ向かうつもりだった。そこのタマタヴ（現トアマシナ）に行けば、何も余計なことは訊かれずにスクーナーを売れるのでは、とまったくの思い込みでもない根拠に基づいて考えていたし、かりに売れなくとも、船に関する偽造書類が手に入るのではと思っていた。だが、インド洋を横断する長い航海へ向かう前に、まずは食糧が必要だった。そして水も。

もしかしたらパトゥザンのことを聞いたことがあったのかもしれないし、あるいは単に、海図に小さな字で書いてある名前をたまたま見ただけかもしれない。こいつはきっと地元民が支配する、川を上ったところにある大きめの村で、全然武装もしていない、交通の多い海から遠く離れた、海底ケーブルの終点からも隔たった場所だろう、そんなふうに考えたのかもしれない。こういう手段は以前にも仕事で採ったことがあった。いまはそれが絶対の必要、生死の問題だった。いやむしろ、自由の問題。自由！　きっと物資が手に入るだろう──雄牛──米──サツマイモ。情けない姿の一団は舌なめずりした。船に積めるくらいの農産物をゆすり取れるかもしれないし、上手く行けば、本物の、チリンと鳴る貨幣だって！　ああいうところの首長だの族長だのは、言えば結構大人しく差し出したりするものだ。拒んだりしたら奴らの足指を焼いてやる気だったね、とブラウンは私に言った。本気だったと思う。部下たちも本気にした。愚鈍で無口な連中だったから、喝采を上げたりはしなかったが、いそいそ貪欲に準備を進めた。

天候も彼に味方した。もし何日か凪が続いていたら、口にしようのないおぞましい事態が船上に訪れていただろうが、陸風と海風が幸いして、スンダ海峡（ジャワとスマトラのあいだ）を抜けて一週間と経たぬうちに、バトゥ・クリング河口の外れの、例の漁村に拳銃の弾が届くあたりに錨を下ろした。

彼らのうち十四人が、スクーナーのロングボート（船荷の積み降ろしに使われていたのでこれは本当に大きかった）に乗り込んで川上に向けて出発し、二人はあとに残って、十日は餓死せぬだけの食糧を与えられてスクーナーの番に当たったた（ロングボートは帆船積載のボートで一番大きいもの）。

潮と風に助けられて、ある日の昼下がり、ぼろぼろの帆を張った大きな白いボートは、海風に乗って狭い川をパトゥザン流域に入っていった。ボートの上では、十四の案山子の寄り集まりが飢えた目で前方を睨みつけ、安物のライフルの遊底を指で弄んでいた。ブラウンは自分の突然の出現が人々を恐怖に陥れるものと当てにしていた。上げ潮が終わると同時にボートは入っていった。ラージャの砦柵には何の気配もなかった。川の両側に見えてきた家々は、どこも廃屋のように見えた。流域の先の方で、カヌーが何隻か全速で走っていた。ブラウンは町の大きさに驚いてしまった。深い静寂があたりを覆っていた。家並にはさまれて風が止んだ。オールが二本出されて、ボートはさらに川上へ進んでいった。住民たちが抵抗を思いつく間もなく町の真ん中に足場を築く、という胸算用だった。

　けれども、どうやらバトゥ・クリングの漁村の族長が、迅速に警告を広めたらしい。ロングボートがモスク（ドラミンが建てた、切妻造りの、屋根には彫刻された珊瑚の頂部装飾を備えた建物）の正面まで進み出ると、モスクの前の空間には人がたくさんいた。叫び声が上がり、川の上流一帯で銅鑼が打ち鳴らされた。頭上の一点から小型の真鍮製六ポンド砲二基の砲撃が開始され、何もない水面を砲丸が跳ねるように飛んできて、煌めく水しぶきを陽光の中に迸らせた。モスクの前で大勢の男が蛮声を上げながら銃撃を開始し、流れる川の水が斜めに跳ね上がった。両岸から不規則な、うねるような一斉射撃がボートめがけて開始され、ブラウンの部下たちも闇雲に速射で応じた。オールはすでに取り込まれていた。

この川の満潮時、潮の流れはあっという間に変わる。川の真ん中で、ほとんど煙に包まれて見えなくなっていたボートは、船尾を先に後戻りをはじめた。両岸でも煙は濃くなってゆき、山の頂を細長い雲が通り抜けていくみたいに、家々の屋根の下あたりを横にまっすぐ漂っていた。けたたましい鬨の声、鳴り響く銅鑼、太いいびきのように轟く太鼓、怒りの罵声、一斉射撃の爆音、それらすべてが凄まじい喧騒を生み出し、ブラウンはそれに包まれて呆然と舵柄の前に座っていたが、舵を取る手は揺るがず、生意気にも刃向かってきたこの連中に対する憎悪と憤怒を心中で募らせていた。部下の二人が傷を負っていたし、退却の経路も、町より下流で、トゥンク・アラングの砦柵から出てきたボートに塞がれたのが見えていた。ボートは全部で六隻、どれにも男たちが一杯に乗っている。このように追い込まれたさなか、狭い入江（引き潮のときにジムが跳び越えたあの入江だ）の口が目に入った。そのときはちょうど、水がなみなみとあった。ロングボートを操って入江に入れて、彼らは陸に揚がった。そして、途中経過をはしょって言えば、砦柵から九百ヤードばかり離れた、だが砦柵を見下ろせる地点の小山の上に陣を張った。山の斜面には何も生えていなかったが、頂には木が若干あった。急拵えの胸壁を作るためにこれらを伐りにかかり、日が暮れるころには一応のバリケードが出来ていた。一方、川に出ていたラージャの一連のボートは、奇妙な中立を保ってそこに留まっていた。陽が沈むと、あちこちで下生えが燃やされ、川岸が炎に照らされ、陸で二列に並ぶ家並の合間に、家々の屋根や、ほっそりした椰子の木の集まりや、果樹の密集した木立が黒々と浮かび上がった。自分たちの周りの草に火を点けるようブラウンは命じた。ゆっくりのぼってゆく煙の下、細く低い炎の輪が、小山の斜面をくねくね迅速に下っていった。あちこちで乾いた藪に火が点き、背の高い、荒々しい炎が轟音を上げた。ライフルを持つ彼らにとっては、この炎が何の邪魔もない射界を拓いていったが、やがて炎は、森の外れあたり、泥の土手沿いで燻りながら消えていった。小山とラージャの砦柵とのあいだの湿った窪地で繁っているちょっとしたジャングルも、パチパチ音を立て、竹の茎をさんざん破裂させながらもその炎を食い止めた。空は厳めしい色のビロードのようで、星が一面にまたたいていた。黒焦げになった地面から、低い、這うような細い煙が静かに上がっていたが、そのうちに少し風が吹いてきて、すべてを吹き飛ばした。ブラウンとしては、潮がまた満ちて、さっき彼らの退却経路を断った戦用のボートが入江に入ってこられるようになったらすぐさま攻撃されるものと覚悟していた。少なくとも連中は、山の下に置いてきたロングボート――いまそれは、濡れた干潟の弱々しい光沢の上で暗く盛り上がった塊となっている――を運び去ろうとするだろう。ところが、川に浮かぶボートはどれも、いっこうにそうした動きを示さなかった。砦柵やラージャの住む建物の向こうで、ボートの明かりが水面に映っているのが見えた。川を横に塞ぐ形でボートは並んで錨を下ろしているらしかった。ほかにも、水に浮かぶ明かりがあちこちで動いていて、両岸を行ったり来たりしていた。加えて、川を上った方に建つ家々が壁のように連なる上方で、明滅する動かない光が川の曲がり目あたりまで延びていて、そのさらに向こう、もっと水から離れた方にも光がいくつか点在していた。大きな篝火（かがりび）のほのめきが、建物、屋根、黒い杭を、見渡す限り遠くまで照らし出していた。巨大な町だった。十四人の捨て鉢の侵入者は、伐り倒した木々のこちら側でべったり腹ばいになって、あごを持ち上げ、上流何マイルも延びていて数千の怒れる男たちで一杯に見える町の動きを見きわめようとした。たがいに口も利かなかった。時おり、大きなわめき声が聞こえたり、どこかずっと遠くで一発だけ発砲された銃声が響いたりしたが、彼らが陣取った周りでは何もかもがひっそり動かず、暗く、静まり返っていた。人々はまるで彼らのことなど忘れてしまったように思えた——町の者たちを一晩じゅう寝かせなかった興奮は彼ら侵入者とは何も関係がなかったかのように、そもそも彼らはすでに死んでしまったかのように」

# 第三十九章

「その夜の出来事はどれも非常に重要だ。そこから生じた状況が、ジムが戻ってくるまで変わらずに続いたからだ。その時点で、ジムが内陸に出かけてから一週間以上が経っていて、最初の撃退を指揮したのはダイン・ワリスだった。この勇敢で聡明な（『白人と同じ戦い方を心得ている』）若者としては、即座にこの一件を片付けてしまいたかったが、あいにく人々を動かす任は彼の手に余った。ジムの人種的威信も、無敵で超自然的な力を有しているという評判も彼にはなかった。過つことなき真理と、敗れることなき勝利との目に見える化身、手に触れられる顕現——彼はそういう存在ではなかった。みなに愛され、信頼され、賞賛されはしても、あくまで彼らの一人であって、ジムのように私たちの一人ではないのだ。それに、白人ジムは、一個の完結した力の塔であって、不死身であるが、ダイン・ワリスは死すべき生身の人間である。こういう思いは、口にされたわけではないが、それでもなお、留守中の白人の館に叡智と勇気を見出そうとするかのようにジムの砦に集まって対策を練ろうとした長老たちの思いを支配していた。これまですでに、ブラウンの引き連れた悪漢どもの射撃は、腕がいいのか運がいいのか、防御する者たちのあいだに五、六名の負傷者を出していた。傷を負った者はベランダに横になり、女たちの手当を受けていた。町の川下の方に住む女子供は、危険の報せが伝わるとともにただちに砦へ送り出されていた。そこではジュエルが指揮を執り、きわめて効率よく、てきぱきと事を進めていた。砦柵の下の小さな居住地からいっせいに出てきて、要塞を築く作業に加わっていたジムの『僕の人々（マイ・オウン・ピープル）』も彼女の命令に従った。避難してきた人々は彼女の周りに群がった。この事件全体を通して、悲惨な結末に至るまで、並外れた勇敢さを彼女は発揮した。危険の報せが入ってきたとたんにダイン・ワリスが直行したのも彼女の許へだった。というのも、パトゥザンで火薬を蓄えていたのはジムだけだったからだ。ジムはそれまでスタインと手紙で緊密に連絡を保っていて、スタインがオランダ政府にかけ合ってパトゥザンに火薬五百樽（ケグ）を輸出する特別許可をもらっていたのだ。火薬庫は粗い丸太で作って土で全面を覆った小屋で、ジムが不在のときはジュエルが鍵を持っていた。ジムの館の食堂で夜十一時に開かれた長老会議において、即座に強い行動に出るべきだというワリスの提言を彼女も支持した。細長い食卓の上座に置かれたジムの空っぽの椅子のかたわらに彼女は立って、勇ましい、熱烈な演説を行ない、当座はそれが、集まった長老たちからも是認の呟きを引き出したという。家の門から一年以上外に出ていなかった老ドラミンも、非常な困難を押して連れてこられていた。むろん彼が一座の主だった。会合の雰囲気は、侵入者たちに対しておよそ寛容ではなかったから、老人が一言言えば、それで事は決まっていただろう。ところが、これは私の憶測だが、息子の恐れを知らぬ勇気を強く意識してしまったせいで、ドラミンはその一言が言えなかったのではないか。だんだんと、より軟弱な意見が主流を占めていった。ハジ・サマンなる人物が次のようなことをえんえん述べ立てた。『これら非道にして獰猛なる男たちは、避けがたき死に身を委ねたも同然。あの山の陣を固守して餓死するか、ボートを取り戻そうとして入江の向こうに待ち伏せた者たちに撃たれるか、さもなくば、ばらばらに森へ逃げ込んで一人また一人と斃れるかのいずれかでしょう』。適切な策略を用いれば、わざわざ戦いの危険を冒さずともこれら悪しき賊どもを滅ぼせると説いたその言葉は、特にパトゥザン当地の男たちの心に強く訴えた。町の住民を動揺させたのは、ラージャが出した一連のボートが決定的瞬間に行動しなかったことだった。この会合において、ラージャを代表したのは、あの如才ない男カシムだった。カシムはほとんど口を開かず、笑顔でみなの話を聞き、きわめて愛想よくふるまい、その肚の内は読みようがなかった。会合の最中、伝令がほぼ何分か毎に入ってきて、侵入者たちの動向を報告した。途方もない、誇張された噂が飛び交っていた。いわく、大砲を備えた、もっとずっと多くの男を乗せた大きな船が河口に来ていて、白人もいれば黒い肌で血に飢えた形相の男たちもいる……いわく、もっともっとたくさんのボートが、彼らを皆殺しにやって来る……。理解不能な危険が間近に迫っているという思いが人々を浸していた。そのうちに、中庭にいた女たちのあいだにパニックが広がった。金切り声が上がり、女たちが駆け回り、子供たちが泣き出した。ハジ・サマンが彼らを宥めに出ていった。やがて、砦の見張り番が川の上で動いている何ものかに発砲し、めぼしい家財と一ダースばかりの鶏とともに女たちをカヌーで連れてきた村人をあやうく撃ち殺してしまうところだった。混乱はいっそう深まった。その間、ジムの館でのお喋りは、娘の面前でなおも続いていた。ドラミンは猛々しい顔でどっしりと座り、発言者を一人ずつ見渡し、雄牛のように悠然と息をしていた。自分は最後まで喋らなかった。その前にカシムが、ラージャのボートに乗っている男たちは主人の砦柵を護る必要があるのでボートは撤退させる、と宣言した。娘はダイン・ワリスに、ジムに代わって声を上げてほしい、と頼み込んだが、若者は父の前では何も言おうとしなかった。侵入者を即刻追い払おうと、ジムの部下たちを自由に使ってくれていいと彼女はダイン・ワリスに申し出たが、相手はドラミンの方を一度二度見て、首を横に振るだけだった。結局、会合が解散した時点では、入江近辺の家々に集中的に勢力を配置して敵のボートを掌握することが決められていた。山の上の盗賊どもが戻ってくる気になるようボート自体にはあからさまに手は出さず、戻ってきた時点で然るべく射撃すれば大半は間違いなく殺せるはず。それでも生き延びた者の逃走経路を断ち、また、これ以上の侵入者が来るのを防ぐために、ダイン・ワリスがドラミンの命を受けて、ブギスの武装集団を率いてパトゥザンの下流十マイルの地点に行って岸に野営を張りカヌーを並べて川を塞ぐ。私にはとうてい、新たな敵の到来をドラミンが本気で恐れていたとは思えない。彼の行動はひとえに、息子に害が及ぶのを防ぎたいという願いに導かれていたのだと思う。町への急襲を防ぐために、左岸の道路の先端で新たな砦柵の建設が夜明けにはじまることになっていた。老いた貿易商(ナコーダ)は自ら指揮を買って出た。娘の監督の下、火薬、弾丸、雷管がただちに分配された。ジムの居所がはっきりしないので、彼を捜しに伝令数人が方々へ送り出されることになった。伝令たちは明け方に発ったが、そのころにはもうすでにカシムが、包囲されたブラウンとの交渉を開始していた。

この実績豊かな、外交手腕に長(た)けた、ラージャの相談相手でもある男は、主人の許に帰るべく砦を去るにあたって、人々に交じって中庭をこそこそうろついていたコーネリアスを目にとめてボートに乗せた。カシムには自分なりの計画があり、それには通訳が必要だったのだ。かくして、夜も明けようかというころ、己の絶体絶命の状況に思いを巡らしていたブラウンは、湿気の多い草ぼうぼうの窪地の方から、愛想のよい、震えの混じった、緊張した叫び声を――英語の声を――聞くことになる。そちらへ上がっていくことを許可していただきたい、危害は加えないと約束していただきたい、とても大事な話があるのです、と声は言っていた。ブラウンは狂喜した。誰かが声をかけてくるということは、自分はもはや追い立てられた野獣ではない。この友好的な声のおかげで、致命的打撃がどこから来るのかわからずにいる盲人たちのような、一瞬も気の抜けない恐ろしい緊張がいっぺんに解けた。大いに渋っているふりをブラウンは装った。声は『白人です』と称していた。『この地にもう何年も住んでいる、哀れな、落ちぶれた年寄りでございます』。湿った冷たい靄が小山の斜面に降りていた。たがいに何度か叫び声を交わしあった末に、ブラウンが声を張り上げて『よし、じゃあ上がってこい、だけど一人で来るんだぞ！』と言った。実のところは――と彼は、あのときの自分の無力さを思い起こして憤怒に身をよじらせながら私に言った――どうだろうと同じことだった。視界が悪く、どのみち目の前の数ヤードしか見えなかったから、向こうがどんな卑怯な手に出たところで、こっちの立場はこれ以上悪くなりようがない。やがてコーネリアスの、ぼろぼろの汚れたシャツとズボンというふだん着、裸足、つばの破れたトピー帽という姿が要塞の方へにじり寄ってくるのが朧げに見えてきた。何度かためらって立ちどまっては、前方に目を凝らし、耳を澄ましている。『来い！　大丈夫、危害は加えん』とブラウンはわめき、男たちは呆然と見守った。彼らが生き延びる希望すべてが、突如このみすぼらしい、うらぶれた新参者に依存することになったのだ。そいつは黙りこくって、伐り倒された木の幹を不器用に這って越えてきた。そしてぶるっと身震いし、不機嫌そうな、不信の色を顔に浮かべて、あごひげを生やした、不安げな、もう長いこと眠っていないならず者たちの群れを見渡した。

　コーネリアスと三十分にわたって密談した結果、パトゥザンの内情に関してブラウンの目は啓(ひら)かれた。たちまち頭が忙しく働き出した。可能性が、膨大な可能性が見えてきたのだ。だが、コーネリアスの持ってきた提案についてじっくり話しあう前に、まず善意のしるしに食べ物を持ってこいとブラウンは要求した。コーネリアスはいったん立ち去り、小山の斜面の、ラージャの館の側をのろのろと這い降りていった。しばらくしてから、トゥンク・アラングの部下が何人かのぼって来て、乏しい量ながらも米、唐辛子、干魚を持ってきた。何もないよりはずっとましである。その後、コーネリアスがカシムを伴って戻ってきた。サンダルを履いて首から踝（くるぶし）まで紺青色（こんじょういろ）の敷布にくるまった姿で歩み出てきたカシムは、いかにも気さくな、人を信じて疑わなそうな態度だった。彼が控えめな物腰でブラウンと握手したのち、三者は協議のために脇へ退いた。自信を取り戻したブラウンの部下たちは、たがいの背中を叩きあい、訳知り顔の視線を自分たちの船長の方に投げながら、料理に取りかかるべくせっせと立ち働いた。

カシムはドラミンとその傘下のブギス族とをひどく嫌っていたが、新しい体制のことはもっと憎んでいた。こうして新たに白人一味が現われて、カシムはふと、この連中をラージャの部下たちと組ませれば、ジムが帰ってくる前にブギスを襲って打ち負かせるのではと思い立った。そうすれば町の連中もきっと右へならえし、哀れな民の保護者を気どる白人の支配も終わるはずだ。新しい『仲間』はそのあと始末すればいい。こいつらには味方などいないのだから。カシムは人間を見抜く力をちゃんと持ちあわせていて、白人もさんざん見てきたから、新たにやって来たこの連中が世ののけ者、祖国なき者たちであることを見抜いていた。一方ブラウンは、厳めしい、読みがたい態度を保っていた。そちらに行かせてくれ、と求めるコーネリアスの声を最初に聞いたときは、脱出の抜け穴が現われたかという希望が湧いただけだったが、一時間と経たないうちに、ほかのさまざまな考えが頭の中で沸き返っていた。極度の必要に迫られて食べ物を盗みにここへやって来て、ゴムか何かを何トンか失敬し、ドルも一握り頂戴できればくらいに思っていたわけだが、いざ来てみたら命の危険に巻き込まれた。それが今度は、こうしてカシムに話を持ちかけられて、国を丸ごと盗んでやろうと考えはじめていた。どうやらどこかの阿呆が、それに類することをすでに、しかも一人でやってのけたらしい。だがきっと、それほど上手くやったわけではあるまい。ひょっとしたら手を組めるかもしれない。一緒に何もかも搾りとって、ひっそりおさらばすればいい。カシムと交渉を進めている最中、どうやらこっちは大勢の人間が乗った大きな船を外海に待たせていると思われていることが見えてきた。その大砲をたくさん備えた、人も大勢乗っている大きな船に、川をのぼって来るよう命令を出してほしい、一刻も早くこちらへ来させてラージャに協力してほしい、とカシムは熱心に頼み込んできた。その気があるそぶりをブラウンは示し、これを土台として、交渉は双方とも相手を不信の目で見つつ進行した。午前のあいだに三回、愛想よくかつ活動的なるカシムがラージャの許に帰っては、せかせか大股で戻ってきた。ブラウンは駆け引きを進めながら、己のみじめなスクーナー船を想って、一種厳然たる喜悦に浸っていた。何しろ船倉にはゴミの山があるだけなのに武装船だということになっているし、乗っているのは中国人一人と脚の悪いレヴカ（フィジーの元首都）

出の元波止場ゴロ一人だけなのに『大勢の人間』と思われているのだ。午後にはさらに多くの食べ物を持ってこさせて、金の約束も取りつけ、部下たちが寝床を作れるよう筵も手配させた。灼熱の太陽から護られて、部下たちは横になっていびきをかいていた。だがブラウンは、伐り倒された木の切株に陽をもろに浴びて座り、町と川の眺めに見入った。ここには略奪できるものがたっぷりある。コーネリアスもすっかり我が物顔でくつろぎ、ブラウンのかたわらであちこちの場所を指し示して、忠告を与え、自分の解釈に基づくジムの人格を語り、ここ三年の出来事を独自の見方に則って論評した。ブラウンは無関心を装って目もよそに向けていたが、実は一言一言入念に耳を傾けていた。が、このジムなる人物がいかなる男なのかは、どうもいまひとつ見えてこなかった。『何ていう名だ？　ジム！　ジム！　それだけじゃ名前にならんだろうが』。『みなはトゥアン・ジムと呼んでおります。英語で言えばロード・ジムですな』コーネリアスは侮蔑の念もあらわに言った。『何者なんだ？　どこから来た？　どういう人間だ？　英国人か？』ブラウンは訊いた。『はい、はい、英国人です。私めも英国人でございます。マラッカの出でございます。あの男は馬鹿です。あいつを殺してしまえば、あなた様がこの王様です。何もかもあの男のものなのですから』。『もうじき何もかも一人占めってわけには行かなくなるかもな』ブラウンはなかば声に出して独りごちた。『いえいえ。為すべきは、機会が訪れたら即座に殺してしまうことです。あとはどうにでも好きになされます』コーネリアスは熱心に主張した。『私め、ここで長年暮らしてまいりました。

あなた様の味方としてご忠告申し上げるのです』

このような会話を進め、パトゥザンの眺めに見入りながら――もう心の中ではすっかり自分の獲物にしてやろうと決めていた――ブラウンは午後の大半を過ごし、その間部下たちは休養をとった。その日、ダイン・ワリス率いるカヌーの一団が、一隻また一隻、入江から一番遠い岸辺の下をひそかに抜けて、ブラウンの退却を封じるべく川を下っていった。この事実にブラウンは気づいていなかったし、日没の一時間前にふたたび小山をのぼって来たカシムもこれについては知らせまいと決めていた。白人の船が川をのぼって来ることを望むカシムとしては、こうした動きがあると聞かされたらブラウンがその気をなくすのではと考えたのだ。ぜひとも『命令』をお出し下さい、と彼はブラウンをしつこくせっつき、信頼できる使者を提供いたしますよ、陸路で河口まで行かせて（『その方がいっそう秘密が護れますから』と理屈をつけて）『命令』をお船に伝えさせます、と申し出た。ブラウンはしばらく考えた末に、手帳から紙を一枚破りとり、そこにあっさり『こっちは上手くやっている。大仕事だ。これを持ってきた奴を閉じ込めろ』とだけ書いた。カシムからこの任を与えられた愚直な若者は、それを忠実に遂行し、褒美として、突然空っぽの船倉に突き落とされた。元波止場ゴロと中国人はただちに昇降口を閉めた。この若者がその後どうなったか、ブラウンは何も言わなかった」

# 第四十章

「ブラウンの狙いは、カシムの外交駆引きを適当にあしらって時間を稼ぐことだった。本物のビジネスをやるには、その白人を相手にするしかないと思った。何と言っても、そんなふうに現地の連中の心を捉えているからには、きっとおそろしく頭の切れる奴にちがいない。そして一人でやっている限り、ゆっくり、慎重に、危ない橋も渡りながら住民どもをだましつづけるしかないはずで、そういう作業が省けるような協力を、それだけ賢い奴が拒むとは考えられない。そうした力を、こっちが提供してやるのだ。ためらう人間がいるはずがない。肝腎なのは、はっきり合意に達しておくことだ。もちろんすべて山分けにする。砦があること、しかもすぐそこに、大砲を備えた本物の砦が整っているということに（これはコーネリアスから聞いた）ブラウンは興奮した。とにかくいったん入り込みさえすれば……こっちから出す条件は控えめにしておくが、低すぎてもいけない。相手はどうやら馬鹿ではないのだから。まずは兄弟のように組んで、そのうちに……そのうちに諍いのときが訪れて、一発の発砲ですべて片がつく。残忍な、もどかしい略奪欲を抱えて、一刻も早くその男と話がしたいとブラウンは思った。頭の中で、土地はもうすでに自分のものになり、引き裂くも絞るも捨てるも恣になっていた。だが当面は、カシムを適当にあしらって、食糧を確保しないといけない。万一のときの次善策にもなるが、まず肝要なのは日々何かしら食べる物を得ることだ。それにブラウンとしては、ラージャとやらの側に立って戦うこともやぶさかではなかった。銃撃などで自分を迎えた連中を懲らしめてやるのだ。戦闘欲がブラウンを捉えていた。

当然このあたりは主にブラウンから聞いたわけだが、それをブラウン自身の言葉で君たちに語ってやれないのが残念だ。死そのものの手が喉にかかった男が、私の眼前に己の思いを晒していく、その切れぎれの荒々しい声には、いつわりようもない冷酷な一途さが、自分自身の過去に対する奇妙で恨みがましい感情が、そして、人類全体と敵対する自分の正義を盲信する思いがみなぎっていた。人殺しも厭わぬ流れ者どもの一団の親分が、誇らしげに『神の鞭』を自称した気持ちにも通じるところがあった（クリストファー・マーロウ、一五八七年の戯曲『タンバレーン大王』への言及）。こういう性格の土台にあるのは、生来の無分別な獰猛さであり、それが挫折、不運、そしてこのところの飢餓によって、さらには自分が置かれた絶望的な状況によって助長されていたことは間違いない。けれども、ここで何より驚かされるのは、そうやって裏切りを隠した同盟を画策して、心の中ではその白人の運命をすでに決定し、さらには高圧的でぞんざいな態度でカシムと手を組みながらも、ブラウンが本当に、ほとんど己の意図に反して望んでいたのは、自分に刃向かってきたこのジャングルの町を滅茶滅茶に破壊し、町じゅう死体だらけにして炎に包んでしまうことだったという事実がはた目にもわかることだ。その冷酷な、喘ぎ混じりの声を聞いていると、小山の頂に立って町を眺めながら、殺戮と略奪の情景でその場を覆い尽くしている彼の姿がありありと思い浮かんだ。入江のすぐそばのあたりは、実はどの家にも武装した男が何人かずつ油断なく見張っていたわけだが、一見したところ見捨てられたような様相を呈していた。と、荒地の向こう側、低く茂った小さな藪があちこちにあって、掘られた穴やゴミの山が点在し、踏み均された通り道がそれらを繋いでいる中、男が一人、ぽつんとちっぽけな姿で、誰もいない開けた空間にぶらぶら歩み出てきた。そこから道路がはじまっていて、道路の端の両側には、閉ざされた、暗い、生気のない建物が並んでいる。男はたぶん、向こう岸に逃れた住民の一人で、何か家財道具でも取りに来たのだろう。見るからに、入江の反対側の小山からもここまで離れていれば安全だと決めている様子だった。応急に作った簡単な砦柵が道路を曲がってすぐのところにあって、そこまで行けば仲間が大勢詰めているのだ。男はのんびり動いていた。男の姿が見えたとたん、ブラウンは一種副官的立場にあるヤンキーの脱艦兵を呼び寄せた。ひょろ長い、不格好な人物が、無表情な顔で、ライフルをだらしなく引きずるようにして現われた。指令を理解すると、うぬぼれた殺人鬼の笑みがヤンキーの歯をあらわにし、血色の悪い、革のような頰に二本の深い襞が生じた。百発百中の名手であることを彼は誇りにしていた。さっそく片膝をついて、伐り倒した木の、幹についたままの枝のあいだにしっかり銃を載せて狙いを定め、発砲し、結果を見ようと即座に立ち上がった。遠くの男は、銃声のした方に首を回して、もう一歩前に出て、一瞬ためらったように見えたが、いきなりばたっと両手両膝をついた。ライフルの鋭い銃声のあとに生じた静寂の中、射撃の名手は獲物から目を離さぬまま、『あの黒公の身を仲間が心配するのもこれで最後だな』と言った。這いつくばったまま走ろうとして、男の手足が体の下でせわしなく動くのが見えた。誰もいないように見える空間に、狼狽と驚きの叫びが次々上がった。男はべったりと、顔を下にして突っ伏し、それっきり動かなくなった。『あれでこっちの力を見せつけてやったんだ』ブラウンは私に言った。『いつ殺されるかわからないっていう怯えを叩き込んでやったんだ。それがこっちの狙いだった。人数は二百対一だったが、これで奴らも一晩考え込んだだろうよ。そんなに遠くから撃たれるなんて、誰一人夢にも思ってなかったはずだ。あのラージャの家来なんか、目玉が顔から飛び出しそうな様子でせかせか山を降りてったね』

私に向かってこう語りながら、ブラウンは震える手で、青い唇に浮かんだ薄い泡を拭きとろうとした。『二百対一。二百対一……恐怖心を叩き込むんだ、恐怖、恐怖だよ……』。本人の目玉も眼窩から飛び出しかけていた。そして体をうしろに倒したが、瘦せた指で空気を引っ搔きながらまた身を起こして、頭を垂れ、毛むくじゃらの形相で、民話の半身半獣みたいに横目で私を睨みつけた。恐ろしい激痛の発作に口が開き、しばらくは物も言えずにいた。絶対に忘れられない情景というものがこの世にはある。

さらに、敵の発砲を引き出して入江沿いの藪に誰か隠れているかどうか嗅ぎ出そうと、ブラウンはソロモン群島出の男に、水中に投げた棒をスパニエル犬に取ってこさせるみたいに、ボートまで行ってオールを一本持ってこいと命じた。これは上手く行かず、ソロモン群島出の男は何の発砲も受けずに帰ってきた。『誰もいないんだよ』と意見する者もいたが、『不自然だ』とヤンキーは言った。そのころにはもうカシムは立ち去っていた。彼はブラウンの対応に大いに感心し、喜んでいたが、同時に不安も感じていた。そしてカシムはややこしい策略をなおも続け、ダイン・ワリスの許に伝言を送って、白人の船がいまにも川をのぼって来るという情報が入った、気をつけろ、と警告した。船の規模は最小限に言っておき、来たら行く手を塞げとけしかけた。こうしてブギスの戦力を分断し、戦闘によってさらに弱めるというのがカシムの狙いだった。その一方で、カシムはその日のうちに、町に集ったブギスの長老らにも伝言を送り、侵入者たちが撤退するよう説得に努めている最中ですと請けあった。砦に向けては、ラージャの兵たちのためにぜひとも火薬を分けていただきたい、と要請した。トゥンク・アラングが謁見を行なう館に掛けられた銃架で刻々錆びている、二十本かそこらある年代物のマスケット銃には、もう長いこと弾薬が入っていなかった。小山とラージャの館とのあいだで大っぴらに交渉が行なわれているのを見て、誰もが動揺した。もうどちらにつくか決めるときだ、という言葉が口にされはじめた。じきに大量の血が流され、その後も多くの人にとって苦難が生じるだろう。秩序立った平和な暮らし、誰もが明日のことを安心できる社会の骨組、ジムの手によって築かれた伽藍（がらん）は、いまにも崩壊して血煙（ちけむり）上がる修羅場と化してしまいそうに思えた。貧しい者たちは早々と森に避難したり川上に逃げたりしていた。ここはひとつラージャに表敬訪問をしに行かねば、と踏んだ上流階級の者も多かった。訪ねてきた彼らを、ラージャの部下の若者たちは邪険に押（す）しやった。老トゥンク・アラング本人は、恐怖と優柔不断とで半狂乱になっていて、拗ねたように黙りこくっているか、手ぶらで来るとは何事かと訪問者を罵倒するかのどちらかだった。老ドラミンのみが民をひとつに保ち、揺らぐことなく己の作戦を進めていった。にわか拵（ごしら）えの砦柵の中で大きな椅子に陣取って、太い、くぐもったうなり声で命令を発し、噂が飛び交うさなかにも耳の聞こえぬ人間のように動じなかった。

　黄昏が訪れ、地面に釘付けされたかのように両腕を突き出して倒れたままの死者の亡（なき）骸（がら）がまず見えなくなった。やがて、空を回転してゆく夜の天球がパトゥザン上空を滑らかに転がって、じきに停止し、無数の世界の煌めきを地上に降らせた。町の中、露出した場所ではふたたび大きな火が焚かれて一本だけの道路沿いで赤々と燃え、あたり一帯、家々の屋根が下向きに描く直線や、乱雑に編まれた編み垣の断片をあらわにした。ところどころで小屋が丸ごと一軒、炎の光を浴びて、高い杭の集まりが作る黒い垂直の帯の上にその姿が浮かび上がった。一連の住居が作り出すこうした線が、揺らぐ炎によってあちこち切れぎれに現われ、ちらちらと点滅しねじくれつつ、川上の方へと、土地の奥の闇へと遠ざかっていくように見えた。大いなる静寂の中、次々に焚かれる火から立ちのぼる朧な光が音もなく揺らめき、静寂は小山のふもとの闇にまで広がっていった。けれども、川の向こう側は、砦の前の川岸にひとつだけ焚かれた篝火(かがりび)を除けば真っ暗で、無数の足が踏み鳴らしているような、多くの声から成るうなりのような、あるいはひどく遠い滝のような、じわじわ大きくなってゆく振動が空中に送り出されていた。ブラウンが私に打ちあけたところでは、まさにそのとき、部下たちに背を向けてそうしたいっさいを見ていると、軽蔑の念も依然としてあったし、自分自身を冷徹に信じる思いもあったにもかかわらず、とうとう石壁にぶち当たったのだという気持ちに陥ったという。もしそのときにボートが浮かんでいたなら、こっそり脱出を試み、川を下るあいだずっと追跡される危険も海で餓死する危険も辞さなかったと思うとブラウンは言った。もしそうしていたら、逃げおおせたかどうかは大いに疑わしい。だがとにかく、試みはしなかった。次の一瞬、今度は、町を急襲したらという思いが頭をよぎったが、結局は焚火に照らされた道路に行き着いて両側の家々から部下もろとも犬のように撃ち殺されるのがオチだと悟った。二百対一。その間部下たちは、燻(くすぶ)っている燃えさしの山二つを囲んで背を丸め、カシムの外交術のおかげであるバナナの残り最後をもぐもぐ嚙みヤムイモ数本を焼いていた。コーネリアスは彼らに交じって座り、拗(す)ねたような顔でうたた寝していた。

やがて白人の一人が、ボートに煙草を置いてきたことを思い出し、ソロモン諸島出の男が攻撃されなかったことに気を強くして、自分が取ってくると言い出した。これを聞いて、ほかのみなは一気に活気づいた。許可を求められたブラウンは、『ふん、勝手に行くがいい』と蔑むように言った。彼としても、闇の中を入江まで行っても危険はないと思っていたのだ。男は木の幹の向こうに脚を投げ出し、見えなくなった。間もなく、ごそごそとボートに這って入り、また這って出る音が聞こえた。『あったぞ』男が叫んだ。閃光と銃声が小山のふもとで生じた。『やられた』男はわめいた。『気をつけろ、気をつけろ——やられたぞ』。それを聞いてたちまち、ライフルの発砲がいっせいにはじまった。山頂から夜の闇に向けて、小さな火山のように炎と轟音が迸り出た。ブラウンとヤンキーが悪態をつき拳骨を振り回して、パニックに駆られた射撃をどうにかやめさせると、入江の方から、底深い、疲れきったようなうめき声が漂ってきて、そのあとに、何とも痛ましい、血を凍りつかせる毒のような悲しみの嘆きが聞こえてきた。それから、入江のどこか向こうで、力強い声が、はっきりした、だが理解不能な言葉を何語か発した。『誰も撃つな』ブラウンが叫んだ。『何て言ってるんだ?』……『山の上、聞こえるか? 聞こえるか? 聞こえるか?』声は三回くり返した。コーネリアスが通訳し、返答を促した。『話せ、聞こえるぞ』ブラウンが叫んだ。すると、その声は、伝令にふさわしい朗々たる、仰々しい調子で、朧げに見える荒地の端を終始動き回りながら宣告した。すなわち、パトゥザンに住むブギスの男たちと、山の白人たちとそれに追随する者らとのあいだには、いかなる信頼も、共感も、話しあいも、和平もありえぬ。藪ががさごそ鳴った。当てずっぽうの連射が響きわたった。『馬鹿、何やってんだ』とヤンキーが小声で、苛立たしげに銃床を地面に叩きつけながら言った。コーネリアスが通訳した。小山の下の撃たれた男が『迎えにきてくれよ！　迎えにきてくれよ！』と二度叫んだのち、なおもうめき声で訴えつづけた。男はどうやら、斜面の、黒く焦げた地面に留まり、ボートの中でも身を低くしている限りは安全だったのに、煙草が見つかった嬉しさについ我を忘れて、ボートのいわば間違った側に飛び降りてしまったらしい。それで、岸に引き揚げられた白いボートが彼の姿をくっきり浮かび上がらせ、そのあたりの入江はせいぜい七ヤードの幅であり、向こう岸の藪には男が一人うずくまっていたのである。

うずくまっていた男はパトゥザンに来たばかりの、トンダーノ（セレベス島北東部の町）出のブギスで、その日の午後に撃ち殺された男の親戚だった。かの長距離射撃は、たしかに見ていた者たちを震撼させた。掛け値なしに安全だった男が、仲間たちの見ている前で撃たれ、ジョークを唇に浮かべたまま斃（たお）れたのだから。人々はその狙撃の背後に、激しい憤怒を生む元となっている残忍さを見てとった。そして撃たれた者の親戚である、名をシ＝ラパというその男は、狙撃時ドラミンと一緒に、ほんの数フィートしか離れていない砦柵の中にいた。君もこういう連中は知っているだろうから、闇の中一人で伝言を伝えにいくと買って出たこの男が、並外れた度胸の持ち主であることは認めると思う。開けた空間を男は這っていき、左に逸（そ）れて、ボートの向かいに出た。ブラウンの部下が叫んだので、男は驚いてしまった。銃を肩に載せて座った姿勢を取り、相手が飛び出て身をさらけ出すと同時に引金を引き、ぎざぎざのザラ弾をもろに三発、相手の腹に撃ち込んだ。それから、地面に突っ伏して、鉛のまばらな霰が自分のすぐ右の藪を切り刻み、かすめていく中、もう命はないものと覚悟した。やがて、体を二つに折り曲げ、つねに遮蔽物を求めてあちこちによけながら、例の演説を叫んだのだ。最後の一言とともに、横へ跳び、しばらくじっと横たわって、やがて、無傷のまま、代々子孫が倦まず語り継ぐであろう名声を携えて、家並の方に帰っていった。

そして小山の上では、絶望した一団がうなだれて、二つの小さな燃えさしが消えるのを止めようともしなかった。意気消沈して地面に座り込み、唇を窄め、目を落として、仲間が下で立てる音を聴いていた。男は頑丈な体で、なかなか死ななかった。うめき声が大きくなったかと思うと、痛みをそっと打ちあけるかのような奇妙な囁きに沈んでいった。時おり悲鳴が上がって、しばし沈黙が続いたのち、ふたたび長ったらしい、理解不能な訴えを譫言のように呟いているのが聞こえた。いつまで経っても止まなかった。『何になる?』とブラウンは、それまでブツブツ悪態を呟いていたヤンキーが降りていこうとするのを見て、体も動かさずに言った。『そうですね』脱艦兵はしぶしぶ同意し、思いとどまった。『ここでは傷を負ったらおしまいですね。余計な音を立てて、ほかの連中にあの世のことを考えさせるのが関の山だ』。『水!』と傷を負った男が、驚くほどはっきりした力強い声で叫び、それからまた弱々しくうめきはじめた。『そう、水だ。

水があればいい』脱艦兵が独り言のように、諦念を込めて呟いた。『水ならじきたっぷり来るさ。潮が満ちてくる』

やっと潮が満ちはじめ、訴える声と痛みの叫びを黙らせた。夜明けも近くなり、パトゥザンを前にして、登頂不能な山の斜面を見るかのように頬杖をついて座っていたブラウンは、どこか遠く、町の方で、真鍮の六ポンド砲が束の間轟音を響かせるのを聞いた。『何だ、あれ?』彼はうろうろつきまとうコーネリアスに訊いた。コーネリアスは耳を澄ました。くぐもった、咆哮のような叫び声が、川を下って町を越えていく。大きな太鼓が鳴り出し、いくつもの太鼓がそれに応えて、脈打つ、低く伸びる音を発した。小さな明かりがあちこち、町の暗い方の半分に煌めきはじめた。一連の焚火に照らされている半分からは、太い、長く伸びた声のさざめきが上がっていた。『あの男が帰って来たのです』コーネリアスが言った。『え? もう帰ってきたのか? 確かか?』ブラウンが訊いた。『はい! はい! 確かですとも。あの音をお聴き下さい』。『何をあんなに騒いでるんだ?』ブラウンがなおも訊いた。『喜んでいるのです』コーネリアスが鼻を鳴らして言った。『大変偉い人間なのですが、それでも子供みたいに幼稚なので、あの男を喜ばせるためにみんなで騒ぐのです。奴らもやっぱり幼稚ですから』。『なあおい、どうやってあいつを攻めたらいい?』ブラウンが言った。『向こうからあなた様と話をしに来ますよ』コーネリアスは言い放った。『どういう意味だ? ここにふらっと顔を出すってのか?』。コーネリアスが闇の中で大きく頷いた。『そうです。まっすぐここへ、あなた様と話をしに来ますよ。とにかく馬鹿みたいな男ですから。会えばどれだけ馬鹿だかわかります』。ブラウンはまさかという顔をしていた。『会えばわかりますよ』コーネリアスはくり返した。『怖がる人間ではありません——何も怖がらんのです。ここへ来て、自分の民に手を出すなとあなた様に命じるでしょうよ。誰一人、あの男の民に手を出してはならんのです。幼い子供みたいなのです。まっすぐあなた様のところに来ますよ』。ああ！　コーネリアスは——ブラウンが私に言った呼び方を使えば『あのスカンク野郎』は——ジムをよく知っていた。『そうです、きっとです』コーネリアスはなおも熱っぽく言った。『そうしたら、船長殿、あの銃を持ったのっぽの男に、撃てと命じなさい。あっさり殺してしまえば、みんな縮み上がって、あとはあんな奴らどうとでもできますよ——何でも手に入れて——好きなときに出ていかれればいい。ハッハッハ！　結構……』。待ち遠しさと期待とに、ほとんど踊り出さんばかりの勢いだった。ブラウンがコーネリアスの方をふり返ると、部下たちの、容赦ない夜明けの光に照らし出された姿が見えた。みな朝露にぐっしょり濡れ、冷たくなった灰や野営の残骸の只中に座って、げっそりやつれ、怯えて、服もぼろぼろだった」

# 第四十一章

「最後の最後まで、夜が一気に明けるまで、西側の岸の焚火は赤々と燃えつづけた。やがて、前方に突き出た家並のあいだに、色とりどりの姿が何人か動かず固まっている中、ヨーロッパの服を着てヘルメットをかぶった全身真っ白の男が一人いることをブラウンは見てとった。『あれがそうです。ほら！　ほら！』コーネリアスが興奮して言った。ブラウンの部下たちもみな跳び上がって、どんより濁った目でコーネリアスの背後に群がった。鮮やかな色どりの、薄黒い顔の集団が、白ずくめの男を真ん中に、ブラウンたちがいる小山を眺めていた。むき出しの腕が何本か持ち上がって目の上にひさしを作り、何本かの茶色い腕がこっちを指しているのが見えた。どうすればいい？　ブラウンはあたりを見回した。どっちを向いても森が迫って、不平等としかなりえぬ戦いの場を囲っていた。彼はもう一度部下たちを見た。軽蔑、疲労、生の欲求、もう一度チャンスを試したいという——別の墓を試したいという——願望、それらがブラウンの胸の中でせめぎ合っていた。あの姿が呈している輪郭から察するに、あそこにいる白人は、土地の力すべてを背に受けて、こっちの位置を双眼鏡で吟味しているらしい。ブラウンは丸太の上に跳び乗り、手の平を前に向けて両手を投げ上げた。色とりどりの集団の輪が白人の周りでより小さくなり、二度また広がった末に、白人の周りには誰もいなくなった。白人は一人でゆっくり歩き出した。棘の多い藪のあいだにジムが現われたり消えたりをくり返しながら、入江のすぐそばに来るまで、ブラウンは丸太の上から降りなかった。それから、跳び降りて、川の反対側に立つべく斜面を下っていった。

おそらく二人は、ジムが人生二度目の、一か八か（ばち）の跳躍を遂げて、パトゥザンの生活へと、人々の信頼と愛情と確信へと飛び込んでいった場所からさほど遠くないところで——ひょっとするとまさにその地点で——出会ったのだと思う。入江をはさんで二人は向きあい、どちらも揺るがぬ視線でもって、口を開く前に相手を理解しようと努めた。たがいに対する反感が、両方の眼差しに表われていたにちがいない。ブラウンがジムを一目見ただけで嫌ったことを私は知っている。それまでどんな希望をブラウンが抱いていたにせよ、ジムを見たとたんにそのすべてが消え失せた。これは自分が予想していたような男ではない。そのせいでジムが憎かった。そしてブラウンは、肱のところで袖を切ったチェックのネルシャツを着てあごひげには白いものが交じり顔は落ち窪んで陽に黒ずんだブラウンは、相手の若さと自信を、その澄んだ目を、悩みひとつなさそうな物腰を心の中で呪った。こいつはそう簡単には行かない！　この男は協力を得るために何か代償を払う気がありそうには見えなかった。有利な点はすべてあっちにある――所有、安全、力。圧倒的な勢力があの男の側についている！　男は飢えてもいないし追いつめられてもいないし、少しも怖がっていないように見えた。そもそも、白いヘルメットから、カンバス地の脚絆(レギンス)やパイプ粘土で白くした靴に至るまで、ジムの服装の小綺麗さそのものが、ブラウンの厳めしい、苛立った目には、彼がこれまで人生を形作る上で蔑み、あざけってきた物たちと繋がっているように思えた。

『君は誰です？』しばらく黙っていたあと、ジムがふだんの声で訊いた。『俺の名前はブラウン』彼は大声で答えた。『キャプテン・ブラウン。あんたは？』。するとジムは少し間(ま)を置いてから、ブラウンの言葉が聞こえなかったかのように静かな声で続けた。『どうしてここへ来たんです？』。『わざわざ訊くのか』ブラウンは吐き捨てるように言った。『見ればわかるだろうが。腹が減ってるのさ。あんたはどうして来た？』

『そう言われて、奴はギョッとしたんだ』とブラウンは、自分たち二人の奇妙な会話のはじまりを語った。彼らを隔てるのは入江の泥底だけだったが、全人類にかかわる人生観に関してはたがいにまったくの対極に立っていた。『そう言われて、奴はギョッとして、顔が真っ赤になった。偉人に質問するとは何事か、ってとこなんだろうよ。だから俺は言ってやったんだ。あんたひょっとして俺のこと死んだも同然、好き勝手に扱っていい身と思ってるかもしれんけど、実はあんただってまるっきり同じなんだぜ。山の上には俺の部下がいて、さっきからずっとあんたに狙いを定めていて、俺から合図がありさえすれば引金を引く。べつにびっくりするようなことじゃなかろう。あんた、自分の意志でここまで降りてきたんだからな。「同意しようじゃないか、俺たちどっちも死んだも同然ってことで」と俺は言った。「それを前提に、対等の人間として話そうじゃないか。人間みんな、死の前では対等だからな」。こうしてここにいる俺が、罠に捕まった鼠みたいなものだってことは認めるが、俺たちはここへ無理矢理追いやられたのであって、罠に捕まった鼠だって嚙むことはできる。と、じきに向こうが口をはさんできた。「鼠が死ぬまで罠に近づかなければ嚙まれやしないさ」。そういう手口はここにいる現地人のお友だち相手ならいいだろうが、あんただって白人の端くれだろう、いくら鼠相手でもそいつはあんまりじゃないのか、と俺は言い返した。そう、俺はあんたと話がしたい。といっても、命乞いをするためじゃないぜ。俺の仲間たちも――まあ、一応――あんたと同じ人間さ。俺たちがあんたに望むのは、とにかくここへ来てとことんやり合ってくれってことさ。「冗談じゃないぜ」と俺は、木の柱みたいに突っ立ってる奴に向かって言った。「あんたまさか、毎日ここまで双眼鏡持って降りてきて、俺たちがまだ何人ぶっ倒れずにいるか数える気じゃなかろう？　あんたがそっちの悪魔どもを連れてここへ来るか、俺たちを逃がして海で飢え死にさせるか、そのどっちかにしろよ！　私の民だの私の仲間だの、ご大層なこと言ってるけど、前はあんたも白人だったんだろ。そいつら、ほんとにみんな仲間なのか？　それでいったい何が手に入る？　ここの何がそんなにありがたいのかね？　え？　あんた、俺の仲間がここまで降りてくるのは嫌なんだな？　二百対一で。俺たちが開けた場所に降りてくるのが嫌なんだな。ふん！　約束するぜ、こっちだってただむざむざやられやしないからな。罪もない人たちを俺が卑怯にも攻撃した、とかあんた言うけど、こっちはほとんど何の罪も犯してないのに飢え死に寸前まで追い込まれてるんだぜ、そいつらが罪のないだの何だの俺の知ったことか？　だいいち俺は卑怯者じゃない。あんたも卑怯な真似はよせ。そいつらを連れてこい、じゃなけりゃ俺たち、罪のない町半分煙にして、あの世への道連れにしてやるからな！」』

そう私に語るブラウンの姿は、見るに恐ろしかった。骸骨が無理矢理ねじ曲げられたみたいな肉体が、悲惨そのものの穴蔵の、みじめな寝台の上で、体を丸めて顔を膝の上に引き寄せ、上を向いて、悪意に染まった勝ち誇った目で私を見ていたのだ。

『そう言ってやったんだ――俺にはわかったんだ、何と言ったらいいか』ブラウンはふたたび話し出した。はじめは弱々しい声だったが、あっという間に自分の話に興奮して、凄まじい軽蔑を吐き出しはじめた。『「森へ入っていって、生ける屍(しかばね)みたいに、一人また一人とぶっ倒れて、ちゃんと息も止まらんうちから蟻どもの餌食になる……そんなの冗談じゃないぜ。ふざけんな！……」。「君たちにはそういう末路が相応だ」と奴は言った。「じゃああんたには何が相応なんだ」と俺は奴に向かって叫んだ。「俺から見りゃあんたなんて、こんなところにこそこそ隠れて、責任だの無垢な命だの糞忌々しい義務だの、偉そうな科白吐いてるだけだぜ。あんたのことなんか俺はろくに知らんが、あんただって俺のことそれ以上に知ってるか？　俺は食い物を手に入れにここへ来た——聞こえるか？　俺たちの体を満たす物を手に入れにきたんだよ。あんたは何のために来た？　ここへ来たとき、何をくれって頼んだ？　俺たちがあんたに頼むのはただひとつ、俺たちと戦うか、俺たちを邪魔せずに帰らせるか、そのどちらかさ……」。「いまここで君と戦ってもいいぞ」と奴は、ちっぽけな口ひげを引っぱりながら言った。「撃ちたきゃ撃つがいい、歓迎さ」と俺も言った。「どこかで飛び降りなきゃならんのなら、ここで飛び降りるんでいっこうに構わん。運のなさにはもううんざりだ。だけどそれじゃ話が簡単すぎる。部下たちも俺と運命を共にしてるんだ——そして俺は、自分だけ逃げ出して部下を厄介事の只中に置き去りにするような人間じゃない」そう俺は言った。奴は少し立ったまま考えていたが、やがて、そんなに追いつめられるなんて君はいったい——「あっちで」と、川下の方にあごを向けた——何をやってきたんだと訊いてきた。「俺たち身の上話をやり合うためにここに出てきたのか？」と俺は訊き返した。「あんたからはじめたらどうだ。嫌か？　いいさ、俺だって聞きたかないさ。あんたの胸にしまっとけばいい。どうせ俺の身の上と五十歩百歩だろうよ。俺は生きてきた——そしてあんたもだ。もっともあんたの口ぶりじゃ、自分にはほんとは羽が生えてて汚い地面なんかに触れずに生きられるはずなんだとでも言いたげだがな。ふん、そりゃ地面は汚いさ。俺には羽なんかない。俺がいまここにいるのは、人生で一度だけ怖がったからだ。何を怖がったか知りたいか？　牢屋さ。俺は牢屋が怖くて仕方ないのさ、そのことは知ってくれていいぜ、何の足しになるかわからんがな。あんたは何が怖くてこんな地獄の穴に——もっともずいぶんいい目に遭ってるみたいだが——行き着いたかは訊かないでおくぜ。それがあんたの運で、これが俺の運だ——さっさと撃たれるか、それとも自由の身で追ん出されて手前のやり方で飢え死にするか、二つに一つを願う身がさ』……。

ブラウンの衰弱しきった体が歓喜に震え、その震えにこもったあまりの激しさ、あまりの確信、あまりの悪意に、このあばら屋で彼を待っていた死すら追い払われてしまったように思えた。狂える自己愛の屍が、墓場の暗く恐ろしい場から蘇るかのように、襤褸と窮乏の中から立ち昇ってきた。彼がかつてジムに向かってどれだけ嘘をついたのか、このとき私に向かってどれだけ嘘をついていたのか——そしてつねづね自分に向かってどれだけ嘘をついてきたのか——知りようはない。虚栄心というものは人の記憶をけばけばしく着色するものであり、あらゆる情熱をめぐる真実は、その情熱を生かしつづけるために何らかのいつわりを必要とする。あの世のとば口に立ち、乞食同然になり果てたブラウンは、この世の面に平手打ちを喰らわし、唾を引っかけ、己の悪行の根本にある底なしの軽蔑と反感を投げつけた。この世の何もかもに彼は打ち勝った——男に、女に、野蛮人に、貿易商に、悪党に、宣教師に、そして『あの牛みたいな面の野郎』ジムに。今際の際でのこうした勝利を、地球全体を踏みにじってやったんだというこのほぼ死後の錯覚を、私はブラウンから奪いはしなかった。彼が見苦しい、厭わしい苦悶に包まれて自慢話を続ける中、私はずっと、クスクス笑いとともに人々が語っていた、この男の人生最高の栄華の時をめぐる噂ばなしを思い出さずにいられなかった。一年かそこらのあいだ、紳士ブラウンの船は、紺碧の海原に緑の縁飾りが添えられ、白い浜には宣教所の黒い点が一点打たれた小島の沖に、何日も続けて浮かんでいるのが見受けられたという。その間、紳士ブラウンは陸にいて、ロマンチストの、メラネシアに耐えられなかった若い女にせっせと魔法をかけ続けるとともに、女の夫たる宣教師に対しては、この男をものの見事に改宗させられるのではという希望を与えていた。どうやらこの夫、あるとき『ブラウン船長をよりよい生活にお導きしたい』という意向を口にしたらしい……。『紳士ブラウンをひっ捕まえて、栄えある天国に引っぱってこうってのさ』——と、訳知り顔の流れ者が評した——『まあ少なくとも、西太平洋貿易の船長ってのがどういうなりしてるか、天の連中に見せてやれるよな』。さらに噂によれば、ブラウンとはあるとき死にかけた女と駆落ちし、女の亡骸の上に屈み込んで涙した人間なのだ。『大きな赤ん坊みてぇにわあわあ泣いてさ』と、当時彼の船の航海士だった男は、何度も飽きずにくり返した。『いったい何が楽しかったのか、こちとらはさっぱり、病気のカナカ人に蹴り殺されたってわからんね。いいかい、みなさん！　船長が船に乗せたときには、女はもう船長のことがわからないくらい行っちまってたんだぜ。ただただ船長の寝台に仰向けになって、ギラギラ光る目で梁と睨めっこして、そうして、死んだんだ。何かひどい熱病だったんだな……』。こうしたもろもろの話を私が思い起こしているのをよそに、ブラウンはもつれて固まったあごひげを鉛色の手で拭いながら、悪臭の立つ寝椅子から己の物語を語っていた――あの忌々しい、汚れひとつない、お高くとまった奴を出し抜き、胸のうちに入り込み、一撃を喰わしてやった物語を。たしかに怖がらせて動くような奴じゃなかった、とブラウンは認めた。だけど道はあったのさ、『通行門みたいに広々とした入口があったのさ、そこから中に入って、奴の安物の魂をぐるぐる揺さぶって、内外（うちそと）ひっくり返して、上下逆さにしてやったのさ！』」

# 第四十二章

「ブラウンはきっと、そのまっすぐな道を見通すだけで精一杯だったのだと思う。そこに見えたものにとまどっているのか、語りながら一度ならず、自分で話を遮っては声を上げた――『あやうく取り逃がすところだったぜ。どうもいまひとつ見えてこない奴だった。何者なんだ、あいつは？』。そう言って狂おしい目で私を睨みつけてから、ふたたび歓喜し、冷笑しながら先を続けるのだった。いまの私から見て、入江をはさんで行なわれた彼ら二人の会話は、冷徹に結末を知る運命の女神がこれまで見守ってきた数々の対決の中でも、無類に陰惨な部類のものではなかったかと思える。たしかにブラウンは、ジムの魂を内外ひっくり返しはしなかった。だが、私がはなはだしい勘違いをしているのでなければ、ジムの心は、ブラウンの手がとうてい届きようはなくとも、この闘いの苦々しさをさんざん味わわされていたにちがいない。この連中こそ、ジムが放棄した世界が、隠れ場所にこもった彼を追跡させるべく送り出して来た使者たちなのだ。自分はそこで生きるに値しないとジムが決めた、『あっちの』世界から来た白人たち。彼にとって、やって来たものはそれに尽きた。脅威、衝撃、自分の仕事に対する危険。ジムが時おり口にした言葉の隙間から飛び出してくる、憤りと諦めに彩られたこの悲しい感情こそ、彼の人格を読みとろうとするブラウンをかくもとまどわせたものではなかったか。偉大な人間たちの中には、何よりもまず、自分の道具に使おうと決めた者たちの中に、その仕事に肝要な力があることをきっちり見てとる能力のおかげで偉大たりえている者もいる。そしてブラウンも、およそ偉大な人物などではなかったが、自分の餌食と決めた人間の中の、もっともよい部分ともっとも弱い部分とを嗅ぎつける点では悪魔的な才を有していた。あいつは媚びへつらいに乗せられるような奴じゃなかった、とブラウンは私にも認めた。だから彼は、自分のことをあくまで、不運、非難、惨事にもひるまず向きあう人間として押し出した。銃を何丁か密輸するくらい大した罪ではないと彼は主張した。パトゥザンにだって、もしかしたら物乞いに来ただけかもしれないじゃないか——それを否定する権利が誰にある？　何しろここの連中ときたら、何も訊かずに両岸から俺に銃をぶっ放したんだぞ……だがこれは厚かましい歪曲(わいきょく)というものだった。実のところは、ダイン・ワリスの精力的な働きのおかげで、どうにか最悪の事態は回避されたのだ。私にもはっきり打ちあけたとおり、ブラウンはあのとき、町の規模を見きわめたとたん、これはもう足場を確保したらすぐ左に右に撃ちまくるしかない、それもまずは目に見える限りの生き物を全部ぶっ殺すことからはじめるんだ、そうやってこいつらを怯え上がらせるしかない、そう決めたのだ。数の不釣合いもここまで大きいと、少しでも見込みある手はそれだけだったのさ、と彼はゴホゴホ咳込みながら私に言った。だがブラウンはそのことをジムには言わなかった。一方、彼らが味わってきた苦難、飢餓、これはもう掛け値なしに本物だった。一目見ればわかる。彼がピーッと鋭く口笛を吹くと、部下たちがいっせいに現われて丸太の上に並び、ジムからも全員が見渡せた。あの男を殺したことは、あれはたしかに――たしかにやってしまったことだ――だけどこれは、戦だろう？――ささやかではあれ戦争だろう？　それにあの男は、胸を撃たれていわば綺麗に殺された。いま入江に転がってる俺の部下とは全然違う。こっちは奴がザラ弾で内臓引きちぎられて死んでくのを六時間ずっと聞かされたんだぞ。とにかくこれまでは命ひとつと命ひとつ、おあいこさ……。こうした話がえんえん、どこか投げやりな口調で、不運にさんざんけしかけられてきたせいでいまやどっちへ走ろうがもうどうでもよくなってしまった男の無謀さとともに語られた。追いつめられた人間の率直さでもって、彼は単刀直入ジムに問いかけた。闇雲に自分の命を救うとなれば、ほかに誰が何人死のうと――三人、三十人、三百人死のうと――知ったこっちゃないはずだ。あんただって自分の胸に訊いてみりゃそれくらいすぐわかるだろう？　あたかも悪魔が自分の耳元に忠告を囁いているようにブラウンは感じた。『奴さん、たじろいでたね』とブラウンは私に自慢した。『じきにもう、偉そうな科白並べるのもやめたよ。言うこともなくなってそこに突っ立って、えらく険悪な顔で睨んでたね——俺をじゃなくて、地面を』。あんた自分の人生思い起こしても何ひとつうしろめたいことはないのかい、ドツボから逃げ出そうとあがいてる男にそんなに厳しく言えるほどあんたご立派なのかい……といった調子でブラウンは喋りつづけた。その粗削りの演説の中で、自分たちが同じ英国人の血を共有していることがさりげなく言及され、同じ経験を共有していることが前提とされ、何ともおぞましいことに同じ罪を共有していること、頭と心の絆のごとき秘密の認識を共有していることがほのめかされた。

これだけ言ってブラウンはばたっと身を伏せたが、ジムのことは目の端で見守りつづけていた。入江の向こう側にジムは立ち、脚を小枝で叩きながら思案していた。ブラウンから見える家並は、疫病が命のあらゆる息を一掃していったかのように静まり返っていたが、実は家々の中から、多くの見えない目が、入江をはさんで向きあう二人の男に、岸に乗り上げたボートに、泥になかば埋もれた男の死体に注がれていた。川の上ではふたたびカヌーが何隻も動き出していた。白人の主人が帰ってきて、この世の社会制度の堅実さに対する信念をパトゥザンは取り戻しつつあったのだ。右側の岸、家々の露台、岸辺に繋がれた筏(いかだ)、さらには水浴小屋の屋根まで、誰からも聞こえぬ、ほとんど誰からも見えぬ場に人々は身を潜め、ラージャの砦柵の向こうの小山にじっと目を向けていた。森は広々と不規則な、川の輝きによって二か所切断された輪を描いていたが、その輪の内側、どこまでも静寂が広がっていた。『沿岸から出ていくと約束するか?』ジムが訊いた。ブラウンは片手を上げ、また下ろした。そうやってすべてを放棄し、不可避の事態を受け容れていた。『そして武器も引き渡すか？』ジムがさらに言った。ブラウンは身を起こして、向こう岸を睨みつけた。『武器を引き渡す！　冗談じゃない、引き渡させたかったらここまで来て俺たちの手からもぎ取るがいい。あんた、俺が怖気づいて頭おかしくなったとでも思ってんのか？　ふざけるな！　武器といま着てるこの襤褸(ぼろ)、こっちはそれが全財産さ、あとは元込め銃がボートにまだ何丁かあるけどマダガスカルに着いたらまとめて売っちまうつもりさ、船から船へ物乞いして行ってほんとにマダガスカルまでたどり着けたらの話だがな』

　これに対してジムは何も言わなかった。そのうちやっと、手に持っていた小枝を投げ捨て、独り言でも言うように『わからないな、僕にそれだけの力があるか』と言った……。『わからないだと！　それでよく武器を引き渡せなんて言えるな！　冗談きついぜ』とブラウンは言った。『ここの連中があんたに言うことと俺にすることが違ったら、俺たち一巻の終わりだぜ』。目に見えて落着きが戻ってきていた。『あんたには力があると俺は思うね、じゃなきゃこんな話、何の意味がある？』彼はなおも言った。『あんたここに何しにきたんだ？　世間話か？』

『わかった』とジムは、長いこと黙っていた末にいきなり顔を上げて言った。『君たちを邪魔せずに出ていかせるか、堂々と我々と戦わせるか、どちらかにする』。そしてくるっと踵(きびす)を返して立ち去った。

ブラウンはすぐに立ち上がったが、ジムが家並の端に消えるのを見届けてから初めて山をのぼって行った。それっきり、ブラウンは二度とジムの姿を見なかった。頂上に戻っていく途中、首を引っ込め背中を丸めて歩いているコーネリアスに出会った。コーネリアスはブラウンの前で立ちどまった。『どうして殺さなかったんです？』不機嫌な、不満げな声でコーネリアスは問いつめた。『もっといい手があるからさ』とブラウンは愉快そうににんまりして言った。『そんなものありませんよ！』コーネリアスは熱を込めて抗議した。『ありえません。私め、ここで長年暮らしてきたんです』。好奇心をそそられて、ブラウンは顔を上げてコーネリアスを見た。武器を取って彼に刃向かってきたこの地の生活にはいろいろな側面がある。ブラウンにはいつまでもわかりそうにないさまざまな事どもがある。コーネリアスは打ちひしがれた様子でブラウンの脇を抜け、川の方へこそこそ歩いていった。いまやコーネリアスは新しい友らから離れようとしている。当てはずれの展開を、拗ねた強情さとでも言うべき態度で受け容れようとしている。その態度が、小さな黄色い老いた顔をいっそう引き締め小さくしているように見えた。が、斜面を降りていきつつあちこちをきょろきょろ見渡しながらも、ずっと抱え込んできたひとつの考えだけは決して捨てなかった。

ここから事態は、いっさいの抑制を失って急激に進行してゆく。その流れは、男たちの心そのものから、暗い水源から発する小川のように発している。その男たちの中にむろんジムの姿も見えるが、それは主としてタム・イタームの目を通して見られた姿だ。

娘の目も彼を見てはいたが、彼女の生はジムの生とあまりにも密接に絡みあっていた。そこには彼女の情熱があり、疑念があり、怒りがあり、何よりもまず恐れと、許すことを知らぬ愛がある。忠臣タム・イタームに関しては、ほかの者たち同様に全体が見えているわけではなく、そこに絡むのは忠誠心だけだった。主人に対するその忠誠と信念があまりに強いせいで、驚きの念すらも、不可思議な挫折を甘受する気分へと鎮まってしまう。タム・イタームの目はただ一人の姿しか見ていない。とまどいが生む、込み入った迷路もくぐり抜けて、守る存在、従う存在、世話する存在としての自分の空気を彼は維持する。

　主人は白人たちとの話しあいから戻ってきて、道路に設けた砦柵に向かってゆっくり歩いてきた。誰もが彼の帰還を喜んだ。誰もがジムの留守中、彼が殺されるかもしれないということのみならず、その後何が起きるかを心配していたのだ。並んだ家々のうち、老ドラミンが先ほど引っ込んだ家にジムは入っていって、そこに長いこと、ブギスの長（おさ）と二人きりで留まっていた。今後の方針を二人で話しあったにちがいないが、その会話に居合わせた者はいない。扉に極力近づいていたタム・イタームが、次のように主人が言うのを耳にしたのみである。『わかりました。それが私の意向であることをみなに伝えます。ですがドラミン、私は誰よりも前にあなたと、二人きりでお話ししたのです。私はあなたのお心をよく存じ上げ、あなたが何を一番お望みかも存じていますが、あなたもまた私の心をご承知下さっています。それにまた、私がひたすら人々の益のみを想っていることもあなたはよくご承知です』。こう言って主人は、出入口の掛け布を持ち上げて出ていき、彼タム・イタームは中にいるドラミンの姿を一目垣間見ることになった。長老は両手を膝に載せて椅子に座り、両足のあいだを見下ろしていた。それからタム・イタームは主人のあとについて砦に行った。ブギス居住地、パトゥザン、その両方の主だった面々が、話しあいを行なうべく集められていた。タム・イターム自身は戦になることを期待していた。『もうひとつ山を征服するだけのことじゃありませんか？』と彼は残念そうに声を上げた。ところが、町の住民の多くは、勇ましい男がこれだけ大勢戦う気満々でいるのを見ただけであの強欲な他所者たちも大人しく出ていくのでは、と考えていた。そうなることを、彼らは望んでいた。ジムの帰還は、すでに夜明け前、砦の大砲を放ち大太鼓を鳴らすことによって知らされていたから、それまでパトゥザンを包んでいた恐怖心は岩に寄せる波のようにもはや砕けて消え、沸き立つあぶくのごとくに、興奮と、好奇心と、果てしない憶測があとに残っていた。防御の目的で人口の半分が家を出るよう命じられ、川の左岸の路上で暮らしていた。砦の周りに彼らは群がり、危険に晒された岸辺に建つ、あとに残してきた自分たちの家が燃え上がるのをしばし覚悟した。とにかく早く決着をつけてほしい、というのがおおかたの心情だった。食べ物に関してはジュエルがきちんと手を打ち、避難民たちに然るべく食事が与えられていた。自分たちの主人たる白人がどうするつもりなのか、誰にもわからなかった。シェリーフ・アリとの戦より今回の方がたちが悪い、と説く者もいた。あのときは何がどうなろうと構わないという気でいる者も多かった。それがいまは、誰もが何かしら失うものを持っているのだ。町の二つの地点を行き来する一連のカヌーの動きに注目が集まった。ブギス族の戦用ボートが二隻、川を護るべく流れの中央に錨を下ろし、両方の舳先から煙の筋がのぼっていた。ボートに乗った男たちが昼飯の米を炊いていると、ブラウンとドラミンとの両会談を終えたジムが川を渡ってきて、水門から砦に入っていった。中にいた者たちがいっせいに群がって、ジムは屋敷に向かうこともままならなかった。帰還後、人々が彼を見るのはこれが初めてだった。昨夜戻ってきたときには、突堤まで迎えに来たジュエルと二言三言言葉を交わしただけで、長老や戦士たちに合流すべくすぐさま向こう岸に渡っていったからだ。人々の前を過ぎていくジムの背に、歓迎の言葉が浴びせられた。一人の老婆が、人波を押し分け狂おしい様子で前に出てきて、まるでジムを叱りつけるような口調で、ドラミンのところに行っている自分の息子二人の身にあんな泥棒を相手にして害が及んだりせぬよう取り計らってくれと訴え、みなの笑いを誘った。周りの連中が何人かで引き離そうとしたが、老婆は抵抗して叫んだ。『放して下さい。何の真似です、ムスリムたちよ？　こんなときに笑うのは不謹慎です。あの者どもは、血に飢えた残酷な人殺しではありませんか？』。『放してやりなさい』とジムは言い、にわかにあたりが静かになると、ゆっくりと『誰一人危険な目には遭わせません』と言った。ふうっという大きなため息と、にぎやかな満足の呟きが漏れ、それらがまだ止まぬうちにジムは屋敷に入っていった。

ジムの決心がすでについていたことは間違いない。ブラウンを海に戻らせてやる、そう決めていたのだ。機嫌を損ねた運命は、心ならずもの行動をジムに強いている。ジムはここで初めて、真っ向から反対する声に抗して己の意志を打ち出すことを求められている。『長い話しあいが行なわれ、はじめのうちご主人は黙っていました』とタム・イタームは言った。『闇が訪れ、私は長いテーブルの上の蠟燭に火を灯しました。長たちは両側に座って、奥様はご主人の右手に留まっていました』

ジムが口を開くと、不慣れな難局ゆえに、その決意はむしろいっそう頑なになったようだった。ジムは語った。白人たちは山の上で彼の返答を待っている。彼らの首領が、かの国の言葉でジムと話し、ほかの言葉では説明しづらいさまざまなことを明かした。彼らは苦しみゆえに善悪の見えなくなった、過(あやま)てる男たちである。たしかにすでに人の命が奪われたが、これ以上失う必要があるだろうか？　聞き手である、集まった長たちにジムは訴えた。あなた方の無事は私の無事であり、あなた方が何かを失うのは私が失うことであり、あなた方が喪に服すとすればそれは私が喪に服すことなのです、と。耳を傾ける重々しい顔が並ぶテーブルをジムは見渡し、私たちがこれまで共に戦い、働いてきたことを思い出してほしいと訴えた。私の勇気はあなた方もご存じのはずです……同意の呟きで話がしばし途切れた……そして私がいままで一度も、あなた方を欺いてはいないことも。もう何年も、私たちは一緒に暮らしてきました。私はこの土地と、ここに住む民を、この上なく大きな愛をもって愛しています。あごひげを生やしたあの白人たちを立ち去らせるにあたって、もしも民に危害が及ぶようなことがあったら、自分の命をもって償うつもりです。彼らは悪を為す者たちですが、彼らは悪しき運命に見舞われもしたのです。私の提言が、いままで善からぬことがあったでしょうか？　私の言葉がいままで、民に苦しみをもたらしたでしょうか？　あの白人たちと、彼らに追従する者たちを、生かしたまま立ち去らせるのが最善だと私は考えます。ささやかな贈物をしてやろうではありませんか。『あなた方にこれまで何度も試され、つねに誠なることを証してきたこの私から、彼らを逃がしてやるようお願いします』そうジムは締めくくって、ドラミンの方を向いた。老いた貿易商は動かなかった。『では』とジムは言った。『あなたの息子、私の友人のダイン・ワリスを呼び入れて下さい。今回、私は指揮を執りませんから』」

# 第四十三章

「彼の椅子のうしろにいたタム・イタームは愕然とした。その宣言は途方もない動揺を引き起こした。『彼らを逃がしてやりましょう、私の知恵が告げる限りそれが最良なのです、そして私の知恵はいままで一度もあなた方を欺いたことはありません』ジムはなおもそう言った。沈黙が広がった。中庭の闇から、多くの者たちが立てる抑えた囁き声、足を引きずる音が聞こえてきた。ドラミンは重い頭を上げて、人の心を読むことは空（そら）に手で触れること同様に不可能だが、しかし――賛成すると言った。ほかの者たちも代わるがわる意見を述べた。『それが最良です』『逃がしてやりましょう』等々。けれども大半は単に『トゥアン・ジムを信じます』と言っただけだった。

　彼の意志に対するこうした単純明快な同意の中に、事態の核が丸ごと表われている。彼らの信頼、ジムの誠意。その誠意の言明が、ジム自身の目から見て彼を、決して隊列から脱落しない完全無欠の兵士たちと対等の存在にしていた。スタインの『ロマンチストです！　ロマンチスト！』という言葉が、大きな隔たりを超えていま鳴り響く気がする（その隔たりゆえに、ジムはもう二度と、彼の欠陥にも美徳にも無関心な世界に引き渡されはしないし、あの熱くしがみつく情愛――だが深い悲しみと永遠の別離にとまどいながらも涙にくれることは拒む情愛――とももはや関わりはしない）。これまで三年間に示してきた混じり気なしの誠意が、人々の無知、恐怖、怒りに対して勝利を収めた瞬間、ジムはもはや私にとって、私自身が最後に見た姿ではなくなる。彼はもはやあの、厳めしい岸辺、闇の降りた海に一人取り残されて薄暗い光を一身に集めている白い点ではなく、いまや己の魂の孤独に包まれて――その魂は誰よりも彼を愛したあの娘にとってでさえ残酷で解明不能な謎であり続けている――より大きな、より哀れな姿となっている。

彼がブラウンを疑っていなかったことは明らかだ。ブラウンの示した粗野な率直さが、話の真実性を保証しているように思えたから、ジムから見て信じない理由は見当たらなかった。この男は一種雄々しい実直さでもって自分の行為の道義性を直視し、己の行為から生じる結果を受け容れる気でいると思えたのだ。だがジムはブラウンの、ほとんど想像を絶するほどの自己中心癖を知らなかった。その性癖ゆえにブラウンが、自らの意志がひとたび抗われ挫かれると、己の意向を邪魔された独裁者そのままに、憤慨と復讐心とに染まった烈しい怒りに気も狂わんばかりになることをジムは知らなかった。だが、ブラウンを疑わなかったとしても、何か誤解が生じて衝突と流血に至ったりはしないようにしたいという気は間違いなくあった。それゆえジムは、マレー人の長たちが立ち去るとすぐ、食事を用意してくれるようジュエルに頼んだ。食事を済ませて、町へ指揮を執りに行こうというのだ。疲れているのだからと彼女が反対すると、あとで絶対に自分を許せないようなことが起きるかもしれないからとジムは答えた。『僕はこの土地のすべての命に対して責任があるんだ』と彼は言った。はじめは気持ちも沈んでいる様子だった。ジュエルはタム・イタームから次々皿を受けとって（スタインから贈られた正餐用の食器だった）自ら給仕を務めた。少し経つとジムの気分も明るくなった。君にはもう一晩砦の陣頭に立ってもらわないとね、とジュエルに言った。『僕たちは眠るわけには行かないのさ、僕らの民が危険に晒されている限りね』と彼は言った。少ししてから、冗談めかして、君は全員の中でも最高の兵士だよとジュエルに言った。『君とダイン・ワリスとで好きなようにやっていたら、いまごろはあの連中、一人も生きていないだろうね』。『あの人たち、ひどい悪人なの？』とジュエルは、ジムの座った椅子の方に身を乗り出しながら訊いた。『他人と較べて特にひどい悪人でなくても、人は時に悪い行ないをするものだからね』とジムはしばしためらった末に言った。

タム・イタームは主人のあとについて砦の外の突堤に行った。空は晴れていたが月は出ておらず、川の真ん中は暗かったが、左右の土手際の水は『ラマダーンの夜のように』（ラマダーンはイスラム教の断食月で、昼は断食す）多くの焚火の明かりを映し出していたとタム・イタームは言ったるので夜に火を焚くことになる）。戦（いくさ）用のボートが暗い水路を音もなく漂い、錨を下ろしたボートは不動のまま浮かんでにぎやかなさざ波を立てていた。その夜タム・イタームはさんざんカヌーを漕いでは主人のうしろにくっついて歩く破目になった。焚火がいくつも焚かれた町の通りを二人は何度も行き来した。町外れの内陸部では小さな一隊があちこちの野原で見張りを続けていた。トゥアン・ジムは命令を下し、人々はそれに従った。最後に足を運んだのはラージャの砦柵（さいさく）だった。砦柵にはその晩、ジムの部下の一分隊が配置されていた。老ラージャ自身はもう朝のうちに女たちの大半を連れて逃げ出し、川の支流沿いにある密林の村の近郊にある小さな別宅に隠れていた。あとに残されたカシムは、件（くだん）の話しあいにも顔を出し、こまめに動き回っている様子を見せて、前日のブラウン相手の外交を帳消しにしようと努めていた。おおかたは冷ややかな反応を返したが、本人はあくまで笑顔を保ち、注意を怠らぬ雰囲気を静かに漂わせて、今夜は自分の部下たちと砦柵に陣取るつもりだとジムから厳かに言われたときも、それは願ってもないことですと表向きは喜んでみせた。話しあいが終わったときにも、表で去りゆく長たちの誰彼にカシムが声をかけるのが聞こえた。さも感謝している口調で、ラージャの財産がラージャの留守中も護られるのは誠にありがたい、と大声で言っていた。

十時ごろに、ジムの部下たちが砦柵に入ってきた。砦柵は入江の口を見下ろす位置にあって、ブラウンが通過するまでジムはそこに留まる気でいた。杭を連ねた柵の外の、草の茂る平べったい地点で小さな火が焚かれ、タム・イタームは主人が座るよう小さな折畳みの椅子を据えた。お前も少しは眠りなさい、とジムに言われて、タム・イタームは筵を出して少し離れたところで横になったが、夜明け前に大事な使命を帯びて出かけるのだとわかってはいても眠れなかった。主人は焚火の前を行ったり来たり、うつむいて両手をうしろで組んで歩いていた。その顔は哀しげだった。主人がそばに来るたび、見張っていたことを気づかれぬようタム・イタームは眠っているふりをした。とうとう、主人は立ちどまり、横たわっている彼を見下ろして、小声で『時間だ』と言った。

タム・イタームはすぐさま起き上がって支度にかかった。彼の使命は、ブラウンのボートより一時間くらい前に川を下っていって、白人たちにいっさい手を出さずに通過させてやるようダイン・ワリスに公式かつ最終的に通知することだった。この仕事をジムはほかの誰にも任せる気はなかった。出発する前タム・イタームは、一応形式として（ジムのお付きの者としての彼の地位を知らぬ者はいなかったのだが）、何かしるしを求めた。『なぜなら、トゥアン』彼は言った。『これは大事な伝言であって、私はまさにあなた様のお言葉を携えてゆくのですから』。主人は片手をまずひとつのポケットに入れそれから別のポケットに入れて、結局、いつも指にはめているスタインの銀の指輪を外してタム・イタームに与えた。タム・イタームが出発したとき、小山の頂のブラウンの野営はまだ暗く、彼ら白人たちが伐り倒した木々の一本の枝のあいだから、小さな仄めきがひとつ見えるだけだった。

夕方のうちに、ブラウンはジムから、一枚の折り畳んだ紙切れを受けとっていた。そこにはこう書いてあった。『君たちを邪魔せず立ち去らせる。朝の満ち潮で君たちのボートが浮かび次第出発したまえ。部下たちには気をつけるよう言うがいい。入江の両側の藪にも入江の口の砦柵にも、十全に武装した者が大勢いる。君たちにチャンスはない。でも君も流血を望んではいないだろう』。ブラウンはそれを読むと、びりびりに引き裂いて、それを届けにきたコーネリアスの方を向いて、あざけるように『さらば、我が友よ』と言った。コーネリアスはそれまで砦にいて、午後のあいだはジムの屋敷の周りをうろうろしていた。伝言の届け人としてジムが彼を選んだのは、英語が喋れて、ブラウンに知られていて、薄闇の中を近づいていってもマレー人と違ってブラウンの部下たちがパニックを起こして発砲したりする危険がないからだった。

伝言の紙を渡してもコーネリアスは立ち去らなかった。ブラウンは小さな焚火に覆いかぶさるようにして座っていた。ほかの者たちはみな横になっていた。『耳よりなお話があるのですが』コーネリアスは不機嫌そうに呟いた。ブラウンは相手にしなかった。『あなた様は奴を殺さなかった』コーネリアスは構わず続けた。『それで何が手に入りました？　その気になればブギスの家々を略奪できたのは言うに及ばず、ラージャから金も奪えたかもしれないのに、何も手に入らなかったではありませんか』。『さっさと消えた方が身の為だぞ』ブラウンがコーネリアスの顔も見ずに凄(すご)んだ。だがコーネリアスはブラウンのかたわらにすっと寄っていって、おそろしく早口で、時おりブラウンの肱に触れながらひそひそ話をはじめた。それを聞いてブラウンはとっさに身を起こし、悪態を吐いた。コーネリアスはブラウンに、川下にダイン・ワリスの率いる武装隊がいる、とだけ伝えたのだ。ブラウンはとっさに、だまされた、裏切られたと思ったが、ちょっと考えてみて、ここに何ら裏切りの意図はあるまいと確信した。彼が何も言わずにいると、少し経ってからコーネリアスが、まったく無関心な口調で、川から海に出るにはもう一つルートがあって自分はそこをよく知っているといったことを呟いた。『そういうのを知っとくのも悪くないな』とブラウンは耳をそばだてながら言った。するとコーネリアスは、町の様子を話し出し、長たちの話しあいの発言を一通りくり返して、起こしてはならない眠っている人間が周りにいるみたいに平板な小声でブラウンの耳元に囁きつづけた。『じゃあ俺を、骨抜きにしたつもりでいるんだな?』ブラウンがひどく低い声で呟いた……。『そうです。奴は馬鹿です。小さな子供です。ここへやって来て、私めから何もかも奪ったのです』とコーネリアスは単調に続けた。『そして民をたぶらかして、意のままに丸め込んだのです。ですがもし何かが起きて、みなが奴のことを信じなくなったら、奴はどうなるでしょう? そして川下であなた様を待っているブギス族のダインは、いいですか船長、あなた様がここへお着きになったとたんここまであなた様を追いつめた張本人ですぞ』。まあそういう奴は避けるに越したことはあるまいな、とブラウンは何げなく言い、同じく超然とした、考え深げな様子でコーネリアスも、自分はワリスの野営地を迂回してブラウンのボートを通すだけの幅もある澱みのありかを知っている、と説いた。『静かに行かなくちゃいけませんが』とコーネリアスは、たったいま思いついたようにつけ足した。『というのも、ある一点では野営のすぐうしろを通りますから。本当にすぐうしろです。奴らはボートを引き揚げて陸で野営しているのです』。『ふん、静かにすることなら任せとけ。心配は要らん』とブラウンは言った。コーネリアスは条件として、私めが案内人をお務めするなら私めのカヌーを引いていただかないといけません、と言った。『急いで帰らないといけませんから』というのがその理由だった。

夜明けの二時間前、町の外で見張っていた者たちから、白人の略奪者たちがボートの方へ降りてくるという報せが砦柵に届いた。たちまちパトゥザンの端から端まで、武装している全員が警戒態勢に入ったが、川の両岸はどこまでも静かなままで、焚火から突然もわっと炎が上がるのを除けば、町は平和に眠っているようにしか見えなかった。濃い霧が川に低く立ちこめて、一種灰色の、何も照らし出さない偽の光を生み出していた。ブラウンのロングボートが入江から川へと滑り出たとき、ジムはラージャの砦柵の前、水際の、まさに彼がパトゥザンの土を初めて踏んだ地点に立っていた。ぬっとひとつの影が浮かび上がり、灰色の中をぽつんと孤立した姿で動いてゆく。ひどく大きいのに、影はつねに視線から逃れつづける。低い話し声がその中から出てきた。舵を取るブラウンの耳に、ジムの穏やかな声が届いた。『邪魔はしない。霧が出ているあいだは流れに任せた方がいい。この霧はじき晴れる』。『ああ、じきはっきり見えるだろうよ』とブラウンは答えた。

砦柵の外で、マスケット銃を携えて立っている三十人、四十人の男たちはじっと息を殺していた。私がスタインの屋敷のベランダで見かけたプラフ船の持ち主もその中に交じっていて、彼がのち私に語ったところによれば、ボートはその水際の地点のすぐ前をかすめて行き、一瞬ぐっと大きくなって山のようにそびえて見えたという。『海に出てから一日待つ気があるなら』とジムが呼びかけた。『何か送ってもいい――牛を一頭、ヤムイモを少々、できるだけのことはする』。影はそのまま動きつづけた。『ああ、そうしてくれ』と霧の中から虚ろなこもった声が返ってきた。多くの者がじっと耳を澄ましていたが、何を言っているのか誰もわからなかった。ボートに乗ったブラウンとその部下たちは、幽霊のように、まったく何の音も立てずに消えていった。

こうしてブラウンは、霧に包まれて姿の見えぬまま、ロングボートの艇尾座でコーネリアスと肱を並べてパトゥザンから出ていく。『ま、小さな去勢牛一頭もらえるかもしれませんな』とコーネリアスは言った。『そうですとも。去勢牛。ヤムイモ。あの方が仰有(おっしゃ)ったんだからもらえますとも。いつだって本当のことを仰有るお方だ。私の財産を一切合財盗んだんです。あなた様も、町じゅうの家の略奪品なんかより小さな去勢牛一頭の方がいいんでしょうな』。『黙ってる方が身の為だぞ、さもないとこの霧の中にぶち込んでやるぞ』とブラウンが言った。ボートは静止したように思えた。何も見えなかった。舷のすぐ横の川さえも見えず、男たちのひげや顔に水しぶきが飛び、垂れ、凝縮していくばかりだった。ありゃあ不気味だったね、とブラウンは言った。一人ひとりが、何だかまるで自分一人でボートに乗って漂流していて、何やらため息混じりに呟いてる幽霊たちのほとんどそれとわからん気配に取り憑かれてるみたいな気分だった、とブラウンは言った。『ぶち込むと仰有るんですか』とコーネリアスがむすっとした声で呟いた。『どこにぶち込まれようと位置はわかります。長年ここで暮らしてきたんですから』。『いくら長年住んでたってこの霧じゃわかるものか』とブラウンは言ってだらんとうしろに寄りかかり、役立たずの舵の上で片腕をぶらぶらさせた。『わかりますとも。長年住んでればわかります』コーネリアスが喧嘩腰に言った。『そりゃ便利なこった』ブラウンが評した。『じゃあ何か、さっき言ってた澱みとかいうやつ、こんなふうに目隠し同然でも見つけられるってのか?』。コーネリアスはうなり声を漏らした。『お疲れで漕ぐのもままなりませんか?』と彼は少し黙ってから訊いた。『まさか、冗談じゃない!』ブラウンが唐突に叫んだ。『そらみんな、漕げ』。霧の中、ゴンと大きな音がして、少し経つとそれが、見えないオールが見えない櫂栓をこするギリギリという音に落着いていった。それ以外は何も変わらなかった。水に入ったオールの先がぴしゃっと小さな撥ねを上げる以外は、雲の中にいて気球の操縦室で漕いでいるみたいだったとブラウンは言った。それ以後はコーネリアスも口をつぐみ、ロングボートのうしろに引かれている自分のカヌーから誰か水を汲み出してほしいと愚痴っぽく要求しただけだった。じきに霧が白んできて、前方に光が満ちていった。ブラウンの左側には、あたかも去りゆく夜の背中のような闇が見えた。突然、葉に覆われた大枝が頭上に現われて、小枝の先が朝露を滴らせつつひっそり垂れて、船べりすれすれにほっそり曲線を描いた。コーネリアスは何も言わずにブラウンの手から舵を取った」

# 第四十四章

「彼らはそれっきりもう口を利かなかったと思う。ボートを狭い支流に入れて、崩れかけた両側の土手にオールの先を押しつけながら進んでいった。巨大な黒い翼が、木々のてっぺんまで垂れ込めている霧の上に広げられたかのように、淡い闇があたり一帯を覆っていた。頭上の枝から、薄暗い霧を通って大粒の雫(しずく)が降ってきた。コーネリアスの呟き声を受けて、ブラウンは部下たちに銃に弾を込めるよう命じた。『お前ら腑抜(ふぬ)けども、奴らに仕返しするチャンスをやるからな』と彼は部下たちに言った。『いいか、無駄にするんじゃないぞ』。低いうなり声がこの演説に応えた。コーネリアスは自分のカヌーの安全をめぐってあれこれ小うるさく言い立てた。

　一方タム・イタームはすでに目的地に着いていた。霧のせいで少し遅れはしたが、南岸から離れぬよう留意しながら着々と漕ぎつづけた。やがて夜明けが、すりガラスの球体の中から発するランプの光のように訪れた。川の両側の岸は黒っぽいしみとなって現われ、ねじれた高枝の柱状の輪郭や影がほの見えてきた。川の上の霧は相変わらず濃かったが、見張りは抜かりなかった――タム・イタームが野営に近づいていくと、白い蒸気の中から二人の男の姿が出現し、威勢のいい声を浴びせてきたのだ。タム・イタームがそれに応えると、間もなく一隻のカヌーがすっと横に現われ、彼はその漕ぎ手たちと報せをやりとりした。万事順調。厄介事は終わりだ。そうしてカヌーに乗った男たちはタム・イタームの刳舟（くりぶね）の側面を摑んでいた手を放し、すぐさま視界から消えた。タム・イタームがそのまま先へ進んでいくと、いくつかの声が静かに水の上を近づいてくるのが聞こえ、それから、いまや晴れかけて渦を巻いている霧の下、砂浜が延びているところにたくさんの小さな焚火の仄めきが見えて、そのうしろに、ほっそりと高くそびえる森林が広がっていた。そこにも見張りがいて、タム・イタームを誰何（すいか）した。パドルの最後の二搔きで刳舟が岸辺に乗り上げると同時に彼は自分の名を叫んだ。そこは大きな野営だった。男たちがいくつもの小さな集団を成してしゃがみ込み、早朝の抑えた囁き声を交わしていた。何本もの細い煙の糸が白い靄の中でゆっくり渦を巻いていた。地面より高くした小さなねぐらが長たちのために設けられていた。マスケット銃が小さなピラミッド状に積まれ、長槍が一本ずつ焚火のそばの砂に刺してあった。

　タム・イタームは重要人物のごとく胸を張り、ダイン・ワリスのところへ通せと要求した。行ってみると、白人の主人の友は、竹で作った長椅子に寝そべって、棒を組みあわせ筵で覆った間に合わせの屋根に護られていた。ダイン・ワリスは目覚めていた。粗野な神殿を思わせるその寝場所の前で明るい焚火が燃えていた。貿易商(ナコーダ)ドラミンの一人息子はタム・イタームの挨拶に優しく応えた。タム・イタームはまず、使者の言葉が真なることを保証する指輪をダイン・ワリスに渡した。肱を立てて横たわるダイン・ワリスは、語れ、報せをすべて伝えよ、と命じた。神聖とされる定型どおり『よき報せでございます』と切り出してから、ジムその人の言葉をタム・イタームは伝えた。白人一味は長たちの同意を得て立ち去り、川を下ることを許される、と。質問に一つ二つ答えたのち、最後の話しあいの展開をタム・イタームは報告した。ダイン・ワリスは最後までじっくり耳を傾けながら指輪を弄(もてあそ)んでいたが、結局それを自分の右手の人差指にはめた。話をしまいまで聞くと、もう下がってよい、食事をして休むがよい、とタム・イタームに言った。全員午後にパトゥザンへ戻るよう、ただちに命令が発された。それからダイン・ワリスはふたたび目を開けたまま横になり、お付きの者たちは焚火を使って主人の食事を準備し、タム・イタームも火の前に座って、町からの最新の報せを聞きに集まってきた男たちと話した。太陽が靄を食い尽くしつつあった。川の本流、白人たちのボートがいまにも現われるはずの流域では抜かりなく見張りが続けられた。

　二十年にわたって傲慢かつ無情に彼を罵倒しつづけた末に、ありきたりの泥棒ほどの成功すら与えることを拒んだ世界に対して、ブラウンが復讐を開始したのはそのときだった。それは冷酷な残忍さに染まった行為であり、その記憶は臨終の床においても、不屈の反逆のそれのようにブラウンの慰めとなっていた。部下たちをひそかに、島の反対側、ダイン・ワリス率いるブギスの野営と逆の方にブラウンは上陸させ、先頭に立って島を渡っていった。コーネリアスは上陸と同時にこっそり逃げ出そうとしたが、束の間の、まったく音の立たぬ取っ組みあいがあった末に観念して、下生えが一番少ない通り道を案内する役を務めた。コーネリアスの痩せこけた両手をブラウンはぎゅっと大きな拳で摑んで背中で押さえつけ、時おり乱暴に押して先へ進ませた。コーネリアスは魚のように黙ったままで、卑屈な態度ながら、その達成がいまや眼前にぼんやり迫ってきた目的には忠実であり続けた。森の外れでブラウンの部下たちは葉蔭に身を隠して広がり、待った。野営は彼らの目の前に隅から隅まで見えていて、こっちを見ている者は一人もいなかった。まさか白人たちが島の裏側の狭い支流のことを知っているとは、誰一人夢にも思っていなかったのだ。いまだ、と判断したブラウンは『よし、やれ』と叫び、十四発の銃声が一発のように鳴り響いた。

タム・イタームが私に語ったところでは、あまりにも驚いたものだから、斃(たお)れた者、負傷した者はともかく、誰もがみな、最初の銃撃のあとかなりの時間少しも動けずにいた。やがて一人が悲鳴を上げ、その悲鳴に続いて驚愕と恐怖の大きな叫び声が全員の喉から発せられた。盲目的なパニックに駆り立てられて、男たちは水を怖がる家畜のように群れを成して岸辺をあたふた動き回った。その時点で川に飛び込んだ者もいたが、大半は最後の襲撃のあとにやっとそうした。ブラウンの部下たちは三度その群れめがけて発砲し、唯一群れに姿を晒していたブラウンが、悪態を吐きながら『低く狙え！　低く狙え！』とわめいていた。

タム・イターームが言うには、彼自身は最初の一斉射撃ですでに事態を理解した。弾は当たらなかったがばったり死んだように倒れて、目だけ開けていた。最初の銃声を聞いて、長椅子に横になっていたダイン・ワリスは跳び上がって駆け出し、開けた岸辺に出ていって、そのとたんに、二度目の斉射の弾丸を額に受けた。ダイン・ワリスが両腕を大きく広げてから倒れるのをタム・イタームは見た。そのとき初めて――それ以前ではなく、そのとき――大きな恐怖が湧いてきたとタム・イタームは言う。白人たちは襲撃を開始したときと同じに、姿を見せぬまま退却していった。

こうしてブラウンは、悪しき運命相手の貸し借りを清算した。この酷い急襲においても、月並な欲望の包みのうちに抽象的正義を抱えた男の優越感があることを見てとってほしい。これは卑怯で下劣な虐殺などではない。見せしめであり、懲罰だったのだ。我々人間の持つ、何か曖昧な恐ろしい属性の――我々が考えたがるほど表面からかけ離れてはいない属性の――実証だったのだ。

やがて白人たちはタム・イタームに見られることなく立ち去り、人の目から完全に姿を消すように思える。そしてスクーナー船も盗品の常として失踪する。が、一か月後にインド洋で白いロングボートが貨物蒸気船に救助されたという話は伝わっている。ボートに乗っていた、ひからびた、肌も黄色で目も曇った、ひそひそ声で話す骸骨二人は、ブラウンと名乗るもう一人の男の権威を認めていた。この三人目の男が報告したところによれば、彼の指揮するスクーナー船はジャワ産の砂糖を積んで南へ向かっていたが、ひどい水漏れを起こして彼らを乗せたまま沈んでしまったという。三人は乗組員六人のうちの生き残りということだった。救出された蒸気船の上で二人は死んだ。ブラウンは生きて私が出会うことになり、彼が最後まで己の役割を演じきったことは私が保証できる。

　だが立ち去るにあたって、彼らはコーネリアスのカヌーを解き放つことを怠ったらしい。コーネリアス本人は、襲撃がはじまった時点でブラウンによる尻への一蹴りを土産(みやげ)に解放されていた。死者たちの中から起き上がったタム・イタームは、じきにかのナザレ人(びと)が岸辺で死体や消えかけた焚火のあいだを駆け回っているのを目にした。コーネリアスは走りながら小さな叫び声をくり返し上げていた。そして出し抜けに川の方へ行って、ブギス族のボートの一隻を水に出そうと懸命にあがきはじめた。『それから、私の姿を見るまで、重いカヌーの前に立って頭を掻いていました』とタム・イタームは語った。『彼はどうなったのかね?』と私は訊いた。タム・イタームは私の顔をじっと見つめて、右腕で表現豊かな仕種をしてみせた。『二度刺しました、トゥアン』と彼は言った。『私が近づいてくるのを見ると、奴は地面に身を投げ出して足をばたばたさせながら騒々しい声を上げました。怯えた雌鶏(めんどり)みたいにキーキーわめいていましたが、それも刃先が触れるのを感じるまででした。それからは静かになって、命が目から抜け出ていくあいだ、横たわってぼうっと私を見ていました』

これが済むと、タム・イタームはもはやぐずぐずしていなかった。恐ろしい報せを真っ先に砦に伝えることの重要性を彼は理解していた。むろんダイン・ワリスの一隊の生存者もたくさんいたが、パニックに駆られるあまり何人かは川を泳いで渡り、また何人かは森に逃げ込んだ。何しろ彼らは、誰に襲われたのかすらもわからなかったのだ。白人の盗賊どもがもっと来るのか、もう奴らに土地全体を占領されてしまったのか、それもわからなかった。自分たちを巨大な裏切りの犠牲者として彼らは捉え、もはや破滅する運命と観念していた。その後三日間戻ってこなかった小集団もいくつかあったという。けれども、ただちにパトゥザンに戻ろうとした者たちも中にはいた。それにまた、襲撃があった瞬間、その朝川を見回りしていたカヌーの一隻が、ちょうど野営の見える位置にいた。カヌーに乗っていた男たちはとっさに川に飛び込んで向こう岸まで泳いでいったが、やがてカヌーに戻ってきて、上流に向かって必死に漕ぎはじめた。タム・イタームは彼らより一時間先にパトゥザンに着いた」

# 第四十五章

「死物狂いで漕いだタム・イタームが町の岸辺に着くと、女たちは家並の露台に群がって、ダイン・ワリスのボート隊が帰ってくるのを今かいまかと待っていた。華やいだ空気が町を包んでいた。あちこちで槍や銃を持ったままの男たちが、岸辺に何人かずつ動いていたり立っていたりするのが見えた。中国人の店もみな早くから開いていたが、市場には誰もおらず、砦の角に依然配置されていた歩哨がタム・イタームの姿を認め、中にいる者たちに大声で知らせた。門が大きく開けられた。タム・イタームは陸に飛び移り、一目散に走っていった。彼が最初に対峙したのは、家から出てきた娘だった。

取り乱し、息も切れぎれで、唇を震わせ目をギラギラ光らせたタム・イタームは、突然呪いにでもかけられたかのようにしばし彼女の前に立ち尽くしていたが、やがてひどく早口に喋り出した。『ダイン・ワリスが殺されました。ほかにも大勢殺されました』。

娘は両手をぱんと叩いた。彼女が真っ先に発した言葉は『門を全部閉めなさい』だった。砦に詰めていた者たちの大半はすでに家に帰っていたが、見張りの当番を待って残っていた少数の者たちをタム・イタームはせっついて働かせた。娘は中庭の真ん中に立ち、みなが駆け回った。『ドラミン』と彼女は、前を通りかかったタム・イタームに絶望の口調で叫んだ。次に通りかかったとき彼はその思いに応えて、『はい。ですがパトゥザンの火薬はすべてここにあるのです』と迅速に言った。娘は彼の腕を掴み、家の方を指さして、『あの人を呼んできなさい』と震えながら囁いた。

　タム・イタームは踏み段を駆け上がっていった。主人は眠っていた。『私でございます、タム・イタームです』彼は扉の前で叫んだ。『一刻も早くお伝えすべき報せを持ってまいりました』。ジムが枕に載せた頭をこちらへ回して目を開けるのが見えると、タム・イタームはただちに話し出した。『今日は悪しき日です、トゥアン、呪われた日です』。ダイン・ワリスとまったく同じに、主人は話を聞こうと肱を立てて横たわった。タム・イタームは語りはじめた。順序立てて物語るよう努め、ダイン・ワリスを司令官(パングリマ)と呼び、こう言った。『それからパングリマはボートの漕ぎ手たちの長に声をかけられて、「タム・イタームに食べ物をやれ」と仰有(おっしゃ)いました』――と同時に主人は両足を床に下ろし、すっかり落着きを失った顔でタム・イタームを見た。あまりに落着きを失ったせいで、言葉が喉に引っかかってしまっていた。

『話せ』ジムは言った。『ダイン・ワリスは死んだのか?』。『あなた様に永き命を』タム・イタームは叫んだ。『この上なく残虐な裏切りでした。あの方は最初の発砲が聞こえたとたんに駆け出して斃(たお)れたのです』……。タム・イタームの主人は窓際に行って、拳骨で鎧戸を叩いた。部屋が明るくなった。それから主人は、落着いた、しかし早口の声でタム・イタームに指示を出しはじめた。ボートを集めてすぐさま追跡をはじめよ、誰それと誰それのところへ行け、伝令を出せ。そう喋りながらもベッドに腰掛けて、そそくさとブーツの紐を結ぼうと身を屈めたが、やがて出し抜けに顔を上げた。『なぜ突っ立っているのだ？　時間を無駄にするな』主人は顔を真っ赤にして言った。タム・イタームは動かなかった。『お許し下さい、トゥアン、でも……でも』彼は口ごもった。『どうしたのだ？』主人は大声で叫んだ。恐ろしい形相で、両手でベッドの縁を摑んで身を乗り出していた。『あなた様の僕(しもべ)が民の中に出ていくのは安全ではありません』とタム・イタームは、しばしためらった末に言った。

そのときジムは理解した。とっさの衝動から為されたただ一回の跳び降りゆえに、ひとつの世界から退却してきたというのに、いままたこのもうひとつの、彼が自分の手で作り上げた世界が、ばらばらに崩れて彼の頭に降ってきたのだ。彼の僕(しもべ)が彼自身の民の中に出ていくのは安全でない！　まさにその瞬間、彼はこの惨事に、このような惨事に刃向かいうる道として唯一思いつくやり方で刃向かう決心をしたのだと私は思う。だが私にわかっているのは、彼が一言も言わずに部屋から出ていって細長い食卓の前に——毎日その上座に着いて、己の世界のさまざまな事柄を調整し、己の胸の裡にしかと生きる真実を日々宣言した食卓の前に——座ったことだけだ。暗い力に、心の平安を二度も奪われてはならない。彼は石像のようにじっと座っていた。タム・イタームは恭しい口調で、防御の準備に取りかかってはいかがかとほのめかした。愛する娘が入ってきて話しかけたが、彼は片手で合図を返すのみだった。その合図にこもった、沈黙を求める物言わぬ訴えに、娘は圧倒された。彼女はベランダに出て、外から来る危険から身をもって彼を護ろうとするかのように戸口に腰を下ろした。

　彼の頭にどんな思いが過ったか——どんな記憶が？　誰にわかるだろう？　いまやすべては失われ、かつて自分への信頼を裏切った男は、いまふたたびすべての人々の信用をなくしてしまった。この瞬間、彼はあの手紙を書こうとしたのだと思う。とにかく誰かに書こうとして、放棄したのだ。孤独が迫ってきていた。人々は彼に命を預け、その結果がこれだった。けれど彼も言ったとおり、彼らにどう言ったところで、絶対に自分のことを理解してもらえはしない。外にいる者たちには、部屋から何の音も聞こえてこなかった。やがて、夕方近くになって、彼は扉のところに出てきてタム・イタームを呼んだ。『どうだ？』彼は訊いた。『多くの者が泣いています。多くが怒ってもいます』タム・イタームは言った。ジムは顔を上げて彼を見た。『お前にはわかるのだな』ジムは呟いた。『はい、トゥアン』タム・イタームは言った。『あなた様の僕にはわかります。門はすべて閉じられています。私たちは戦うほかありません』。『戦う！　何のために？』彼は訊いた。『私たちの命のためです』。『私にはもう命はない』彼はタム・イタームに言った。タム・イタームは戸口で娘が叫ぶのを聞いた。『誰にわかります？』タム・イタームは言った。『大胆に、智恵を働かせれば、逃げられさえするかもしれません。人々の心には怯えも多くあるのです』。ボートと開けた海のことを漠然と想いながら、ジムと娘を一緒に残してタム・イタームは出ていった。

それから一時間かそこら、彼女がその部屋の中で、自分の幸福を求めてジムと格闘した時間について彼女が垣間見せたことを、私はここに書き綴る気にはなれない。ジムが何らかの希望を抱いていたかどうかは――何を予期し、何を想像していたのかは――知りようもない。彼はどこまでも頑なだった。その頑なさの孤独が募ってゆくとともに、崩壊した現実を彼の精神は超越してゆくように思えた。『戦いましょう！』娘は彼の耳に叫んだ。彼女はわかっていない――戦う理由などありはしないのだ。彼は別のやり方で自分の力を証明し、破滅に至る運命そのものを超越する気なのだ。彼は中庭に出た。その背後から、長い髪をなびかせ、狂おしい顔で、息を切らせて娘がよろめき出て、戸口の横に寄りかかった。『門をすべて開けろ』彼は命じた。それから、砦に残っている部下たちの方を向いて、家に帰る許可を与えた。『どれくらい帰っていてよいのですか、トゥアン？』一人がおずおずと訊いた。『一生だ』彼は厳めしい声で答えた。

泣き叫び、嘆き悼む声が、悲しみの館の扉が開かれて一陣の風が吹くかのように川の上を駆け抜けていったあと、町には静寂が降りていた。だが噂は囁きを介して飛び交い、人々の心を狼狽と恐ろしい疑念で満たした。盗っ人どもは戻ってくるのだ、仲間を大勢連れて大きな船で来るのだ、そうしたらもう国中どこにも逃げるところはない……。地震のさなかのような、心底不安な気分が男たちの心に染みわたった。彼らはひそひそ声で疑惑を口にし、ひどく不吉な前兆を目にしたかのように顔を見あわせた。

　太陽が森の方へ沈みかけたころ、ダイン・ワリスの亡骸（なきがら）がドラミンの集落（カンポン）に運び込まれた。息子の帰りを迎えるべく老いた母が門まで持っていかせた白い布に作法どおりくるまれた遺体を、四人の男が運び込んだ。四人は彼をドラミンの足下に下ろし、老人は長いあいだじっと座って、手をそれぞれの膝に当てて見下ろしていた。椰子の葉が静かに揺れ、果樹の葉が頭上でそよいでいた。彼の民が一人残らず、万全に武装してそこにいた。と、やっと老貿易商は目を上げた。その目をゆっくり、群衆の上に、あたかも行方不明の顔を捜すかのように滑らせた。あごがふたたび胸に沈んだ。多くの者たちの囁きが、木の葉がかすかにサラサラそよぐ音と混じりあった。

　タム・イタームと娘をサマランに連れてきたマレー人もそこにいた。『私はおおかたの者たちほど怒ってはいませんでした』と彼は私に言った。むしろ、雷を孕んだ雲のように人間の頭上に浮かぶ宿命の突然さを前にして、大きな畏怖と驚異の念に打たれていた。ドラミンの合図を受けてダイン・ワリスの亡骸を包んでいた布が外されると、白人の閣下の友、としばしば呼ばれた若者は変わらぬ姿で横たわり、いまにも目覚めんとしているかのように瞼がほんの少し開いていた。ドラミンはさらにもう少し身を乗り出した。傷を探しているのか、目が遺体を足から頭まで見渡した。傷は額にあって、小さかった。誰も何の言葉も口にせぬ中、周りにいた者の一人が身を屈めて、冷たいこわばった指から銀の指輪を抜きとった。彼は黙ってそれをドラミンの目の前にかざした。その見慣れた形見を目にして、人々のあいだを驚愕と恐怖の囁きが駆けめぐった。老貿易商は呆然とそれを見ていたが、突然胸の奥から大きな、烈しい叫び声を発した。それは痛みと怒りの咆哮であり、傷ついた雄牛の吼え声のように力強かった。言葉なしでもはっきりそれとわかる怒りと悲しみの壮大さによって、叫びは人々の心に大いなる怯えをもたらした。その後、亡骸が四人の男によって運び出されるあいだ、しばらくは大きな静寂が続いた。亡骸が木の下に横たえられた瞬間、家の女たちがいっせいに泣き叫びはじめ、それが溶けあってひとつの長い長い悲鳴と化した。甲高い声で彼女たちは悼んだ。陽は沈みつつあり、泣きわめく悲嘆の声の合間に、二人の老人の高い単調な声がコーランを唱えていた。

このころジムは、砲架に寄りかかって川を眺め、屋敷に背を向けていた。娘は戸口に立って、ずっと走ってきたかのように荒く息をしながら、庭の向こうにいるジムを見ていた。タム・イタームは主人から遠くないところに立ち、何が起きるかを辛抱強く待っていた。突然、物思いに耽っているかに見えたジムが彼の方を向き、『終わらせる時だ』と言った。

『は？』とタム・イタームは迅速に歩み出ながら言った。主人の言葉の意味が彼にはわからなかったが、ジムが動いたとたんに娘も動き出して開けた空間に降りてきた。家の者たちはほかに誰も見える範囲にはいなかったらしい。彼女はわずかによろめき、半分くらい来たところで、見たところ川を静かに眺める営みに戻ったように思えるジムに呼びかけた。ジムはふり向き、大砲に寄りかかった。『戦うのですか？』彼女は叫んだ。『戦う理由は何もない。何も失われてはいないのだ』と彼は言って、彼女の方に一歩歩み出た。『逃げるのですか？』彼女はふたたび叫んだ。『逃げるところはない』彼は言ってぴたっと止まり、彼女も立ち尽くして、何も言わずに、食い入るように彼を見た。『では行ってしまうのですか？』彼女はゆっくりと言った。彼は頭（こうべ）を垂れた。『やっぱり！』彼女は叫んで、じっと覗き込むような目で彼を見た。『あなたは気が狂っているか、不実であるかのどちらかです。お願いだからここを出て下さいと私がお願いして、そんなことはできないと仰有（おっしゃ）った夜を覚えていますか？　そんなことはありえない、とあなたは言ったのです！　ありえない、と！　覚えていますか、絶対に私を置いて出ていかないと言ったことを？　なぜです？　私は約束などお願いしませんでした。頼みもしないのにあなたは約束してくれたのです――思い出して下さい』。『もうそのくらいにしたまえ』彼は言った。『僕は君と一緒にいる値打ちはないんだ』

　二人で話しているあいだ、彼女は神がかりに陥った者のように何度も無意味に高笑いしたとタム・イタームは言った。彼の主人は両手で頭を抱えた。いつもと同じにきちんと服を着ていたが、帽子はかぶっていなかった。彼女は突然笑い止んで、『あと一度だけ、ご自分の身を護って下さいますか？』と脅すように叫んだ。『何ものも僕に触れられはしない』と彼は、凄まじい自負心を、これを最後と煌めかせて言った。立っている彼女が身を乗り出し、腕を広げて、彼の方に飛んでいくのをタム・イタームは見た。彼女はジムの胸に身を投げ出して、ジムの首にぎゅっと腕を回した。

『ああ！　でも私はこうしてあなたを抱きしめます』と彼女は叫んだ……。『あなたは私のものです！』

　彼女はジムの肩に寄りかかって泣いた。パトゥザンの上の空は血のように赤く、広大で、開いた血管のように流れていた。巨大な太陽が木々のてっぺんのあいだに深紅の身を横たわらせ、眼下の森は黒い、近寄りがたい貌（かお）をしていた。

　タム・イタームが私に語るところでは、その晩、天は怒りに満ちた恐ろしい形相をしていたという。これを信じるに足る理由はある。というのも、まさにその日、サイクロンが沿岸の六十マイル以内を通過したことを私は知っているのだ。とはいえ、パトゥザンにあっては空気が物憂く揺れているだけだった。

　タム・イタームは突然、ジムが彼女の両腕を摑まえてその手を剝がそうとするのを見た。しがみつく彼女の頭がうしろに倒れた。髪が地面に触れた。『こっちへ！』主人に呼ばれて、タム・イタームは彼女をそっと下ろすのを手伝った。彼女の指を外すのは一苦労だった。ジムは彼女の上に屈み込んで、真剣な目でその顔を見下ろし、それから突然、突堤に向かって駆け出した。タム・イタームもあとに続いたが、走りながらうしろをふり返ると、彼女が懸命に立ち上がったところだった。そして何歩か二人を追って走ったが、やがてどさっとくずおれて膝をついた。『トゥアン！　トゥアン！　うしろをご覧下さい！』とタム・イタームは呼びかけたが、ジムはすでにそこにあったカヌーの一隻に乗り込んで、パドルを手に立ち上がろうとしていた。うしろはふり向かなかった。タム・イタームがあとを追ってあたふたと乗り込むと同時にカヌーが水に浮かんだ。娘はそのとき水門にいて、膝をつき、両手を握りしめていた。少しのあいだ、その懇願の姿勢を保っていたが、やがてパッと跳び上がった。『あなたは不実です！』彼女はジムの背中に向かって叫んだ。『許してくれ』ジムは叫んだ。『絶対、絶対許しません！』彼女が叫び返した。

　タム・イタームはジムの手からパドルを受けとった。白人の主人がパドルを漕いでいるのに自分が何もしないでいるのは不謹慎に思えたのだ。向こう岸に着くと、これ以上来てはならぬと主人に禁じられた。だがこっそり距離を置いてあとをつけ、斜面を登ってドラミンの集落に入っていった。

　暗くなりかけていた。あちこちで松明の光が煌めいた。彼らと出くわした者たちは、みな畏怖の念に打たれたように見えた。誰もがそそくさと脇へ退いてジムを通した。女たちの泣き叫ぶ声が上から聞こえた。中庭は武装したブギス族とその従者たち、それにパトゥザンの民たちであふれていた。

　この集まりがいったい何を意味したのか、私にはわからない。戦の、それとも復讐の準備だったのか、あるいは今後の侵入を撃退するためだったのか？　その後何日ものあいだ、長いあごひげを生やし襤褸を着た白人の男たちがいつ戻ってくるかと、人々は戦々恐々見張りを続けた。あの男たちと、自分たちが主人と仰いだ白人との関係がいったいいかなるものだったのか、彼らにはついにわからずじまいだった。それら素朴な心の持ち主たちにとっても、哀れジムは雲のかかった身であり続けたのだ。

ドラミンは一人肱掛け椅子に座って侘しく巨体を晒し、膝に火打ち石銃を二丁載せ、武装した群衆と向きあっていた。ジムが現われると、誰かが声を上げ、すべての首がいっせいに回って、それから人の波が左右に分かれた。逸らされた視線の連なる道を彼は進んでいった。囁きが、呟きが、その背中について行った。『何もかもあいつの仕業だ』。『魔力の持ち主なのだ』……。それは彼にも聞こえた――おそらく！

松明の光の中に彼が入っていくと、女たちの泣き叫びがぴたっと止んだ。ドラミンは顔を上げず、ジムはしばらく彼の前に無言で立っていた。それから左を見て、落着いた足どりでその方向に歩いていった。ダイン・ワリスの母親が遺体の頭の方にしゃがみ込んでいて、灰色の乱れ髪が顔を隠していた。ジムはゆっくり近よっていき、死んだ友を見て、布を持ち上げ、一言も言わずにまた下ろした。そしてまたゆっくりと戻っていった。

『来たぞ！　来たぞ』という言葉が唇から唇に伝わってざわめきを生み出し、彼はそれに合わせて動いていった。『あいつは我が身に引き受けたのだ』と誰かの声がはっきり言った。ジムもそれを聞いて、群衆の方を向いた。『そうだ。私は我が身に引き受けたのだ』。何人かがぞっとしてうしろに下がった。ジムはしばらくドラミンの前で待ってから、やがて穏やかな声で『私は悲しみとともに参りました』と言った。もう一度待った。『覚悟して、武器を持たずに参りました』

巨体の老人は、軛(くびき)をかけられた雄牛のような大きな額を下げて、両膝の火打ち石銃をぎゅっと摑みながら立ち上がろうとした。喉からゴロゴロと、詰まったような、人間とは思えない音が漏れてきて、お付きの者二人がうしろから手を貸した。人々はのち、ドラミンが膝に置いていた指輪がこのときに落ちて白人の足下まで転がっていったことを口にした。そして哀れジムは、そのお守りに目を落とした――白い泡に縁取られた密林に囲まれた場で、西に沈む太陽の下で夜の砦そのものに見えるこの沿岸地帯で、名声、愛、繁栄の扉を開けてくれたその品に。ドラミンは懸命に立ち上がり、彼を支える二人と一緒になって、ふらふら揺れてよろける集団を形成した。小さな目が、狂おしい痛みと憤怒の表情とともに、狂暴な光を浮かべて呆然と前を眺め、それが周囲の者たちの目を引いた。それから、ジムがこわばった身で立ち、松明の光にむき出しの頭を晒しつつまっすぐ相手を見ている中、頭を垂れた若者の首にドラミンは左腕を回して重く寄りかかり、右腕を慎重に持ち上げて、息子の友の胸を撃った。

ドラミンが手を上げたとたんジムの背後で散りぢりになった群衆は、銃声が鳴り響いたいままたわっと騒々しく前に飛び出してきた。彼らによれば、白人は左右みんなの顔に向けて、誇り高い、怯(ひる)むことない眼差しを送ってよこしたという。それから、片手を唇の前に持っていって、前に倒れ、息絶えた。

それで終わりだ。彼は雲がかかった姿のまま消えていく。その心の奥は知りようもなく、忘れられ、許されず、過剰にロマンチックなままで。少年っぽい幻想がこの上なく飛翔した日々でさえ、これほど途方もない勝利の蠱惑的な姿が見えはしなかったにちがいない！　その最後の、誇り高い、怯むことない眼差しを発した束の間、彼の目にあの『機会』の貌、東方の花嫁のようにベールに覆われて彼の許にやって来た『機会』の貌が見えていたとしても不思議はない。

だが私たちには彼が見える。名声の漠たる征服者が、高揚せる自負心の合図に、呼び声に促されて、嫉妬深い恋人の腕から我が身を引き剝がす。生きた女から離れて、影のように見定めがたい行動理念との容赦なき婚姻を祝いに赴く。それで彼は満足なのだろうか——完全に満足なのだろうか？　私たちにはわかるはずだ。彼は私たちの一人なのだから——そして私も一度は、彼の永遠の貞節を請けあって、召喚された幽霊のように立ち上がったのではなかったか？　結局のところ、私はそこまで間違っていたのか？もはや彼はこの世にない、だが日によっては、彼が生きたことの生々しさが、巨大な、途方もない力をもって私に迫ってくる。その一方で、彼が私の前を、肉体から離れた霊のように過ぎてゆく瞬間もまたたしかにある。この地球に満ちるさまざまな情熱の中を霊はさまよい、いまや己が属する亡霊たちの世界にいつでも進んで我が身を引き渡す気でいる。

誰にわかるだろう？　彼はいなくなった。その心の奥は知りようもなく、気の毒な娘は音なき、命なき暮らしをスタインの屋敷で送っている。スタインは近ごろめっきり老けた。自分でもそれを感じていて、何度も『去る準備を、このすべてを去る準備をしているのです……』と言っては、蝶たちに向かって悲しげに手を振っている」

一八九九年九月－一九〇〇年七月

# 解説

柴田元幸

アメリカ人作家F・スコット・フィッツジェラルドはコンラッドを文学上の師と仰ぎ、編集者や作家仲間と小説作法を語りあうなかで、しばしばコンラッドの言葉（とりわけ『ナーシサス号の黒人』の序文）を範として引いている。アーネスト・ヘミングウェイもそうした仲間の一人としてコンラッドへの敬意を共有していた。またウィリアム・フォークナーは、あるインタビューで、何度も読み返す作家としてディケンズとともにコンラッドの名を挙げ、若い書き手が読んで益になる本として『ロード・ジム』と『ノストローモ』を薦めている。

むろんコンラッドの影響は、これらモダニズム期のアメリカ作家にとどまらない。自作の詩の題辞（エピグラフ）にコンラッド作品を引用したT・S・エリオットが受けた影響の大きさはよく知られているし、グレアム・グリーンはあまりに影響されることを恐れてコンラッドを読むことを自分に禁じた（彼はこの禁を二十五年守った）。イタロ・カルヴィーノは大学の卒業論文にコンラッド論を書いた。アンドレ・ジイドはコンラッド作品がフランス語に翻訳される上で大きな役割を果たした。そしてエリオットをはじめ多くの作家が自作にコンラッドの字句を引用したり、あるいはコンラッド本人を登場させたりしている（ガルシア＝マルケス『コレラの時代の愛』でも、コンラッドが怪しげな武器商人として一瞬出てくる）。日本を見ても、辻原登の近作『闇の奥』がコンラッドへのオマージュであることは指摘するまでもない。

映画の世界でも、コンラッドの影響は随所に見られる。オーソン・ウェルズはコンラッドに心酔し、ウェルズのほかの無数のプロジェクトと同じく完成には至らなかったものの、「闇の奥」『ロード・ジム』の映画化を計画していた。ヒッチコックの『サボタージュ』はコンラッドの『密偵』に基づいているし、アンジェイ・ワイダも『シャドウ・ライン』を映画化した。そしてフランシス・F・コッポラの『地獄の黙示録』が、「闇の奥」の舞台を十九世紀末のアフリカから二十世紀後半のベトナムに移し替えた一種の翻案であることは周知の事実である。

さらに、文学研究の世界においても、とりわけポスト植民地主義の問題に関して、コンラッドは大きな問題を孕（はら）んだ存在でありつづけている——大国に分割されつづけた国ポーランドの出で、帝国主義の覇者イギリスの市民となったこの男は、ナイジェリア作家チヌア・アチェベの言うように人種差別主義者なのか、それとも西欧中心主義の矛盾にいち早く気づいていた先駆的人物なのか？

　このように、後世にさまざまな形で影響を及ぼしているコンラッド作品はこれまで日本でもそれなりに紹介されてきたし、「闇の奥」に関しては近年複数の新訳が刊行されてもいる。コンラッドの最重要作品と目されることも多い『ロード・ジム』を新たに訳した本書も、そうしたコンラッド受容の流れを加速するものになればと思う。

## 『ロード・ジム』はいかに書かれたか

『ロード・ジム』は雑誌『ブラックウッド』に、一八九九年十月から一九〇〇年十一月にかけて連載された長篇小説である。が、コンラッド自身、この翻訳でも巻頭に収めた「著者より」で述べているとおり、当初この作品は短篇として構想されていた。執筆が半分近く進んだ段階に至っても、作者の心づもりとしては、この作品を、本作同様、英米小説史上でもっとも有名な語り手の一人チャールズ・マーロウを主たる語り手とするほか二作――「若さ」と「闇の奥」――と組み合わせて、いわば「マーロウ三部作」ともいうべき形で一冊の本として刊行することを考えていた。結果としては、『ロード・ジム』が長くなったため、この計画は放棄されたわけだが、あとで述べるように「若さ」――「闇の奥」――『ロード・ジム』と書き連ねていくなかで語り手マーロウの役割がどんどん重要かつ大胆になっていくのを見る限り、構想としては筋の通るものだったと言える。

だが、短篇「若さ」（約一万三千語）よりは長くても、中篇「闇の奥」（約四万語）よりは短いはずだった、一人の理想主義的な、自意識過剰の若者をめぐる作品は、書いているうちにどんどん長くなっていった。この作品をめぐってコンラッドが出版社や友人に宛てた手紙を追っていくと、はじめは二万語程度の、雑誌連載二度で完結する作品だと言っていたのが、「二万」が「二万から二万五千」になり、「二万から三万」が「四万」になり、やがて「ひょっとしたら『闇の奥』より長くなるかもしれない」と言い出して、結局連載は十四回に及び、書き上がった作品は十三万語を超える長篇となった。

このあたりの経緯は相当に錯綜（さくそう）しているようだが、大まかに時の流れを整理しておくと、だいたい以下のようになる。

一八九八年四月ごろ？　「ジム――ひとつのスケッチ」と題した作品メモ（後日書かれた作品の第一、二章の概要。この時点では語り手マーロウは構想されていない）

一八九八年六月　「若さ」書き上がる

一八九八年九月　「若さ」、『ブラックウッド』誌に掲載

一八九九年二月　「闇の奥」書き上がる

一八九九年二月―四月　「闇の奥」、『ブラックウッド』誌に連載

一八九九年十月　「ロード・ジム」、『ブラックウッド』誌に連載はじまる（この時点ではまだおそらく十章あたりまでしか書いていていない）

一九〇〇年十一月　「ロード・ジム」連載完了

要するに、「若さ」「闇の奥」を書いていくなかで潜在的に発展していった第三作が、実際に執筆を続けていくうちにいっそう膨らんで、小説史上に残る本格長篇になったと言えそうである。

『ロード・ジム』には二つの大きな「元ネタ」があって、これらがそれぞれ、小説前半、後半に素材を提供している。ひとつは、「著者より」でも触れている、一八八〇年に起きた、いわゆる「ジェッダ号事件」。聖地メッカへ向かうイスラム教徒たちを乗せた船が沈没の危機にさらされ、イギリス人船員たちが船を見捨てて逃げたが、（『ロード・ジム』のパトナ号と同じように）一度は沈んだと思われた船が実は沈んでおらず、結局巡礼者たちの命だけは救われたというスキャンダルである。そしてもうひとつは、ボルネオのサラワクを拠点として海賊を退治し世の混乱を収めて人民の支配者となったイギリス人ジェームズ・ブルック（一八〇三―六八）の生涯である。

もちろんコンラッドは、史的事実をただそのままなぞって物語にしているわけではない。たとえば、ジェッダ号事件の主犯格とされた一等航海士A・P・ウィリアムズは、裁判で有罪とされたあともシンガポールにとどまり、晩年は地元の名士となっているし、またジェームズ・ブルックによるサラワク支配は、第二次大戦中の日本軍支配を除けば一九四六年まで続いた。こういった展開は、作品を読めばわかるとおり、『ロード・ジム』ではまったく違うものになっている。いわば初期値は素材に依存していても、そこから生じる展開は、あくまでコンラッド的想像力の産物である。

## コンラッドとユーモア

“Sombre”（陰鬱な、厳めしい）という形容詞が、その副詞形・名詞形を含めて三十一回使われていることからも窺えるように、『ロード・ジム』は決して陽気な明るい小説ではない。小説に題名を提供しているジムという人物を中心に据えて見るなら、これは、そうでありたい自分と現実の自分との乖離を人はどのように埋められるのか、自分（のなかに内面化された他人）の目から見て名誉を失った人間に何ができるのか、といった真面目な問題を真面目に考えている小説だとも言える。

実際、コンラッドに関して、ユーモアという要素を問題にする人は少ない。逆にたとえば、バーンズ&ノーブル版『ロード・ジム』の注釈でA・マイケル・マティンが紹介しているように、コンラッドの友人だったH・G・ウェルズは、その自伝的著作『自伝の実験』（一九三四）で、コンラッドがイギリス流のユーモアを解しなかったことに触れている。コンラッドを当時のもう一人の文豪バーナード・ショーに引き合わせた顛末を、ウェルズはこう回想する。

> 私の家でコンラッドが初めてショーに会ったとき、ショーは例によって言いたい放

題の物言いをした。「ああ、君ね、君の本は、駄目だよ（your books won't *do*）」云々――そう言ったショーなりの理由はもう忘れてしまった。
　私が部屋を出ると、コンラッドは突如私のすぐうしろに飛んできた。顔が青ざめていた。「あの男、私を侮辱するつもりなのか？」と彼は問いつめた。「そうだよ」と言ってそこから生じる決闘の介添人を務めたいという欲求はきわめて強かったが、私はその欲求を何とか抑えつけた。「ユーモアだよ」と私は言って、頭を冷やさせようとコンラッドを庭に連れ出した。「ユーモア」と言えばいつだってコンラッドを面喰（めんく）らわせることができたのだ。このイギリス流のごまかしにどう対処したらいいのか、彼にはいつまで経ってもわからなかったのである。（『自伝の実験』訳引用者、以下訳はすべて引用者）

と、ウェルズは余裕綽々（しゃくしゃく）、からかい半分に語るわけだが、個人的な感触を言わせてもらえば、コンラッドの作品において、決して強烈ではないが持続する印象を残すのは、しばしばシリアスな内容の背後にうっすら広がっている微妙なユーモアである。現実の人間はともかく、小説を読む限り、コンラッドの方がウェルズよりもはるかに上等のユーモア感覚を有しているように思える。たとえば――

「……私もすでに立ち上がっていた。自分たちの姿勢に底なしの礼儀正しさを加えようと、私たちは炉棚（マントルピース）に載った二匹の陶磁器の犬のように黙って顔を見合わせていた。何て奴だ！　せっかくのシャボン玉を、こいつはつついて弾いてしまったのだ。人間の言葉をつねに待ち受けている空しさの影が我々の会話にも差して、話は空っぽの音から成る無意味なものになり果てていた。『結構』とまどいの混じった笑みとともに私は言った。『ですが、ならば要するに、ばれないかどうかに尽きてしまいませんか？』。相手はすぐさま応戦するようなそぶりを見せたが、口を開くとすでに気は変わっていた。『こういう話は、ムッシュー、私には微妙すぎます――私の頭ではついて行けません――こういうことは考えないもので』。そう言って彼は、軍帽に――負傷した手の親指と人差指でまびさしをつまんで胸の前にかざした軍帽に――覆いかぶさるかのように深々と頭を下げた。私も頭を下げた。私たちは二人一緒に、仰々しく片足をうしろに引いて頭を下げ、それを薄汚い給仕が、まるでこの演技に金でも払ったみたいに批判がましい目で眺めていた……」（『ロード・ジム』第十三章）

『ロード・ジム』の中盤は、かなりの部分、『パトナ』号事件とその後にジムが採った行動をめぐって、チャールズ・マーロウがさまざまな人物と交わすやりとりから成っているが、ここはそのなかでも特に重要な、ジムの言動をおそらく深く理解しているフランス人少尉との会話であり、ジムという人間が何を体現しているかを考える上できわめて大事な箇所である。だがマーロウは、そうした自分たちの姿を、「炉棚（マントルピース）に載った二匹の陶磁器の犬のように黙って顔を見合わせ」「私たちは二人一緒に、仰々しく片足をうしろに引いて頭を下げ」と醒(さ)めた目で語り、それを見物している給仕を描写するにも、「まるでこの演技に金でも払ったみたいに批判がましい目で眺めていた」と、淡い滑稽(こっけい)さを帯びた比喩を用いている。このように、真面目な話のなかに微妙な笑いが忍び込む、という事態がこの小説にはあふれている。そしてこうした事態は、同じくマーロウを大部分語り手とした、だが人種問題・植民地問題をもっと正面から扱い、社会的にいえばいっそう「笑い事ではない」内容を持つ「闇の奥」にも、実は同じように現われている。

要するに、シリアスななかにコミカルな要素が混じっているわけだが、これは決して、真剣な話を笑いのオブラートに包んで、いわば通りをよくする「滑稽な息抜き(コミック・リリーフ)」などではない。むしろ、シリアスな状況をとことんシリアスに見つめることでコミカルな要素が見えてしまう、という方が実情に近いのではないかと思う。あくまで比喩的な物言いだが、それは、世界を真剣に見ることによって、世界が実は意味をなさないことが見えてしまい、その発見にいまだどこか呆然としてもいる人間のみが発揮しうる類いのユーモア、とでも言いたくなる滑稽さである。

こうした傾向は、コンラッドの資質によるところも大きいだろうが、またある程度は、彼の生きた時代の反映と考えることも可能だろう。イギリスの批評家テリー・イーグルトンは、近著『人生の意味』（二〇〇七）においてコンラッドを取り上げ、ニーチェとショーペンハウアーの懐疑を引き継いだ上で、かりに世界の根底に意味はないとしてもあたかもあるかのようにふるまうことに意味を見出した人物としてコンラッドの名を挙げたあと、二十世紀前半のモダニスト芸術家たちを包んでいた独特の緊張について、次のように述べている。

人生が不条理に思えてしまうのは、かつては人生に意味があって——あるいは意味があるとかつてはみんな信じていて——それと較べるといまは不条理に思える、ということかもしれない。チェーホフをはじめとするモダニストたちが、人生は無意味なのではないかという可能性にあれだけこだわっているのは、ひとつには、時期的に見てモダニズムというのが、いまだ意味がたっぷりあった時代——少なくとも噂ではそうだったらしい時代——を覚えているくらい古いからだ。チェーホフ、コンラッド、カフカ、ベケットらにとって、つい最近までは、意味がすぐ身近にあったのだ。だからこそ、意味が流れ出てしまったことに、彼らは愕然とし、落胆している。典型的なモダニズム芸術は、秩序立った宇宙の記憶にいまだ取り憑かれていて、そうした宇宙に郷愁を抱くゆえ、意味の消滅をひとつの苦悩、醜聞、耐えがたい喪失と感じてしまう。だからこそ、それらモダニズム作品は、きわめて頻繁に、一個の中心的不在、何かしら謎めいた裂け目や沈黙をめぐって回っている。その不在から、意味を作る営みが漏れ出てしまったというわけだ。チェーホフの『三人姉妹』におけるモスクワしかり。コンラッドにおけるアフリカの闇の奥しかり（中略）、あるいはカフカのヨーゼフ・Kの名指されぬ犯罪しかり。意味を執拗に求める思いと、意味など捉えられないのではないかという焦燥。その両者の緊張関係にあって、モダニズムは時として真に悲劇的なものとなりうる。（『人生の意味』第三章「意味の失墜」）

イーグルトンによれば、西洋における過去数百年の人生観は大まかに三段階に分けることができる。すなわち、モダニズム以前は、神が人生の意味を保証してくれて、よかれあしかれある種の安定があった時代。モダニズムは、神がいなくなった――あるいははじめからいなかった――ことが判明して人間が右往左往した時代。そしてポストモダニズムは、神がフィクションであることがはじめからわかっていて、「意味なし」がデフォルトであってそれを承知の上で「戯れる」しかないと割りきった時代（モダニズムはひとまず二十世紀前半の現象だが、もちろん「先駆的モダニスト」も多々存在する――たとえばシェークスピア）。イーグルトンの共感は、明らかにモダニストたちに向けられている。

これをコンラッドにおけるシリアスなものとコミカルなものの混在という事態と結びつけて考えるなら、モダニズム以前を実感として体内脳内にとどめていて、かつポストモダニズムも予見していたコンラッドにあって、シリアスな部分というのはモダニズム以前に対応し、コミカルな部分はモダニズム以後に対応していた、という大まかなアナロジーを見ることはできないだろうか。実際、イーグルトンが挙げている、チェーホフ、カフカ、ベケットというほかのモダニストたちも、まさにシリアスなものとコミカルなものの混在を大きな特徴としているのではないか。これに、叙情的な文章を通して倫理的な問題を見据えようとするなかでなぜかドタバタ的場面が妙に印象に残るアメリカのモダニストで、前述のとおりコンラッドにも大きな影響を受けたF・スコット・フィッツジェラルドを加えてもいいかもしれない。

もっとも、時代にすべて還元をしてしまうのもためらわれることもまた確かである。事実、この点で誰よりもコンラッドに近く思えるのは、二十世紀末に執筆活動を行ない、ホロコーストの悲惨にくり返し立ち返るなかで憂鬱気味のユーモアを滲(にじ)み出させてしまうW・G・ゼーバルトの文章である。

いずれにせよ、すでにすぐれた訳業が複数存在する『ロード・ジム』を新たに訳すにあたって、何より再現したいと思ったのは、この小説の、sombre だからこそ生じる微妙なユーモアだった。

### マーロウという語り手／作者コンラッド

ユーモアという要素がこの小説で活きる上で、重要な役割を果たしているのは、この小説の三分の二において語り手の役を務めている、懐疑的で、自虐的で、物事の両面性・多面性を見ようとする、ジムという人物の阿呆さ加減と立派さ加減を同時に認めることのできる人物マーロウの存在によるところが大きい。西洋小説における語り手の問題を考える上でしばしば引き合いに出されるこの人物は、コンラッドの四つの作品に登場するが、そのなかで彼の存在がもっとも大きな意味を持つのが、この『ロード・ジム』である（ふたたびフィッツジェラルドに触れるなら、『グレート・ギャツビー』においてギャツビーの阿呆さ加減と立派さ加減を同時に認めることのできる語り手ニック・キャラウェイも、その意味でマーロウによく似ている。むろんフィッツジェラルドは、そのようにコンラッドに多くを負いながらも、一人の人間の自己創造の物語とアメリカの建国神話とを接続し、富というものがアメリカにおいて持つ形而上的・形而下的意味を描き出すことによって、独自の物語を作り出したわけだが）。

すでに述べたように、『ロード・ジム』以前、マーロウは短篇「若さ」と中篇「闇の奥」に登場する。「若さ」は、コンラッド自身の体験を下敷きにした、ポンコツ船がバンコクへ向かう道中をコミカルかつ活きいきと語った短篇であり、ここでのマーロウは、自らの若い日をなつかしく振り返る、イキのいい、だがまあよくいるといえばよくいる類いの語り手である。これが「闇の奥」になると、マーロウはすでに、アフリカの奥地に不思議な帝国を築き上げたカーツの許へ向かって敢行した旅を生々しく語るなか、カーツが何を見たのかを考えることを通して人間精神の闇（あるいは少なくとも西洋人の精神の闇）を考察する、思索的な語り手に変貌している。

だが「闇の奥」における語りの複雑さも、込み入った構文を駆使し、ジムという一人物から出発して、人間一般をめぐる洞察からきわめて個人的な感情までをも含む錯綜した思索をくり広げる『ロード・ジム』における語りの大胆さには及ばない。四十五章から成るこの小説のうち、第五章から第三十五章まで、全体の三分の二を、つねに匿名の語り手が背後に控えているとはいえ、マーロウはほとんどすべて一人で語っている。しかも、第三十六章から最終章の第四十五章までも、マーロウがある人物に宛てて書いた手紙という形を採っている。要するにこの小説のほとんどすべてが、マーロウの発する言葉なのである。我々が体験するのは、ジムという一人の人間であるというよりは、マーロウの目を通して見たジムであり、マーロウがジムについて抱いた感慨であり、マーロウが（ジム自身を含む）他の人物たちとジムをめぐって交わしたやりとりなのである。

こうした大胆さは、作品が発表された当時、狭義のリアリズムの観点から、一人の人物がこんなに長く喋れるはずはない、こんなに長い話を起きて聞いていられる人間はいない、といった批判を招きもした。そうした批判につねに敏感だったコンラッドは、「著者より」において、マーロウが喋る部分は「全部を朗読してもおそらく三時間とかからない」と反論しているが、この反論自体は説得力がないと言わねばならない。ブラックストーン・オーディオ社から出ている『ロード・ジム』朗読CDセット（朗読者フレデリック・デイヴィッドソン）は十一枚組で十四時間、マーロウによる語りの章はそのうち十時間強を占めているのである。だがポイントは、そういう素朴なリアリズムの観点が——少なくとも、気合いの入った箇所においては——どうでもよくなってしまうだけの声の迫力と切実さがマーロウの語りにこもっていることである。その意味では、

「雲のかかった」と形容される、いまひとつ直接には捉えがたいジムではなく（ジムもまたある意味では、イーグルトンの言う「一個の中心的不在」なのだ）、マーロウこそがこの小説の主人公だと言うことも不可能ではない。

作品に対する批判ということでもうひとつ挙げておけば、前半と後半のトーンのずれ、という問題がある。すでに述べたように、作者ははじめ、この作品を短篇として構想していたのであり、ということはつまり、小説の後半で、ジムが奥地パトゥザンに赴いてからの出来事は、当初はまったく構想されていなかったか、構想されていたとしてもごく簡単に語られるだけの予定だったことになる。実際、舞台がパトゥザンに移ってからは、小説のトーンもだいぶ変わってきて、出来事の語られ方にしても、人物一人ひとりの造作にしても、比較的オーソドックスになってくる。こうしたいわば一貫性のなさが作品の発表当時から批判の対象になってきたし、後半においてジムがこの地で築き上げる場自体――そしてそこに住む人々も――ジムが幼いころに読みあさった冒険物語と同じように非現実的だという批判もなされてきた。

これは指摘としては正しいが、批判としては当たらない。なぜなら、このパトゥザンという地の描かれ方は、簡単に言えば、話がうますぎることによってはじめから不吉な影もさしているからである。パトゥザン（Patusan）という、パトナ（Patna）のアナグラムに若干字を足したような地名は、パトナ号の悪夢を解消してくれることを示唆しているようでもあり、逆にまた、パトナの悪夢が反復されることを暗示しているようにも思える。「パトナ」と「パトゥザン」はたがいの曖昧な鏡像なのだ（現実のパトゥザンはボルネオ西部に位置するが、この小説中のパトゥザンはスマトラ西岸と考えられる。コンラッドはあくまで地名だけを借用している）。ジムが築いた楽園には、はじめからどこか喪の気分が漂っている。もちろん、最後まで読めばわかるとおり、結末は単なる喪失、敗北にとどまるものではなく、ジムによる——そして作者による——最後の力業が控えているわけだが。

ちなみにコンラッドは、後年もう一度だけマーロウを自作に登場させている。一九一三年、五十五歳のときに発表した長篇『偶然』である。批評家には高く評価されながらも商業的成功には縁がなかったコンラッドの初めてのベストセラーだが、ただしこの作品におけるマーロウは——あくまで『ロード・ジム』の緊密さと較べれば、ということだが——人間について、人生について、ほんの少しまとめがうますぎる観がある。

### マーロウとコンラッド

『ロード・ジム』においてマーロウが発揮する、粘り強い倫理的・抽象的思考力が、作者コンラッドのそれの反映であることは間違いない。だが、マーロウを単なる作者の代理人と考えるのもまた早計である。むしろ、作者に近い部分と、そうでない部分をあわせ持ったからこそ、マーロウという人物の奥行きも生まれたと考えるべきだろう。そうした事情を、誰もが最良のコンラッド伝記作家と認めるズジスワフ・ナイデルは、そのコンラッド伝（一九八三、改訂版二〇〇七）において、一八九〇年代後半にコンラッドが直面していたアイデンティティ危機と結びつけて論じている。すなわち、早くから両親を亡くし、祖国を離れ、時に移動を強いられ（四歳のときに父が流刑され、母とともに同行）、時に進んで移動する（十六歳のとき、反対する叔父を説得して船乗りとなった）といった、安定とは無縁の生活を送ってきたコンラッドは、一八九四年、二十年間にわたる船員生活に終止符を打ち、本格的に作家活動を開始して、九六年には結婚もして定住生活に入った。イギリスとイギリス文学に帰属したいという意識は強かったが、その反面、祖国ポーランドを想う気持ちも等しく強かった。したがって、ナイデルによれば、自らのポーランド性を捨てることなく、イギリスにも属するすべをコンラッドは必要としていた。そのために、マーロウは理想的な媒介だったというのである。

模範的な英国紳士にして元商船の高級船員マーロウは、コンラッドにとって、もしかりに自分が全面的に英国化したいと思うなら持ちたいと願うであろうすべての要素を具現していた。だがコンラッドは、全面的に英国化したいと思ったわけではなかったし、この人物の物の見方を全面的に共有してもいなかった。したがって彼は、感情的にも知性的にも、自分をマーロウと一体化させる必要はなかった。マーロウの二重性のおかげで、コンラッドは、イギリスとの連帯、帰属意識を持ちつつ、かつ、自分の想像力の産物に対して人が抱く距離を保つことができたのであり、その距離はとりわけ『ロード・ジム』において顕著に表われている。（『コンラッド伝』第八章「苦闘、実験、疑念　一八九六―九八」）

『ロード・ジム』を読んでまず感じられることのひとつは、すでに述べたように、ジムの滑稽さと偉大さの両方を見てとれるマーロウの目の複雑さだが、さらに読んでいけば、マーロウに対するコンラッドの、それ以上に微妙で複雑な視線が見えてくるというわけである。それを通してコンラッドがいわゆるアイデンティティの危機を乗り越えたかどうかはともかくとして、これら「マーロウ三部作」の完成を経たのち、一九〇〇年代の十年間が、コンラッドにとって、海洋小説作家と思われていた彼が新しい素材に挑んでめざましい成果を挙げた、きわめて実り多い時期となったことは確かである。『ノストローモ』は南米の一国をまるごと想像＝創造した、ラテンアメリカ文学ブームが訪れる半世紀以上前に書かれたコンラッド流ラテンアメリカ小説と呼びたくなる大作だし、スパイ小説と見えて政治的・社会的なものと個人的・家庭的なものの対立のドラマへと展開する『密偵』や、革命前夜のロシアを包む重苦しい空気を濃密に描いた『西洋人の眼に』も、コンラッド文学の重要作品として広く読まれてきた。

このあたりで、作者の生涯にも触れておくべきだろう。通常、ポーランド生まれのイギリス人作家、と言われることの多いコンラッドだが、「ポーランド生まれ」という言い方は、厳密には正しくないかもしれない。なぜなら、コンラッドが生まれた当時ポーランドは大国によって分割され、コンラッドの生地ベルティチフはロシアの一部だったからだ（さらにいえば、現在ここはポーランドではなくウクライナの一部である）。むろんだからといって、コンラッドのポーランド・ルーツを否定しようというのではない。むしろ、ポーランドをルーツとして持つことが、いかに複雑な事情を孕んでいるかを強調したいまでである。

類いまれな文章家と称されるにもかかわらず、英語はコンラッドにとって第一外国語でさえなかった（もっとも得意とした外国語はフランス語）。英語はシェークスピアやディケンズを貪り読むことによって、かつ、船員仲間と話すことによって習得したが、英語が自分にとって思うようにならない言語であることを手紙などで再三嘆いているし、手紙でもしばしば、たとえば length を lenght と綴ったりしている。訛りも生涯きつく、読者をがっかりさせるといけないからと言って朗読会も引き受けなかった（一度だけアメリカで引き受けたことがあったが、事実訛りが強くてよく聞きとれなかったという聴衆の感想が残っているという）。『ロード・ジム』において、「狂人が編纂した辞書」で英語を覚えたように思える無茶苦茶な英語を喋る人物が出てきたり、スタインをはじめとする非英語圏出身の人物たちが喋る英語の不自然さ・誤りが丹念に再現されたりしていることの背後には、そうした劣等意識が隠れているのだろうが、それが小説の細部を豊かにしてもいるのだから、コンラッドがスマートなイギリス英語を身につけなかったことは文学史にとっては幸いであった。

コンラッドの生涯は二重性に満ちている。帝国の犠牲となってきた地に生まれ、帝国主義の時代における最大の強国の市民となったこと。芸術家肌で独立運動にも熱心だった父を亡くしたあと、保守的で堅実だった叔父に育てられたこと。名誉、連帯、勇気といった「古風」な価値を重んじる一方で、二十世紀的な相対主義もいち早く身につけていたこと。本人が身をもって生きたこうした二重性のエコーを、我々は『ロード・ジム』のあちこちで聞くことができる。作品から作者の実人生を見てとる極端な読み方をひとつ挙げるなら、「『僕は飛び降りた（I jumped）……』そこまで言って自分を抑え、目を逸らした……『らしいです』と付け足した」というジムの痛ましい告白と、自らがポーランドを去ったことをコンラッドが回想録のなかで「己の人種的環境・繋がりから立ち幅跳びした」（taking a, so to speak, standing jump of his racial surroundings and associations）と形容したことを結びつけて、パトナ号をポーランドと読み、ジムをコンラッド自身と読む向きもある。むろんそのような伝記的背景に作品をすべて還元してしまうのは愚だが、このような読み方を無理に排斥する必要もまたない。

「私たちの一人」ジム

ところで、訳者はふだん、「フィート」「ポンド」といった、日本人にはなじみの薄い長さや重さの単位はなるべくメートル法に直して、実際にどれくらいの長さや重さなのかを読者に実感してもらえるよう努めている。だがこの小説では、そうした方法を採らなかった。それは、この小説第一章の書き出しの一文のせいである。

六フィートに一インチか、二インチ足りない、がっちりした体つきの男だった。わずかに肩を丸めて、頭を突き出し相手にまっすぐ向かっていって、下目遣いでじっと見据える姿は、猛進してくる雄牛を思わせた。（原文は一文）

「六フィートに一インチか、二インチ足りない」というこのぶれ方に、ジムという人物の捉えがたさが、すでに暗示されているように思える。これをメートル法で同じ自然さをもって表わすのは不可能と感じたので、今回は「フィート」「インチ」を残すことにした次第である。

ちなみに「一インチか、二インチ足りない」という限定の加え方に、ジムという人物がどこか「見かけ倒し」かもしれないという示唆を見てとりたい気もするが、これについては確信を持てない。そのひとつの理由は、（これも絶対の理由ではないが）最初の草稿では「六フィート以上の背丈で……」となっているからである。コンラッドにしてみれば、ぴったり六フィートに収まらず、そこからぶれてさえいれば、より大きくても小さくても構わなかったのかもしれない。

自分より年下の、かつて自分も持っていた気のする理想をいまだ失っていないように思えるジムを、マーロウは共感をこめて「私たちの一人」（one of us）と呼ぶが、また時には、すでに見たように、「雲のかかった」(under a cloud) という形容を与えてもいる。作者同様、ジムという人物もまた二重性・矛盾に包まれている。そもそも、ロード・ジムという呼び名の、貴族の尊称であるLordと、いかにも庶民的な名であるJimのミスマッチからしてその矛盾ははじまっている。

マーロウ以外の人物たちが下すジム評にしても、実にさまざまである。「たかがロバの皮の切れっ端」(船員免状のこと) にこだわる阿呆だ、と呆れる山師チェスター。「理想主義者(ロマンチスト)なんですね」と断じてその偉大さと危険とを見抜く、ジムを奥地パトゥザンに送り込む張本人スタイン。ジムの裁判に立ち会い、船乗りというものの名誉自体が脅かされるのを感じて動揺し、あげくのはてに自殺してしまうエリート船長ブライアリー。前述のフランス人少尉は、勇気と恥辱と名誉という視点からジムをクールに——あるいは極力クールさを装って——斬ってみせる。これらさまざまなジム像が、時にはたがいに打ち消しあって、ジムの人物像がいっこうに焦点を結ばないことが当初は批判の対象になったりもしたが、現在ではそれこそが作品の豊かな複雑さに寄与していることはほぼ誰もが認めるところである。ここでもまた、ズジスワフ・ナイデルのコメントがきわめて的確であるように思える——「ジムは蟻塚に突き刺された杖のようなものだと言ってもよいだろう。作者は杖に興味を持っているが、杖によって混乱させられた蟻たちの反応の描写により多くのスペースを割くのである」(『しかるべきパースペクティブの中に据えたコンラッド』[一九九七] 第六章)。

冒頭でも述べたように、ジムは、失われた名誉にこだわりつづける人間である。そしてその名誉の観念、自分は紳士(ジェントルマン)なのだという、もしかしたらこの作品が発表された時点でもすでに人によっては古風と見たであろう思いは、二十世紀も終わって二十一世紀に入った現代においては、相当に古くさいものに思えるかもしれない。けれども、これを一段抽象化して、自分にはこれだけのことができるはずだ、自分はこれだけの人間であるはずだと思っていたのに、いざ決定的瞬間が訪れてみると、それができない、それだけの人間ではないことが判明してしまう、という事態として見るなら、ジムの体験は一気に我々にとっても身近なものとなる。アルバート・ゲラードが『小説家コンラッド』(一九五八)で述べたように、「ほとんど誰もが、一度は何らかのパトナ号から飛び降りてしまったことがあるのであり、我々の大半は、必死にであれ静かにであれ、現実の自分と理想の自分との折り合いをつける作業に携わりながら生きつづけることを余儀なくされてきたのだ」。マーロウがくり返し使う「私たちの一人」という言い方は、文脈によっては単に「我々イギリス人」「我々西洋の白人」の一人という意味でしかなかったりもするが、この見方に立てば、二十一世紀の日本人も十分仲間に入れる意味での「私たちの一人」なのである。

本書が底本にしたのは、The Uniform Edition と称される、イギリスのデント&サンズ社から一九二三年に刊行された版であり、必要に応じて現在刊行されている各版

(Penguin, Oxford, Broadview, Barnes & Noble, Norton)を参照し、それらの版に付された注釈〔特にBroadview版の、セドリック・ワッツによる注〕には大いに助けられた。序文「著者より」は、一九一七年の版に初めて収められ、以降、たいていの版では巻頭に収められてきたので、この訳書でもその習慣に従った。頻出する海洋用語の訳語は、主として逆井保治編『英和海事大辞典』〔成山堂書店、一九八一〕に拠った。この素晴らしい辞典がなかったらどうなっていたことか。コンラッドの難解な英語に関してはヨーク大学(トロント)教授のテッド・グーセン氏に、ドイツ語に関しては東京大学大学院の片山耕二郎氏に、フランス語に関しては作家・明治学院大学講師の小野正嗣氏に、ラテン語に関しては東京大学名誉教授の逸身喜一郎氏にご教示いただいた。年譜と著作一覧〔本文庫版には未収録〕を作成してくださった東京大学大学院の高畑悠介氏にはさまざまな形でご協力いただいた。この場を借りて各氏にお礼を申し上げる。またこの解説冒頭の、コンラッドの影響を紹介した部分は、ジーン・M・ムーアの「コンラッドの影響」(『ケンブリッジ版ジョゼフ・コンラッド・ガイド』所収)に多くを負っている。翻訳に際しては『ロード・ジム』既訳も適宜参照し、とりわけ、一九六七年に筑摩書房から刊行された矢島剛一訳には教えられるところが多かった。改訳が改悪になっていないことを祈るばかりである。一一〇年前に刊行されたこの小説が、読者のみなさんにとって発見に満ちたものでありますように。

二〇一〇年十一月

# 文庫版訳者あとがき

この訳書は河出書房新社刊「池澤夏樹＝個人編集 世界文学全集」第3集の一巻として二〇一一年に刊行された。このたび河出文庫に入れていただけることになって、とても嬉しい。

この十年のあいだのコンラッド関係最大の事件は、二〇一七年にハーヴァード大教授の歴史学者マヤ・ジャサノフの研究書『夜明けの見張り――グローバル世界におけるジョゼフ・コンラッド』（Maya Jasanoff, *The Dawn Watch: Joseph Conrad in a Global World*, Penguin Press）が刊行されたことだろう。『シークレット・エージェント』『闇の奥』『ロード・ジム』『ノストローモ』といった代表作を、当時の歴史の文脈のなかに無理なく位置づけ、その二十一世紀的な意義をこれまた無理なく探る、実に読みごたえあるコンラッド論だった。『ロード・ジム』については、帆船中心・イギリス中心の船舶業が蒸気船中心・アメリカ中心に変わっていく流れの中で生じた精神的な変化をこの小説に読みとって説得力があった。

また同じ二〇一七年には、*Conradology* と題した、コンラッド作品へのオマージュやパロディを集めたユニークなアンソロジーも刊行された（Becky Harrison & Magda Raczyńska 編、Comma Press）。オマージュではもうひとつ、トビー・ヴィエイラの『マーロウの埠頭』が、象牙を求めたカーツの代わりにダイヤモンドを求める男ゴールドへイヴンを主人公とする二十一世紀版『闇の奥』として興味深かった（Toby Vieira, *Marlow's Landing*, JM Originals, 2016）。

筆者自身は二〇一五年に刊行した『ブリティッシュ&アイリッシュ・マスターピース』に代表的中篇「秘密の共有者」新訳を収録した（スイッチ・パブリッシング）。二〇一九年には旧訳では『密偵』と題されていた一九〇七年の秀作が高橋和久訳により『シークレット・エージェント』として復活した（光文社古典新訳文庫）。おそらくもっとも有名なコンラッド作品『闇の奥』は依然複数の訳で入手可能であり、二〇一三年には辻原登によるオマージュ『闇の奥』も刊行された。コンラッドはいまも読者を魅了し、作家を鼓舞し、研究者を刺激している。代表作のひとつ『ロード・ジム』が文庫化されて、いっそう多くの読者がこの大作家の魅力を知ってくだされればと思う。

柴田元幸

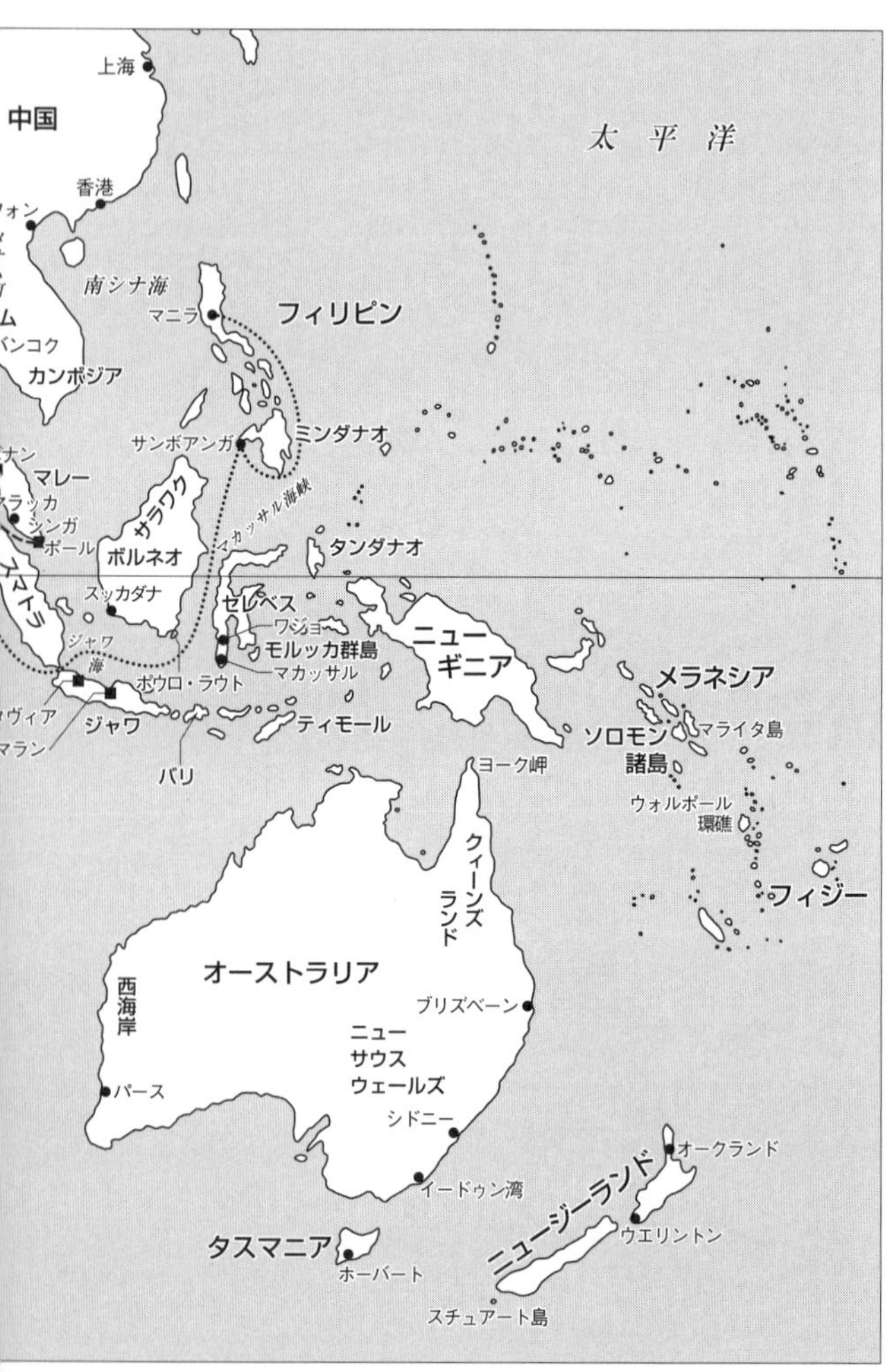

上海
中国
太平洋
香港
南シナ海
マニラ
フィリピン
バンコク
カンボジア
サンボアンガ
ミンダナオ
マレー
マラッカ
シンガポール
サラワク
ボルネオ
マッカサル海峡
タンダナオ
スッカダナ
セレベス
ワジョ
モルッカ群島
ニューギニア
ジャワ海
ポウロ・ラウト
マカッサル
メラネシア
ジャワ
ティモール
ソロモン諸島
マライタ島
バリ
ヨーク岬
ウォルポール環礁
クィーンズランド
フィジー
オーストラリア
西海岸
ブリズベーン
ニューサウスウェールズ
パース
シドニー
オークランド
イードゥン湾
ニュージーランド
ウエリントン
タスマニア
ホーバート
スチュアート島

# 『ロード・ジム』関連地図

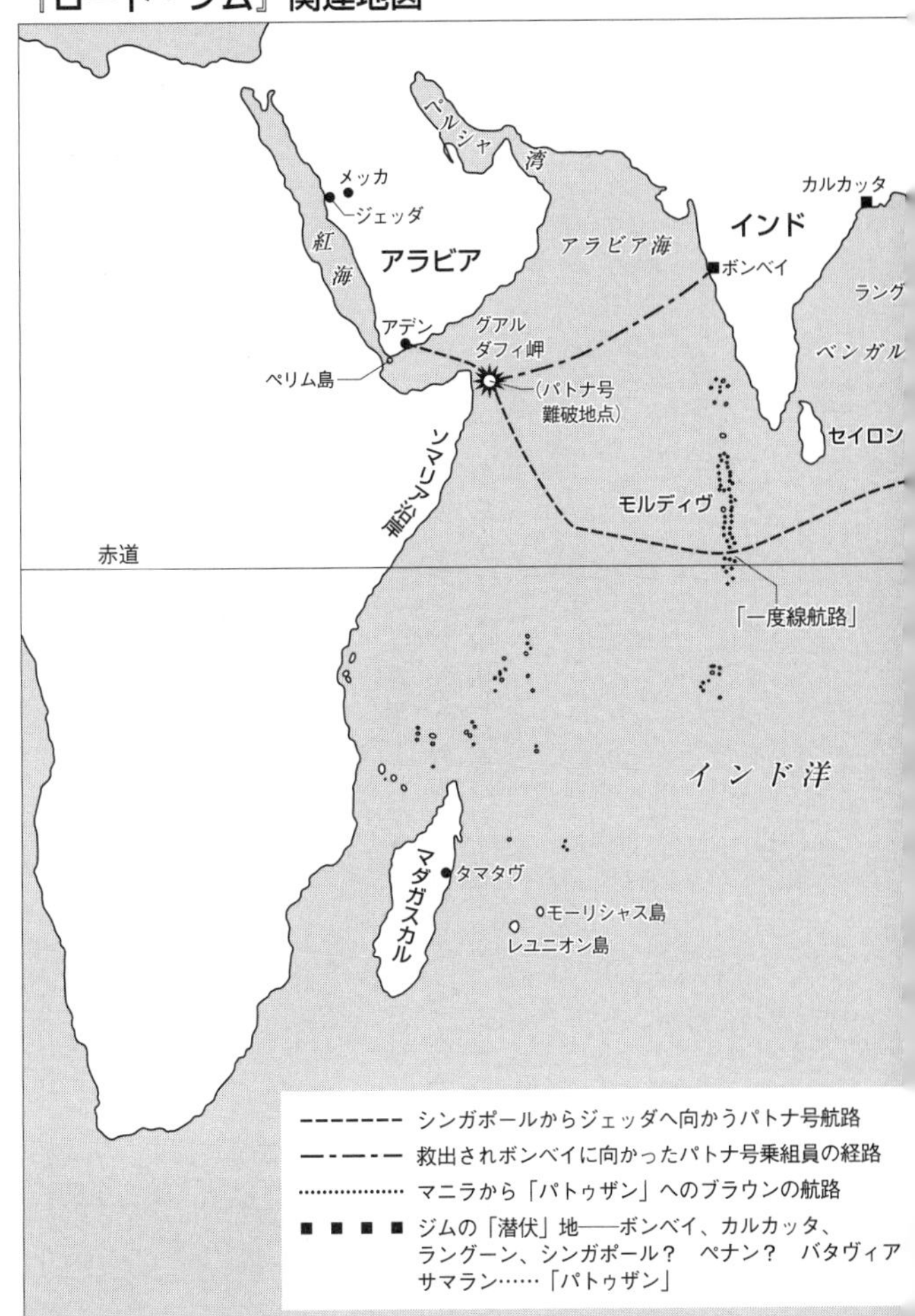

ペルシャ湾
メッカ
ジェッダ
紅海
アラビア
アラビア海
カルカッタ
インド
ボンベイ
ラング
ベンガル
アデン
グアルダフィ岬
ペリム島
(パトナ号難破地点)
セイロン
ソマリア沿岸
モルディヴ
赤道
「一度線航路」
インド洋
マダガスカル
タマタヴ
モーリシャス島
レユニオン島
シンガポールからジェッダへ向かうパトナ号航路
救出されボンベイに向かったパトナ号乗組員の経路
マニラから「パトゥザン」へのブラウンの航路
ジムの「潜伏」地――ボンベイ、カルカッタ、
ラングーン、シンガポール？　ペナン？　バタヴィア
サマラン……「パトゥザン」

本書は、二〇一一年三月に小社より刊行された『ロード・ジム』（池澤夏樹＝個人編集　世界文学全集Ⅲ－03）の本文と解説に加筆・修正のうえ文庫化したものです。

Joseph CONRAD:
LORD JIM (1900)

ロード・ジム

二〇二一年三月一〇日　初版印刷
二〇二一年三月二〇日　初版発行

著者　J・コンラッド
訳者　柴田元幸（しばたもとゆき）
発行者　小野寺優
発行所　株式会社河出書房新社
〒一五一‐〇〇五一
東京都渋谷区千駄ヶ谷二‐三二‐二
電話〇三‐三四〇四‐八六一一（編集）
〇三‐三四〇四‐一二〇一（営業）
http://www.kawade.co.jp/

ロゴ・表紙デザイン　粟津潔
本文フォーマット　佐々木暁
本文組版　株式会社創都
印刷・製本　凸版印刷株式会社


Printed in Japan　ISBN978-4-309-46728-3

## 舞踏会へ向かう三人の農夫　上

リチャード・パワーズ　柴田元幸〔訳〕　46475-6

それは一枚の写真から時空を超えて、はじまった——物語の愉しみ、思索の緻密さの絡み合い。二十世紀全体を、アメリカ、戦争と死、陰謀と謎を描いた驚異のデビュー作。

## 舞踏会へ向かう三人の農夫　下

リチャード・パワーズ　柴田元幸〔訳〕　46476-3

文系的知識と理系的知識の融合、知と情の両立。「パワーズはたったひとりで、そして彼にしかできないやり方で、文学と、そして世界と戦った。」解説＝小川哲

## エドワード・ゴーリーが愛する12の怪談　憑かれた鏡

ディケンズ／ストーカー他　E・ゴーリー〔編〕　柴田元幸他〔訳〕　46374-2

典型的な幽霊屋敷ものから、悪趣味ギリギリの犯罪もの、秘術を上手く料理したミステリまで、奇才が選りすぐった怪奇小説アンソロジー。全収録作品に描き下ろし挿絵が付いた決定版！　解説＝濱中利信

## 白の闇

ジョゼ・サラマーゴ　雨沢泰〔訳〕　46711-5

突然の失明が巻き起こす未曾有の事態。「ミルク色の海」が感染し、善意と悪意の狭間で人間の価値が試される。ノーベル賞作家が「真に恐ろしい暴力的な状況」に挑み、世界を震撼させた傑作。

## オン・ザ・ロード

ジャック・ケルアック　青山南〔訳〕　46334-6

安住に否を突きつけ、自由を夢見て、終わらない旅に向かう若者たち。ビート・ジェネレーションの誕生を告げ、その後のあらゆる文化に決定的な影響を与えつづけた不滅の青春の書が半世紀ぶりの新訳で甦る。

## 幻獣辞典

ホルヘ・ルイス・ボルヘス　柳瀬尚紀〔訳〕　46408-4

セイレーン、八岐大蛇、一角獣、古今東西の竜といった想像上の生き物や、カフカ、C・S・ルイス、スウェーデンボリーらの著作に登場する不思議な存在をめぐる博覧強記のエッセイ一二〇篇。

## デカメロン　上

ボッカッチョ　平川祐弘〔訳〕　46437-4

ペストが蔓延する14世紀フィレンツェ。郊外に逃れた男女10人が面白おかしい話で迫りくる死の影を追い払おうと、10日の間語りあう100の物語。不滅の大古典の全訳決定版、第1弾。

## デカメロン　中

ボッカッチョ　平川祐弘〔訳〕　46439-8

ボッティチェリの名画でも有名なナスタージョ・デリ・オネスティの物語をはじめ、不幸な事件を経てめでたく終わる男女の話、機転で危機を回避した話など四十話を収めた中巻。無類の面白さを誇る物語集。

## デカメロン　下

ボッカッチョ　平川祐弘〔訳〕　46444-2

「百の物語には天然自然の生命力がみなぎっていて、読者の五感を楽しませるが、心の琴線にもふれる。一つとして退屈な話はない」（解説より）。物語文学の最高傑作の全訳決定版、完結編。

## パタゴニア

ブルース・チャトウィン　芹沢真理子〔訳〕　46451-0

黄金の都市、マゼランが見た巨人、アメリカ人の強盗団、世界各地からの移住者たち……。幼い頃に魅せられた一片の毛皮の記憶をもとに綴られる見果てぬ夢の物語。紀行文学の新たな古典。

## コン・ティキ号探検記

トール・ヘイエルダール　水口志計夫〔訳〕　46385-8

古代ペルーの筏を複製して五人の仲間と太平洋を横断し、人類学上の仮説を自ら立証した大冒険記。奇抜な着想と貴重な体験、ユーモラスな筆致で世界的な大ベストセラーとなった名著。

## ロビンソン・クルーソー

デフォー　武田将明〔訳〕　46362-9

二十七歳の時に南米の無人島に漂着した主人公が、自己との対話を重ねながら、工夫をこらして農耕や牧畜を営んでいく。近代的人間の原型として、多様なジャンルに影響を与えた古典的名作を読みやすい新訳で。

## 失われた地平線

ジェイムズ・ヒルトン　池央耿〔訳〕　46708-5

正体不明の男に乗っ取られた飛行機は、ヒマラヤ山脈のさらに奥地に不時着する。辿り着いた先には不老不死の楽園があったのだが——。世界中で読み継がれる冒険小説の名作が、美しい訳文で待望の復刊！

## 見えない都市

イタロ・カルヴィーノ　米川良夫〔訳〕　46229-5

現代イタリア文学を代表し世界的に注目され続けている著者の名作。マルコ・ポーロがフビライ汗の寵臣となって、様々な空想都市（巨大都市、無形都市など）の奇妙で不思議な報告を描く幻想小説の極致。

## アフリカの白い呪術師

ライアル・ワトソン　村田惠子〔訳〕　46165-6

十六歳でアフリカの奥地へと移り住んだイギリス人ボーシャは、白人ながら霊媒・占い師の修行を受け、神秘に満ちた伝統に迎え入れられた。人類の進化を一人で再現した男の驚異の実話！

## フィネガンズ・ウェイク　1

ジェイムズ・ジョイス　柳瀬尚紀〔訳〕　46234-9

二十世紀最大の文学的事件と称される奇書の第一部。ダブリン西郊チャペリゾッドにある居酒屋を舞台に、現実・歴史・神話などの多層構造が無限に浸透・融合・変容を繰返す夢の書の冒頭部。

## 大いなる遺産　上

ディケンズ　佐々木徹〔訳〕　46359-9

テムズ河口の寒村で暮らす少年ピップは、未知の富豪から莫大な財産を約束され、紳士修業のためロンドンに旅立つ。巨匠ディケンズの自伝的要素もふまえた最高傑作。文庫オリジナルの新訳版。

## 大いなる遺産　下

ディケンズ　佐々木徹〔訳〕　46360-5

ロンドンの虚栄に満ちた生活に疲れた頃、ピップは未知の富豪との意外な面会を果たし、人生の真実に気づく。ユーモア、恋愛、友情、ミステリ……小説の魅力が凝縮されたディケンズの集大成。